Le Siècle.

LES MYSTÈRES DE ROME.

1754

PARIS. — IMPRIMERIE LANGE LÉVY ET_Cᵉ, 16, RUE DU CROISSANT.

Le Siècle.

LES

MYSTÈRES DE ROME

PAR

Félix Deriége.

PARIS

AU BUREAU DU JOURNAL LE SIÈCLE, 46, RUE DU CROISSANT,

ANCIEN HOTEL COLBERT.

1847.
1850

Félix Deriége.

*

LES

MYSTÈRES DE ROME.

Première Partie.

INTRODUCTION.

La plupart des chefs-d'œuvre littéraires de l'antiquité, tels que nous les avons exhumés de la poussière du moyen âge, ressemblent à ces temples à demi ruinés que le voyageur rencontre à chaque pas sur le sol de la Grèce et de l'Italie. Le monument est resté debout après deux ou trois mille ans d'existence. On en saisit facilement l'ensemble et les proportions. Le portique supporte encore son fronton, hardiment sculpté par quelque Michel-Ange inconnu ; les colonnes du péristyle environnent toujours le sanctuaire, et sur les tailloirs qui les couronnent, l'entablement étale aux regards les richesses de sa frise qu'un habile ciseau avait si merveilleusement ouvrée. Le temps, cet enlumineur patient des vieilles pierres, a jeté des teintes d'or et de bronze sur ces précieux débris des siècles passés.

Mais est-il un souvenir, si poétique, si imposant que vous le supposiez, dont ne se jouent les passions humaines et que n'effacent les cataclismes des révolutions ? Les pages les plus magnifiques de l'art monumental ont été mutilées. Partout où l'archéologue, dans ses pieux pèlerinages, rencontre ce qui fut jadis un temple païen, la *cella* est béante à l'air, et le soleil jette ses rayons et son ombre en écharpe sur les murailles qui en dérobaient aux regards l'enceinte vénérée. L'herbe croît sur la mosaïque effondrée du *pronaos* ; les statues des dieux et des héros ont été renversées ; l'inscription du frontispice n'existe plus, et c'est à peine si on en peut recueillir çà et là quelques mystérieuses syllabes.

Tels sont aujourd'hui non-seulement les édifices religieux de la Grèce et de Rome, mais encore leurs stades, leurs propylées, leurs cirques, leurs basiliques, et tels sont aussi les ouvrages de leurs écrivains.

Tous les documens originaux touchant la liturgie, les lois et les mœurs de l'ancienne Italie, ainsi que la majeure partie des traités sur les institutions politiques ont péri. Les annalistes antérieurs à Salluste ont eu, ou à peu près, le même sort. Des lacunes, à jamais regrettables, interrompent à chaque page même les récits éloquens de Tite-Live et de Tacite. Parfois un érudit, un bibliographe découvre, sous les caractères gothiques d'un parchemin du moyen âge, les lettres onciales d'un manuscrit romain. C'est un fragment, précieux peut-être, qu'il a sous les yeux. A quel livre faut-il le restituer ? Il l'ignore. Ainsi l'étranger qui traverse les champs volsques aperçoit souvent au milieu d'une maremme les débris d'un mur réticulaire, et nul ne saurait lui dire s'il foule aux pieds les ruines d'une villa, d'un tombeau, d'un temple ou de quelque cité guerrière du Latium.

Le premier devoir de tout écrivain qui veut, dans ces conditions, reconstruire l'histoire de Rome antique, serait par conséquent d'en réunir avec soin les matériaux, de les classer de façon qu'ils se suppléassent les uns les autres, d'appeler en un mot avec une intelligente sagacité le poète, l'orateur, le jurisconsulte ou le philosophe dont la voix ne s'est pas éteinte, au secours de l'annaliste qui se tait. Des hommes éminens se sont, de nos jours, essayés à ce travail ; mais le succès n'a pas répondu complétement à leurs efforts.

Ils nous ont retracé des faits sans logique, des tableaux sans couleur, des personnages sans relief. Tous ces héros, dont ils racontent les exploits, sont groupés avec art. Ils pérorent, ils combattent, ils triomphent : ce sont des magistrats ou des guerriers, mais ce ne sont pas des hommes. Ils s'agitent, et cependant ils ne vivent pas.

— Que tu as profané toi-même ! interrompit le triumvir.

— Je proteste ! ajouta le désignateur d'une voix forte.

— Bâillonnez ce coquin ! reprit Licinius, trop savant dans la jurisprudence pour se laisser effrayer par les réclamations d'un malfaiteur pris en flagrant délit.

On lui obéit incontinent, et le désignateur commençait à faire de sérieuses réflexions sur les rigueurs de la justice sacerdotale, lorsqu'un nouveau personnage apparut sur le seuil du temple. Tous les regards se dirigèrent vers lui.

C'était un homme de haute stature, au visage pâle, aux yeux vifs et brillans. Ses traits, un peu flétris par les veilles, le chagrin ou la débauche, avaient une régularité et une distinction parfaites. Au grand jour son teint eût été jaune et bilieux ; mais il paraissait d'une blancheur éblouissante à la lumière de l'unique lampe qui éclairait l'édicule. Une guirlande de fleurs couronnait sa tête. Une riche tunique brodée lui descendait jusqu'aux genoux. Par dessus cette tunique il portait un manteau de couleur brune, dont l'ouverture laissait apercevoir l'agrafe d'or enrichie de perles d'un magnifique ceinturon. De longues bottes rouges complétaient le costume de l'inconnu. Il s'était égaré sans doute en revenant d'un festin. Craignant d'avoir affaire à quelque sénateur trop oublieux de son rang, Licinius s'avança vers lui, et le saluant avec déférence :

— Vous seriez-vous trompé de chemin ? lui demanda-t-il.

— Moi ? répondit l'inconnu. Mais non, mais non. Je viens voir ce qu'on fait dans cet antre de voleurs ; voilà tout.

— En ce cas je vous engage à rentrer en ville. Nous régions nos comptes avec ces honnêtes vespillions, et nous désirons rester seuls.

— Ma foi, mon cher, dit l'inconnu, je me trouve fort bien ici.

Et il s'appuya nonchalamment à la muraille, les bras croisés sur la poitrine.

— Sortez ! reprit Burrha, ou je vous fais arrêter.

— Continuez vos affaires, bonhomme, repartit l'étranger avec un aplomb imperturbable. Ne faites pas attention à moi.

— Est-ce que vous voudriez vous moquer des agens de la police urbaine ?

— Eh ! répliqua ironiquement l'homme à la tunique brodée.

— Saisissez-vous de ce vaurien ! ajouta le triumvir furieux.

En entendant ces paroles, l'étranger se raffermit sur ses jambes, mesura Licinius du regard et parut chercher quelque chose sous le pan gauche de son manteau. Puis, avec un sourire insultant :

— Magistrat, dit-il, modérez les transports de votre colère, et veuillez écouter les raisons péremptoires qui vous défendent d'attenter à ma liberté. Je suis en état de produire contre vous trente argumens *ad hominem* comme celui que voilà. — Il montrait une épée au triumvir. — Vous croyez-vous en état de les rétorquer ?

Licinius hésitait à employer la force. Tout à coup des éclats de rire tumultueux retentirent au dehors, et une foule de jeunes hommes, couronnés de fleurs comme l'adversaire de Burrha, se ruèrent dans le temple, et vinrent s'aligner, l'épée nue à la main, fort insoucieux et fort gais du reste, vis-à-vis des vétérans du triumvir.

Ce dernier mit sa troupe en état de défense. Les glaives menaçaient les glaives ; le sang allait couler.

— Qu'ont fait ces gueux ? demanda celui des défenseurs de Gurgès qui avait fait le premier son entrée en scène, en désignant les vespillions.

— Ce sont les libitinaires accusés d'avoir profané les tombeaux et dépouillé les cadavres, répondit le triumvir. J'ai reçu du souverain pontife l'ordre de me saisir de leurs personnes.

— Le souverain pontife leur pardonne. Nous l'avons laissé ivre-mort chez Lecca, rue des Taillandiers.

Et sans autre forme de procès, l'étranger s'avança vers Gurgès et coupa le tranchant de son épée les liens du désignateur.

Ses compagnons l'imitèrent en proférant force lazzi d'une moralité très équivoque. Quand tous les coupables eurent été mis en liberté :

— Allons, beaux libitinaires et vous charmantes pleureuses, reprit le libérateur de Gurgès, dansez-nous la *sicinne* (danse des funérailles) : ce sera fort gai.

Les croque-morts contentèrent aussitôt son désir. Qu'on se figure dans ce temple consacré au deuil, sur ces dalles encore souillées de sang, quinze ou vingt forcenés en guenilles, hommes et femmes, formant un abominable quadrille et parodiant avec un cynisme infâme les cérémonies de la religion ; autour d'eux, un cercle de spectateurs, les uns frémissant d'impuissance et de rage, les autres dans un état voisin de l'ivresse, et riant à ébranler la voûte ; les *nœniæ* (chant funèbre) des pleureuses se mêlant aux jurons des vétérans et aux plaisanteries des convives de Lecca ; toute cette folle orgie mal éclairée par une lampe huileuse dont la lueur vacillante jetait tour à tour la lumière et l'ombre autour d'elle, et l'on aura une idée à peu près complète de la scène qui se passait en ce moment dans l'édicule vénéré d'Hermès.

Le triumvir Licinius Burrha contempla un instant dans un morne silence cette bacchanale impie. Ses prisonniers avaient été débarrassés de leurs liens si rapidement et avec une gaîté si franche qu'il n'avait eu ni le temps ni le courage de se fâcher. Il comprit bientôt que sa position et celle de ses agens n'était plus tenable. Peut-être d'ailleurs avait-il reconnu, parmi les libérateurs de la police urbaine, certains personnages qu'il n'osait pas offenser. Il se retourna donc vers sa troupe, et élevant en l'air son épée : — Soldats, prenez vos rangs ! cria-t-il.

Les vétérans et les esclaves publics se formèrent en colonne serrée.

— En avant ! ajouta Licinius.

Sa petite escorte s'ébranla au pas de charge e opéra sa retraite sans être inquiétée.

Après le départ de Burrha, l'ordre se rétablit spontanément dans le sanctuaire d'Hermès. Le ballet des libitinaires et des pleureuses se ralentit dès que les agens de la police urbaine eurent cessé d'en être les spectateurs. Les vainqueurs du triumvir se disposaient à rentrer en ville quand Gurgès, s'approchant du son libérateur une tasse à la main,

— Vous ne sortirez pas d'ici sans boire un coup, dit-il, digne serviteur du dieu Bacchus.

— Allons donc ! croque-morts, répondit avec dédain l'élégant débauché. Penses-tu que je vais m'empoisonner avec ton abominable vin de Préneste ?

Mais le désignateur sans se déconcerter :

— Bah ! reprit-il, vous boirez, ou je perdrai mon nom de *Tricongius*, un beau nom d'ivrogne, allez, que j'ai conquis chez mon voisin Popa, le cabaretier. Par Bacchus ! ce petit vin n'est pas mauvais.

L'étranger allongea la main en souriant vers l'écuelle de Mutius, la prit, y trempa ses lèvres et parut déguster le nectar des libitinaires.

— Quel affreux poison ! s'écria-t-il en grimaçant.

Il jeta sa coupe loin de lui et se dirigea vers la porte de l'édes.

— Un mot, mon patricien, fit Gurgès, qui lui barra le passage.

— Que me veut encore cet ivrogne ?

— Votre nom ! dites-moi votre nom ?

— Hein ? murmura dédaigneusement le vainqueur de Burrha.

— Vous nous avez rendu un service signalé, poursuivit Mutius ; je suis persuadé qu'un conge (3 litres 27 centilitres) ne doit pas vous peser plus qu'un triumvir, et je suis désolé de vous avoir fait goûter cette potion infernale que nous buvons ici. Aimez-vous le Falerne ?

— Mais... passablement.

— Venez souper chez moi demain.

— Moi ! interrompit l'inconnu. Tu radotes, vieux fou !

— Je possède quelques cruchons qui datent du consulat d'Opimius ; nous les viderons.

— Veux-tu cesser.

— Je te présenterai Rutuba, mon fils, un brave soldat de l'armée d'Asie, et ma petite Daphné, la plus jolie enfant des Esquilies. Acceptez-vous, compère ?

— Ah! tu as du Falerne-vieux-consul! Ah! tu as une jolie fille! reprit le libérateur des libitinaires. Eh bien! j'accepte ton invitation. Brave homme, j'irai boire ton vin et faire connaissance avec ta Daphné. Annonce-lui la visite de Lélius. Où demeures-tu?

— Dans la rue aux Parfums, (*vicus Unguentarius*), au temple de Libitine. Vous demanderez Mutius Gurgès, désignateur des pompes funèbres. Jusqu'à la seconde heure de la nuit (8 heures du soir) nous vous attendrons. Soyez exact. Adieu, mon sénateur.

— Adieu, adieu, maître Gurgès, répliqua Lélius.

Et il rejoignit ses compagnons.

Après son départ, les croque-morts, craignant le retour de Licinius Burrha, se hâtèrent de redescendre dans les puits du champ des sépultures les cadavres qu'ils en avaient tirés et regagnèrent la ville précipitamment.

II.

AUTOUR D'UN CRUCHON DE VIEUX FALERNE.

Mutius Gurgès Tricongius était vraiment né sous une heureuse étoile. Il appartenait à cette classe privilégiée de citoyens qui se sont voués au culte des dieux, et qui coulent une vie paisible uniquement occupés à les prier et à les servir. Il était fils de Caïus Gurgès, gardien du sanctuaire de Jupiter Capitolin; c'est-à-dire que son père ouvrait et fermait les portes du premier temple de l'univers, en allumait les torches, en nettoyait les flambeaux, les goupillons et les couteaux sacrés; en un mot, que le digne homme y remplissait les fonctions d'un de ces ministres subalternes du culte, que nous appelons tout bonnement *sacristains*. On était gourmand depuis cinq générations dans la famille des Gurgès. Chacun s'y évertuait à ne pas démentir le joyeux nom de *Gouffre* (Gurgès) qu'il portait. Caïus, qui savait mieux qu'un autre combien un mortel est heureux quand il approche des saliens, des augures et des épulons, dès l'âge le plus tendre de son fils, le destina au service des autels. Encore enfant, Mutius présentait aux pontifes l'encensoir et l'eau lustrale de la fontaine de Juturne. Aux Sémentines, aux Robigales, solennités analogues aux Rogations des catholiques, il avait sa place marquée près de l'officiant, portant avec une grâce toute juvénile le chandelier des acolytes, mêlant sa voix flûtée aux voix graves des prêtres, édifiant le peuple de Rome par sa candeur et son recueillement. A douze ans il passait parmi les dévotes de la ville éternelle pour un enfant inspiré, plus instruit des choses saintes que bien des flamines et des décemvirs sibyllins.

Or s'il honorait les dieux, s'il les servait avec zèle, le pieux Mutius n'avait pas affaire à des ingrats. Il goûtait largement sur cette terre les prémices de bonheur que lui réservait Minos dans une autre vie. Ses occupations saintes lui rapportaient des profits certains, tantôt des galettes délicieuses, que la dent superbe des maîtres de l'Olympe avait dédaignées; tantôt des coupes de Surrente dont les préceptes du rituel garantissaient l'excellence et la pureté; souvent de copieux dîners, pris dans les meilleures maisons de la ville, à l'occasion d'une naissance, d'un mariage ou d'un sacrifice aux Lares du foyer. Grâce à la vie de salien qu'il menait, la gourmandise héréditaire du jeune Mutius et son embonpoint prenaient de rapides accroissemens, quand, à la mort de son père, il obtint dans l'administration des pompes funèbres, établie sous le vocable de *Vénus Libitine*, une place de désignateur, ou maître des cérémonies.

Devenu possesseur d'un patrimoine honnête, investi de fonctions lucratives, il épousa, vers cette époque, une aimable couturière dont les charmes avaient touché son cœur. Ainsi, la fortune, l'amour, lui souriaient à l'envi et prenaient soin de récompenser ses vertus.

Disons-le sans détour, la prospérité corrompit Gurgès. Sa position de désignateur avait cela de malheureux, qu'il tirait son bien du mal des autres, et que le deuil des familles, la perte des meilleurs citoyens de la république, rapportaient à son escarcelle de beaux deniers comptans. Il s'accoutuma insensiblement à désirer les séditions, à se réjouir des épidémies, à bénir les asthmes et les catarrhes qui affligeaient le sénat, et les gouttes qui remontaient vers des poitrines consulaires. Il n'aima plus le printemps à cause de ses fleurs et de ses parfums, mais bien pour les rhumes qu'il procure. Il appela de tous ses vœux les vents froids de l'automne et la chute des feuilles, qui conduit les pâles vieillards au tombeau. De plus, comme les sépultures des grands étaient souvent placées sur les routes, à plusieurs milles de la cité; comme leurs funérailles se célébraient en plein jour, quelquefois sous un soleil brûlant, au milieu de tourbillons de poussière que soulevait un immense cortège de parens, d'affranchis, d'esclaves et de chars, Gurgès s'accoutuma à faire de nombreuses haltes, au retour, dans les cabarets de la campagne. D'abord il se contenta de vider une hémine (quart de litre), simplement pour se rafraîchir. Puis il s'accorda le setier; puis il s'attaqua effrontément aux conges, aux amphores, aux mesures de toute dimension. Si bien qu'après s'être acquitté des cérémonies les plus lugubres, encore vêtu de sa robe de désignateur, il foulait presque toujours aux pieds le décorum qu'il aurait dû observer comme le premier de ses devoirs. Il perdait en ces occasions tout sentiment de la ligne droite; il s'abandonnait aux zigzags les plus capricieux et finissait par tomber et s'endormir, son chapeau d'un côté et son bâton de l'autre, sur le revers d'un fossé.

Son ivrognerie lui valut le surnom de *Tricongius*, expression dont on se servait pour désigner une mesure ancienne, ayant neuf litres et demi de capacité.

Mais une passion plus dangereuse encore avait pris naissance dans le cœur de Gurgès. Il s'était laissé tenter par les richesses funèbres que renferment les tombeaux. Vers le milieu de la nuit, quand la mort avait récolté une ample moisson dans Rome, il se rendait au champ des sépultures et en dévalisait les muets habitans. Son voisin et son ami, le tondeur Cruscellus, vendait les anneaux, les colliers, les magnifiques chevelures blondes, et les dents modèles que le désignateur dérobait aux trépassés. Malheureusement les courses mystérieuses de Gurgès aux Esquilies avaient excité les soupçons du souverain pontife. Jules César avait fait surveiller le champ des sépultures, et le coupable Tricongius, surpris par les agens de la police urbaine en flagrant délit de profanation des choses saintes, eût subi toutes les rigueurs de la justice sacerdotale sans l'intervention de quelques débauchés.

A l'époque où cette histoire commence, Gurgès avait soixante ans. Sa femme était morte, et deux enfans, Rutuba et Daphné, l'un centurion des armées d'Orient, l'autre charmante fille de quatorze ans, composaient toute sa famille. Supérieur aux vaines passions de ce monde, insensible à ses haines, à ses affections d'un jour, le désignateur vivait au milieu de la société, mais non pas avec elle. Il s'était arrangé une existence à part, isolée de tout contact désagréable, bien nourrie de viandes succulentes, bien arrosée de bon vin, bien chaudement abritée sous d'épaisses fourrures. Placé par état aux limites de cette vie et de la vie future, il ne s'inquiétait ni de l'une ni de l'autre. C'était un panthéiste sublime, qui ne voyait ici-bas que matière et mouvement. Sa destinée voulait qu'il prit une part active à l'accomplissement de la loi qui pousse les générations sur les générations, et il l'accomplissait. Que lui importait le passé ou l'avenir du mort qu'il prenait à la porte d'une maison, qu'il conduisait hors des murs de la ville pour l'étendre sur un bûcher de bois odorant, ou pour le jeter au fond d'un puits? Le sombre nocher des enfers, qui navigue toujours d'une rive à l'autre du Styx, demande-t-il à ses passagers d'où ils viennent et où ils vont? non, il leur demande son obole, et voilà tout. Gurgès imitait Caron.

Le caractère du tondeur Q. Cruscellus, dont Gurgès cultivait assidûment l'amitié, contrastait singulièrement avec celui du désignateur. Autant l'un s'inquiétait peu des événe-

Un des libitinaires saisit l'amphore que son chef avait à demi vidée et remplit les écuelles de la troupe. On but à la ronde.

— Le mort nourrit le vif, reprit Gurgès, et c'est raison. Holà ! Rufus ! paresseux ! passe-moi la lampe, que j'examine un peu ce Gaulois.

Gurgès se pencha vers le cadavre, et soulevant de sa main droite la chevelure de l'étranger :

— Par Némésis ! dit il, j'ai trouvé l'affaire de mon bon ami Cruscellus : une perruque blonde comme Lélia, la jolie danseuse de la voie Sacrée, désire en avoir une. Voyons un peu les dents. Parfaitement blanches ! Barbara, Cécus, je vous recommande cet adorateur du puissant Teutatès. Ménagez-lui les incisives, et tondez-le ras comme un fils de famille la veille des *Libéralia*.

— Peste soit du Dictateur et de ses funérailles ! interrompit un des nécrophores, qui venait d'explorer inutilement tous les corps l'un après l'autre pour trouver sur eux quelques bijoux. Pas un anneau ! pas un bracelet ! Depuis que l'on a brûlé Sylla au champ de Mars, il n'est pas de si mince affranchi qui ne s'accorde le bûcher. La terre n'est que pour la canaille. Le métier ne va plus, respectable Gurgès.

— Ne parlez pas ainsi, Trémula, répondit gravement une des pleureuses. Brûler les morts est une sainte coutume. L'âme retourne ainsi plus vite à sa nature première. Je l'ai entendu dire par le flamen Dialis (prêtre de Jupiter).

— Tais-toi, sorcière ! répliqua Gurgès ; on arrive toujours assez tôt de l'autre côté du Styx. Trémula, mon brave, mets de côté ce gladiateur, et porte-le avant le jour chez le médecin d'eau froide, tu sais ? Asclépiade, rue du Grand-Cirque, près du temple de la Foi.

— Combien devra-t-il me remettre ? demanda le vespillion.

— Ce qu'il voudra, ou plutôt ce qu'il pourra. C'est un jeune homme qui commence. D'ailleurs, ajouta Gurgès en riant, je ne fais que lui renvoyer ce qu'il me donne. Il ne faut pas être exigeant avec lui.

Cependant le désignateur avait passé en revue tous ses morts et les avait distribués à chacun des libitinaires, en leur indiquant ce qu'ils pourraient en tirer. Il s'était assis de nouveau sur son coffre, et regardait travailler ses gens. Le sanctuaire de Mercure présentait un aspect horrible. Ce n'étaient partout que groupes d'hommes et de femmes qui promenaient de leurs mains sanglantes sur les cadavres des ciseaux, des pinces et des bistouris. Parfois des voix rauques, un éclat de rire féroce, troublaient le silence de l'*édès*. Gurgès s'était versé une rasade et portait son écuelle à sa bouche, quand un bruit de pas se fit entendre dans le champ des sépultures. Le bras du désignateur s'arrêta dans le mouvement d'adduction qu'il opérait ; ses ouvriers devinrent immobiles ; les chiens apostés près du seuil se redressèrent : leur poil fauve se hérissa. Ils grondèrent en flairant la porte.

— Qu'est-ce là ? dit Gurgès à voix basse.

— Une ronde, répondit Trémula. Bébrix n'a pas aboyé.

— Silence ! prophète de malheur, repartit le vieillard.

Il s'avança vers la porte sur le bout du pied, et colla son oreille à la serrure.

Mais il n'entendit rien. On se tenait aussi en observation à l'extérieur. Après un moment d'hésitation, Gurgès se rapprocha des libitinaires.

— Sabidius, les épées ! reprit-il. Qu'on éteigne la lampe ; que les femmes cachent tous ces débris sous l'autel et en ferment avec soin l'ouverture secrète ; que les hommes s'arment et se postent dans les angles du *sacrarium*, et mort au premier coquin qui entrera !

On frappa deux coups à la porte. Le désignateur saisit ses deux chiens à la peau du cou, et, tandis que les croquemorts exécutaient ses ordres,

— Paix ! Bébrix, paix ! Jugurtha, répétait-il aux deux cerbères.

— Ouvrez, cria-t-on enfin du dehors, au nom du triumvir Licinius Burrha.

— Nous sommes perdus ! murmura au milieu des ténèbres un des libitinaires en descendant l'escalier en colimaçon

qui conduisait aux combles du temple. Ils sont plus de vingt et le temple est cerné.

— Que la foudre de Jupiter l'écrase ! répondit Gurgès au nécrophore. Bas les armes, alors ! Rallumez la lampe. Les cadavres sont-ils cachés ?

— Bientôt, bientôt, dit une pleureuse. Je traîne le dernier.

Un des libitinaires frappa un caillou, d'où le feu jaillit en vives étincelles. La lampe fut rallumée, et Gurgès inspecta rapidement la salle pour s'assurer que tout indice accusateur en avait disparu.

Pendant ce temps, des coups de masse répétés faisaient craquer la clôture de l'édicule de toutes parts.

— Ouvrirez-vous, damnés vespillions ? crièrent ensemble huit ou dix voix furieuses, ou faudra-t-il jeter ces planches vermoulues au milieu de votre masure ?

— Qui est là ? demanda Gurgès, jouant à s'y méprendre l'étonnement d'un homme qu'on réveille.

— Ne le sais-tu pas, misérable ? C'est le triumvir Licinius Burrha, accompagné de dix esclaves publics et de quinze vétérans bien armés.

— Que veut le triumvir ?

— On aura soin de te l'apprendre. Ouvre d'abord.

— Peut-on violer ainsi la sainte demeure de Mercure, conducteur des ombres ! ajouta le désignateur en tirant les verrous.

Le triumvir entra suivi de son escorte, et quand il eut placé des sentinelles aux deux issues du sanctuaire :

— Que faites-vous ici à cette heure, vespillions infâmes ? demanda-t-il.

— Nous sommes les gardiens du champ des sépultures, répondit Gurgès, et nous prenions quelque repos par l'abominable temps qu'il fait, lorsque vous êtes venus profaner cet asile redouté des hommes et des dieux.

— Nous vérifierons cela, dit le triumvir. Qu'on garrotte cet homme et ses compagnons, sans en excepter ces vénérables matrones qu'on accuse de dépouiller la nuit ceux qu'elles ont pleurés pendant le jour. Rutilus, envoyez trois de tes hommes visiter la terrasse du comble, pendant que les autres sonderont ici le pavé et les murailles. Le grand pontife désire savoir si nos belles du forum, nos élégans et nos sibylles ne se fournissent pas au temple de Mercure, de dents, de toupets et de talismans. Ah ! dignes vespillions, vous mutilez les morts ? Vous empiétez sur les droits de Tisiphone ? Vous connaîtrez C. Julius César. A chacun son état.

Pendant que le triumvir haranguait de la sorte, Gurgès et ses amis avaient été chargés de chaînes et placés sous bonne garde dans un coin du temple. Les esclaves publics amenés par Licinius procédèrent ensuite à une perquisition dont la minutieuse exactitude eût étonné les plus habiles furets de la police moderne. On crochета les armoires, qui renfermaient les instrumens des sacrifices et les vêtemens des prêtres. On ausculta une à une les pierres des murailles et les dalles du pavé. Licinius allait et venait, guidant, encourageant sa meute. L'odeur nauséabonde qui remplissait la salle, les taches de sang dont le marbre du saint parvis était souillé, lui indiquaient clairement qu'il avait trouvé la piste d'un crime, et certes il n'était pas homme à l'abandonner. Les prisonniers suivaient de l'œil avec une curiosité inquiète les diverses évolutions des limiers de Burrha. Leur contenance avait été bonne jusque-là ; mais l'impassibilité de leur attitude se démentit quand le triumvir vint frapper lui-même de sa baguette d'ivoire les parois du coffre qui soutenait la table de l'autel. La peur se peignit sur tous les visages ; un sourd murmure de terreur courut parmi les pleureuses. L'inflexible Licinius prit en main la lampe, examina scrupuleusement un des côtés de l'autel, et le désignant à ses hommes :

— Par ici, dit-il ; soulevez ce panneau, et s'il ne cède pas, qu'on le brise ! Nous allons voir à quoi ces damnés libitinaires ont coutume d'occuper leur nuit.

Les esclaves publics se mirent incontinent à l'œuvre. Dans ce pressant danger, Gurgès crut devoir intervenir.

— Je suis citoyen romain ! s'écria-t-il, la loi défend de me charger de chaînes. Vous m'avez arrêté dans un sanctuaire inviolable...

Ces réflexions mises en avant, et je les crois fondées, ce serait de ma part une présomption étrange que de vouloir m'élever dans ce livre jusqu'à la hauteur de l'histoire. Telle n'est ni mon intention, ni ma prétention. J'ai seulement recueilli, touchant les mœurs, les arts, les institutions et la topographie de l'ancienne Rome, quelques-unes de ces notions archéologiques, éparses dans les livres, dont les historiens négligent trop de se servir ; je les ai rattachées à une action dramatique, et je les livre au public, afin de lui procurer, si toutefois j'ai le bonheur de réussir, un utile amusement.

C'est surtout le peuple, cette foule ardente, passionnée, généreuse, qui n'aime rien à demi, ni la vertu ni le vice, ni l'austérité des gouvernemens démocratiques, ni la corruption des oligarchies, que j'ai voulu mettre en scène. Les soldats, les prolétaires, les officiers des pompes funèbres, les débardeurs des ports du Tibre, les tondeurs, ces Figaros des temps anciens, jouent un rôle dans ce récit aussi bien que les consuls et les généraux d'armée. La courtisane s'y montre à côté de la chaste jeune fille qui prie Junon-Juga, sa madone à elle, de protéger ses amours ; et parfois l'antre d'une sibylle, une taverne, un bouge, l'édicule redouté de quelque divinité des enfers, s'ouvrent à côté du boudoir où une noble matrone reçoit le matin ses parfumeurs, ses fleuristes, et sa cour habituelle de vieux sénateurs et de jeunes chevaliers. Un seul homme anime, électrise tous ces personnages et les fait se confondre dans une mêlée sanglante. C'est Lucius Sergius Catilina, le plus terrible ambitieux dont l'histoire ait conservé le souvenir.

Il faut évoquer à la fois les patriciens et la plèbe, les pauvres et les riches, les despotes et les tribuns, les deux castes rivales de toute société, pour faire véritablement revivre une grande nation.

J'ai suivi dans ce travail avec une rigoureuse exactitude les données historiques, telles que les fournissent les écrits de Salluste, les discours et les lettres de Cicéron, Plutarque, Suétone, Valère-Maxime et Velleïus Paterculus. Pour la topographie de Rome et de l'ancienne Italie, je me suis laissé guider par Bellori, Kirker, Descine (1), Palladio, Burlington et le savant Nibby. J'ai consulté pour l'archéologie Ramée, Piranesi et Canina ; pour les antiquités, Caylus, Montfaucon et Winkelmann ; pour les médailles, Eckel, Taylor et Mionnet ; pour les costumes enfin, Willemin et Lorenzo Rocchegiani. Un excellent ouvrage de M. Dezobry, *Rome au siècle d'Auguste*, dont on ne saurait trop vanter l'érudition, le style et la forme ingénieuse, a été aussi pour moi une source féconde de détails intéressans. Je n'ai pas négligé pour tâcher de satisfaire, en racontant la *Conjuration de Catilina* les lecteurs qui feuillettent un roman uniquement pour se distraire, et les admirateurs, maintenant trop rares, de la belle antiquité.

I.

LE TEMPLE DE MERCURE, CONDUCTEUR DES OMBRES.

La septième heure de la nuit (une heure du matin) était passée. Rome était plongée depuis longtemps dans le sommeil. Le vent d'ouest soufflait avec violence et poussait en tourbillons rapides une pluie froide et pénétrante. Aucun bruit ne résonnait ni dans les rues de la ville, ni hors de l'enceinte sacrée de ses murailles. La voix des crieurs publics, annonçant l'heure des rostres aux différens quartiers, troublait seule ce lugubre silence. Il faisait une de ces nuits sombres et solitaires que choisissaient de préférence les voleurs des marais Pontins pour venir s'abattre sur Rome et y détrousser les patriciens en débauche ou les ivrognes au sortir d'un cabaret.

En dehors de la porte Esquiline, au milieu du champ désolé où l'on enterrait les pauvres s'élevait un petit temple con-

(1) *Rome ancienne et moderne*, 8 vol. in-12.

sacré à Mercure, conducteur des ombres. Ce monument, dont la quadruple façade était surmontée d'un fronton, et dont les angles portaient des demi-rippes à leur sommet, ressemblait à un sépulcre. L'unique chapelle qu'il renfermât n'avait point de fenêtres. Une lampe en éclairait jour et nuit les murs à revêtement de marbre. L'autel de Mercure, conducteur des ombres, et sa statue occupaient le fond de l'édicule. La figure du dieu était mi-partie de noir et mi-partie de blanc, suivant les traditions païennes, et de la main droite il tenait un caducée. Les Parques, la Nuit, l'Érèbe et les autres divinités infernales avaient leurs images dans cette funèbre enceinte, vouée au culte de la Mort.

Là s'étaient réunies, l'an 691 de la fondation de Rome, pendant la nuit du 1er au 2 septembre, quinze ou vingt personnes de la dernière classe du peuple. C'étaient, pour la plupart, des hommes taillés en hercules, à la figure sinistre, au regard farouche, à la voix rauque ; de vieilles femmes au dos voûté, aux ongles crochus, flétries et ridées comme des sorcières d'Étrurie. Un vieillard vêtu de deuil semblait présider la réunion, et s'était assis sur un de ces coffres funéraires que l'administration de Libitine prêtait, moyennant quelques as, aux pauvres citoyens décédés. Ses paupières clignotantes, ses joues enluminées, l'ampleur énorme de son ventre, indiquaient assez que Mutius Gurgès Triconglius, désignateur (1) des pompes funèbres, ne méprisait pas le vieux vin du Latium. Une écuelle de bois à la main, il puisait de temps en temps à une amphore placée auprès de lui. L'attitude insouciante de cet homme, l'immobilité de ses traits, la fixité de son regard, attestaient qu'il avait cessé de vivre par l'intelligence et par le cœur. A force d'enterrer et de boire, de boire et d'enterrer, il s'était abruti.

Les divers acteurs de la scène que nous allons décrire en faisaient les mystérieux préparatifs. Pendant que les femmes se tenaient accroupies le long des murs, et que Gurgès, grave comme un sénateur, trônait sur son coffre de sapin, leurs compagnons se glissaient deux à deux hors du temple, en refermant soigneusement la porte, traversaient le champ des sépultures et se rendaient au bord d'un puits où travaillaient des fossoyeurs. Là, ils recevaient un fardeau de forme oblongue, enveloppé d'une mauvaise toge, le chargeaient sur leurs épaules avec une adresse toute particulière, le transportaient dans le temple et le cachaient sous l'autel d'Hermès. La lampe suspendue près de la statue du dieu jetait des reflets rougeâtres sur les faces heurtées, sur les vêtemens en haillons des bandits que présidait Gurgès. Enfin, le désignateur sortit de son repos, et s'adressant aux deux misérables qui venaient de rentrer :

—Assez pour ce soir, dit-il. L'heure s'avance : rappelez les amis.

Cet ordre fut transmis aussitôt au dehors. La troupe entière reparut sur le seuil du temple augmentée de quatre individus souillés de fange, blêmes comme des spectres, dont les cheveux plats ruisselaient de sueur. Ceux-ci barricadèrent la porte, placèrent derrière deux énormes chiens d'Épire en sentinelle, et déposèrent lentement sur le sol les cordes, les pelles et les pioches dont ils étaient armés. Une odeur infecte se répandit alors dans le temple et soulevèrent autour d'eux en arrivant d'affreux miasmes. Gurgès reprit :

—Alerte ! Étendez-moi sur le pavé tout ce gibier des enfers.

A ces mots hommes et femmes se pressèrent autour de l'autel, où les cadavres étaient renfermés. Il y eut un moment de confusion étrange, après quoi chacun revint au milieu du *sacrarium* traînant par les cheveux, par les bras et par les jambes les dix ou douze morts qu'on avait enterrés ce jour-là.

Quand ces tristes dépouilles furent retombées sans mouvement sur les dalles, les nécrophores (croque-morts) et les *præficæ* (pleureuses), se réunirent à l'entour comme une volée d'oiseaux carnassiers.

—Voilà des Romains bien défigurés ! dit Gurgès en examinant ses cadavres avec l'instinct féroce d'un loup qui rôde autour de sa proie. — Sabidius, verse-nous du vin !

(1) Maître des cérémonies. C'était l'officier qui menait le deuil.

mens de ce monde, des intrigues de l'aristocratie et des scandales du forum, autant l'autre aimait à s'en occuper. Cruscellus était un petit homme de bonne mine, replet, grisonnant, dont la toge, d'une propreté douteuse, se drapait toujours avec une élégance remarquable. Lecteur assidu des *Actes Diurnaux*, conteur infatigable, orateur, tacticien et très rusé politique, il avait conquis un rang distingué parmi ces nouvellistes de carrefour et de taverne dont Paul-Émile, sur le point d'aller combattre Persée, craignait si fort les déclamations. Ses calembours avaient une vogue immense et troublaient, disait-il, le sommeil du consul Cicéron.

Malgré ces qualités éminentes, Cruscellus exerçait la profession vulgaire de tondeur. Tous les jours que Jupiter donne, il ouvrait à la deuxième heure (huit heures du matin), été comme hiver, sa modeste boutique de la rue aux Parfums. Dès qu'un chaland réclamait son ministère, il lui offrait un siége, lui mettait un miroir à la main, lui jetait un peignoir sur les épaules, et lui travaillait avec le rasoir, les ciseaux et les pinces ce que les physiologistes modernes appellent le cuir chevelu. Puis, quand d'une main légère il avait épilé, rasé sa pratique, quand il lui avait rogné les ongles et retranché le superflu de la chevelure, il vous la frisait, vous la parfumait, la polissait avec une pierre-ponce. Pour lui épargner l'ennui de ces diverses opérations, il la mettait au courant des délibérations du sénat, des harangues de la tribune, des événemens de la guerre, et s'arrangeait toujours de façon à la renvoyer surprise, émerveillée de l'habileté de son coup de peigne et des charmes de sa conversation.

Telles étaient les occupations auxquelles se livrait, non loin du temple, le seul ami que Gurgès eût conservé dans sa vieillesse. Mais l'adroit tondeur exerçait en outre secrètement plusieurs industries lucratives. Les coquettes maltraitées par l'âge, les amans persécutés, les patriciens sans argent, les tribuns qui avaient besoin de séditions pour mener à bien leurs entreprises, trouvaient en lui un confident discret, un serviteur dévoué. Il procurait aux coquettes de précieux cosmétiques, des dents en ivoire ou en os, et des cheveux, dépouille présumée des blondes Germaines, que Gurgès dérobait aux Esquilies. Cruscellus savait remettre un carré de papyrus aux héritières les mieux gardées, apprivoiser des vertus très farouches, séduire un usurier, organiser enfin, moyennant une rétribution convenable, de jolies petites émeutes avec sifflets, clameurs, torches, coups de pierres et de bâton. Il avait des amis, des obligés, des cliens au sommet comme au bas de l'échelle sociale. Son influence s'exerçait partout, au forum et dans les boudoirs, chez les banquiers et jusqu'au fond des coupe-gorge du mont Aventin.

En rentrant vers la neuvième heure de la nuit (trois heures du matin) de son excursion au champ des sépultures, Gurgès avait pris quelque repos et s'était ensuite occupé des préparatifs du souper qu'il devait offrir le soir même à Lélius, son libérateur. Cruscellus, Batta, gardien du temple de Libitine, et Prosper, jeune orfèvre, auquel Daphné avait promis de s'unir, y furent invités. Se réservant l'office de sommelier, Mutius chargea sa fille de surveiller les apprêts culinaires de la fête. A la chute du jour, il attendait ses hôtes près d'une rangée formidable de cruchons alignés. Mais Lélius ne vint pas. Gurgès et ses amis furent obligés d'attaquer le souper sans lui, ce qu'ils firent avec une remarquable vigueur. On ne s'enivra pas néanmoins, car la présence de Rutuba et de sa sœur imposait aux convives. Le festin se passa d'une manière convenable, et Mutius venait de terminer son offrande aux dieux Lares avec toute la dignité d'un père de famille, quand un léger bruit retentit à la porte. L'esclave du désignateur courut ouvrir, et Lélius se présenta.

En le voyant, Cruscellus tressaillit. Le nouveau venu imposa silence au tondeur par un clignement d'yeux imperceptible.

—Parbleu! mon cher, vous venez bien tard, s'écria le désignateur dès qu'il aperçut son protecteur de la veille.

— Pardonnez-moi, digne Gurgès, répondit Lélius; je me suis couché au jour, grâce à notre aventure d'hier, et depuis longtemps le soleil avait cessé de luire quand je me suis réveillé. Jugez si j'ai pu me rendre à votre invitation.

— Et avez-vous... soupé? demanda Mutius avec l'hésitation d'un homme qui redoute l'appétit de son convive attardé.

— Oui, répliqua l'étranger. Je viens uniquement pour m'excuser auprès de vous, ainsi qu'auprès de votre aimable fille, d'avoir manqué à ma promesse.

En prononçant ces dernières paroles, Lélius s'inclina devant Daphné.

— Salue donc notre ami Lélius, dit Gurgès à sa fille.

Daphné obéit, et ses paupières aux longs cils noirs se baissèrent devant le regard insolemment flatteur du vainqueur de Burrha.

Lélius n'était pas de la première jeunesse. Il avait au moins dépassé la quarantaine, et l'on voit-bien qu'il atteint pas cet âge, aux époques de révolution et de guerre civile, sans fléchir un peu sous le poids des passions et du temps. Cependant il appartenait à cette classe d'hommes, dont la séduisante amabilité survit longtemps aux charmes de l'adolescence. Sa taille était belle, sa mise recherchée, ses manières faciles. Il y avait dans son allure une certaine impertinence qui ne déplaît aux jolies femmes que dans le cas fort rare où elles n'ont pas à s'en plaindre. Aussi Daphné éprouvait-elle à voir ce personnage extraordinaire, à l'entendre parler, un trouble indéfinissable. Elle ne trouvait en lui rien de la douceur charmante, de la fraîche beauté qui lui plaisaient dans Prosper. Mais la parole effrontée, la galanterie sans gêne de Lélius, excitaient en elle une vive surprise mêlée d'admiration. Sa présence lui causait peut-être plus d'embarras que de plaisir, et pourtant elle ne pouvait détourner ses yeux de lui.

— Passons dans mon *aléatorium* (salle destinée au jeu), reprit Gurgès. Daphné, fais-nous donner un cruchon de Falerne.

Le désignateur introduisit aussitôt ses convives Lélius, Batta et le barbier dans une pièce étroite, assez pauvrement meublée. Le salon de Gurgès avait cependant un air de fête. Des vases de terre de Campanie, garnis de fleurs, reposaient sur des fûts de colonnes aux angles de l'appartement. Quatre lampes de fer poli y répandaient une clarté convenable. Lélius s'arrêta devant un trophée d'armes appendu au mur vis-à-vis de la porte par laquelle il était entré.

Son hôte vint lui frapper sur l'épaule.

— Eh bien! dit-il, compère, que pensez-vous du soldat auquel appartiennent ces armes? Premier centurion et porte-enseigne de la dixième légion! ajouta Gurgès en montrant les lettres et les chiffres d'argent attachés au cimier du casque : ces titres parlent éloquemment, je pense. Et Rutuba, qui les a gagnés sur les champs de bataille, n'a pas vingt ans.

Lélius chercha des yeux autour de lui le fils du désignateur. Rutuba entrait en ce moment dans la salle. Il s'inclina devant l'étranger.

Le centurion était un homme d'excellente mine, grand, bien fait, dont la taille mince supportait une large poitrine et des épaules robustes. Les braies grises qui serraient ses jambes dessinaient des formes irréprochables. On apercevait à peine quelques veines bleues à travers l'épiderme de ses bras aux muscles saillans, aux articulations vigoureuses, que les demi-manches d'une tunique militaire laissaient à nu. Rutuba avait en outre une belle figure, un front élevé, des yeux bruns dont la pupille brillait comme du jais enchâssé dans de la nacre de perle. Sa chevelure noire, qu'il n'avait pas coupée depuis son retour d'Orient, faisait agréablement ressortir la pâleur de son visage, pâleur mate, que la moindre émotion teintait de rose, et qui dénotait la vigueur et la santé. Par dessus sa tunique bleue, le centurion portait un manteau de pourpre. On devinait à l'élégante simplicité de ses manières qu'il avait fréquenté durant ses expéditions une société d'élite, et qu'il avait dû tenir convenablement sa place dans les conseils de Pompée, auxquels son grade lui donnait droit d'assister.

Lélius examinait le fils de Gurgès avec l'attention minutieuse d'un physiologiste qui veut deviner l'âme sous la forme humaine qu'elle anime.

— Cruscellus, disait tout bas le désignateur au barbier, son voisin, en lui montrant l'étranger, voici le brave qui nous a tirés cette nuit des griffes de Burrha.

—Par Hercule! dit le tondeur, je te félicite du défenseur que le hasard vous a envoyé.

—Le connaîtrais-tu? demanda Gurgès.

—Moi! non, je ne le connais pas.

Le tondeur se mit à siffler l'air des Bacchanales et alla s'asseoir sur un pliant.

Gurgès se rapprocha de son libérateur et reprit :

—Sans mentir, Lélius, je vous en veux de n'être pas venu prendre votre part du foie gras que nous avons mangé ce soir. C'était du lait et du miel. Un Métellus Scipion s'en fût régalé. Qu'avez-vous donc à regarder mon fils des pieds à la tête? Le voilà guéri des blessures qu'il avait reçues en Judée. Les dieux, voyez-vous, n'ont point voulu que Rome perdit un si brave soldat!

—Vous avez été blessé, centurion? demanda l'étranger à Rutuba.

—Oui, repartit le jeune officier.

—Et dans quelle affaire?

En ce moment Daphné rentrait dans le salon avec la précieuse liqueur réclamée par son père. L'étranger pirouetta sur le talon, et, oubliant la question qu'il venait d'adresser à Rutuba, il se hâta de débarrasser la jeune fille de l'amphore et des calices qu'elle tenait dans ses mains.

La rapidité avec laquelle Lélius exécuta ce mouvement fit froncer le sourcil au centurion.

Rutuba aimait Prosper d'une amitié vraiment fraternelle; non-seulement il trouva que Lélius, en l'interrogeant sans daigner entendre sa réponse, l'avait personnellement blessé, mais encore il s'offensa de l'excessive politesse dont usait cet inconnu envers une jeune fille qu'il rencontrait pour la première fois. La fatuité superbe de Lélius eût suffi d'ailleurs pour indisposer un militaire comme Rutuba, auquel toute vanité prétentieuse déplaisait. S'il ne témoigna pas sur l'heure son mécontentement au convive de son père, ce fut uniquement par égard pour Gurgès et par respect pour les lois saintes de l'hospitalité. Toutefois, l'incomparable beauté de la fille du désignateur pouvait jusqu'à un certain point servir d'excuse à la conduite de Lélius. Ce petit être mignon, gracieux dans sa démarche, plein d'une vivacité charmante, eût troublé plus d'un sage, et Lélius n'avait pas de prétention à la sagesse. Il ne pouvait assez admirer l'air mutin de Daphné, ses beaux yeux bruns, sa figure ronde et chiffonnée, ses cheveux artistement tressés en natte. Quand il eut déposé sur un guéridon les coupes et le Falerne que la jeune fille avait apportés, il la suivit du regard jusqu'auprès de Gurgès. Elle se pencha vers son père et le pria de préparer lui-même le vin du vieux consul. A voir le corps svelte de la jolie enfant se dessiner sous les plis de sa tunique, et la grâce parfaite de son attitude quand, penchée vers le vieillard, elle lui parlait à voix basse, le héros du champ des sépultures ne put contenir son admiration, et s'adressant au désignateur :

—Savez-vous, père Gurgès, dit-il, que vous avez la plus aimable fille qu'il soit possible d'imaginer?

—C'est aussi mon avis, répliqua Gurgès avec orgueil. Ma Daphné n'a pas de rivale dans tout le quartier des Esquilies.

Le vieillard caressait de la main avec complaisance les cheveux de sa fille qui, placée près de lui, souriait, sans perdre de vue Lélius. Ce manège d'une petite personne de quatorze ans qui, forte de la protection paternelle, semblait se rire des intentions galantes de l'étranger, parut à ce dernier excessivement provocateur.

—Rutuba, dit Prosper, après avoir conduit le centurion dans un angle de l'appartement, ne trouvez-vous pas que le nouvel ami de votre père traite les personnes de votre maison avec une familiarité presque insolente?

—Il me semble, en effet, répondit le jeune officier, qu'il abuse un peu des droits de l'hospitalité.

—Il y a du sang patricien, bien sûr, dans les veines de cet homme. Craignons son influence comme celle d'un génie malfaisant.

—Je vous comprends, ami, répliqua le centurion, à la perspicacité duquel aucune des œillades que se renvoyaient Lélius et Daphné n'avait échappé. Je veillerai sur les démar-

ches de ce Pâris à cheveux gris, et ce n'est pas d'ici qu'il enlèvera son Hélène. Ma sœur est un trésor qui vous appartient, et ce trésor, je me charge de vous le garder.

Gurgès avait pris des deux mains l'amphore qui contenait son Falerne. Il l'éleva à la hauteur de sa tête, et lut ces mots gravés en relief sur le cachet du vase :

Du territoire de Falerne et du champ de T. Livius Népos, l'an DCXXXIII, sous le consulat d'Optimius.

—Voyons un peu, poursuivit-il, si cette vieille liqueur ne ment pas à son âge.

Il brisa lentement, et avec une gravité respectueuse, le sceau de craie asiatique qui garantissait l'authenticité de son Falerne, débarrassa l'orifice de la cruche du mastic dont on l'avait luté, en enleva le couvercle, et versa dans les calices de ses hôtes le vin consulaire qui n'avait pas vu le jour depuis cinquante-huit ans.

Il avait l'aspect d'une pâte noire et grumeleuse. Gurgès le parfuma de nard et de rose. Il tira ensuite d'un sac de neige une seconde amphore, pleine d'un vin léger, qu'il mêla au Falerne. Cependant Daphné avait mis de petites cuillers dans les calices. Le désignateur s'arma du sien, en agita un instant le contenu et invita ses amis à l'imiter. Lélius se disposait à prendre sa coupe, lorsque Daphné le prévint et la lui présenta. Sans doute, elle avait jugé moins sévèrement que son frère la conduite du libérateur de Gurgès à son égard.

Lélius remercia la jeune fille avec effusion ; puis se retournant vers Rutuba, il voulut échanger son calice contre celui du centurion. L'officier hésita avant d'accepter ce témoignage de bonne amitié. Il se prêta néanmoins à la circonstance. On savoura le vin du désignateur, et Cruscellus réunit les suffrages de la société tout entière, quand il dit en agitant sa coupe :

—C'est frais, et c'est bon.

Le tondeur plaça son calice au premier rang, près du délicieux cru chien qu'on avait entamé.

Quant à Lélius, il avala d'un trait sa part de falerne.

—Vous ne m'avez pas dit à quelle affaire vous avez été blessé, centurion, reprit-il, tandis que Batta exaltait l'amertume du nectar et le dégustait savamment, gorgée par gorgée.

—C'est que vous ne m'avez point paru très curieux de l'apprendre, répondit sèchement Rutuba.

—Vous vous trompez : je m'intéresse au contraire beaucoup au sort de tous les braves que Pompée a conduits en Orient. Moi aussi, j'ai été soldat.

—J'ai reçu un coup d'épée à la prise de Jérusalem avec la cohorte de Faustus Sylla, répliqua le centurion.

Et il se détourna, afin de couper court à toute explication.

—Voilà ce que je ne puis comprendre, interrompit Cruscellus. L'armée romaine a pris Jérusalem sans coup férir.

Cette réflexion du tondeur offensa sans doute l'orgueil de Rutuba, car il reprit aussitôt :

—L'excellent Cruscellus pense-t-il que les partisans d'Aristobule se soient laissé égorger dans le temple comme un troupeau de moutons dans une bergerie, après s'y être défendus vaillamment pendant trois mois?

—C'est donc une place bien forte que le temple de Jérusalem? demanda Batta, le gardien du temple de Libitine.

—Par Hercule! je suis de cet avis, se hâta de répondre Cruscellus. Tenez, je vais vous expliquer comment la ville de Jérusalem est bâtie, gardien ; cela vous fera concevoir parfaitement la position de ce fameux édifice. Voici, je suppose, poursuivit-il en plaçant au milieu d'une table la trousse de rasoirs qu'il portait toujours sur lui, voici la hauteur qu'on appelle montagne de Sion, comme qui dirait le Capitole. Au nord de Sion...

—Allons! s'écria Gurgès avec humeur, le nouvelliste tient sa description ; il n'en finira plus! Cruscellus, si tu décris la ville de Jérusalem, tu n'auras plus de falerne.

—Verse-moi à boire! riposta le tondeur.

Mutius remplit de nouveau les coupes. Cette fois Lélius présenta les leurs à Daphné et à Rutuba. Il s'assit à côté du centurion, et lui dit avec une affabilité charmante :

— J'ai d'excellentes nouvelles à vous apprendre, cher Rutuba. Pompée a terminé la conquête de la Syrie, et réunit ses troupes à Éphèse. Il va mettre à la voile pour l'Italie. Vous reverrez bientôt votre glorieux *imperator*.

— Vraiment? dit le jeune officier. Quel bonheur! O mes amis, vous verrez un beau triomphe! On y portera les dépouilles de cinquante rois, les trophées de cent batailles. Pompée a promené ses aigles depuis la mer Caspienne jusqu'aux déserts de l'Arabie pétrée.

— Tu crois, mon frère, hasarda Daphné, que le triomphe de ton général sera plus beau que celui de Lucullus, qui nous a montré dernièrement tant d'armes brillantes, tant de vaisselle d'or et de machines de guerre auparavant inconnues?

— Le fait est, dit Gurgès, que Lucullus a bien fait les choses. On a servi dans son repas triomphal le vin de Surrente à pleins tonneaux.

— Pompée a soumis plus de provinces que Lucullus n'a pris de villes, répondit le centurion.

— Rutuba, vous déraisonnez, repartit brusquement le gardien du temple de Libitine. Votre Pompée n'est qu'un voleur de gloire, qu'un brocanteur de royaumes. Mieux vaudrait pour lui être à Rome, auprès de sa femme Mutia, que de courir l'Asie avec un cortège de princes et de rois.

Le centurion se préparait à repousser énergiquement l'attaque de Batta. Cruscellus s'interposa entre eux.

— Voyons, pas de querelle, dit-il. Si le grand pontife C. Julius César a voulu consoler Mutia de l'absence de son mari, cela ne regarde personne. A propos, j'ai une petite anecdote à vous conter. Gurgès, tu connais les tribuns du peuple désignés pour l'année prochaine?

— Hé bien? demanda le désignateur.

— Devine quel est celui d'entre eux que les cliens de Muréna ont trouvé ce matin ivre-mort au coin d'une borne, en allant chercher la sportule de leur patron?

— Je parie qu'il s'accorde d'ivrogne de Caton, répondit Lélius.

— Vous avez deviné juste, répliqua le tondeur. Peste! compère, il paraît que notre aristocratie ne vous est pas étrangère, poursuivit Cruscellus en accompagnant ses paroles d'un rire moqueur. Caton dormait côte à côte avec Athénodore, un vieux radoteur, un stoïcien qu'il a ramené de Pergame. Voilà une étrange paire de philosophes!

— Eh! fit Gurgès, l'ivresse est le délassement des sages. Elle repose la raison. Demandez plutôt au censeur Aurélius Cotta.

— Belle Daphné, disait Prosper à sa fiancée, pendant que les invités du désignateur écoutaient l'anecdote de Cruscellus, vous faites les honneurs de votre maison avec une grâce charmante.

— Vous trouvez? repartit la jeune fille.

— L'étranger que vous avez reçu ce soir pour la première fois doit être infiniment satisfait de vos attentions pour lui.

— Je serais fâchée, je l'avoue, qu'il fût mécontent de moi, répliqua Daphné d'un air boudeur.

— Mais j'espère, ajouta l'orfévre, dont la voix tremblait, qu'il restera toujours une place dans votre cœur pour les anciennes connaissances de votre famille.

Daphné se mêla brusquement à la conversation générale.

— Comment! reprit-elle, le censeur Aurélius Cotta s'enivre? Fi donc! c'est impossible.

— C'est un plaisir qu'il s'accorde plus souvent qu'à son tour, répondit Batta d'un ton sentencieux.

— Mes amis, interrompit Lélius, la soirée s'avance, il faut que je vous quitte.

— Vous reviendrez? demanda le désignateur.

— Le plus souvent qu'il me sera possible, repartit l'étranger.

— Vous ai-je tenu ma promesse d'hier? continua Gurgès; vous ai-je montré une jolie fille et un brave centurion? ai-je versé dans votre coupe du falerne-vieux-consul?

— Je suis enchanté de l'hospitalité que vous m'avez offerte, excellent désignateur, répliqua Lélius. Adieu, Gurgès; adieu, Rutuba; au revoir, belle Daphné.

— Où demeurez-vous? dit le vieillard.

— Dans Alta-Semita, près du temple de Quirinus.

— Nous irons vous voir, répondit Gurgès. Allons, poursuivit-il, armez-vous tous de vos calices, et buvons le coup du départ!

Le désignateur acheva de distribuer le reste de son Falerne. S'adressant ensuite au vainqueur de Burrha:

— Brave Lélius, dit-il, je désirerais savoir, si toutefois ma curiosité ne vous semble pas indiscrète, quelle profession vous exercez.

A cette question, Cruscellus, qui travaillait activement à épuiser sa coupe, la retira de ses lèvres. Il parut attendre avec une curiosité maligne la réponse de l'étranger.

Un coup d'œil oblique répondit au tondeur qu'il devait s'interdire toute marque d'étonnement ou d'improbation. Cruscellus éprouva un malaise indicible, comme si le regard de Lélius l'eût frappé au cœur.

— Je suis scribe au trésor de Saturne, repartit ce dernier sans le moindre embarras.

— Par Libitine! vous avez là une position honorable et lucrative, s'écria Gurgès. Etes-vous marié?

— Non, répliqua le scribe.

Le front de Daphné se colora légèrement.

— Au revoir donc, mes amis, ajouta Lélius. Je reviendrai demain.

Daphné prit une lampe et accompagna jusqu'au bas de l'escalier le nouvel ami de Gurgès. Arrivé dans l'*atrium*, Lélius se retourna et déposa un baiser sur la main de la jeune fille. Daphné voulut s'y opposer, mais trop tard. Elle se hâta de retourner vers son père, et rentra toute pensive dans le salon.

— La jolie enfant! se disait Lélius en descendant la rue aux Parfums. Et le centurion, quel homme robuste, énergique! Par Mercure, conducteur des ombres! comme dit leur père, je n'ai pas perdu ma nuit d'hier. Rutuba, Daphné! Comment se peut-il qu'on trouve de pareils êtres cachés dans le taudis d'un vespillon?

Lélius s'abandonnait à ces réflexions, quand un *rhéda*, traîné par un cheval africain, s'approcha de lui. Le scribe monta dedans, et l'attelage, au lieu de tourner vers *Alta-Semita*, partit dans la direction du Forum.

III.

QUELQUES HÉROS DES GUERRES CIVILES:
CICÉRON, CATILINA, CÉSAR.

Vers le milieu du septième siècle de la république, cent et quelques années avant J.-C., naquirent, l'un dans une splendide maison du mont Palatin, l'autre dans une modeste habitation du bourg d'Arpinum, au pays des Volsques, deux hommes qui devaient un jour tenir dans leurs mains la fortune de Rome. Le premier se nommait Lucius Sergius, et le second Marcus Tullius Cicéron.

Le père de Sergius comptait une longue suite d'aïeux. Virgile a consigné dans son *Enéide* la tradition populaire qui faisait descendre la race Sergia de Sergeste, un des compagnons d'Enée. Un Sergius siégeait dans le sénat de Romulus. Un autre, nommé Silus, questeur en 550 et préteur de Rome en 556, acquit, au rapport de Pline, une haute réputation de bravoure durant l'invasion d'Annibal en Italie. Dans trois campagnes, ce héros perdit une main et fut blessé vingt-trois fois. Il nous reste une médaille de lui, qui le représente à cheval, tenant de sa main gauche une épée et la tête d'un ennemi.

Le petit-fils de celui-ci acquit une célébrité bien différente. Possesseur d'une immense fortune, si l'on en croit Cicéron, et savant dans l'art de bien vivre, il ne songeait qu'à ses plaisirs. Il apprit aux Romains à remplir d'eau de mer et à peupler de poissons rares les viviers de leurs villas, à construire des jets d'eau et à imiter les accidens de la nature dans la distribution d'un jardin. Son goût pour les dorades lui valut le surnom d'Orata.

Tels étaient les ancêtres de Sergius. Cicéron appartenait au contraire à une pauvre famille de chevaliers, dont certains auteurs ont rapporté l'origine à Tullius Attius, roi des Volsques. Des liens de parenté l'unissaient à Marius et à Cinna. Plébéien sans nom et sans fortune, il comprit de bonne heure qu'il ne sortirait jamais de son obscurité, s'il ne parvenait à dominer par ses talens cette orgueilleuse aristocratie qui, depuis quatre siècles, accaparait les sacerdoces, les magistratures et le commandement des armées. Il se livra donc à l'étude avec une ardeur incroyable. Archias lui apprit la poésie, Mutius Scévola la jurisprudence, tandis que Phèdre l'épicurien l'initiait à la philosophie. Il fit ses premières armes avec distinction pendant la guerre marsique sous P. Cornélius Sylla.

Cicéron élevait ainsi l'édifice de sa réputation et de sa gloire à venir, pendant que Sergius, environné de gladiateurs, d'athlètes, d'histrions et de courtisanes, dissipait en folles orgies les années de sa jeunesse. C'était un homme de belle taille, mince et frêle en apparence, pâle de figure, toujours vêtu d'habits somptueux, qui soignait ses mains comme une femme et parfumait ses cheveux des senteurs délicieuses de l'Orient. Mais les enveloppes délicates de ses membres cachaient une organisation robuste, dont tous les ressorts étaient dans un parfait équilibre, et qui pouvait également résister aux rudes travaux de la guerre et aux fatigues d'une longue existence consumée dans les plaisirs. Ses traits respiraient je ne sais quelle audace inquiète, quelle sauvage énergie. Voluptueux comme Orata, et passionné comme Silus pour les jeux sanglans où l'on expose sa vie au hasard d'un coup d'épée, il possédait tous les vices, tous les instincts féroces de son époque. Ses amis et ses maîtresses le trouvaient charmant au milieu d'une débauche; on admirait au champ de Mars sa force et son adresse, et nul ne savait mieux que lui se débarrasser d'un rival ou d'un ennemi.

Il semblait que ce noble patricien, si prodigue de son patrimoine et de sa réputation, si prompt au crime, si ardent au plaisir, pressentît les malheurs prochains de sa patrie; qu'il se crût certain de trouver place parmi les satellites des tyrans qui devaient régner bientôt sur Rome par la terreur. En effet, quand Sylla, à son retour d'Asie, eut ruiné la faction populaire, Sergius devint le plus féroce des sicaires au glaive desquels le vainqueur livra ses ennemis.

L'obscurité de Cicéron et sa conduite inoffensive le sauvèrent des proscriptions. Mais il vit périr Marius Gratidianus, son grand-oncle, que Sergius tua de sa main sur le tombeau des Lutatius. Le tribunat opprimé, l'ordre équestre chassé des tribunaux par la volonté du dictateur, lui inspirèrent de vifs regrets. Il quitta Rome asservie pour aller visiter Athènes, Rhodes et toutes ces villes de la Grèce et de l'Asie-Mineure que la nature et la civilisation avaient si richement dotées. Il s'instruisait par des voyages comme Pythagore, le vieux sage de Samos. Suivant l'expression du rhéteur Apollonius, il dépouillait l'Orient, non pas de ses richesses (assez d'autres se chargeaient de ce soin), mais de ses connaissances artistiques et littéraires, pour en gratifier sa patrie.

La mort de Sylla le ramena à Rome en 677. Hortensius y tenait le sceptre de l'éloquence. Cicéron le surpassa bientôt. La questure, l'édilité, la préture, lui furent successivement conférées. Une alliance honorable avec Térentia, fille d'excellente maison, augmenta son patrimoine et élargit le cercle de ses relations. Enfin, différentes harangues prononcées, soit au forum, soit devant les *questions criminelles*, rendirent populaire dans tout l'empire sa réputation de publiciste et d'orateur. Il devint un des organes les plus accrédités du parti plébéien.

La plupart des sénateurs purent alors envier la condition du chevalier d'Arpinum. Une foule de cliens encombrait chaque matin le vestibule de sa maison. Il possédait villa à Arpinum, à Naples et à Pompéi. Il venait d'abandonner à son frère Quintus la modeste habitation de leur père, sise dans le quartier des Carènes, pour habiter l'ancienne demeure de Livius Drusus, près du temple de Jupiter-Stator. Cet édifice immense, qu'il acheta plus tard moyennant trois millions cinq cent mille sesterces (environ 750,000 francs), appartenait à Mar-

cus Licinius Crassus. L'atrium en était décoré de colonnes de marbre du mont Hymette, les premières qu'on eût importées de Grèce en Italie. Six vieux lotos, remarquables par l'étendue et l'épaisseur de leur feuillage, le couvraient de leur ombre. Là, Cicéron avait pour voisins tous les plus illustres patriciens de Rome. Il touchait d'un côté au Palatin, de l'autre à la voie Sacrée, au forum, au palais du sénat. Il s'était placé au centre de la vie politique du grand peuple auquel il allait commander.

Il se trouvait à quarante et un ans dans toute la vigueur de l'âge mûr et dans toute la force de son talent. A la tribune, orateur brillant et chaleureux, avocat spirituel et pathétique dans l'enceinte des tribunaux, chez lui discoureur charmant, philosophe ingénieux, qui savait prêcher la vertu sans trop y croire, et vanter, sans en être esclave, les attraits de la vérité, il offrait aux Romains le type d'une perfection intellectuelle et morale dont ils n'avaient eu jusqu'alors aucune idée. Ainsi qu'un élégant citoyen d'Athènes, transporté par hasard au milieu d'un peuple rapace et spoliateur, il étonnait, il dominait, par le seul prestige de sa parole, de sauvages natures, des convoitises impatientes de tout frein. La multitude aimait sa voix sonore, ses gestes d'une admirable rondeur et l'éloquence entraînante de ses improvisations, tandis que l'on redoutait, dans les hautes régions de l'aristocratie, et son humeur satirique, et cette puissance, cette incroyable souplesse de dialectique avec lesquelles, pendant une lutte de tribune, il confondait ses adversaires et se dérobait à leurs coups. Ses plaisanteries faisaient les délices de Rome. On les répétait partout, au forum, aux bains, dans les thermopoles et jusque dans les tavernes des tondeurs. Pour peindre en trois mots cet homme extraordinaire, il faudrait dire qu'il était philosophe comme Fontenelle, et qu'il joignait l'éloquence de Barnave à l'humeur satirique de Voltaire et à la verve mordante de Beaumarchais.

La nature ne lui avait refusé aucun des avantages extérieurs qui peuvent rehausser l'éclat du génie. Ses cheveux noirs, toujours peignés avec soin, traçaient sur son front une ligne convexe dont les échancrures latérales laissaient apercevoir l'admirable développement d'un crâne apollonien. Il avait le nez aquilin, les yeux vert foncé et fendus en amande, le regard doux et profond, les lèvres minces et légèrement relevées aux extrémités de la bouche. L'imperceptible sourire qui s'y jouait continuellement trahissait son penchant à la raillerie. Ainsi le représentent un buste antique et la célèbre médaille que frappèrent en son honneur les habitans de Magnésie. Du reste, il soignait ses vêtemens et sa personne avec ce goût délicat qui présidait à la rédaction de ses discours, au choix de ses amis et à la construction de ses villas. Ses mains et ses bras étaient d'une blancheur et d'une perfection de formes irréprochables, vraiment dignes d'accompagner par le geste les périodes nombreuses, savamment cadencées, dont elles mesuraient, pour ainsi dire, la divine mélodie.

Sergius était arrivé aux honneurs par des voies tout opposées à celles que suivait Cicéron. La vie de ces deux hommes se ressemblait aussi peu que leur caractère et leur éducation.

Les proscriptions avaient enrichi Sergius. Devenu le familier de Sylla, ce terrible restaurateur du pouvoir oligarchique eut assouvi ses haines, il partagea l'excès dans lesquels il consuma ses derniers jours. Le dictateur lui ouvrit la carrière des emplois publics. Sergius, élu questeur par la volonté du maître, se maria. Alors il ne mit plus de bornes au scandale de ses débordemens. Les sénateurs Annius et Curius, les chevaliers Vettius et Popilius, gens de mœurs infâmes, accablés de dettes et perdus de réputation, composaient sa société habituelle. Il se recrutait des amis jusque parmi les bouchers d'Argilète et les débardeurs des ports du Tibre. Pour peu qu'on fût un lutteur habile, un adroit cocher, qu'on excellât à manier une baguette d'escrime ou à donner un coup de poing, l'on pouvait se coucher sur les lits de pourpre du triclinium de Sergius, boire ses vins de l'Archipel, assommer ses esclaves, monter ses chevaux ou fouetter ses chiens. Le roi de la populace urbaine, Carvilius, dont on redoutait dans Subure l'audace et la brutalité, vivait dans sa société intime. Et comme on s'amusait beaucoup en définitive chez Sergius, comme il était joyeux convive et parfait amphitryon, les jeunes gens des meilleures familles aimaient à fréquenter son hôtel du Palatin. Son bras, son crédit, sa fortune, il mettait tout à leur disposition. Il savait procurer à chacun d'eux, suivant son âge, soit les chevaux qu'il désirait, soit la succession dont l'attente fatiguait sa patience, soit la femme qui l'avait captivé. Il tenait dans sa demeure école publique de brigandage et de corruption.

Qu'on ne s'imagine pas néanmoins que l'immoralité de cet homme et que ses antécédens nuisissent à la considération dont il jouissait. Les plus illustres personnages de la république recherchaient son amitié. C'est qu'il possédait toutes les qualités qu'estimaient les Romains, la bravoure, la force du corps, l'adresse et cette éloquence vigoureuse qui captive les masses en remuant leurs passions. D'ailleurs, son effrayante scélératesse, qui nous semble une exception monstrueuse, à nous, dont la civilisation a rendu les vices presque aimables, dont le christianisme a poétisé les appétits même les plus grossiers, ne causait aucune surprise, n'inspirait pas d'horreur à ses contemporains. Rome offrait au temps des guerres civiles le spectacle d'une société encore barbare, au milieu de laquelle un fait brutal, la conquête, avait importé sans préparation aucune les arts, le luxe et les vices de l'Orient. Voluptueux, efféminés, prodigues comme des satrapes, les patriciens de cette époque conservaient encore, après six siècles, les instincts rapaces, sanguinaires des brigands auxquels le fils de Rhéa commandait.

Que si par hasard Sergius rencontrait dans ses fréquentations de grand seigneur un citoyen qui voulût se draper du manteau de la sagesse, pour peu qu'il désirât lui plaire, il causait avec lui désintéressement, patriotisme, vertus domestiques; il déplorait la corruption du siècle présent. A l'entendre dans ces momens, on l'eût pris pour un Scipion l'Africain ou pour un Fabricius.

Cnéius Scribonius Curion le choisit pour lieutenant en 678, avant de partir pour la province de Macédoine, dont il avait obtenu le gouvernement. Pendant deux ans ils combattirent ensemble les Liburniens et les Dalmates (provinces illyriennes), et, suivant la rive droite du Danube, ils descendirent jusque dans la basse Mœsie (Bulgarie). Sergius, dans cette expédition, servit utilement son général. Actif, vigilant, d'une ponctualité exemplaire dans l'accomplissement de ses devoirs, il faisait servir à une fin honnête ses habitudes de passer les nuits sans dormir, couché sur le pavé des rues, soit pour tromper un jaloux, soit pour surprendre un ennemi. Il partagea au retour le triomphe de Curion.

A peine avait-il retrouvé, après une rude campagne, dans sa maison du Palatin, ses familiers et ses plaisirs, qu'il causa, parmi la plèbe superstitieuse de la ville, un de ces scandales qu'on notait dans les annales de la république comme d'épouvantables calamités. On le surprit dans l'appartement d'une vestale. Par un bizarre caprice de la fortune, qui poussait l'un à l'encontre de l'autre Cicéron et Sergius, il se trouva que la prêtresse coupable se nommait Fabia, et qu'elle était la belle-sœur du chevalier d'Arpinum. Clodius, jeune patricien dévoué à la faction populaire, saisit avidement l'occasion de perdre un des anciens favoris de Sylla. Il mit en accusation Fabia et son complice. Le tribunal des pontifes les poursuivit avec cette rapidité, cette rigueur soupçonneuse qui caractérisaient la juridiction sacerdotale. Le collège presque entier des vestales et la plupart des amis de Sergius se trouvèrent compromis dans l'accusation.

C'en était fait du lieutenant de Curion si l'aristocratie entière n'eût pris en main la défense des accusés. Toutes les familles sénatoriales, auxquelles appartenaient les prêtresses de Vesta, s'intéressèrent en leur faveur. Grâce à cette intervention, Sergius parvint à se soustraire à la hart et aux verges des pontifes; il eut même, sans le payer trop cher, un chapitre de plus à ajouter à son histoire d'infames à bonnes fortunes. Mais il s'était fait dans la maison de Cicéron un ennemi plus à craindre que Cicéron lui-même. Je veux parler de l'altière Térentia.

Celle-ci ne pardonna jamais à l'amant de sa sœur le déshonneur dont il avait couvert la famille des Varrons.

Il revenait d'Afrique, où il avait exercé la préture, et se préparait à briguer le consulat, quand un arrêt sénatorial le débouta de ses prétentions. Des députés africains l'avaient précédé en Italie, et Clodius, à leur diligence, l'accusait de concussion. Or, le texte des lois était précis dans l'espèce. Nul ne pouvait solliciter les suffrages du peuple tant qu'il se trouvait justiciable des tribunaux criminels. Les concurrens de Sergius, Autrone, Publius Sylla, neveu du dictateur, Aurélius Cotta et Manlius Torquatus se présentèrent seuls devant l'assemblée du champ de Mars. Les deux premiers furent désignés consuls. Mais convaincus, sur la dénonciation de leurs adversaires, d'avoir acheté les suffrages du peuple, ils se virent privés, aux termes de la loi Calpurnia, du bénéfice de leur élection. Le sénat leur donna pour successeurs Torquatus et Cotta, sans se mettre en peine de consulter de nouveau les centuries.

Quelle que fût la jurisprudence établie récemment par Calpurnius Pison en matière de brigue, l'application qu'en faisait le sénat parut exorbitante. Tous les citoyens intelligens comprirent que l'oligarchie, en nommant des consuls par simple décret, créait en faveur de son despotisme un précédent d'une incalculable portée. Mais Autrone, Sylla et Sergius démêlèrent autre chose dans la double mesure qui avait frustré leur ambition : à savoir qu'une révolution s'opérait dans les hautes régions du sénat; que les meneurs de cette ombrageuse corporation cherchaient à rompre violemment avec les fidèles du dictateur; en un mot, qu'on allait fermer devant eux toutes les avenues du pouvoir parce qu'on les savait pauvres, remuans, hardis, et par conséquent dangereux.

Ils se préparèrent à une lutte en vieux habitués des guerres civiles, capables des plus grands forfaits. Il y avait alors à Rome un jeune homme de famille illustre, que son caractère bouillant et la gêne de sa position pécuniaire poussaient à susciter des troubles dans la république; il se nommait Pison comme l'auteur de la loi Calpurnia, auquel il était uni par des liens de parenté. Sergius, Autrone et Sylla formèrent avec lui le projet d'égorger au Capitole, le jour des calendes de janvier, tandis qu'ils prendraient possession de leur charge, Aurélius Cotta et son collègue Torquatus; d'abattre les hautes têtes de l'aristocratie, de rendre aux élus du peuple les faisceaux consulaires dont on les avait privés, et d'envoyer Pison en Espagne pour y ménager aux conjurés une retraite en ressuscitant le parti de Sertorius.

César et Crassus, l'un par animosité contre le sénat, l'autre par jalousie contre Pompée, dont la gloire éclipsait la sienne, s'affilièrent à ce complot. Toutefois, le caractère temporiseur de César et l'immense fortune de Crassus rendent ce fait peu probable, bien qu'un grand nombre d'auteurs l'aient affirmé. Quoi qu'il en soit, la vigilance des magistrats romains, la trahison peut-être, déjouèrent les plans des conjurés. Ils vinrent deux fois en armes dans la curie et n'osèrent frapper. On ne les rechercha point; on eût craint sans doute de les trouver trop nombreux, trop puissans et trop coupables. Pison obtint même le gouvernement d'Espagne qu'il convoitait; mais à peine fut-il arrivé dans sa province, qu'il y périt assassiné.

Cependant Clodius avait mis en règle l'accusation des Africains contre leur ancien préteur. A la grande surprise du public, bien que ses concussions fussent démontrées, Sergius obtint à force d'argent une sentence d'absolution. La multitude, moins indulgente envers lui que ses juges, le surnomma Catilina, vieux mot dont la racine est *catilatio*, et par lequel on désignait les magistrats prévaricateurs qui consumaient en débauches le fruit de leurs exactions.

Bien avant 689, la haute direction des intérêts du sénat appartenait à un comité de sept personnes qui, réunissant leur influence, dominaient les assemblées du champ de Mars et celles du Forum. Ces illustres patriciens ne tenaient leur pouvoir que d'eux-mêmes. Leurs cliens étaient si nombreux et leurs biens si considérables, qu'ils déplaçaient la majorité des centuries suivant leur bon plaisir. Ils s'étaient associés pour défendre les institutions de Sylla. Nul ne connaissait ni les lieux où ils délibéraient ni les résolutions qu'ils adoptaient. Leurs intrigues enlaçaient la république de liens inextricables. On nommait ce septemvirat le conseil des sept tyrans.

Ces francs-juges de l'oligarchie étaient Catuius, prince du sénat; Lucius Licinius Lucullus et son frère Lucullus Varron; Métellus; Philippe, personnage consulaire; l'orateur Hortensius et Licinius Crassus, qui s'unit à César pour balancer le crédit de Pompée.

La retraite de Crassus porta un rude coup à la puissance des Sept. Ils résolurent de compenser la perte qu'ils essuyaient par un redoublement de vigilance et d'activité.

Leur attention s'était concentrée, depuis le départ de Pison pour l'Espagne, sur une modeste habitation de la voie Suburane, aux flancs de laquelle étaient accotées les plus pauvres et les plus infectes échoppes de prolétaires que Rome comptât parmi ses masures. Il y avait certes un contraste frappant entre ce logement et celui qui en avait fait sa demeure. La maison était obscure, étroite, enfumée; le propriétaire qui se plaisait à y vivre passait pour le plus noble et le plus prodigue des Romains.

Il n'était autre que César, ce jeune homme à ceinture lâche, dans lequel Sylla voyait plus d'un Marius.

La physionomie du divin Jules avait un caractère surprenant, qui attirait les regards et commandait le respect. Des yeux noirs, d'où rayonnait le feu de son intelligence sublime; un nez fortement arqué, une bouche d'une petitesse extrême, des lèvres fraîches, roses: tels étaient les traits caractéristiques de cette grande figure de diplomate et de guerrier, dont les arts nous ont conservé le souvenir. L'élévation de sa taille et les proportions sveltes de ses membres dénotaient l'homme de race, au sang pur de tout mélange plébéien. A ne considérer que sa démarche efféminée, que ses habitudes voluptueuses, on eût pris ce beau patricien pour le type des élégans de notre époque. Eh bien! ce petit-maître, ce *Trossulus*, comme on s'exprimait alors, pensait à soumettre l'univers à ses lois. Il devait triompher un jour, et de la politique du sénat, et des richesses de Crassus, et de la gloire militaire de Pompée.

César avait voulu commencer sa vie politique dans les lieux mêmes où Caïus Sempronius Gracchus avait fini la sienne. Poursuivi par la haine des oligarques, il s'était réfugié dans Subure, au milieu des prolétaires qu'il espérait armer contre les patriciens. Il passa parmi eux les plus belles années de sa jeunesse, ne s'occupant en apparence que de jeux, de festins, d'amours frivoles; courtisant tour à tour les plus nobles, les plus jolies et les plus galantes femmes de la ville, et gaspillant six ou sept millions empruntés à des fénérateurs. Il n'y avait jusque-là rien d'étonnant dans ses habitudes. Un descendant d'Énée, fils d'Anchise et de Vénus, avait certes le droit de victimer quelques maris et de contracter des dettes sans savoir comment il arriverait à les payer. Les chefs de l'oligarchie avaient cessé de s'inquiéter de lui, pensant qu'il succomberait victime des fureurs d'un jaloux ou des poursuites d'un créancier. Or, tandis qu'ils laissaient leur vigilance habituelle s'endormir, l'insoucieux débauché, à force de prodiguer sa fortune soit à nourrir les vagabonds des tribus urbaines, soit à accomplir de ses deniers d'immenses travaux d'utilité publique, se formait dans les moyennes et basses centuries un parti redoutable. Un jour vint où il se sentit assez fort pour oser porter aux funérailles de sa tante Julia, veuve de Marius, l'image de ce terrible champion des plébéiens, qu'un décret non révoqué du sénat avait déclaré ennemi public.

Il exerçait l'édilité curule lorsque Sergius Catilina échoua dans sa première conjuration. Il n'était bruit en ce moment parmi le peuple que de la magnificence de ses jeux, de la splendeur de son théâtre et de la bravoure des trois cent vingt paires de gladiateurs dont il avait couvert l'arène... Tout à coup le bruit se répand, depuis le Janicule jusqu'aux Esquilies, qu'un spectacle étonnant, admirable, est exposé aux yeux du public dans l'enceinte du Capitole. La foule accourt à la montagne sainte et contemple avec des transports de joie indicibles les trophées de Marius, relevés comme par enchantement en une seule nuit. Le dictateur avait détruit ce monu-

ment des victoires de son rival; César le montre de nouveau aux Romains resplendissant de marbre et d'or. A la vue des traits chéris du vainqueur des Teutons et des Cimbres, le peuple éclate en applaudissemens frénétiques. Des vieillards dont le temps a blanchi les cheveux, dont le corps est couvert de cicatrices, se prosternent à deux genoux devant la statue de leur ancien général et bénissent, en fondant en larmes, le jeune édile qui l'a restaurée. La multitude exalte le courage de César, son patriotisme, tandis que le sénat, frappé de stupeur, renonce à venger l'injure qu'il vient de recevoir.

L'ordre équestre formait dans la société romaine une classe moyenne fortement organisée et jalouse de ses priviléges. Elle se divisait en trois corporations distinctes, juges, financiers et soldats. Le préteur Aurélius Cotta lui avait rendu le droit de judicature, dont elle avait été dépouillée à la suite des guerres civiles. Cet acte de bonne politique avait supprimé entre chevaliers et sénateurs tout motif de rivalité. Menacée par Catilina et par César, abandonnée par Crassus, la fact'on oligarchique résolut de se liguer avec l'ordre équestre, et de cimenter cette alliance en appelant au consulat M. Tullius Cicéron, le plus illustre d'entre les chevaliers.

L'orateur avait trop d'esprit pour ne pas comprendre qu'accepter les avances des patriciens, c'était adopter leur politique, renier son origine, son passé et les traditions de sa famille. Mais tant d'ambitieux menaçaient la république, Térentia désirait si vivement devenir l'épouse d'un consul, et Cicéron lui-même trouvait si raisonnable de veiller aux intérêts de la patrie, sans négliger les siens, qu'il se laissa aller doucement à la séduction. Il s'inscrivit sur la liste des prétendans au consulat pour l'année 690. On distinguait parmi ses concurrens le fils de l'orateur Marc-Antoine et Sergius Catilina.

A partir de cette époque, la sombre physionomie historique de Sergius ne respire plus que fureur et désespoir. Repoussé des grands, sans influence sur le peuple, il appelle à son secours toutes les existences qui souffrent en Italie, quelles que soient l'origine et la cause de leurs souffrances. Tandis que ses émissaires soufflent dans les provinces le feu de la révolte, il rassemble dans sa maison du Palatin les plus fidèles de ses amis, et projette avec eux, au milieu des festins de la débauche, l'incendie de Rome et le massacre du sénat. Sans communiquer ses desseins à la foule des jeunes gens qui l'entourent, il travaille avec une ardeur nouvelle à exciter leurs passions. Il leur apprend, non plus pour se distraire, mais dans l'horrible prévision de ses besoins à venir, comment on assouvit ses haines par le meurtre, comment on attaque la société, de quelle manière on peut braver ses lois. Avec eux il pénètre au sein des familles. L'adultère, le parricide, le viol, se multiplient dans sa maison qui, du fond de son palais, préside à tous ces crimes. Que dis-je! il corrobore par l'exemple l'affreux enseignement qu'il donne à ses élèves. Aurélia Orestilla, sa maîtresse, est devenue veuve. Elle refuse de l'épouser tant que son jeune fils, issu d'un premier mariage, existera. Ce fils disparaît bientôt, et l'union de Catilina et d'Orestilla est consommée. D'étranges rumeurs que répand la courtisane Fulvie, et que l'aristocratie s'empresse d'accueillir et de propager, circulent dans le public sur les projets liberticides de Sergius, sur les mystères infâmes que recèle sa maison. Personne, toutefois, ne songe à informer contre lui; car le moment est venu où, suivant l'expression de Marius, le bruit des armes doit étouffer le cri des lois.

Cependant les préoccupations, les remords, les désirs frénétiques de vengeance et de domination qui agitaient Sergius Catilina se manifestaient en lui par des signes effrayans. De là cette inconstance dans l'air de son visage, cette démarche irrégulière et saccadée, cet égarement du regard dont l'aspect inspirait une vague terreur. Il semblait qu'un mauvais génie pensât sous son large front, vît par ses yeux étincelans dans leur creux orbite et communiquât à ses membres l'activité fébrile qui les agitait continuellement sans les fatiguer. L'issue malheureuse des élections de 690 le décida à précipiter la ruine de tous les ordres de l'État.

Cicéron fut nommé consul à l'unanimité par l'assemblée du

champ de Mars. Après lui, Marc-Antoine l'emporta sur Catilina de quelques centuries.

Mais tandis que le sénat se donnait un chef jeune, actif, éloquent, il s'élevait partout autour de Rome des bruits effrayans de conspiration et de révolte. Les provinces italiennes s'agitaient sourdement comme la mer aux approches d'une tempête. Au nord la guerre sociale, au midi la guerre des esclaves menaçaient de se rallumer. Les spectres de Télésinus et de Spartacus se dressaient aux portes de la ville éternelle. Le divin Jules, ce prodige de vigilance, d'astuce, d'audace, dont le génie veillait comme une lampe ardente au milieu des ténèbres de la corruption romaine, sollicitait, en ce moment, la préture. Déjà sans doute il se préparait à suivre dans les prochains troubles cette conduite habilement incertaine dont l'apparente neutralité devait être également funeste à Catilina et à l'oligarchie. Sur ces entrefaites, la charge de souverain pontife étant devenue vacante par la mort de Quintus Cécilius Métellus Pius, il osa la briguer.

C'était merveille de voir ce jeune efféminé, qu'on eût pris, tant sa démarche était paresseuse, tant ses poses étaient lascives, pour l'esclave favori d'un despote oriental; le sophiste qui dissimulait à peine ses doutes sur l'existence des dieux immortels, disputer à Servilius Vatia Isauricus, à Catulus, prince du sénat, la première dignité du sacerdoce païen. Mais pouvait-il souffrir qu'un autre s'arrogeât l'empire des consciences, lui qui déjà regardait les biens, la vie, les pensées même de chaque citoyen comme sa propriété? Le souverain pontificat, cette attribution de la royauté ancienne, il l'ambitionnait comme son pouvoir.

Au début de sa brigue, il publia un traité d'astronomie et de droit augural. Patricien infidèle, il livra aux profanes les mystères de la divination et leur apprit les savantes combinaisons du calendrier égyptien. Catulus, effrayé par tant d'audace, sachant d'ailleurs que César était pauvre et criblé de dettes, voulut l'engager à renoncer à sa candidature moyennant une forte somme d'argent.

— J'emprunterai pour soutenir ma brigue plus que tu ne m'offres pour l'abandonner, lui répondit César.

Le jour des comices étant venu, cet ambitieux sublime, revêtu d'une toge blanche, s'achemina vers le forum, où il avait tout disposé pour soutenir son élection à main armée. Aurélia, sa mère, effrayée des dangers qu'il allait courir, l'accompagna en pleurant jusqu'au milieu du vestibule de sa maison. César l'embrassa avant de la quitter.

— Adieu, ma mère, lui dit-il, je reviendrai ce soir grand pontife ou banni.

Le lendemain il abandonna Subure et s'installa dans Régia, magnifique palais de la voie Sacrée où les princes du sacerdoce romain étaient logés aux frais de l'Etat.

Ceci se passait en 691, tandis que Sergius Catilina sollicitait de nouveau le consulat et achevait les immenses préparatifs de sa conjuration.

IV.

CICÉRON A TUSCULUM.

A quelque distance de Rome, sur les limites du vaste désert qui l'environne, une petite ville épiscopale s'élève dans un vallon délicieux. De sombres forêts la couronnent; des villas forment autour d'elle une ceinture d'arbres, de fleurs, d'eaux murmurantes et de palais. Comme les autres bourgades de l'Italie centrale, ce petit coin du vieux Latium a sa part de souvenirs et par conséquent de deuil. Mais une végétation luxuriante cache les ruines dont il est semé. Des casins élégans, des moissons verdoyantes couvrent les restes immobiles des temples, des aqueducs et des amphithéâtres qu'y laissèrent les générations. On oublie, en visitant Frascati, ses vignes, ses vallées ombreuses et ses montagnes etnéennes, le passé de gloire et d'infortune qui lui appartient.

Tusculum fut jadis une des cités les plus célèbres de l'Italie. Tarquin le Superbe, chassé du trône, s'y retira. Les Eques le surprirent pendant leurs guerres contre la république, et les troupes d'Annibal ne purent s'en emparer. Quand la *guerre sociale* eut fait de toutes les peuplades de l'Italie une seule famille; quand il sembla que le bruit d'une armée barbare ne pouvait plus arriver jusqu'à Rome, d'heureux patriciens vinrent chercher sur le territoire de Tusculum de frais ombrages, un air salubre, du repos et des plaisirs. De magnifiques villas s'élevèrent comme par enchantement sur cette agreste partie des monts Albains; et ces villas appartenaient aux plus grands personnages de l'histoire, à Marius, à Sylla, à Cicéron, à Lucullus.

Au treizième siècle, un seigneur gibelin occupait Tusculum. Son fief devint une aire féodale, d'où il menaçait la capitale du monde chrétien. Les Romains s'armèrent contre lui, prirent sa forteresse d'assaut et la rasèrent. Décimés par les fureurs guelfes, sans asile, sans ressource, les malheureux Tusculans se construisirent des cabanes de feuillage sur les ruines de leur ville incendiée. Tusculum s'appela depuis lors Frascati, du mot italien *fresca*, qui signifie feuillée.

Frascati offre aux regards un paysage enchanté. Du haut de la colline en amphithéâtre où Tarquin promena sa grandeur déchue, on aperçoit à l'ouest Rome avec ses milliers de maisons, que dominent des coupoles de marbre et des palais; au midi, la mer Thyrrénienne, immense tenture de pourpre, déployée sous un ciel de feu; à l'est, une multitude confuse de pics abruptes, les uns pelés et chenus, les autres blanchis par la neige ou couronnés de bois. Çà et là de pauvres cabanes de chevriers s'abritent sous les vignes patriciennes que les sources du mont Algide arrosent de leurs eaux. Mais, dans ces villas, Sylla ne dicte plus ses commentaires, Lucullus ne cultive plus de cerises, Cicéron n'écrit plus à son cher Atticus. Les Borghèses, les Aldobrandini, les Mondragone y étalent à l'envi leur faste inutile. Des jésuites, des moines barbus du rite grec s'y disputent la possession de quelques ruines, auxquelles ils rattachent par avarice un nom païen. L'Italie est toujours la terre où Gibbon entendait chanter vêpres sur l'emplacement du temple de Jupiter Capitolin.

Huit ou dix jours environ après la rencontre de Gurgès et de Lélius dans le champ des funérailles, un char à bancs, attelé de quatre mules espagnoles, précédé de vingt cavaliers numides et suivi d'un nombre au moins égal de gladiateurs, gravissait au grand trot la colline de Tusculum. Les mules, soigneusement appareillées, couvertes de housses de pourpre et de harnais dorés, brillaient d'embonpoint. Des plumes de héron flottaient au vent sur leurs têtes. Des incrustations en argent ornaient les roues, les panneaux et le timon de la voiture, dont les sièges avaient disparu sous de précieux tapis. Tout ce fringant équipage s'arrêta à la porte de la villa de Cicéron. Trois personnages mirent pied à terre; un nomenclateur du consul se présenta pour les recevoir et les introduisit auprès de son maître, qui se reposait en ce moment sous le portique de sa maison.

Cicéron se leva avec empressement dès qu'il eut reconnu dans ces nobles voyageurs la femme du consulaire Martius Rex, Tertia, personne douée d'une belle figure et d'un esprit distingué; Appius Clodius, son frère, et le jeune Torquatus, une des gloires de l'hippodrome romain.

Le consul, après avoir salué les trois amis qui le visitaient dans sa solitude, les fit asseoir à ses côtés sur des coussins d'étoffe attalique. Vis-à-vis d'eux s'ouvrait une allée d'arbres taillés en berceau, décorée d'hermathènes ou bustes réunis de Mercure et de Minerve. Cicéron la nommait son *Académie*. L'orateur avait élevé une statue à Platon au centre du rond-point qui la divisait en deux parties. Le soleil se couchait dans la mer Tyrrhénienne et jetait de chauds reflets de bronze sur les murailles cyclopéennes de Tusculum. Du portique sous lequel le consul avait réuni ses hôtes, on apercevait au loin de massives constructions monter, en serpentant, du fond de la vallée Férentine jusqu'à une tour bilongue, assise au sommet d'un rocher.

Jeune encore, issu d'une famille que le décemvir Appius Claudius avait placée depuis trois siècles au rang des plus considérables, riche, éloquent, chéri du peuple, Clodius commençait à jouer un rôle important parmi les chefs de la faction plébéienne. Ses sœurs, mariées, l'une à Lucullus, la seconde à Métellus Céler, et la troisième à Martius Rex, avaient porté ou portaient encore des noms cent fois illustrés sur les champs de bataille. L. Manlius Torquatus était un de leurs adorateurs les plus empressés.

Bien qu'il eût été fait, au dire d'un orateur célèbre, en dépit des Muses, de Vénus et de Bacchus, ce jeune homme dictait à la jeunesse romaine les lois de la mode et du bon goût. Il courtisait de nobles matrones, entretenait des danseuses, élevait des chevaux et des gladiateurs. Son bonheur eût été parfait, s'il n'eût envié les triomphes de Fulvius, bel adolescent dont le luxe éclipsait parfois le sien.

Quant à Tertia, elle se présentait sous l'aspect d'une jolie brune, à l'œil vif, au teint frais, dont le corps souple ondulait sous les plis d'une robe savamment drapée. Certes, les mœurs de Tertia n'étaient pas irréprochables ; Martius Rex ne passait pas pour un époux privilégié dans cette Rome des guerres civiles, où toutes les lois divines et humaines tombaient dans l'oubli. Mais galante sans effronterie, voluptueuse sans dépravation, la belle matrone n'était pas indigne de l'affection d'une âme honnête. Cicéron l'aima de longues années, et songea même, si on en croit l'histoire, à répudier Térentia pour l'épouser.

— Eh bien ! cher consul, dit gaîment Clodius à son hôte, vous philosophez ici, tandis qu'à Rome nos candidats à la dignité consulaire arment toutes les factions les unes contre les autres.

— La brigue de Catilina m'est surtout odieuse, ajouta Torquatus. Depuis que cet homme se croit certain d'obtenir le consulat, ses familiers affichent des prétentions insupportables. Hier encore, le cuisinier de Tongillus s'est battu au forum avec celui de mon père pour un brochet du Tibre que le premier disputait au second.

— Et qui l'a emporté ? demanda Cicéron.

— Notre esclave, fort heureusement, répliqua Torquatus. N'est-il pas scandaleux qu'un plébéien comme Tongillus veuille empêcher un personnage consulaire de manger un brochet à son dîner !

— En définitive, dit Tertia, l'illustre Manlius a pu mettre au bleu le trophée de son maître d'hôtel et le manger sans opposition.

— Le brochet était excellent, répondit Torquatus.

— Cher Manlius, reprit Tertia avec une gravité railleuse, veuillez nous raconter l'histoire de vos querelles avec le fils du sénateur Fulvius. La ville entière s'en est occupée. Catilina compte aussi ce jeune homme au nombre de ses amis les plus intimes ?

— Nous avons conçu, je ne sais pourquoi, l'un contre l'autre une haine mortelle, repartit le noble héritier des Torquatus. Nos querelles ont commencé dès l'enfance. Quand nous jouions des atellanes (1) aux fêtes publiques, il m'accablait des plaisanteries les plus grossières. Une fois il m'appela chien d'Epire, molosse, sans doute à cause du collier que nous portions dans ma famille, en mémoire de celui qu'un de nos ancêtres ravit sur les bords du Tévérone à un géant gaulois. Croirez-vous, belle Tertia, que cette plate bouffonnerie de Fulvius obtint un succès prodigieux dans les hauts gradins du théâtre ? On me couvrit de huées et de sifflets.

— La plèbe a si mauvais goût ! dit en souriant la matrone.

— Dans une autre occasion, continua Torquatus, c'était aux calendes de mai, le jour des Palilies, comme la jeunesse romaine nous avait choisis pour chefs du jeu troyen, au moment où nous simulions une charge de cavalerie, Fulvius courut sur moi à fond de train. Je fus renversé du choc. Les deux cent soixante mille spectateurs du cirque applaudirent, tandis que je me relevais tout rouge de honte et de douleur.

— Quel affront pour vous ! répondit Tertia.

— Torquatus, interrompit Cicéron, nous tenons l'allié de Fulvius, de l'ennemi qui vous a appelé chien d'Epire, qui vous a livré à la risée des deux cent mille spectateurs du cir-

(1) Pièces bouffonnes dont le dialogue était en partie abandonné à l'improvisation de l'acteur.

que, pour un citoyen dangereux. Nous empêcherons qu'il ne devienne consul.

Cependant un nomenclateur parut sous le portique de la villa et avertit son maître qu'une collation avait été servie dans le triclinium d'été. Le consul invita Clodius, sa sœur et Torquatus à s'y rendre, et ils partagèrent un léger repas. Puis, Cicéron montra aux voyageurs toutes les richesses de sa maison de Tusculum : l'exèdre, où il aimait à discourir avec des sages ; ses collections de tableaux, et sa bibliothèque, décorée de statues, suivant l'usage de la Grèce. Le sceptique philosophe parcourut avec eux le Lycée, ou avenue, qu'il avait consacré à la gloire d'Aristote, non loin de l'Académie, où il honorait le génie de Platon. Il se faisait tard ; la nuit devenait obscure ; les monts Sabins, Rome, le Tibre, la mer, s'effaçaient peu à peu dans les ténèbres. Tertia pria son frère et Torquatus de transmettre à ses gens l'ordre d'atteler son chariot.

Dès qu'ils se furent éloignés, la matrone prit familièrement Tullius par la main et l'entraîna vers une allée solitaire qui traversait dans toute leur longueur les vastes jardins de Tusculum.

— Je n'ai qu'un instant pour vous entretenir de mes intérêts les plus chers, lui dit-elle. Vous vous êtes occupé, je pense, de l'avenir de Prosper, ainsi que vous me l'aviez promis ?

— Pas encore, chère Tertia, répondit le consul ; j'ai tant d'affaires !

— Et... la vie de notre enfant, son bonheur, ma réputation, vous semblent des intérêts trop minimes pour que vous daigniez y prêter attention !

— Que vous êtes injuste à mon égard ! répliqua Cicéron. Mon affection pour vous s'est-elle jamais démentie ? Ai-je refusé une seule fois de m'associer aux sacrifices que vous avez faits pour notre fils bien-aimé ? Mais si vous supposez qu'à chaque instant on va découvrir le secret de sa naissance ; si votre attachement pour lui vous cause à tout propos, sans motif raisonnable, de nouvelles inquiétudes, je ne pourrai plus suffire à le préserver de dangers imaginaires et à vous tranquilliser.

Tertia dégagea sa main de celle de Cicéron, et reprit avec un accent de résignation douloureuse :

— Votre affection pour moi ne s'est jamais démentie, dites-vous, Tullius ? Oh ! ne cherchez pas à m'abuser sur ce point. Une personne à qui vous ne résistez jamais s'est interposée entre nous, je le sais, et j'ai supporté patiemment l'abandon où vous m'avez laissée pour lui obéir. Elle a des droits que vous faites bien de respecter. Mais je ne veux pas que vous sacrifiez mon fils, que vous sacrifiez moi-même à la jalousie de Térentia. Il faut que Prosper quitte Rome et qu'il parte pour Athènes. Il y va de son existence, de sa position dans le monde et de mon repos.

— Belle Tertia, repartit le consul, je commence par vous déclarer que je souscris d'avance à toutes vos volontés ; daignerez-vous m'écouter maintenant ?

— Parlez et hâtez-vous ; mon frère et Torquatus ne tarderont pas à revenir.

— Prosper manque-t-il de quelque chose chez l'orfèvre Callisthènes ? reprit Cicéron. Ne vais-je pas au-devant de tous ses besoins ? Il apprend la sculpture chez son maître ; mais la sculpture est un art fort estimé, et l'obscurité dans laquelle vit ce jeune homme est pour nous un gage précieux de sécurité.

Tandis que le consul déduisait ces raisonnemens, Tertia froissait de sa jolie main les draperies de sa palla.

— Vous plaidez toujours la même cause sur le même ton, répondit-elle. Vous avez sans doute oublié que Prosper a seize ans, qu'on va l'enrôler dans la milice, et que ce pauvre enfant, si nous l'abandonnons, périra de misère, de fatigue ou par le fer de l'ennemi, avant deux ans, dans les déserts de l'Afrique ou dans les montagnes de la haute Asie.

— Tout Romain naît soldat, répliqua Cicéron. Moi-même j'ai payé ma dette à la patrie.

— Vous avez servi comme simple fantassin, portant sur vos épaules vos armes, vos outils de terrassier, vos bagages et des vivres pour dix-sept jours? demanda la matrone.

Une vive rougeur colora le front du chevalier d'Arpinum, et il ajouta d'un air confus :

— J'aurai soin que Prosper soit exempté du service militaire.

— Et vous l'abandonnerez ensuite! poursuivit Tertia; vous le laisserez toute sa vie attaché au soufflet d'une forge, comme un chien de vestibule à la jambe d'un portier ! Je veux que mon fils sache la grammaire.

— Théophanès la lui apprendra.

— Le droit.

— Nous le recommanderons à Sulpitius.

— L'escrime, la musique... en un mot, qu'il reçoive une éducation de patricien.

— Bien, très bien, répondit Cicéron. On recommandera à Callisthènes d'envoyer son apprenti chaque matin à l'école de Diodore et à la salle d'armes de Brennus.

L'adresse avec laquelle le consul évitait, soit d'approuver, soit de combattre le désir que manifestait Tertia de transformer son fils en un cadet de maison patricienne, agaçait terriblement les nerfs de la matrone. En effet, son amant faisait preuve d'un talent bien rare en lui résistant sans lui fournir l'occasion de se fâcher.

— Mais je n'entends pas que Prosper reste ouvrier! reprit-elle avec impatience, et malgré les pédans que vous chargerez d'ennuyer ce malheureux enfant, il ne sera jamais autre chose tant qu'il n'aura pas voyagé. Songez aussi que Martius Rex peut obtenir d'un jour à l'autre le triomphe qu'il sollicite et rentrer à Rome. Or, je ne souffrirai plus que mon mari et le fils dont la naissance m'accuse respirent entre les murailles de la même ville; non, je ne le souffrirai plus !

— Ah! ce cher Martius vous inquiète, répliqua Cicéron. Rassurez-vous, noble matrone, nous nous opposerons à son triomphe. Il ne manque pas de gens qui révoquent en doute les merveilles qu'il raconte de son proconsulat de Cilicie ; et s'il nous survient quelque sédition en Étrurie (cela pourrait arriver), nous chargerons votre infatigable époux de l'apaiser. Dieux immortels ! si Caton m'entendait !

La matrone comprit enfin qu'alléguer à chaque instant des motifs nouveaux à l'appui de ses prières, comme elle le faisait depuis un quart d'heure, c'était ouvrir au consul des faux-fuyans qu'il se dérobait très habilement à ses instances. Elle se fatiguait à poursuivre cet avocat retors dans le labyrinthe inextricable de ses répliques. Son imagination ne lui fournissait plus aucun moyen d'arracher à son amant soit une promesse, soit un refus : elle invoqua donc l'éloquence de ses larmes, cette péroraison de tout plaidoyer féminin.

— Il arrivera malheur à mon Prosper durant le tumulte des prochaines élections, ajouta-t-elle en sanglotant; je tremble pour lui chaque année à l'époque des comices. Si ce fils bien-aimé m'était ravi, j'en mourrais de chagrin ! Oui, Tullius, j'en mourrais !

Les pleurs de la matrone étouffèrent sa voix.

— Par Hercule ! s'écria le consul, je ne connais personne qu'il soit aussi difficile de persuader qu'une femme nerveuse. J'aimerais mieux plaider une cause de perduellion par devant un tribunal de duumvirs (1) que de vous parler raison, Tertia. Je ne refuse pas, j'en prends à témoins les dieux immortels ! d'envoyer Prosper à Athènes, à Rhodes, à Alexandrie si cela vous plaît; je veux seulement terminer les affaires de la république avant de m'occuper des siennes. Surveillez sa conduite; ordonnez à ce barbier des Esquilies, à Cruscellus, c'est ainsi que vous le nommez, je crois, de ne pas le perdre de vue un seul instant; de vous rendre compte, jour par jour, heure par heure, de chacune de ses actions.

— Cruscellus est un coquin.

— Et moi, je le crois très honnête homme, pourvu qu'il y trouve son profit. Voilà comment nous différons.

_____

(1) Sorte de commission extraordinaire nommée par le préteur, qui jugeait sommairement les grands crimes, par exemple celui de haute trahison.

Un éclair de colère jaillit des yeux de Tertia, ses narines se gonflèrent, une ride se creusa sur son front.

— Eh ! que m'importent à moi, dit-elle, les intérêts de la république et vos querelles de praticien à plébéien, de sénateur à prolétaire ? Ce qui me touche, c'est le bien-être de mon enfant; ce qui empoisonne mes jours, ce qui trouble le sommeil de mes nuits, c'est la crainte qu'il ne trouve la mort sur un champ de bataille, qu'il ne soit pauvre, souffrant, méprisé, tandis que ses parens se pavanent sous la toge consulaire, pendant qu'ils s'asseoient à des tables splendides et qu'ils s'endorment dans la pourpre et dans la soie. Décidément, Tullius, vous rejetez ma demande? poursuivit Tertia, qui avait subitement quitté ses allures de petite maîtresse entêtée et capricieuse, et dans les yeux de laquelle brillait la noble passion de l'amour maternel.

— Je veux un sursis.

— Un sursis, pour moi, équivaut à un refus. Eh bien ! j'exécuterai seule ce qui excède vos moyens et votre courage, Cicéron. Veuillez me reconduire jusqu'à la porte de votre villa.

La voix de la nature parlait au cœur de Tullius en faveur de Prosper. Ému par les dernières paroles de sa maîtresse, content d'ailleurs de la belle défense qu'il avait opposée aux sollicitations de Tertia, il se laissa fléchir.

— Allons! que votre volonté s'accomplisse; essuyez vos larmes, quoique les pleurs vous aillent à ravir, chère amie, dit-il. Dès demain j'écrirai au vieil Antiochus, un de mes anciens maîtres, au sujet du voyage de Prosper. Dans les premiers jours du mois prochain il s'embarquera.

— Et que ferez-vous si la paix est troublée dans Rome d'ici à cette époque, ou si Martius obtient les honneurs du triomphe ? demanda la matrone.

— Nous enverrons Prosper à ma terre d'Asture ou bien à celle de Formies. M'accuserez-vous d'indifférence, maintenant ? En vérité, ce voyage est une folie.

— Que je vous suis reconnaissante de vos bontés, Tullius ! répondit Tertia en caressant son amant du regard. Si les frais d'éducation de Prosper vous devenaient trop onéreux, j'y contribuerais pour ma part dans les proportions que vous paraîtraient convenables. Je me trouverais même heureuse de sacrifier quelques mille deniers à l'instruction de ce cher enfant. Recommandez-le bien à vos connaissances d'Athènes. Qu'il trouve dans cette ville bon logis, bonne table, et des plaisirs sans excès. C'est d'ailleurs une excellente nature que ce jeune homme; je le sais incapable d'abuser de vos bienfaits.

Torquatus et Clodius se montrèrent à l'extrémité de l'avenue que parcouraient Cicéron et la matrone.

— Vous aimez donc bien Prosper ? lui dit le consul à voix basse.

— Oui, répondit Tertia, de toute l'affection si tendre, si profonde qui m'attache à vous.

— Ma sœur, interrompit Clodius, votre char vous attend.

V.

PROJETS D'UNION.

Cependant Lélius, depuis qu'il avait pris sa part du falerne de Gurgès, avait assidûment fréquenté la maison du désignateur et avait gagné toute son affection. C'était un excellent convive, qui tenait parfaitement sa place à table, vidant sa coupe sans reprendre haleine et ne tarissant jamais en joyeux propos. Nulle question de religion, de stratégie, de finances, de politique ou de gastronomie ne lui était inconnue. Il savait donner à sa conversation mille formes ingénieuses qui captivaient tour à tour l'attention de Gurgès, de Rutuba et de Daphné. Lélius, outre cela, affectait un goût prononcé pour les cérémonies funèbres. Il se montrait admirateur enthousiaste des chars mortuaires, des croque-morts, des pleureuses, des lits de deuil, des bûchers environnés de torches, et vantait l'odeur de l'ilex en combustion, au détriment des parfums les plus délicieux. Quoique étranger à l'administration de Libitine, il vénérait dans Gurgès l'ordonnateur par excellence des grands et des petits convois. Comment Mutius eût-il résisté aux séductions d'un homme qui flattait toutes ses bonnes et ses mauvaises passions? Il s'engoua tellement de son nouvel ami qu'il déserta pour lui la taverne de Licinius Popa. Chaque soir il attendait la visite de Lélius, et si, par hasard, le scribe ne venait pas, Gurgès se couchait sans boire, et des rêves pénibles troublaient son sommeil.

Mais le sauveur des vespillons avait captivé plus absolument encore l'âme candide de Daphné. Jeune, passionnée, et par conséquent crédule, la fille du désignateur ne se laissait guider que par son cœur et son imagination, comme une enfant de quatorze ans qui n'a jamais eu que des rêves, des désirs, des espérances et point de déceptions. Sa volonté, sa raison, sommeillaient encore. Ces facultés précieuses ne se développent que dans le malheur, dans la lutte ; et la sœur de Rutuba n'avait jamais lutté, jamais souffert. Les qualités brillantes du scribe exerçaient sur elle une espèce de fascination dont elle ne pouvait rompre le charme. Lélius était plus âgé que Prosper ; mais ses manières distinguées, sa conversation vive, entraînante et parfois effrontément sceptique, la recherche presque efféminée de sa mise offraient à Daphné, un attrait jusqu'alors inconnu. Pendant les soirées qu'il passait chez Gurgès, si l'audacieux vainqueur de L. Burrha venait à traiter une de ces questions de philosophie morale que les anciens se plaisaient à discuter, s'il causait amour, honneurs, richesses, il le faisait toujours avec cette verve passionnée qui remue profondément les appétits sensibles de notre nature. Prosper n'avait parlé qu'au cœur de Daphné : Lélius parlait à ses sens, à sa vanité, lui révélait tout un monde nouveau d'ambition et de bonheur. Elle devait succomber inévitablement aux séductions qui émanaient de la bouche du scribe avec chacune de ses paroles, qui rayonnaient de ses yeux avec chacun de ses regards.

Rutuba lui-même subissait l'influence de cet homme extraordinaire. La tête ardente du jeune centurion s'exaltait à entendre Lélius décrire les misères du peuple, accuser l'orgueil des patriciens, déplorer l'influence toujours croissante qu'ils exerçaient sur les moyennes et les basses centuries. Il se surprenait à maudire comme lui ces tyrans des nations alliées ou conquises, dont les rapines faisaient détester le nom des vieux Quirites, ces artisans de corruption qui rachetaient au prix de l'or les libertés jadis payées par le peuple au prix du sang. Et quand le scribe laissait échapper parfois les mots de réaction, de guerre civile, Rutuba se sentait prêt à le suivre pour venger, sur les tyrans du peuple, la honte et l'asservissement de la patrie.

Une pensée, celle de l'union probable de Lélius et de Daphné, dominait la famille entière de Gurgès. Rutuba, sans oser en convenir vis-à-vis de lui-même, eût préféré cette alliance à celle de Prosper ; Daphné l'espérait comme un bonheur, et Gurgès y voyait un excellent marché. En effet, les tribuns et les scribes du temple de Saturne, par les mains desquels passaient toutes les finances de l'Etat, ne devaient compte de leurs actes qu'à deux questeurs urbains. Or, la questure étant la moindre des charges de la république, les jeunes gens qui l'obtenaient, dépourvus de toute connaissance en matière d'impôts et de revenus publics, laissaient nécessairement sans contrôle des opérations dont ils n'avaient étudié ni les règles ni le mécanisme toujours fort compliqué. D'où il résultait que leurs employés dirigeaient tout à leur place, et qu'ils pillaient le trésor sans pudeur et sans danger. Leurs malversations et partant leur opulence étaient devenues proverbiales. L'idée qu'un jour il aurait part à la curée que se disputaient les publicains, flattait singulièrement la cupidité grossière du désignateur.

Lélius connaissait trop le monde pour n'avoir point deviné les intentions matrimoniales que l'on cherchaient à réaliser. Il encourageait de son mieux leurs espérances. Souvent il entretenait Gurgès et Rutuba des charmes et des vertus de Daphné, des ennuis du célibat, de la réprobation dont la loi frappait ceux qui ne donnaient point de défenseur à la patrie. Enfin, une occasion s'étant présentée d'associer ses intérêts à ceux de Gurgès, il la saisit avidement. Voici comment la chose se passa.

L'administration des pompes funèbres adjugeait aux enchères la fourniture des combustibles nécessaires aux funérailles. Le bail des derniers adjudicataires allait expirer, et Gurgès désirait se substituer à eux dans une opération dont il connaissait parfaitement les calculs et les magnifiques résultats. Malheureusement on n'admettait à la licitation que des soumissionnaires possédant un approvisionnement déterminé de matières inflammables. Le désignateur se trouvant, faute de capitaux, dans l'impossibilité de remplir cette clause essentielle du cahier des charges, parla de son embarras à Lélius. Celui-ci offrit avec empressement de s'associer aux risques de l'entreprise, mit à la disposition de Gurgès les sommes dont il avait besoin, et pour ne pas compromettre son nom dans une affaire commerciale (car il était comptable des deniers de l'Etat), il institua le désignateur chef titulaire de leur société.

En conséquence, il s'engagea à payer à Gurgès, sur simple réquisition, quarante mille sesterces (8,483 fr. 33 cent.), laquelle somme le désignateur, de son côté, promit de convertir immédiatement en une valeur égale d'huile, de cire, de papyrus et de bois résineux. Les deux amis convinrent que ces combustibles seraient emmagasinés en divers lieux, afin que la totalité n'en fût pas exposée aux ravages d'un même incendie.

Dès ce moment Gurgès regarda comme certain le mariage de sa fille avec Lélius.

Quelles étaient à cet égard les dispositions du scribe ? C'est ce que la suite de cette histoire nous apprendra.

Il habitait dans Alta-Semita, sur la pente du mont Quirinal, une petite villa très commode pour un célibataire ami du plaisir. Elle s'ouvrait sur une ruelle étroite, dont les architectes d'Athènes et leurs élèves n'avaient point encore défiguré l'antique physionomie. Le *vicus Mamurii*, tel était le nom de cette rue, présentait l'aspect d'un passage étroit, humide, au-dessus duquel surplombaient les *méniennes* en encorbellement de vingt ou trente maisons aussi vieilles que Numa. Là, suivant une tradition populaire, avait demeuré au premier siècle de Rome Mamurius, le célèbre forgeron des *Ancilies*. On entrait dans la plupart des taudis de ce quartier par de longues voûtes tout infiltrées d'eau, si tortueuses, si basses, que ni l'air ni la lumière n'y pouvaient pénétrer. Des étais, jetés en travers sur la ruelle, en appuyaient l'une à l'autre les deux parois convergentes. L'habitation de Lélius ne se distinguait pas à l'extérieur de ces masures, qui crevaient et se lézardaient de toutes parts sous le poids de six cents ans.

Mais au bout de l'allée ténébreuse qu'il fallait traverser pour arriver au logement du scribe, s'ouvrait une avenue de tilleuls séculaires, taillés en berceau. A l'extrémité on apercevait, environnée de jardins délicieux, la modeste habitation où l'ami de Gurgès cachait sa vie. Ce gracieux édifice, bâti en pierres blanches de Fidènes, avait la forme d'un pavillon octogone à deux étages, avec pilastres d'ordre tonique et corinthien. Un belvédère s'élevait sa voûte circulaire au-dessus de la terrasse qui le couronnait. Dans le boudoir frais, voluptueux, que renfermait ce belvédère, Daphné, le 10 octobre au soir, était assise sur un divan auprès de Lélius. Des stores, enluminés de riches couleurs, garantissaient des derniers feux du jour ce couple d'heureux amans, et jetaient partout sur les tentures, sur les bronzes et les tableaux précieux qui les entouraient des teintes diaprées et fantastiques. La fenêtre qui regardait le nord était seule ouverte, et laissait voir la colline des jardins, le cirque de Flora, les sombres murailles de Rome, et par delà, un magnifique horizon de steppes arides, de verdure et de montagnes bleues. Les bruits lointains de la grande cité ne troublaient point cette solitude, faite pour cacher deux existences qui veulent goûter en paix le bonheur de se voir et de s'aimer. Du reste, le belvédère de la maison de Lélius était placé sous la protection spéciale de la déesse des Grâces et des Ris. Cette divinité charmante était représentée sur la coupole du plafond, assise dans un char que trainaient deux colombes et qu'escortait une foule de petits amours roses et joufflus.

Daphné promenait ses regards avec admiration sur l'espèce de musée rassemblé par les soins du scribe.

— Vous êtes donc bien riche, mon Lélius, pour avoir pu réunir ici tant de jolies choses? lui disait-elle en s'appuyant amoureusement sur son épaule.

— Hum! répondit le beau cavalier d'un air insouciant, tout ceci est au contraire bien vieux et bien passé de mode. Mais un pauvre employé du trésor gagne-t-il assez pour se permettre de renouveler souvent son mobilier? Chère Daphné, ce que je possède ici de plus précieux, c'est l'amie qui a bien voulu me visiter.

Ce compliment attira un sourire sur les lèvres de la jeune fille. Puis sa belle figure devint tout à coup pensive.

— Ce que vous venez de dire, reprit-elle, bien franchement, le pensez-vous?

— Oui, répliqua le scribe.

Il voulut enlacer de son bras la taille de Daphné, qui le repoussa doucement.

— Alors je suis heureuse, bien heureuse! ajouta-t-elle. Je souffrirais trop, Lélius, oh! plus que je ne puis le dire, si je soupçonnais votre sincérité.

—Et vos soupçons seraient injustes, poursuivit-il; car si l'un de nous devait craindre pour l'avenir, ne serait-ce pas moi? Croyez-vous que j'oublie mon âge, que je ne pense pas bien souvent aux séductions qu'on trouve à chaque instant sur ses pas quand on est jeune, belle, attrayant comme vous?

— Cependant, repartit Daphné en accompagnant ses paroles d'une petite moue coquette, ma présence ici prouve, ce me semble, Lélius, que je vous aime sans arrière-pensée ∴.

Elle s'arrêta un instant comme si elle eût voulu étouffer un remords involontaire, et reprit avec abandon :

— Mais la confiance en votre loyauté, mon ami, et le sentiment qui m'attire vers vous est si pur, si légitime, que je n'en rougirais pas même en présence de la bonne et vertueuse mère que j'ai perdue. Vous n'êtes pas seulement pour moi un fiancé que j'aime, vous êtes encore un ami sous la protection duquel je me plais à mettre mes intérêts les plus chers.

A ces touchantes paroles, le scribe ne savait trop que répondre. Embarrassé de sa contenance vis-à-vis de l'enfant naïve et pure qui s'était mise en son pouvoir, il n'osait lever les yeux sur elle. Il semblait qu'il voulût lui cacher les secrètes pensées qui l'agitaient. Daphné poursuivit à voix basse :

— C'est qu'il est mal, très mal, voyez-vous, à une jeune fille, de quitter son père et de rendre visite à son amant, quoique celui-ci promette de l'épouser bientôt.

— Allons, pensa Lélius, nous avons touché au chapitre du mariage : nous n'en sortirons plus!

Il se leva, ouvrit un coffret de nacre et en tira un cercle d'or enrichi d'un précieux camée.

— Comment trouvez-vous ce petit diadème? demanda-t-il à sa compagne.

— Ah ! la jolie parure ! s'écria Daphné.

Elle prit le cercle d'or des mains de Lélius, le mit sur ses beaux cheveux, et courut se poser devant un miroir de jais. Là, elle se contemplait en s'inclinant à droite, à gauche, comme pour faire l'essai des poses les plus gracieuses.

— Je suis bien ainsi, n'est-ce pas, Lélius? ajouta-t-elle en souriant.

— Vous êtes toujours charmante, répondit le publicain.

Et préoccupé, il la regardait courber, redresser, courber encore sa taille mince et flexible, rieuse et folle comme une naïade qui se mire dans son bain.

—Par Minerve ! cette petite fille-là m'impose ! se dit-il à lui-même.

Et comme Daphné, après s'être démontré qu'elle était vraiment fort gentille, replaçait dans son écrin le diadème de Lélius, le scribe l'arrêta galamment et lui dit :

— Non, non! chère amie, ce bijou vous sied trop bien pour que je veuille vous en priver !

— C'est donc un présent que vous me faites? reprit la jeune fille.

Et sur la réponse affirmative de Lelius,

— Je l'accepte, poursuivit-elle ; mais gardez-le-moi en dépôt jusqu'au moment où j'en aurai besoin pour attacher le voile couleur de flamme des mariées. Lélius, ce sera un beau jour celui où nous nous unirons !

— Sans doute, répondit le libérateur de Gurgès. Mais, ma chère, il est bien loin de nous encore, ce jour-là.

— Nous le hâterons, répliqua Daphné. J'ai sondé les dispositions de mon père à votre égard, et je suis persuadée qu'il ne s'opposera pas à notre bonheur. D'ailleurs... ne répétez pas ce que je vais vous dire, surtout...

— Qu'est-ce? demanda Lélius.

— J'ai acheté hier une Junon (1) ; je l'ai couchée dans ma chambre sur un lit de pourpre, comme cela se pratique aux cérémonies saintes des Lectisternes. Son front est couronné de violettes ; une *donatique* de myrthe et de romarin descend sur sa poitrine, et j'ai résolu de ne jamais laisser ni la lampe qui brûle devant elle s'éteindre, ni sa patène sans fruit ou sans parfums. Cette Junon protégera nos amours, Lélius !

— Ah ! dit le publicain.

— Elle m'a promis, continua Daphné, que tous mes souhaits s'accompliraient, tant que les fleurs de son oratoire ne se flétriraient point, tant que j'entretiendrais le feu de son autel avec le zèle d'une prêtresse de Vesta.

— Vraiment?

— Il faut vous recommander aussi à la protection des dieux Lares, mon ami.

— Mais, répliqua le scribe, il doit y avoir ici trois ou quatre de leurs statues dans une armoire du vestibule. Quand j'ai acquis cette propriété, j'ai tout acheté en bloc, le portier, le chien, les dieux et la maison.

— Que dites-vous? reprit vivement Daphné.

— Que Guthul, mon esclave africain, est spécialement chargé de pourvoir au culte de mes divinités domestiques, répondit Lélius, qui avait ses raisons pour ménager les convictions religieuses de sa maîtresse. Maintenant, parlons un peu de notre amour, belle Daphné.

— Vous ne méritez plus que je vous aime, repartit la jeune fille d'une voix douce et triste.

Le scribe arrêta sur elle ses yeux noirs étincelans de passion.

— Savez-vous que je mourrais de chagrin si le destin me condamnait à vivre loin de vous ? murmura-t-il.

— Et vous blasphémez les dieux immortels ! et vous ne craignez pas leur colère ! Je veux que vous imitiez mon exemple et que vous placiez ici, sous un dais de pourpre, le dieu Jugatinus, qui préside aux unions fortunées.

— Décidément, la manie du mariage s'est emparée de cette petite fille, dit à part lui Lélius.

Il s'approcha de la fenêtre pour respirer l'air frais du soir. Sa tête était lourde et sa poitrine en feu.

— Qu'avez-vous donc, Lélius? poursuivit sa compagne. Vous paraissez préoccupé depuis quelques instans, et votre humeur maussade influe sur moi, car vos regards, vos paroles me causent un malaise étrange. Je m'en vais.

Aussitôt elle prit son voile et le jeta sur sa tête et sur ses épaules en guise de mantille.

Adossé au balustre de la fenêtre, le scribe l'observait en silence, tandis qu'elle faisait ses préparatifs de départ. Il ne l'invitait pas à renouveler ses visites, il ne cherchait pas à la retenir. Il semblait que son esprit fût absent.

— Adieu ! reprit Daphné ; vous serez plus aimable une autre fois, n'est-ce pas, Lélius?

D'un pas léger elle gagnait la porte du belvédère.

Au bruit qu'elle faisait, Lélius parut sortir d'un rêve

— Vous partez ? lui demanda-t-il.

— Il le faut. Mon père et Rutuba rentreront bientôt, et je ne veux pas qu'ils me trouvent absente. Je m'aperçois d'ailleurs que ma présence vous est importune. Au revoir ! que

_____

(1) Junons, génies protecteurs des femmes.

les dieux vous protégent, et que votre humeur noire se dissipe ! N'oubliez pas surtout d'acheter un Jugatinus.

— Chère fiancée, dit le publicain, vous allez me laisser bien seul et bien triste ! N'êtes-vous donc venue que pour me causer la douleur de vous voir partir ? Adieu ! puisqu'il le faut ; mais revenez, dès que vous en trouverez l'occasion, dans cette heureuse maison que votre présence a sanctifiée.

— A la bonne heure ! je vous retrouve enfin, cher Lélius, tel que vous vous êtes montré jusqu'ici et tel que vous devez être toujours avec moi. Je ne suis pas exigeante ; mais il faut, voyez-vous, lorsqu'on m'aime, qu'on obéisse à toutes mes volontés. Vous achèterez un Jugatinus ?

— Oui, oui, murmura le scribe.

Et comme il cherchait à saisir la main de sa fiancée, elle s'esquiva, descendit rapidement l'escalier, et se retournant dans sa fuite,

— Ayez bien soin de mon cercle d'or, dit-elle.

La charmante enfant effleura quelques marches du bout de son pied de sylphide, puis elle s'arrêta de nouveau :

— On vend de petits Jugatinus très bien sculptés vis-à-vis du temple des Lares dans Vicus-Tuscus, cria-t-elle.

La fille du désignateur avait disparu, et sa voix résonnait encore dans l'escalier du pavillon.

Lélius releva le store de celle des fenêtres de son belvédère qui donnait sur l'avenue, et suivit quelques instans du regard, à travers les arbres, la robe blanche de sa fiancée. Quand il eut cessé de la voir, il se redressa, et croisant les bras sur sa poitrine.

— Ah ! dit-il, mais je deviens sot à faire plaisir avec cette petite-là. Que diraient mes amis s'ils savaient ?... Bah ! que Mercure emporte les amis ! Je ne peux pas l'affliger ; elle est si jolie !

Tandis que Daphné visitait ainsi Lélius, que devenait Prosper, qui l'avait si sincèrement aimée ?

Depuis le jour fatal où Lélius s'était présenté pour la première fois chez Gurgès, le jeune orfèvre avait deviné que cet étranger deviendrait son rival. Certes, l'orgueilleux scribe paraissait trop sûr de lui-même pour ne pas être un homme de courage, capable de soutenir au péril de sa vie les intérêts de ses passions. Et pourtant Prosper s'était promis de lui disputer Daphné avec fureur, quelles que fussent sa puissance et son énergie.

Mais il fallait pour cela qu'un bon génie encourageât ses efforts, et il s'aperçut bientôt que ce bon génie lui faisait défaut ; que sa fiancée oubliait chaque jour l'amour si doux, si tendre qu'ils s'étaient juré. Le centurion lui promit d'abord de plaider sa cause auprès de Daphné comme celle d'un ami, d'un frère ; puis il voulut calmer ses souffrances, puis il l'exhorta à prendre patience, à attendre l'avenir avec résignation. L'artiste comprit alors que sa maîtresse était perdue pour lui Le jeune homme n'avait point de famille au sein de laquelle il pût cacher ses larmes, point de mère qui voulût prendre sa part des lourdes douleurs qui l'écrasaient. Il resta donc jour et nuit seul vis-à-vis de son désespoir, tantôt songeant aux joies du passé, tantôt se demandant comment il pourrait vivre d'une existence que la fille du désignateur ne voulait plus partager. L'homme ne meurt pas moralement tant qu'il lui reste une jalousie à creuser, une vengeance à mettre en œuvre. Mais Prosper se dégoûta bientôt même de sa haine contre Lélius. Il fléchit sous le poids de ses peines, comme une fleur que l'orage a frappée.

Dans le *sacrarium*, ou chapelle domestique de la maison de Brutus Pénus, alors absent de Rome, la femme de ce noble consulaire s'entretenait confidentiellement avec Catilina. La retraite mystérieuse où Sempronia avait introduit le conspirateur indiquait assez qu'ils avaient de graves questions à discuter.

On s'étonnera peut-être qu'un chef de faction tel que Sergius, à la veille de susciter une guerre civile, concertât ses plans avec une matrone coquette, étourdie, qui n'avait en apparence d'autre souci que ses plaisirs ; mais Catilina regardait l'épouse de Brutus comme le plus fidèle et le plus actif de tous ses conjurés.

Le Siècle.

Sempronia est un personnage acquis à l'histoire. Salluste a tracé son portrait avec un art inimitable. Elle appartenait à une famille plébéienne inscrite depuis longtemps sur l'album des sénateurs. Tibérius et Caïus Gracchus avaient illustré sa maison. Entre le caractère de cette femme et celui de Catilina, il existait des rapports de ressemblance qui avaient dû nécessairement les rapprocher. Douée de qualités brillantes, d'une beauté rare, d'un esprit distingué, versée dans la littérature grecque et latine, cultivant les arts avec succès, elle n'était inférieure à Sergius ni en audace ni peut-être en immoralité. Si elle pouvait affronter sans rougir une partie de débauche, elle savait également bien se conformer aux habitudes d'une société choisie. Elle causait science avec le philosophe, sagesse avec les vieillards, et dominait par l'éclat et la vivacité de sa conversation les écrivains et les orateurs de Rome les plus distingués. D'étranges bruits circulaient sur son compte : on l'accusait d'avoir nié des dépôts, d'avoir ourdi plus d'une trame criminelle, et d'employer sans scrupule le poison et le poignard au profit de ses passions. Néanmoins, sa maison de la rue des Toscans était la plus fréquentée de la ville, parce qu'on trouvait chez elle tout ce que recherchent les amis du plaisir : bonne société, table excellente et complète liberté.

Sempronia avait gagné au parti de Sergius bon nombre de personnes fort jolies, qui modéraient volontiers leurs dépenses pour soutenir ses entreprises. Quelques-unes désiraient conduire ainsi leurs maris à la fortune, d'autres espéraient s'en défaire au moyen des proscriptions.

La matrone et Catilina avaient fait un dénombrement minutieux des forces de la conjuration et de celles que le sénat pouvait y opposer. Ils cherchaient à pressentir quelle serait la conduite de César et celle de Crassus en cas de guerre civile. Leurs réflexions à ce sujet les avaient sans doute attristés : le visage de Sergius était sombre et celui de Sempronia rêveur.

— Par quelles circonstances fatales, disait la matrone à Catilina, avez-vous été rejeté en dehors de toutes les grandes factions de la république ? Pourquoi n'êtes-vous pas devenu, soit, comme César, le successeur de Marius, soit un des chefs de l'oligarchie comme Cicéron, soit enfin un glorieux *imperator*, à l'instar de Pompée.

— Quand je revins d'Afrique, répondit Sergius, tous les rôles importans dans la ville et aux armées avaient été accaparés par quelques intrigans. Le second rang ne peut contenter l'ambition d'un Sergius. Il n'y a plus de place pour moi à la surface de la société.

— Alors ?

— Je creuse en dessous, répliqua le conspirateur.

— Cette œuvre de ténèbres est-elle digne de vous ?

— Qu'importent les moyens, pourvu qu'on arrive à son but ! Ce qui me préoccupe en ce moment, c'est d'empêcher le conseil des Sept de voir et d'entendre à travers les murailles de ma maison.

— Pensez-vous qu'on nous trahisse ?

— Je ne sais. On m'accuse depuis six mois de préparer un massacre. Mes ennemis connaissent-ils mes projets ? Ignorent-ils au contraire qu'ils devinent parfaitement juste en croyant mentir ? Je n'ai aucun motif d'adopter l'une plutôt que l'autre de ces deux suppositions.

— Resserrez le cercle de vos relations intimes,

— La mesure que vous me conseillez de prendre est bonne, mais elle ne suffit pas. Cet infatigable bavard qu'on nomme Cicéron m'inquiète. J'ai résolu de me délivrer de sa surveillance à tout prix

— Peut-on l'acheter ? demanda la matrone.

— Il n'est pas à vendre.

— Et il faudrait...

— Le tuer, ajouta Sergius.

— En effet, dit Sempronia, le moyen me semble d'autant meilleur qu'il est plus simple. Un assassin d'ailleurs coûte moins cher qu'un consul, et nous sommes forcés de viser à l'économie. Avez-vous quelques idées sur la manière dont on imposera silence à notre marchand de périodes ?

— Mais oui. J'inviterai d'abord mes conjurés à descendre

en armes au champ de Mars le jour des comices, afin d'y égorger mes concurrens et le plébéien d'Arpinum, qui sans doute présidera l'assemblée.

— Très bien.

— Ce qui ne m'empêchera pas de tendre à Cicéron une autre embûche, où il succombera d'autant plus sûrement qu'il sera mieux instruit de la première, si toutefois il en est instruit.

— Par Tisiphone ! la combinaison me semble ingénieuse.

— On a trouvé l'instrument qui doit frapper le consul, poursuivit Sergius. Il ne reste plus qu'à l'employer.

— Quel est cet instrument ? fit Sempronia.

— Un centurion nouvellement arrivé d'Asie, qui n'inspirera aucune défiance ; car il a servi longtemps sous les ordres de Pompée.

— Et cet homme vous est dévoué ?

— Chère Sempronia, répondit le conspirateur, dont un sourire d'ironie crispa les lèvres, j'ai compté sur vous pour l'attacher à notre parti.

La matrone devint pourpre de colère.

— Je vous comprends, dit-elle, et la mission que vous me destinez, je ne la remplirai pas.

— Vous avez tort, ma chère ; car la personne dont je vous parle est un fort bel officier.

— C'est possible ; mais je suis lasse de faire naître et d'irriter, pour faciliter vos complots, les passions ignobles que vous exploitez depuis deux ans. Je ne veux plus être l'esclave de vos complices, ménager la jalousie des uns, flatter la sotte vanité des autres, avoir en un mot pour adorateurs tous les conspirateurs de Rome, depuis le chef qui les dirige jusqu'au dernier aventurier qui les sert.

— Le chef évitera, s'il le faut, de vous importuner.

L'impertinente résignation avec laquelle Sergius renonçait pour son compte à l'affection de Sempronia causa à celle-ci plus de colère encore que de douleur.

— Vous en agissez mal avec moi, Sergius, reprit-elle d'une voix presque menaçante.

— Parce que je cherche à vous concilier l'estime d'un jeune militaire bien fait, séduisant, passionné ? répondit Catilina. Mais je vous fournis une occasion charmante de prouver votre patriotisme, belle Sempronia. On ne conspire pas plus agréablement.

— Ce ne sont plus des sarcasmes, ce sont des insultes que vous m'adressez.

Sempronia en venait aux grands mots du dictionnaire féminin. Mais Sergius, voulant couper court à toute récrimination :

— Eh ! qui songe à vous insulter ! s'écria-t-il ; n'est-il pas étonnant qu'à votre âge, lorsqu'on sait comme vous embrasser d'un coup d'œil l'ensemble d'une vaste conjuration et poursuivre l'exécution en brisant devant soi tout obstacle, on s'effarouche de la galanterie d'un centurion ? Par Silus, mon aïeul ! vous vous occupez là de détails bien indignes de vous, noble Sempronia.

— Ce qu'il y a d'étonnant en tout ceci, répliqua la matrone, c'est que vous me chargiez de toutes les perfidies honteuses que nécessitent vos complots, vous qui me témoignez de l'attachement et que j'ai toujours sincèrement aimé !

— Vous m'avez aimé sans partage ?

— Oui, sans partage.

— Sans que jamais rien ait pu vous distraire de l'affection que vous me portez ?

— Cette affection, Sergius, a survécu en moi à tout autre sentiment...

— Très bien, interrompit le conspirateur.

Il se pencha vers la matrone et reprit d'un ton moitié railleur et moitié galant :

— Ma fidèle Sempronia veut-elle se permettre, dans mon intérêt, une de ces distractions passagères qui n'arrêtent pas le cours de ses autres pensées.

Rien n'est changeant comme l'humeur d'une femme galante. La façon plaisante dont Catilina venait de terminer sa requête charma sa maîtresse. De sa petite main potelée elle frappa légèrement sur la joue.

— Serpent, dit-elle, tu en viens toujours à tes fins. Où est-il, ton centurion ?

— Vous le verrez prochainement chez Lélius, dans Alta-Semita. Vous n'avez pas oublié Lélius, scribe au trésor de Saturne ? ajouta le conspirateur en clignant des paupières.

— Ce Lélius n'a-t-il pas des amis dans les bureaux de la curie ? demanda la matrone avec un sourire ironique.

— Je crois que oui.

— Et n'ai-je pas un cousin, nommé récemment dictateur à Lanuvium ou partout ailleurs, lequel sollicite une prompte expédition du sénatus-consulte qui doit confirmer son élection ?

— Précisément. Les familiers de Lélius hâteront à sa recommandation le travail des bureaux concernant ce décret. Adieu, chère Sempronia, ajouta Sergius. Ayez soin d'aiguiser convenablement le poignard qui doit frapper Cicéron.

— Soyez sans inquiétude.

VI.

PROSPER.

Tertia, la belle épouse de Martius Rex, se livrait au bonheur du farniente dans sa maison du Célius. Le petit amour qui, du bout d'une de ses flèches, mesurait les heures du jour au sommet de la clepsydre de la matrone, avait parcouru la moitié de sa course ascendante Il était midi. La chaleur devenait insupportable. Comme tous les gens bien nés, Tertia faisait sa sieste, pendant qu'à la porte de son hôtel, un nomenclateur distribuait la sportule à la troupe affamée des cliens de son mari. Les fenêtres de la chambre où se trouvait la dame étaient ouvertes et donnaient passage à l'air frais du jardin, autour duquel on disposait les appartemens intérieurs de toutes les maisons romaines.

Vêtue d'une tunique de lin, dont les manches flottantes, rattachées à l'épaule par des boutons de rubis, laissaient voir ses bras d'albâtre, chaussée de pantoufles tissues d'or et de pourpre, l'illustre matrone reposait sur un lit. Une de ses mains soutenait sa tête, tandis que l'autre jouait avec un petit chien. Au pied du lit de Tertia, Napé, son esclave de prédilection, agitait un éventail de plumes et charmait sa maîtresse en lui lisant des vers de Catulle. Mais, tout en écoutant sa cameriste, Tertia surveillait attentivement le travail de ses autres esclaves, qu'elle apercevait de son lit par une large porte circulaire, fermée d'un vitrage d'écaille. Ces femmes, divisées en quatre troupes, fileuses, couturières, brodeuses et repasseuses, préparaient et mettaient en œuvre les étoffes précieuses des habits de leurs maîtres. Leur atelier était une salle immense, que des colonnes divisaient en quatre compartimens ; les murs en étaient garnis d'armoires à portes de marbre ; des rouets, des métiers à tisser, des tables occupaient le milieu de cette prison splendide. Tertia interrompait de temps à autre la lecture de sa cameriste, et agitait une sonnette. Une des surveillantes préposées au travaux des esclaves s'empressait d'accourir et, la matrone lui disait :

— Cypassis, tu feras mettre Dorcas aux fers jusqu'à la nuit pour la punir d'avoir bâillé.

— Circé, qu'on donne vingt coups de fouet à Carmion. Recommence-moi cette ode, Napé ; j'en ai oublié le commencement.

Tertia ordonnait souvent qu'on amenât devant elle les coupables qu'elle voulait châtier, et pendant qu'on allait les avertir, si quelque passage du poète lui semblait mériter une attention spéciale,

— Oh ! le beau vers, s'écriait-elle en tirant nonchalamment de ses cheveux l'épingle d'or qui servait à les rattacher. — Approche ici, malheureuse, reprenait la matrone aussitôt que sa victime tremblante était entrée dans le boudoir. — Quelle ingénieuse pensée ! quel admirable tour de phrase ! Sapho n'aurait pas mieux dit. Relis-moi donc cette strophe, Napé.

Et tandis que Napé relisait la strophe, Tertia enfonçait un

pouce de son épingle d'or dans les seins ou dans les bras de l'esclave qui avait encouru sa colère, sans que la pauvre fille osât laisser échapper un cri ou pousser un soupir.

Ainsi, la matrone passait le temps de sa sieste en attendant qu'elle pût aller rendre ses visites, se promener au champ de Mars ou se baigner aux thermes de la voie Sacrée.

Le petit amour du clepsydre marquait une heure, lorsqu'un nomenclateur annonça le barbier Cruscellus.

Napé sortit, et notre illustre tondeur de la rue aux Parfums se présenta.

Il se confondait en saluts respectueux.

— Passe-moi ce sachet; tu empestes! lui dit Tertia.

Cruscellus prit le sachet, et le présenta humblement à l'épouse de Martius Rex.

— Tire ce rideau maintenant, reprit Tertia en désignant du geste le voile suspendu derrière la porte de l'atelier.

Cruscellus obéit encore; mais dès qu'il fut certain que nul regard indiscret ne pouvait se glisser dans le boudoir de Tertia, il se mit à l'aise et s'assit près du lit de la matrone sur le pliant que Napé venait de quitter.

— Vous avez là une robe bien précieuse, dit-il en frôlant du pouce et l'index de sa main droite un coin de la tunique de Tertia; vous êtes ou ne peut plus jolie dans ce négligé.

— Comment, drôle! tu oses me faire des complimens! répondit la matrone d'un ton railleur. Est-ce que cela te regarde, si je suis jolie?

— Par Hercule! oui, cela me regarde; car si vous n'étiez pas si jolie...

— Eh bien! voyons, si je n'étais pas si jolie, qu'en résulterait-il?

— Il en résulterait que le consul Cicéron, dans ses tendres années, n'aurait pas été père...

Tertia saisit un lourd miroir d'argent suspendu près d'elle à la muraille et le brandit sur la tête du barbier.

— Holà! holà! laissez-moi donc achever, s'écria Cruscellus. Je veux dire que le consul Cicéron, dans son jeune âge, n'aurait pas été père conscrit, sénateur, et que, et que...

Le tondeur eût été fort embarrassé pour terminer sa phrase; mais Tertia ne l'écoutait plus. Son miroir lui avait échappé des mains, et elle se tordait de rire sur son lit.

Cruscellus prit le miroir et le plaça loin de Tertia, sur une console, en disant:

— Vous allez commettre une imprudence; j'ai la tête très dure, et si vous m'aviez frappé de votre miroir, vous en auriez écorné les angles sur mon front.

— Ah! tu cultives le calembour, barbier, reprit Tertia sans pouvoir calmer son hilarité. Je te dénoncerai au consul; je le rendrai jaloux de toi.

— Comment! vous le rendrez jaloux de moi! je pratiquais le calembour avant lui.

Tertia essuya les larmes que son accès de folle joie avait attirées sur ses paupières, et s'accoudant de nouveau sur ses coussins, en disant:

— Causons sérieusement, dit-elle. Qu'as-tu de nouveau à m'apprendre?

— Je l'ai oublié, répondit Cruscellus.

— Tu n'as jamais de mémoire, répliqua la matrone.

Elle tira une bourse de sa tunique, y prit quatre pièces d'or et les jeta sur la robe du tondeur.

— J'y suis, reprit Cruscellus. J'ai invoqué la puissante Mnémosyne pendant que vous cherchiez ce vil métal...

— As-tu vu Prosper? demanda Tertia.

— Oui. C'est toujours un charmant jeune homme, naïf comme une vestale, blond et frais comme un Germain. Sa chevelure ne cesse pas de faire mon désespoir. Je touche mille sesterces pour pouvoir la suspendre aux planches de mon auvent.

— Et que fait-il?

— Il rêve, il pleure, il contemple les étoiles, et regarde avec une douce mélancolie l'eau couler sous le pont Sublicius. Voilà ses occupations.

— Callisthènes alors se plaint de lui?

— Mais non. Callisthènes sait compatir aux misères humaines. Prosper est amoureux.

— Bah! dit la matrone. — Sa figure devint radieuse. — Prends encore ce Lucullus, barbier. Prosper est amoureux!.. et sa maîtresse est jolie sans doute?

— Hum! il y a plus mal, il y a mieux; c'est une petite brune assez accorte. Mais le plus grave dans tout ceci, c'est que Prosper a un rival.

— Un rival!

— Comme j'ai l'honneur de vous le dire; et ce rival est dangereux.

— Ah! cet homme est dangereux! reprit Tertia en froissant de ses belles mains l'éventail de Napé. J'y mettrai bon ordre. Tu vas me le nommer.

— Non pas, non pas, s'il vous plaît, noble matrone. J'ai encore des dents à polir, des cheveux à tondre et des nattes à fabriquer.

— Tu me diras son nom, ou tu seras bâtonné.

— Je ne parlerai pas et je ne serai pas bâtonné. Mais si j'avais à choisir entre l'une ou l'autre de ces deux extrémités, sans mentir...

— Que ferais-tu?

— J'affronterais les bâtons de vos esclaves, et je croirais agir prudemment.

— La prudence est une vertu dont je ne veux pas te détourner, répliqua la matrone.

Et elle allongeait la main vers la sonnette quand le tondeur, la retenant,

— Sans rire, dit-il, vous livreriez mon torse à la fureur de vos Cappadociens?

— Pourquoi pas? Est-ce qu'il y aurait antipathie entre ton dos et un bâton?

— Mais cette antipathie me paraît démontrée. Tenez, belle Tertia, donnez-moi encore un écu lucullien.

— Et tu m'obéiras?

— Non, mais en retour je vous donnerai un conseil.

— Un écu d'or pour un conseil! Tu oses me proposer un pareil marché, vieux coquin! J'y perdrais.

— Romulus ne pensait pas comme vous lorsqu'il éleva un temple et des autels au dieu Consus. Voilà un temps où la sagesse était lucrative, où les conseils étaient bien payés!

— Impie! murmura la matrone avec une feinte indignation. Elle jeta une sixième pièce d'or sur la tunique du barbier.

— Voyons ton conseil, poursuivit-elle. Je suis curieuse de savoir ce qu'on peut tirer de bon de la tête d'un vaurien tel que toi.

— Si vous tenez à la vie de Prosper, reprit Cruscellus, persuadez-lui de renoncer au malheureux amour qui le tourmente. Cette passion le perdra.

— Sais-tu bien que je m'effraies, Cruscellus? reprit Tertia. Je n'aurai jamais assez d'influence sur ce jeune homme pour obtenir de lui un pareil sacrifice.

— Allons donc! belle matrone, répondit le tondeur. Est-ce qu'on ignore à votre âge le moyen de brouiller deux amans? C'est une des notions les plus élémentaires de la théorie du sentiment.

— Comment agirais-tu en pareil cas, barbier?

— De la manière la plus simple et la meilleure. Je toucherais dans Prosper une corde extrêmement délicate... à son âge, celle de la jalousie.

— Et tu lui dirais...

— Votre fiancée en aime un autre.

— Ah! interrompit Tertia, c'est tout ce que tu me donnes pour mon écu?

— Mais ce n'est pas un as par parole.

— En ce cas, va-t'en, tu me déplais.

— Au revoir, charmante Tertia. Préparez-vous à recevoir Prosper dans quelques instants. A la huitième heure (deux heures après midi) il viendra vous montrer plusieurs ouvrages d'orfévrerie que j'ai fait demander à son maître pour vous.

L'épouse de Martius Rex, malgré l'extrême légèreté de sa conduite, avait tous les instincts nobles et chastes d'une mère. Quoique Prosper ignorât qu'il lui devait le jour, elle ne voulut point paraître en sa présence dans le voluptueux négligé qu'elle portait. Elle se revêtit d'une tunique blanche qui la couvrait de la tête aux pieds, attacha autour de sa tête un long voile de matrone, suspendit un trousseau de clefs à sa ceinture, et se rendit à l'atelier de ses femmes pour y prendre part à leurs travaux ; de façon que Prosper, en arrivant chez Martius Rex, trouva sa jeune protectrice au milieu de ses esclaves, préparant, comme une autre Lucrèce, de ses mains patriciennes, les vêtemens de son époux.

Elle ordonna à l'orfèvre d'aller l'attendre dans son boudoir. Prosper y déposa sur un guéridon le coffret d'ébène qu'il portait, essuya son front ruisselant de sueur, et s'appuyant à la muraille, le bras gauche sur la hanche, il attendit que la matrone voulût bien se rappeler qu'elle avait à lui parler.

L'orfèvre était bien jeune encore, mais déjà robuste. Ses traits fins, spirituels, indiquaient cet heureux mélange de gaîté moqueuse et de douce mélancolie qui caractérisaient Cicéron. Il avait les yeux bleus, les cils noirs, des cheveux blonds, qui retombaient sur ses épaules et y formaient mille petites boucles d'or. Ses mains, véritables mains d'artiste, aux muscles vigoureux, aux attaches solides, sensibles et transparentes, étaient blanches et mignonnes comme des mains de femme. Il portait une tunique courte, dont la ceinture cachait un poignard, et un manteau gris, négligemment drapé sur l'épaule. Ses bottines laissaient voir à demi ses jambes soigneusement épilées. Un béret à larges bords était coquettement posé sur son oreille en coup de vent. Tertia, en entrant dans le boudoir, ne put s'empêcher de le contempler un instant avec admiration.

— Vous m'apportez les objets que j'ai demandés à Callisthènes, lui dit-elle. Voyons ce qu'il y a dans ce coffret.

L'apprenti se mit en devoir de montrer à Tertia les bijoux que lui avait confiés son maître. Il ouvrait la boîte qui les contenait quand la matrone, remarquant la sueur qui inondait son visage.

— Vous êtes fatigué, reprit-elle. — Napé, ajouta la noble dame en élevant la voix, apporte une coupe et un flacon de Lesbos.

— Je ne prendrai rien, illustre Tertia, dit Prosper. Veuillez, je vous prie, examiner cette *dactyliothèque*, fabriquée sur le modèle de celle de Scaurus, gendre du dictateur. Tous ces anneaux sont renfermés dans une aigue-marine de la plus belle eau. Les uns représentent divers symboles, d'autres sont des bagues d'été fort légères et qui ne gênent point, grâce à leur petitesse, le mouvement des doigts. Mon maître ne peut rien vous offrir de plus nouveau.

En ce moment Napé se présenta avec le vin et la coupe demandés par sa maîtresse.

— Verse à boire à cet enfant, lui dit Tertia.

Et comme l'esclave exécutait cet ordre trop lentement au gré de la matrone, celle-ci prit elle-même le flacon et remplit la coupe de vermeil que Prosper tenait à la main.

L'apprenti se contenta d'y tremper ses lèvres.

— Buvez, buvez, jeune homme, reprit Tertia. C'est qu'il y a loin de Vélabre au Célius, et ce coffret est si pesant !

Puis elle souleva de ses mains délicates la caisse d'ébène apportée par son fils.

Prosper, après avoir épuisé la liqueur généreuse dont son calice avait été rempli, exposa aux yeux de la matrone un grand nombre de petits objets de toilette, des épingles, des agrafes, des bracelets, tous admirablement ciselés, enrichis de délicieuses figurines où l'éclat de l'or s'alliait à celui des émeraudes, des saphirs et des rubis. Mais la belle épouse de Martius Rex ne prit qu'un intérêt médiocre aux chefs-d'œuvre de Callisthènes. Elle disait à l'apprenti :

— Vous me paraissez triste, Prosper. N'est-il pas vrai, pauvre enfant, que votre état vous ennuie ?

— Oh ! vous vous trompez, noble dame, répondit le jeune homme, j'aime au contraire l'art que m'apprend Callisthènes. C'est une noble profession que celle d'orfèvre : tantôt nous retraçons sur l'or les sublimes histoires des dieux, leurs fêtes, leurs mystères ; tantôt nous travaillons aux parures qui doivent servir d'ornement aux plus belles personnes de Rome et ajouter aux charmes de leur beauté ; ou bien nous gravons des trophées, des armes, des quadriges sur les coins dont on frappe les monnaies au temple de Junon. Comment de si nobles travaux pourraient-ils m'ennuyer ?

En parlant ainsi, l'apprenti avait débarrassé des papyrus qui l'enveloppaient une aiguière en vermeil d'un goût exquis. Elle avait la forme d'un monstre accroupi sur ses pieds, dont la poitrine et le ventre faisaient la convexité du vase, tandis que sa tête renversée en arrière et son bonnet taillé en pointe en représentaient le col, le couvercle et l'anse à la gracieuse courbure (1).

— Avez-vous travaillé à cette pièce ? demanda la matrone à Prosper.

— Oui, quelque peu. J'ai aidé à en réunir et à en souder les diverses parties.

— Elle est admirable. Je l'achète. Callisthènes en veut vingt mille sesterces ; je ne marchanderai pas avec lui. Priez-le d'envoyer toucher demain cette somme chez mon intendant.

L'empressement de la matrone à se procurer un échantillon du travail de Prosper, parut causer une vive satisfaction à l'apprenti. Il se hâta néanmoins de replacer dans son coffret les bijoux qu'avait dédaignés Tertia, saisit la boîte à son anneau de cuivre, et se tenant debout près de la porte de la chambre qui communiquait aux portiques, il attendit que l'épouse de Martius voulût bien le congédier.

— Vous partez ? lui dit-elle.

— Je pense, répondit le jeune homme, que l'illustre épouse de Martius Rex ne désire plus rien acheter, et je craindrais que mon absence...

Prosper s'interrompit, son front candide se colora d'une vive rougeur.

— Eh bien ! fit Tertia, vous craindriez que votre absence...

L'apprenti n'osa continuer ; ses regards ne quittaient plus le marbre du pavé.

— N'offensât Callisthènes, si elle se prolongeait, poursuivit la matrone. C'est là votre pensée ?

— Callisthènes est le plus indulgent des maîtres, répliqua timidement l'apprenti ; il me laisse libre de mes actions.

— Ce sont peut-être vos compagnons d'atelier qui comptent les heures que vous passez ici ? reprit Tertia.

Elle resta un instant pensive.

— Et peut-être, ajouta-t-elle... Oh ! je comprends ce que vous n'osez dire, murmura la noble dame, devenue tout à coup pâle d'indignation ; ils ont eu l'audace !... Vous m'avez défendue, vous ! n'est-il pas vrai, mon enfant ?

— J'ai méprisé leurs grossières plaisanteries, répondit le jeune homme ; mais vous avez été si bonne pour moi, j'ai pour vous tant de vénération, que j'aimerais mieux ne vous voir jamais que d'entendre accuser l'affection toute maternelle que vous me témoignez. Je souffre quand on vous outrage en ma présence, comme si l'on outrageait ma mère... qu'hélas ! je n'ai jamais connue.

— Bien ! bien ! Prosper, dit la matrone. Accoutumez-vous à me regarder comme votre mère ; confiez-moi tous vos secrets, toutes vos peines, comme si vous les déposiez dans son cœur. Je me rendrai digne de votre affection ; je vous protégerai, je vous guiderai à travers les écueils de ce monde. Tout ce que j'ai d'influence par ma position, par ma fortune, je le ferai servir à vous rendre heureux.

Et Tertia fut obligée de se détourner un instant pour essuyer les larmes qui mouillaient ses yeux.

Prosper n'était pas moins ému. La matrone lui fit signe de rouvrir son coffret. Elle se mit à en examiner de nouveau les richesses, et pendant que les bijoux de Callisthènes passaient et repassaient entre ses doigts.

— Ainsi, ajouta-t-elle, vous aimez une femme, je le sais, et vous me l'avez caché. Cet amour vous torture parce que vous avez un rival, un rival qu'on vous préfère, un rival heureux ; et vous dévorez seul votre désespoir, pauvre enfant, sans demander un mot de consolation à la seule personne qui s'intéresse à vos douleurs. Je connais le prix qu'on attache à l'amour dans l'âge heureux où vous vous trouvez, et j'ai voulu prendre part à la lutte qu'on vous a suscitée.

Les genoux de Prosper se dérobèrent sous lui. Il se laissa

(1) Le père Montfaucon a donné le dessin de ce vase dans ses Antiquités.

tomber sur un fauteuil, et d'une voix tremblante il dit à Tertia :

— La préférence que Daphné accorde à ce misérable Lélius est-elle une chose dont vous soyez sûre à n'en pouvoir douter ?

En voyant l'émotion de son fils, la matrone se repentit un instant des paroles qu'elle avait prononcées. Elle voulut apprendre, avant de briser sans retour les affections les plus saintes, les espérances les plus chères de l'apprenti, quel était ce rival dangereux que Cruscellus avait refusé de lui faire connaître, et sans répondre à la question de Prosper,

— Quel est ce Lélius ? lui demanda-t-elle.

— Je l'ignore, répliqua le jeune homme. Quelque noble patricien sans doute, qui, fatigué du monde où il est né, est venu raviver ses émotions parmi les simples gens des Esquilies. Il se donne pour employé du trésor de Saturne ; mais il a plutôt l'air de passer sa vie au milieu des débauchés et des courtisanes que dans les bureaux enfumés des publicains.

— Dépeignez-le-moi, reprit Tertia.

Alors Prosper traça le portrait de Lélius avec ces couleurs sombres que prête la passion aux âmes jeunes et vigoureuses. Plus il parlait, et plus les traits de la matrone s'altéraient. Ses joues prenaient des teintes livides ; sa respiration s'embarrassait. Enfin, elle interrompit le jeune homme, et l'enveloppant pour ainsi dire de son regard,

— Ah ! Prosper, s'écria-t-elle, si vous me gardez quelque reconnaissance pour les soins que je vous ai prodigués, pour m'être rendue à votre égard la vivante expression de ce destin qui nous guide au bonheur par des voies inconnues, oubliez, oubliez la femme qui s'est livrée à un pareil monstre, qui a préféré la chaîne flétrissante dont il l'a chargée aux liens sacrés du mariage. Daphné vous a trahi.

L'effet de cette dernière parole fut prompt comme la foudre. Une pâleur mortelle se répandit sur les traits de Prosper. Il laissa retomber sa tête sur son épaule et s'évanouit.

— Prosper ! Prosper ! mon enfant ! revenez à vous ! disait Tertia, en soulevant d'une main la tête de l'apprenti et en lui présentant de l'autre des sels à respirer.

Un silence profond régnait autour d'eux. On n'entendait que le bruit monotone des gouttes d'eau qui s'échappaient du clepsydre par intervalles égaux. La matrone était aussi pâle, aussi défaillante que son fils.

Ce dernier reprit peu à peu connaissance. Tertia remplit de nouveau la coupe qu'il avait vidée, fit couler elle-même entre ses lèvres le vin précieux de Lesbos. Puis, quand l'apprenti eut recouvré tout à fait le sentiment, elle s'assit vis-à-vis de lui et poursuivit d'une voix douce comme une prière :

— Pardonnez-moi le mal que je vous ai causé. Je devais vous prémunir contre des illusions dangereuses, qui compromettraient votre avenir. Il vous faut une vengeance. Je me charge de vous la procurer.

— Oh ! pas contre elle, bonne Tertia, murmura l'apprenti.

— Non, mais contre l'autre. Maintenant vous l'oublierez ?

— Mais je mourrai de regrets ! dit Prosper en fondant en larmes.

Tertia le regardait pleurer, et elle essuyait elle-même de son mouchoir les larmes qu'il versait.

— Écoutez, cher enfant, reprit-elle, tout sacrifice mérite une récompense : eh bien ! si vous m'obéissez, je vous ferai connaître un jour, bientôt, une femme dont l'affection remplacera dans votre cœur celle qui vous manque maintenant.

Prosper ne répondit que par un geste d'incrédulité.

— Je te rendrai ta mère, dit la matrone, dont les deux mains tremblaient sur les épaules de son fils.

En quittant la maison de Martius Rex, Prosper ne se rendit pas au Vélabre, il traversa le quartier bruyant des Carènes, gravit le versant occidental du mont Esquilin, longea le palais des questeurs, et, laissant à gauche la voie Scélérate, il marcha droit au temple de Libitine. Il s'arrêta devant la maison qu'habitait Gurgès, et appela Rutuba de toutes ses forces. La jolie figure de Daphné se montra sous le cintre d'une fenêtre et disparut aussitôt. Quelques instans après, le centurion descendit.

— Tu n'as pas voulu que Daphné fût la femme d'un pauvre orfèvre, lui dit Prosper. Elle est devenue la maîtresse d'un patricien.

Et l'apprenti s'éloigna.

VII.

LA COUPE DE SANG.

Rome, telle qu'elle existe aujourd'hui, a l'aspect d'une vaste ruine, où le temps entasse chaque année deuil sur deuil et débris sur débris. L'archéologue, le poète, l'artiste qui la visitent afin d'y recueillir çà et là quelques souvenirs des temps passés, n'en rapportent que tristesse et regrets déchirans. Le catholicisme se meurt dans la ville éternelle comme le troisième siècle y périt, faute d'adorateurs, le culte des dieux païens. Reine détrônée, la cité des Césars et des papes, a perdu son double diadème. L'épée de la conquête et le sceptre de la pensée sont tombés de ses mains débiles. On le comprend en voyant son Capitole sans pompe triomphale, ses vignes en friche, ses palais mutilés et ses églises que foule rarement le pied du pèlerin.

Mais la capitale d'où Tibère et Sixte-Quint dictaient des lois au monde n'a pas seulement subi les conséquences des révolutions humaines. Des étangs funestes de Maccarèse, des salines empestées d'Ostie, la *mal aria* s'est élancée vers les murailles byzantines dont Honorius l'environna. Le fléau les a franchies, et, chassant devant lui de pâles fiévreux, il a dépeuplé l'Aventin, le Célius et les régions esquilines aux lugubres traditions. La moitié de Rome est veuve de ses habitans. Des aqueducs brisés, des murailles en lambeaux qui furent des amphithéâtres, des thermes ou des basiliques, quelques vignes envahies par l'âpre végétation des Maremmes, des temples chrétiens resplendissans de marbre et d'or, tout y reste confondu dans la même solitude, dans le même silence de mort. Par delà le Colisée, que Vespasien éleva jadis au centre de Rome, vit une population de *monsignori*, de moines, de commerçans qui intriguent, mendient, volent et se confessent sans se préoccuper ni du passé ni de l'avenir.

Avec la gloire de Rome ancienne, avec ses dieux et ses héros, le forum, centre de la vie politique du grand peuple, a disparu. Les hordes furieuses d'Alaric, de Genséric, de Totila et de Robert Guiscard, les bandes espagnoles du connétable de Bourbon en ont rasé le sol. Une place étroite, que le soleil brûle de ses rayons, le Campo-Vaccino, coupe sous un angle de cinquante degrés l'extrémité orientale de l'emplacement où la plèbe romaine décidait du sort des rois. Le marché au fourrage se tient dans Campo-Vaccino. Des pâtres volsques, au teint cuivré, gardent leurs buffles et le long chariot qu'ils traînent sur la voie Sacrée, le long de laquelle des matrones promenèrent jadis en litière leur coquette indolence. Des maraîchers d'Albano, d'Ardée, patrie de Turnus, exposent leurs légumes sous les arcs triomphaux de Septime-Sévère et de Titus. On n'entend plus que mugissemens, cris sauvages, tumultueuses querelles de laquais et de paysans autour des basiliques dont la voix éloquente de Cicéron a troublé les échos.

Au sud-est de Campo-Vaccino, vis-à-vis de l'église moitié païenne et moitié chrétienne de Saint-Cosme et de Saint-Damien, au milieu de la vigne Farnèse, s'élevait, à l'époque de la conjuration, la maison de Lucius Sergius Catilina.

Sur les ruines de cette demeure maudite, Auguste, après sa victoire d'Actium, avait bâti, non loin de son propre palais, un temple à Apollon Palatin. Au seizième siècle, le temple du dieu et le palais impérial avaient disparu comme la maison du proscrit. Paul III s'empara des terrains auxquels se rattachaient tant de souvenirs, y construisit des casins splendides, les couvrit d'arbustes, de statues et de fleurs. Mais la vigne du Farnèse est tombée au pouvoir des Bourbons de Naples. Depuis un siècle les nouveaux propriétaires en ont laissé les fontaines se tarir, les lauriers-roses et les ombreuses charmilles s'effeuiller. Les chefs-d'œuvre de Vignole se lézardent et tomberont bientôt sur les murailles réticulaires qu'ils avaient remplacées. Là comme ailleurs, Rome moderne s'affaisse insensiblement sur cette terre ausonienne qui, depuis les Pélasges, a dévoré tant d'hommes, de religions et de monuments.

Le dix-septième jour avant les calendes d'octobre (15 septembre) les amis les plus intimes de Catilina devaient souper chez ce redoutable conspirateur.

Le clepsydre des rostres marquait la cinquième heure de la nuit (onze heures du soir). Le moment était venu pour les citoyens paisibles de dormir et pour les débauchés de commencer leurs fêtes nocturnes. Cependant le vestibule de la demeure de Sergius était désert. Point de guirlandes de fleurs, de lumières au seuil de la porte ; point d'esclaves affairés parmi les colonnes du *protyrum* ; les cuisines ne laissaient échapper aucune émanation dont les gourmands affamés de la ville pussent respirer le parfum. On n'apercevait dans la vaste enceinte où se pressait chaque matin la multitude des cliens du maître, que la statue équestre de Marcus Sergius Silus, le héros de sa race. La lune éclairait de ses lueurs solitaires cette grande figure des temps antiques, placée là comme un témoignage de l'effroyable rapidité avec laquelle la société romaine se précipitait vers sa décadence. Catilina n'était que l'arrière petit fils de Silus, mort pauvre et couvert de blessures, après avoir occupé les premières charges de l'État.

Mais, nonobstant la solitude apparente de la maison de Sergius, ses hôtes se réunissaient peu à peu dans l'exèdre où le père de famille célébrait ses jours de grande réception. Arrivés seuls et sans esclaves devant une porte secrète, laquelle s'ouvrait loin du vestibule, au fond d'une impasse ignorée, ils frappaient trois coups à intervalles égaux. Aussitôt une allée ténébreuse leur livrait passage. Un nomenclateur, chargé de les introduire, dirigeait sur leur visage la lumière d'une lampe, échangeait avec eux de mystérieuses paroles, les conduisait au vestiaire et les engageait à quitter leurs manteaux pour revêtir, suivant leur dignité, la robe sénatoriale, les ornemens de la préture ou l'angusticlave des chevaliers ; puis, il les conduisait dans l'assemblée des hôtes de Sergius, qui, vers minuit, s'étaient tous rendus à son invitation.

Ces hommes qui se faufilaient avec tant de précaution dans le palais de Catilina sous prétexte d'une partie de débauche, n'étaient autres que les principaux complices de ses desseins parricides et de ses forfaits.

Certes, la faction oligarchique devait craindre les talens et la puissance du chef de parti qui appelait à la révolte cette foule de citoyens, investis pour la plupart de dignités éminentes, tous décorés de noms historiques, de noms célèbres au forum, au sénat et dans les camps. La vaste galerie au milieu de laquelle ils se saluaient, se réunissaient par groupes et causaient en promenant de colonne en colonne leur gravité patricienne, cette galerie, dis-je, à l'architecture de porphyre et de marbre, ornée de statues, de trophées, de tableaux grecs d'un prix incalculable, éclairée par vingt lampes de vermeil, avait un aspect imposant. On eût dit le vestibule du temple de Jupiter-Stator avant une séance solennelle du sénat

Un esclave est venu prier les amis de Catilina de l'attendre quelques instans. Faisons connaître en peu de mots les principaux d'entre eux.

Auprès du bureau qui occupe le fond de l'exèdre, Publius Sylla et Servius son frère s'entretiennent avec Autronius Pétus. Les prodigalités des deux premiers, leurs excès de tout genre, n'ont pu anéantir l'immense fortune qu'ils ont reçue du dictateur. Chargés de pourvoir à la célébration des jeux qu'il institua en mourant, ils élèvent, soit à Capoue, soit à Rome, des familles nombreuses de gladiateurs. L'existence d'Autrone n'a été qu'une série d'intrigues, d'usurpations et de violences. Depuis que l'oligarchie l'a privé, en 688, des faisceaux consulaires, il poursuit, avec Publius Sylla, dépossédé comme lui, la vengeance de cette injure. Ces hommes ont trempé dans tous les complots de Catilina.

Varguntéius, dont le père a été tué d'un coup de foudre, et auquel sa destinée réserve les souffrances de l'exil, s'est assis sur un fauteuil auprès de Cassius Longinus, concurrent malheureux de Cicéron et de Marc-Antoine aux comices de l'année précédente. Le laticlave de Varguntéius couvre un robuste athlète, plus capable de figurer dans un amphithéâtre que sur les banquettes de la curie. Cassius est sans contredit le sénateur le plus gros, le plus gras, le plus stupide et le plus gourmand qu'on ait jamais vu siéger sur une chaise curule ; et cependant il veut paraître féroce. Tout en caressant son ventre énorme, il ne parle que meurtre, pillage, incendie. Furieux de l'échec qu'il a reçu depuis peu au champ de Mars, il s'est armé avec Sergius pour usurper le pouvoir que les centuries lui ont refusé.

A l'autre extrémité de la galerie, un groupe nombreux de citoyens et d'étrangers, parmi lesquels on distinguait Céparius de Terracine, Julius et Cornélius, de l'ordre équestre, et Septime, se pressaient autour d'un homme de cinquante ans au regard effronté, à la parole impudente, au visage flétri et crispé par un sarcasme continuel. Ce personnage, dont on écoutait avidement la conversation, s'appelait P. Cornélius Lentulus Sura, préteur alors en exercice et le plus important des conjurés après Catilina. C'était un grand scandale que la présence de cet homme parmi les invités de Sergius. Comment un des ministres souverains de la justice osait-il se mêler à cette troupe de scélérats révoltés contre les hommes et contre les dieux? La fièvre d'ambition qui dévorait toutes les organisations d'élite, depuis les guerres civiles de Marius et de Sylla, la travaillait-elle donc si fort qu'elle lui fît oublier et ses devoirs et l'antique renommée de sa maison? Orateur estimé au plus beau temps de l'éloquence romaine, rival souvent heureux d'Hortentius et de Cicéron dans les luttes de la tribune, administrateur habile, savant jurisconsulte, il comptait de nombreux cliens dans Rome et les colonies. Mais sa cupidité, sa paresse et le cynisme infâme de ses mœurs ternissaient l'éclat de ses talens.

Il avait exercé les fonctions de questeur pendant l'expédition de Sylla contre Mithridate. Le dictateur, à son retour de Grèce, lui demanda compte de sa gestion. Lentulus, qui avait indignement volé la république, se tira d'affaire par la plus insolente des bouffonneries. Tournant le dos à son général, et présentant la jambe à ses coups, ainsi que le faisaient envers leurs camarades les enfans qui ne pouvaient acquitter leurs dettes de jeu,

— Frappe, lui dit-il, je ne puis te donner satisfaction ; je l'abandonne mon jarret.

Sylla éclata de rire. Sa colère fut désarmée, et Lentulus reçut du peuple le sobriquet de *Sura*, équivalent à celui de *Dumollet*.

Chose étonnante! cet homme qui se raillait des croyances les plus saintes, des sentimens les plus impérieux de la nature, aimait les devins et croyait à leurs prédictions. Il s'était jeté dans le parti de Catilina sur la foi d'un oracle sibyllin, lequel annonçait que C. C. et C. régneraient tour à tour sur Rome et la république. Le vaniteux préteur interprétait cette prophétie dans un sens très flatteur pour lui. Il voulait qu'elle désignât trois personnes de la race Cornélienne, Cornélius Cinna, Cornélius Sylla et Cornélius Lentulus. En conséquence, il organisait la guerre civile pour aider un peu à l'accomplissement de sa destinée.

Annius, Porcius Lecca, sénateurs que poursuivait la réprobation universelle, Vettius, Statilius et Nobilior, la honte de l'ordre équestre, se racontaient les nouvelles du jour, foulant de leurs sandales la mosaïque brillante du pavé. Cinq ou six jeunes gens, excités par l'exemple de Céthégus, se livraient au milieu de la galerie à des déclamations furibondes. Le descendant du vainqueur de Pyrrhus, Q. Curius, se promenait appuyé sur Calpurnius Pison Bestea, tribun désigné. Derrière lui marchaient Gabinius Cimber, l'affranchi Umbrenus, habile artisan de troubles, et Tongillus, le plus fidèle et le plus intime des familiers de Catilina.

Un nomenclateur ouvrit la porte de la salle et annonça l'arrivée de Sergius.

Il se fit un grand silence dans l'assemblée. Catilina parut les cheveux en désordre, la face blême, couvert d'une robe de deuil. Il vint se placer derrière le bureau qu'on avait préparé pour lui, et, s'étant recueilli pendant une ou deux minutes, il prononça le discours suivant .

« Romains (1),

» Un an s'est écoulé depuis le jour où je vous ai convoqués ici. Je disputais alors le consulat à Cicéron. L'orgueilleuse aristocratie qui nous domine cherchait, en adoptant le plébéien d'Arpinum, en s'alliant à l'ordre équestre, à consommer l'asservissement de la patrie. Nous promîmes à cette époque de délivrer Rome, l'Italie, le monde entier de ses oppresseurs. Le moment d'accomplir cette promesse est venu.

» Quel est en effet le citoyen, si peu qu'il lui reste au cœur du sang libre de nos pères, qui ne s'indigne de l'état d'esclavage, d'opprobre où la république est tombée? Qu'est devenue l'indépendance du sénat? que sont devenues la liberté de nos comices, et cette égalité sublime qui conduisait les hommes forts par le bras et la pensée du milieu des centuries sur le champ de bataille et du champ de bataille au Capitole sur le char des triomphateurs? Ces garanties des droits de tous, enfans dégénérés que nous sommes, nous les avons laissées périr. Le courage, les talens ne sont plus aujourd'hui de moyens de s'élever en servant la patrie. Il n'y a plus que des riches et des pauvres : ceux-ci humiliés, rampans comme des esclaves, ceux-là fiers et cruels comme des tyrans.

» Sylla, dont j'aperçois deux parens parmi vous, dignes héritiers de ses vertus, comprima la faction populaire et rétablit l'équilibre entre les divers pouvoirs de l'État. Mais qu'est-il arrivé depuis la mort de ce grand législateur? Au sein du sénat un pouvoir s'est organisé qui, dans sa haine contre tout citoyen pauvre, fier et par conséquent ambitieux, s'acharne à poursuivre ceux-là mêmes qui versèrent leur sang pour fonder le règne de l'aristocratie. Ils sont là sept hommes, sept tyrans, que le souvenir du dictateur épouvante, et qui de leurs mains débiles tendent secrètement des embûches à quiconque n'est pas comme eux gorgé d'or et comblé d'honneurs. A eux les dignités, tous les plaisirs que procure la fortune ; à eux les rois qu'on pille, les nations qu'on pressure ; à nous l'oubli, la pauvreté et les proscriptions déshonorantes par lesquelles d'avides créanciers annoncent la vente de nos biens. Et pendant qu'on expose dans la place publique les vieux meubles de nos aïeux ; pendant qu'on livre au contact impur des fénérateurs ces débris vénérés des âges, qu'on jette nos enfans nus et sans pain à la porte de nos maisons, ces Xercès à la toge de pourpre creusent des mers, percent des montagnes, étendent sur des régions entières l'enceinte de leurs palais. Pourtant, ô dieux immortels ! que deviendrait cette poignée de vieillards imbéciles, de lâches oppresseurs, si la multitude qu'ils ont asservie se révoltait contre eux? Leur or les défendrait-il contre l'acier de nos glaives? leur politique ténébreuse oserait-elle braver notre colère en plein soleil? Non, et cependant ils vivent, et cependant ils s'abreuvent de nos larmes et de notre sang ! Rome, n'as-tu plus d'enfans qui te délivrent et qui te vengent? N'as-tu plus de héros qui sachent mourir? Frappe du pied, vieille dominatrice des peuples, et la terre enfantera des braves ; élève en haut ton aigle, et les cohortes accourront se ranger à l'entour! »

La voix de Sergius, faible d'abord, s'était élevée peu à peu et résonnait en ce moment sous la voûte de l'exèdre avec une incroyable puissance.
— Gloire à ceux qui répondront à ton appel, patrie bien-aimée, poursuivit-il, gloire et dépouilles opimes ! Mes amis, quand la liberté poussera son cri d'alarme, y répondrez-vous?
— Oui ! oui ! s'écrièrent les conjurés avec enthousiasme.

---

(1) Quelques personnes s'étonneront que je n'aie pas inséré dans ce chapitre l'admirable discours aux conjurés que Salluste dans ses *Histoires* prête à Catilina. Je les prie d'observer que la harangue en question fut prononcée treize ou quatorze mois environ avant le temps où ce roman commence. J'eusse commis en la rapportant ici un anachronisme impardonnable, qu'une simple lecture du texte de Salluste eût révélé.

— M'aiderez-vous à laver dans le sang la souillure de nos chaînes, à racheter par le fer nos familles et les dieux de notre foyer?
— Mort aux tyrans ! fit l'assemblée d'une seule voix.
— Jurons donc, reprit Catilina en agitant à la lueur des lampes une enseigne d'argent qu'il tira des plis de sa toge, jurons tous sur cette aigle, qui vit Marius exterminer les Cimbres, de vaincre ou de mourir en combattant pour la liberté !
Les conjurés formaient autour de leur chef un cercle de têtes haletantes. La fièvre colorait leurs joues; des éclairs jaillissaient de leurs yeux. Tous crièrent, les bras étendus vers l'aigle :
— Nous le jurons !
Alors Sergius leur représenta la Cisalpine et l'Afrique secouant le joug du sénat; les provinces de l'Italie révoltées ; les colons militaires de Sylla, ruinés par leurs excès, s'unissant aux paysans qu'ils avaient jadis dépouillés de leurs biens ; Fésules, Arrétium, Volaterræ, Camérinum, Préneste, Capoue, n'attendant qu'un ordre pour lever le drapeau de la conjuration; la faction oligarchique manquant de troupes, surprise et livrée sans défense aux glaives de ses ennemis.
— Un signal de vengeance, de meurtre, ajouta-t-il, partira bientôt de ma maison du Palatin. Dès que vous l'aurez entendu, amis, coupez les aqueducs et lancez sur Rome mille torches ardentes, dont la lumière puisse guider vers le Capitole nos légions des provinces. Massacrez les agens de l'édilité urbaine ; faites irruption dans les palais de nos tyrans ; égorgez-les sur leurs lits de pourpre, sur leurs tables chargées de viandes et de vins. Soyez sûrs que toute la plèbe affamée de Subure quittera ses taudis au premier bruit du massacre et marchera sur vos traces à l'odeur du sang patricien. Puisque nos tyrans nous ont déclaré la guerre, ce n'est pas au Capitole, mais bien du haut des rostres chargés de têtes proscrites que je dois prendre possession du consulat.
Comme un tigre qui frissonne sous la main du bestiaire qui l'a dompté et le caresse, l'auditoire de Sergius témoigna sa satisfaction par un long murmure. Catilina avait formé depuis longtemps ses complices et ses esclaves. Une nuit de meurtre, d'incendie et de pillage, c'était pour eux une nuit de fête. En les conviant à cette orgie lugubre, il promettait de les conduire à la domination par le plaisir.
— Va, interrompit le gros Cassius, Catilina, nous te ferons une en .rée en charge digne de toi. Nous suspendrons à ta porte, en guise de .auriers, des rameaux funéraires, et nous armerons les faisceaux de tes licteurs de haches rougies de sang.
— Plébéiens , chevaliers, sénateurs, poursuivit Catilina, vous venez d'entendre le plan que j'ai formé pour notre délivrance commune. Je l'ai médité longtemps. J'ai préparé avec persévérance les moyens qui peuvent en assurer la réussite. Si le succès légitime nos efforts, le commandement des grandes armées, les sacerdoces, les magistratures sont à nous. Nous abolirons les dettes, nous exterminerons la race impure des créanciers et des fénérateurs. Mais si la victoire nous échappe, à nous maudits, condamnés, les douleurs de l'exil, les horreurs du Tuolianum et l'opprobre des gémonies. Mettez donc mes plans à exécution avec ce dévoûment, ce zèle qu'inspirent d'un côté la crainte des supplices et de l'autre l'espérance des grands biens qui vous sont permis.
Couvrez surtout d'un voile impénétrable le germe fécond de liberté que j'ai déposé dans vos cœurs. Plus il aura mûri dans l'ombre, plus la révolution qu'il renferme en sortira éclatante et terrible ! Quoique aujourd'hui nos partisans soient innombrables, cherchez encore, cherchez sans relâche des soutiens à notre cause, au coin des carrefours, sur les escabelles branlantes des tavernes, sous les piliers des halles et dans les salles d'armes des gladiateurs : c'est là qu'on trouve des bras qui savent tenir solidement un poignard et des fronts qui ne pâlissent pas devant la mort. Mais que nos soldats obéissent à la force qui les pousse sans approfondir la pensée qui les dirige Soyons une hydre dont on voie les extrémités partout et la tête nulle part. Faisons des séditieux ; restons seuls conjurés.

Laissons ici notre secret comme nous y laisserons les habits qui nous couvrent. Gardons-nous de le porter sous le toit qu'habitent nos femmes, nos enfans, que nos parens visitent. Compagnons, rappelons-nous qu'un conjuré n'a qu'un but : le succès de son entreprise ; qu'une affection devant laquelle toute autre affection doit disparaître : celle qu'il porte à ses complices ; point de fortune à lui jusqu'au jour de la victoire, point de famille, point d'amis.

Ainsi parla Catilina. Sa voix avait cessé de résonner sous la voûte de l'exèdre, et l'assemblée paraissait l'écouter encore, tant cette parole enthousiaste, tantôt ironique et tantôt menaçante avait retenti profonde dans les âmes. Bientôt des bravos frénétiques éclatèrent. Tous les conjurés se rapprochent de Sergius, vantent son énergie, son habileté, son patriotisme, le proclament leur sauveur, et mettent à sa disposition leurs biens et chacun des instans de leur vie. Catilina les remercie avec cette grâce charmante qui n'était pas une des qualités les moins dangereuses de ce redoutable protée. A l'un il promet la satisfaction de sa vengeance, à l'autre les richesses qu'il a perdues ; à celui-ci la dignité qu'il brigue, à celui-là l'alliance qu'il a longtemps convoitée. Que de haines, de fureurs, d'ambitions dévorantes s'agitaient dans ce petit coin de terre ignorée, et quelle trouée sanglante elles allaient faire dans la société romaine, en se ruant sur elle comme un troupeau de bêtes féroces déchaînées !

Sergius tira un poignard de sa ceinture, en enfonça la pointe dans son bras, égoutta dans une coupe d'or le sang qui jaillit de sa blessure, et, plaçant le vase devant lui, il dit :

— Conjurés, préparons par une souffrance légère le breuvage qui doit être le symbole de notre union. Nous ne ferons plus désormais qu'une seule famille vouée au même destin, qu'il prépare le triomphe ou qu'il nous condamne à mourir. Publius, poursuivit le conspirateur en appelant près de lui un de ses complices les plus considérables, verse-nous dans cette coupe quelques gouttes du sang de l'heureux Sylla.

Publius obéit. Tous les assistans passèrent à leur tour devant le bureau de Sergius, et la coupe se remplit à moitié de sang. On mêla du vin chaud à cet affreux breuvage ; puis Catilina prit la coupe, et, devant tous ces hommes silencieux et pâles d'émotion, il reprit :

— Janus, Jupiter, Mars, père des Romains, dieux lares, dieux indigètes, qui tenez dans vos mains notre sort et celui de nos ennemis, je vous conjure de nous procurer le courage et la victoire, et de leur envoyer la peur et la mort. Frappez leur esprit de vertige, paralysez leurs bras ; qu'ils se livrent nus et sans défense à nos coups ! qu'ils meurent au milieu de leurs familles expirantes et de leurs maisons en feu ! qu'ils expient en une seule nuit de justes représailles tous les maux dont ils nous ont accablés ! Et vous, divinités infernales, Pluton, Mânes, Furies, qui punissez le parjure, vous prends à témoin de nos sermens ; je dévoue à votre implacable justice les lâches et les traîtres qui les auront violés ; qu'ils trouvent dans vos sombres demeures d'éternels châtimens, jusqu'à ce que leurs frères les auront retranchés du nombre des vivans !

Après cette double imprécation, Catilina trempa ses lèvres dans la coupe, et la fit circuler parmi ses complices (1). Il répandit par terre en guise de libation ce qui resta de la boisson fatale. Après quoi, laissant là son rôle de conspirateur avec l'aisance d'un grand seigneur bien élevé, il dépouilla sa robe de deuil, se montra revêtu de la synthésis, ou robe des festins, et invita ses hôtes à se rendre dans son triclinium. Les portes de la galerie s'ouvrirent, et un spectacle enchanteur vint frapper et éblouir les yeux des conjurés.

Les portiques ou cloîtres intérieurs de la maison de Sergius avaient été convertis en une vaste salle à manger. Le parterre qui s'ouvrait au milieu avait été recouvert d'un voile de pourpre, d'où pendaient huit lustres étincelans. On avait placé dans l'enfoncement des portiques vingt lits de pour-

(1) Salvator Rosa a peint cette scène. L'excellent tableau de la *Congiura di Catilina* se trouve à Florence, dans la quatrième salle du palais Pitti.

pre tyrienne, et vingt tables de citre, chargées de fleurs, de bougies et de merveilleux surtouts d'airain. Ces surtouts renfermaient dans des cassolettes à réchauds les trésors d'un souper exquis. Partout brillait l'or et la précieuse murrhynite. Ce magique ensemble de lumières, de cristaux et d'étoffes resplendissantes, s'apercevait sous la frise aux lignes pures, derrière les colonnes sveltes d'une galerie de marbre de Luna.

Au centre du parterre, un jet d'eau, invention d'Orata, grand-oncle de Sergius, mêlait aux autres splendeurs, aux autres harmonies de la fête préparée par Catilina, son murmure, sa douce fraîcheur et l'éclat de sa gerbe diamantée. Parmi ces massifs de feuillage circulaient trente jeunes esclaves et trente enfans gaulois chargés du service. Rien n'égalait l'éclat de leur parure, si ce n'est celui de leur beauté. Les convives de Sergius s'arrêtèrent un instant pour contempler le spectacle enchanteur qui s'offrait inopinément à leurs regards : spectacle fécond en promesses de plaisir qui reposait voluptueusement leur âme, fatiguée d'émotions. Les esclaves du père de famille les conduisirent de nouveau au vestiaire, leur revêtirent de la synthésis, leur parfumèrent les cheveux, les couronnèrent de roses de Pestum, suspendirent à leur cou les guirlandes d'ache et de lierre qui préservent de l'ivresse. On les ramena ensuite sous les portiques, où L. Sergius Catilina, ayant fait asseoir le préteur Lentulus à ses côtés, invita ses autres convives à se placer comme ils l'entendraient. Les conjurés ne quittèrent la table qu'au jour, quand le soleil fit pâlir les lumières et jeta des teintes livides sur toutes ces figures d'esclaves accablés de fatigue et de libertins avinés.

VIII.

LA COUSINE DU DICTATEUR DE LANUVIUM.

Sempronia, avertie par Catilina, et fidèle à la promesse qu'il avait obtenue d'elle, s'était rendue vers la cinquième heure du jour à la maison du scribe Lélius. Celui-ci la reçut, non pas dans le belvédère que la fille de Gurgès avait plusieurs fois visité, mais dans une salle basse, véritable cabinet d'homme laborieux, dont le meuble le plus apparent était une vaste table demi-circulaire, qu'encombraient des volumes, des papyrus et divers instrumens de calcul. Mandé sans doute par les soins du scribe, tourmenté d'ailleurs par le souvenir de la menace que Prosper lui avait adressée, Rutuba ne tarda pas à paraître. L'esclave africain Guthul annonça l'arrivée du centurion. Le scribe et Sempronia échangèrent un coup d'œil, et celle-ci se prépara à jouer convenablement le rôle qu'on lui avait imposé.

Rutuba, en mettant le pied sur le seuil de l'appartement, aperçut la matrone. En homme bien appris, il voulut se retirer.

Lélius courut à sa rencontre.

— Soyez le bienvenu, centurion, lui dit-il.

— Vous êtes occupé ? répondit le jeune militaire. Ne vous dérangez pas ; je reviendrai.

— Entrez, au contraire, cher ami, répliqua le scribe, et permettez que je vous présente à l'illustre Sempronia, dont le cousin Céius Atratius a été récemment élu dictateur à Lanuvium.

Rutuba s'inclina profondément. Sempronia, sans se lever, salua le centurion avec une dignité de reine. Pendant ce temps, Lélius invitait son ami à prendre un fauteuil.

— Ainsi, mon cher Lélius, dit la matrone, affectant de poursuivre une conversation interrompue, vous me promettez de faire expédier au plus vite, par vos amis de la curie Hostilienne, le sénatus-consulte qui doit confirmer l'élection de mon parent ?

— J'y mettrai tous mes soins. Les bureaux du sénat sont encombrés d'affaires ; mais on donnera, je l'espère, un tour de faveur à celle d'Atratius. Il est du nombre des bons citoyens auxquels il faut assurer une position avant le retour de Pompée. A propos, noble dame, ajouta le scribe, vous avez devant vous un des héros de notre armée d'Asie.

Un doux sourire entr'ouvrit les lèvres de Sempronia, et le centurion put admirer deux rangées de dents magnifiques, dont les surfaces diamantées brillaient comme des perles dans leur écrin.

— Vous avez servi contre Mithridate? demanda la matrone à Rutuba.

Il y avait du trouble dans la voix fraîche, harmonieuse qui articulait ces mots.

— J'ai eu l'honneur de suivre Pompée durant toutes ses guerres d'Asie, répondit le centurion.

— Depuis son entrée dans le royaume de Pont jusqu'au siége de Jérusalem?

— Oui, noble dame. J'ai reçu une blessure en escaladant les murailles du temple des Juifs, dans lequel Faustus Sylla, le tribun de ma légion, est entré le premier. Ce malheur m'a forcé de partir immédiatement pour l'Italie.

— Faustus Sylla a pénétré le premier dans le temple de Jérusalem? reprit Sempronia.

— J'ai été témoin de cet acte d'héroïsme.

— Et savez-vous le nom du brave qui l'accompagnait? interrompit Lélius.

— Toute la dixième légion l'a suivi, répliqua le centurion.

— Mais, très cher, la brèche n'eût jamais été assez grande pour donner passage à tant d'hommes à la fois. Quelques-uns frayaient la route.

— C'est vrai.

— Eh bien! poursuivit le scribe, nommez celui d'entre vous qui marchait à côté de son tribun.

Une rougeur légère se répandit sur le mâle visage de Rutuba.

— Voulez-vous me contraindre à prononcer mon nom? murmura-t-il.

Lélius applaudit au courage du centurion, tandis que Sempronia parcourait rapidement du regard toute la personne du jeune officier. Cet examen achevé, la matrone baissa les yeux vers la terre.

— Voici une femme aussi modeste que belle, pensa le fils de Gurgès.

— Vous avez assisté à la bataille livrée par les Romains à Coris, frère du roi d'Albanie? reprit la matrone.

— Vous parlez du combat que nous avons soutenu sur les bords du fleuve Abus, dit Rutuba. La dixième légion était d'avant-garde ce jour-là. Mais l'illustre Sempronia s'intéresse sans doute beaucoup moins aux manœuvres des deux armées qu'à la troupe d'amazones dont l'ennemi nous opposa les charmans escadrons.

— J'avoue que ces amazones piquent vivement ma curiosité; je voudrais savoir quelques détails sur elles.

— Les avez-vous trouvées jolies? demanda Lélius.

— Je ne puis résoudre cette question, repartit l'officier. D'abord, je n'ai point vu d'amazones, et quand bien même j'en aurais vu...

— Achevez, fit le scribe.

— Il me serait impossible en ce moment de les juger sans partialité.

— Très bien, dit Sempronia. Il paraît que les soldats de Pompée ne ressemblent guère aux vétérans de Sylla. Ceux-ci n'étaient pas galans.

— En effet, hasarda Lélius, la galanterie manquait dans le programme des exercices qu'on leur enseignait.

— Mais ils se piquaient de franchise, ajouta l'épouse de Brutus, ce qui valait infiniment mieux.

— Suspecteriez-vous ma sincérité, belle matrone? demanda l'officier.

— Un peu.

— Mettez les sentimens de Rutuba à l'épreuve, Sempronia, interrompit Lélius.

— L'épreuve tournerait contre votre ami.

— Non, non, répliqua le fils de Gurgès; par Diane Aventine! je vengerais avec bien du plaisir la réputation des légions d'Asie.

— Je préfère ne pas l'attaquer afin de ne pas vous mettre

dans l'obligation de la défendre, centurion, repartit Sempronia.

Elle se leva aussitôt comme pour imposer silence à ses interlocuteurs. Rutuba put alors contempler, dans toutes ses magnifiques proportions, l'incomparable beauté de cette femme. La volupté antique semblait s'être incarnée dans Sempronia, telle qu'on la retrouve dans la Vénus de Milo : haute de stature, les épaules en arrière, la poitrine saillante, la taille svelte et brusquement cambrée sur des hanches d'une forme et d'une rondeur admirables. Ses cheveux, enroulés autour de la tête et dont un javelot d'or rattachait au-dessus du cou les tresses noires et soyeuses, laissaient à découvert un front pur, des tempes d'albâtre légèrement teintées de bleu, et des oreilles si mignonnes, si finement découpées, si délicatement repliées sur elles-mêmes, qu'on se sentait poussé par un attrait irrésistible à en approcher les lèvres pour murmurer un tendre aveu. On devinait, à l'expression étrange que deux épais sourcils, presque unis l'un à l'autre, donnaient à la physionomie de la matrone, son caractère impérieux, passionné, jaloux. Un nez droit, des narines que gonflait la moindre émotion, des lèvres humides ajoutaient encore au jeu dramatique de ses traits. Du reste, les circonvolutions, remarquables de fraîcheur et d'embonpoint, qui recouvraient l'extrémité inférieure de la figure de Sempronia, indiquaient assez que cette femme n'avait pas souffert des injures du temps, qu'elle avait acquis de l'âge sans rides et de l'expérience sans vieillir.

L'épouse de Brutus Pénus s'habillait avec un goût irréprochable. Elle portait ce jour-là une robe violette sous un manteau long, couleur de safran. Elle avait rejeté la gaze de son voile sur son épaule avec une grâce infinie. Une de ses mains longues, effilées, délicates, agitait un éventail de plumes de flamingo. Des brodequins de pourpre complétaient son costume, dont la plus jalouse de ses rivales n'eût osé critiquer ni la coupe élégante ni les couleurs parfaitement assorties. ;

Lélius se préparait à accompagner Sempronia jusque sous le portique de sa villa. Rutuba suivait du regard tous les mouvemens de la matrone, tandis qu'elle réparait à la hâte les plis de sa tunique et ceux de son manteau. Enfin elle prit congé du scribe; puis, s'adressant au fils de Gurgès,

— Adieu, centurion, dit-elle. J'espère que nous nous verrons encore et que vous me rendrez visite, soit à ma maison du forum, soit à ma villa du bois sacré d'Egérie. — Et vous, Lélius, poursuivit la matrone, n'oubliez pas notre dictateur de Lanuvium, si vous avez quelque attachement pour vos amis.

Elle sortit en prononçant ces paroles. Le scribe et Rutuba répondirent de leur mieux à ses gracieusetés. Sempronia, avant de se retirer, adressa son dernier salut à Lélius et son dernier sourire au centurion.

Dès qu'elle fut partie, le jeune officier voulut oublier cette image tentatrice de femme, pour ne se rappeler que sa sœur, son vieux père, tous ceux qui lui étaient chers, tous ceux dont Lélius menaçait le repos. Il ne prévoyait pas, hélas! ce qu'il lui en coûterait de combats, de larmes pour rompre complétement le charme sous l'empire duquel il était déjà tombé.

— Centurion, que vous semble de Sempronia? lui demanda Lélius quand ils furent rentrés ensemble dans le salon. Charmante personne, continua le scribe; jolie, spirituelle, et pour son âge, n'en déplaise aux Parques, admirablement conservée !

— Laissons de côté Sempronia, je vous prie, répondit l'officier. J'ai des explications sérieuses à vous demander concernant vos rapports avec ma famille : vous allez me les fournir.

Ces mots, prononcés par le centurion d'un ton sévère, glacèrent la plaisanterie sur les lèvres du scribe. Il parut se recueillir.

— Je vous écoute, centurion, répliqua-t-il.

— Il y a quinze jours à peine que vous connaissez mon père, reprit l'officier. Pendant ce temps vous avez daigné visiter plusieurs fois notre pauvre habitation du temple de Libitine. Vous vous êtes lié à Mutius Gurgès par les liens les plus sacrés de tous, ceux de l'hospitalité.

— Mon cher, interrompit Lélius, si votre exorde a le mérite d'être clair, il n'a pas celui d'être gai. Venez-en de suite à l'explication du sujet, vous m'obligerez.

Sans prendre garde à l'insolente réflexion du scribe, Rutuba poursuivit :

— Avant que vous fussiez devenu le familier de mon père, il y avait plus de bonheur chez nous que dans les palais les plus opulens de Rome. Nous vivions à trois sans ambition et sans inquiétude ; le vieux Gurgès tout occupé de ses fonctions, moi de mon avenir ; Daphné, ma sœur, cherchant à nous faire oublier, par ses soins, sa gaîté enfantine, l'excellente mère que nous avons perdue. Eh bien ! Lélius, depuis que vous fréquentez notre maison, tout ce bonheur s'est évanoui.

— Comment ça ? fit l'employé.

Rutuba le mesurait du regard, tandis qu'étendu sur son fauteuil, la tête renversée en arrière, il semblait compter les solives du plafond.

— Et d'abord, reprit le centurion, quittez ce ton railleur, ces allures impertinentes, maître Lélius. Vous vous abusez singulièrement sur mon caractère, si vous me croyez assez patient ou plutôt assez lâche pour souffrir qu'un soldat romain se laisse dominer, en ma personne, par la morgue d'un publicain. J'ai désiré vous confier en ami la peine que j'éprouve... prenez garde : je pourrais, pour peu que cela devint nécessaire, vous parler ici en homme qui se juge offensé.

— Vous avez l'humeur querelleuse ce matin, mon cher Rutuba, repartit le scribe.

Un bâillement d'une dimension prodigieuse lui coupa la parole.

— Je ne puis répondre ni à vos reproches ni à vos provocations sans en connaître le motif, ajouta-t-il. Voyons, en quoi vous ai-je mécontenté ?

— Si vous n'étiez coupable qu'à mon égard, je vous pardonnerais ; mais la personne envers qui vous avez des torts, c'est ma sœur, c'est Daphné.

— Ah ! pour le coup, mon brave, qu'Atropos m'extermine si je vous comprends !

— Mais je vous ai compris, moi, dès votre première visite à mon père. Je me suis aperçu qu'à dater de ce jour Daphné a perdu l'heureuse insouciance de son âge. Ses joyeuses chansons ont expiré sur ses lèvres, l'éclat de ses yeux s'est voilé, et peu à peu ses joues ont perdu leur fraîcheur. J'ai observé naître et grandir le mal dont se meurt ma pauvre Daphné. Je sais la cause de ses préoccupations, dès accès de gaîté folle et de sombre tristesse qu'éprouve tour à tour cette organisation nerveuse et passionnée. Un amour secret la tourmente. Cet amour, Lélius, n'avez-vous pas cherché à le faire naître, à l'irriter ?

— Quand bien même il en serait ainsi ?

— Vous n'auriez qu'à vous en applaudir, je le conçois, répondit amèrement le centurion. L'attachement d'une jeune et belle fille ne peut qu'honorer votre âge mûr. Peut-être même avez-vous ajouté à la liste de vos maîtresses le nom de ma sœur bien-aimée, dans le seul but de clore par une aventure brillante la série déjà bien longue de vos amours ?

Lélius quitta brusquement son fauteuil.

— Allons donc, très cher ! s'écria-t-il. Je suis incapable d'une pareille action.

— Vous rappelez-vous l'histoire de Virginius, de sa fille et du décemvir Appius Clodius ? continua l'officier.

En même temps il se plaça debout, fier et menaçant, vis-à-vis du scribe.

— J'ai lu cela jadis dans le bonhomme Célius Antipater, répliqua Lélius. Le décemvir était un coquin et Virginius un grand sot.

— Vous avez raison. En pareille circonstance, je ne frapperais point l'enfant que je ne pourrais défendre...

— Que feriez-vous alors ?

— Je tuerais le lâche qui chercherait à flétrir mon nom, à déshonorer le sang que j'ai prodigué pendant cinq ans pour la patrie.

Et l'attitude de Rutuba, l'énergie de ses gestes, l'animation de son visage, tout en lui prouvait qu'il disait bien sa pensée.

— Je vous quitte, Lélius, ajouta-t-il. Retenez mes paroles et tâchez de les mettre à profit.

Le centurion se dirigeait vers la porte. Lélius le retint.

— Cher ami, lui dit-il, j'ai écouté jusqu'au bout vos plaintes, vos menaces. Souffrez maintenant que je vous fasse au sujet de votre sœur certaines confidences qui rendront faciles nos rapports à venir.

— Soit, répondit l'officier.

— Savez-vous, reprit gaîment le scribe, ce qui trouble le sommeil de mes nuits ?

— Non.

— Je ne redoute point la peste.

— C'est possible.

— Les proscriptions ne m'effraient pas.

— Je veux le croire.

— Mais je crains qu'à l'exemple de Camille, un dictateur ne force quelque jour tous les célibataires à épouser des veuves. Je serais une des premières victimes de cette loi.

— Un dictateur, aujourd'hui, s'il devenait possible, aurait bien autre chose à faire que de pourvoir les veuves de maris.

— Quoi qu'il en soit, pour me délivrer de cette inquiétude, j'ai résolu de m'unir à une personne jeune, sage, belle... en un mot, je désire épouser votre sœur.

— Et lui avez-vous parlé de cette alliance ?

— J'ai fait mes efforts pour lui plaire ; me blâmez-vous ?

— Oui, car mon père ne devrait pas ignorer vos projets, Lélius, — poursuivit le centurion en souriant, mais d'un sourire plein d'ironie, de doute et de haine. Hier encore j'ai surpris Daphné versant des larmes. Il y a dans mon cœur d'affreux pressentimens. Tremblez ! si, pour contenter un de vos caprices, vous avez profané les plus saintes affections de Rutuba.

— Et vous êtes assez jeune pour croire à des pressentimens ?

— Ici, peut-être, ma sœur vous a rendu visite en secret.

Lélius haussa les épaules.

— Quelle sotte idée avez-vous là ! répliqua-t-il.

— Vous n'êtes point scribe au trésor de Saturne.

— Et que suis-je donc ?

— Le sais-je ! quelque noble sénateur, peut-être, qui le jour siège en laticlave dans la curie, et qui cache la nuit dans les tavernes et les mauvais lieux ses élégantes infamies !

— Je suis non seulement sénateur, mais encore patricien, repartit Lélius, dont le visage devint livide, tandis que ses yeux s'injectaient de sang... comme on l'est quand on ne connaît pas son père, quand on voudrait que l'aristocratie n'eût qu'une tête pour l'abattre d'un seul coup.

— Enfin, soyez patricien ou plébéien, sénateur ou scribe, peu m'importe, reprit l'officier. Vous ferez part aujourd'hui même à mon père de vos projets à l'égard de sa fille ou vous cesserez de fréquenter notre maison.

— Modérez-vous, brave Rutuba, dit Lélius. J'irai passer la soirée chez vous, et nous causerons non seulement de mariage avec Daphné, mais encore d'affaires avec Gurgès. Je suis prêt à verser entre ses mains les fonds nécessaires pour soumissionner les fournitures du temple de Libitine. Croirez-vous à ma sincérité quand j'aurai compté à votre père trente ou quarante mille sesterces en beaux deniers ?

— Je ne demande qu'à me débarrasser de soupçons qui révoltent toutes les puissances de mon âme, et qui me porteraient à un acte de désespoir, répondit le centurion. Mais que pensera de vos noces prochaines la belle cousine du dictateur de Lanuvium ?

— Pour le coup, je vous y prends, galant militaire, s'écria le scribe en riant : vous êtes jaloux de Sempronia.

— Le bonheur de Daphné est le seul intérêt qui me touche, répliqua le centurion.

— A d'autres, à d'autres ! Par Vénus ! quittez cet air renfrogné, beau frère. Vous avez raison, par ma foi, d'aimer la cousine du dictateur de Lanuvium ; la matrone est belle et d'excellente maison ; c'est une conquête qui peut faire votre réputation, et je crois vraiment que Sempronia n'a pas l'intention d'opposer à votre amour une indifférence obstinée. Vous souhaitez de l'avancement, beau-frère ?

— Mais, à mon âge...

— L'amitié de Sempronia vous procurera l'augusticlave de tribun.

— L'augusticlave se gagne sur un champ de bataille.

— Mon cher, ce que vous dites serait vrai... si nous étions contemporains d'Annibal. Vous me semblez en arrière de cent cinquante ans dans vos supputations chronologiques. Je tiens à ce que vous vous mettiez bien avec Sempronia et mieux encore avec son mari. C'est tout un. Comptez pour y réussir sur mes bons offices. En vous facilitant la conquête du cœur de la matrone, je rendrai service non seulement à un allié, mais encore à une femme charmante, qui mérite d'être aimée.

— Serai-je libre de justifier ou de faire mentir les bons renseignemens que vous aurez donnés sur moi? demanda Rutuba au scribe en prenant congé de lui.

— Je ne le crois pas: Sempronia est trop jolie, répliqua Lélius.

IX.

LA TONSTRINE DE CRUSCELLUS.

L'attitude menaçante qu'avait prise Rutuba pendant sa visite à Lélius, força ce dernier à quitter vers le soir sa maison du Quirinal et à venir enfin solliciter de Gurgès la main de Daphné. Le désignateur s'empressa de lui accorder sa demande, tandis que la jeune fille, tout entière au bonheur de revoir son amant après huit jours d'absence, oubliait les tourmens qu'elle avait endurés. Quelque compromettante qu'eût été sa conduite à l'égard du scribe, un mariage allait en réparer l'imprudence. On passa deux heures chez Gurgès à former de riants projets pour l'avenir. Puis, un vieux juris-consulte, habitué de la taverne de Licinius Popa, fut mandé, et dressa l'acte privé par lequel Lélius et son futur beau-père s'associaient pour soumissionner les fournitures nécessaires au temple de Libitine. Par cet écrit le scribe prit l'engagement de verser au plus tôt une somme de quarante mille sesterces entre les mains de Gurgès. Cet argent fut en effet compté le lendemain en présence d'un *libripens* ou vérificateur légal. Le désignateur, sur l'indication de Lélius, loua aussitôt vingt magasins situés dans les divers quartiers de Rome. D'immenses provisions de résine, de papyrus, d'ilex et de parfums y furent entassés. Ces arrangemens terminés, Gurgès attendit tranquillement l'adjudication solennelle qui devait le mettre en possession d'une honorable et lucrative industrie.

La joie, la confiance, renaquirent dans la maison de la rue aux Parfums. Lélius passa aux yeux du désignateur pour le meilleur des gendres, aux yeux de Rutuba pour un excellent ami, tandis que Daphné le tenait pour le plus aimable des fiancés passés, présens et à venir.

Peut-être le scribe n'avait-il que des intentions droites, quoique ses relations avec Sempronia ne permettent guère de le supposer. Mais pour peu qu'il fût affilié à la conjuration et qu'il cherchât à exploiter, au profit de ses complices, l'ambition de Gurgès, il leur préparait de terribles moyens d'action, les dépôts de combustibles créés par le désignateur pouvant se transformer en une seule nuit, au premier signal, en vastes foyers d'incendie.

Le souvenir de Sempronia revint à l'esprit du centurion dès qu'il lui fut possible de regarder comme assurée, comme prochaine, l'union de sa sœur et de Lélius. L'emploi des quarante mille sesterces remis par le scribe à Gurgès avait forcé Rutuba à se rendre souvent au Quirinal. Pendant leurs entrevues, Lélius parlait toujours au jeune officier de la beauté et de l'immense fortune de l'incomparable cousine du dictateur de Lanuvium. Elle n'avait pas oublié, disait-il, un brave centurion blessé à Jérusalem. Elle s'informait de sa santé, et de la manière dont il passait le temps, loin des champs de bataille où il s'était illustré. Rutuba était trop jeune, il aimait

trop la gloire, pour se montrer insensible à l'estime qu'une belle personne de famille sénatoriale lui témoignait. Il se laissa conduire au palais qu'habitait Sempronia dans Vicus-Tuscus. La manière dont il y fut accueilli le charma. Il ne connaissait pas encore, lui, pauvre enfant des Esquilies que la milice avait appelé sous les drapeaux au sortir d'une enfance rude et laborieuse, ces mille futilités élégantes, dorées, soyeuses, parfumées, au milieu desquelles une jolie femme se plaît à promener ses mains mignonnes, à étaler ses grâces, à reposer ses membres délicats. Sempronia l'interrogea de nouveau sur ses campagnes, vanta son courage, lui fit comprendre, par d'adroites flatteries, qu'admirer un soldat comme lui, jeune, intrépide, bien fait, c'était déjà l'aimer. Elle invita le centurion à fréquenter sa maison, à ne jamais passer dans le voisinage sans y entrer. Tandis que la matrone s'exprimait ainsi, sa blanche poitrine haletait, ses yeux étaient humides, un vif incarnat colorait ses joues. Rutuba, dans cette première entrevue, but à longs traits, sans y prendre garde, le poison que l'habile enchanteresse lui versait.

Et bientôt un trouble indéfinissable bouleversa tout son être. De vagues tristesses, des tourmens sans but, une activité sans objet, le torturaient pendant ses longues journées de solitude, tandis qu'il y avait dans son sommeil des rêves tantôt sombres, tantôt joyeux, des hallucinations, des terreurs et des sursauts convulsifs. Pour tromper ses ennuis, pour mater les hommes chez lesquels son cœur ne trouvait pas d'échos, il parcourait seul la campagne de Rome, Tibur aux fraîches cascades, Albe aux magiques souvenirs, ou bien la sombre forêt, dédiée aux Furies, où périt Caïus Gracchus. Mais il n'était pas de paysage si riant qui pût dissiper ses ennuis, et pas de ruine si désolée, pas de coin de terre si lugubre, qui s'harmonisassent avec le deuil de son âme. Il revit enfin Sempronia, et près d'elle seulement il trouva du repos, un soulagement aux maux cuisans qu'il endurait.

Il s'accoutuma donc à la visiter souvent. Semblable à un prodigue qui escompte pour un peu d'or comptant sa fortune à venir, il alla chaque jour solliciter de la matrone une parole, une consolation passagère, afin de puiser en plus plus, pour obtenir ce bonheur, et la liberté de son intelligence et l'énergie de sa volonté. Qu'il trouvait la voix de Sempronia mélodieuse, ses manières élégantes, le plus distrait de ses regards, le plus équivoque de ses sourires enivrans! Quelles étaient puissantes les sympathies qui l'entraînaient vers cette femme si habile dans l'art de séduire, qui savait être coquette sans afféterie, provocante avec un tact plein de délicatesse, sans blesser jamais cette pudeur charmante du langage, du geste, de l'attitude, qui donne du prix aux moindres faveurs accordées! L'amour pénétrait en lui par tous les sens quand l'haleine de la matrone venait à caresser sa figure, quand il suivait des yeux les lignes cambrées de sa taille, ondulant sous une fine tunique, ou qu'il trouvait çà et là dans l'air des émanations parfumées de ses vêtemens. Une circonstance inattendue lui apprit bientôt que son heureuse indépendance d'esprit et de cœur était perdue sans retour.

Il avait passé auprès de Sempronia une soirée délicieuse. Elle lui avait arraché l'aveu de sa passion. Jamais la douce rêverie, la joie folle, ne s'étaient succédé plus rapidement que ce soir-là sur la blanche figure de la matrone; jamais elle n'avait paru plus sensible aux tendres préoccupations de l'amour, plus honteuse des distractions involontaires qui égaraient à chaque instant sa pensée. Sans trop de présomption, l'officier devait croire que Sempronia souffrait comme lui, que l'imagination de sa bien-aimée se fatiguait comme la sienne à poursuivre de ravissans fantômes, à creuser des espérances sans limites.

Il courut le lendemain à la rue des Toscans, impatient de revoir sa noble maîtresse. Une esclave lui annonça qu'au milieu de la nuit Sempronia avait fait atteler deux chevaux à son *rhéda*, et qu'elle avait quitté Rome accompagnée d'un seul gladiateur, sans laisser connaître ni où elle allait, ni combien de temps son absence durerait.

Cette nouvelle fut un coup de foudre pour le centurion. Ses yeux se couvrirent de ténèbres, sa voix expira sur ses lèvres. Il chancela, et, semblable à un homme pris de vertige, il alla tomber sur les degrés du temple des Lares, en murmurant :

— Partie ! partie ! Divinités infernales, anéantissez-moi !

Il resta longtemps sous le portique sacré. Au milieu du vide absolu que la fuite de Sempronia avait fait autour de lui, il cherchait une affection à laquelle il pût se rattacher, mais en vain. Tout ce qui nous plaît dans ce monde des réalités périssables, tout ce qui est pour l'homme ici-bas jouissance du cœur ou satisfaction des sens, la gloire, la fortune, l'amitié, le plaisir, le tranquille bonheur du foyer domestique, tous ces biens lui semblaient des illusions décolorées, de froides consolations pour d'impérissables regrets. Il n'avait pas encore sondé une à une les plaies qu'une séparation déchirante avait laissées dans son âme ; mais il ressentait une douleur immense, affreuse, une de ces douleurs qui pénètrent, ainsi qu'un jet de feu, jusque dans les profondeurs les plus intimes de notre être, et y tarissent les sources mêmes de la vie.

Il revint aux Esquilies la tête ardente, le corps agité de frissons. Daphné remarqua l'altération de ses traits et voulut en connaître la cause. Le centurion évita de répondre. Il courut s'enfermer dans sa chambre, et là il évoqua un à un tous ses souvenirs, afin de pénétrer les motifs qui avaient engagé Sempronia à s'éloigner de Rome, afin de bien apprécier la portée réelle d'une fuite que le sentiment du devoir, la colère, un caprice, le dédain peut-être, lui semblaient avoir conseillée. Mais un amant délaissé jugea-t-il jamais sainement la conduite de sa maîtresse ? Des mille considérations sérieuses ou frivoles par lesquelles une femme est susceptible de se laisser conduire, peut-on deviner celle qui, dans une circonstance donnée, a déterminé ses actes, quand on pèse ces considérations à la balance d'une passion désespérée ? Le malheureux jeune homme attribua d'abord la disparition de la matrone aux inspirations saintes de cette pudeur patricienne, déesse tutélaire de la république, qui avait au pied du mont Aventin un temple et des autels. Il chercha ensuite à s'expliquer pourquoi sa belle fugitive était partie sans lui adresser un mot d'adieu. Son cœur était trop ulcéré pour que le silence de Sempronia ne lui semblât pas une injure. Il se persuada que la cousine du dictateur de Lanuvium avait réservé à une esclave le soin de l'éconduire parce qu'il était pauvre, parce qu'il était né dans la classe la plus infime de la société.

Ces réflexions changèrent subitement le cours de ses idées. Il se prit lui-même en pitié d'avoir cru un instant à la vertu d'une matrone qui, comme tant d'autres, ne se distinguait sans doute de la courtisane que par sa fortune, son luxe et le prestige d'une brillante éducation. La gaîté de cette femme pendant leur dernière entrevue lui revint à la mémoire ; elle lui parut de l'ironie. Il s'étonna de n'avoir pas deviné à l'air parfois distrait de Sempronia, à l'embarras de son maintien, qu'elle méditait une cruelle vengeance contre le prolétaire qui osait mettre son avenir, son cœur, sa vie tout entière à ses pieds. Il sentit qu'il haïssait la matrone, qu'il affronterait volontiers la mort pour lui rendre insulte pour insulte et mépris pour mépris. Hélas ! cette haine qu'éprouvait le centurion était-elle autre chose qu'une aberration momentanée de son amour ?

La fièvre l'avait saisi. A chaque pulsation de ses artères les oreilles lui tintaient avec une sonorité assourdissante. Un fluide énervant, embrasé, l'enveloppait. Des gouttes de sueur froide perlaient sur son front. Il se coucha. Pendant deux jours il subit les tortures d'une violente agonie. Sa raison était absente, son imagination en délire n'enfantait qu'idées bizarres et rêves monstrueux. Les organes de la sensibilité fonctionnaient en lui avec une activité morbide capable d'en briser les ressorts, tandis qu'une invincible lassitude paralysait ses membres endoloris. C'est surtout dans ces momens de perturbation, où les forces vives de notre être, ayant perdu leur énergie, s'usent par leur mutuelle énergie, que se manifeste cette persistance du *moi*, cette action du *vitalisme*, que certaines écoles médicales défendent encore, suivant les traditions du moyen âge, contre le matérialisme grossier de notre temps. La robuste jeunesse de Rutuba triompha bientôt du mal qui le dévorait. Après de longues angoisses un sommeil tranquille vint le reposer. Penchée au chevet de son lit, Daphné écoutait la respiration libre et paisible de son frère ; elle observait avec bonheur son visage se ranimer, les contractions de la souffrance s'effacer une à une de sa bouche et de son front.

Le jeune officier l'embrassa en se réveillant. Quelques larmes brillaient dans ses yeux. Il pensait à Sempronia, non plus pour la maudire, mais pour appeler de tous ses vœux le moment fortuné où il lui serait donné de la revoir et de lui pardonner.

Dès qu'il eut pris ses vêtemens, il descendit chez Cruscellus. Rutuba détestait le tondeur, parce qu'il était le compagnon de plaisir de Gurgès ; mais il avait besoin en cette circonstance d'implorer le secours de son art.

Cruscellus, en simple tunique, était nonchalamment appuyé à l'un des chambranles de sa tonstrine, au milieu d'un grand étalage de miroirs, de plats à barbe et de petits couteaux, lorsqu'il aperçut son chaland. Il l'accueillit d'un air mystérieux et railleur, qui étonna le centurion.

— Bonjour ! lui dit-il. Je vous attendais. Par Tisiphone, vous paraissez souffrir. La robuste jeunesse de Rutuba triompha bientôt seriez-vous malade ? dit le barbier, dont l'œil curieux interrogeait celui de Rutuba.

— J'ai éprouvé un léger accès de fièvre, répondit le centurion.

— Tourmens d'amour, tourmens d'amour ! murmura Cruscellus. Asseyez-vous dans ce fauteuil, mon brave, j'ai de quoi vous guérir dans la poche de ma tunique. Comment faut-il vous raser ?

— Sans rien dire, répliqua sèchement l'officier.

— Vraiment ? Mais savez-vous, centurion, que vous seriez désespéré si je vous prenais au mot ?

Le tondeur aiguisa son meilleur rasoir, étendit un linge sur l'épaule de sa pratique et lui plaça un petit miroir dans la main.

— Comment se porte l'ami Gurgès ? poursuivit-il, tandis que son apprenti versait d'une main docile l'eau pure de Préneste dans un bassin. Ah ! pour le coup, nous allons vous faire une toilette soignée : nous vous raserons, nous vous tondrons, nous vous épilerons, nous vous friserons.... rien n'y manquera.

— Cruscellus, dit le jeune homme, veuillez modérer votre zèle. Contentez-vous de me raser le plus promptement possible. J'ai ce matin des affaires pressées.

— Et je gagerais la plus belle chevelure de ma tonstrine, continua le barbier, contre un des toupets infâmes que fabrique Pilosus, l'écorcheur d'en face, que vous les négligerez toutes lorsque je vous aurai fait part.....

— De quoi ? voyons, interrompit brusquement le centurion.

— Jouez donc l'ignorance, rusé militaire ! repartit Cruscellus. Je ne suis pas votre dupe. N'existe-t-il nulle part dans Rome une jeune matrone qui s'intéresse à votre santé ?

— Je n'en connais pas.

— Oh ! oh ! fit le tondeur.

Il tira des plis de sa tunique une petite lettre dont un fil rouge entourait le papyrus, en examina la forme, et le montrant à Rutuba.

— Le sceau de cette lettre, poursuivit-il, représente les deux têtes réunies de Tibérius et de Caïus Gracchus. Ou je me trompe fort, ou ce cachet doit appartenir à quelque noble dame de la famille Sempronia.

— Et... ce papyrus... s'adresse à moi ? demanda l'officier.

— Précisément. Par le rasoir d'Actius Navius ! vous avez de belles connaissances dans l'aristocratie.

Le centurion s'élança sur Cruscellus.

— Donne, donne-moi cette lettre, tondeur ! s'écria-t-il.

— Ah ! vous avouez donc que l'auteur de ce billet ne vous est pas inconnu ? reprit Cruscellus. Ah ! vous n'exigez plus que je vous rase sans parler ? Allons ! voici votre correspondance. Asseyez-vous, maintenant, et prenez l'attitude d'un homme sur qui l'on va procéder à une opération des plus graves, celle de la taille de sa barbe. Approche ici, Mystès ; place le bassin sous le menton de ce guerrier.

Rutuba n'entendait plus le badinage de Cruscellus. Il avait ouvert d'une main tremblante le billet qui lui était adressé, et y lisait ces mots tracés à la hâte :

« Sempronia salue le centurion Marcus Rutuba. Des raisons que je vous expliquerai m'ont engagée à quitter ma maison du forum peu d'instans après votre dernière visite. Je demeure depuis deux jours dans une petite villa solitaire au milieu du bois sacré d'Égérie. Veuillez vous y rendre dès que ma lettre vous sera parvenue. Vous sortirez de Rome par la porte Capène, et suivrez la voie Appia jusqu'au sanctuaire de Mars. Là, vous quitterez la route. Le sentier qui suit le cours de l'Almo vous conduira jusqu'à mon habitation. Adieu. »

— Qui vous a remis cette lettre ? dit Rutuba au tondeur quand il eut achevé sa lecture.

— La plus charmante petite esclave que j'aie vue de ma vie, répondit l'artiste. Je suis sûr que sa maîtresse est encore plus jolie.

— Vous l'avez arrêtée au passage ? vous l'avez interrogée, ivrogne ?

— Non. D'ailleurs j'ai le vin très discret. La jeune messagère ne savait comment arriver jusqu'à vous. Elle craignait d'entrer au temple de Libitine et de rencontrer, soit votre sœur, soit le vieux Gurgès.....

— Et dans son embarras...

— Elle s'est confiée à moi, à un père de famille réputé pour son coup de peigne et sa probité. A propos, ajouta le tondeur, il y a sans doute des choses mystérieuses sur ce morceau de papyrus ?

— Rasez moi, interrompit le centurion.

— Je me connais en style épistolaire, et je serais curieux de pouvoir apprécier, grammaticalement parlant, celui de la personne qui vous écrit.

— A l'œuvre ! à l'œuvre ! maître barbier, fit Rutuba, ou je cours d' ce pas confier mon visage aux soins de votre rival Pilosus.

— Vous ne l'oseriez pas, repartit l'artiste. Inclinez un peu la tête à droite. . C'est très bien. Pilosus n'a pas dans sa trousse un seul rasoir qui soit digne de toucher votre glorieux menton Gurgès croirait se déshonorer s'il vidait une coupe avec lui.

— Hâtez-vous, Cruscellus, je vous en supplie.

— Je conçois votre impatience. Penchez la tête à gauche maintenant. Il vous tarde, heureux militaire, de répondre aux galanteries de votre charmante amie. Quelle barbe vous avez !... J'aurais dû la bien laver pour l'attendrir, suivant ce dicton vulgaire :

Barba bené lavta semi tonsa (1).

Attendez ! j'aperçois encore tout à côté de votre oreille un poil qui a trompé ma vigilance... Il a disparu. Très bien ! Vous voilà rasé comme un Scipion. Je vais vous coiffer maintenant.

— Merci, fit Rutuba.

— Comment ! s'écria Cruscellus en saisissant le centurion à la tunique, vous êtes résolu à quitter ma boutique sans avoir essayé de ma frisure ! Vous méprisez donc mon coup de peigne ?

— Bien au contraire, excellent tondeur. J'estime infiniment vos talens, ce qui ne m'empêche pas de me séparer de vous sur l'heure, en vous souhaitant toutes sortes de prospérités.

En disant ces mots, Rutuba forçait le barbier à lâcher prise. Cruscellus, délaissé par son chaland, se mit sur le seuil de sa boutique, et quand il vit l'officier sortir à cheval de la maison de Gurgès, vêtu d'une tunique bleue, l'épaule gauche recouverte d'un manteau blanc brodé d'or, et le bras fièrement appuyé sur la hanche, il lui cria :

— Où allez-vous ? Vous gagnez le temple d'Esculape, tandis qu'on vous attend au bois sacré d'Egérie !

_____

(1) Barbe bien lavée, barbe à demi rasée.

Le centurion ne s'offensa nullement de la manière impolie dont Cruscellus, pour contenter sa rancune d'artiste, proclamait en plein carrefour les faiblesses d'un homme que son coup de peigne n'avait pas séduit. Il ne songea pas même à lui reprocher d'avoir violé le secret de sa correspondance. Dès que la voix du tondeur fut parvenue à son oreille, il se retourna, salua Cruscellus de la main et remonta au grand trot la pente du mont Esquilin.

Le tondeur suivit un instant du regard le fils de Gurgès, dont le manteau ondoyait et resplendissait au soleil. Il ne rentra dans sa tonstrine qu'après l'avoir vu disparaître à l'angle de la rue.

— Va, jeune fou, dit-il alors en serrant son rasoir et ses linges, cours au rendez-vous de Sempronia : on entre facilement dans la villa du Val-d'Egérie, mais il faut être plus brave et surtout plus rusé que toi pour en sortir.

Cependant Rutuba, laissant à sa gauche le temple d'Esculape et son bois sacré, était sorti de la ville par la porte Esquiline. Dès qu'il eut dépassé l'aqueduc de Clodius, il lança son cheval au galop le long des cippes du *pomœrium* de Sylla. Il descendit rapidement la pente méridionale du Célius, traversa la voie Latine, et vint rejoindre la porte Capène, non loin du lieu où s'élevèrent plus tard les thermes d'Antonin Caracalla. Là, évitant la route Appia, toujours encombrée de chars, de cortèges funèbres et de voyageurs, il prit la rue parallèle de Fabricius. Il ne tarda pas à apercevoir le sanctuaire de Mars. Il ne tarda pas à l'apercevoir parmi des arbres. Cet édifice marquait les limites du Val-d'Egérie. Le centurion approchait de la villa de sa maîtresse. Il ralentit sa course, et suivit tout pensif une avenue de peupliers, près de laquelle serpentaient les eaux paisibles de l'Almo.

Le vent d'ouest soufflait avec force ; des nuages voyageaient à travers l'espace, et jetaient leurs ombres fuyantes sur l'étroit vallon que Rutuba parcourait. C'était une plaine aride, parsemée de chênes au tronc difforme, de touffes de lauriers-roses et d'églantiers. A droite du centurion s'inclinaient les dernières pentes du mont Aventin, que coupait transversalement une ligne formidable de murailles à tourelles. Des collines sans verdure ondulaient à sa gauche, et le bleu du ciel faisait vigoureusement ressortir les grandes formes de leurs mamelons cuivrés. Rutuba apercevait à une faible distance les arbres séculaires du bois sacré d'Egérie.

Il pénétra bientôt dans cette mystérieuse solitude où la nymphe apprit à Numa comment on civilise les peuples en leur inspirant l'amour de la justice et la crainte des dieux immortels.

L'aspect en était imposant, solennel, vraiment en harmonie avec les traditions mémorables qui s'y rattachaient. Le fleuve s'était précipité dans un abime au fond duquel il mugissait. Les frênes, les yeuses, entrelaçant leurs branches, interceptaient les rayons du jour. Rutuba ne dirigeait sa marche qu'aux reflets incertains d'un coup de soleil qui traçait au loin à travers les broussailles un sillon de pourpre et d'or. Des bêtes fauves, que l'aspect d'un être humain chassait de leurs halliers, accouraient parfois jusqu'au bord de la route, allongeaient hors d'un buisson leurs têtes effrayées, puis s'enfuyaient dans l'obscurité. Une vague terreur troublait l'âme du centurion. Il chercha sous les plis de son manteau la poignée de son glaive, et sourit. N'imitait-il pas ces héros des épopées grecques dont la main agitait une épée, tandis qu'ils parcouraient les chemins peuplés d'ombres errantes qui mènent aux enfers ? Il pressa le pas de sa monture et atteignit enfin la trouée lumineuse qu'il avait d'abord aperçue.

X.

UN BOUDOIR PARMI DES RUINES.

Une clairière s'offrit aux regards du centurion. Le sol en était jonché de ruines. Aux branches des arbres voisins le lierre, la clématite, la scolopendre, avaient suspendu leurs lianes, qui tantôt retombaient en spirale, et tantôt s'enlaçaient en festons. Le *pronaos*, ou portique d'un temple antique, était encore debout à l'extrémité du carrefour. Six grandes colonnes de forme conique, sans base, sans autre ornement que leurs cannelures, supportaient la masse imposante d'un entablement et d'une frise aux larges triglyphes, surmontés d'un fronton colossal. Les saillies énormes du monument, ses proportions cyclopéennes, ses blocs de travertin, qui semblaient défier le temps, lui donnaient un caractère imposant de grandeur et de vétusté. Cet antique débris des âges, laissé là sans doute par quelque colonie dorienne, que l'épée des Toscans avait repoussée des bords du Tibre, mariait admirablement sa couleur safranée au vert transparent, aux nuances argentées des mille végétations champêtres dont il était tapissé.

Tant de souvenirs pieux vivaient dans ce petit coin de terre, où Numa venait jadis écouter les leçons de la nymphe Egérie, qu'en le voyant, Rutuba se sentit pénétré de respect et de reconnaissance envers les dieux. Il sauta à bas de son cheval. Il s'avança tout ému à travers les décombres, pensant à la déesse, au sage de Cures, son disciple, au pontiferoi, qui fit revivre chez un peuple de bandits la paix et le bonheur des temps saturniens. O prodige! le centurion crut apercevoir une femme, semblable aux immortelles par la hauteur de sa taille et la dignité de son maintien, se diriger vers lui des profondeurs du bois. Les feuilles sèches ne gémissaient pas sous ses pieds; le vent n'agitait plus le feuillage; sa tunique blanche, négligemment drapée, glissait d'arbre en arbre sans éveiller le moindre bruit. Cette apparition gracieuse était bien la divinité tutélaire de Rutuba, celle qui réglait sur ses jours la joie et la tristesse, le plaisir et la douleur; car, dès qu'il put distinguer ses traits, il reconnut Sempronia.

Il courut à sa rencontre. La matrone s'était arrêtée. Elle tendit au centurion une de ses mains, sur laquelle il appliqua ses lèvres, et tandis qu'il contemplait sa maîtresse avec des yeux avides,

— Vous avez reçu ma lettre? lui dit-elle. Je vous ai vraiment de la reconnaissance de ce que vous êtes venu passer quelques heures avec moi dans cette villa désolée.

— Je savais que le bonheur m'y attendait, murmura le jeune homme.

Il restait immobile devant Sempronia. Il semblait qu'une douce extase lui eût ravi la conscience de son être, que son âme tout entière eût passé dans son regard et dans sa voix. La matrone frappa, de ses doigts effilés, dans la paume de sa main. Un esclave parut et s'empara du cheval de Rutuba.

— Suivez-moi, centurion, reprit la noble cousine du dictateur de Lanuvium.

Ils traversèrent l'ancien péristyle du temple. L'herbe achevait de soulever et de détruire la brillante mosaïque du pavé. Les colonnes du portique de la *cella* gisaient à terre; mais les pilastres qui accompagnaient ces colonnes subsistaient encore, à droite et à gauche du mur derrière lequel les fils de Dorus avaient caché, huit siècles auparavant, les mystères de leur dieu. Sempronia introduisit le centurion par une porte étroite, profonde, dans la retraite, digne d'inspirer le génie d'une sibylle, qu'elle appelait sa villa du bois sacré d'Egérie.

Mais Rutuba put bientôt se convaincre que sa maîtresse, même en réalisant ses fantaisies les plus folles, conservait toujours cette intelligence des choses commodes et agréables qui saurait trouver l'emplacement d'un boudoir jusque sous les cryptes ténébreuses d'un hypogée. Il s'arrêta bientôt pour admirer les ornemens de quatre antichambres symétriquement ouvertes, d'un côté sur le vestibule corinthien au milieu duquel il se trouvait, de l'autre sur les divers appartemens de la villa. La matrone souleva une portière devant lui, et il trouva dans une chambre, riche à exciter l'envie d'une reine, voluptueuse à troubler la raison d'un stoïcien.

Au fond, un lit d'ivoire, chargé de fourrures et de coussins; vis-à-vis, un divan où s'était reposée naguère Stratonice, l'épouse infidèle du roi de Pont; sur deux étagères, restes précieux du mobilier de Jugurtha, des vases sculptés par Evandre, des murrhinites aux mille nuances de pourpre et

d'azur, de ravissantes statuettes en airain de Corinthe, des jaspes d'une surprenante dimension; puis, çà et là, des lyres grecques, des porphyres de Canope, des cristaux de Sidon, des fables de la molle Ionie, roulées dans leur étui de soie : telles étaient les merveilles que la matrone avait rassemblées dans sa maison du Val-d'Egérie.

Deux satyres soutenaient auprès de son lit un immense miroir d'argent, autour duquel serpentaient des lis formant candélabre. Sempronia, à son coucher de la veille, avait laissé des restes de bougie dans leurs fleurs de sardoine, rehaussées de filigrane d'or.

Dans cette chambre somptueuse, les fresques du plafond ne rappelaient qu'agréables souvenirs, que victoires obtenues par l'amour sur les hommes et sur les dieux. Un tapis d'Orient assourdissait les pas; le demi-jour que répandait un vitrage de pierres spéculaires invitait au sommeil; tout y était merveilleusement disposé pour charmer les yeux et flatter les sens.

— Qu'avez-vous fait depuis mon départ de Rome? demanda Sempronia au centurion.

— Il faut que le chagrin laisse bien peu de traces après lui, chère matrone, dit le fils de Gurgès, pour que je sois obligé de répondre à votre question.

— Vous avez souffert?

— Toutes les tortures qu'on peut endurer lorsqu'on aime et qu'on se voit abandonné, trahi!

— Oh! vous voilà bien, vous autres hommes, race égoïste et ingrate! repartit amèrement Sempronia. Vous abandonner, c'est vous trahir, alors même qu'on ne peut rester auprès de vous sans exposer sa fortune, sa réputation, sa vie!

— Quelque motif pressant vous a donc forcée de quitter précipitamment, au milieu de la nuit, votre maison du forum? reprit le centurion. Un ennemi pouvait vous atteindre! un danger vous menaçait!

— Vous osez me le demander! Mais demandez-moi plutôt quelle nécessité fatale m'a poussée à vous écrire, à vous appeler ici, dans cette villa déserte, moi, la femme d'un personnage consulaire, moi, la mère de deux enfans auxquels je dois de sages leçons, de nobles exemples? Savez-vous quel ennemi j'ai voulu fuir en partant de Rome?

Le centurion gardait le silence.

— C'est vous, poursuivit la matrone. Dieux immortels! Mais ce n'est pas vous seul que je redoute; c'est une passion coupable, conseillère aux suggestions funestes, qui m'obsède et que je traîne partout avec moi.

— Puisse l'amour qui brûle mon cœur rayonner vers vous! dit le centurion, pénétrer dans votre âme et s'y reproduire, comme un flambeau s'allume à un autre flambeau!

Rutuba prononça ces mots d'une manière si touchante que Sempronia, en apparence émue jusqu'aux larmes, voulut bien cesser les récriminations que semblaient lui arracher ses terreurs et ses remords.

— Suppliez plutôt la puissante Junon, reprit-elle, qu'elle me rende le joug du devoir léger, qu'elle me fasse ressembler à la mère des Gracques, à l'heureuse Cornélie.

— Il est une autre divinité moins jalouse, sous la protection de laquelle je voudrais vous placer, bien-aimée Sempronia, répliqua le centurion. Il me semble, ajouta-t-il en promenant ses regards sur les fresques de la voûte, que le culte de la mère des Jeux et des Ris ne vous est pas étranger.

— En effet, bien que la déesse fasse beaucoup parler d'elle, repartit la matrone.

Un sourire rasséréna sa figure, jusque-là pensive et sévère. La physionomie de Rutuba se ranima à ce sourire. Il sentit renaître en son âme l'espérance et la joie.

— Bah! répondit-il, Vulcain n'a pas été aussi malheureux que le prétendent nos poètes.

— Vous croyez?

— Je prends contre eux le parti de Vénus. Ces gens-là sont si médisans!

— Les peintres se rangent de leur avis.

— Quelle autorité... les peintres!.. Je soutiens que Vénus vaut mieux que sa réputation.

— Et vous seriez enchanté que je l'eusse pour patrone?

— Chère amie, répliqua le centurion, Vénus n'a jamais commis une faute que sa beauté, ses grâces ne lui aient fait pardonner. C'est un excellent modèle à suivre pour une femme, et mieux qu'une autre vous pouvez l'imiter.

— Prenez garde ! s'écria la matrone, vous oubliez une des circonstances atténuantes qui militent le plus en faveur de votre divinité.

— Et c'est....

— Son mari. Comment rester fidèle à un forgeron, laid, boiteux et qui a la sottise d'être... immortel ?

— En effet, un avocat qui plaiderait en faveur de Vénus ne devrait pas oublier Vulcain.

— Mais je n'ai pas de Vulcain à faire valoir, moi.

— Il est reconnu qu'un mari a toujours quelque ressemblance plus ou moi s frappante avec Vulcain.

— Surtout quand son rival est un enfant de Mars, n'est-il pas vrai ? repartit gaîment Sempronia.

Elle resta un instant pensive. Ses longs cils noirs abaissés voilaient ses yeux ; puis, se ravisant,

— Changeons de discours, centurion, reprit-elle.

— Non, non, belle Sempronia, répliqua le jeune homme : la gaîté sied trop bien à votre figure, un sourire a trop de charmes sur vos lèvres. Vous vous brouillez décidément avec Junon-Juga ?

La matrone se leva, ouvrit la fenêtre, et appela le centurion auprès d'elle.

Il vint se placer à ses côtés.

Un paysage d'une incomparable beauté se déployait devant eux. Les grandes lignes architecturales du temple et les ruines quasi-cyclopéennes qu'elles dominaient en formaient le premier plan. Aux pieds des amans s'étendait le bois sacré d'Egérie, comme une plaine de verdure diversement nuancée. Par delà ils apercevaient la voie Latine, la voie Claudia, fuyant vers le sud-est parmi des arbres et des tombeaux ; à gauche, les maisons d'Alta-Semita dominant les hauteurs esquilinnées ; et la campagne de Rome, désert aux reflets de cuivre et de bronze, qui portait des lignes d'aqueducs sur chacune de ses ondulations.

— Que pensez-vous de ma retraite du Val-d'Egérie ? demanda la matrone à Rutuba.

— Cet horizon me rappelle certaines parties de la Judée, où j'ai tenu garnison, répondit-il.

— Comment se nomme la ville que vous occupiez ?

— Bethléem, pauvre bourgade, entourée d'une nature sauvage que la main des dieux semble avoir surprise et frappée d'immobilité au milieu de ses convulsions.

— Je pense que Vénus, votre divinité chérie, ne compte pas un grand nombre d'adorateurs parmi les Juifs de ce pays ?

— Noble matrone, fit le centurion, Bethléem est une cité sainte, bien qu'elle ne connaisse pas la déesse qu'on honore au promontoire de Lilybée. De mystérieuses prophéties annoncent que le maître de l'univers naîtra bientôt dans ce petit village de cultivateurs et de bergers.

— Alors, nous devons attendre un dictateur de Bethléem, poursuivit Sempronia. Que vous êtes amusant ce soir, brave centurion !

— J'ai pourtant bonne envie d'être sérieux. Les traditions de l'Orient, voyez-vous, belle Sempronia, ne ressemblent guère aux fictions de nos poètes. Ce sont des croyances infiniment respectables, dont l'origine remonte au berceau même du genre humain.

— Vous rêvez debout, cher ami. La course que vous avez faite, de la rue aux Parfums jusqu'ici, vous aura creusé l'estomac. Voici l'heure à laquelle j'ai coutume de prendre un léger repas : voulez-vous le partager ?

— J'accepte votre invitation avec d'autant plus de plaisir, répartit le jeune homme, que depuis votre départ de Rome j'ai fait ample provision d'appétit.

— Mettez-vous à table, ajouta la matrone.

Rutuba quitta la fenêtre, et s'arrêta stupéfait devant un guéridon, chargé d'un couvert splendide, qui avait surgi spontanément du sol, et occupait le centre de l'appartement.

En voyant l'air étonné du centurion, Sempronia se prit à rire.

— Ah ! vous pensiez, dit-elle, qu'il ne s'opérait de prodiges qu'en Asie ? Vous aviez donc oublié que nous foulons aux pieds une terre non moins favorisée du ciel que Bethléem ?

— Je sais que vous êtes le bon génie de ces lieux, chère matrone, répondit le jeune homme, et que vous aimez à y opérer des merveilles, suivant les traditions de votre devancière, la nymphe Egérie.

— Celles qui vous ont causé un instant de surprise sont dues au talent de Thimbron, mon cuisinier. Le bonhomme a de grandes prétentions. Il s'est attribué le nom du plus célèbre artiste en ragoûts que la Grèce ait possédé. Nous allons juger de son talent.

La dame et son hôte s'assirent aussitôt sur des plians. Un flamine, un salien même, eussent échangé volontiers leur souper contre l'exquise collation qu'on leur avait servie. C'étaient des huîtres de Tarente, des sardines, des œufs frais, entremêlés de dattes, de figues, d'olives confites dans la saumure, et de raves qu'on avait exhalaient encore l'âcre parfum du vinaigre dans lequel on les avait trempées. Un pâté de becfigues, un surmulet du Tibre, un faisan nourri dans les volières du Val-d'Egérie, des légumes rares, des gâteaux de sésame et de miel formaient la portion substantielle du repas. Sempronia n'avait pas oublié qu'elle aurait pour convive un jeune officier auquel, sauf les cas extraordinaires, l'amour n'ôtait pas l'appétit. A peine eut-il attaqué les huîtres, qu'elle prit un vase de grès à ventre large, à col étroit, et sans essuyer l'honorable poussière qui le recouvrait,

— Armez-vous de votre calice, Rutuba, dit-elle ; voici un vieux vin auquel je vous prie de faire un accueil bienveillant.

Le centurion goûta le vin, et, replaçant son verre sur la table,

— La presqu'île de Phallène en Macédoine, répondit-il, a pu seule fournir une liqueur pareille.

— C'est en effet du vin de Mendé. Il paraît que vous avez utilisé en plus d'une manière vos campagnes d'Orient, centurion ?

— Notre général n'assemblait jamais son conseil sans nous offrir quelques bouteilles de nectar, afin d'inspirer nos délibérations.

— Vous assistiez aux conseils de Pompée ?

— Oui, chère Sempronia, en qualité de premier centurion de ma légion.

— En ce cas, rendez un nouvel hommage à Bacchus, protecteur de vos armes, et livrons un combat acharné à ce pâté de bec-figues, qui m'a l'air d'être excellent.

Le pâté et les autres chefs-d'œuvre de Thimbron essuyèrent une vigoureuse attaque de la part du jeune homme et de sa maîtresse. L'un profitait de la gaîté du repas pour franchir la distance qui le séparait de l'illustre matrone ; celle-ci oubliait volontiers son orgueil vis-à-vis d'un militaire aimable qui avait porté l'aigle de la dixième légion, et souvent échangé son calice, sous la tente même du grand Pompée, avec les héritiers futurs des plus beaux noms de l'Italie.

Les deux convives étaient devenus excellens amis, lorsqu'un signe de Sempronia fit disparaître la table, que les friandises du dessert remplacèrent aussitôt.

Le centurion ne se rappelait déjà plus son indisposition de la veille, tant l'homme est oublieux de ses maux ! Toutes les plaies de son cœur s'étaient fermées depuis qu'il respirait l'air du Val-d'Egérie. Dans ce boudoir enchanté qu'habitait Sempronia, au milieu de ces meubles, témoins discrets des mystères de sa vie de jolie femme ; près du miroir où elle contemplait ses grâces, du divan sur lequel, à demi couchée, elle aimait à lire quelque roman de la molle Ionie ; du lit dont ses membres fatigués pressaient vers le soir les coussins de soie, le fils de Gurgès ne songeait qu'à jouir de l'existence à deux, si paisible, si bonne, si pleine de délices, que lui faisait pour un moment la providence des dieux.

— Centurion, lui dit la matrone, nous avons fait une collation dans l'enceinte d'un temple grec ; nous avons bu des vins de Grèce ; nous avons mangé la cuisine d'un artiste grec ; vous plaît-il que nous terminions notre repas à la façon des Grecs ?

— Volontiers, répondit le jeune homme. Ils parlent philosophie avant de quitter la table. Hé bien ! causons philosophie, belle Sempronia.

— Non, non. Laissons aux sophistes les dissertations ridicules. Dites-moi plutôt un des airs nationaux des peuples de l'Orient.

— Alors vous désirez que j'achève mon souper comme un Grec... qui chante ?

— Précisément.

— Mais qui chante mal.

— Si vous ne pouvez autrement, soit.

— Je m'empresse de satisfaire votre désir.

Rutuba prit une lyre à sept cordes, l'accorda sur le mode hypodarien, et, de sa voix pleine et vibrante, il entonna un chant guerrier. La matrone écoutait avec recueillement cette mélopée simple, grave, vraiment digne des temps antiques, dont la grande facture musicale s'accordait merveilleusement avec de sublimes paroles, avec de nobles et généreuses pensées. Ce n'était pas une femme ordinaire que la cousine du dictateur de Lanuvium. Imbue de tous les vices, capable de tous les crimes, elle n'en possédait pas moins l'intelligence de ce qui est beau, soit dans la religion, soit dans les arts. L'éloquente mélodie dont Rutuba s'était fait l'interprète la frappait d'admiration. Chose étrange ! la belle courtisane du forum, dont la vie n'était que plaisirs, coquetterie, intrigues frivoles et souvent coupables, ressentit un instant l'ivresse des batailles. Elle comprit le bonheur de mourir pour son pays.

— Quel est ce chant? demanda-t-elle au centurion quand il eut déposé sa lyre.

— C'est l'hymne que disaient les jeunes Spartiates en allant au combat.

— L'hymne de Léonidas aux Thermopyles ?

— Peut-être.

— Dans ce cas l'œuvre du poète, ajouta la matrone, fut vraiment digne d'inspirer le dévoûment du héros.

Sur l'invitation de Rutuba, elle prit elle même une cithare, et préluda par quelques arpéges rapides en musicienne consommée.

Elle s'était mise sur un divan. Rutuba pouvait admirer les fraîches circonvolutions de son col, tandis qu'elle murmurait, la tête penchée en arrière, quelques sons inintelligibles, comme un artiste qui cherche des modulations oubliées. Sa lyre, incrustée d'ébène, ajoutait à l'éclat des mains qui l'effleuraient. Sur son genou gauche brillait l'agrafe de rubis dont les dames romaines se servaient ordinairement pour relever les bords de leur tunique. La jambe parfaitement modelée de Sempronia se dessinait au milieu des draperies de ses vêtemens, chaussée d'une bottine rouge d'une petitesse et d'une élégance infinies.

La matrone raconta d'abord les tourmens, les espérances et les déceptions de l'amour. Sa voix avait de belles notes de contralto auxquelles l'harmonie lydienne, aux pathétiques accords, prêtait un charme puissant. Le centurion, captivé, ne perdait pas une seule des paroles de Sempronia, car elles traduisaient en langage harmonieux ses plus chères, ses plus tristes pensées. Tout à coup, le regard de l'habile sirène s'alluma, ses joues se colorèrent, sa voix parcourut rapidement une gamme ascendante et attaqua les sons les plus élevés de l'échelle musicale, emportée par ce rhythme fougueux de l'iambe, dont Archiloque fut l'inventeur. Ce n'étaient plus les émotions d'un amour tranquille qu'elle cherchait à décrire, mais le délire et l'ivresse insensée du plaisir. Semblable à une prêtresse de Bacchus qu'agitent les fureurs du dithyrambe, tantôt elle filait des trilles rapides, aigus, déchirans, et tantôt elle jetait çà et là, par bribes, de suaves mélodies, qu'elle laissait inachevées. La fatigue enfin parut la gagner. L'éclat de ses yeux se voila ; une subite innervation vint alanguir ses sens ; elle murmura encore une poésie lascive, et sa voix s'éteignit dans un soupir.

Ses chants avaient cessé, et le centurion l'écoutait encore. Les traits contractés du jeune homme, sa respiration haletante, son front couvert d'une moiteur légère, trahissaient le trouble de son âme. A la voix de Sempronia, aux accens effé-

minés de sa cithare, toutes les souffrances du fils de Gurgès s'étaient renouvelées.

La matrone s'approcha de lui, et appuyant familièrement la main sur son épaule,

— Il me semble, lui dit-elle, que vous oubliez de m'applaudir ?

— Belle Sempronia, répondit le centurion, que ne comprenez-vous l'amour aussi parfaitement que vous en parlez le langage ! Rien ne manquerait alors à vos perfections.

— Croyez-vous donc que le bonheur d'aimer soit au-dessus de mon intelligence? répliqua la matrone. Par Vénus ! je ne pensais pas, en vous appelant au Val-d'Egérie, trouver en vous un juge aussi sévère. Mais il se fait tard, ajouta-t-elle ; le soleil baisse à l'horizon, il est temps de nous séparer.

A ce mot de séparation, Rutuba jeta sur Sempronia un regard plein de tristesse.

La matrone en comprit la signification, et voulant consoler son hôte,

— Demain, si la fatigue d'un second voyage ne vous rebute pas, reprit-elle, vous me retrouverez ici. Dois-je vous attendre, centurion ?

— Oui, murmura le jeune homme.

— Descendons, poursuivit Sempronia.

Elle conduisit son amant par un étroit sentier jusqu'à la voix d'Ostie, et, lui montrant de loin le temple de Diane Aventine,

— Dans un quart d'heure, lui dit-elle, vous aurez atteint les murs de Rome. Cher Rutuba, que les dieux vous protégent ! au revoir !

Le centurion la remercia avec effusion de son hospitalité, balbutia un tendre adieu, sauta sur son cheval et s'éloigna.

— Par Vénus Erycine ! s'écria la cousine du dictateur de Lanuvium quand elle fut rentrée dans son appartement, le protégé de Sergius n'est pas aussi rustre que je l'aurais cru. Allons ! ajouta-t-elle en bâillant, encore deux jours d'ennui, et notre parti comptera un soutien de plus. Quand je lui aurai mis un poignard à la main, il le tiendra convenablement, j'en suis persuadée.

XI.

UNE ÉLÉGIE DE CATULLE.

Le fils de Gurgès s'était livré sans défense aux artifices de Sempronia. Plus cet homme avait d'énergie et plus il glissait rapidement sur la pente dangereuse où l'entraînait la matrone. A la suite de son premier voyage au Val-d'Egérie, il passa trois journées entières auprès d'elle, oubliant tout, sa sœur, Lélius, son père, et la pauvre orfèvre qu'il avait tant aimé et qu'il abandonnait dans le malheur. Pouvait-il se rappeler son ami, sa famille, dans l'état d'ivresse incessante où sa passion l'avait plongé? Dès le matin il accourait au bois sacré d'Egérie. Sempronia l'y attendait. Ils parcouraient ensemble d'embreuses solitudes ; ils promenaient dans de frais sentiers leur douce indolence ; ils s'asseyaient aux bords de l'Almo, échangeant au murmure des eaux de tendres sermens d'amour. Puis, quand les ardeurs du soleil leur devenaient incommodes, ils rentraient dans la villa de la matrone pour lire ensemble les chefs-d'œuvre de la Grèce, et quelquefois une de ces fables milésiennes, rehaussées de peintures, que la corruption romaine recherchait alors avec une folle ardeur. Le bonheur que la fuite de Sempronia lui avait un instant ravi, le centurion l'avait retrouvé, mais plus pur et plus parfait qu'auparavant.

Oh ! s'il eût été moins aveugle ; s'il eût pu sonder, lorsqu'il se trouvait seul, dans sa pauvre chambre des Esquilies, le vide affreux que l'absence de Sempronia faisait dans son âme ; s'il eût réfléchi que toutes ses affections lui échappaient, que tous les ressorts de sa vie intellectuelle et morale se relâchaient à la fois, qu'il n'existait déjà plus que pour aimer une femme coquette, égoïste, capricieuse, il eût frémi, il se fût détourné peut-être de l'abîme ouvert sous ses pas. Mais sa raison n'était que ténèbres, et il faut raisonner pour craindre et se repentir.

Le sénateur Varguntéius avait invité à souper, pour le III des nones d'octobre (5 octobre), une société nombreuse dont Sempronia faisait partie. Il voulait acquitter une dette contractée cinq jours auparavant dans un pari malheureux. L'épouse de Junius Brutus ayant tenu pour lui contre Amaryllis, noble dame syracusaine, devait se libérer aussi en donnant une fête. L'intention de la matrone était d'unir les deux soirées, celle de Varguntéius et la sienne, en adressant vers la fin du repas une invitation collective à tous les convives du sénateur.

Ce jour-là donc, Sempronia congédia son amant plus tôt qu'à l'ordinaire et rentra dans Rome avant que la nuit fût tombée.

De son côté le centurion regagna la maison paternelle et y soupa en famille, à la grande joie de Gurgès et de Daphné, que ses absences continuelles inquiétaient. Le soir venu, ne sachant que faire de son temps, il descendit au forum. La distance était courte de la place publique à la voie des Toscans. Rutuba s'achemina sans y penser vers le temple d'Ops, et se trouva bientôt vis-à-vis la maison de sa bien-aimée.

Il se promena de long en large, comptant saluer la matrone quand elle se rendrait en litière chez Varguntéius.

Après une heure d'attente inutile, Rutuba crut entendre au fond du vestibule, où s'assemblaient chaque matin les nombreux cliens de Junius Brutus, une voix qui murmurait des mots plaintifs.

Il s'approcha de la porte et aperçut un jeune homme très élégamment vêtu, qui, debout près du seuil, récitait une élégie.

Heureux celui qui près de toi soupire (1),

chantait l'inconnu,

Qui sur lui seul attire ces beaux yeux,
Ce doux accent et ce tendre sourire.
Il est égal aux dieux !

En prononçant ce dernier vers, le chanteur se tourna du côté de Rutuba, et le salua d'un geste théâtral.

Ce musicien malencontreux n'était autre que Fulvius, l'ennemi, le rival dont Manlius Torquatus avait raconté les méfaits en présence de Clodius et de Tertia pendant leur visite à Cicéron. Les belles qualités de Fulvius et ses bonnes fortunes avaient excité la jalousie de tous les patriciens de Rome. C'était un charmant cavalier, un danseur infatigable. Il avait beaucoup de succès auprès des femmes, buvait comme un salien, ferraillait comme un gladiateur, et ne craignait pas un athlète dans l'exercice du pugilat. Les aventures innombrables dont il avait été le héros l'avaient mis en relation avec une foule de personnes d'un commerce facile et agréable. Il connaissait tous les maîtres d'armes de Rome, tous les bandits des ports du Tibre, toutes les empoisonneuses, tous les maquignons et toutes les marchandes de bouquets. Ruiner les veuves, désespérer des maris, hanter les tripots, battre les esclaves publics et tendre des piéges à l'avarice de son père, telles étaient ses principales occupations.

Dès qu'il eut salué le centurion, celui-ci s'inclina légèrement, et croisant les bras sur sa poitrine,

— A quelle personne adressez-vous ces strophes ? demanda-t-il.

— A la belle maîtresse de ces lieux, qui, par ma foi, ne s'en inquiète guère, répondit le chanteur.

— Vous aimez donc Sempronia ?

— Peut-être.

— Comment, peut-être !

— C'est que j'aime une foule de jolies femmes, voyez-vous.

— Mais l'épouse de Junius Brutus est sans doute au premier rang de vos affections ?

(1) Catulle, imitation de Sapho, traduction de M. l'abbé Delille.

— Allons ! vous exagérez, l'ami. Sempronia, soit dit entre nous, a dépassé la trentaine. Or, six lustres sont un âge que l'amour se plaît à respecter.

— Et la matrone répond-elle à l'attachement que vous lui témoignez ? dit Rutuba, dont le cœur se gonflait de jalousie.

— Quant à cela, je n'en sais rien, absolument rien, répliqua Fulvius. Mais c'est probable, ajouta-t-il en arrangeant les draperies de son manteau.

— Vous avez des raisons de le croire ?

— Beaucoup de raisons.

— Voulez-vous me les confier ?

— Je ne me rappelle pas. Mais écoutez donc la seconde strophe de mon élégie. Par Apollon ! c'est divin.

Et Fulvius se remit à chanter :

De veine en veine une subtile flamme
Court dans mon sein sitôt que je te vois ;
Et dans le trouble où s'égare mon âme,
Je demeure sans voix.

— Que vous en semble ? reprit-il. Cultivons-nous un peu la poésie ?

— Laissons là vos vers, dit le centurion, et veuillez m'entendre : moi aussi j'aime Sempronia, mais d'un amour différent du vôtre...

— D'un amour sérieux ?

— Profond, irrésistible, pour lequel je sacrifierais tout, mon repos, ma liberté, ma vie !

— Je connais ces amours-là, interrompit Fulvius. Après ?

— Et personne, tant que je vivrai, continua le centurion, ne viendra sans péril soupirer d'élégies à la porte de cette maison.

— Hein ? que dites-vous ? on ne pourra plus chanter ici de vers sans se brouiller avec vous ?

— Précisément.

— Ce qui signifie, en d'autres termes, poursuivit gaiement le jeune fou, que vous déclarez la guerre à quiconque osera tendre des piéges à la vertu de cette chère Sempronia.

— Vous m'avez parfaitement compris, dit l'officier.

Fulvius regarda son interlocuteur d'un air stupéfait. Puis, quand il se fût assuré que Rutuba parlait sérieusement il partit d'un éclat de rire immodéré qui retentit aux deux extrémités de la rue des Toscans.

Fulvius riait de si bon cœur que le centurion n'eut pas le courage de le maltraiter.

— Je jure par toutes les furies de l'enfer, s'écria-t-il, que j'éventrerai le premier coquin de votre espèce que je surprendrai rôdant le soir autour de cette maison.

— Mais, très cher, répondit Fulvius après avoir donné un libre cours à son hilarité, vous allez plonger le sénat tout entier dans le deuil.

— Pourquoi cela ?

— Quelle sotte question ! murmura le jeune homme en hochant la tête. — Au fait, poursuivit-il, quoiqu'un peu brutal, vous ne m'avez pas l'air d'un mauvais garçon... Je vous dirai quelques vérités utiles ; gagnons la rue.

Les deux rivaux sortirent du vestibule. Fulvius passa un bras sous celui du centurion, et reprit :

— En m'attribuant l'élégie que vous avez entendue, j'ai commis un mensonge infâme.

— Bien. Cela m'importe peu.

— Je suis allé dernièrement à Sirmium chez un jeune chevalier, riche, bien fait, charmant et doué d'un talent poétique incroyable. Il se nomme Catulle. Le connaissez-vous ?

— Pas le moins du monde.

— Les invités étaient au nombre de huit, tous fils de famille, tous joyeux compagnons. Catulle nous a fait pendant huit jours une chère excellente. Il a traduit pour nous une élégie de Sapho, laquelle est aujourd'hui fort à la mode. Je l'ai chantée à la porte de Sempronia, que je connais beaucoup. Foi de patricien ! c'est une politesse dont je ne pouvais me dispenser.

— Voilà tous les renseignemens *utiles* que vous avez à me donner ?

— Ah ! j'oubliais la chose essentielle, répondit Fulvius. Très cher, bien sûr vous avez commis quelque grand crime.

L'étourdi prononça ces mots avec l'assurance d'un homme profondément convaincu.

— Vous avez au moins déserté votre aigle en présence de l'ennemi, poursuivit-il.

— Comment dites-vous cela ? interrompit le centurion.

— Mettons que vous ayez seulement volé de nuit les dieux Lares de votre voisin.

' — Si vous n'étiez pas ou ivre ou fou... murmura dédaigneusement l'officier.

— N'auriez-vous pas plutôt pénétré sous des habits de femme dans le lieu où l'on célébrait les mystères de la Bonne-Déesse? continua Fulvius. Allons, un peu de franchise, mon bon ami. Avouez-le : vous avez été curieux de joindre vos faibles hommages à ceux que les dames romaines rendent à la mère des hommes et des dieux ?

En exhortant ainsi Rutuba à se reconnaître coupable, Fulvius imita.t à ravir le ton patelin d'un préteur qui interroge un criminel.

Rutuba ne put s'empêcher de sourire.

— Par les cinq cent mille démons qui s'occupent d'inspirer les sibylles, les ivrognes et les poètes, reprit-il, comment avez-vous pu concevoir une si mauvaise idée de moi ?

— Hélas ! quand je vous sais voué à une garde plus difficile que celle de la toison d'or elle-même.

— Quelle garde?

— N'avez-vous pas résolu de tenir les trois ordres de l'Etat à une distance respectueuse de l'épouse de D. Junius Brutus ?

— Hé bien ?

— Hé bien ! mon brave, j'aimerais mieux remplir le tonneau des Danaïdes, rouler le rocher de Sisyphe, tourner la roue d'Ixion, que surveiller la vertu de Sempronia. Pour avoir formé un projet semblable, il faut que vous soyez abandonné des immortels.

Cela dit, Fulvius salua son interlocuteur d'un air goguenard et s'esquiva.

XII.

UNE NUIT D'ORAGE AU BOIS SACRÉ D'ÉGÉRIE.

Le dernier sarcasme que Fulvius venait de lancer au centurion l'avait frappé au cœur si rapidement, si juste, que Rutuba, déconcerté, ne songea pas même à inquiéter l'impertinent dans sa retraite. L'aplomb imperturbable de cet inconnu, ses façons aristocratiques, les allures paradoxales de sa conversation, avaient dérouté l'inexpérience de l'officier. Dès qu'il fut seul au milieu de la rue des Toscans, il ne put s'empêcher de comparer son amour dévoué, respectueux, exclusif, pour une femme qui peut-être en était indigne, à la fatuité superbe, au scepticisme libertin de Fulvius. Avouons-le, il se trouva ridicule. Il rougit vis-à-vis de lui-même d'avoir conservé jusqu'à vingt ans les ardentes passions de l'adolescence, comme si le cœur de l'homme ne vieillissait pas toujours assez tôt. En un mot, le brave et loyal soldat des armées d'Orient regretta de ne pouvoir imiter la rouerie précoce d'un jeune étourdi qui n'avait pas le sens commun, la chose était certaine, mais qui passait gaîment sa vie à courtiser toutes les femmes sans se risquer jamais à les aimer.

Dans la situation d'esprit où se trouvait le centurion, il eût été surprenant qu'il ne rendit pas Sempronia responsable de la façon cavalière dont Fulvius avait traité la réputation de la matrone. Rutuba ignorait la chronique scandaleuse des grandes familles de Rome, que son chanteur d'élégies semblait au contraire connaître parfaitement. Il ne pouvait donc opposer que le doute aux accusations de Fulvius. Or, douter ici, c'était concevoir la probabilité d'une horrible perfidie. En effet, si la belle recluse du Val-d'Egérie cachait sous les dehors d'une brillante éducation les habitudes éhontées de la courtisane, pourquoi ce respect du devoir, ces craintes et ces remords qu'elle ne cessait d'opposer à l'amour du centurion ? Après avoir étudié la galanterie patricienne dans toutes ses nuances, désirait-elle soumettre à l'analyse les passions d'un cœur plébéien ? Fatiguée du vice qui dégrade, voulait-elle, simplement pour se réhabiliter à ses propres yeux, se couvrir un instant du masque de la vertu, résister au lieu de poursuivre, en un mot singer Lucrèce après avoir imité Phryné? L'idée qu'il n'avait fait qu'amuser Sempronia dans sa lassitude, que subir peut-être la réaction des mépris qu'elle essuyait sur le déclin de sa jeunesse, causa au fils de Gurgès une violente colère. Il ne supposa point qu'en lui résistant la matrone eût eu l'intention de se concilier l'estime d'un homme sincèrement aimé. Il se sentait froissé dans son orgueil, trahi dans son amour ; il se promit d'avoir au plus tôt avec la matrone une explication définitive qui servit de règle à leurs rapports à venir.

Une litière, portée par huit esclaves cappadociens, s'était arrêtée rue de Scaurus, devant un somptueux hôtel. Il était deux heures du matin. Il faisait une nuit sombre et chargée d'orage. La porte de la maison s'ouvrit. Une vive lumière jaillit de l'intérieur en divergeant sur le pavé du vestibule. Une femme sortit, monta dans la litière, et les porteurs se mirent aussitôt en marche en descendant vers le forum.

Deux guides, munis de torches de résine, les précédaient. En arrière du cortège marchaient trois gladiateurs armés. On arriva sur la place publique. Les ténèbres qui la couvraient étaient si profondes qu'on n'en distinguait ni les monuments ni les innombrables statues. A peine la masse énorme du mont Capitolin se dessinait-elle dans l'obscurité. Au sommet de la montagne éternelle brillait une lampe sous un portique de marbre. Elle éclairait l'entrée du temple de Jupiter. Un homme couvert d'un manteau sortit bientôt d'une ruelle, vint se placer près de la litière et la suivit.

Ainsi augmenté d'une personne, le cortège passa devant le temple de Castor et devant celui de Vesta, dont les vieilles façades, à la lueur des torches, sortirent de l'ombre pour s'effacer aussitôt. Il prit la voie Neuve, tourna le pied du mont Palatin, traversa le petit ruisseau appelé *Aqua Cabra* près du temple de Mercure, suivit les rues du Triaire et de la Piscine publique et atteignit enfin la voie d'Ardée.

Il s'avança sur le chemin de l'antique ville de Danaé et de Turnus, jusqu'à ce qu'il eut atteint le fleuve de d'Almo, aujourd'hui Marana. Il prit alors un sentier jonché de feuilles sèches, hérissé de broussailles, qui s'ouvrait au milieu d'un bois. Les hiboux et les chouettes, seuls habitants de ces tristes lieux, se cachaient en criant dans le tronc des arbres. Des chauves-souris effleuraient en voltigeant la flamme rouge des flambeaux. Plusieurs des esclaves de la noble dame qui faisait cette course nocturne, baisèrent respectueusement les *abraxas*, ou figures cabalistiques, suspendues à leur col. La superstition, à cette époque, avait déjà ses légendes et ses amulettes. Or, les souvenirs que rappelait cette forêt séculaire n'étaient pas rassurans, car on la nommait le bois sacré d'Égérie.

Après avoir marché pendant un quart d'heure, esclaves et gladiateurs atteignirent une clairière. Surprises, pour ainsi dire, dans la nuit qui les enveloppait, par les clartés vacillantes des flambeaux, les grandes formes du temple dorien que nous avons décrit dans notre avant-dernier chapitre, se profilèrent aux yeux des voyageurs. Le tonnerre grondait au loin à l'horizon. De larges gouttes de pluie commençaient à tomber. Le vent du midi tourbillonnait dans les portiques du temple, sifflait autour des colonnes, et froissait les arbustes accrochés à l'entablement cyclopéen qu'elles supportaient. L'immense ruine était pleine de gémissements.

Les Cappadociens traversèrent l'ancien péristyle du temple. Leur maîtresse s'élança de sa litière. Un instant après, le centurion Rutuba et l'épouse de Junius Brutus Pœnus se trouvèrent l'un vis-à-vis de l'autre dans la chambre où nous les avons vus déjà.

Sempronia portait un costume qui faisait ressortir merveilleusement sa beauté : une tunique en laine transparente et un surtout de soie noire, autour duquel serpentait un rameau de vigne en broderie. Deux ouvertures, pratiquées à se surtout, donnaient passage à ses bras, dont l'éclatante blancheur, les contours frais et résistans se dessinaient à ravir sur le velouté du satin. Ses cheveux retombaient en longues boucles sur ses épaules. Deux bracelets de perles brillaient à ses poignets. Ses doigts étaient chargés de bagues. Elle était chaussée de petits souliers, propres à la danse, faits de ce cuir blanc et souple qu'on nommait *alata*.

En entrant dans sa chambre, la matrone, sans prendre garde à Rutuba, se plaça devant son miroir, s'y contempla en souriant et se débarrassa de son manteau.

La fenêtre de l'appartement était ouverte. De rapides éclairs illuminaient de temps à autre et parcouraient de leurs rayonnemens de feu le paysage qu'elle dominait : aqueducs, groupes de maisons lointaines, plaine aride parsemée d'arbres et de tombeaux. Le bruit du tonnerre se rapprochait ; la pluie frappait le feuillage du bois à coups pressés. Au milieu de la tempête, on eût dit que la chambre de Sempronia était un asile inviolable que s'était choisi de préférence le génie du bonheur et de la paix.

Debout à côté de la matrone, Rutuba suivait des yeux chacun de ses mouvemens. L'éclat de cette beauté surhumaine, dont il pouvait deviner les formes à travers la gaze qui les recouvrait sans les cacher, l'éblouissait. Il sentait s'évanouir ses ressentimens, son cœur se fondre, une innervation douloureuse anéantir ses forces. Il demandait en vain à sa raison une de ces plaintes amères que son entretien avec Fulvius aurait dû lui inspirer.

— Sempronia, dit-il enfin, vous m'avez révélé depuis quelques jours tout un monde de bonheur que j'ignorais.

La matrone, de ses blanches mains, reconstruisait l'édifice de sa coiffure, que la danse avait dérangé.

— Ah ! c'est vous, Rutuba, répondit-elle ; je ne vous apercevais pas.

— Mais vous m'avez fait connaître aussi des souffrances que je n'avais jamais éprouvées, poursuivit le centurion.

— Qu'avez-vous donc? demanda l'épouse de J. Brutus.

Et elle détachait nonchalamment les agrafes de son bracelet et de son collier.

— Je suis allé à la rue des Toscans ce soir, reprit l'officier ; un homme chantait une élégie à la porte de votre maison.

— Bon ! un patricien sans argent qui ne savait que faire de sa soirée.

— Et faut-il vous répéter ce que m'a dit cet homme ?

— Je n'y vois pas d'inconvénient.

— Il m'a dit qu'il aimerait mieux remplir le tonneau des Danaïdes, rouler le rocher de Sisyphe ou tourner la roue d'Ixion que surveiller votre vertu.

— L'impertinent ! murmura la matrone en riant et en jetant sur un guéridon l'écrin dans lequel elle avait placé ses bijoux.

— Mais, poursuivit le centurion, je connais trop la digne épouse de J. Brutus Penus, pour ajouter foi à de pareilles calomnies.

— Heu ! mon cher, en ce monde, il ne faut rien préjuger.

Le fils de Gurgès avait pensé que Sempronia chercherait à calmer sa jalousie par des moyens plus ou moins ingénieux. Le doute effronté qu'elle manifestait sur sa propre vertu déconcerta tous ses calculs.

Sa colère, un instant assoupie, se réveilla. Il se contint pourtant parce qu'il se sentait aux prises avec une femme adroite, violente au besoin, qu'il ne pourrait amener à une explication sérieuse qu'à force de ruse et de sang-froid.

— Belle Sempronia, reprit-il, vous vous rendez justice. Vous ne souffririez pas qu'un ami se portât garant de votre moralité, et vous faites preuve en ceci d'une rare délicatesse. Mais pourquoi n'avez-vous d'indifférence que pour moi ?

— C'est mon secret, répondit la matrone.

— Me croyez-vous d'humeur à jouer un rôle ridicule ?

— Je ne vous connais pas assez pour avoir une opinion faite à ce sujet ; mais je puis vous indiquer un moyen facile d'éviter le désagrément que vous craignez.

— Quel est ce moyen, je vous prie?

— Retournez à Rome et ne revenez plus.

— Le conseil que vous me donnez est bon à suivre, noble

matrone, repartit le centurion, sauf une légère difficulté. Vous m'avez inspiré une passion jalouse, impérieuse, que les obstacles ont irritée, et que vos dédains changeraient facilement en haine ; une passion qui, à cette heure même, tandis que je vous parle, me crie......

Rutuba hésitait à continuer.

— Achevez donc, dit la matrone impatientée. Que vous crie votre passion ?

— De vous tuer, répondit le centurion.

— La chose est bonne à savoir, dit Sempronia.

Elle s'assit et s'accouda sur la table de marbre de sa console. Un léger bâillement entr'ouvrit ses lèvres. Du regard elle demandait à Rutuba s'il ne lui plairait pas bientôt de regagner les Esquilies.

Perdant enfin toute la modération qu'il s'était efforcé de garder jusque-là, le centurion courut à la porte, la ferma, et s'avançant vers sa maîtresse,

— A nous deux maintenant, belle matrone ! s'écria-t-il. Vous n'avez été pour moi depuis huit jours qu'une Circé dangereuse ; vous avez voulu troubler ma raison, vous jouer de mon ivresse ! Hé bien ! oui, je suis ivre, et je veux me venger !

Rutuba arrondissait ainsi sa période oratoire, lorsqu'il entendit quelque chose de souple bondir derrière lui. Il se retourna et mit vivement l'épée à la main.

Un tigre s'avançait en rampant vers Sempronia. Ses yeux fulgurans, ses rugissemens, les crocs nacrés qui sortaient des plis de ses lèvres eussent intimidé le gladiateur le plus intrépide. La foudre éclata subitement sous les nuages. A ce bruit imposant de la nature en convulsion, l'animal féroce suspendit sa marche, et la matrone pressa sur sa poitrine une bulle d'or sur laquelle était gravée la figure d'Isis.

Puis le tigre vint en décrivant un quart de cercle, la tête basse et le regard attentif aux mouvemens du centurion, se coucher aux pieds de Sempronia.

— Que dites-vous du défenseur que je me suis choisi, Rutuba ? reprit la matrone.

— Ceci, ma foi, ressemble à un tigre africain comme un roquet à un chien de Laconie, répondit en riant le centurion. Comment vous le tuerai-je ? Tenez-vous à sa fourrure ? Je puis frapper sous le ventre, afin de ne pas la gâter.

La matrone accourut elle-même au secours de son défenseur, et se plaçant entre le tigre et l'officier,

— Ne tuez pas cette pauvre bête, répliqua-t-elle. Va-t-en, Syphax !

Et du bout de son élégante pantoufle, elle poussa Syphax jusqu'au bord d'une trappe dans laquelle il disparut.

— N'aurais-je accueilli chez moi qu'un bestiaire, ajouta-t-elle avec dépit, tandis que je croyais y recevoir un centurion de l'armée d'Asie ?

— Pour le servir à votre tigre en guise de collation, reprit le jeune homme. Par Tisiphone ! avec quel luxe vous nourrissez vos bêtes, noble Sempronia !

Cependant l'intervention du tigre avait eu cela d'utile pour la matrone, qu'en forçant Rutuba à se mettre sur la défensive, elle avait détourné le cours de sa fureur. Le fils de Gurgès ne songea plus à frapper sa maîtresse, mais à l'outrager et à partir. Il remit son glaive dans le fourreau.

— Sais-tu ce que tu es, Sempronia? reprit-il ; une forme voluptueuse, froide et polie comme du porphyre, qu'une furie, en traversant la terre, a animée d'un souffle de malice et d'orgueil.

— Vous me flattez, répondit la matrone.

— Le mauvais génie qui t'a créée a pu te rendre belle, coquette, vindicative ; mais pour ton malheur, comme pour celui des imprudens que tu devais séduire, il t'a faite incapable de comprendre jamais le bonheur d'aimer.

— Ah ! telle est votre opinion sur mon compte? répliqua la cousine du dictateur de Lanuvium. Si vous disiez vrai, je serais bien malheureuse, en effet, poursuivit Sempronia, dont la voix prit une inflexion persuasive ; mais vos jugemens ne sont pas sans appel. Si je trouvais un homme qui le méritât, croyez-le bien, centurion, mieux qu'une autre je saurais l'aimer.

— Oui, l'aimer par caprice, l'adopter comme une mode, le captiver comme un animal favori, qu'on tient à la chaîne, dont on se joue quand il amuse, et qu'on repousse du pied quand il ennuie! N'est-ce pas, chère amie, que vous lui donneriez une place dans vos affections immédiatement après Syphax?

La matrone se leva. La pluie tombait par torrens, le tonnerre grondait sans relâche; les éclairs, se succédant par fulgurations pressées, faisaient pâlir la lampe du boudoir, et, frappant par soubresauts la figure de la matrone, lui donnaient un air inspiré.

— Ce que j'appellerais aimer, reprit-elle, ce serait choisir entre mille un adorateur fervent de la sainte égalité, l'entraîner, loin du tumulte des fêtes, dans une solitude profonde, et là, écouter son cœur battre au récit des souffrances plébéiennes, son patriotisme s'indigner, sa noble voix maudire la Rome d'aujourd'hui : ville de patriciens et de plèbe, de riches et de prolétaires, de tyrans et d'opprimés.

— Combien en avez-vous attirés de Romains dans votre solitude! dit ironiquement le centurion.

— Aucun, si ce n'est toi. Je te croyais l'âme d'un Décius; mais dans ta poitrine d'athlète j'ai trouvé le cœur d'un enfant.

Rutuba comprenait trop bien les généreuses pensées qu'exprimait la matrone pour n'en être pas ému. Les passions extrêmes dominaient tour à tour et sans transition son âme en délire. Il demeura un instant pensif, et reprit d'un ton suppliant :

— Oh! il est impossible, Sempronia, que tu sois la courtisane éhontée que l'on m'a dépeinte. Fais-moi croire qu'on t'a calomniée, et tu trouveras en moi l'ami, le Décius que tu cherches. Par le Styx! je te vengerai!

— Laisse parler ces héros à la robe traînante, dont l'unique occupation est de connaître tous les chevaux, tous les chiens et toutes les jolies femmes de la ville, répondit Sempronia. Je suis vengée d'avance par le mépris qu'ils m'inspirent. Que t'importe, d'ailleurs, ma vie passée? Ne suis-je donc plus assez belle pour être aimée?

— Tu es une étoile radieuse, tombée, sous une forme humaine, des splendeurs du firmament, repartit le centurion.

La matrone le fit asseoir auprès d'elle et poursuivit :

— Je m'appelle Sempronia, et tu as pu supposer que je choisirais pour maître un de ces égoïstes vulgaires que ne touchent plus ni les malheurs ni l'asservissement de la patrie! Je te parais donc une fille bien dégénérée de Tibérius et de Caïus Gracchus, de ces héros de la cause populaire qui périrent au milieu de Rome sous les coups de l'aristocratie? Non, non! je sens encore couler dans mes veines leur noble sang, leur sang ami de la liberté. Je n'aime que les natures rebelles à toute domination, que la tyrannie révolte, qu'elle brise quelquefois, mais sans jamais les courber. Centurion, continua la matrone, sens-tu rugir en toi cette haine implacable dont tout Romain doit poursuivre les tyrans?

— Que leur race périsse! s'écria le fils de Gurgès!

— Un poignard serait-il trop lourd à ton bras?

— Mon glaive pèse davantage et ne me fatigue pas.

— Si je te disais, en te montrant un homme : Frappe!... m'obéirais-tu?

Rutuba se taisait.

— M'obéirais-tu, reprit Sempronia, sans t'informer si la victime est le dernier des prolétaires ou le premier de nos magistrats?

— Mais ce serait un crime! dit le centurion terrifié.

— Un crime! répéta la matrone avec dédain. Quand Harmodius et Aristogiton tuèrent Hipparque, eurent-ils peur de commettre un crime? O hommes, race déchue! pour vous asservir autrefois il fallait des chaînes, et maintenant il suffit d'un mot!

— Un mot! c'est une tache sanglante, une honte ineffaçable dont on vous marque au front.

— Va! s'écria la matrone en se levant et en s'éloignant de Rutuba, tu redoutes les vains jugemens de la foule, tu n'es pas celui que je dois aimer.

Rutuba se plaça vis-à-vis d'elle.

— Sempronia, dit-il, je voudrais rompre le charme sous lequel tu m'as fait tomber, conjurer l'anathème qui pèse sur ma tête; mais c'est en vain : une force irrésistible me domine; il faut obéir à l'inexorable destin. J'accomplirai donc ses lois sans murmure. Malheur à celui sur le cadavre duquel il faudra passer pour arriver jusqu'à toi!

— Rends-toi demain chez Lélius, fit la matrone; qu'il inscrive ton nom parmi ceux des Romains intrépides qu'il a rassemblés autour de lui. Le cœur de Sempronia t'appartiendra sans partage quand tu l'auras mérité.

— Qu'as-tu fait pour la liberté? dit Lélius au fils de Gurgès lorsqu'il vint au Quirinal exécuter les ordres de Sempronia.

— Rien encore, répondit le centurion.

— Si nous étions vaincus un jour, quel motif auraient nos tyrans de te livrer au bourreau?

— Aucun.

— C'est donc parce que tu aimes une femme que tu prétends à l'honneur d'être enrôlé parmi nous?

— Je suis brave, et je hais la tyrannie, répliqua l'officier.

— Prouve-le, fit Lélius, et nos rangs s'ouvriront pour te recevoir.

— Quelle preuve exiges-tu? demanda le centurion.

— Les conjurés prononcent leur serment sur un cadavre en élevant vers le ciel des mains rouges de sang.

— La victime que je dois sacrifier est-elle prête?

— Elle s'offrira d'elle-même à tes coups, répliqua Lélius, quand le moment de la frapper sera venu.

Deuxième Partie.

I.

LE COUP DU CHIEN.

Rome, en 691, avait étendu ses conquêtes jusqu'aux confins de l'Afrique et de la Germanie, et la guerre, comme au temps de Camille, menaçait encore ses murailles. La violente réaction opérée, vingt ans auparavant, par Sylla contre les principes démocratiques, avait porté ses fruits. Des masses tumultueuses de paysans à qui le dictateur avait tout ravi, fortune, patrie, famille, s'étaient jetés dans les Apennins, où ils se procuraient par le brigandage le pain qui leur manquait. Les colons militaires qui les avaient dépouillés, s'étant appauvris à force de débauches, avaient fini par s'unir à ces dangereux vagabonds. L'Italie se dépeuplait. Des milliers d'hommes y mouraient de faim pendant qu'on y nourrissait des murènes, des bêtes fauves, des oiseaux rares et des légions d'esclaves, destinés aux plaisirs patriciens.

Tels étaient les élémens de guerre civile que Sergius Catilina travaillait à féconder.

Il n'y avait pas autour de Rome un seul point à l'horizon où ne grondât la tempête suscitée par le conspirateur. Deux anciens centurions de Sylla, Furius et Mallius, avaient armé les vétérans de Fésules (1). Ceux d'Arrétium (2), imitant l'exemple de leurs voisins, s'étaient donné pour chef Flaminius Flamma. Septime soulevait Camérinum, sa patrie. L'insurrection avait gagné de là le versant oriental des Apennins et se propageait dans les plaines d'Ancône et d'Asculum (3). Les esclaves de l'Apulie (4) n'attendaient qu'un signal pour briser leurs chaînes. Publius Sylla, neveu du dictateur, Vettius et les deux Marcellus suscitaient des troubles non-seulement à Capoue, dont ils avaient soudoyé les innombrables gladiateurs, mais jusqu'au fond du Bruttium (5).

On ne songeait pourtant dans la cité romaine qu'à jouir du repos, des plaisirs et de la prospérité, cette fois mensongère, qui accompagnent ordinairement une longue paix. Les partisans de Catilina profitaient de la sécurité générale pour couvrir par le tumulte de leurs fêtes le bruit des révolutions, qui se rapprochait et grandissait à chaque instant. Les convives que Varguntéius avait réunis pendant la nuit du 5 octobre, étaient invités pour le surlendemain à cette fête que Sempronia devait offrir à la Syracusaine Amaryllis.

Au jour dit, une dame romaine de la plus haute noblesse, Fulvie, s'était renfermée vers le soir dans sa chambre à coucher, et prêtait une minutieuse attention aux soins importans de sa toilette.

Comme la plupart de ses parens, qui tenaient leur nom de la couleur de leurs cheveux, Fulvie était une grande femme d'un blond ardent à qui son indolence allait à ravir. Ses yeux bleus, ses joues d'une fraîcheur éclatante et les boucles cuivrées de ses cheveux, formaient un ensemble de couleurs plein de richesse et d'harmonie. Aussi Fulvie, dont la beauté était du reste irréprochable, passait-elle pour une merveille chez un peuple qui donnait, à l'imitation des Grecs,

(1) Fiésoli. — (2) Arezzo. — (3) Ascoli.
(4) Capitanate, terre de Bari et partie nord-est de la Basilicate.
(5) Les deux Calabres.

une chevelure rousse à Vénus. Combien de héros, de savans, d'artistes, de poètes inspirés n'ont laissé aucun souvenir de leur passage sur la terre! Les charmes de Fulvie et le désordre de ses mœurs l'ont immortalisée.

Elle fut la rivale et par conséquent l'ennemie jurée de Sempronia. Ces deux femmes avaient tous les motifs possibles de se haïr : leur position sociale, leur caractère, leurs habitudes différaient autant que le genre de leur beauté.

Elles se trouvaient placées l'une vis-à-vis de l'autre sur cette limite extrême qui sépare la courtisane de la femme galante, encore assez soigneuse de sa réputation pour dissimuler ses erreurs. Sempronia avait respecté cette limite, Fulvie l'avait dépassée. La première choisissait ses amans, les adoptait par caprice, et les quittait par ennui ; elle profitait de leurs prodigalités, sans se faire positivement inscrire au budget de leurs dépenses. Fulvie, au contraire, se vendait au plus offrant, rançonnait effrontément et ruinait sans pudeur les malheureux que ses grâces avaient captivés. Sous une forme séduisante, parée de tous les attraits de la jeunesse, elle cachait une âme vieille d'émotions et complètement insensible au plaisir. Voir se renouveler sans cesse le flot d'or qui s'écoulait dans ses mains, porter les parures les plus nouvelles, les étoffes les plus précieuses, écraser toutes les dames de la ville par son luxe, telles étaient les seules jouissances qu'elle sût apprécier. Fulvie, en un mot, n'avait plus que des vices ; Sempronia avait encore des passions, des passions énergiques de la femme née complète, qui la rendent admirable ou terrible, suivant qu'elles prennent une bonne ou une mauvaise direction. Toutes deux étaient également habiles dans l'art de feindre, de nouer une intrigue, de punir un infidèle et d'éconduire un importun. Mais on n'avait jamais reproché à Fulvie que de petites roueries sans conséquence, tandis qu'on accusait sa rivale de forfaits inouïs.

Mariée de bonne heure à un patricien de la première distinction, mère de deux fils qui portaient dignement le nom de leurs ancêtres, Sempronia avait à l'indulgence de ses contemporains des titres que Fulvie ne possédait point. L'épouse de Brutus Pénus, personnage consulaire, occupait un rang si élevé qu'on négligeait à dessein de pénétrer les mystères de sa vie intime. On la croyait ruinée : on la supposait riche ; on la savait licencieuse ; on l'estimait sage, parce que les apparences ne démentaient pas ces fictions. Courtisane au bois sacré d'Égérie, Sempronia devenait matrone dès qu'elle habitait son hôtel de la rue des Toscans. Le monde l'y traitait comme telle, et honorait autant sa vertu d'apparat que son immoralité réelle eût mérité de mépris.

Telle n'était pas à beaucoup près la condition de Fulvie, quoique sa naissance égalât au moins celle de Sempronia. La considération dont on jouit quand on est mère de famille cache bien des fautes que laisse à découvert l'isolement du célibat. Fulvie, étant demeurée libre de tout engagement légal, n'avait pas de caution que sa moralité. Il fallait qu'elle vécût irréprochable dans sa conduite, ou qu'elle bravât l'opinion publique à ses risques et périls. Ce dernier parti lui avait semblé préférable à l'autre, et comme les femmes ne s'arrêtent guère dans les voies du mal, la courtisane, après avoir d'abord évité le scandale, avait fini par se mettre en état de guerre ouverte contre la société.

Sempronia ne la recevait pas sans déplaisir dans sa maison de la rue des Toscans. Elle ne se doutait pas que les sourdes rumeurs de conspiration qui circulaient dans Rome depuis un an partissent du boudoir de Fulvie ; mais elle la redoutait par instinct plus encore qu'elle ne la détestait par jalousie. Néanmoins, elle ne pouvait exclure de chez elle, sans autre motif que sa haine, une personne de famille consulaire qui s'y montrait toujours dans une toilette recherchée, en compagnie d'un sénateur ou tout au moins d'un chevalier. Comment d'ailleurs bannir Fulvie d'un salon où l'on se vantait de réunir tout ce que Rome possédait de femmes les plus célèbres par leur beauté ?

Sempronia ne donnait jamais une fête sans envoyer à Fulvie une de ses premières invitations.

La courtisane occupait sur le mont Viminal un petit appartement qu'elle tenait à loyer. Il se composait de cinq pièces principales : un vestibule pratiqué entre deux logemens d'esclaves, un petit salon d'attente, un triclinium, une salle de jeu, une chambre à coucher et une cuisine, dont la fenêtre donnait sur les cours du temple de Junon-Lucine. Son mobilier était plus élégant que riche. Rien n'y était suranné, passé de mode ; mais on pouvait conclure de là qu'elle ne tenait point de sa famille, tandis que la variété des objets qui le composaient, soit par rapport à la forme, soit par rapport à la couleur des étoffes, semblait indiquer qu'il avait dû se compléter par des additions successives. Il résumait une portion notable de l'histoire galante de Rome depuis cinq ans.

Fulvie avait deux esclaves qu'elle appelait des noms étrangers de Glycérion et de Velléda. Glycérion et Velléda n'avaient pas été ravies par la conquête à la patrie de Périclès et de Brennus : c'étaient deux pauvres filles de Campanie dont la courtisane payait les services. Ces femmes, vis-à-vis du monde, paraissaient appartenir à Fulvie ; mais, en revanche, Fulvie leur appartenait dans l'intimité du ménage, parce que le destin, en leur donnant des yeux et des oreilles capables de voir et d'entendre, les avait aussi gratifiées d'une langue très prompte à parler.

Nous allons raconter dans tous ses détails la toilette de la rivale de Sempronia, espérant que nos lectrices nous pardonneront cette courte digression.

Elle s'était assise sur un fauteuil au milieu de sa chambre à coucher Ses belles épaules étaient couvertes d'un peignoir de laine. Une toilette placée devant elle lui permettait de suivre dans un miroir rond, en cuivre étamé, les mouvemens de ses esclaves. Non loin de là notre bon ami Cruscellus, accroupi devant un fourneau, faisait chauffer des fers à friser sur des charbons ardens. Glycérion lava le visage de sa maîtresse avec du lait d'ânesse encore chaud, trempa l'extrémité d'un pinceau dans un mélange de galène de plomb, d'antimoine et de bismuth, et composa à la dame les sourcils les mieux arqués et les plus noirs qui aient jamais rehaussé l'éclat des yeux bleus d'une femme. Alors Cruscellus se leva, s'arma de son peigne, l'enfonça vigoureusement dans sa propre perruque, plaça dans une attitude convenable la tête de sa cliente, et commença à ramener en arrière tous ses beaux cheveux blonds.

—Par Jupiter Sérapis ! dit la courtisane en minaudant, Curius ne viendra donc pas ! Il devait m'apporter un peigne sans lequel on ne peut me coiffer.

Le caractère de Quintus Curius, dont Fulvie regrettait en ce moment l'absence, a été, comme celui de Sempronia, défini par Salluste avec cette énergie, cette précision de style qui distinguent cet incomparable écrivain. — C'était, dit-il, un homme d'illustre famille, mais que ses dissolutions, ses crimes et l'infamie de ses habitudes avaient fait chasser du sénat par les censeurs. Sa vanité égalait son impudence ; il ne savait ni taire les secrets des autres ni cacher ses propres excès. — Nous ajouterons qu'il aimait passionnément le jeu, et qu'il corrigeait la fortune avec une surprenante dextérité.

Curius était un des adeptes les plus zélés de la conjuration. Les renseignemens que Fulvie transmettait depuis un an à Cicéron, relativement aux projets de Catilina, lui étaient fournis par Curius.

Mais la courtisane, malgré ses artifices, n'avait pu jusqu'à-

lors engager son amant à préciser des faits et à formuler nettement ses révélations.

Pendant que Fulvie hâtait de ses vœux le retour de Curius, le tondeur de la rue aux Parfums s'évertuait à établir au sommet de sa tête un nœud d'Apollon d'un volume extraordinaire.

— Soyez sans inquiétude, belle matrone, lui répondit-il ; Glycérion pourra placer sans inconvénient le diadème du généreux Curius. Vous le mettrez ici, ma belle enfant, poursuivit-il en s'adressant à l'esclave, sous ce nœud, auquel vous aurez soin de ne pas toucher.

Après avoir prononcé ces paroles, Cruscellus trempa ses doigts dans un vase de cristal de roche, dont les divers compartimens contenaient du fard, du blanc de céruse et des essences précieuses, se parfuma les mains et, faisant retomber du bout de son peigne toute la portion des cheveux de Fulvie qu'il n'avait pas employée, il les tressa en nattes, les contourna en spirales, les arrondit en touffes artistement crêpées. Puis il rassembla ses fers, ses ciseaux, tous les ustensiles de sa profession, les serra dans une trousse et sortit.

Les sourcils de la matrone avaient séché parfaitement. Glycérion reprit donc auprès d'elle, après le départ de Cruscellus, son travail d'enlumineuse, et couvrit ses joues d'une couche légère de rouge, qui devait rehausser l'éclat de son teint à la lumière des bougies. Elle passa sur les bras, les mains et les jambes de la courtisane une éponge trempée d'eau de lentisque et de crocodilée. Cette dernière ablution faite, Velléda remplaça sa compagne et chaussa Fulvie de sandales merveilleusement souples et petites, dont les attaches noires remontaient en se croisant jusqu'au-dessus du genou. On revêtit la dame d'une robe courte en étoffe bleu-clair, lamée d'argent ; on suspendit par une agrafe de rubis à son épaule droite une chlamyde pourpre teinte deux fois. Quand elle eut pris tout son bagage de jolie femme, son collier, ses bracelets, ses anneaux et son éventail de plumes, Fulvie se trouva prête, et Curius, ou plutôt le peigne qu'il devait apporter, n'était pas venu.

Une scène qui se passait en ce moment près du temple alors en construction d'Isis Patricienne, sur la voie de Tibur, expliquera le retard du sénateur.

En quittant la maison de Fulvie, Cruscellus gagnait rapidement la région Esquiline, lorsqu'il entendit quelqu'un marcher derrière lui. Il se retourna et reconnut Curius.

— Arrête ! arrête ! tondeur chéri, lui cria le sénateur. Ecoute les plaintes du plus infortuné des mortels.

— Que vous est-il donc arrivé ? demanda le barbier.

— Je sors d'un coupe-gorge ! J'ai été pillé, volé, assassiné !

— Ho ! ho ! répondit Cruscellus, vous n'êtes pas facile à dévaliser pourtant ; et je vous vois encore, grâce aux dieux immortels, dans un état de santé très rassurant.

— O Fortune ! s'écria Curius, courtisane à double visage, dès aujourd'hui j'abandonne ton culte. Je ne brûle plus un seul grain d'encens sur tes autels. Imagine-toi, tondeur bien-aimé, que je sors de chez Umbrénus.

— Et vous avez joué ?

— Oui.

— Et vous avez perdu ?

— Oui ! oui ! tout perdu ! jusqu'aux huit esclaves qui portaient ma litière, jusqu'au diadème que je destinais à ma chère Fulvie. Je le soutiendrais au tribunal de Rhadamante, devant la triple Hécate, les dés étaient pipés.

— Et pourtant Fulvie attend son diadème et votre litière pour se rendre chez Sempronia.

— Ne me parle pas de Fulvie, cher tondeur, repartit Curius. Tu me déchires le cœur. Pauvre femme ! que de peines je lui cause ! Mais a-t-on jamais essuyé un revers semblable au mien ! Comprends bien, Cruscellus : je perdais tout ; je n'avais plus rien....

— Après ?

— Je joue quitte ou double.

— Je ne comprends pas.

— N'importe. Je joue quitte ou double. Mon adversaire amène deux et les deux as. Si tu savais combien j'étais heureux ! J'ai gagné, me disais-je ; mes esclaves m'appartiennent

encore ; je vais recouvrer mon argent, et ma Fulvie son diadème. J'agite les dés, et j'amène... devine quoi ?

— Trois as ?

— Trois as ! le coup du chien ! s'écria Curius en blasphé-
mant.

— Je m'en vais, dit Cruscellus. Ne vous désespérez pas,
digne sénateur. La fortune a d'incroyables caprices. Elle
vous a persécuté ce soir ; elle vous favorisera demain.

— Tu me quittes ! répondit Curius avec l'accent d'un
tendre reproche. Et toi aussi, tondeur chéri, tu tournes le
dos à l'infortune ! Cependant je n'ai d'espoir qu'en toi.

— Mais je ne puis rien pour vous. Il ne dépend pas de moi
que trois as ne soient le coup du chien.

— Il me faut un diadème.

— Hé bien ! cherchez-en un.

— Et pour avoir un diadème, il me faut un usurier.
Cruscellus, trouve-moi un usurier.

— Par Hercule ! il n'en manque pas dans Rome. Mais quel
gage lui fournirez-vous ?

Le sénateur tira du doigt annulaire de sa main gauche la
bague qui lui servait de symbole, et la remit à Cruscellus avec
un air de dignité tragique.

— Prends cet anneau, lui dit-il, c'est ma réputation que
j'engage. Je le rachèterai demain.

Le barbier examina la bague à la lueur d'une forge voisine.
Le sceau en était fait d'une améthyste sur laquelle était gravée
la figure d'un guerrier avec ces mots en exergue : — Q. Curius Dentatus, ex-senatus-consulto.

— Je ne connais pas de fénérateur qui veuille prêter une
parure un peu passable sur cet anneau, reprit-il.

Le sénateur fit vibrer les cordes les plus basses de sa voix,
et répondit :

— Il me semble, tondeur, que tu oublies ce que vaut le
symbole d'un Curius ?

— Je ne le sais que trop bien au contraire, répliqua le barbier. Il agitait l'anneau dans le creux de sa main. — Encore,
poursuivit-il, si vous aviez à votre disposition les trente-deux
dents modèles qui devaient orner les mâchoires de ce Curius
Dentatus !

— Comment, drôle ! fit Curius, tu oses tourner en ridicule
le surnom du plus illustre de mes ancêtres, du vainqueur de
Pyrrhus, d'un homme qui fut tribun du peuple et trois fois
consul ?

— Voulez-vous me suivre jusqu'aux Esquilies ? Je connais
là un honnête fénérateur chez lequel vous pourrez brocanter
peut-être la gloire de votre aïeul.

— Ah ! tu me sauves la vie, Cruscellus, murmura l'amant
nécessiteux de la courtisane. Tu auras donc ton diadème,
Fulvie, créature sublime ! Il ne vaudra pas celui que je te destinais. Je l'avais choisi digne de toi. Mais que veux-tu ! il
faut prendre en patience les malheurs dont on ne peut se défendre. Je jouais quitte ou double, et j'ai amené trois as...
trois as !.. le coup du chien !

Curius et le barbier gagnèrent rapidement la rue aux
Parfums. Après l'avoir parcourue quelques instants, Cruscellus pria son compagnon de l'attendre, grimpa dans l'escalier
en colimaçon d'une maison d'assez triste apparence, et redescendit bientôt en criant :

— Victoire ! victoire ! digne Curius. J'ai votre diadème,
une parure admirable de perles et de rubis entremêlés.

— Donne ! donne ! s'écria le sénateur.

Il arracha le peigne des mains de Cruscellus.

— Cela ne vous coûtera que cinquante mille sesterces. Favonius a été accommodant.

— Le prix m'importe peu, répondit Curius avec exaltation. Brave tondeur ! homme incomparable !

Le sénateur s'interrompit et se gratta l'oreille. Il savait que
l'industrie de prêteur sur gages ne répugnait pas à la conscience du barbier. Il le soupçonnait d'avoir pris à son compte
l'affaire des cinquante mille sesterces, et d'avoir gardé le
symbole dont on l'avait fait dépositaire. Curius calculait, en
conséquence, qu'avec un peu d'adresse il pourrait recouvrer
son anneau, sans se départir du peigne qu'attendait Fulvie.

— Remets-moi dans mon chemin, Cruscellus, poursuivit-il
après un instant de réflexion.

Le tondeur accompagna Curius jusqu'au temple d'Esculape. Ils se trouvaient dans un carrefour désert, sous le bois
sacré du dieu, quand tout à coup le sénateur saisit Cruscellus
à la gorge, le poussa contre une muraille, et faisant briller
un poignard à ses yeux,

— Rends-moi mon anneau, misérable ! lui dit-il.

— Je ne l'ai pas ; il est resté entre les mains de Favonius.

— Ah ! tu ne l'as pas ! La nuit est sombre et cette rue
muette. Une fois, deux fois, me rendras-tu mon symbole ?

— C'est que le buter serait capable de me tuer, balbutia
Cruscellus. Lâchez-moi donc, voici votre anneau. Vous faites
là une mauvaise action, mon sénateur, dont vous et vos amis
aurez lieu de vous repentir.

— Comment cela ?

— Oui ! car après l'abominable spoliation dont je suis victime, pas un fénérateur n'osera prêter à un patricien, à moins
que ce ne soit au Médius-Janus et par devant témoins.

Curius baissa la tête et parut s'absorber dans une méditation
profonde.

— Tu as raison, Cruscellus, reprit-il ; voici ton anneau :
je puis encore amener trois as.

En rentrant tout essoufflé chez Fulvie, le sénateur trouva sa
maîtresse en proie à un accès de fureur indicible.

— Salut à l'aimable Fulvie ! lui dit-il en s'inclinant jusqu'à
terre.

— D'où venez-vous ? demanda la courtisane.

— Que vous êtes belle ! interrompit Curius qui n'était jamais à bout d'impudence.

— Vous verra-t-on toujours hanter les tripots, les mauvais lieux, les cabarets comme un bandit des halles ? ajouta
Fulvie.

— Oh ! repartit Curius, vous serez ce soir la plus jolie, la
plus admirable des femmes qui doivent se réunir chez Sempronia.

— Je voudrais savoir quelle partie de débauche vous a
retenu si longtemps ?

— C'est Cruscellus, n'est-ce pas, qui a disposé ainsi les
trésors de votre belle chevelure ? Vénus serait jalouse de vous
si elle pouvait vous voir, surtout quand vous aurez ce diadème parmi les blondes tresses de vos cheveux.

En prononçant ces paroles, Curius tira des plis de sa toge
le peigne qu'il venait d'acheter. Glycérion l'ajusta suivant les
recommandations de Cruscellus, pendant que le sénateur bai-
sait respectueusement les mains de Fulvie.

— Vous êtes insupportable, disait la courtisane déjà très
radoucie.

— Pardonnez-moi, chère amie, poursuivit Curius ; je viens
de courir tout Rome pour trouver des rubis et des perles que
ne fissent point pâlir la blancheur de vos épaules et la fraîcheur de vos mains. Je vais m'habiller maintenant ; dans une
heure je serai chez Sempronia.

Et Curius gagnait lestement la porte quand Fulvie l'arrêtant,

— Votre litière est en bas ? lui dit-elle.

— Par la déesse d'Antium ! vous réveillez en moi une colère atroce ! s'écria le sénateur. Ma litière est chez moi.

— Et je l'aurai quand la fête de Sempronia sera finie ?

— Arrêtez, Fulvie, de grâce ! repartit Curius. Vous me
navrez le cœur. Mes Cappadociens se sont enivrés.

— Tous ?

— Tous. Ils ont défoncé mes tonneaux, et maintenant ils
dorment, les scélérats, du sommeil du crime ; que dis-je ! ils
ronflent, étendus sur le marbre de mon portique devant la
loge de mon portier.

— Ce qui signifie, reprit la courtisane, dont l'œil bleu étincelait de dépit, que vous me refusez votre litière et vos Cappadociens pour ce soir ?

— Mais non, mais non ! vous prenez mal la chose. Mes
esclaves ne peuvent plus se tenir sur leurs jambes ; je le jure
par le Styx !

— Je n'irai pas chez Sempronia, ajouta Fulvie en détachant

un de ses bracelets; mais vous, dès ce soir, beau sénateur, vous ne remettrez plus les pieds ici.

— Comment! vous me congédiez?

Fulvie ne daigna pas répondre.

— Que Jupiter m'extermine! fit Curius, si vous n'avez pas vos lecticaires avant un quart d'heure, dussé-je forcer une des boutiques du forum et enlever de chez un marchand huit Cappadociens tout endormis!

En prononçant ce serment héroïque, Curius s'élança dans l'escalier.

Il courut sans reprendre haleine jusqu'à la maison de Sergius, traversa le vestibule, culbuta les laquais qui s'opposaient à son passage, et arriva sous les portiques intérieurs du palais. Là, deux troupes d'esclaves attendaient Catilina et sa femme Orestille pour les conduire à la fête de Sempronia. Les torches des éclaireurs étaient allumées, les litières ouvertes, les désignateurs qui devaient conduire le cortége à leur poste, armés de longues cannes à pommeau d'argent.

— Où est ton maître? demanda Curius à l'un de ces officiers.

— Il s'habille, répondit ce dernier.

Le sénateur courut à la chambre de Sergius.

Il le trouva debout, lisant la Cyropédie de Xénophon, pendant qu'un esclave cubiculaire drapait autour de lui les plis de son manteau.

— Cher ami, je suis un homme perdu, irrévocablement perdu, fit Curius aussitôt que l'esclave cubiculaire de Catilina eut disparu.

— Qu'est-il donc arrivé? lui dit Sergius en roulant son manuscrit.

— Je suis allé chez Umbrénus, j'ai joué, j'ai exposé mon dernier sesterce, mon dernier bijou, mon dernier esclave, sur un coup de dé... et j'ai amené un triple as qui m'a tout raflé.

— Voilà la cause de ton désespoir?

— Hélas! poursuivit Curius, je ne puis pas conduire ce soir en litière ma bien-aimée Fulvie chez Sempronia, et Fulvie m'a congédié. Perdre une femme, faute de huit Cappadociens! De pareils malheurs ne sont réservés qu'à moi.

— Assieds-toi, reprit Catilina, et causons un instant.

— Oui, oui, causons, repartit Curius avec attendrissement.

— Il te faut pour ce soir huit Cappadociens?

— Huit Cappadociens, tu l'as dit.

— Et tiens-tu absolument à ce que tes Cappadociens soient de la Cappadoce?

— Qu'ils soient de la Cappadoce, de la Cisalpine ou du Latium, que m'importe! dit Curius, pourvu qu'ils aient une livrée décente et qu'ils sachent marcher avec ensemble en portant un fardeau.

— Il ne te répugnerait pas de confier Fulvie aux soins de ces officiers subalternes du temple de Libitine, que nous nommons vulgairement des vespillons?

— Comment! s'écria Curius ravi, tu pourrais, cher Catilina, mettre ce soir huit nécrophores aux ordres de ma maîtresse, faire porter la plus belle courtisane de Rome à une fête par les mêmes individus qui traînent les vieilles femmes mortes au champ Esquilin? Oh! quelle bonne aventure à publier si je me brouille jamais avec Fulvie! Sergius, tu es vraiment le plus serviable des amis et le plus ingénieux des patriciens. Tes nécrophores, où sont-ils?

— Tu n'as pas besoin de t'en occuper, répondit Sergius. Dans une demi-heure ils attendront Fulvie à la porte de sa maison.

Il appela un de ses esclaves.

— Va au vestiaire, lui dit-il; prends-y huit paires de bottines noires, huit tuniques bleues, huit manteaux jaunes et huit bonnets de peau de tigre. Tu enverras tout cela au tondeur Cruscellus par deux de mes coureurs avec la lettre que je te remettrai pour lui dans un instant.

Sergius s'assit devant son bureau et traça ces mots sur une tablette, en ayant soin de remplacer son nom par un signe que le barbier connaissait.

« X. Au tondeur Cruscellus. Rends-toi de suite chez Gurgès, demande-lui huit de ses nécrophores; qu'ils prennent tous la livrée que te remettront les porteurs de ce billet. Conduis-les ensuite chez Curius, où ils trouveront une litière, qui doit rester jusqu'à demain aux ordres de Fulvie. N'oublie pas, surtout, de te servir auprès de Gurgès du nom de Lélius, son futur gendre. On obtient tout de lui par ce moyen. Adieu! sois discret : c'est moi qui paieras. »

Quand il eut tracé ces quelques mots à la hâte, Catilina se pencha vers Curius, et lui dit à voix basse :

— Tu n'as plus d'argent?

— Pas un stips, répondit l'amant de Fulvie.

Sergius fit jouer un ressort caché dans la muraille et mit à découvert la serrure d'un coffre-fort. Il prit ensuite une clef d'une petitesse extrême qu'il portait toujours sur lui, ouvrit le coffre, y plongea deux fois sa main et la retira deux fois pleine de pièces d'or. Les yeux de Curius étincelaient de joie tandis que son ami jetait sans compter sur la laine blanche de sa toge cette monnaie rutilante.

— Garde-toi d'amener trois as maintenant, joueur incorrigible, lui dit en riant Catilina.

— Je cours saisir au toupet l'aveugle divinité d'Antium! s'écria Curius.

Il bondit hors de la chambre et disparut.

Nous verrons dans la suite de ce récit comment Rome fut sauvée, moins par l'éloquence de Cicéron, que par le coup du chien qui avait ravi à Curius son dernier écu, son diadème et ses Cappadociens.

II.

UNE FÊTE DE SEMPRONIA.

Au moment où Fulvie descendait la pente de Viminal, escortée par les nécrophores que lui avait procurés Curius, vingt torches ardentes illuminaient la façade extérieure de la maison de Sempronia. Le perche en était recouvert d'une draperie en forme de tente, sous laquelle les Cappadociens venaient à chaque instant s'agenouiller et déposer des litières. La voix d'un nomenclateur annonçait un nom illustre. L'heureux personnage auquel ce nom appartenait s'élançait aussitôt des coussins de sa chaise sur le seuil du vestibule et pénétrait, dispos, pimpant dans l'hôtel, sans avoir touché du bout de sa chaussure le sol de la rue.

Un appariteur conduisait les hôtes de Sempronia à travers les portiques de l'atrium jusqu'à la basilique, où ils laissaient leurs esclaves. De cette pièce ils montaient par une rampe de cinq marches jusqu'à la porte monumentale, toute de marbre vert de Caryste, qui ne livrait passage qu'aux seuls invités. Chaque fois que cette porte s'ouvrait, le bruit d'une musique délicieuse, des torrens de lumière, des émanations parfumées, passant au travers d'une gaze d'argent, réveillaient la multitude des valets, que la fumée d'une lampe fétide avait assoupis.

L'épouse de Brutus Pénus avait converti en salon un vaste jeu de paume ou sphéristérium. Un ordre d'architecture ionique, en marbre blanc de Luna, rehaussé d'or, décorait cette enceinte. Aux extrémités s'arrondissait un double hémicycle, au-dessus duquel des voûtes en abside offraient aux regards de magnifiques peintures. À l'imitation du théâtre construit dix ou douze ans auparavant par M. Scaurus, les côtés oblongs du sphéristérium étaient recouverts de glaces de Sidon, et l'on apercevait sous le verre mille dessins bizarres, arrondis en volutes, contournés en arabesques, ingénieusement combinés avec des figurines d'hommes et d'animaux. De larges divans que recouvraient des housses de Babylone, de petits sièges de fantaisie élégamment sculptés, invitaient à une double causerie. Et tout ce magique ensemble de pourpre, d'or, de marbre et de cristaux étincelans, était éclairé par deux cents statues de satyres, dont chaque couple soutenait une lampe de bronze corinthien.

Les hémicycles, qui terminaient le vaste parallélogramme que nous décrivons, étaient percés au nord de huit fenêtres, qu'un jardin séparait du forum, et au midi, du côté de la rue des Toscans, de huit portes conduisaient aux *aléatoria* ou salles de jeu. On se trouvait, en entrant dans le salon de Sempronia, vis-à-vis d'un lit circulaire, où trônait la matrone au milieu de plusieurs femmes ravissantes de beauté. Elles étaient uniformément vêtues de tuniques blanches, et portaient sur la tête des couronnes de bluets surmontées d'une étoile d'argent. Sempronia avait ajouté pour elle à ce costume un manteau de pourpre, dont une agrafe de brillans rattachait les deux extrémités sur sa poitrine. Parmi les tresses noires de ses cheveux étincelait un diadème de rubis. De petits amours, coulés en bronze par Callisthènes, soutenaient au dessus d'elle des draperies et des trophées. Des esclaves brûlaient à ses pieds les parfums les plus doux de l'Orient ; d'autres agitaient des éventails en plumes de paon. Nonchalamment couché sur des coussins d'étoffe attalique, le génie féminin de ces lieux enchantés répondait par un léger mouvement de tête ou une parole gracieuse aux salutations de la plupart de ses hôtes. Mais la matrone se levait, quittait son estrade et venait elle-même introduire les grands dignitaires de Rome, dès que son nomenclateur les annonçait. Elle en agit ainsi pour le souverain pontife Jules César ; pour Rullus, tribun du peuple, et pour le prince du sénat, Catulus, qu'une vieille amitié unissait à Catilina. Vers la quatrième heure de la nuit, une foule considérable de sénateurs, de généraux, de magistrats, de flamines, de savans et d'ambassadeurs se promenaient et causaient dans le sphéristérium. Au milieu des robes prétextes, des *lacernas* brodés, des manteaux gaulois, des chlamydes grecques de ces illustres personnages, des femmes promenaient leurs fraîches parures d'étoffes légères, de perles, de bijoux et de fleurs Il commençait à y avoir cohue dans la salle immense, où le luxe effronté d'une courtisane insultait au faste des tyrans de la molle Asie.

Un groupe d'hommes, qui se tenaient debout à l'entrée du salon, attirait surtout l'attention des hôtes de Sempronia. La plupart d'entre eux suivaient, dans leur manière de se vêtir, les lois les plus excentriques de la mode. Ils étaient couverts de tuniques à manches d'une longueur démesurée et de toges amples comme des voiles de navires, suivant l'expression pittoresque de Cicéron. Quelques-uns avaient laissé croître leur barbe, afin de se donner un air de ressemblance avec les vétérans de Sylla. Parmi ces jeunes débauchés, des vieillards se faisaient remarquer par la rondeur affectée de leurs gestes et par l'emphase de leurs paroles. C'étaient Esope et Roscius, deux histrions célèbres, dont les plus nobles patriciens recherchaient l'amitié.

Tous ces héros de la galanterie romaine portaient sur les arrivans des jugemens fort téméraires. Ils prononçaient sans appel sur la beauté des femmes et sur le goût qui avait présidé à leur toilette. Ils racontaient à haute voix les aventures scandaleuses, les intrigues, les querelles, où avaient été compromises les plus grandes illustrations du sénat. Un philosophe excita parmi eux une vive hilarité lorsqu'il vint à passer, balayant de son manteau de bure la mosaïque du pavé.

— Qu'est ceci ? dit l'un.

— Un Grécot, murmura Roscius.

— Mes chers amis, ajouta un jeune efféminé à la figure pâle, aux yeux fatigués de veilles, je gage cinq cent mille sesterces (102,294 fr. 66 c.) que personne d'entre vous ne connaît ce pythagoricien, bien que nous devions tous à son maître des sommes fabuleuses.

— Que nous ne paierons jamais, interrompit Fulvius, notre chanteur d'élégies.

— Je tiens votre pari, Salluste, fit une voix sonore au milieu du groupe.

Celui qui venait de parler appartenait à l'ordre équestre, ainsi que l'indiquait le collier d'or qui brillait autour de son cou et l'étroite bordure de pourpre de sa *trabée*. Il se nommait Célius. Doué d'une belle figure et d'un remarquable talent d'orateur, il était alors le disciple et devint plus tard l'ami intime de Cicéron.

— Dites comment s'appelle le Grécot, reprit le célèbre historien Salluste.

— C'est Alexandre, que sa science a fait surnommer Polyhistor.

— Il n'existe pas d'autre science que celle d'Epicure, murmura un nouvel interlocuteur, auquel personne encore n'avait fait attention.

Tous les regards se tournèrent vers lui. Il y avait dans sa physionomie une mobilité étrange. Tantôt, le feu du génie illuminait sa noble figure, et tantôt, par un changement subit, ses joues pâlissaient, ses yeux devenaient fixes et ses lèvres balbutiaient au hasard des phrases décousues.

Un philtre amoureux avait troublé la raison du poète Lucrèce. Mais, dans ses momens lucides, ce fou sublime composait son livre *de la Nature*, que Virgile n'a point surpassé.

Salluste avait tiré de sa tunique une tablette sur laquelle il traçait quelques mots à la hâte. Il la présenta à Célius avec un geste adorable de paresse et d'indifférence. On eût dit que les anneaux dont cet impitoyable censeur des mœurs de son siècle avait surchargé ses mains les empêchaient de se mouvoir.

— Tenez, Célius, dit-il, voici un bon de cinq cent mille sesterces que vous enverrez toucher demain chez l'intendant de Fausta.

— La femme de Milon ? demanda Célius ; la fille du dictateur ?

Salluste ne répondit à cette double question que par un signe d'affirmation tout à fait impertinent.

— Par Vénus Erycine ! s'écria un beau jeune homme aux traits fins, à l'œil bleu, seriez-vous un peu gendre de Sylla, mon cher Salluste ?

— Notre ami Catulle me paraît bien curieux, même pour un faiseur d'épigrammes, interrompit Esope.

— Le billet sera payé, répliqua Salluste avec fatuité.

— Parlons un peu d'Alexandre Polyhistor, reprit Catulle. Bien qu'il soit l'ami de Crassus, le plus riche financier du monde, c'est, dit-on, le philosophe le plus pauvre qui ait jamais existé.

— Sans en excepter Diogène ? dit Célius.

— Sans en excepter Diogène.

— Je parie le contraire.

— Votre billet sur Fausta contre pareille somme.

— Je veux bien.

— Imaginez-vous, mes amis, reprit Catulle, que Crassus est obligé, lorsqu'il emmène son pythagoricien à la campagne, de lui fournir un chapeau.

— Vous avez donc perdu, très cher, répliqua Célius. Polyhistor possède quelquefois un chapeau, tandis que le Cynique n'avait pas même une écuelle de bois.

— Oh ! détrompez-vous, détrompez-vous, repartit Catulle ; Polyhistor n'a que la jouissance du couvre-chef.

— Comment cela ?

— Au retour de la campagne Crassus le lui reprend.

— Vous vous moquez ?

— Je dis l'exacte vérité.

— Le vieil avare ! fit Célius.

— Or, Polyhistor ne portant ni bâton ni besace, poursuivit Catulle, se trouve réellement plus pauvre que Diogène, et vous avez perdu votre pari.

Célius remit de la meilleure grâce à Catulle le billet sur Fausta que Salluste lui avait donné.

Sempronia s'était approchée des jeunes gens.

— Que faites-vous là, groupés tous ensemble, leur dit-elle, tandis qu'autour de vous vingt matrones, l'élite de la ville et des provinces, cherchent à qui parler ?

— Catulle nous raconte les lésineries de Crassus, répondit l'élève de Cicéron.

— Mais vous n'en finirez pas, si vous traitez ce sujet à fond, aimable poète, repartit Sempronia. A propos, continua-t-elle, nous préparez-vous quelque chose de nouveau ?

— J'arrive de ma villa de Sirmium, dit Catulle, et j'ai remis ce matin entre les mains de mon libraire une ode à la Fidélité.

— Vous seriez plus éloquent, je crois, en célébrant l'Inconstance.

— C'est une épigramme que vous lancez à Catulle, belle

Sempronia, dit Fulvius. Prenez garde qu'il ne vous prenne à partie.

La matrone adressa un salut des plus gracieux à Fulvius, qu'elle n'avait pas encore aperçu.

Puis elle se retourna de nouveau vers Catulle.

— Aurai-je un exemplaire de votre ode? lui demanda-t-elle.

— Je vous la dédierai, répondit le poète. Il convient de mettre l'éloge de la fidélité sous les auspices d'une femme, dont les charmes doivent rendre cette vertu douce et facile à pratiquer.

En ce moment Fulvie parut dans le sphéristérium.

Un murmure général d'admiration accueillit la courtisane Fulvie à son entrée dans le salon de Sempronia. Une foule de jeunes sénateurs, d'aimables chevaliers, se rassemblèrent autour d'elle. Sans s'inquiéter de l'envieuse critique des matrones qui l'observaient, Fulvie souriait à ses adorateurs, leur donnait sans façon ses mains à baiser, parlait haut et riait aux éclats.

— Quel est l'Apollon de ces neuf muses? demanda-t-elle insolemment en tournant ses beaux yeux vers les compagnes de Sempronia.

— Ces muses n'ont pas d'Apollon, chère Fulvie, répondit la matrone, qui s'était approchée. Mais une place reste vacante au milieu d'elles, et je ne veux l'offrir à nulle autre qu'à vous.

— Je la refuse, répliqua Fulvie.

— Craindriez-vous que leur voisinage ne nuisît à l'effet que produit votre merveilleuse beauté? reprit aigrement Sempronia.

— Franchement, repartit la courtisane, je pense que la comparaison ne serait pas favorable à ces divinités de mauvais aloi. Mais le temps des saturnales n'est pas encore venu, que je sache, où vous vous êtes toutes déguisées en chastes vierges du Permesse! Vous voyez bien que je n'ai pas de costume pour jouer un rôle dans cette comédie. Par Vénus! en avertit son monde quand on se permet de ces transformations-là.

Sempronia se mordit les lèvres, et sa rivale remarquant Fulvius:

— Bonjour, petit-cousin, lui dit-elle.

— Salut à l'incomparable Fulvie, répondit le jeune homme.

— Curius est-il arrivé? poursuivit la courtisane.

— Il a rencontré notre ami et parent Nobilior, et ils doivent se livrer maintenant à coups de dés un combat terrible, qui durera tant que l'un des deux adversaires n'aura pas épuisé ses munitions.

Dans la galerie circulaire qui s'ouvrait à l'extrémité septentrionale du salon, entre l'abside et l'entablement des colonnes, un nombreux orchestre attendait, pour donner le signal de la danse, un ordre de Sempronia. Le chœur ne tarda pas à faire entendre l'air vif et brillant, dont les rapides mesures guidaient les pas des danseuses de Gadès. Les hommes s'empressent aussitôt de se choisir des partenaires, attachent aux mains des complaisantes matrones des castagnettes d'ivoire ou d'ébène, et les conduisent au milieu de l'appartement. Vingt groupes brillants de parure et de jeunesse, excités par les fanfares de l'orchestre, s'élancent ensemble et s'entremêlent, variant la grâce de leurs attitudes, se berçant du geste, du regard, du sourire; tantôt se séparant, se fuyant; tantôt courant se rejoindre sans désordre et sans confusion. C'était un merveilleux spectacle de voir tous ces cavaliers, vêtus de tuniques à palmes, nuances des couleurs les plus riches, de manteaux drapés avec un goût si fini; toutes ces femmes dont les robes flottantes dessinaient à ravir les formes souples et voluptueuses, se mouvoir en cadence, tournoyer comme un flot d'or et de pourpre, guidés par les roulements des castagnettes, par la mélodie lascive des flûtes, des trompettes et des buccins. On s'arrêtait quelquefois pour écouter chanter le hable aux accents plaintifs; puis le chœur reprenait et ranimait par de vives ritournelles les danses un instant suspendues. Orestille, Sempronia, Fulvie, Tertia, se faisaient remarquer par leur grâce et leur légèreté. Salluste, Célius, Catulle, n'obtenaient pas un moindre succès. Pendant ce temps un homme rôdait, haletant de jalou-

sie, aux abords du palais. A travers une fenêtre Rutuba avait aperçu sa maîtresse au bras de Fulvius.

Le centurion n'en doutait plus; la passion de son chanteur d'élégies pour Sempronia n'était que trop réelle. Cette passion, la matrone l'approuvait, la partageait. Elle avouait son amour pour ce jeune fou à la face du monde, tandis qu'elle cachait ses relations avec Rutuba comme une faiblesse honteuse au fond du bois sacré d'Egérie. Si le fils de Gurgès avait oublié un instant, auprès de l'épouse de Brutus, et son indigence et son origine plébéienne, que cette fête à laquelle il n'était pas convié, que ce bruit, ces lumières qui lui arrivaient au milieu des ténèbres et du silence de la nuit, lui en renouvelaient douloureusement le souvenir!

Le malheureux officier se sentait blessé à la fois et dans son amour et dans son orgueil. D'horribles pensées de vengeance troublaient sa raison. Sa haine, son courage, le poussaient avec une violence irrésistible à se précipiter dans la maison de Sempronia et à la tuer au milieu de ses convives. Peu à peu cette idée prit sur son esprit tant d'empire, qu'il s'effraya lui-même du crime qu'il allait commettre. Il s'éloigna du palais de Brutus, traversa le marché aux bœufs, descendit vers le Tibre et se promena un instant sur le bord du fleuve, respirant l'air frais du soir, qui calmait son délire et rendait moins ardente la fièvre de jalousie qui le brûlait.

Quand Rutuba se crut assez fort pour vaincre ses transports homicides, il revint sur ses pas. Il escalada la grille qui séparait du forum la demeure de sa maîtresse et s'accroupit au milieu des branches d'un figuier, de manière à ne rien perdre de ce qui se passait dans le salon de Sempronia.

Les douces causeries y avaient succédé au tumulte de la danse. On se reposait sur les lits, autour desquels une foule d'esclaves faisaient circuler des mets légers, des fruits, des gâteaux, des coupes de murrhinite pleines d'hydromel et de vins glacés ou parfumés. Le sphéristérium offrait un aspect curieux, car chacun, oubliant toute contrainte, s'était laissé guider uniquement par son inclination dans le choix de ses voisins. Torquatus avait accaparé Dyonisia, danseuse fort à la mode, au grand déplaisir de Fulvius, son mortel ennemi. César charmait à lui seul par sa conversation trois matrones des plus illustres, Mutia, femme de Pompée, Servilie, sœur utérine de Caton, et Licinia Tertulla, mariée à l'opulent Crassus. Bien que le divin Jules affectât des mœurs populaires, il n'encanaillait pas sa galanterie.

De son côté, Pompeïa, femme légitime du souverain pontife, mettait largement à profit la liberté dont on jouissait chez Sempronia. Délivrée de la surveillance de sa belle-mère, elle abandonnait sa main à Clodius, afin qu'il pût admirer de près les brillants d'un prix inestimable qu'elle portait à chacun de ses doigts. Les trois sœurs de cet amateur de bijoux ne dédaignaient pas non plus les plaisirs de la conversation. Clodia, dont le mari, Métellus Céler, passait pour un augure habile, tenait tête à elle seule à deux causeurs fort aimables, Catulle et Célius. Célius aidait cette noble dame à dissiper sa fortune, tandis que le poète la célébrait sous le nom de Lesbie. Pauvre Lesbie! après avoir été chantée par le précurseur de Virgile, par le rival de Sapho, elle fut accusée publiquement d'avoir empoisonné son mari, et finit par mettre ses faveurs à si bas prix qu'on la surnomma la Clytemnestre aux quatre deniers. Passionnez-vous donc pour les Lesbies de l'antiquité!

Dans une autre partie du salon, l'historien Salluste négociait auprès de Fausta le paiement du billet de cinq cent mille sesterces dont Catulle se trouvait possesseur.

— Cher ami, lui disait la matrone, je trouve que vous avez recours bien souvent à la caisse de mon intendant. Milon s'en apercevra.

— Je suis discret, bien-aimée Fausta, répondit Salluste. Cinq cent mille sesterces sont une bien forte somme... je le comprends.

— Oh! la chose est sans conséquence, pourvu que mon mari l'ignore.

— Vous craignez Milon? reprit l'historien.

— Pour moi, non; que peut-il me faire? Je pense qu'il

ne pousserait pas l'effronterie jusqu'à répudier la fille de Sylla, Mais vous, jeune homme, prenez garde !

— S'il me tuait, je serais heureux de mourir pour vous avoir trop aimée.

— Mais il ne vous tuerait pas, soyez-en sûr. Milon est un homme qui sait vivre. Seulement...

— Eh bien ! quoi ?

— Il vous ferait bâtonner par ses gens.

— Il n'aurait pas cette audace ? s'écria Salluste.

— Tenez-vous pour averti, ajouta la matrone.

Elle salua son amant par un léger mouvement de tête et s'éloigna.

Salluste oublia les avis de Fausta et ne tarda pas à s'en repentir. Il se laissa surprendre par Milon, fut chargé de coups d'étrivières, ainsi qu'on le lui avait prédit, et n'obtint sa liberté qu'en abandonnant une somme d'argent considérable au mari qu'il avait offensé (1).

Ainsi les invités de Sempronia mettaient à profit sa généreuse hospitalité, lorsqu'un bruit étrange retentit dans l'antichambre où leurs esclaves étaient réunis. Quelques voix rauques échangeaient des provocations et des injures. Elles se répondaient au milieu d'une bacchanale toujours croissante de cris, de blasphèmes et de rires discordans. Sempronia pria le sénateur Vargunteius d'aller s'informer des causes du tumulte. Il s'empressa d'obtempérer au désir de la matrone, et quand il eut ouvert la porte de la basilique, toute l'assemblée put entendre le dialogue suivant :

— Je vous assure, camarades, qu'il nous arrivera malheur si nous ne jetons dehors ces infâmes vespillions.

— Évohé ! répondit une voix glapissante, quelle puce t'a piqué, chien de Cappadoce ? Tu sais aboyer : voyons si tu sais mordre. Avance, avance ici !

— Que Jupiter me confonde ! si jamais je touche de mon poing ta face impure, nécrophore de malédiction, répliqua le premier interlocuteur. Ne sais-tu pas qu'on doit fuir les oiseaux de sinistre présage qui ne planent que sur les sépultures et ne s'abattent que sur les morts ?

— Au chenil ! ton collier t'étrangle, Cappadocien, repartit le vespillion. A te voir on te prendrait pour un mâtin de bonne race ; mais tu n'aurais pas même le courage de tremper ton museau dans l'écuelle d'un cureur d'égouts, ou de sauter après la tête du mouton qu'il rapporte au marché.

— Mort aux suppôts de Libitine ! reprit en chœur la foule des lecticaires.

Ils se précipitèrent sur les croque-morts. Ceux-ci se trouvèrent bientôt acculés à une muraille. L'injure et la menace pleuvaient sur eux de toutes parts.

— Je suis citoyen romain et je vous défie tous à coups de pied, à coups de poing, comme vous voudrez, troupeau d'esclaves, hurlait le même nécrophore en faisant de ses deux bras d'athlète un double moulinet.

Vargunteius écarta la multitude qui l'environnait et s'avança vers lui.

— Brave homme, lui dit-il, est-il vrai que tu appartiennes à l'administration du temple de Libitine ?

— Oui, mon sénateur, répondit le vespillion, à qui la taille herculéenne de Vargunteius en imposa, et nous sommes ici huit nécrophores que cent Cappadociens ne feraient pas reculer.

— Comment vous êtes-vous introduits chez Sempronia ?

— Nous y sommes venus par ordre du désignateur Gurgès, et nous avons porté sur nos épaules, j'en atteste Mercure, conducteur des ombres, la plus belle femme de Rome, l'incomparable Fulvie.

— C'est bien. Je prends ces hommes sous ma protection, fit Vargunteius.

Il rentra dans le salon et rendit compte à Sempronia du résultat de sa mission.

Pendant que la matrone l'écoutait parler, un sourire méchant dilatait ses lèvres, et des yeux où elle cherchait Fulvie. Couchée sur un divan, la courtisane s'entretenait avec le vieux comédien Roscius. Elle se leva dès qu'elle aperçut l'épouse de Brutus s'avancer vers elle. Il se fit un grand silence autour des deux rivales. Elles se mesurèrent du regard.

Sempronia commença l'attaque.

— Chère Fulvie, dit-elle à la maîtresse de Curius, connaissez-vous les lecticaires qui vous ont conduite ici ?

— Pourquoi cette question ? demanda Fulvie.

— Ils ont dit au sénateur Vargunteius qu'ils étaient des suppôts du temple de Libitine.

Fulvie se rappela le récit que lui avait fait Curius à propos des Cappadociens et se troubla.

— Mais je ne l'ai pas cru, ajouta la matrone. Je n'ai pas pensé que la belle Fulvie eût voulu se faire porter chez moi comme un prolétaire mort qu'on traîne aux Esquilies.

— Et quand bien même cela serait ? repartit la courtisane.

— Seriez-vous venue dans une *sandapila* (bière des pauvres)? reprit Sempronia avec un sourire de mépris.

— Que vous importe ?

— C'est que je me crois autorisée à chasser de ma maison tout nécrophore qui ose s'y introduire.

— En d'autres termes vous m'invitez à sortir d'ici.

— Je connais, poursuivit la matrone, tous les devoirs que l'hospitalité impose à ceux qui la reçoivent comme à ceux qui la donnent. J'affirme que vous avez manqué à ces devoirs en amenant des vespillions dans une assemblée, où devaient se réunir des ministres de la religion, que l'attouchement seul de pareils misérables pouvait souiller.

— Viendrait-on chez vous dans l'intention de se purifier, par hasard ? répliqua Fulvie.

Sempronia appela du geste un de ses nomenclateurs.

— Ordonne qu'on jette à la porte les lecticaires de cette femme, lui dit-elle en montrant du doigt la maîtresse de Curius.

L'esclave s'inclina et sortit.

Fulvie se dirigea vers la porte du salon.

Elle se retourna sur le seuil et reprit à haute voix :

— Sempronia, tu m'as donné ce soir une fête à la rue des Toscans : j'espère, si j'en crois ta réputation, que je pourrai te rendre quelque jour auprès des rostres une assemblée de sénateurs, de chevaliers et de tribuns du trésor (1).

— Va, malheureuse ! répondit l'épouse de Brutus, je méprise ta colère. Elle est sans valeur comme tout ce qui t'appartient. Tes lecticaires ne sont que des vespillions, les brillans de ton diadème que de la verroterie, et les couleurs de tes joues que de la céruse et du vermillon.

En disant ces mots, Sempronia balaya du bout de son éventail de plumes la joue gauche de Fulvie, qui devint horriblement pâle d'un côté, pâle de honte et de fureur, tandis que son autre joue conservait les vives couleurs dont Glycérion l'avait enluminée. Toute l'assemblée se prit à rire. La courtisane quitta le salon, résolue à venger par quelque horrible trahison l'affront sanglant qu'elle venait de recevoir.

Cependant Catilina cherchait partout Curius pour l'avertir de l'issue funeste de leur supercherie. Il se trouva enfin assis devant une table creuse, assez semblable à celle d'un tric-trac, et agitant des dés dans un cornet.

— A mon tour ! disait Curius ; c'est cinq et quatre qu'il me faut.

— Quitte le jeu de suite, murmura Sergius à son oreille.

— Que je quitte le jeu ! fit le sénateur en se cramponnant à la table ; je veux que je lâche prise quand je tiens la fortune aux cheveux ?

— Les nécrophores de Fulvie l'ont gravement compromise ; elle est sortie du salon ; il s'agit de l'apaiser.

Curius lança les dés sur la table ; ses paupières, ses lèvres tremblaient pendant qu'il regardait bondir et tourner sur eux-mêmes les morceaux d'ivoire, arbitres de sa destinée.

— Cinq et quatre ! s'écria-t-il tout à coup en joignant les mains. O fortune ! aimable divinité d'Antium ! tu me combles de tes faveurs.

_____

(1) Cette aventure a donné lieu à une épigramme célèbre de Martial.

(1) Ces trois corporations fournissaient alors des juges aux tribunaux criminels.

Il se jeta sur un monceau d'or, et en remplit ses poches.
Puis, fascinant son adversaire du regard,

— Nobilior, reprit-il, je vous fais cinquante mille sesterces. A bientôt les affaires sérieuses. Par Hercule! il sera
temps demain d'apaiser Fulvie.

La colère de la courtisane devait être féconde en tristes
événemens.

Sempronia préparait à ses invités un exercice choréogra-
phique qui devait terminer dignement sa fête. Des esclaves
avaient placé à l'extrémité du sphéristérium une chèvre en
carton parfaitement imitée. L'orchestre fit entendre le vieux
chant des Lupercales. La foule à ce signal, poussée comme
par un choc électrique, s'éparpilla dans la salle et ne tarda
pas à former, après quelques instans de confusion, deux cercles parallèles, dont les femmes occupaient le plus concen-
trique. Sempronia, remplissant le rôle de sacrificateur, frappa
la chèvre, qui représentait la victime du dieu Pan. Aussitôt
le chœur des hommes tourna sur lui-même en cadence et
chacun des figurans reçut de la matrone, en passant devant
elle, une lanière de cuir argenté. Quand ils en furent tous
armés, Sempronia toucha au front le coryphée de ces faux
Luperques de la pointe de son couteau. Il se prit à rire de toute
la force de ses poumons. On attaqua en chœur l'hymne barbare du Dieu des pasteurs, et les deux troupes, hommes et
femmes, commencèrent à se mouvoir en sens opposé. Alors
une musique d'une incroyable puissance, large, accentuée,
vibrante, dans laquelle se confondaient les sons de tous les
instrumens connus, résonna sous la voûte et roula les danseurs dans un torrent d'harmonie. On eût dit que l'art avait
dompté le tonnerre, et le forçait de combiner ses éclats en
modulations sonores, en trilles capricieux, en accords fou-
droyans. Un orgue d'eau avait été disposé par Sempronia
dans les combles de sa maison, et la main savante d'un
artiste athénien le manœuvrait. La danse, imitée des cérémonies saintes instituées jadis par Evandre et négligées depuis
Sylla, devint bientôt une bacchanale effrénée. Elle tournoya
sur elle-même avec une rapidité toujours croissante. Les
Luperques agitèrent leurs fouets et en frappèrent à coups redoublés les vénérables matrones qui partageaient leur folie.
Les provocations, les quolibets, les éclats de rire s'échangeaient entre eux comme un feu roulant. Il semblait que le
salon de Sempronia se fût peuplé tout à coup de prêtres et de
sibylles, agités par la fureur du leur dieu.

Et déjà la fatigue gagnait ces hommes haletans, ces femmes échevelées, quand un infernal accompagnement de coups
de marteaux, dont les timbres divers s'accordaient en tierce,
en quinte et en double octave, vint se joindre au bruit de
l'orgue et porta à ses limites les plus extrêmes, chez les
hôtes de Sempronia, l'exaltation du plaisir. On avait mis en
jeu l'instrument bizarre inventé par Pythagore, et reconstruit
au siècle dernier par le savant Kirkker. Le rhythme de la Lu-
percale devint de plus en plus rapide, l'ivresse des danseurs
de plus en plus folle. Ils rompirent leurs rangs. Les femmes
couraient à travers le salon, où s'entre-choquaient les mille
voix du dehors, et le fouet des Luperques les poursuivait
sans relâche. La danse, en un un mot, allait dégénérer en
orgie, quand Sempronia la fit cesser en imposant silence à
ses musiciens.

Ses esclaves poussèrent aussitôt jusqu'au milieu du sphéristérium des buffets chargés de vaisselle d'or et d'argent,
de vases admirablement ciselés, de coupes de murrhinite et
de lapis-lazuli, dont l'azur était parsemé de pyrites étincelantes. Ce fut en ce moment que les invités de Sempronia
purent apprécier tous les charmes de son hospitalité, lorsque
après le violent exercice auquel ils s'étaient livrés, ils sa-
vourèrent à l'aise les viandes succulentes et les vins généreux que la matrone leur offrait. Le repas achevé, elle se promena autour du salon suivie d'une troupe de jeunes Gaulois,
qui portaient dans des corbeilles divers objets d'art et de toilette. Un petit nain bossu présentait aux convives une urne
d'albâtre, d'où chacun tirait un numéro. Sempronia donnait
à ses hôtes avec une politesse exquise les divers lots qui leur
étaient échus. On applaudissait quand l'objet gagné était un
bijou de prix, ou qu'il rappelait par son usage les qualités

aimables de la personne qui l'avait obtenu. On riait au contraire franchement et sans arrière-pensée, lorsqu'un général,
malheureux dans ses guerres, avait une quenouille en partage, ou que le sort attribuait à un mari trompé l'oiseau-sym-
bole de ses infortunes conjugales. Cette loterie terminée,
les invités se retirèrent peu à peu. Les lumières du sphéristérium s'éteignirent l'une après l'autre, et il n'y eut plus que
de l'ombre et du silence dans cette maison, où tant d'incons-
tantes passions et de joies étourdies s'étaient agitées.

Les matrones qui avaient pris part à la fête regagnèrent
leurs logis. Mais leurs cavaliers ne les accompagnèrent point.
Ils s'étaient réunis dans la cour d'honneur de Sempronia, et,
divisés par groupes, ils cherchaient les moyens de terminer
dignement cette nuit consacrée tout entière au plaisir. César,
Fulvius, Catulle, Nobilior, Célius, sortirent ensemble. Couronnés de fleurs, à demi pris de vin, ils traversaient le forum,
et Lélius, un moment attardé, s'empressait de les rejoindre,
quand un individu le saisit au manteau.

Il se retourna et se trouva face à face avec le fils de Gurgès.

— Vous sortez de chez Sempronia? lui dit l'officier.

— Oui, cher ami, répondit Lélius. Votre maîtresse est une
femme adorable; elle nous a donné une soirée charmante, où
nous nous sommes fort amusés.

— En effet, j'ai vu Sempronia sourire à tous les débauchés
de Rome, à cette foule de héros en tuniques peintes, qui,
s'ils se ressemblent pas aux vétérans de Sylla par le cœur,
leur ressemblent au moins par la barbe.

— Vous assistiez à la fête de Sempronia ?

— Non, ma naissance ne permet point qu'on m'admette en
si noble assemblée. Tandis qu'on parodiait chez Junius Brutus les cérémonies des Lupercales, j'étais seul, accroupi dans
les ténèbres comme un malfaiteur, et je regardais, en vous
maudissant, s'agiter cette bruyante orgie.

— Vous me maudissiez, dites-vous ?

— Le jour où j'ai rencontré Sempronia dans votre maison
d'Alta-Sémita a été pour moi un jour bien funeste, poursuivit
Rutuba.

— Allons donc! répliqua le scribe; vous avez au contraire
gagné ce jour-là l'affection d'une personne admirablement
belle, infiniment aimable. L'ordre équestre tout entier vous
porterait envie s'il connaissait votre bonheur.

— Lélius, reprit le fils de Gurgès, j'ai conçu pour Sempronia une de ces passions inquiètes, fatales, qui ne donnent ni
courage dans la souffrance, ni repos dans le plaisir.

— Mais une semblable passion est une sottise, cher ami.

— Oui, la sottise d'un cheval blessé qui donne du poi-
trail sur l'épieu qui le tue.

— Vous m'effrayez, Rutuba !

— Pensez-vous maintenant que j'aie raison de regarder
comme néfaste le jour où j'ai vu Sempronia pour la première
fois ?

— Sans mentir, je ne connais pas de femme au monde qui
mérite d'être aimée de la façon que vous dites.

— Je vous crois sans peine. Aussi ai-je résolu de tenter
un effort suprême pour recouvrer l'indépendance de ma raison. Je voudrais d'abord percer le mystère dont Sempronia
couvre ses galanteries. Connaissez-vous l'individu qui, ce
soir, avant la danse, lui attachait des castagnettes aux mains ?

— Un jeune homme blond, d'une figure assez agréable.

— Précisément, murmura le fils de Gurgès d'une voix
sourde, un jeune homme blond et d'une figure assez agréable.

— C'est Fulvius.

— Et ce Fulvius est l'amant....

Rutuba ne put achever.

— L'amant de Sempronia, le rival qu'elle vous préfère en
un mot? poursuivit Lélius, qui semblait prendre à tâche de
torturer le centurion. C'est cela que vous me demandez?

— Oui.

— Je ne le pense pas, répliqua le scribe. Fulvius est un
homme sans conséquence. S'il était aimé de toutes les femmes qu'il adore, ce ne suffirait pas.

— Malheur, malheur à lui ! si je le rencontre encore entre
Sempronia et moi, ajouta l'officier.

— Ecoutez, Rutuba, reprit Lélius, vos confidences m'ont

ému profondément. Ne précipitez pas votre vengeance. Vous commettriez peut-être un crime inutile. Observons plutôt ensemble la conduite de votre maîtresse. J'ai de fréquens rapports avec elle, et je suis assez clairvoyant pour que ces ruses ne m'en imposent pas.

— Si vous découvrez quelque chose vous m'avertirez ?

— Comptez sur moi. Il faut que je vous quitte. J'ai près d'ici des amis qui m'attendent. Au revoir !

Lélius se hâta de rejoindre César et sa suite, qui approchaient de la voie Sacrée.

III.

CANIDIA LA MAGICIENNE.

La sixième heure de la nuit (minuit) était passée, et le sommeil n'avait pas encore fermé les paupières de Daphné. D'amères pensées la préoccupaient. Elle n'avait plus revu Lélius depuis que le remords, la honte, l'avaient empêchée de se rendre de nouveau à la rue de Mamurius. Pourquoi le scribe de son côté ne venait-il plus chez Gurgès ? Ne savait-il pas que sa malheureuse fiancée avait besoin d'être consolée, rassurée sur l'avenir ? Ses protestations d'amour n'étaient-elles donc que mensonge ? N'avait-il pas à sa victime tant d'affection, ne lui avait-il pas promis tant de bonheur que pour mieux la tromper ? Pauvre fille ! qu'elle était jeune encore pour connaître les tourmens, les angoisses d'une maîtresse délaissée ; pour parcourir en quelques jours toute la distance qui sépare l'être qu'on adore à genoux, afin d'en obtenir un regard, de celui qui repousse avec dédain, parce qu'il s'est livré sans défiance et sans calcul !

Puis un souvenir à la fois doux et cruel, fécond en riantes images et en regrets déchirans, obsédait l'âme de Daphné. Oui, Prosper qu'elle avait repoussé, Prosper qu'elle avait trahi, entraînée par une hallucination fatale de sa vanité ; Prosper si beau, si jeune, c'était lui, lui seul qu'elle aimait véritablement. Oh ! comment avait-elle pu un instant préférer Lélius, cet homme au cœur vieilli, aux passions capricieuses, à la parole sceptique, dont le rire saccadé n'était qu'une effrayante expression d'ironie ; comment avait-elle pu le préférer à son ami d'enfance, dont chacune de ses pensées avait un écho, chacun de ses désirs une espérance, dont l'amour était comme un parfum ? Mais en apprenant à connaître le jeune orfèvre, elle l'avait irrévocablement perdu. Elle s'était rivé au col une lourde chaîne, et, nonobstant ses regrets, il fallait qu'elle appartînt à Lélius, puisqu'il tenait le dernier anneau de cette chaîne dans ses mains.

Ce silence, cette immobilité de l'insomnie, qui rend si vif le sentiment de la souffrance, lui devenait insupportable. Elle se leva. Sa chambre, placée dans le retrait d'un contre-fort qui soutenait la coupole du temple de Libitine, dominait tous les édifices du voisinage. Daphné ouvrit sa fenêtre pour respirer l'air frais de la nuit, et pour distraire ses préoccupations en regardant le ciel parsemé d'étoiles, en promenant sur l'horizon ses yeux fatigués de veilles et de pleurs. La lune brillait de tout son éclat. Pas un nuage, si léger qu'il pût être, ne voyageait dans le bleu clair et profond du firmament. Les temples, les tours, les vastes groupes de maisons de la ville éternelle, étagés sur sept collines, formaient une masse confuse, grise, coupée de larges ombres, au milieu de laquelle scintillaient çà et là des feux argentés. Au nord s'élevait le mont Sacré, où le peuple chercha jadis un refuge contre les persécutions de l'aristocratie ; à l'occident le Janicule, qui recouvre les cendres de Numa ; le mont Albane se dessinait au midi, tout baigné de lueurs phosphorescentes, et portant en couronne le temple de Jupiter, protecteur du Latium.

Daphné éprouvait je ne sais quel bonheur ineffable à contempler le magnifique spectacle qui se déployait devant elle. Son âme s'élevait peu à peu vers ce Dieu inconnu, supérieur à tous les dieux du paganisme, qui attire toute créature vers

lui par les liens invisibles de la foi, de l'espérance et de l'amour ; qui nous donna des passions, non pour notre perte, mais pour notre bonheur. Sa bonté, sa puissance infinies se révélaient à elle, malgré les préjugés dont son enfance avait été nourrie. Non, les pieuses réflexions qu'il lui inspirait ne venaient ni de l'Olympe inventé par l'imagination des poëtes, ni du Destin, cette loi inexorable que rien ne peut fléchir. Il lui promettait le pardon de ses fautes, la réhabilitation de sa triste jeunesse un instant abusée. Ses sens se calmaient, le sang coulait moins brûlant dans ses veines. Sa poitrine se dilatait à respirer la fraîche brise qui lui venait des Apennins.

Mais l'infortunée jeune fille, après s'être un moment élancée vers les régions éternelles, retomba bientôt sous le poids de ses inquiétudes et de ses désespérantes superstitions.

Vis-à-vis d'elle, à l'extrémité d'une plate-forme, elle aperçut la chambre de son frère. Les fenêtres en étaient ouvertes. Il n'était pas rentré. Elle se demanda où il passait ses jours et la moitié de ses nuits, depuis qu'il ne venait plus s'asseoir à la table de la famille ; quelle mystérieuse intrigue poussait ainsi hors de ses habitudes cette existence auparavant si régulière, si paisible, qui jusque-là s'était abdiquée généreusement au profit d'une sœur bien-aimée ? Il fallait qu'un démon, ennemi des hommes, eût troublé le repos de la maison de Gurgès ; eût soufflé des passions inquiètes, réveillé d'égoïstes intérêts sous ce toit protecteur, où Daphné avait passé sa jeunesse auprès d'une mère chérie et d'un frère plein de tendresse et de dévouement !

La jeune fille se laissa dominer par cette idée fatale qu'un mauvais génie poursuivait sa famille. Elle avait lu au ciel le nom d'un être suprême, dont la providence guide ses créatures au bien par des voies inconnues ; elle n'y vit plus alors que le dogme effrayant de la nécessité, inscrit sur ce livre immuable en caractères de feu. Le monde lui apparut comme un espace sans bornes, au milieu duquel l'homme, atome imperceptible, est perdu. Les astres règlent sa destinée, pensa-t-elle, et il l'accomplit sans laisser ici-bas aucune trace de ses douleurs ou de ses plaisirs. Qu'est-ce, après tout, qu'une femme, pleurant dans un coin de terre ignoré, pour que les dieux s'en occupent ? Leur soleil est-il moins brillant parce qu'elle souffre, leur olympe moins tranquille, leur ambroisie moins délicieuse ? Ainsi raisonnait Daphné, lorsqu'elle aperçut une lumière, au dessus d'elle, au milieu d'une sépulture abandonnée.

Aux rayons vacillans que projetait cette lumière, deux têtes de femmes pâles, hideuses, se dessinaient dans l'ombre. Leurs cheveux blonds flottaient en désordre. Leur corps se perdait dans les plis de leurs vêtemens noirs. Elles s'avançaient comme deux spectres en murmurant des paroles magiques. Enfin elles s'arrêtèrent, déposèrent leurs lampes devant elles, et, s'étant agenouillées, elles commencèrent à creuser la terre de leurs ongles crochus. C'étaient deux magiciennes, venues là pour faire leurs enchantemens. Daphné le comprit, et aussitôt le désir, si naturel à l'homme, de soulever le voile qui lui cachait l'avenir, s'alluma dans son cœur.

Elle eût craint, cependant, d'aller interroger les deux furies, qui continuaient à fouiller une tombe dans le vieux champ des Esquilies. Mais n'existait-il pas au grand cirque, au Vélabre, des Chaldéens, des mages, des tireuses de bonne aventure, célèbres dans toute l'Italie, et qu'elle pouvait consulter sans péril ? L'heure ordinaire à laquelle ils rendaient leurs oracles n'était pas encore passée. D'affreux pressentimens, d'incessantes terreurs agitaient depuis huit jours la fille de Gurgès. Le courage, l'espérance, ses amis, son frère, tout lui manquait à la fois. Elle résolut d'en finir cette nuit-là même avec ses doutes. Elle ferma sa fenêtre, se vêtit à la hâte d'une robe d'étoffe brune, jeta un manteau sur ses épaules, en ramena le capuchon sur sa tête, parcourut d'un pas léger la galerie qui la séparait de l'appartement de son père, le traversa, et se trouva bientôt dans la rue...

Dans la rue déserte, seule, sans défenseur, sans guide, à une demi-lieue du but de sa course ! Elle eut peur d'abord. Elle hésita à poursuivre sa marche. Mais sa curiosité maladive était irrésistible. Elle commença donc à descendre la pente du mont Esquilin, laissa à sa gauche Subure, les Carènes et la fontaine appelée Méta-Sudans, et arriva sur la voie Sacrée, non loin du temple de Vulcain.

Là elle s'arrêta. Deux troupes d'hommes s'avançaient dans des directions opposées. L'une, bruyante et probablement composée de patriciens en débauche, venait du forum, et avait dépassé la statue de Vénus-Cloacine ; l'autre parcourait à pas mesurés l'étroite rue qui séparait du Volcanale le temple de Romulus et de Rémus. Celle-ci appartenait à la police de Rome. Elle comptait huit licteurs, armés de faisceaux, qu'un triumvir capital commandait. Les rixes n'étaient pas rares entre les agens de la force publique et les jeunes gens de l'aristocratie, qui s'amusaient, au retour de leurs fêtes, à troubler le repos des honnêtes citoyens. Daphné craignit de se trouver prise au milieu d'une mêlée sanglante. Elle se cacha sous la quadruple arcade d'un janus voisin, et observa ce qui allait se passer.

Le premier groupe approchait de la fille de Gurgès. Déjà elle pouvait distinguer les tuniques à longues manches, les manteaux de riche étoffe dont cette société d'élite était revêtue. Des colliers brillaient au cou de ces prodigues, des bracelets à leurs bras. Leurs mains étaient chargées d'anneaux dont les pierres lançaient dans l'ombre des scintillemens de feu. Deux d'entre eux, plus importans sans doute que les autres par leur naissance et leurs dignités, les précédaient de quelques pas et s'entretenaient à voix basse. Chose étrange ! il sembla à Daphné que le geste et la démarche de l'un de ces personnages ne lui étaient pas étrangers. Elle retint sa respiration ; elle concentra sur lui toute son attention. Il passa sous les degrés même du janus qui l'abritait, et alors qui reconnut-elle ?... Lélius.

Le triumvir capital n'était plus qu'à une courte distance. Cet officier fit halte au milieu de la voie Sacrée, mit ses licteurs en ligne, se plaça devant eux, et s'adressant aux compagnons de Lélius.

— Arrêtez, citoyens ! dit-il. Quel est votre nom, et où allez-vous à pareille heure ?

Tout le sang de Daphné refluait vers son cœur. Le renseignement que demandait le triumvir allait lui dévoiler peut-être le mystère qu'elle voulait percer.

Mais son attente fut vaine. Le personnage avec lequel causait Lélius répondit à l'interpellation du triumvir d'une voix claire et sonore :

— Ami, laisse passer le souverain pontife, C. Julius César.

A ce nom vénéré, les licteurs ouvrirent leurs rangs, abaissèrent leurs faisceaux, et le cortège de César entra en effet dans le palais splendide que l'État fournissait au chef du pontificat romain.

La raison de Daphné l'abandonna ; elle s'appuya à un pilastre du janus, laissa retomber sa belle tête sur sa poitrine, et, se tordant les mains de désespoir, elle murmura :

— Lélius, tu m'as trompée, tu m'as perdue!

Sa première émotion passée, la fille de Gurgès avança timidement la tête hors de l'arcade cintrée du janus. La voie Sacrée était redevenue complètement déserte, et pourtant ces mots, si simples en apparence, en réalité si terribles pour Daphné : « Ami, laisse passer le souverain pontife, C. Julius César, » résonnaient encore à son oreille. Lélius familier de César! Lélius, respecté à l'égal du souverain pontife par la troupe élégante qui les suivait causant gravement avec lui, acceptant les honneurs que leur avait rendus le triumvir avec l'aisance dédaigneuse d'un dictateur ou d'un consul ! Quel était donc cet homme ? Pouvait-on raisonnablement espérer qu'il élèverait la fille d'un nécrophore jusqu'à lui ? Oh ! Daphné aurait dû reconnaître en lui les façons hautaines, à l'audace, presque insultante, avec laquelle il avait profité de son égarement.

N'était-il pas cependant l'ami de Rutuba, de Gurgès ? N'avait-il point sollicité de ce dernier la main de sa maîtresse ? Ne s'était-il pas joint au désignateur pour exploiter à deux une entreprise commerciale, qu'un homme de race patricienne eût dû mépriser ? Daphné voulait espérer encore, même

contre toute espérance. Elle pensa aux habitudes populaires de César, à son affabilité envers les citoyens de la plus basse extraction. En envisageant les choses à ce point de vue, il n'était pas surprenant que Lélius connût le père commun de tous les plébéiens de Rome. Peut-être même le divin Jules avait-il besoin du scribe pour l'expédition de quelque affaire. Un employé du trésor pouvait rendre service à tant de monde ! On est si prompt à adopter toute erreur qui flatte et qui console ! Daphné ne voulut pas croire aux preuves à peu près irrécusables, que le hasard lui avait procurées, de la perfidie de Lélius. Elle quitta sa retraite et se dirigea vers le grand cirque pour consulter les oracles des sibylles et des Chaldéens.

Ce soir-là l'orfèvre Callisthènes avait soupé en nombreuse compagnie chez son confrère Pisistrate, dans la maison qu'habitait ce dernier près du Tibre, sous la colline appelée Mont-Testacens. Prosper accompagnait son maître. La soirée devait se prolonger bien avant dans la nuit, car on parlait beaux-arts, littérature ; on évoquait dans cette réunion de grammairiens, d'artistes, et de philosophes, presque tous originaires d'Athènes, les souvenirs de la patrie. A la septième heure de la nuit, Prosper se retira sans avertir personne. Chassé par un inconnu de sa famille d'adoption, à jamais séparé de son amie d'enfance, l'apprenti était tombé dans un état de marasme effrayant. Il s'était dégoûté de tout dans ce monde où il ne vivait auparavant que par l'amour. Que lui importaient le talent, la gloire et les chefs-d'œuvre des grands maîtres, et l'art de reproduire sur l'or, sur le bronze ou sur le marbre des formes plus ou moins pures, à lui qui avait perdu sans retour l'être charmant dont la pensée inspirait son travail, et qui devait un jour partager ses succès? L'étude où l'on s'instruit à vivre, le repos où l'on s'écoute penser, lui étaient devenus également insupportables. A l'activité de son esprit avait succédé je ne sais quelle funeste impatience qui lui faisait trouver tous les plaisirs insipides et tous les hommes ennuyeux. En quittant la maison de Pisistrate, il prit le chemin du Vélabre et atteignit bientôt le grand cirque, dont l'aspect merveilleux l'eût dans toute autre circonstance pénétré d'admiration.

La lune éclairait le côté méridional de l'immense édifice construit par Tarquin l'Ancien. Les lueurs mystérieuses de l'astre bien-aimé de Diane donnaient aux portiques, aux galeries, aux colonnades, superposées en étages gigantesques, aux lourdes méniennes qui les décoraient, un caractère de grandeur et de magnificence imposant. L'homme comprenait son néant devant cette masse immobile implantée dans les entrailles de la terre par une race de géans. Les cavernes profondes, creusées dans les vastes flancs du colosse, étaient pleines de ténèbres et de sourds mugissemens. La clarté blanchissante qui enveloppait ses vastes contours empruntait de chauds reflets d'or au vernis safrané que les âges y avaient déposé. Les galeries à jour, dont se composait sa couronne de pierre, se découpaient sur l'azur foncé du ciel. Quand on pensait aux générations que ce monument avait vues naître et mourir, aux révolutions qui avaient fait trembler sous lui la terre sans pouvoir l'ébranler, on comprenait qu'il avait été bâti par les fils des Pélages, ces Titans toujours actifs et toujours proscrits, dont on rencontre partout les constructions impérissables et dont l'histoire ne se trouve nulle part.

En passant près de la ménienne, ou tour carrée la plus occidentale du cirque, Prosper voulut s'y appuyer et se sentit heurté avec une force contre laquelle il ne chercha pas à lutter. Une femme, à demi vêtue d'une tunique en loques, l'entraîna sous une des voûtes profondes qui aboutissaient aux prisons. Là, un spectacle étrange s'offrit aux regards de l'apprenti.

Sur l'imposte en saillie, où la courbure de la voûte venait s'appuyer, brillait une lampe enfermée dans une tête de mort. Aux lueurs funèbres que répandait cet appareil singulier d'éclairage, on apercevait sur une table un carton circulaire, contenant les douze signes du zodiaque inscrits dans douze compartimens. Sept autres petits cartons, de même forme que le premier, se mouvaient au-dessus de lui autour du même axe. Ils portaient les noms des sept planètes, et leurs combinaisons pouvaient représenter les divers aspects d ciel. Un volume crasseux, déroulé près des cartons, portait ces mots en titre : *Ephémérides*, ou *Calculs astronomiques de Pétosiris, Égyptien*. Tels étaient à cette époque les instrumens nécessaires à l'exercice de l'astrologie, instrumens que les devins arabes nous ont de reste conservés.

Mais la sibylle qui rendait ses oracles dans cet antre pratiquait sans doute d'autres méthodes non moins sûres de connaître l'avenir ; car sa table était encombrée d'osselets et de planchettes en sapin, de figures de cire propres à opérer des envoûtemens, de fioles où macéraient diverses plantes vénéneuses, telles que la morelle, nommée en style d'empoisonneur *halicacabon*. On voyait briller au fond de la caverne les yeux ronds et fulgurans d'un hibou.

— Que me veux-tu, sorcière infernale ? dit à la magicienne Prosper épouvanté.

Autant qu'il pouvait en juger, eu égard à l'obscurité de la voûte, cette femme était encore jeune et avait dû être d'une remarquable beauté. Mais ses regards étaient effarés, ses traits hâves, ses joues saillantes. De profondes rides sillonnaient son front ; la faim ou la débauche avait déchaussé ses dents.

— Tu demandes ce que je veux, beau blondin ? répondit-elle à l'orfévre ; n'as-tu pas une maîtresse ?

— Non, répliqua brusquement l'apprenti.

— A ton âge et avec ta figure ! oh ! tu mens, j'en suis persuadée, repartit la magicienne. Je puis te dire si elle est fidèle. Voyons, combien as-tu d'argent ?

En disant cela, elle se disposait à vider effrontément les poches de Prosper. Mais un bruit léger se fit entendre sous le portique ; elle se pencha hors de la caverne, et courant aussitôt vers l'apprenti,

— Cache-toi, cache-toi, reprit-elle, et pas un mot !

Elle poussa Prosper dans l'enfoncement de la voûte. Le hibou, dont il troublait la solitude, laissa échapper un cri plaintif.

Dès que Prosper eut disparu, une jeune fille se montra sous le cintre de l'arcade.

— Approchez, ma petite patricienne, lui dit la sorcière en tâchant d'adoucir sa voix cassée. Que cette tête de mort ne vous effraie point : c'est une lampe comme une autre. Vous voulez me consulter ?

— Oui, *saga* (femme inspirée), répondit timidement la fille de Gurgès.

La sorcière ramena en arrière le capuchon qui cachait la figure de Daphné et ne put retenir un mouvement de surprise en la voyant si jeune et si jolie.

— Allons, qu'avez-vous à me demander, belle vestale ? continua-t-elle. Vous aimez quelqu'un, n'est-ce pas ?

La jeune fille, intimidée, ne répondit pas.

— Et ce quelqu'un vous a séduite ? reprit la magicienne ; et ce quelqu'un vous a délaissée ? Par Tisiphone ! l'aventure n'est pas nouvelle ; ces choses-là arrivent à tout le monde. Et moi aussi, j'aimais un homme. Je quittai mes parens pour le suivre. Nous vécûmes heureux pendant six mois, et puis...

La sorcière hésita, distraite un instant par un souvenir cruel.

— Et puis, ajouta-t-elle en ricanant, j'appris un jour qu'il avait suivi Pompée en Asie.

— Que vous avez dû souffrir ! interrompit naïvement Daphné.

— Oh ! oui, oui, j'ai bien souffert, va, repartit la magicienne. Je l'ai attendu longtemps, je l'ai pleuré plus longtemps encore ; enfin...

— Que vous est-il arrivé ? demanda la jeune fille.

— Ah ! par Vénus-Cloacine ! j'étais sans abri, sans pain, sans protecteur, sans famille... Mais pourquoi m'en demander davantage ? ne vois-tu pas ce qu'il m'est arrivé ?

— Malheureuse saga ! s'écria Daphné, que le récit de la sorcière avait touchée. Mais il faut espérer enco e ; il reviendra.

Un éclat de rire guttural et saccadé de la magicienne réveilla les échos des portiques.

— Ah ! ah ! ah ! dit-elle, il reviendra ! Tu crois cela, toi, jeune fille ? Allons donc ! est-ce que les hommes reviennent

lorsqu'une fois ils vous ont abandonnée ? D'ailleurs, poursuivit la sorcière en hochant la tête, quand bien même il reviendrait, reconnaîtrait-il sa belle Flora dans Canidia la tireuse de sorts, dans Canidia la courtisane, dans Canidia...

L'horrible femme baissa la voix ; un sourire féroce crispa ses lèvres.

— Dans Canidia qu'on dit être empoisonneuse ! murmura-t-elle. Cependant je n'ai empoisonné personne, je te le jure ! Ce sont de méchantes langues, celles qui m'ont accusée d'un pareil crime.

Daphné pâlit d'effroi.

— Mais tu n'es pas venue ici pour apprendre mon histoire, reprit Canidia. Que veux-tu savoir de moi ?

— Une personne s'est présentée chez mon père et m'a demandée en mariage, répondit la fiancée de Lélius. Cet homme ne nous a-t-il pas trompés sur sa fortune et sur sa profession ?

— Que prétend-il être ? demanda la sorcière.

— Publicain.

— Et quelle raison as-tu de soupçonner sa sincérité ?

— Je l'ai rencontré donnant le bras au souverain pontife, C. Julius César.

Canidia ramassa les planchettes de sapin éparpillées sur sa table et les jeta dans une urne qu'elle présenta à la fille de Gurgès.

Daphné, ayant tiré une des planchettes, la passa à la magicienne.

— Donne-moi un denier maintenant, si tu veux que l'oracle parle, dit Canidia.

La jeune fille mit une pièce d'argent dans la main crochue de la saga.

— Guerre et trahison ! reprit cette dernière. Tu as tiré deux épées en sautoir dont l'une est brisée. Ton fiancé t'a menti.

— Qu'est-il donc ? demanda Daphné tremblante.

Canidia lui ordonna de procéder à un nouveau tirage, et lorsqu'elle eut regardé la seconde planchette qu'avait amenée la fille de Gurgès,

— Vois cette sirène accroupie, dit-elle, dont la tête porte une couronne. Elle t'apprend que l'homme dont tu parles est patricien. A ton âge, vois-tu, petite on choisit des patriciens Mais plus tard, on choisit... le premier venu, ajouta la sibylle avec son affreux ricanement.

— Et m'épousera-t-il ?

— Allons donc ! le patricien n'épouse jamais, répondit la saga.

Daphné se couvrit la figure de ses mains et se prit à pleurer amèrement.

Canidia s'approcha d'elle.

— Veux-tu un conseil, maintenant ? ajouta la mégère. Reste avec moi. Tu es jeune, tu es belle ; je t'aiderai de mon expérience, et nous rendrons aux hommes le mal qu'ils nous ont fait. Tu as aimé celui qui t'a perdue : je t'apprendrai à ruiner tous ceux qui t'aimeront.

Tout à coup des pas précipités résonnèrent au fond de la caverne. Un homme s'élança sur la magicienne, la saisit aux épaules à l'improviste et l'envoya rouler sans mouvement sur les dalles du portique. Puis, soulevant Daphné, il l'emporta en courant jusqu'au temple de Vesta.

— Au secours ! à l'assassin ! hurlait Canidia étendue sur le pavé.

Deux brigands au visage féroce, à la chevelure inculte, dont on apercevait les membres trapus à travers les haillons qui les couvraient, se montrèrent comme deux cyclopes à l'angle d'une arcade voisine. Ils plongèrent leurs regards effarés dans les profondeurs de la rue, et la voyant déserte, ils s'élancèrent sur la trace des fugitifs.

Ils traversèrent le marché aux bœufs et la voie des Toscans. Prosper et sa fiancée avaient gagné déjà la curie hostilienne. Par bonheur le forum, au milieu duquel ils se trouvaient, n'était désert à aucune heure de la nuit. Les compagnons de la magicienne n'osant poursuivre les fugitifs jusque-là, revinrent au grand cirque sans les avoir atteints.

Les jeunes gens s'arrêtèrent dès qu'ils se crurent hors de

danger. Ils demeuraient sans voix l'un auprès de l'autre. Ce fut Daphné qui rompit le silence.

— Vous m'avez sauvée, Prosper, dit-elle encore pâle d'effroi.

— Je remercie les dieux de m'avoir envoyé dans l'antre de cette mégère pour vous en arracher, répondit l'ouvrier.

— Vous êtes bon, répliqua Daphné.

Des larmes brillaient dans ses yeux.

— Oubliez-moi maintenant, poursuivit-elle; oubliez ce que vous avez vu, ce que vous avez entendu ce soir.

— Vous oublier! dit douloureusement Prosper. Croyez-vous que cela me soit possible? Non! non! jamais votre souvenir ne s'effacera de mon cœur. Nous avons partagé si longtemps le même amour, les mêmes espérances de bonheur!

— Ce bonheur est désormais impossible. La volonté des dieux nous a séparés.

— Oui, la volonté des dieux et... votre orgueil. Est-il donc vrai, ajouta l'orfèvre, que vous apparteniez à cet infâme Lélius?

Et il se détourna pour pleurer.

S'il eût pu lire dans l'âme de Daphné, il y eût trouvé plus de souffrances, plus d'angoisses que lui-même n'en ressentait. Mais la jeune fille renferma courageusement ses sentiments en elle-même. La femme est plus forte contre sa douleur que l'homme n'est brave en face du danger.

— Savez-vous, Prosper, reprit-elle, que vous venez de m'adresser une insulte qu'une femme ne pardonne pas?

— Me trompé-je en vous accusant?

— Que vous importe ma conduite après tout, puisque les liens qui nous unissaient sont à jamais brisés?

— Que m'importe votre conduite! s'écria l'orfèvre hors de lui. Vous osez le demander... quand j'ai entendu l'horrible Canidia vous dire : « Cet homme t'a séduite ; il t'a délaissée, » et que je vous ai vue baisser les yeux sans lui répondre! Daphné séduite par Lélius! Daphné méprisée, repoussée par ce monstre!... Mais ce soupçon me rend fou ; cette pensée me tue.

— Séparons-nous, interrompit la jeune fille.

— Sans que vous m'ayez adressé un mot qui me console, un mot qui vous justifie?

— Je ne veux pas m'abaisser jusqu'à repousser vos injures. La jalousie sans doute a troublé votre raison.

— Oh! je vous en conjure par la mémoire de votre mère, ajouta l'apprenti, dites-moi, avant de me quitter, que vous êtes encore, que vous serez toujours la noble fille que j'ai si longtemps aimée, le lys blanc qu'on n'ose toucher de peur de le briser.

Daphné sentait défaillir son courage en écoutant les paroles de l'orfèvre. Elle ne put s'empêcher d'appuyer sa main tremblante sur celle de son ami d'enfance, et la lui serrant deux fois,

— Adieu, adieu, Prosper, dit-elle. Soyez heureux!

— Sans vous, il n'est plus de bonheur pour moi, murmura le jeune homme.

— Soumettons-nous à la loi du destin, contre lequel aucune puissance ne peut lutter.

Et la fille de Gurgès gagna rapidement la voie Sacrée.

Prosper, immobile à sa place, la regardait s'éloigner. Mais quand elle se retourna à l'angle du Volcanale comme pour dire un dernier adieu à son fiancé, il courut à elle, et marchant à ses côtés,

— Daphné, reprit-il, tu souffres, je le vois, je le sais. L'homme que tu m'as préféré t'abandonne. Eh bien ! souviens-toi qu'un ami te reste, et que cet ami ne refusera jamais d'unir son existence à la tienne, que tu aies ou non besoin d'être pardonnée.

— Puissante Junon ! que je suis coupable, que je suis malheureuse ! murmura la fille de Gurgès.

Elle s'arracha de nouveau aux cruelles émotions de cette entrevue, et suivit toute pensive le chemin des Esquilies.

Si elle eût regardé derrière elle en regagnant sa demeure, elle eût aperçu l'orfèvre l'accompagner pas à pas à quelque distance. Prosper ne rentra chez Callisthènes qu'après avoir vu la porte de la maison des Libitinaires se refermer sur la jeune et belle victime de Lélius.

La fête de Sempronia était finie depuis une heure. A son retour au Palatin, Catilina trouva une lettre sur le guéridon de sa chambre à coucher; il l'ouvrit et lut ces mots qu'on lui adressait de Tibur :

« Q. Elius Tubéro salue L. Sergius Catilina.

» Vous n'avez pas oublié qu'il y a un an, lorsque vous sollicitiez le consulat pour la première fois, je vous prêtai cinq cent mille sesterces (cent deux mille francs) pour subvenir aux frais de votre candidature. Cette somme, pour laquelle vous aviez engagé votre villa de Putéoli, devait m'être payée aux ides suivantes, ainsi que cela se pratique ordinairement. Après l'issue malheureuse des comices, je consentis, vu le dérangement de vos affaires, à ne point poursuivre contre vous avec trop de rigueur le remboursement de ma créance. J'apprends aujourd'hui que vous faites d'incroyables dépenses pour soutenir votre nouvelle brigue contre Silanus, Sulpitius et Muréna. Vous répandez, m'a-t-on dit, l'argent à pleines mains dans Rome, tandis que vous ne songez point à vous acquitter envers moi. Cependant votre dette est échue depuis les dernières calendes, et l'argent a tellement augmenté de valeur, grâce à l'approche des comices, qu'il se prête maintenant à l'usure quarternaire, tandis qu'on s'en procure moyennant la centésime (1) et d'autres temps. J'ai donc résolu, afin d'obvier aux pertes que m'occasionnerait votre négligence, d'exiger le paiement de mes cinq cent mille sesterces, capital et intérêts, par tous les moyens possibles. Ne soyez pas étonné si je sollicite du préteur une proscription immédiate de vos terres de Campanie.

« La veille des nones d'octobre (6 octobre), — Tibur. »

Cette lecture achevée, Sergius jeta les tablettes de son créancier loin de lui, et se mit à parcourir sa chambre avec exaspération.

C'est que les réclamations de Tubéro n'étaient qu'un signe avant-coureur de sa ruine prochaine. L'immense fortune qu'il avait acquise au temps du dictateur, les trésors qu'il avait rapportés d'Afrique étaient dissipés. Trois procès soutenus coup sur coup devant les tribunaux criminels, une conspiration avortée et une candidature malheureuse, c'était plus qu'il n'en fallait pour appauvrir même un préteur concussionnaire, même un ancien satellite de Sylla. Ses terres, ses villas, sa maison du Palatin, Sergius avait tout engagé, soit pour corrompre ses juges, soit pour donner leur pâture à ces monstres insatiables, aux mille têtes toujours avides, qu'on nommait les centuries. Il lui fallait pourtant mener de front deux intrigues subordonnées l'une à l'autre, et dont l'or était le plus indispensable mobile, sa nouvelle brigue et sa conjuration. Son crédit était épuisé. Les caisses des usuriers s'étaient fermées irrévocablement pour lui. La source qui lui versait des flots d'or depuis son retour d'Afrique venait de se tarir. Il fallait qu'aux ides de novembre il soldât, en abandonnant ses biens, le compte de ses crimes, de ses complots et de ses débauches, à moins qu'une violente commotion politique ne le sauvât.

Tubéro, en présentant une requête contre lui au préteur urbain, devait nécessairement hâter la catastrophe qui le menaçait.

Après un instant de réflexion, Sergius s'assit devant son bureau, prit une feuille de papyrus et y traça ces lignes avec une rapidité convulsive :

« L. Sergius Catilina à Elius Tubéro, salut.

» Une assemblée de mes amis les plus riches et les plus influens doit avoir lieu le 4 des ides de novembre (12 octobre) vers la cinquième heure de la nuit, chez D. Junius Brutus Pénus. Je vous prie de vous y rendre et d'apporter vos titres. L'intervention de ces nobles personnages facilitera peut-être entre nous un arrangement amiable, qui ne blesse ni vos intérêts ni les miens. »

Puis Catilina se dirigea vers son lit.

_____

(1) A quarante-huit pour cent et à douze pour cent.

— Je ne puis te payer avec de l'or, Tubéro, murmura-t-il. Je m'acquitterai envers toi par le fer. Ton compte sera réglé par le centurion Rutuba.

Il s'enveloppa d'un de ces larges manteaux que les Romains appelaient *stragula vestis*, et se coucha.

IV.

PRÊTRE, MAGISTRAT ET FINANCIER.

Le soleil s'abaissait vers le mont Janicule. La chaleur intolérable, qui suspendait tout mouvement dans Rome depuis la sixième jusqu'à la neuvième heure du jour, commençait à se dissiper. Ranimée par la fraîche brise des Apennins, la cité commençait à reprendre une nouvelle vie. Patriciens, plébéiens, coquettes, prudes matrones, vieillards et jeunes gens quittaient leurs maisons et se dirigeaient vers le champ de Mars, afin de s'y livrer soit à des exercices guerriers, soit au plaisir de la conversation. Chacun laissait ses préoccupations, ses inquiétudes, car le moment de se récréer était venu, et jamais le peuple ne sut mieux que celui de Rome renvoyer les affaires sérieuses au lendemain.

Un grave personnage descendait à la voie Sacrée par la rue de Scaurus. Il était vêtu d'une demi tunique de laine blanche et d'un manteau de pourpre dont les bords étaient découpés en festons. Ses bottines noires étaient rattachées par une boucle en forme de croissant. Douze licteurs, armés de faisceaux, marchaient devant lui. Les cavaliers sautaient à bas de leurs montures, les piétons, quelle que fût leur dignité, s'arrêtaient et s'inclinaient, lorsqu'ils entendaient ses licteurs annoncer à haute voix :

— Rangez-vous de côté, citoyens ; voici le consul Marc-Antoine Hybrida !

Il existait, il faut l'avouer, peu d'hommes aussi corrompus, aussi dépourvus de tout sens moral que le magistrat auquel on rendait ces honneurs. Il avait causé dans Rome, au temps de Sylla, un scandale inouï en conduisant lui-même un char dans le cirque. Les censeurs Lentulus et Gellius l'avaient chassé du sénat à cause de ses mœurs infâmes, de ses rapines et de ses prodigalités. Il avait osé, durant les comices qui l'élurent préteur, constituer gardiens des votes deux bandits de la lie du peuple, Sabidius et Panthéra. Il s'éprit ensuite de la petite-fille d'un carrier, l'acheta à son père et l'emmena dans sa maison, où il l'entretint publiquement.

Il s'était uni à Catilina, l'année précédente, tandis qu'ils sollicitaient ensemble le consulat, pour faire échouer la candidature de Cicéron. L'orateur avait dirigé contre ses deux adversaires une violente philippique, malgré laquelle Antoine lui avait été donné pour collègue. Forcé de partager avec cet homme les attributions du pouvoir exécutif, Cicéron s'était attaché à lui faire oublier leurs anciennes querelles. Mais Antoine, sans repousser les avances de son confrère, continuait de suivre la ligne de conduite qu'il s'était tracée depuis longtemps. Comme toujours il se vendait au plus offrant. A conditions égales, il préférait à l'amitié d'un honnête homme l'alliance d'un coquin.

A peine cachait-il sa prédilection pour Catilina.

Ce magistrat entrait dans la voie Sacrée lorsqu'il vit un citoyen, environné d'une suite nombreuse de cliens et d'esclaves, se diriger vers la demeure de César. Dès qu'il eut reconnu M. Licinius Crassus, Antoine quitta ses licteurs et s'avança vers le financier. Crassus lui épargna la moitié du chemin. Les deux patriciens se saluèrent avec une apparente cordialité.

— Je suis heureux de vous rencontrer, Crassus, dit le consul. N'allez-vous point rendre visite à César ?

— Oui, répondit Crassus.

— Me permettrez-vous de vous accompagner chez notre illustre prêtre ?

— Volontiers.

— Mais je vous préviens que vous ne pourrez l'entretenir ce soir qu'en ma présence. Je veux l'emmener au champ de Mars.

— Entrons, reprit Crassus.

Ils traversèrent ensemble la cour extérieure de Régia, et pénétrèrent dans la maison du souverain pontife, dont l'entrée était constamment libre pour tous les Romains, sans distinction.

Un nomenclateur leur fit traverser les portiques du palais, tandis qu'un autre esclave courait annoncer au père de famille que d'illustres visiteurs demandaient à lui parler.

Dans une bibliothèque spacieuse, César travaillait seul depuis le matin. L'appartement, construit en forme de tente, recevait le jour d'en haut par quatre fenêtres circulaires, percées dans les pendentifs de la voûte. De vastes armoires en bois de cèdre étaient rangées le long des murailles et contenaient un nombre infini de volumes dont on apercevait les ombilics dorés à travers un vitrail en corne. Dans les intervalles qui séparaient les armoires les unes des autres s'élevaient les statues des grands hommes qu'avaient produits la Grèce, l'Asie-Mineure et l'Italie. Assis devant une table, le souverain pontife achevait de couvrir de caractères microscopiques une longue feuille de parchemin. Son glaive était placé près de lui. Souvent il quittait sa plume de roseau, noircie d'encre, pour consulter, soit le droit civil papirien, soit la loi des douze tables, soit un des ouvrages des jurisconsultes Coruncanius et Mutius Scœvola. Le travail qu'il rédigeait avec tant de soin portait ces mots en titre :

C. IVLII. CÆSARIS.
PONT. MAX.
PRÆT. VRB.
EDICTVM. P. P. P.
AD. ANNVM. VRB. COND.
DCLXXXXII.

Ce qui signifie :

Edit perpétuel de Caïus Julius César, grand pontife et préteur urbain, pour l'an de Rome 692.

Tout préteur, avant de prendre possession de sa charge, devait définir et publier les principes de jurisprudence qu'il suivrait pendant son administration. Les prédécesseurs de César avaient presque toujours confié aux décemvirs et aux centumvirs la rédaction de leur *édit perpétuel*. Ils n'eussent point osé dicter des lois à la vieille expérience des juges inamovibles que la république leur donnait pour assesseurs. Mais aucune science n'était trop ardue pour le génie du divin Jules ; aucun travail n'effrayait sa courageuse ambition. Cet homme infatigable, qui brilla plus tard au premier rang parmi les généraux, les orateurs, les astronomes et les historiens, dont la politique savante effrayait l'oligarchie et tenait en échec la puissance du sénat, près de gérer la préture, voulait en remplir tous les devoirs sans en abdiquer en aucune façon les droits. Toute justice en matière civile allait émaner de lui pendant un an : il entendait formuler et promulguer son code sans le secours de personne, fallût-il pour cela fouiller dans les innombrables volumes et déchiffrer les milliers de paragraphes qu'avaient griffonnés les jurisconsultes romains.

Deux esclaves cubiculaires en armes gardaient les portes de la bibliothèque où le savant pontife travaillait.

A peine eut-il appris que Marc-Antoine et Crassus sollicitaient l'honneur d'être admis en sa présence, qu'il se leva, rajusta sa tunique, ramena vers son front les rares cheveux qu'une calvitie précoce avait épargnés, et avertit son esclave d'un geste et d'un mot qu'il était prêt à recevoir ses nobles visiteurs.

Ceux-ci ne tardèrent pas à se montrer sur le seuil de l'appartement.

Alors César se leva. Une douce sérénité illuminait son visage. Il s'inclina devant ses hôtes et leur serra la main en disant :

— Soyez le bienvenu, mon cher consul. — Je vous salue, Crassus. Excusez, je vous prie, le sans-gêne de mon hospitalité. Vous m'avez surpris au milieu de mes livres ; mais nous pourrons causer ici plus librement que partout ailleurs.

Et tandis que Marc-Antoine et son compagnon répondaient de leur mieux aux compliments de César, le souverain pontife faisait asseoir Crassus auprès de lui, et présentait un fauteuil au collègue de Cicéron.

— Vous travaillez sans cesse, studieux pontife, dit Crassus. On ne vous trouve jamais inoccupé.

— Si l'ambition des honneurs est la première vertu de tout homme bien né, répondit le futur dictateur, le travail est aussi la plus indispensable de ses obligations.

— Au moins, profiterez-vous cette année des vacances du sénat? demanda Marc-Antoine.

— Je ne quitterai point Rome.

— Comment! poursuivit Crassus, vous n'irez pas même goûter vos huitres du lac Lucrin, prendre possession de votre maison de Baïa, de vos bois de l'Averne, de toutes ces propriétés vraiment royales qui sont l'apanage du grand pontificat?

— J'ai été désigné préteur, répliqua le divin Jules, et je dois me préparer à en remplir les fonctions. Il me reste à peine quelques semaines pour achever mon édit perpétuel. Quand le sénat aura repris ses travaux, d'importantes affaires surviendront peut-être, et mon temps ne m'appartiendra plus.

— C'est vous qui rédigez votre édit? reprit Marc-Antoine.

César, sans répondre au consul, lui montra la feuille de parchemin, longue de douze pieds (trois mètres et demi), que devaient consulter bientôt comme un oracle tous les plaideurs et les avocats romains.

Ses hôtes examinèrent avec admiration cette œuvre consciencieusement élaborée.

— César, dit le financier Crassus, je vous croyais astronome, liturgiste savant, orateur, habile publiciste, mais je pensais que les arcanes du droit vous étaient inconnus.

— Il ne manque plus à la gloire de notre grand pontife que l'éclat des conquêtes, ajouta Marc-Antoine.

— Vous vous trompez, répliqua César. Il est un art que je ne soupçonne pas et que je n'apprendrai jamais.

— Lequel? demanda Crassus.

— Le vôtre. Je n'ai jamais su, je ne sais pas et je ne saurai jamais comment on amasse des écus.

— Mais vous savez comment on les dépense utilement, et c'est un talent plus rare que l'autre, répondit Crassus.

— Je suis venu pour vous arracher à vos occupations, Jules, reprit Marc-Antoine.

— Pourquoi cela?

— Varguntéius a provoqué Sergius et Leeca à une partie de balle trigonale. Il veut prendre sa revanche du souper qu'il a dernièrement perdu. L'enjeu de chaque adversaire est de quarante mille sesterces. Le perdant nous donnera ce soir une collation dans laquelle quatre-vingt mille sesterces seront dépensés.

— Par Hercule! dit César, voilà une partie bien engagée.

— Toute l'aristocratie de Rome y assistera, poursuivit Antoine. On y pariera des sommes énormes.

— Quelle folie! interrompit Crassus.

— Très cher, il n'est rien qui ressemble plus à un fou qu'un sage. Voyez plutôt Caton. — Il est donc bien entendu, ajouta Marc-Antoine, que César descendra avec moi au champ de Mars, que nous assisterons au triomphe probable de Sergius et qu'après nous être baignés aux thermes de la villa Publica, nous irons prendre notre part du souper que le plus maladroit des trois joueurs aura perdu.

— Mais je n'ai pas reçu d'invitation, fit observer César.

— Etes-vous donc un génie si brillant que vous ne puissiez pour un instant devenir une ombre? demanda le consul.

— Je consentirais volontiers à vous accompagner à ce titre, cher Antoine, si je n'attendais moi-même quelques amis à souper. Je ne comprends pas, du reste, comment Sergius Catilina peut s'occuper de jeux et de fêtes à la veille des élections qui vont décider sans appel s'il deviendra ou non consul.

— Pourquoi sans appel? dit Marc-Antoine.

— Le croyez-vous assez riche pour subvenir aux frais d'une troisième candidature?

— Bah! interrompit Crassus avec l'impertinence dédaigneuse d'un financier qui parle d'un failli, dans un mois, si sa brigue échoue, on publiera ses biens.

— Catilina, heureusement, a de nombreux amis, très ca-

pables de soutenir son élection, répliqua le consul. Je ne conseille pas à nos Septemvirs de renouveler contre lui leurs intrigues de l'an passé.

— Ah! fit Crassus. Comment l'entendez-vous?

— Sergius est homme de cœur, et il est moins facile de lever en Italie une armée de soldats qu'une armée de mécontens.

César et Crassus se turent : il leur semblait qu'Antoine était mieux disposé envers Catilina qu'il ne voulait le paraître, et qu'avant de manifester ses véritables intentions, il cherchait à pressentir celles de ses interlocuteurs.

Le souverain pontife jugea utile de l'encourager à la franchise.

— Sergius est un administrateur habile, un soldat excellent, dit-il. L'oligarchie commet une injustice en s'obstinant à combattre son élection.

— Les tyrans du sénat sont ombrageux parce qu'ils se sentent faibles, répondit Marc-Antoine. Ils ont peur qu'une main trop vigoureuse ne puisse faire mouvoir, sans les briser, les ressorts usés de leur gouvernement. Qu'en pensez-vous, Crassus?

— Je suis parfaitement de votre avis. J'ai quitté les conseils de ces hommes, repartit le financier.

Marc-Antoine reprit aussitôt :

— Si Catilina tentait d'opérer une révolution, pourrait-il compter sur la coopération de César et sur l'appui de Crassus?

Le financier lança sur son allié un regard d'une expression douteuse que le divin Jules feignit de ne point apercevoir.

— Par Vénus-Génitrice! répliqua le souverain pontife, ceci ressemble presque à une proposition.

— Supposez que c'en soit une, et répondez.

César, directement interpellé, franchit à reculons deux fois autant d'espace qu'il en avait parcouru pour venir provoquer Marc-Antoine à une indiscrétion.

— Je n'appartiens plus à aucun parti, dit-il. Je suis grand pontife et préteur de Rome désigné ; je dois à mes concitoyens l'exemple de la soumission aux lois.

Cette réponse, qui révélait une astuce de prêtre, renforcée d'une rouerie de diplomate, amena un sourire sur les lèvres de Crassus.

— Ne voyez-vous pas, Antoine, interrompit-il, que le peuple a fait une part si belle à César dans les pouvoirs de l'Etat qu'il ne lui est plus permis de conspirer?

— D'ailleurs, ajouta César, qui excellait dans l'art de la raillerie, je pourrais, en troublant la république, mettre en danger la fortune de mon cher Crassus. Les maisons se louent mal en temps de révolution ; les médecins et les philosophes ne se vendent plus ; les terres ne rapportent rien ; le poivre, le gingembre, les parfums et les étoffes de l'Orient n'arrivent que difficilement à Ostie. Par égard pour vous, Crassus, je veux être désormais le plus paisible des Romains.

Marc-Antoine, un peu désappointé, voulut mettre à bout de feintes la tortueuse politique de César.

— Ainsi ni l'un ni l'autre d'entre vous, poursuivit-il, ne voudriez aider Catilina à renverser la faction oligarchique. Mais supposons qu'il entreprit seul d'accomplir une révolution, et qu'il réussit, l'approuveriez-vous?

— Alors comme aujourd'hui je me soumettrais au gouvernement établi, repartit César.

— Et vous, Crassus?

— J'imiterais le souverain pontife.

— Très bien, ah! très bien parlé! répliqua Marc-Antoine. C'est-à-dire que César et Crassus veulent rester puissans et riches sous tous les gouvernemens. Adieu, chers amis. Je viens d'apprendre comment on profite des guerres civiles sans en affronter les périls. Je cours de ce pas au champ de Mars et au souper qui m'attend.

Tandis que le consul descendait l'escalier de Régia, le souvenir des premières conjurations de Catilina, dont on accusait César et Crassus d'avoir été complices, se représenta à son esprit.

— Par Hercule, auteur de ma race! pensa-t-il, je n'aurais jamais cru qu'une différence aussi grande existât entre l'année

688 et l'année 691, entre une maison de Subure et un palais de la voie Sacrée, entre César simple édile et César souverain pontife et préteur de Rome désigné.

A peine le consul se fut-il retiré, que Crassus dit à César en se rapprochant de lui :

— C'était bien réellement un traité d'alliance avec Sergius qu'Antoine voulait négocier auprès de nous.

— Je ne lui ai laissé que le regret de s'être inutilement compromis, répondit César.

— Catilina va donc nous donner bientôt le spectacle d'une conjuration nouvelle.

— Je ne le perds point de vue depuis trois ans. C'est une hydre qui a enveloppé la république de ses replis, et qui maintenant rassemble ses forces pour l'étouffer et en faire sa proie.

— Ses complots auront-ils du retentissement? demanda Crassus.

— L'explosion en sera terrible. La guerre civile peut s'allumer à la fois en Afrique, en Cisalpine et dans les provinces de l'Italie.

— Et quel rôle jouerons-nous, cher Jules, pendant cette effrayante commotion?

— Sergius est trop prudent pour oser jamais rien contre nous tant que nous serons unis. Restons neutres entre lui et ses adversaires. S'il réussit, nous le soutiendrons.

— Et s'il succombe?

— Ah! s'il succombe, dit César, par Quirinus!...

— On le sacrifiera, c'est là votre idée?

Le souverain pontife d'une main distraite caressait une belle couleuvre familière, qui enroulait autour de son bras gauche ses anneaux aux reflets d'or, d'émeraude et de saphir. Il reprit :

— Je vous ai mandé auprès de moi, Crassus, pour vous communiquer certaines idées dont la réalisation résoudrait d'un seul coup toutes les complications de la politique actuelle. Oubliez un instant vos préjugés, vos haines, et prêtez-moi une sérieuse attention.

— Parlez, répondit le financier.

— Jurez-moi que mes confidences, dans le cas où je n'aurais pas le bonheur de vous persuader, ne passeront pas le seuil de cet appartement.

— Je le jure.

César poursuivit après une pause :

— Les institutions de Sylla ont fait leur temps. Les tribuns ont recouvré leurs prérogatives, l'ordre équestre est rentré dans l'enceinte des tribunaux, la censure est rétablie : quiconque voudrait soutenir la constitution du dictateur serait infailliblement écrasé.

— Que concluez-vous de là?

— Qu'il faut aux Romains de nouveaux maîtres.

— Bien d'autres le pensent comme vous, mais ils se gardent bien de l'avouer.

— J'ai médité sérieusement sur les destinées de la patrie, ajouta César. Toute société qui s'est courbée sous le joug d'un despote sans le briser en se redressant, n'est plus faite pour la liberté.

Crassus écoutait sans mot dire.

— L'univers, d'ailleurs, continua le souverain pontife, ne se gouverne pas comme une ville, comme une province. Pour agir d'un bout du monde à l'autre, il faut qu'un pouvoir ait au centre une force d'impulsion considérable. Or, la première condition de la force, c'est l'unité.

— Ainsi, d'après vous, l'histoire de la république romaine toucherait à sa fin? repartit Crassus.

— Telle est ma conviction. Examinons maintenant d'où peut surgir une autorité capable de dominer toutes les factions. Catilina, Autrone et Sylla réussiront-ils à établir dans Rome le règne de la terreur?

— La terreur est un moyen dont Marius et son rival ont abusé.

— Croyez-vous possible un triumvirat qui se composerait de Cicéron, de Catulus et de Caton?

— D'un avocat, d'un philosophe, et d'un amateur de murènes! dit Crassus en haussant les épaules. Par Hercule!

quels singuliers tyrans les Romains se choisiraient là..

— Hé bien! poursuivit le pontife, le règne de la popularité, de la fortune et de la gloire militaire est arrivé.

— Et la popularité, c'est...

— Moi, repartit César.

— La fortune?

— Vous.

— Et la gloire militaire?

— Pompée.

Crassus tressaillit, comme s'il eût senti l'acier d'un poignard s'appuyer sur sa poitrine.

— Prétendez-vous faire de moi l'allié de notre prince arabe? (1) s'écria-t-il.

— Pourquoi pas?

— César, répliqua le financier, vous êtes libre de mettre vos talens et votre influence au service d'autrui. Quant à moi, j'ai vaincu Télésinus au profit de Sylla, Spartacus au profit de Pompée. Il est temps que je songe à mes propres intérêts.

— Vous adopterez mes plans quand vous les aurez examinés mûrement, reprit César. Ils sont une déduction logique des principes les plus élémentaires de la science du gouvernement. Le sénat cherche à nous mettre aux prises, Pompée, vous et moi, afin de nous détruire les uns par les autres.

— Je le sais.

— Réunissons-nous, et nous serons invincibles. Nous seuls pouvons renverser le conseil des Sept; nous seuls pouvons donner aux Romains de la liberté sans licence et de l'ordre sans tyrannie.

— Au moins réfléchirai-je avant de prendre une détermination pareille, dit Crassus. Par Vénus Génitrice! vous êtes un homme prévoyant, mon cher César. Vous avez mis déjà, ce me semble, la moitié de votre projet à exécution.

— Comment cela?

— Ne vous êtes vous pas attribué une large part dans les affections de Mutia? Vraiment, je n'aurais pas cru que la femme de Pompée dût être comprise dans notre traité.

A ces mots, César fut saisi d'une violente envie de rire. La réflexion de son ami lui parut d'autant plus originale, que si Mutia lui voulait du bien, Tertulla, femme de Crassus, ne lui voulait pas trop de mal.

— Que nous importent ces minces détails de la vie privée, reprit-il, à nous que la Providence appelle à régir les destinées de la patrie?

— Pompée envisagera-t-il la question d'un point de vue aussi élevé? dit Crassus.

— Vous avez toujours eu de notre moderne Alexandre l'idée la plus mesquine. Comment! vous le jugez assez maladroit pour se brouiller avec moi par jalousie! Mais il répudiera Mutia, très cher, et il épousera Julie, ma fille. C'est simple comme un théorème d'Euclide.

Crassus ayant pris congé du souverain pontife, celui-ci appela un de ses esclaves cubiculaires, passa dans sa chambre à coucher et se fit revêtir de sa toge. Un quart d'heure après, une litière fermée le déposa au mont Aventin, dans une petite maison écartée, où la belle Tertulla, l'épouse même de Licinius Crassus, l'accueillit avec tous les honneurs dus à son rang.

Marc-Antoine trouva bientôt l'occasion de se créer avec César une politique à deux fins, et la mit à profit avec une rare intelligence. Voici de quelle façon :

Un décret récent du sénat avait attribué les provinces de Cisalpine et de Macédoine aux deux consuls de cette année. Antoine avait obtenu la première par la voie du sort. Ce gouvernement, qui occupait de l'ouest à l'est toute la largeur de l'Italie septentrionale (2), avait une grande valeur stratégique en ce qu'il reliait la Toscane et le Picénum, pays alors très agités, aux contrées belliqueuses des Allobroges (Dauphiné, Genève et Savoie), des Helvétiens (Suisse) et des Rhétiens

(1) Pompée avait vaincu Arétas, roi de l'Arabie Pétrée. Ses ennemis, pour se moquer de ce triomphe inutile, l'avaient surnommé le prince arabe.

(2) Il comprenait le Piémont, la Lombardie, les duchés de Parme et de Modène, et les délégations de Bologne, Ravennes, Forli et Urbino.

(Tyrol). De là une armée de rebelles eût présenté un front de bataille inexpugnable, disposé par échelons dans les gorges et sur les hauteurs des Apennins, en conservant en arrière de ses lignes de puissans auxiliaires et des moyens de retraite assurés.

Par bonheur, la Cisalpine était pauvre. Préteurs et proconsuls dévastaient depuis tant d'années ses fertiles campagnes, que les derniers venus étaient forcés de se restreindre à glaner là où tant d'autres avaient recueilli d'abondantes moissons. La Macédoine, au contraire, que bornaient au nord des peuples indomptés, où s'étaient accumulés d'immenses trésors pendant la domination de ses rois, offrait à un général de la fortune et de la gloire à conquérir. Cette riche proie était échue en partage à Cicéron, qui offrit à son collègue de la lui abandonner, s'il voulait rester neutre entre l'oligarchie et Catilina.

Marc-Antoine jugea que le moment était venu d'imiter l'exemple de César. Bien que la possession de la Cisalpine fût pour lui d'une importance capitale, il accepta les offres de Cicéron, et promit de subordonner sa politique celle du généreux orateur. Afin qu'on ne doutât point de sa sincérité, il se laissa imposer Sextius pour questeur, pour lieutenant Pétréius, deux officiers bien connus pour leur attachement aux institutions aristocratiques. Ces formalités remplies, le sénat ratifia l'échange que les deux consuls faisaient de leurs gouvernemens, et l'ordre fut expédié au tribun militaire Aulanus, qui représentait Marc-Antoine en Cisalpine, de quitter cette province au plus tôt.

A dater de ce jour, Antoine dut se restreindre à faire pour Catilina des vœux impuissans. Il devint, quoique bien à regret, un instrument à peu près docile entre les mains de Cicéron.

V.

TRAHISON.

Le jour qui suivit la fête de Sempronia, grâce aux caprices de la fortune, le sénateur Curius ne possédait plus un as, mais en revanche jamais il n'avait aimé davantage son incomparable Fulvie.

— Je suis un lâche, un misérable, dit-il en s'éveillant vers le milieu du jour. J'ai mérité d'attirer sur moi toutes les vengeances de l'enfer. Ma bourse est vide, mon crédit ruiné, et Fulvie, Fulvie, que j'ai livrée hier aux risées de la foule, est justement irritée contre moi. O femme adorée! maudis-moi, accable-moi de mépris, d'injures; je suis indigne de pitié.

Cet acte fervent de repentir achevé, Curius appela son esclave cubiculaire, le seul qui lui restât, et se fit habiller. Il s'assit ensuite sur un fauteuil et se mit à siffler un air entre ses dents.

Il s'interrompit bientôt.

— Stichus! dit-il.

— Me voici, maître, répondit son esclave

— Va me chercher à déjeuner.

Stichus était un jeune homme originaire du pays des Allobroges, aux joues fraîches, aux lèvres roses, à l'œil mutin, qui portait son manteau court avec beaucoup de grâce, et savait se donner tous les airs impertinent d'un laquais de bonne maison.

Quoiqu'il eût entendu parfaitement l'ordre de son maître, il restait debout devant lui, les bras pendans et le regard fixé à terre.

— N'as-tu pas compris que je veux déjeuner? reprit Curius.

— Je le sais, répliqua Stichus, et les dieux me sont témoins que j'aurais bien du plaisir à mettre devant vous un cruchon de lesbos. Mais, hélas!....

— Quoi?

— Il n'y a plus de vin dans la cave.

— Est-ce que cela me regarde?

— Il n'y a plus de pain à la boulangerie.

— Achètes-en.

— Oui, mais quand on achète il faut payer.

Stichus tendit la main.

— Imbécile! fit Curius, où as-tu appris les belles maximes que tu prêches? Tu es le plus sot des êtres que la nature ait gratifiés d'un masque humain. Acheter du pain en payant! voyez le beau secret! Mais tout le monde en use ainsi, triple sot!

— Je ne suis pas plus savant qu'un autre, moi, repartit Stichus.

— Et voilà ton tort, malheureux, répliqua le sénateur C'est en évitant les sentiers battus qu'on marche à l'immortalité.

— Maître, ajouta Stichus avec bonhomie, je me suis exercé longtemps chez vous à tout prendre à crédit. Je croyais qu'on se formait à ce métier-là comme à tout autre, qu'il devenait facile à force d'usage. Cependant, plus je vais et plus j'ai de peine à y réussir. A quoi cela tient-il?

— Tu m'ennuies, répondit Curius.

Il appuya ses deux coudes sur ses genoux, laissa retomber sa tête dans ses mains, et parut se livrer à de profondes réflexions. Tout à coup il se leva et se frappa le front avec enthousiasme :

— Une idée! une idée! s'écria-t-il. Il me vient une idée. Donne-moi mon manteau, Stichus.

Stichus apporta le manteau du sénateur.

— Embrassons-nous, lui dit Curius avec attendrissement.

Stichus, stupéfait, attendit l'accolade de son maître.

— Dans une heure tu ne m'appartiendras plus, continua Curius.

— Vous voulez vous défaire de moi? demanda l'esclave.

— Pauvre enfant! je vais te jouer à tête ou vaisseau.

— Oh! vous n'en aurez pas le courage.

— La cruelle faim m'y oblige. Je le regrette cependant... Voyons, réfléchis encore... Peux-tu me trouver à déjeuner?

— Non, repartit douloureusement le jeune homme.

— Et si tu tombes à un autre maître; poursuivit le sénateur de plus en plus attendri, crois bien qu'il ne réunira jamais sur ta tête les dignités innombrables dont je t'avais comblé. Tu fus mon portier, mon sommelier, mon cuisinier, mon majordome, et toute la foule de mes nomenclateurs et de mes fermiers... Par Hercule! faut-il l'avouer, cher Stichus, je ne me résoudrai jamais à vivre loin de toi. Si tu voulais pourtant...

— Vous empêcherais-je de me jouer à tête ou vaisseau?

— Oui, tu pourrais me soustraire à cette dure nécessité.

— Comment cela?

— En me rendant un léger service.

— Et quel service un sénateur peut-il attendre de moi?

— Prête-moi quelque argent, et tout s'arrangera.

A cette proposition l'esclave crut que son maître avait perdu la raison.

— Vous voulez m'emprunter de l'argent, noble Curius? Vous me prenez donc pour un banquier du forum?

— N'as-tu pas un pécule? demanda Curius.

— Ah! c'est à mon pécule que vous en voulez? s'écria le jeune homme, qui comprit aussitôt les intentions de son maître. C'est ma liberté que vous cherchez à me ravir et la douce espérance de revoir un jour mes sœurs, ma mère, ma patrie bien-aimée? Non content d'avoir prodigué votre fortune, il vous tarde encore de dissiper les faibles épargnes que j'ai amassées depuis six ans en retranchant quelque chose au sommeil de mes nuits, à ma nourriture de chaque jour! Jouez-moi : l'existence que je mène ici me pèse ; jouez-moi et perdez-moi.

— Ingrat! répondit le sénateur, je pourrais te le prendre, ce maudit pécule ; je te l'emprunte et tu oses murmurer!

— Si vous me privez du bien qui m'appartient, répliqua Stichus, je vous montrerai la différence qui existe entre l'obéissance d'un esclave et le dévoûment...

— D'un ami, achève, interrompit le sénateur. Je te donne le titre d'ami : prête-moi ce dont j'ai besoin.

— Toutes vos ruses sont inutiles, repartit le jeune homme, vous ne me fléchirez pas.

Curius poussa un énorme soupir et reprit avec un geste solennel :

— Qu'êtes-vous devenus, beaux temps de la république, fé-
conds en dévouemens sublimes! Jadis les esclaves donnaient
leur sang pour leurs maîtres; ils leur refusent aujourd'hui
quelques pièces d'argent. O Rome! tu inclines vers ta décadence. Par la déesse d'Antium! deux mille sesterces me suf-
firaient.

— Jouez-moi et séparons-nous, répéta obstinément l'esclave.

— Je te rendrai cet argent, je le jure par les mânes de
mon aïeul Curius Dentatus. Je te le rendrai avec l'usure
quaternaire (46 pour cent). Mais je te propose une affaire d'or,
coquin!

— Je la refuse.

— C'est ton dernier mot?

— Oui, oui, oui! Après tout, je porterai mon bât chez un
autre comme chez vous, avec cette différence que j'aurai mon
écuelle toujours pleine de légumes, et mon congé et demi de
piquette au commencement de chaque mois.

— Âme sordide! répondit le sénateur, tu ne tiens donc ici-
bas qu'à la vile nourriture du corps, et tu méprises l'amitié
dont je t'honorais, partageant avec toi la bonne et la mauvaise fortune, te laissant courir les cabarets toute la nuit, et
lorgner pendant le jour, comme un patricien, nos belles du
champ de Mars et de la voie Sacrée. Adieu, puisqu'il en est
ainsi. Je m'en vais et te vends comme un cheval vicieux au
premier maquignon que je rencontrerai sur mon chemin. Ah!
tu refuses de me prêter? Je saisirai ton pécule! Ah! il te
tarde de revoir les loups et les ours de tes montagnes? Je
stipulerai pour toi un minimum de vingt ans de captivité!
Dans trois jours tu seras exposé sur les tréteaux du forum
devant le temple de Castor.

Stichus se mit à pleurer. Curius se hâtait de revêtir son
manteau.

— Pleure, pleure, maudit avare! répétait-il en grinçant des
dents.

— On s'entendrait peut-être si vous étiez moins exigeant,
répondit le jeune homme d'une voix larmoyante. Mais deux
mille sesterces! où voulez-vous que je les trouve, par les lares
de votre foyer!

— Donne m'en quinze cents, méchant que tu es! répliqua le
sénateur

— Non, mille.

— Va-t'en me chercher tes quinze cents sesterces, imbécile,
s'écria Curius en jetant son esclave à la porte. Tu marchandes avec moi, comme une vieille femme avec son marchand de
carottes ou de piment.

Cette magnifique péroraison de Curius acheva de vaincre la
résistance de son esclave. Le sénateur traça quelques mots sur
une tablette, afin d'autoriser Stichus à toucher une partie de
son pécule. Muni de cette procuration, le jeune homme courut à la boutique du banquier chez lequel ses fonds étaient
déposés. Il ne tarda pas à revenir avec une bourse assez
ronde, qu'il remit à Curius.

Le sénateur s'empressa d'étaler sur une table les trois cent
sept francs cent centimes qu'il avait extorqués à son esclave,
et chercha avidement parmi la monnaie de cuivre les écus d'or
et les deniers.

Il serra les uns après les autres deux *lucullus*, deux quadriges de Pompée, un *bironn* et quatorze pièces d'or de moindre module, marquées des chiffres XX, XXXX, et LX. Il re-
cueillit également quinze *dioscures*, quinze deniers à la proue
et quarante demi-deniers. Cette opération faite, il réunit dans
sa main les as, les *sémisses*, les *triens*, les *quadrans*, et re-
poussant loin de lui toute cette mitraille puante, au milieu de
laquelle brillaient çà et là quelques sesterces,

— Tiens, maraud, voilà ta part! dit-il à Stichus.

Il sortit et s'achemina vers les Carènes.

Quand il eut atteint la fontaine appelée *Meta-Sudans*, Curius s'arrêta. Deux voies s'ouvraient devant lui; la première
à gauche qui conduisait chez Fulvie, l'autre à droite qui menait
chez l'affranchi Umbrénus, dans Tabernola. L'imagination du
joueur évoqua les deux figures également chères de Fulvie et
d'une table de *duodecim-scripta*. Il hésita longtemps entre
elles. Enfin il se mit à courir vers le Viminal de toute la
promptitude de ses jambes, comme s'il eût craint qu'au moin-

dre temps d'arrêt, l'attraction du jeu ne le fit dévier de sa
route et ne le ramenât par une tangente à la maison d'Umbrénus.

A peine le portier de Fulvie l'aperçut-il, qu'il s'élança de sa
loge, et d'une voix rogue lui annonça que la courtisane était
sortie. Mais le digne homme, attaché par une chaîne à la muraille, ne pouvait se mouvoir que dans un cercle fort restreint.
Il n'avait d'autre Cerbère pour sa défense qu'un chien d'E-
pire, grossièrement peint à fresque sur la muraille, avec cette
inscription: « Prenez garde! il va vous mordre! » Nonobstant le mauvais vouloir de l'esclave, Curius traversa l'atrium
et enjamba lestement l'escalier qui conduisait à l'appartement
de sa maîtresse. Il agita la sonnette avec une timidité perfide. Velléda vint lui ouvrir.

Sans respect pour le nom et la dignité du sénateur, la ca-
mériste se disposait à lui jeter la porte sur le nez. Curius
la prévint et pénétra dans le salon d'attente.

Là, Glycérion s'approcha de lui, et d'un ton confidentiel,

— Pas de bruit, lui dit-elle. Ma maîtresse est malade; elle
dort. Revenez ce soir.

— Que me dis-tu? répondit Curius. Cette chère Fulvie est
indisposée! J'en suis au désespoir. Je ne m'en irai pas sans
l'avoir vue.

Le sénateur s'assit sur un divan.

Velléda accourut tout effarée.

— Digne Curius, dit-elle, Glycérion vous a trompé. Fulvie
n'est point malade; elle est au bain et ne rentrera qu'à la
chute du jour.

— Fulvie n'est point malade! s'écria Curius. Par la déesse
d'Antium! cette nouvelle me ravit. Tu ne m'en imposes pas,
au moins, charmante Glycérion?

— Je vous jure que ma maîtresse est absente.

— Je l'attendrai. Il faut que je m'assure que la précieuse
existence de Fulvie n'est pas en danger.

Le sénateur s'allongea sur les coussins du divan et se mit
à ronfler. Fulvie parut alors dans le salon. Son amant se
leva, et, dans sa précipitation, fit sonner les pièces d'or et
d'argent dont sa bourse était remplie.

— Qui vous a introduit chez moi? demanda Fulvie.

— L'amour, répondit Curius.

— J'avais ordonné qu'on ne laissât entrer personne.

— J'ose croire, belle Fulvie, que cet ordre ne me concernait pas.

— Il vous concernait plus que tout autre.

— Mais l'amour n'y voit goutte, et c'est lui, je le répète,
qui m'a conduit auprès de vous.

— Insolent et lâche, prodigue et ruiné, noble et voleur au
jeu, voilà ce que vous êtes.

— Laissons de ces balivernes, répondit le sénateur en tirant
sa bourse de sa poche et en la faisant sauter en l'air.

— Je vous méprise! je vous chasse!

— L'or m'embarrasse ce matin, reprit Curius. Par Junon
Monéta, qu'on aille nous chercher des huîtres de l'Averne,
un foie d'oie gras, un turbot, un ventre de truie et du vin de
Sicile. Glycérion, Velléda, alerte! nous voulons déjeuner.

Les lèvres roses de Fulvie se crispaient de colère, ses yeux
bleus étincelaient.

— Sortirez-vous enfin, dit-elle, ou faudra-t-il que je vous
fasse jeter dans l'escalier?

— Ma chère, répondit Curius, je vous invite à changer de
discours: les choses répétées deux fois plaisent, mais passé
cette limite, elles ennuient.

— Et voilà pourquoi vos honteuses habitudes de taverne
et de tripot, les expédiens ignobles auxquels vous êtes chaque
jour réduit, vos impostures infâmes m'ont lassée. Que le nom
des Fulvius périsse et si je pardonne jamais au misérable qui
m'a fait porter hier en litière par des nécrophores l'affront
que j'ai reçu de Sempronia!

— J'ai eu tort, j'en conviens; calmez-vous, chère Fulvie,
ajouta le sénateur. Un mauvais coup de dés m'avait raflé tout
mon argent et je ne savais comment vous procurer des lecticaires. L'idée des nécrophores ne m'appartient pas; elle m'a
été suggérée...

— Par qui?

—Par un ami auquel j'avais exposé ma triste situation.
— Et cet ami se nomme?
— Sergius. Il n'en fait jamais d'autres. J'aurais dû le renvoyer aux calendes grecques, lui et son idée.
— Sergius Catilina m'a donné des vespillions pour lecticaires, murmura Fulvie, et Sempronia, sa digne amie, a saisi
cette occasion pour m'outrager !
— N'y pensons plus et déjeunons, interrompit Curius.
— Je leur en témoignerai ma reconnaissance en temps et
lieu. Quant à vous, beau sénateur, voici la résolution que j'ai
prise à votre égard et dont je ne me départirai point. Je vous
la dirai sans colère, et je l'exécuterai sans faiblesse. Tout
rapport entre nous doit cesser.
— Ah çà! vous y tenez donc? répondit Curius. Aurais-je
un rival?
— Peut-être.
— Est-ce un de vos tribuns du trésor (1) que vous voulez
élever à la dignité de questeur?
— Que vous importe?
— Enfin pourquoi me renvoyez-vous?
— Parce que vous êtes joueur.
— Bien.
— Ivrogne.
— Encore mieux, ma chère ; vous oubliez la meilleure de
vos raisons.
— Laquelle?
— Je suis ruiné.
— Votre sagacité m'étonne, Curius. Je ne veux plus rece-
voir chez moi un escroc en laticlave, qui s'assied à la table
de l'affranchi Umbrénus sur l'escabeau des parasites, qui sait
piper les dés, qui flaire les étrangers pour vider leurs poches,
qui donne à la femme qu'il aime des bijoux de verroterie, et
qui la fait porter à la danse par des vespillions en guise de
Cappadociens.
— Or, supposons, poursuivit Curius, que demain je regor-
geasse de biens.
— Vous, regorger de biens ! vous ? Quelle plaisanterie !
est-ce qu'on a jamais vu un crible se remplir d'eau !
— Par Hercule ! votre métaphore me plaît, belle Fulvie,
répondit le sénateur. Permettez que je me l'applique en la
développant quelque peu. De même qu'un vase à col étroit ne
se remplit que goutte à goutte, un homme ordinaire n'a qu'un
moyen de s'enrichir. Un homme comme Curius, quand il est
plongé dans l'or, l'absorbe par tous les vices dont il est criblé.
— Et vous ne rougissez pas de chercher à racheter par des
aveux pareils l'amour d'une femme que vous avez offensée !
répliqua Fulvie. Finissons-en, continua-t-elle. Retirez-vous,
et n'oubliez pas que ma maison vous est irrévocablement fermée.
Curius se leva et se plaça, le jarret tendu et les bras croisés sur la poitrine, au milieu de l'appartement.
— Femme sans cœur! dit-il, écoute-moi. La place où furent affichées les tables de proscription de Sylla est vide ; sache bien qu'elle peut se remplir. Il existe encore dans la république d'intrépides citoyens dont la tyrannie de nos Lucullus n'a pas fait courber la tète ; des Brutus de bras
peut s'armer contre nos modernes Tarquins ; de nobles patriciens à qui leur misère pèse, et qui méditent la vengeance,
accroupis dans l'obscurité où le pouvoir les oublie. Rome peut
se réveiller un soir aux lueurs de l'incendie, aux cris du carnage. Ce soir-là n'est pas loin peut-être, et par Tisiphone, la
première victime que je frapperai dans cette orgie sanglante,
Fulvie, ce sera toi !
— Tous ces hommes héroïques dont vous parlez vous res-
semblent-ils? demanda Fulvie avec un amer sourire.
— Les principaux d'entre eux sont Publius et Servius Sylla,
Varguntéius, Autrone, Céthégus, Lecca et le préteur Lentulus, César et Marc-Antoine favorisent leurs desseins?

---

(1) Les tribuns du trésor administraient les finances de la
république et pourvoyaient à ses besoins, sous l'autorité des
questeurs.

— Comment se nomme leur chef?
— Catilina.
— Ces graves personnages conspirent sans doute pour ré-
parer les brèches qu'un Curius a faites à sa fortune et à sa
réputation?
— Nous avons bu à la même coupe, répondit Curius.
— Du vin?
— Du sang!
A cette parole du sénateur, Fulvie parut oublier tout à coup
son ressentiment. La communion du sang était chez les anciens
la plus sainte, la plus redoutable des cérémonies religieuses.
On ne la pratiquait, au rapport des historiens, qu'avant de
se dévouer à quelque dangereuse entreprise, au succès de laquelle chacun des initiés devait alors sacrifier ses biens, sa
famille, sa liberté, sa vie. Fulvie comprit facilement qu'elle
avait surpris un secret de la dernière importance. Elle se rapprocha de Curius, et lui mettant un doigt sur les lèvres,
— Silence ! malheureux, interrompit-elle, Glycérion et Velléda peuvent nous entendre.
Elle l'entraîna dans sa chambre; et quand elle en eut soigneusement fermé la porte,
— C'est donc une conjuration que vous tramez? reprit-elle
en présentant un fauteuil au sénateur.
Les façons d'agir mystérieuses de Fulvie, l'avide curiosité
avec laquelle elle interrogeait son amant, rappelèrent ce dernier à la raison. Il comprit qu'il avait prononcé une parole
imprudente, et qu'il devait revenir à tout prix sur l'aveu qu'un
mouvement de dépit lui avait arraché.
— Qui vous parle de conjuration? dit-il.
Il s'efforçait de paraître calme, mais ses joues étaient pâle
et sa voix tremblait.
— Vous cherchez en vain à m'en imposer, répondit Fulvie;
comme les fils de Brutus et leurs complices, lorsqu'ils se furent lignés pour rétablir les Tarquins, vous avez échangé avec
Lentulus, Autrone et les Sylla des sermens terribles. Vous
avez trempé tour à tour vos lèvres dans le sang, pendant que
Sergius invoquait les divinités inexorables des enfers. Le projet de révolution qui s'élabore depuis si longtemps dans la
maison de Catilina, et dont vous m'avez souvent entretenue,
va se réaliser, j'en suis certaine. Par Jupiter vengeur! ceux
qui l'exécuteront, ceux qui briseront la tyrannie qui nous opprime, auront bien mérité de la patrie!
Mais l'approbation que semblait donner Fulvie aux desseins
des conjurés ne rassura point son amant. Il voulait absolument rétracter ses paroles, et répliqua :
— Je vous assure, chère matrone, que vous vous faites étrangement illusion. La coupe de sang m'a paru une expression
sonore, et je m'en suis servi dans l'unique but de vous effrayer.
Fulvie s'assit auprès du sénateur, et le caressant du regard
et de la voix,
— Oh ! répétez-moi, poursuivit-elle, que vous allez sortir
de l'état d'humiliation et de gêne où vous languissez; que vous
deviendrez bientôt riche, comme doit l'être un Curius. Je
m'intéresse vivement, par affection pour vous, au complot que
vous m'avez révélé.
— Par le Styx ! ne prononcez plus ces mots de complot, de
conjuration, reprit le sénateur. Je vous en supplie; les murs
ont des oreilles autour de nous, et la nuit est pleine de poignards.
— Il est impossible qu'on nous entende. Vous ne doutez
pas de ma discrétion, j'espère? ajouta Fulvie.
— Que cet entretien meure dans votre mémoire, car une
parole imprudente...
— Ce serait la mort pour nous deux, je le sais. Soyez sans
inquiétude, cher Curius, je ne suis pas assez étourdie pour
abuser de vos confidences. Si vous receviez des femmes dans
vos rangs, j'y réclamerais une place. Le front blanc de Fulvie
cache peut-être l'âme énergique d'un conspirateur.
— Déjeunons ! interrompit brusquement Curius.
Fulvie se pencha vers lui, prit une des mains de son amant
dans les siennes, et continua :
— Dis-moi, je t'en supplie, Curius, si l'on admet des femmes parmi les conjurés.

— Toutes ces questions me fatiguent. Je n'en sais rien.

— Une Sergia organisa jadis une conspiration parmi les dames romaines et décima le sénat par le poison.

— Par Mnémosyne! les annales de Rome ne vous sont point inconnues, répondit Curius. Les matrones d'aujourd'hui ne sont pas moins courageuses.

— Vraiment?

— Sempronia nous gagne chaque jour des alliées jeunes et jolies, dont les amans sont pauvres et les maris jaloux. Mais vous me rendez horriblement bavard, bien-aimée Fulvie.

— Je tiens ma vengeance à présent, pensa la courtisane.

En effet, la conversation avait pris une tournure frivole qui mettait fort à l'aise la superbe impertinence de Curius. Fulvie savait que son amant tombait dans tous les pièges qu'on lui tendait en badinant.

— Je n'ai pas de mari jaloux, reprit-elle; mais j'ai un amant pauvre. Affiliez-moi à la conjuration.

— Tu déraisonnes, Fulvie, dit le sénateur. A quoi serais-tu bonne dans un complot?

— Exposez-moi vos plans et je choisirai un emploi.

— Nous voulons révolter les provinces de l'Italie et susciter la guerre civile autour de Rome. Peux-tu allumer la guerre civile quelque part, toi?

— Non. Et puis?

— Nous occuperons en même temps les hauteurs de la ville, et nous nous y fortifierons. Te sens-tu des dispositions pour occuper une colline quelconque, toi?

— Non. Et après?

— Nous couperons les aqueducs; nous incendierons Rome en vingt endroits différens, et nous ferons main basse, à la faveur du tumulte, sur les principaux du sénat. Couperais-tu bien un aqueduc, toi, Fulvie?

— Je n'ai jamais essayé de le faire. Et ensuite?

— Nous abolirons les dettes, et nous proclamerons la loi agraire de Rullus. Ça te conviendrait-il de conduire une colonie dans le Picénum ou au fond de la Lucanie?

— Pourquoi pas? répondit Fulvie.

— Je voudrais te voir distribuant des terres et construisant des villes! Ce seraient des terres bien distribuées et des villes bien bâties!

— Comment m'y prendrais-je, au fait?

— Tu vois donc bien, ma chère, que tu ne pourras jouer aucun rôle dans une conjuration, ajouta Curius d'un air dédaigneux.

Le sénateur caressait la blonde chevelure de Fulvie, tandis qu'elle songeait aux moyens de tirer profit de ses révélations.

— Il me semble, reprit-elle, que vos projets de guerre civile, d'incendie et de massacre ne se distinguent point par la nouveauté de l'invention.

— Qu'importe? fit Curius. La trame est bien ourdie, et certes Lentulus, Antoine, César et Catilina sont gens capables de les mener à bonne fin.

— Antoine et César ne vous prêteront aucun appui réel. Le premier est consul et gouverneur de Macédoine, le second grand pontife et préteur désigné; ils ne s'exposeront pas à subir un arrêt de proscription. Quant à Sergius, je sais que rien n'épouvante son audace. Mais comment soutiendra-t-il seul une lutte inégale contre toutes les forces de la république et contre la puissance de Pompée?

— Chère amie, ces choses-là ne sont pas de votre compétence, repartit Curius. Ordonnez qu'on nous serve à déjeuner.

Il jeta trois pièces d'or sur un guéridon. Fulvie s'en empara, sortit pour donner des ordres à ses femmes, et reprit bientôt sa place.

— Curius, lui dit-elle, voulez-vous me permettre une réflexion, que vos confidences m'ont suggérée?

Le sénateur s'appuya nonchalamment au dossier de son fauteuil.

— Faites vos réflexions, répondit-il.

— Cette conjuration n'a pas le sens commun.

— Ma foi, tant pis, ce n'est pas moi qui en suis l'auteur.

— Il me semble que vous poursuivez par des voies périlleuses la fortune que vous avez entre les mains.

— Par Mercure! si j'ai la fortune entre les mains, je ne m'en aperçois guère.

— Votre complot échouera.

— Chère amie, vous répétez sans cesse la même chose. Décidément vous ne possédez point l'art de varier votre conversation.

— Si vous partagez les illusions de vos complices, elles vous perdront.

— Ah bah! dit Curius impatienté

— Pour éviter ce malheur, savez-vous ce qu'il faut faire?

— Quoi?

— Le secret que nous possédons est précieux.

— Hé bien?

— Il faut le vendre.

— Vendre la conjuration! répliqua le sénateur. Et à qui?

— Au consul.

— Oh! quelle infamie vous me conseillez là, malheureuse! s'écria Curius.

— Une infamie excessivement lucrative, reprit la courtisane. A ce jeu l'on peut gagner quatre millions de sesterces (848,355 fr. 55 c.), quatre millions de sesterces! entendez-vous?

— Et ces millions compenseraient-ils la honte qu'ils auraient coûté?

— Ne me disiez-vous pas tout à l'heure qu'un homme comme vous, lorsqu'il peut se plonger dans l'or, l'absorbe par tous les vices dont il est criblé? Vous voilà plongé dans l'or! gorgez-vous-en donc maintenant.

— Oui, en vouant ma mémoire à l'exécration de la postérité.

— Niais que vous êtes! répliqua Fulvie. Vous mourrez de faim et vous songez à ce que d'autres niais penseront de vous dans deux mille ans! — Tu es pauvre, Curius, ajouta la courtisane, tu es pauvre et méprisé. Tu seras riche et honoré dans quelques jours, si tu le veux. Le sénat te proclamera le sauveur de la patrie. Il inscrira ton nom en lettres d'or sur les tables de marbre du Capitole. De pareilles occasions ne se présentent qu'une fois.

— Non! non! fit Curius avec exaltation, je ne trahirai pas ceux que j'ai adoptés pour frères. Nous appartenons à la même famille; nous partagerons le même héritage, celui de nos œuvres, que ce soit le pouvoir et la fortune, que ce soit la défaite ou l'exil.

— Va! ce n'est pas la honte qui t'arrête, dit la courtisane, ce n'est pas la sainteté du serment.

— Qu'est-ce donc?

— La peur! C'est elle qui enchaîne ta langue; c'est elle qui retient tes mains, toujours vides et toujours crispées par la convoitise de l'or.

— Soit! la peur est un sentiment louable, quand elle nous empêche de commettre une mauvaise action.

— Ecoute-moi bien maintenant, continua Fulvie. Tu as éclairé depuis un an la politique de Cicéron.

— Moi?

— Oui, toi. Tu ne m'as pas confié une des pensées de Catilina que je ne l'aie rapportée au consul.

— Dis-tu vrai? s'écria Curius en tirant un poignard de sa ceinture.

— Je dis vrai, et je t'invite à laisser au vieil Esope ces gestes de tragédie, qui augmentent sans utilité la mauvaise grâce naturelle. Si je me mettais à la porte aujourd'hui, tu viendrais demain réclamer mon indulgence à deux genoux, j'en suis persuadée; je te connais assez lâche pour le faire; comment veux-tu que tes menaces m'effraient?

Curius n'osa répliquer; son poignard lui tomba des mains.

— Je t'avertis donc, poursuivit la courtisane, que le secret de la conjuration, qui ne t'appartient déjà plus, sera livré au sénat. Tu vas courir tous les dangers d'une trahison, vois s'il te convient d'en partager le prix.

Curius et sa maîtresse sortirent de Rome vers le soir par des chemins détournés, et s'arrêtèrent dans une petite maison de la voie Prénestine, où Cicéron les attendait.

Là, Curius dévoila au consul la conjuration tout entière. Non seulement il livra les noms de ses principaux complices, mais encore il s'engagea à fréquenter leurs assemblées, afin de trafiquer des secrets qu'il pourrait surprendre. Fulvie devait transmettre, moyennant récompense, ces renseignemens à Cicéron.

Le consul soupçonnait les trames criminelles dont on venait de l'instruire. Ses moyens de défense étaient prêts : il se hâta de les mettre en œuvre. Il ordonna dès le lendemain aux chefs de l'armée d'activer et de terminer au plus tôt l'instruction des recrues qu'avait fournies la milice légitime de cette année. Les proconsuls Martius Rex et Métellus le Crétique, revenus depuis deux ans, l'un de Cilicie, l'autre de Crète, avaient réuni sous les murs de Rome la meilleure partie de leurs troupes. Ils sollicitaient les honneurs du triomphe qu'une faction jalouse s'obstinait à leur refuser. Cicéron les avertit de se disposer à prendre campagne au premier signal. Il se réservait en outre d'arborer au Capitole, si les circonstances l'exigeaient, l'étendard qui, dans les grandes calamités, appelait tous les citoyens au service de la patrie. Les arsenaux de la république et les coffres du temple de Saturne regorgeaient d'armes, d'argent et de dépouilles. Sûr de maîtriser les fureurs de Catilina, soit à Rome, soit dans les provinces, le consul n'avait plus qu'à rechercher des preuves contre lui, afin de le citer pardevant le tribunal de violence et de le faire condamner à l'exil.

VI.

LES BRIGANDS DES MARAIS PONTINS.

Le soleil s'était levé brillant et radieux derrière les monts sauvages des Volsques, dont la chaîne bornait à l'orient le vieux Latium. A peine eut-il frappé de ses rayons la cime chenue de la montagne de Circé, qu'un homme sortit d'une petite hutte cachée dans le pli d'un ravin, et fit retentir trois fois les airs du bruit d'une trompe qu'il portait suspendue à sa ceinture. Des cris sauvages, partis des entrailles même de la terre, répondirent à ce signal. En même temps les grottes innombrables, qui s'ouvraient à fleur d'eau dans les flancs de la montagne, vomirent des troupes d'individus vêtus de costumes étranges. Leur teint basané, l'assurance de leur maintien, leurs figures sinistres, et surtout les poignards qu'ils portaient attachés à la ceinture, indiquaient assez qu'ils appartenaient à cette classe de bandits que la société a rejetés de son sein, et qui lui disputent, le fer à la main, leur nourriture de chaque jour. Non loin de là, des barques, munies de voiles triangulaires et d'avirons, se balançaient sur les flots. Depuis la guerre d'extermination dirigée par Pompée en 687 contre les pirates de la Méditerranée, ceux qui hantaient les bois des marais Pontins étaient bien déchus de leur ancienne opulence ; ils ne faisaient plus retentir les côtes du bruit de leurs concerts.

Leurs navires n'avaient plus de peintures à la poupe, de cercles d'or aux rames, de tapis de Perse sur le tillac. Mais on n'en craignait pas moins leur audace. De la forte position qu'ils occupaient sur le mont de Circé, ils infestaient avec une égale facilité la route Appia et la mer tyrrhénienne, c'est-à-dire les deux voies de communication les plus fréquentées entre Rome, la Sicile, l'Afrique et l'Orient, Pompée, qui avait purgé l'empire des voleurs qui l'infestaient, n'avait pu en débarrasser le Latium. La flotte que le lieutenant Gellius commandait à l'embouchure du Tibre, pour assurer les subsistances de l'Italie, inquiétait bien un peu les hôtes des marais Pontins. On en crucifiait bien quelques-uns pour l'exemple, quand par hasard leurs balancelles venaient à s'égarer dans les eaux d'une galère, et que le vaisseau colossal, déployant tout à coup ses voiles, et frappant l'eau de ses avirons sans nombre, courait sus aux pirates, et les coulait bas d'un seul coup de sa proue d'airain. Mais ces désastres partiels n'empêchaient pas les brigands de se maintenir dans leurs repaires, grâce à la connaissance qu'ils avaient des côtes voisines, et aux bas-fonds, aux récifs, dont l'archipel de Sannamari (Ponza) et le golfe de Terracine étaient parsemés. Une terreur superstitieuse éloignait tout être humain des grottes au fond desquelles ils se cachaient. Les hauteurs

qu'ils occupaient, passaient pour inaccessibles. D'ailleurs ces pirates exerçaient paisiblement leur industrie, égorgeant tous ceux qu'ils dévalisaient, afin d'éviter le scandale et de ne pas attirer sur eux l'attention de ce maître, débonnaire par inclination, mais terrible dans sa colère, qu'on nommait le peuple romain.

Dès qu'ils eurent quitté leurs cavernes, ils accoururent auprès de Sapala, leur chef.

Celui-ci était un jeune homme dont les traits ne manquaient ni de régularité ni de distinction. Ses cheveux noirs, naturellement bouclés, retombaient sur son col avec une certaine grâce. Sa taille bien prise était enfermée dans un justaucorps d'étoffe verte. Une lanière de cuir lui servait de ceinture. Ses larges braies se raccordaient par le bas à des bottes de voyage qui lui montaient jusqu'aux genoux.

Sapala était fort connu dans Rome et les environs. Il n'était précisément ni citadin ni paysan, ni marchand ni soldat, ni laboureur ni marin ; cependant on le rencontrait dans toutes les fêtes, sur toutes les routes, au milieu de toutes les émeutes et de tous les marchés. Il avait toujours quelque chose à vendre, à acheter ou à troquer. Nul ne traitait une affaire plus rondement que ce jeune homme ; nul ne payait mieux et en monnaie de meilleur aloi. Aussi était-il fort considéré des aubergistes, des maquignons et des brocanteurs. Le craignait-on plus encore qu'on ne l'aimait? considérait-on sa personne autant qu'on estimait son argent? Ce sont là des questions sur lesquelles ses familiers eux-mêmes n'auraient pu se prononcer.

Ses compagnons l'avaient entouré.

— Prenez vos rangs, leur dit-il d'une voix brève.

Les brigands obéirent.

— Nous allons partir pour une expédition de quelques jours, reprit-il, et comme il nous est impossible de marcher ensemble, je distribuerai à chacun de vous l'argent dont il aura besoin pour sa nourriture. Vous le ménagerez, coquins! si vous ne voulez mourir de faim et de soif avant d'arriver au rendez-vous commun.

En effet, un des lieutenans de Sapala plaça auprès de lui un sac d'argent dans le creux d'un rocher, et les pirates vinrent l'un après l'autre recevoir la paie à laquelle ils avaient droit, suivant leur âge et le grade qu'ils occupaient. Cette distribution terminée, le chef conduisit ses hommes par de tortueux sentiers, à travers des précipices creusés par l'eau des torrens, jusqu'au sommet du promontoire que les chants d'Homère ont illustré. Tous s'arrêtèrent au pied d'une muraille cyclopéenne. L'immense étendue des champs latins se déployait à leurs yeux. Ils avaient à leurs pieds le temple du Soleil, et celui de Circé, noires constructions étrusques, sous le poids desquelles le roc semblait gémir. A leur droite s'étendait la double chaîne des monts étnéens, qui sépare le pays des Volsques de la sombre vallée Férentine. Le soleil commençait à en dorer les laves abruptes, à en parfiler d'une riche bordure de pourpre les fines aiguilles de basalte, les cônes capricieusement tronqués. Les brigands découvraient à gauche la mer de Toscane aux scintillemens de feu, les marais Pontins couverts de bois sombres, de lacs argentés, de cités volsques et d'aristocratiques villas. Une plaine immense, sillonnée par cent routes, par d'innombrables rivières, au milieu de laquelle s'étageaient en festons les arceaux de vingt aqueducs, s'inclinait légèrement des monts Herniques à la mer et se perdait dans les vapeurs de l'horizon. Antium, où l'on adorait la Fortune ; Ardée, capitale des Rutules ; Lavinium, où régna Énée, et Laurente, que gouvernait Latinus, roi des Aborigènes, à l'arrivée du héros troyen, reflétaient çà et là dans la campagne les rayons du soleil qui commençait à les atteindre. Au loin on apercevait les cimes irrégulières, tantôt découpées en pyramides, et tantôt arrondies en coupole, des monts Albains.

Sapala prit à part ses lieutenans.

— Ayez soin, leur dit-il, qu'on charge au plus tôt sur six de nos meilleurs chars les armes qui sont arrivées hier par les navires de Pompéi. Vous ordonnerez qu'on recouvre ces voitures de paille, de manière à ce qu'elles ressemblent à des chariots de laboureurs. Chacun de vous aura deux chars à conduire avec une escorte de cent cinquante hommes. Vous disposerez vos gens sur les routes par groupes de trois à quatre personnes, afin qu'ils se surveillent mutuellement et se soutiennent au besoin sans exciter aucun soupçon. Je guiderai moi-même un troisième convoi.

— Nous commanderez-vous, maître ? fit Eudamon.

— Non, répondit Sapala ; Pimbetta suivra le bord de la mer par la voie Laurentine, remontera le cours du Numicus (Rio-Torto) jusqu'à Aricie, prendra la voie Appia et marchera sur Rome. Il cachera ses hommes en deçà de Bovilles, dans le bois sacré de la Bonne-Déesse, et m'attendra. Toi, Eudamon, poursuivra le jeune chef, tu passeras par Circéi et tu longeras la base des monts Volsques. Au dessous de Cora tu tourneras à gauche, et te dirigeras sur Velitræ, puis de là sur Aricie et Bovilles, où tu te joindras à Pimbetta.

— Compagnons, reprit Sapala en s'adressant à sa troupe, je vous donne rendez-vous à Bovilles, dans le bois sacré de la Bonne-Déesse, pour demain, 3 des ides d'octobre (13 octobre), à la première heure de la nuit. Vous retiendrez pour mot d'ordre Minerve vigilante, et Mars vainqueur pour mot de ralliement. Celui d'entre vous qui s'éloignera des autres pour piller sera pendu. Celui qui arrivera le dernier à Bovilles recevra vingt coups de bâton pour sa part de butin. Retirez-vous.

Les bandits se dispersèrent aussitôt. Ils se laissèrent glisser à travers les ravins de la montagne, sous les bouquets de figuier sauvage accrochés aux crevasses du terrain, et atteignirent bientôt la grève où leurs barques étaient amarrées. Le débarquement des épées, des casques et des poignards que Cornélius Balbus, affranchi de Sylla, avait envoyés de Pompéi, s'opéra avec une rapidité merveilleuse. Les voitures à quatre roues sur lesquelles on les avait transportés furent bardées de paille, et deux paires de bœufs, nourris dans les gras pâturages du Latium, furent attelés à chaque timon. Des pirates, vêtus d'un manteau de bouvier à capuchon, prirent place, l'aiguillon à la main, sur le devant des chariots. Leurs jambes étaient nues, leurs pieds chaussés de sandales de bois, et un large chapeau de paille protégeait leur tête contre les ardeurs du soleil. Les brigands tournèrent vers la mer toutes les proues de leurs navires, et y installèrent une petite garnison. Ils s'éloignèrent de la montagne de Circé à la deuxième heure du jour (huit heures du matin) par trois chemins différens. Pimbetta descendit vers la mer, Eudamon gagna Priverture (1), tandis que Sapala en personne s'avançait avec précaution, à égale distance de l'un et de ses lieutenans, sur la grande voie du censeur Appius Clodius.

Vers le milieu de la même journée, le fénérateur Elius Tubéro quitta sa maison de Tibur et accourut à Rome.

D'après la lettre que Sergius Catilina lui avait écrite quatre jours auparavant, les amis de ce dernier devaient se réunir à onze heures du soir, chez Brutus Pénus. Tubéro espérait que le paiement de sa créance de 500,000 sesterces, qu'il poursuivait contre Sergius, lui serait garanti par ces nobles patriciens.

La nuit était close depuis longtemps quand le scribe Lélius sortit de sa maison dans un rhéda, et se fit conduire aux Esquilies. A l'angle de la rue aux Parfums, il renvoya sa voiture, et vint frapper à la porte de l'appartement de Gurgès.

Daphné lui ouvrit.

A la vue de son fiancé, la jeune fille ressentit un trouble inexprimable. Les souvenirs déchirans, qu'elle avait conservés, non seulement de ses visites à Lélius, mais encore des prédictions de Canidia, et de sa dernière entrevue avec Prosper au milieu du forum, se présentèrent en foule à son esprit. Toutes les peines, toutes les inquiétudes dont son âme était tourmentée depuis quatre jours, se réveillèrent à la fois. Son émotion, du reste, n'était pas sans quelque mélange de plaisir. Car, si l'espèce de fascination que le scribe avait exercé sur elle commençait à se dissiper, si l'amour de Prosper s'était ranimé dans son cœur, elle n'en comprenait pas moins qu'un mariage avec Lélius pouvait seul réparer ses fautes ;

(1) Piperno.

qu'elle s'était imposé par sa faiblesse la plus dure des servitudes, celle de la honte ; enfin, que le scribe, bon ou mauvais génie, dominait complètement sa destinée. La fidélité de Lélius était la seule consolation, pleine, si l'on veut, d'amertume, qui fût capable de calmer les remords de la jeune fille, et d'amoindrir ses regrets.

A son entrée dans la maison de Gurgès, le scribe dut s'apercevoir combien s'étaient développés rapidement, sous ce toit jadis si paisible, les germes de souffrance et de discorde qu'il y avait apportés. Quand Daphné eut repris sa place devant un guéridon, sur lequel se trouvaient confondus pêlemêle, parmi les débris d'étoffe, tous ses menus ustensiles de couturière, Lélius entrevit, à la lueur presque funèbre d'une lampe, le centurion Rutuba, assis à l'écart sur un fauteuil, dans une attitude de sombre méditation. L'orgueilleux publicain n'en conserva pas moins ses allures libres et dégagées, serra cordialement la main du centurion, et s'approchant de sa fiancée,

— Bonsoir, belle Daphné, dit-il. On est heureux de trouver la femme qu'on aime, toujours laborieuse, toujours occupée.

Daphné ne répondit à cette galanterie de Lélius que par un long regard plein de tristesse et de reproche.

— Où est donc notre excellent Gurgès ? reprit le scribe. J'aurais désiré l'entretenir un instant.

— Mon père est à la taverne de Popa, répondit l'officier. Attendez un instant, Lélius, je cours le chercher.

Et Rutuba sortit sans avoir remarqué le coup d'œil suppliant par lequel sa sœur l'invitait à ne point le laisser, seule avec l'étranger.

Dès que le centurion se fut éloigné, Lélius commença à se promener de long en large dans l'appartement, examinant les moulures du plafond et sifflant l'air des Lupercales entre ses dents. Il s'arrêta devant une étagère en bois de cèdre, prit un à un dans ses mains les vases en terre de Samos et les bronzes qui les couvraient, et en regarda d'un air distrait les dessins et les ornemens.

— Vous êtes resté bien longtemps sans venir, Lélius, murmura la voix tremblante de Daphné.

— Hein ! que dites-vous, petite ? répondit le scribe en se tournant à demi vers sa fiancée.

Celle-ci n'osa point répéter sa question.

— Vous me reprochez ma longue absence, ce me semble ? reprit Lélius. Eh ! ma chère, je suis occupé, très occupé.

— Tellement occupé, continua la jeune fille, que vous n'avez pu trouver une heure en vingt-cinq jours pour nous la consacrer.

— Par Jugatinus ! y a-t-il bien vingt-cinq jours que je ne suis venu ?

— Je les ai comptés, moi, répliqua Daphné, dont la poitrine se gonflait de sanglots.

— C'est possible, après tout, ajouta le scribe.

— Je connais vos perfidies maintenant ; je sais mon malheur et j'y suis résignée.

— Quel lugubre récitatif me chantez-vous ? dit Lélius. De quelle trahison, de quelle infortune voulez-vous parler ?

— J'ai consulté une magicienne du grand cirque, et la saga m'a tout révélé.

— Et vous a dit cette honnête femme ?

— Que vous n'étiez pas scribe au trésor de Saturne, que vous m'aviez trompée et que jamais les pontifes ne béniraient notre union.

— Ah ! ah ! ah ! votre sorcière est excellente ! fit le scribe en ricanant.

L'ironie dédaigneuse avec laquelle Lélius accueillait ses plaintes brisa le cœur de Daphné.

— Que je suis malheureuse ! que je souffre ! s'écria-t-elle en fondant en larmes.

— Belle Daphné, reprit Lélius, si vous pleurez ainsi, nous ne pourrons plus nous expliquer. Gurgès et votre frère seront bientôt de retour ; je vous invite à cesser vos pleurs et à m'écouter.

On n'entendit plus, durant quelques minutes, dans le salon de Gurgès, que les sanglots de sa fille, qu'elle cherchait vainement à réprimer. Lélius s'assit auprès d'elle, et, pour se donner une contenance, il voulut prendre une de ses mains, qu'elle retira. Le scribe alors se croisa tranquillement les bras, et s'enveloppant d'un flegme stoïque, il attendit que la douleur de sa fiancée lui permît de parler.

— Dans quel guêpier me suis-je fourré! grommelait-il entre ses dents.

— C'est une lâcheté infâme de votre part, Lélius, reprit enfin Daphné, d'avoir abusé comme vous l'avez fait de la crédulité d'une pauvre fille sans éducation.

— En définitive, demanda le scribe, votre saga vous a prédit que je vous abandonnerais?

— Enfant, m'a répondu cette femme quand je l'ai interrogée sur l'avenir, crois-tu que les hommes reviennent à vous lorsqu'une fois ils vous ont délaissée?

— Eh bien! par Jupiter! votre sorcière a menti, car me voici de retour. — Qu'alliez-vous faire, d'ailleurs, au grand cirque? poursuivit Lélius. Est-ce un lieu où une femme de votre âge puisse convenablement se montrer?

— Quand la douleur vous accable, Lélius, quand la seule personne de qui l'on pourrait obtenir des consolations vous oublie, on cherche un remède à ses maux partout où l'on espère en trouver.

— Voulez-vous m'entendre à présent, chère Daphné? ajouta le scribe. J'ai consenti à m'associer à Gurgès pour soumissionner les fournitures du temple de Libitine, et cette association me paraît absurde. J'ai versé quarante mille sesterces entre les mains de votre père, afin d'acheter les combustibles nécessaires à notre commune entreprise, et ces quarante mille sesterces, je les regarde comme perdus, car Gurgès ne réussira pas à couvrir les enchères des fournisseurs actuels, sans accepter des conditions ruineuses. L'avenir vous prouvera que j'ai raison.

— Il fallait détourner mon père d'une pareille spéculation, interrompit Daphné.

— Rien n'eût été plus facile, et cependant je me suis abstenu de le faire. Pourquoi cela, je vous prie?

— Je ne sais.

— Parce que j'ai pensé qu'en flattant l'ambition de Gurgès, je l'amènerais sans peine à m'accorder votre main. Or, croyez-vous qu'un homme sacrifie de gaîté de cœur dix mille deniers pour assurer la réussite d'un mariage qu'il n'a pas l'intention de contracter?

— Ce raisonnement n'admet pas de réplique, je l'avoue, dit ingénûment la fiancée du scribe, et pourtant... comment l'ami intime du souverain pontife C. Julius César épousera-t-il jamais la fille du désignateur Gurgès?

— Je ne vous comprends pas.

— A qui donniez-vous familièrement le bras pendant la nuit des nones de ce mois, quand le triumvir capital et ses esclaves vous ont arrêté auprès d'un des janus du forum?

— Pendant la nuit des nones de ce mois? fit Lélius, qui tâchait de rappeler ses souvenirs. Quelle heure était-il?

— La septième heure environ.

— Je me souviens, dit le scribe en riant. Vous m'avez vu?

— Oui, en me dirigeant vers le grand cirque, où j'allais consulter la saga.

— Nous sortions de chez Sempronia, ma chère, et le grand pontife me priait de hâter le paiement d'une somme assez forte qu'il doit prochainement toucher.

— Jurez-moi par le Styx que vous ne m'en imposez pas, reprit la jeune fille à demi persuadée.

— Je jure par le Styx et par les neuf replis dont il environne l'enfer. J'y joindrai l'Achéron, si cela peut vous tranquilliser.

— Pourquoi donc cette longue absence pendant laquelle j'ai tant pleuré? Il fut un temps où je ne passais pas une soirée sans vous voir, Lélius!

— Nous sommes encombrés d'affaires au trésor de Saturne, répondit le scribe. Nous travaillons jour et nuit pour les expédier. Mais je viens ce soir pour réparer la faute dont je me suis involontairement rendu coupable. Je veux engager votre père à fixer définitivement l'époque de notre union.

Le pas lourd de Gurgès s'étant fait entendre sur l'escalier,

sa fille essuya ses larmes, et Lélius s'avança vers la porte pour recevoir le désignateur.

Gurgès était pris de vin.

— Eh! eh! eh! salut, salut, notre gendre! s'écria-t-il avec un gros rire, dès qu'il eut aperçu Lélius.

— Comme vous êtes gai, père Gurgès! dit le scribe. Auriez-vous enterré quelque sénateur aujourd'hui?

— Bien mieux que cela! J'ai enterré mon bon ami Cruscellus.

— Est-ce que votre digne ami le barbier Cruscellus est mort?

— C'est-à-dire qu'il est ivre-mort à deux pas d'ici, chez Licinius Popa. On peut s'en assurer. Ah! comme je l'ai noyé!

— C'est beau de votre part.

— Imaginez-vous, Lélius, reprit le désignateur, que cet ivrogne prétendait avoir bu plus de congés que moi. Je lui propose d'attaquer une amphore. Il accepte. Popa apporte deux coupes égales et un petit vin de Sicile excellent. Nous buvons sans tricher, à rasades, en présence de trois nécrophores et de trois Galles stupéfaits d'admiration. Mais l'amphore (25 livres 92 centil.) n'était pas à moitié vide que le misérable Cruscellus s'appuie contre la muraille, penche la tête et roule sous la table en présence des témoins de notre combat. J'ai épuisé le nectar de Sicile jusqu'à la lie, beau gendre, et me voilà!

— Vous méritez une couronne bachique, répondit Lélius; je tiens Cruscellus pour déshonoré.

— Il ne peut plus se présenter convenablement chez Popa; qu'en pensez-vous?

— Beau-père, interrompit le scribe, veuillez me dire où est notre affaire des fournitures du temple de Libitine?

— Nous sommes prêts, mon brave, à opposer la résistance la plus vigoureuse à tout concurrent qui oserait nous disputer les honneurs de l'adjudication prochaine. Mon fils vous a-t-il remis les clefs de nos magasins?

— Non.

— Va les chercher, Rutuba.

Le centurion apporta un trousseau de clefs qu'il remit à Lélius.

— Il vous faudra consacrer au moins un jour à visiter tous les dépôts que j'ai formés, reprit Gurgès: nous en avons trois aux Esquilies, trois dans Via-Lata, trois encore par quartier dans Tabernola, dans Subure et dans Vicus-Tuscus, un au Quirinal, deux sur le Célius et autant sur le Palatin. Nous possédons assez de cyprès, d'ilex, de résine et de papyrus pour brûler pendant un an tous les morts de Rome, quand bien même l'année serait excellente et qu'il nous viendrait une épidémie.

— Toutes ces acquisitions ont été faites en votre nom personnel?

— Comme vous me l'aviez recommandé.

— C'est bien, répondit le scribe. Maintenant, ô sublime vainqueur du barbier Cruscellus, quand aura lieu mon mariage avec ma jolie Daphné?

— Quand il aura lieu? répliqua Gurgès; hé! quand vous voudrez, l'ami. Voici ma fille; elle ne demande pas mieux que de vous épouser; moi, je ne m'oppose nullement à cette union Par Jugatinus! prenez-la de suite, beau gendre; prenez-la!

L'extrême franchise de ces paroles fit sourire Lélius, tandis que Rutuba et sa sœur dissimulaient à peine leur mécontentement. Le scribe s'en aperçut et se hâta de changer de conversation.

VII.

L'APPRENTISSAGE DU MEURTRE.

Le désir de revoir Daphné et de hâter son mariage avec elle n'était pas le seul motif qui eût conduit Lélius dans la maison des libitinaires. Il en avait d'autres bien autrement graves, celui entre autres de faciliter l'introduction dans

Rome des munitions que Sapala apportait aux conjurés. La passion de Gurgès pour les cérémonies funèbres lui pouvait être d'un grand secours en cette occasion. Le scribe avait résolu de l'exploiter utilement.

— Prenez place sur ce pliant, beau-père, dit-il, et causons un instant pompes funèbres. Cela vous convient-il?

— Par Mercure, conducteur des ombres! répondit Gurgès, j'aime ces conversations-là à la folie.

— Un de mes amis, Cornélius Trulla, affranchi de Céthégus, a vécu, reprit Lélius. On célèbre demain ses funérailles, et je ne voudrais confier qu'à vous le soin d'y présider.

— Vous avez raison d'en appeler à mon expérience, répliqua Gurgès. Je vous établirai une pompe funèbre très passable à peu de frais. Mais procédons par ordre. A-t-on déclaré le décès de votre ami aux bureaux du temple de Libitine?

— Oui.

— Son corps a-t-il été exposé durant sept jours dans l'atrium de la maison mortuaire?

— Toutes les formalités usitées en pareil cas ont été remplies.

— Voici quelle sera l'ordonnance de ses funérailles, poursuivit Gurgès : en tête du cortège, je placerai vingt esclaves portant des torches et vingt autres esclaves portant des flambeaux de cire de la plus grande dimension. Il faut des lumières aux funérailles ; cela fait diversion à la douleur.

— Ce vieux fou va nous faire dépenser cent mille sesterces (20,458 f. 33 cent.), pensa Lélius. — Je vous prie d'observer, excellent Gurgès, continua Lélius, que Trulla était de condition médiocre, qu'il n'a pas laissé de fortune et que les frais de son convoi retomberont à la charge de Céthégus.

— Ne m'interrompez pas, répliqua le désignateur. Après les lumières marcheront huit licteurs vêtus de noir et deux chœurs de musiciens. Les licteurs et les musiciens sont de rigueur.

— Mais un affranchi n'exerce pas de magistrature pendant sa vie, dit le scribe; nos lois le défendent. Il serait donc absurde de lui donner des licteurs après sa mort.

— Je ne conduis jamais un deuil sans licteurs et sans musiciens repartit Gurgès; c'est à prendre ou à laisser. — Suivront deux troupes de satyres exécutant la sicinne, cette danse que mes vespillions figurèrent si gaiment devant vous, Lélius, quand vous les eûtes arrachés au triumvir Licinius Burrha.

— Va pour la sicinne! Céthégus trouvera tout cela bien cher.

— Les satyres seront accompagnés par cinquante pleureuses de mon choix ; nous aurons là des femmes dont la poitrine est de fer et dont les larmes ne tarissent pas. Je vous assure que votre ami sera pleuré d'une façon convenable. Après les pleureuses marcheront les affranchis...

— Les affranchis! Mais, par Tisiphone! où les prendrez-vous, père Gurgès? Trulla n'a jamais possédé d'esclaves.

— Cela ne fait point une difficulté; je lui organiserai au rabais une bande d'affranchis très distingués, proprement vêtus et coiffés du bonnet de la liberté.— Les aïeux de Trulla assisteront, comme il est d'usage, à la cérémonie, portant les insignes de leurs dignités.

— Ah! pour le coup, vous déraisonnez, mon brave, interrompit Lélius. Comment! vous oseriez entourer d'images le char funèbre d'un homme qui traînait la chaîne il n'y a pas vingt ans?

— L'administration de Libitine composera sa généalogie, répliqua le désignateur avec un sang-froid imperturbable. Nos greniers sont encombrés de tribuns du peuple, d'édiles, de préteurs et de consuls. On pourrait même lui avoir un dictateur, mais le dictateur est hors de prix : je vous conseille de vous en passer.

— Céthégus ne consentira jamais à payer une aussi folle dépense. Retranchez la généalogie de votre programme, père Gurgès. Le patron du défunt se résoudra peut-être à conduire sur ses propres fourgons quelques tableaux représentant des magistrats plus ou moins enfumés, dans lesquels on pourra reconnaître les aïeux de mon malheureux ami ; mais sa générosité n'ira pas, soyez-en sûr, jusqu'à gratifier de vos man-

nequins en char ou en litière l'ombre de son ancien cuisinier.

— Dans ce cas, je ne présiderai pas aux funérailles de Trulla, répondit le désignateur. Pas d'aïeux, pas de Gurgès, c'est la règle que je me suis imposée.

— Cet ivrogne veut nous ruiner, murmura le scribe entre ses dents. Voyons, beau-père, reprit-il, nous vous accorderons la généalogie. Tâchez seulement que le défunt ne descende pas d'Hercule. La suite de ses ancêtres n'en finirait pas. Est-ce là tout ce qu'il vous faut?

— A peu près, sauf un orateur chargé de prononcer l'oraison funèbre du défunt au milieu du forum. Nous avons des orateurs à cinquante, à cent, à deux cents et même à six cents sesterces. Quel prix voulez-vous y mettre?

— Nous prendrons celui qui parlera le moins longtemps.

— Alors Basilides le pythagoricien fera votre affaire. Voilà pour le cortège. Parlons maintenant du bûcher. Dans quel tombeau seront déposées les cendres de votre ami?

— Dans celui des Céthégus.

— Sur la voie Appia?

— Oui.

— Près du temple de la Bonne-Déesse?

— Précisément.

— Tant mieux, répliqua Gurgès. Je pourrai me rafraîchir à la taverne de Coponius. Coponius est une vieille connaissance que je n'ai pas visitée depuis longtemps. Son vin de Cécube est délicieux. Le bûcher de Trulla sera d'une hauteur médiocre, décoré de rameaux et de guirlandes, et environné de cyprès. Nous immolerons à l'entour ses chevaux et ses chiens favoris.

— Encore un sacrifice de chevaux et de chiens! Sur ma foi, vous perdez la tête, beau-père. Le défunt n'avait pas d'animaux domestiques. Sa fortune ne l'aurait pas permis.

— L'administration à laquelle j'ai l'honneur d'appartenir, répondit Gurgès, qui ne se déconcertait jamais, a pris des arrangemens avec les équarrisseurs des Esquilies et les marchands de perroquets, de chiens, de merles et de rossignols de la place des Carènes, pour leur manquer jamais des victimes nécessaires aux cérémonies des funérailles. Elle a même cherché à conclure des marchés avec certains maquignons, pour se procurer des esclaves fidèles, qui ne voulussent pas survivre au trépas de leurs maîtres. Mais les édiles s'y sont opposés.

— Voilà comment on respecte la liberté du commerce et les droits de la propriété! répliqua Lélius en riant. Beau-père, vous aurez soin que les obsèques de Trulla soient célébrées avec tous les rites convenables. Nous nous en rapportons là-dessus à votre expérience. Envoyez demain les aïeux de mon ami chez Céthégus avec les chars et les litières sur lesquels ils doivent être exposés. Le convoi partira de la maison mortuaire à la seconde heure de la nuit.

Le scribe promit à Daphné de lui consacrer tous les instans dont ses occupations lui permettraient de disposer, prit congé de Gurgès, et, ayant invité Rutuba à le suivre, il sortit.

Ils descendirent ensemble le Clivus Esquilinus. Tous deux se taisaient, comme s'ils eussent craint l'un et l'autre de s'interroger.

Cependant, quand ils se trouvèrent au milieu des Carènes dans un lieu découvert, où nulle oreille indiscrète ne pouvait surprendre leur conversation, Lélius passa son bras sous celui de l'officier, et lui dit à voix basse:

— Je vous ai promis, il y a cinq jours, lorsque vous m'abordâtes dans le forum, au sortir de la maison de Sempronia, de surveiller la conduite de cette noble matrone.

— Oui répondit le centurion.

— J'ai tenu ma parole.

— Avez vous découvert quelque chose?

Si Lélius eût pu voir la figure du jeune officier, ses yeux hagards, ses lèvres contractées, l'horrible pâleur de ses joues, il eût été épouvanté.

— Un homme rend tous les soirs visite à Sempronia entre la cinquième et la sixième heure de la nuit, poursuivit le scribe.

— Comment se nomme-t-il?

— Je n'ai pu le découvrir. Mais une esclave de Sempronia

m'a paraîtem ent renseigné. Sempronia est une femme fort aimable ; son mari n'habite pas Rome, et la plupart de ses esclaves dorment à la cinquième heure de la nuit.

Les deux amis continuèrent leur route en silence jusqu'à l'entrée de Vicus-Tuscus.

— Ainsi donc Sempronia se joue de la malheureuse passion qu'elle a su m'inspirer ? reprit le fils de Gurgès.

— Non, elle vous aime.

— Et l'inconnu ?

— Elle le déteste. Vous avez sans doute remarqué combien cette femme est soigneuse de sa réputation ? poursuivit Lélius.

— Elle affecte de le paraître du moins.

— L'individu qu'elle reçoit est un vieil adorateur dont elle n'ose se débarrasser.

Le centurion fit quelques pas sans répondre ; puis, d'une voix sourde,

— Je l'en débarrasserai, moi, murmura-t-il.

Lélius le conduisit jusqu'au temple des Lares, d'où l'on apercevait la maison de Sempronia.

Ils se cachèrent sous le portique du temple.

A peine y étaient-ils restés un quart d'heure, qu'un de ces esclaves publics qui surveillaient le clepsydre de la tribune aux harangues traversa le Vicus-Tuscus et annonça la cinquième heure de la nuit (onze heures du soir).

— Nous sommes arrivés à temps, dit Lélius.

Aussitôt un homme, enveloppé d'un manteau, déboucha sur la place par la rue Jugaria.

— C'est lui ! c'est votre rival ! continua le scribe.

Toute l'attention de Rutuba se concentra sur l'inconnu.

Celui-ci s'achemina vers la maison de Brutus Pénus et agita une sonnette dont on entendit bruire le timbre argentin.

La porte de la maison s'ouvrit. La lumière du vestibule intérieur dessina un instant la forme noire de l'étranger. Il disparut bientôt et tout rentra dans l'obscurité.

— Crois-tu fermement, Lélius, que cet homme soit l'amant de Sempronia ? demanda Rutuba au scribe.

— Tu en doutes ? dit Lélius.

— Je crains que ma vengeance ne s'égare.

— Tu as peur de frapper l'individu qui, le chapeau rabattu sur les yeux, se glisse furtivement, pendant la nuit, chez ta maîtresse ?

— Je voudrais avoir la certitude qu'il est mon rival.

— Oui, c'est-à-dire que tu cherches la lumière et que tu fermes les yeux quand par hasard tu la trouves. Va ! je te plains, centurion : tu ressembles à tous les amoureux passés, présens et à venir.

— Que faire ? murmura le fils de Gurgès.

Poussé au crime par la jalousie, retenu par l'horreur que le meurtre inspire à toute âme honnête, le malheureux officier subissait d'affreuses tortures.

Lélius se pencha à son oreille.

— Songe, Rutuba, lui dit-il, qu'en ce moment...

— Oh ! n'irrite pas ma colère, interrompit le centurion. C'est par toi que j'ai connu Sempronia ; c'est par toi que je souffre. Nous sommes seuls ici... je pourrais te briser la tête sur les angles de cet escalier.

— Cela ne vous rendrait pas plus heureux dans vos amours, répliqua flegmatiquement Lélius. On ne me brise pas facilement d'ailleurs ; car je tiens à la fois de la nature du chêne et de celle du roseau.... Je ne plie guère et je ne romps pas.

A peine Lélius eut-il prononcé ces paroles, que le rival de Rutuba sortit de la maison de Brutus et marcha droit vers le temple des Lares.

Le scribe mit un poignard dans la main de son compagnon.

Celui-ci frissonna.

— Tu trembles ? dit Lélius. Frappe ! frappe donc, et délivre Sempronia !

Le scribe poussa Rutuba à l'encontre de l'inconnu.

— Que les dieux me pardonnent ! murmura le fils de Gurgès.

Il courut à son rival et d'un seul coup l'étendit à ses pieds. Au bruit que fit la victime en tombant, Lélius s'approcha. Il s'agenouilla auprès du blessé et l'examina attentivement. Le poignard de Rutuba lui avait traversé la poitrine. A la vue du scribe, qu'il reconnut sans doute, le moribond très saillit. Il essaya d'articuler quelques mots, mais en vain ; une hémorrhagie violente l'étouffait. Il se débattit un instant et expira.

Lélius partit d'un éclat de rire.

— Par Tisiphone ! tu t'es trompé, Rutuba, dit-il.

Le centurion restait debout près du cadavre, immobile et sans voix.

— Tu as tué le sénateur Elius Tubéro, poursuivit Lélius, un descendant de Paul-Emile, un financier riche comme Crassus.

— Ce n'était pas l'amant de Sempronia ?

— Tubéro n'a jamais aimé qu'une chose au monde.

— Et laquelle ?

— Les écus d'or luculliens.

Dans son égarement, Rutuba leva son poignard sur le scribe, qui fouillait tranquillement dans les poches de Tubéro ; mais tout à coup il jeta l'arme loin de lui

— Mes mains sont pleines de sang ! murmura-t-il.

— Tu t'accoutumeras à cette couleur avec le temps, jeune homme, répondit Lélius.

Celui-ci se releva et serra dans sa tunique une feuille de parchemin dont il avait dépouillé le créancier de Catilina.

Sur cette feuille, que Tubéro avait extraite de son livre-journal (kalendaire), était libellée la reconnaissance de cinq cent mille sesterces consentie un an auparavant par Sergius au profit du banquier.

— Calmez-vous, cher ami, reprit Lélius d'une voix tranquille ; il y a un fénérateur de moins dans Rome. Le mal n'est pas grand ; la race n'en périra point.

Les deux meurtriers traînèrent le cadavre du fénérateur vers le temple des Lares et le cachèrent dans un angle du portique.

— Ne m'as-tu pas demandé, il y a quelque temps, poursuivit le scribe en appuyant la main sur l'épaule de son compagnon, d'être admis parmi les vengeurs de Rome asservie ?

— Je méritais cet honneur alors, répondit Rutuba. Mais aujourd'hui que suis-je ? un vil assassin qui guette à l'angle des rues les citoyens attardés et les égorge traîtreusement dans la nuit.

— Tu avais promis de frapper une victime avant de t'enrôler parmi nous, répliqua Lélius ; tu l'as immolée, et tu le regrettes ! Mais la liberté, centurion, je te l'ai dit, est une divinité terrible, qui veut de sanglans sacrifices. C'est par un crime qu'il faut se vouer à son service, de manière à ne plus espérer qu'en elle, à n'avoir d'autres honneurs, d'autres amis, d'autres biens que ceux qu'on gagne à la servir.

— La vue de ce cadavre m'épouvante, repartit le centurion. Adieu, Lélius. La nature m'a refusé ce courage aveugle, sans pitié, sans remords, qui fait les conspirateurs.

— Tu as l'âme d'un Spartiate, au contraire, et le bras d'un Horatius Coclès. Maintenant, la patrie réclame tes services. Rutuba, sois un soldat intrépide, un adorateur fervent de la sainte égalité.

— Que son culte périsse s'il faut que je répande encore du sang humain sur ses autels !

— Insensé ! dit Lélius ; mais, dans les profondeurs des ténèbres dont nous sommes entourés, il y a des oreilles qu nous écoutent, des yeux qui nous observent. Jure, il le faut, jure, la main étendue sur ce cadavre, que tu obéiras sans examen, sans arrière-pensée, au pouvoir mystérieux qui nous surveille.

L'officier regarda autour de lui avec une circonspection craintive. Il avança les mains vers les colonnes du portique. Le bruit lointain des eaux du Tibre troublait seul le silence de la rue des Toscans.

C'était un homme d'une fermeté d'âme éprouvée ; mais l'horreur de son crime et la crainte d'avoir été aperçu tandis qu'il frappait Tubéro lui avaient ôté toute énergie.

— Ce pouvoir occulte dont tu parles, Lélius, demanda-t-il au scribe, a-t-il été confié à des hommes sur la discrétion desquels on puisse compter ?

— Ni la séduction ni les menaces, rien n'est capable de les ébranler.

— Quels sont-ils?

— Tu n'as pas besoin de les connaître. N'oublie pas, n'oublie jamais que leur vigilance est infatigable, qu'elle te poursuivra désormais à toute heure, en tout lieu. — Si tu entendais quelque jour une voix te dire : « Souviens-toi du temple des Lares! » ceins promptement ta robe, centurion, et cours où cette voix t'appellerait, fallût-il braver mille morts pour y arriver!

— Misérable publicain! répliqua l'officier, c'est donc pour me conduire à la plus honteuse des servitudes que tu m'as poussé à commettre le plus lâche des forfaits!

— Préfères-tu affronter le tribunal de violence? repartit Lélius. Demain, si tu me refuses obéissance, paraîtraient au grand jour dix témoins de ton crime, que l'obscurité de cette nuit cache maintenant à nos regards.

— Mais tu as été mon complice.

— Cela te sauverait-il?

— Ces témoins... oseraient m'accuser?

— Et sois certain qu'ils n'auraient pas de peine à te convaincre. On te dépouillerait de ton grade, on t'interdirait l'eau et le feu, le nom de ton père serait déshonoré et l'avenir de ta sœur à jamais perdu.

— Assez! assez! interrompit le centurion. Dieux immortels! dans quel abîme suis-je tombé!

Il prononça en tremblant le serment que Lélius exigeait de lui.

— Tu nous appartiens maintenant, reprit Lélius; tes revers, tes succès seront les nôtres; tu partageras avec nous la joie et la douleur, la fortune et l'adversité. Le meurtre que tu as commis n'est plus un crime isolé, c'est l'acte collectif de vingt mille Romains qui s'armeraient pour te défendre si tu étais accusé.

— Où cacher ce cadavre? poursuivit le centurion; portons-le jusqu'au pont Palatin et précipitons-le dans le Tibre.

— Non pas, non pas, cher ami! répondit Lélius; ce mort nous est nécessaire; nous serions obligés d'en faire un s'il venait à nous manquer. Tu as préparé, sans le savoir, le cadavre que ton bonhomme de père conduira demain au tombeau des Céthégus.

La consternation, la terreur de Rutuba, étaient au comble.

Lélius fit entendre par trois fois un bruit strident. Cinq ou six bandits accoururent à ce signal, soulevèrent les restes inanimés de Tubéro, en chargèrent leurs épaules et se dirigèrent vers le mont Aventin.

C'est ainsi que fut payé par le fer le créancier le plus impitoyable de Catilina.

VIII.

UNE FOURBERIE DE BARBIER.

C'était pour les Romains une époque de plaisirs indicibles, celle qui ramenait chaque année les comices consulaires. Alors les spectacles les plus gais, les plus dramatiques, les plus bizarres charmaient les rues. Dès que le jour commençait à poindre, la foule des salutateurs était sur pied. Ils couraient par légions de quartier en quartier, visitant tour à tour les divers candidats, interrogeant leur figure, leur attitude, celle de leurs familiers et de leurs esclaves, et jusqu'à la physionomie de leur portier. Ils préjugeaient ainsi le résultat des élections. Jamais la plèbe, même la plus indigente, n'avait à se plaindre durant ces présentations ni de la morgue du maître ni de l'insolence de ses valets. Des visages rians l'accueillaient partout. Partout on lui préparait d'abondantes sportules, des paniers bien fournis de viandes, et des amphores pleines d'excellent vin.

A neuf heures, les concurrens descendaient au forum. Des cliens, des affranchis, des gladiateurs les accompagnaient. Des groupes d'hommes chantaient et saluaient par des acclamations leur entrée dans la place publique. Il ne manquait pas de Romains au cœur candide pour partager l'enthousiasme de ces mercenaires, pour encourager de leurs suffrages le citoyen *si populaire, si généralement estimé*, dont ils exaltaient les vertus. Celui-ci, environné de ses nomenclateurs, dictionnaires vivans de toutes les adresses de l'empire, commençait à solliciter des votes. Il serrait de ses mains patriciennes des mains calleuses de laboureurs et appelait de leur nom les habitans de Rome, ceux des municipes et des moindres colonies. Enfin, les compétiteurs, après une courte promenade dans la basilique Opimia, montaient sur les rostres et s'attaquaient par de violentes satires. Fatigués de complimenter le public, ils l'amusaient à leurs dépens.

Il était rare, à cet heureux moment des élections, que Rome gardât deux jours de suite la même physionomie. Tantôt c'était un vaste théâtre, que faisaient retentir les fanfares des trompettes, les voix des histrions, ou les cris des gladiateurs; et tantôt on l'eût prise pour une cuisine immense, où des peuples de convives étaient servis par des peuples de marmitons. On se battait parfois sur toutes les places; on buvait dans toutes les tavernes. De jolies séditions s'organisaient vers le soir dans une rue borgne du mont Aventin, se grossissaient de tous les bandits sans nombre qui avaient soif et parcouraient Subure, les Esquilies et les Carènes, au grand effroi des petits enfans. Les bourgeois se mettaient aux fenêtres pour voir passer l'émeute. Ils en admiraient les évolutions extravagantes et se demandaient curieusement qui l'avait payée. Que si des voix rauques leur adressaient l'injure, ou bien si des pierres venaient à siffler autour de leurs oreilles, ils se rejetaient en arrière, en disant à leurs femmes :

— Nous aurons cette année de bien belles élections.

Depuis un mois, la vie apparente de Sergius, comme celle des autres prétendans au consulat, était toute d'étiquette et de représentation. Mais il avait une autre existence, non moins laborieuse, qu'il cachait avec soin aux regards de la foule. Dès que la sixième heure de la nuit (minuit) était venue, il quittait son rôle de candidat pour revêtir celui de conspirateur. S'il eût été possible de pénétrer en ce moment jusqu'à lui, à travers le labyrinthe des rues de Rome et l'allée sombre, étroite, d'une maison des faubourgs, on l'eût trouvé dans un vaste salon qu'une seule lampe éclairait.

Des casiers, une clepsydre, un bureau couvert de papyrus et de tablettes, quelques morceaux précieux d'antiquités, formaient, avec un lit de repos, tout l'ameublement de cette pièce. Vêtu d'une tunique blanche, Catilina travaillait à sa correspondance. Son front soucieux, ses épaules robustes se dessinaient vivement sur le fond gris des murailles, au milieu du cône de lumière que la lampe, suspendue à la voûte, projetait sur lui. Du fond de cette retraite, perdue dans l'immensité de la grande ville, il organisait au loin la guerre civile, couvrait les routes de ses agens, créait des arsenaux, disposait les cadres de ses légions, environnait peu à peu la ville éternelle d'une multitude innombrable d'ennemis. Infatigable artisan du mal. Il agençait ainsi deux machinations, l'une patente, l'autre occulte, dont l'action combinée devait produire contre la société un effort irrésistible, à moins qu'elle ne brisât la main puissante qui la dirigeait.

La brigue de Catilina était soutenue par tous ces jeunes gens prodigues, débauchés, infatués de leur noblesse, qu'avaient séduits tous les vices brillans du conspirateur. Ce dernier avait trop de prudence pour leur dévoiler ses projets. Quelques-uns d'entre eux seulement avaient reçu des confidences. Mais Sergius mettait habilement à profit les services que les autres pouvaient lui rendre. On pensait généralement à Rome que les élections de cette année amèneraient une collision sanglante. Licinius Muréna, dont l'aristocratie opposait la candidature à celle de Sergius, semblait prendre à tâche de provoquer son rival. Catilina employait ses jeunes amis à lui chercher partout des défenseurs, et ils s'empressaient de le faire sans se douter, pour la plupart, qu'ils préparaient ainsi non-seulement le triomphe de leur candidat, mais encore le succès d'une monstrueuse conjuration.

Par une belle matinée d'octobre, Fulvius, ce joyeux étourdi que nos lecteurs connaissent, s'éloignait de Rome en suivant la grande route du censeur Appius Clodius. Il allait remplir au delà de Bovilles une mission secrète que Sergius lui avait confiée. Cette mission consistait à reconnaître la position qu'avaient prise Sapala et ses brigands dans le bois sacré de la Bonne-Déesse, et de tout disposer pour que leur jonction avec le convoi de Trulla s'opérât sans difficulté.

L'émissaire de Catilina portait, comme un triomphateur, une longue tunique peinte. L'extrémité de sa toge avait été rejetée sur son épaule gauche avec coquetterie ; un large chapeau, orné d'une plume noire couvrait sa tête ; des brodequins serraient étroitement l'extrémité de ses jambes. De la main gauche il guidait son cheval, tandis que de la droite il agitait, en badinant, un petit fouet de cuir blanc à manche d'ivoire. C'était un excellent cavalier que Fulvius. Dès qu'il eut dépassé la porte Capène, il lança son cheval au galop, et, sans saluer les chapelles échelonnées sur la route, ni les tombeaux des Calatius, des Scipions, des Servilius et des Métellus, qui en bordaient les trottoirs de pouzzolane, il arriva d'une seule traite à Bovilles bien avant le milieu du jour (1).

Vers le milieu du troisième siècle de Rome, le peuple s'était retiré sur le mont Sacré, à quelques milles de la ville, afin d'échapper à la tyrannie des patriciens. Le pain manqua bientôt à cette multitude indigente. On raconte qu'alors une petite vieille vint à son secours. Chaque matin la divine Anna Pérenna, qui devait être bien vieille en effet, quittait Bovilles, et, malgré la longueur du chemin, elle apportait aux hôtes du mont Sacré des gâteaux qu'elle pétrissait de ses mains. Le peuple lui fut reconnaissant de ce bienfait. Anna Pérenna devint sa divinité de prédilection. On lui éleva un temple entre Lavinie et Bovilles, et les habitans du Latium l'honorent encore de nos jours au même lieu, dans une petite église consacrée sous le vocable de sainte Anna Pétronilla.

Fulvius, à son entrée dans la taverne de Bovilles, ordonna qu'on débridât son cheval. Il s'assit devant une table rustique, déjeuna de son mieux et se mit au lit pour attendre que la chaleur fût tombée.

Quand il se réveilla, vers la dixième heure (quatre heures du soir), la salle commune de la taverne était encombrée de paysans. Le marché qu'on tenait à Rome tous les neuf jours devait avoir lieu le lendemain ; c'était une occasion solennelle de brigue pour les prétendans à la dignité consulaire, et les dignes laboureurs du Latium se faisaient tondre et raser pour recevoir dans une tenue décente les politesses de leurs candidats. Au milieu du cabaret, Cruscellus, vêtu d'une simple tunique, exerçait son industrie. Le tondeur achevait d'abattre sa dernière barbe lorsque Fulvius l'aperçut.

— Te voilà, coquin ! On te trouve donc partout ? dit le jeune homme en riant.

— On me trouve à Bovilles, prêt à vous servir, maître, toutes les veilles de marché.

— Écorcheur ! répliqua Fulvius ; qu'Hébé me préserve de tomber jamais sous ta main !

Il jeta une pièce d'or sur le comptoir du cabaretier, donna ordre qu'on lui amenât sa monture, sauta légèrement dessus et s'éloigna.

A deux cents pas environ du village, il s'aperçut que Cruscellus, tranquillement assis à califourchon sur une mule, galopait derrière lui.

Fulvius s'arrêta, et quand le tondeur l'eut aperçu,

— Où vas-tu ? lui demanda-t-il.

— Tout près d'ici, maître, répondit Cruscellus, chez le tavernier Coponius, où j'ai invité à souper Gurgès, mon excellent ami.

— Qu'est-ce que Gurgès ?

— Un honnête homme, je vous l'assure : serviteur de Bacchus par goût et de Vénus Libitine par état. Gurgès m'a vain-

cu bier soir la coupe à la main, et je prends ma revanche aujourd'hui. Je veux le ramener ivre-mort à Rome, dans un des chars funèbres qui traîneront ce soir, au tombeau des Céthégus, les aïeux de l'affranchi Trulla.

— Ce Gurgès assistera donc au convoi de Trulla ?

— Mieux que cela, noble Fulvius ; Gurgès conduira le deuil, en sa qualité de désignateur. S'il vous prenait envie, aujourd'hui pour demain, de faire un voyage aux sombres bords, je vous conseillerais de lui confier par testament la direction de vos funérailles. Je ne connais pas d'homme qui porte mieux le manteau noir, lorsqu'il n'a pas offert à Bacchus de trop fréquentes libations.

— Cruscellus, reprit le jeune homme, je te conseille de retourner à Rome.

— Comment dites-vous cela ? Vous me conseillez de retourner à Rome, et de fuir le champ de bataille sur lequel j'ai provoqué Gurgès en combat singulier ?

— Tu me déplais ce soir, barbier, répliqua Fulvius. Va-t'en. Si tu t'obstines à vouloir souper chez Coponius, tu pourrais bien ne pas souper du tout.

— J'ai pourtant bon appétit.

— Si je t'enfonçais quatre pouces de fer dans la gorge, te sentirais-tu de force à les digérer ?

— Mais vous vous garderiez de le faire, dit le tondeur.

— Reste avec moi jusqu'à la nuit, et tu en jugeras, ajouta Fulvius.

— Bon jeune homme, reprit l'artiste, si vous êtes assez Grec pour escamoter un tondeur aussi gros que moi, que n'escamotez-vous avant tout le pois chiche (1) qui gêne si fort votre ami Catilina ?

— Et tu oses te permettre d'aussi mauvais jeux de mots, insolent ! s'écria l'élégant cavalier.

En même temps il leva son fouet sur le barbier, qui prit au plus vite le côté de la route que son compagnon de voyage ne suivait pas.

Cruscellus ne tarda pas cependant à se rapprocher de son interlocuteur.

— Imaginez-vous, mon cher Fulvius, poursuivit-il, que je conserve précieusement toutes les lettres que j'ai reçues depuis dix ans. Plusieurs de ces lettres m'ont été adressées par des matrones dont leurs maris s'occupent trop, et par d'autres dont leurs amans ne s'occupent pas assez. Il y a de ces papyrus qui portent le sceau de quelques fils de famille pleins de sollicitude pour leurs pères. Ces enfans bien nés voudraient épargner aux auteurs de leurs jours les infirmités de la vieillesse, à l'exemple des vertueux habitans du Nord.

— Je sais que tu as chez toi de quoi te faire étrangler, répondit Fulvius.

— Mais au nombre de ces parens si tendrement aimés dont je parle, continua le tondeur, se trouve un Romain taillé sur le patron des Brutus, lequel a fort étudié la loi des douze tables, et qui n'entendrait pas raillerie sur l'article du parricide. Le connaîtriez-vous par hasard ?

— Tu veux désigner mon brave homme de père, n'est-ce pas ?

— Cela se peut. Or, si je ne rentrais pas aux Esquilies ce soir, ma femme remettrait demain toute ma correspondance au consul Cicéron ; et le consul serait capable de distribuer ces maudits chiffons de papyrus aux présidens de ses diverses questions perpétuelles. J'avoue que ce serait fâcheux pour vous.

— Est-ce qu'on oserait traduire un Fulvius en justice pour un aussi mince délit ?

— On pousserait même l'impertinence jusqu'à le coudre dans un sac de cuir et à le jeter dans le Tibre, sans respect pour le nom qu'il porte.

— Veux-tu bien cesser, gueux ! murmura Fulvius épouvanté.

— Vous n'êtes donc pas capable d'empêcher un tondeur comme moi de souper chez Coponius, ajouta le barbier.

Les deux voyageurs cheminèrent un quart d'heure environ sans parler. Leur embarras augmentait à mesure qu'ils ap-

---

(1) Bovilles était un pauvre village, célèbre par le culte qu'on y rendait à la sœur de Didon, la bonne Anna Pérenna. Chassée de Carthage après la mort de cette infortunée de cette ville, Anna Pérenna, suivant une antique tradition, se retira à la cour d'Énée. Le héros troyen la reçut dans son palais de Lavinie ; mais la femme d'Énée ayant dressé des embûches à la fugitive, celle-ci s'échappa de sa retraite et se noya de désespoir dans les eaux sacrées du Numicus. D'autres y eussent trouvé la mort ; Anna Pérenna y trouva l'immortalité.

(1) Jeu de mots sur le nom de Cicéron.

prochaient du tombeau des Céthégus, qu'ils commençaient à découvrir à travers les arbres du chemin.

Cruscellus avait coutume de recueillir chaque année une ample moisson de sesterces à l'approche des comices consulaires. Il s'industriait alors pour utiliser ses talens. Gurgès lui ayant détaillé la superbe ordonnance des funérailles de Trulla, il avait flairé pour ainsi dire la sédition sous les tentures funèbres dont Lélius voulait couvrir les restes de l'affranchi.

Ses informations prises, le tondeur avait découvert que ce Trulla, qu'on supposait mort, n'avait jamais existé.

D'où il avait tiré cette conclusion, que Sergius Catilina allait tenter hors de Rome, avec accompagnement de chars, de litières et de croque-morts, quelque expédition secrète, dont le but était d'influencer, de dominer peut-être par la force les prochaines élections.

Avant donc de partir pour raser ses pratiques de Bovilles, il avait invité le désignateur à dîner chez Coponius, d'où l'on apercevait le bois sacré de la Bonne-Déesse et le tombeau des Céthégus.

Il s'agissait en ce moment pour le barbier d'apprendre de Fulvius à quelle fin on allait ensevelir le faux Trulla. Cruscellus s'était douté que le jeune homme assisterait au convoi, quand il l'avait rencontré à Bovilles ; il en était sûr depuis qu'il l'avait entretenu.

Or, le tondeur calculait qu'une parole imprudente de Fulvius lui rapporterait plus d'argent qu'il n'en avait gagné en rafraîchissant tous les mentons de Bovilles et des environs.

Quand il eut dressé ses batteries, il attaqua de la manière suivante l'inexpérience de son interlocuteur :

— Fulvius, lui dit-il, il se passe à Rome des choses bien extraordinaires depuis quelques jours.

— Quoi donc ? demanda le jeune homme.

— Certains personnages pleurent des affranchis qui n'ont jamais été leurs esclaves.

Fulvius resta muet.

— Il meurt des hommes qui n'ont jamais vécu.

Même silence de la part de Fulvius.

— Et les secrets des candidats à la dignité consulaire, ajouta Cruscellus, s'égarent dans les boutiques des barbiers.

— Ah çà ! m'ennuieras-tu longtemps avec ton bavardage, chien de tondeur ? fit le jeune homme.

— Heu ! vous vous engagez dans une entreprise qui ne réussira pas, continua Cruscellus. Nous sommes de vieilles connaissances et je voudrais vous être utile, si toutefois mes services ne vous déplaisaient pas.

— Va-t'en. C'est le seul service que tu puisses me rendre aujourd'hui.

— Je sais pourquoi vous courez ainsi les routes sans domestiques et sans escorte, comme un simple bourgeois du marché au pain. Vous perdez votre peine, et Catilina jette au vent ses deniers.

— Comme tu parais sûr de ton fait !

— Votre ami Céthégus vous a invité au convoi d'un mort qu'il a rêvé. Vous intriguez tous contre Muréna sur les grands chemins, en attendant que vous vous battiez avec lui au champ de Mars. Mais un agent bien payé, et par conséquent fidèle, est à vos trousses et déjouera tous vos projets.

— Tu connais cet agent ?

— Oui.

— Quel est-il ?

— C'est moi, dit naïvement le tondeur.

— Oh ! tu n'es pas bien redoutable.

— Je vous prouverai le contraire.

Et le barbier mit sa mule au grand trot.

Fulvius se hâta de le rejoindre.

— Sais-tu, reprit le jeune homme, que tu te mêles d'affaires dangereuses, Cruscellus ?

— Que voulez-vous, ces affaires-là sont lucratives.

— Parlons sérieusement ; que vas-tu faire chez Coponius ?

— Boire.

— Et puis ?

— Encore boire.

— Tu es discret quand tu n'as pas soupé. As-tu des renseignemens sur un certain Nonnius Balbus ?

— Nonnius Balbus, l'affranchi de Faustus Sylla ? mais je le connais beaucoup. Les armes que rassemblent les héritiers du dictateur, les gladiateurs qu'ils enrôlent et les coupe-jarrets qu'ils soudoient sont toujours achetés par Balbus. Comment voulez-vous qu'on ignore Balbus quand on a pratiqué la sédition vingt ans ?

— Aurais-tu, par hasard, entendu parler de Sapala ?

— Un jeune vaurien, n'est-ce pas ? hardi, rusé, pillard, qui vit sur terre et sur mer comme un animal amphibie ; fort honnête garçon au demeurant ? Oui, oui, je possède mon Sapala.

— Je ne veux pas jouer au plus fin avec toi, reprit le jeune homme.

— Ce serait peine inutile.

— Je t'avouerai donc que je vais ce soir trouver Sapala.

— Et moi aussi.

— Que je dois le conduire à Rome avec sa troupe, pour soutenir l'élection de Sergius.

— Voilà précisément ce que je me propose de faire dans l'intérêt de Muréna.

— Penses-tu que Sapala te suive ?

— Je n'en doute nullement. Le coffre-fort de mon patron est mieux garni que celui de votre ami.

— Mais Sapala nous apporte des armes.

— Dont Muréna a grand besoin, ajouta Cruscellus.

Avec un peu de réflexion, Fulvius eût déjoué facilement les ruses du barbier. Mais réfléchir n'entrait pas dans ses habitudes. Il venait de livrer ses secrets au tondeur : il courut au devant de sa cupidité.

— Muréna t'a payé pour venir au tombeau des Céthégus ? lui dit-il.

— Il m'a payé, bien payé, répondit Cruscellus.

— Combien t'a donné le vieil avare ?

— Cinquante deniers (40 fr. 94 c.)

— Il a estimé ta fidélité cinquante deniers... Maintenant que demanderais-tu pour le trahir ?

— Comme je suis plus enclin au mal qu'au bien, je trahirais Muréna pour cent sesterces (28 fr. 47 c.)

— Larron ! dit Fulvius ; tu ne rougis pas de parler ainsi ?

— J'ai oublié de rougir.

— Tu n'as pas de scrupules ?

La monnaie d'or à Rome se rapportait au scrupule, dont le poids (21 grains) égalait celui de la plus petit module.

Or, Cruscellus aimait trop les calembours pour négliger l'occasion que lui offrait son interlocuteur d'en produire un passable.

— Hélas ! non, je ne possède point de scrupules, répondit-il en allongeant la main vers Fulvius. A propos, combien avez-vous d'argent ?

— Cinquante sesterces.

— Dans une poche. Et dans l'autre ?

— Dans l'autre il n'y a rien.

— Par Hercule ! je suis encore plus vertueux que vous n'êtes riche. Nous ne pourrons pas nous arranger.

— Veux-tu soixante et quinze sesterces ?

— Non.

— Tu ne te souviens donc plus que je suis affligé d'un père, malheureux ?

— Il faut toujours qu'on vous cède, ô le plus séduisant des patriciens ! répliqua le barbier d'un ton patelin. Vos succès auprès des femmes ne me surprennent plus. Donnez-moi vos soixante et quinze sesterces, et je vais entrer chez Coponius, d'où je ne sortirai plus.

— Tu retourneras immédiatement à Rome.

— Bah ! que je m'enivre ici ou que je m'enivre aux Esquilies, chez Popa ou chez Coponius, que vous importe ? Comptez-moi vos deniers, et je m'occuperai exclusivement de vider des conges pendant qu'on brûlera les restes de Trulla.

Fulvius s'exécuta de bonne grâce. Le tondeur alla s'attabler en attendant Gurgès, et l'émissaire de Catilina, ayant piqué des deux, disparut dans le bois sacré de la Bonne-Déesse.

Sapala et ses pirates s'y trouvaient réunis.

IX.

LES FUNÉRAILLES D'UN MORT QUI N'AVAIT JAMAIS EXISTÉ.

Depuis le matin, l'atrium, ou cour intérieure de la maison de Céthégus, avait été tendu de noir. Des rameaux de cyprès, arbre consacré aux Enfers, parce qu'une fois coupé il ne repousse plus, ornaient les colonnes du vestibule. Un nombre considérable de flambeaux éclairaient cette décoration funèbre. Elle formait une espèce de chambre ardente, au milieu de laquelle on avait placé le faux Trulla sur une estrade, après l'avoir couvert d'une toge de pourpre et lui avoir ceint la tête de lauriers. La figure du mort était découverte ; mais les enfans même de Tubéro, cette victime immolée la veille par Rutuba près du temple des Lares, n'auraient pu le reconnaître sous la couche de farine et d'antimoine dont on l'avait grimé. Un esclave gardait le corps, et pendant que les libitinaires et les amis du défunt se rendaient à la maison mortuaire, des hérauts se répandaient dans les rues et les carrefours de la ville et criaient :

— Trulla, affranchi de Céthégus, a vécu ! Nous invitons ceux qui désirent assister aux funérailles de ce Romain de se hâter : on l'enlève. L'orateur Basilidès prononcera son oraison funèbre sur les rostres. Le maître des funérailles aura un appariteur et des licteurs.

Aux approches de la nuit, vers six heures du soir, une foule de piétons, de chevaux, de litières et de chars encombraient la rue d'Isis patricienne au Viminal, où la maison de Céthégus était située. Telle est l'influence de l'éducation d'un peuple sur ses jugemens, que les dévots habitans de Rome ne regardaient qu'avec tristesse ce rassemblement de pleureuses, de satyres et de croque-morts promenant des mannequins dont un Français du dix-neuvième siècle se fût amusé, comme on se réjouit d'une bonne mascarade aux derniers jours du carnaval. Céthégus, la toge retroussée, suivant une coutume particulière à sa famille, procéda lui-même à la purification de son logis en le balayant avec un balai de verveine. Quatre individus, la tête voilée, s'approchèrent ensuite du lit mortuaire, le chargèrent sur leurs épaules, et le convoi s'avança à travers les rues à la lueur des vingt torches et des vingt flambeaux dont Gurgès avait parlé la veille à Lélius.

Le désignateur ouvrait la marche, enveloppé d'un long manteau brun et frappant le pavé de sa canne d'ébène. Derrière lui se tenaient huit licteurs. Suivait un chœur de musiciens, jouant sur leurs trompettes l'air de la sicinne, danse funèbre que des satyres exécutaient. Dès que les trompettes cessaient de se faire entendre, quand les divinités des bois suspendaient leurs entrechats, des cris furieux, d'épouvantables hurlemens partaient d'un groupe de pleureuses soudoyées. Des affranchis, coiffés du bonnet de la liberté, se montraient à leur suite. Enfin, au milieu de la foule des ancêtres de Trulla, rangés par ordre chronologique et portés sur des litières et sur des chars, arrivait le corps du défunt. C'était merveille de voir toutes ces marionnettes de paille, costumées en préteurs, en tribuns du peuple, en consuls, osciller suivant les inégalités du sol et secouer autour d'elles la poussière des magasins d'où on les avait tirées. Aux voitures envoyées par l'administration de Libitine, Céthégus avait ajouté six vastes fourgons qu'il avait pris dans ses propres remises. Des tableaux se balançaient au-dessus des véhicules et représentaient toute sorte d'hommes et de choses, si ce n'est les aïeux du défunt et ses belles actions. Mais ils n'en produisaient pas moins, grâce aux ténèbres qui commençaient à s'épaissir, un effet merveilleux.

Les parens de Trulla, en vêtemens de deuil, terminaient ce cortège, moitié lugubre et moitié grotesque. Certes, la race des Fabius, si célèbre par sa lutte contre le peuple belliqueux de Véies, ne devait pas compter d'hommes plus robustes, de jeunes gens mieux découpés que la famille de l'affranchi. Elle se composait de deux cents individus de tout âge, grands et forts comme des athlètes, dont les toges noires laissaient apercevoir de larges épaules, des bras musculeux, des jambes

qui frappaient la terre d'aplomb et semblaient vouloir s'y implanter. Ils marchaient en colonne serrée, accélérant ou retardant le pas suivant les ordres d'un estafier à figure sinistre, qui les dominait de toute la tête. Ce dernier se nommait Carvilius.

Le convoi descendit au forum par le prolongement de la route de Tibur, la rue des Dix-Tavernes et la voie Sacrée. Il s'arrêta au pied des rostres. On déposa le lit funèbre sur la tribune aux harangues, vaste massif de pierres qui s'élevait à l'entrée du comice. Les ancêtres du défunt furent placés sur des chaises curules, et les divers acteurs de la cérémonie se rangèrent des deux côtés de la tribune, suivant les prescriptions de Gurgès. Il faisait nuit ; les flammes rouges des torches éclairaient seules ce cadavre livide et cette multitude confuse, hommes et mannequins grimaçans, qui s'était groupée bizarrement à l'entour. Basilidès parut en ce moment près de la dépouille inanimée de Trulla, et commença son éloge d'une voix avinée.

L'orateur démontra l'immortalité de l'âme dans un exorde par insinuation d'un style élevé ; puis il but un coup tandis que les pleureuses remplissaient l'air de leurs gémissemens.

Ce bruit apaisé, Basilidès entama sa narration. Il fit descendre Trulla d'Ancus Martius, raconta son enfance, ses exploits à l'armée, et il le représentait combattant corps à corps avec Spartacus, lorsque Céthégus s'approchant de Gurgès,

— Brave homme, lui dit-il, n'est-ce pas toi qui nous a procuré cet orateur ?

— Oui, répondit Gurgès.

— Aura-t-il bientôt terminé sa harangue ?

— Soyez sans inquiétude, répliqua le désignateur. Je connais la probité de Basilidès. Il m'a promis son discours de deux heures, le même qu'il a prononcé aux funérailles de Corbulon, moyennant deux cents sesterces, et il tiendra parole. Vous aurez les cinq parties du discours complètes. Votre argent sera bien gagné. Comment trouvez-vous l'exorde ? Hortensius ne dirait pas mieux.

Céthégus monta sur les rostres, saisit Basilidès à bras le corps et le précipita sur la place. Après cet exploit, il prit la parole et dit :

— Citoyens,

Trulla fut mon esclave ; il travaillait dans mes cuisines ; il accommodait parfaitement les murènes, me servait d'excellentes saucisses à l'ail, et recevait les coups de bâton sans se plaindre quand il en faisait donner. Marchons, marchons ! l'oraison funèbre du défunt est terminée.

Plus d'un nécrophore et gré à d'une pleureuse sut gré à Céthégus du laconisme de son éloquence. Seul peut-être, le père de Daphné trouva que ce patricien superbe aurait dû traiter avec plus d'égards le mort qu'un Gurgès en personne avait bien voulu conduire à sa dernière demeure. Le désignateur se remit donc en murmurant à la tête du convoi, qui se dirigea vers la porte Capène, à travers les quartiers populeux du grand cirque et de la piscine publique. On sortit de Rome. Alors Gurgès permit à ses subordonnés de rompre leurs rangs. Chacun ceignit sa toge, et receveur effet, reçut le cadavre du défunt. Chacun ceignit sa toge ; le désignateur se mit à causer comme un simple citoyen avec les licteurs qui portaient les faisceaux devant lui ; il y eut des musiciens, et même des satyres, qui offrirent galamment le bras à des pleureuses. Tous se dirigèrent sur Bovilles en pas accéléré. Ils arrivèrent à la cinquième heure de la nuit (onze heures du soir) au tombeau de Céthégus, près duquel le bûcher de Trulla avait été préparé.

Ce bûcher se composait d'une pile assez haute de pesse, d'ilex et d'autres bois résineux. Il avait la forme d'un autel, orné de guirlandes et environné de cyprès. Le lit funèbre fut déposé dessus, tandis que les trompettes faisaient retentir l'air de sons lugubres. Les litières et les chars qui portaient les aïeux du défunt vinrent s'aligner à sa droite et à sa gauche. Gurgès et les licteurs se tinrent debout aux pieds du cadavre, ayant vis-à-vis d'eux les robustes amis de Carvilius. Dans l'espace qui séparait les spectateurs du bûcher se mouvaient les chœurs des pleureuses, des satyres et des musiciens. Gurgès n'ayant point assigné de place aux six fourgons de Céthégus, le sénateur ordonna aux cochers qui les conduisaient de se retirer vers le bois sacré de la Bonne-Déesse, ce qu'ils firent sans exciter aucun soupçon.

Alors Céthégus vint ouvrir les yeux de Trulla, car c'eût été un crime de priver le ciel des regards d'un mort. Il lui remit son anneau et baisa ses lèvres glacées pour la dernière fois. Pendant ce temps, les animaux chéris de la victime des parques étaient immolés par les nécrophores. Les mânes sont avides de lait et de sang ; des libations, répandues à terre en abondance, durent contenter l'appétit du défunt.

— Adieu ! adieu ! s'écria Céthégus en se penchant vers le mort. Nous te suivrons tous dans l'ordre que la nature nous assigna.

Et, saisissant une torche, il mit le feu aux étoupes en détournant les yeux.

Gurgès profita de la préoccupation des assistans pour gagner, sans mot dire, la taverne de Coponius, où son ami le tondeur l'attendait.

La portion de la voie Appienne, où l'on célébrait les funérailles de Trulla, traversait un pays couvert de bois. Le cabaret de Coponius, bouge mal famé, était situé au bord de la route, en face du tombeau des Céthégus. Une allée de peupliers, destinée à brûler des cadavres, précédait ce monument. Le temple de la Bonne-Déesse s'élevait à quelque distance au delà d'un ravin. Autour de l'édicule de Cybèle, à la svelte architecture de marbre, étaient groupés confusément des bouquets de pins, découpés en éventail, et des masses ténébreuses de chênes, qui ondulaient dans la nuit. Les cimes bleuâtres des monts Albains se dessinaient à l'est sous la riche broderie d'étoiles dont le ciel était brillanté.

Bientôt la fumée s'échappa en tourbillons rapides du bûcher de Trulla. Le feu se fit jour par pointes aiguës au travers de ce vaste amas de bûches résineuses, s'élança de leurs flancs et courut en éclairs fulgurans parmi les vapeurs qu'elles vomissaient. Le bruit des trompettes, les cris des pleureuses augmentaient à mesure que les flammes étendaient leurs ravages. Elles se rendirent enfin maîtresses de leur proie ; elles l'étreignirent de toutes parts en roulant sur elles en sifflant. L'assemblée entière, la pyramide conique du sépulcre, le temple de la Bonne-Déesse, les forêts et les coteaux voisins furent éclairés des lueurs fantastiques de l'incendie.

Mais tandis que la mort puisait ainsi dans l'élément sacré la force et l'agilité nécessaires pour remonter à son origine, une scène mystérieuse se passait dans le bois sacré de Cybèle. Les fourgons y pénétraient l'un après l'autre. Sapala venait les reconnaître, en échangeant à voix basse avec les guides le mot d'ordre et celui de ralliement. Cette formalité remplie, les fourgons s'arrêtaient dans une clairière ; on renversait avec une coupable irrévérence les tableaux qu'ils supportaient ; on découvrait les caisses et on entassait les armes envoyées de Pompéi par Cornélius Balbus. Fulvius, Sapala et un troisième personnage, dont un vaste chapeau cachait la figure, dirigeaient cette opération. Elle se termina sans encombre, et les fourgons avaient repris leur position sur la lisière du bois quand le patron du défunt vint recueillir ses os, encore brûlans, dans les cendres du bûcher.

Il les lava dans du vin, les serra dans des voiles de lin, les renferma dans une urne avec des roses et des aromates, et déposa l'urne dans le sépulcre de sa famille. Céthégus prit ensuite un rameau d'olivier, qu'il trempa dans une eau pure. L'assemblée n'avait cessé de gémir. Le sénateur en fit le tour en répandant sur elle une rosée légère, et la congédia par ces mots :

— Vous pouvez vous retirer.

Chacun traversa les restes du feu pour se purifier. On jeta pêle-mêle toute la généalogie de Trulla sur quatre chars. Les autres furent mis à la disposition des libitinaires, qui se préparèrent à retourner en voiture à la ville, d'où ils étaient venus à pied.

Les robustes amis de Carvilius se mirent en route les premiers. Les chars funèbres, au nombre de trente, y compris les fourgons de Céthégus, venaient ensuite, chargés de vespillons, diversement groupés. De notre temps on eût pris ce

cortège de la mort pour une troupe de comédiens ambulans, d'autant plus que satyres, musiciens, licteurs et pleureuses ne s'épargnaient ni les éclats de rire ni les quolibets. La troupe de Sapala fermait la marche. Fulvius, Céthégus et l'inconnu au grand chapeau, qu'ils avaient rencontré dans le bois sacré de la Bonne-Déesse, marchaient à quelque distance, montés sur des chevaux. Près de huit cents personnes revenaient en ce moment des funérailles de Trulla. A un mille de Rome on aperçut, au milieu du chemin, un homme étendu par terre sans mouvement.

— Arrêtez, voyageurs, cria-t-on aux libitinaires en parodiant les inscriptions qui se lisaient ordinairement sur les tombeaux.

Céthégus et ses amis se dirigèrent vers la partie de la route d'où venaient ces paroles. Ils y trouvèrent le tondeur Cruscellus appuyé, les bras croisés, contre une borne milliaire.

— Quel est cet homme ? demanda Fulvius au barbier.

En même temps il montrait du doigt l'individu qui ronflait sur les dalles du chemin, le visage tourné vers le ciel.

— Hé quoi ! répliqua joyeusement Cruscellus, vous n'avez pas reconnu mon ami Gurgès, tel qu'il est revenu du combat que nous nous sommes livré autour d'une amphore, chez le tavernier Coponius ?

— Ne le croyez pas, braves gens, répondit Gurgès, qui se souleva pour défendre son honneur, et chercha à s'appuyer sur le coude. Cruscellus, ivrogne, tu en as menti ; il y avait deux amphores au lieu d'une, et celle à laquelle je puisais contenait du vin frelaté.— Tu m'as trahi, poursuivit le désignateur en bégayant. Je veux boire, je veux boire encore. Je te provoque pour demain. Nous n'aurons qu'un seul cruchon et qu'une seule coupe. Nous verrons qui de nous deux restera maître du champ de bataille. Par Bacchus ! je connais le cécube... j'en viderais six conges... une amphore... deux amphores... j'en boirais toujours... sans m'enivrer... oui, sans m'enivrer.

Après cette éloquente protestation, Gurgès laissa retomber sa tête et s'endormit.

Le personnage inconnu qui accompagnait Céthégus s'approcha du barbier, le saisit au bras, et le tirant à l'écart :

— Tondeur, lui dit-il, tu as surpris ce soir un secret dangereux.

Cruscellus examina attentivement celui qui l'interrogeait, et comprit sans doute qu'il n'avait pas affaire à Fulvius, car il se mit à trembler de tous ses membres.

— Maître, répondit-il d'un ton soumis, je n'ai point surpris votre secret. Fulvius me l'a livré.

— Tu as effrayé ce jeune homme pour lui voler quelques pièces de monnaie. Cet argent te coûtera cher.

— Hélas ! repartit le vainqueur de Gurgès, c'est mon métier, à moi, de me mêler un peu de tout.

— D'un mot je pourrais te guérir de cette manie d'intriguer qui te tourmente, ajouta l'inconnu. — Tu sais quel nom je porte ?

— Je serai discret, maître, murmura Cruscellus en se courbant comme si vingt poignards l'eussent menacé.

— Fulvius t'a dit que j'amenais à Rome Sapala et sa bande, reprit le voyageur au large chapeau ; tu ne seras pas à demi dans mes confidences. Il me faut des logemens pour tous ces hommes ; tu leur en trouveras. J'entends qu'ils demeurent près du Tibre, sous le mont Aventin, dans les tavernes qui avoisinent l'antre de Cacus. Cet antre sera leur quartier général. Deux d'entre eux y resteront en permanence, de manière à pouvoir réunir leurs camarades au premier signal. Tu leur transmettras mes ordres, entends-tu bien, Cruscellus ?

— J'obéirai, dit le tondeur.

L'inconnu appela du geste auprès de lui le chef des pirates.

— Voici ton questeur, Sapala, dit-il en montrant Cruscellus. Je l'ai chargé de pourvoir aux frais de logement et de nourriture qu'exigera le séjour dans Rome de ta petite armée. Si jamais tu le soupçonnes de trahison, tue-le comme un chien.

— Je n'y manquerai pas, répondit le brigand.

On fit monter Gurgès et le tondeur sur un char. Le cortège continua sa marche et atteignit bientôt la porte Capène, vaste cintre en pierre de Tibur, au-dessus duquel on entendait bruire les eaux de l'aqueduc de Clodius.

Le jour commençait à poindre. Les flambeaux des croquemorts pâlissaient. Leur figures somnolentes, éclairées par les premiers rayons de l'aurore, avaient un aspect hideux.

A l'approche du convoi une sentinelle, effrayée sans doute du grand nombre d'hommes qui le composaient, poussa un cri d'alarme. Une herse glissa aussitôt dans sa rainure de fer et s'abattit avec fracas. Des casques, des épées s'agitèrent dans l'ombre. Licinius Burrha, triumvir nocturne, parut derrière la herse.

— Qui va là? demanda-t-il.

Céthégus s'avança et répondit :

— Citoyen, je me nomme Caïus Céthégus. Je viens de célébrer les funérailles de Trulla, un de mes affranchis. Les employés de l'administration de Libitine ne sauraient vous être suspects. Nous avons besoin de repos : laissez-nous passer.

— Où est le désignateur qui a conduit le deuil? reprit le triumvir.

— Il cuve son vin, magistrat, répliqua Cruscellus. Approchez un peu, je vais vous le montrer. — Allons, réveille-toi, Gurgès.

— Qui m'appelle? fit le désignateur.

— Décline à ce triumvir tes nom, prénom et qualités, afin qu'il nous laisse entrer en ville.

Gurgès se mit sur son séant, et montra par dessus les épaules de deux libitinaires sa face alourdie par le vin.

— Je suis maître des cérémonies funèbres, dit-il, et j'ai droit de sortir de Rome et d'y rentrer à toute heure du jour et de la nuit.

— Vous venez de célébrer des funérailles? demanda le triumvir.

— Je sors de boire, répondit Gurgès; mais avant que ce maudit tondeur m'eût enivré, ajouta-t-il en montrant Cruscellus, si je m'en souviens bien, je présidais la pompe funèbre de Trulla, affranchi de Céthégus. Tenez, bonhomme, voici mes pleureuses, voici mes satyres, voici mes musiciens et la troupe de mes licteurs. Les aïeux du défunt sont entassés pêle-mêle dans ces chariots. Vous pouvez vous en assurer.

— Qu'on laisse passer ces ivrognes, poursuivit Burrha.

Les esclaves publics, auxquels le triumvir commandait, levèrent aussitôt la herse et livrèrent passage aux subordonnés de Gurgès.

Hommes, chevaux, chars, voleurs, bandits des halles, toute la cohue qui revenait de Bovilles sous la voûte de la porte. Le triumvir, craignant une surprise, avait mis ses esclaves en ligne et se tenait de bout devant eux l'épée nue à la main.

Le cortège avait déjà franchi les murailles de Rome, lorsqu'un cavalier se montra seul à l'entrée de la porte Capène.

— Et toi aussi tu as assisté aux funérailles de Trulla? lui dit Licinius.

Le cavalier, sans répondre, lança son cheval au galop sur le triumvir, le renversa et disparut.

On releva Licinius Burrha, meurtri, sanglant et surtout effrayé. Il venait d'être culbuté par le même personnage qui lui avait enlevé, un mois auparavant, dans le temple de Mercure, conducteur des ombres, les vespillons ses prisonniers.

X.

LE PARRICIDE.

Ce jour-là, 14 octobre 691, 2 des ides, suivant la numération de l'époque, on célébrait à Rome le dernier des trois marchés pendant lesquels devaient se présenter au peuple les prétendants au consulat. Dès la dixième heure de la nuit (quatre heures du matin), d'innombrables chariots étaient venus déposer leur chargement dans l'espace compris d'un

côté entre le Palatin et le Capitole, de l'autre entre le Tibre et la voie Sacrée. Près de la porte Carmentale et du cirque Flaminius, les descendans des belliqueux Rutules avaient entassé des montagnes de choux pommés, de laitues, de bettes et de magnifiques poireaux d'Aricie. Autour du temple de Vesta, on plaçait à terre des caisses remplies d'eau où grouillaient des poissons vivans de toutes les espèces. Le Volsque féroce, le voluptueux Campanien, le Toscan, dépositaire de la science égyptienne, exposaient sur des tables puantes la marée dont se nourrissait le bas peuple. Le Vélabre s'encombrait de pots d'huile. Des légions de boulangers rangeaient leur pain sur des étagères, alignées au pied du mont Aventin. Derrière la maison de Sempronia, en descendant vers *Equimelium*, se dressaient à grand fracas les étaux des bouchers sous un îlot de portiques. Les bœufs, les moutons, les chevaux faisaient retentir des échos de la voie des Toscans et du temple des Lares, en regrettant à leur manière les frais pâturages de la Sabine, les montagnes de Tibur et les délices de Capoue. Au milieu de la foule couraient les édiles plébéiens et les commis du trésor, les premiers vérifiant les poids, les mesures et la qualité des denrées mises en vente, les autres prélevant sur les vendeurs étrangers le droit du *portorium*.

Les gourmets célèbres et les esclaves des grandes maisons de Rome eurent bientôt appris ce qu'il y avait de meilleur sur le marché en fait de poisson et de gibier. Les ventes à la criée commencèrent. Viande, marée, légumes, tout fut rapidement enlevé par les pourvoyeurs des différens quartiers de la ville. Une activité extraordinaire, un tumulte de voix étourdissant régnait dans les halles et sur les places, où mille enchères s'adjugeaient à la fois. Ici un muletier chargeait en jurant ses bêtes; là des crocheteurs plaçaient de lourds paniers sur leur dos. Rome, ce monstre aux sept cent mille bouches, dépeçait de ses mains innombrables la curée qui, pendant neuf jours, devait satisfaire sa voracité. Vers la troisième heure (neuf heures du matin) survinrent les agens de la police urbaine, armés de bâtons ou portant des balais appuyés sur l'épaule. Les marchands prirent la fuite, les immondices amoncelés sur les places disparurent; les boutiques des pâtissiers, des rôtisseurs demeurèrent seules debout dans la partie de la voie Sacrée qui touchait au Palatin. Tout ce peuple âpre au gain, avare de ses deniers, qui s'était disputé durant trois heures quelques pièces de monnaie, disparut. Il ne resta plus que des citoyens se préparant à exercer leur droit souverain et à prendre connaissance des divers programmes politiques de leurs futurs magistrats.

La présentation des candidats à la charge éminente de consul avait lieu au champ de Mars, où se tenaient les comices par centuries qui devaient les élire. Les concurrens venaient à tour de rôle s'y montrer à la multitude, du haut de la colline des Jardins. Mais ces solennités légales étaient ordinairement précédées d'une brigue au forum, à laquelle présidait le consul en exercice qui avait les faisceaux.

Dès que l'ombre solaire eut atteint la troisième heure sur le cadran des rostres, tandis que pêcheurs, braconniers et maquignons de la campagne de Rome enlevaient à la hâte le reste de leurs marchandises, Cicéron, précédé de ses douze licteurs, vint s'asseoir sur une chaise curule dans l'enceinte réservée du comice. Le forum présenta bientôt l'aspect le plus animé. On aurait dit que le monde entier s'y était donné rendez-vous. Des Gaulois y coudoyaient des Espagnols et des Africains. Parmi les citoyens attroupés autour d'une même affiche, discutant un projet de loi, les uns parlaient grec, d'autres la langue celtique ou phénicienne; d'autres encore le langage osque des vieux Ausoniens. Un grave Sabin, embarrassé dans son manteau, écoutait discourir un sophiste d'Athènes, vêtu d'une chlamyde, aux phrases duquel il ne comprenait rien. Un pêcheur de Pyrgos, un marchand d'huîtres de Circéi, la tête et les épaules enveloppées du caban des mariniers, regardaient passer avec admiration le dictateur d'une colonie de l'Asie-Mineure, couvert de pourpre et d'or. Conduits par des esclaves, de pauvres montagnards en sandales de bois, que les prétendans au consulat avaient mandés à Rome, restaient debout, la bouche béante, devant un des innombrables monumens de la place. Les sombres murailles du Capitole, les édifices de la voie Sacrée et ceux du Palatin, temples, curies, portiques, janus à quatre faces étaient encombrés de spectateurs, les uns superposés en pyramide, les autres rangés sur une double ligne de têtes mouvantes et pressées. Les quatre candidats à la dignité consulaire pour l'année 694, Muréna, Silanus, Sulpitius et Catilina, sollicitaient des suffrages et traînaient après eux des armées de cliens, qu'ils faisaient évoluer parmi les statues innombrables du forum.

Un bruit affreux d'injures, d'applaudissemens, de sifflets, accueillit le jurisconsulte Servius Sulpitius quand il parut sur la tribune aux harangues et y promena sa toge blanche en réclamant le silence de la main.

Laissons cet illustre personnage déblatérer contre les manœuvres séditieuses de ses concurrens, et transportons-nous dans la chambre de Sempronia.

Elle achevait sa toilette du matin. A demi couchée sur un petit fauteuil dont le dossier atteignait à peine la hauteur de sa ceinture, elle s'abandonnait avec une nonchalance adorable aux soins de ses esclaves. Un ruban de cuir noir, orné d'arabesques d'or, serrait sa tunique sur sa poitrine, et la forçait d'en dessiner les formes arrondies. Ses pieds étaient chaussés de brodequins rouges. Deux femmes tressaient les nattes soyeuses de sa chevelure, qu'elles suspendaient en guirlandes autour de ses tempes, ou qu'elles arrondissaient en couronne à la naissance de son col. Une foule de tailleurs, de fleuristes, d'orfèvres l'environnaient. La matrone examinait d'un air dédaigneux les vêtemens, les bijoux et les bouquets rares qu'on lui présentait. Aucun bruit du dehors désagréable à l'oreille, aucune émanation de cette plèbe d'acheteurs et de marchands qui s'agitaient aux alentours de sa maison, n'arrivait jusqu'à l'orgueilleuse matrone. Debout vis-à-vis d'elle, Rutuba l'admirait en silence. Sempronia aimait à se laisser surprendre au milieu des secrets les plus intimes de sa vie de jolie femme. Elle se croyait assez belle pour l'oser.

Le visage du centurion était pâle, de cette pâleur fébrile que provoquent les violentes émotions de l'âme, soit en retardant, soit en activant outre mesure la circulation du sang. Un feu sinistre brillait sous ses paupières légèrement enflées. Ses mains étaient inquiètes, et des titillations nerveuses les agitaient continuellement. Les souvenirs de la soirée qu'il avait passée avec Lélius, dans la voie des Toscans, obsédaient son âme. Il n'avait cessé, depuis ce temps, de voir Tubéro s'avançant vers lui et tombant sous ses coups, ainsi que le cadavre du sénateur, immobile dans un angle du portique sacré. Les sermens qu'il avait prononcés après le meurtre l'épouvantaient. Ses souffrances, son crime, ses remords, il les devait pourtant à Sempronia. Il le savait et n'en aimait que plus ardemment cette femme. C'est que l'assassinat de Tubéro avait été pour sa passion une épreuve décisive, dont elle était sortie plus forte, parce qu'elle en avait triomphé. L'amour du centurion eût pu s'éteindre dans le sang; il s'y était retrempé.

Dès que la toilette de Sempronia fut terminée, elle congédia ses esclaves et introduisit Rutuba dans un salon d'été d'où l'on apercevait tout le magnifique panorama de la place romaine. Le soleil allait atteindre le point culminant de sa course. Ses rayons, glissant sur les pentes du mont Palatin, laissaient dans l'ombre le Grécostase au portique de marbre, le comice et les constructions massives du temple de Castor et de l'antique palais Hostilien, tandis qu'ils inondaient de feux les substructions gigantesques du Capitole, le trésor de Saturne, le temple de la Concorde, la prison publique et les degrés sanglans des Gémonies. Des zones lumineuses s'étendaient à l'orient, le long des édifices, superposés en amphithéâtre, de la voie Sacrée, des Carènes et du mont Esquilin. Une foule compacte, bariolée de mille couleurs, au milieu de laquelle on voyait se mouvoir des têtes blondes ou brunes, des chapeaux, des bonnets phrygiens et d'autres bonnets en laine grise, assez semblables à ceux des habitants de nos montagnes, se pressait, oscillait, poussait

des clameurs confuses autour de la tribune aux harangues. L'orateur Sulpitius, dont la robe blanche jetait au loin des reflets éclatans, l'occupait toujours. Il se fatiguait à démontrer un fait connu de tout le monde, à savoir que les citoyens les plus turbulens et les plus prodigues de leur fortune n'étaient pas les plus dignes du consulat.

Sempronia et son amant s'étaient arrêtés devant la fenêtre du salon.

La matrone montrait au fils de Gurgès le consul Cicéron assis dans l'enceinte du comice.

— Voyez-vous, lui disait-elle, ce magistrat qui trône sur une chaise curule, environné de ses licteurs? Il est sorti des rangs du peuple; le sang de Marius coule dans ses veines. Doué d'une éloquence incomparable, né pour servir la cause populaire avec le dévoûment d'un tribun, il a préféré devenir le champion de l'aristocratie qui nous opprime. Aussi les sénateurs n'ont-ils pas laissé sa trahison sans récompense. Etrange corruption de notre temps! Les Gracques moururent pauvres et proscrits, et Cicéron domine la république. Les faisceaux consulaires marchent devant lui; sa fortune est immense; il a maison de ville au Palatin, maison de campagne à Tusculum, à Naples, à Pompéïa et à Formies. Ne pensez-vous point, Rutuba, que la population de Subure et de l'Aventin, cette tribu de pauvres que l'été surprend toujours sans abri et l'hiver sans vêtemens, devrait se lever tout entière pour délivrer la patrie de pareils ambitieux?

— Hélas! répondit le centurion, nous ne sommes plus qu'une vile plèbe, façonnée au joug par Sylla.

— Croyez au contraire qu'il existe encore dans Rome de nobles cœurs, fidèles au culte de la liberté, qui espèrent en elle, qui pressentent son avénement, comme l'oiseau des mers pressent l'orage, lorsqu'il va souffler des profondeurs de l'horizon. Regardez ici, sous le temple de Saturne, se presser les uns contre les autres tous ces hommes aux bras robustes, dont l'œil devine les formes athlétiques sous les haillons qui les couvrent, ils sont de vos amis et de ceux de Lélius. Semblables aux passereaux sur lesquels un vautour plane, ils s'appellent, ils se rassemblent pour lutter contre la tyrannie. Leurs cris de détresse ont trouvé de nombreux échos. Nos maîtres pâliront quand, au signal donné, ils s'ébranleront ensemble et promèneront dans la ville le drapeau de la liberté.

En effet, Carvilius et Sapala avaient réuni près du mille d'or les bandits auxquels ils commandaient. La troupe entière avait serré ses rangs et formait une masse immobile, contre laquelle venaient se briser les oscillations de la foule. Les deux chefs échangeaient de temps à autre des regards inquiets, de rapides paroles.

Cruscellus, que l'étourderie du jeune Fulvius avait mis sur leurs traces, les observait du haut du Capitole.

Sempronia ferma sa fenêtre et invita le centurion à prendre place à ses côtés sur une housse de Tyr, éclatante de pourpre et d'or.

— Vous m'aimez, Rutuba? lui dit-elle.

— Oui, répondit l'officier. Il me semble, quand je suis auprès de vous, que la vie m'abandonne et que, de mon être éperdu, elle émane par de longs rayonnemens vers vous.

— Vous souvenez-vous, reprit la matrone, de cette nuit d'orage, pendant laquelle vous me promîtes d'adopter mes haines, d'embrasser mes vengeances, d'être le bras qui manque au courage de Sempronia?

— Je ne l'ai point oubliée.

— Les Gracques, mes ancêtres, ont légué à leur famille leur cause à soutenir et leur sang à venger.

— Un noble sang! répliqua le centurion. Puisse-t-il retomber un jour sur l'aristocratie qui l'a répandu!

— Sois le successeur des Gracques, sois leur vengeur, et l'amour que tu me portes ne sera plus une pensée solitaire, une affection désolée.

— Moi, le successeur des Gracques! interrompit Rutuba. C'est un pauvre soldat sans éloquence que vous osez comparer à ces tribuns immortels?

— As-tu du cœur? dit la matrone.

— Je n'ai donné à aucun être vivant le droit d'en douter.

— Que crains-tu donc? Ce ne sont pas des rhéteurs qu'il

nous faut, ce ne sont pas des tribuns, mais bien des Coclès qui frappent les tyrans sans leur parler.

Rutuba devinait les intentions de Sempronia et n'osait l'interroger. Elle le ramena vers la fenêtre du salon et poursuivit :

— J'ai sondé ton âme, vois-tu, centurion, et je n'y ai trouvé qu'angoisses et désespoir.

— Oh ! vous m'avez bien compris, murmura l'officier, car nulle bouche humaine ne pourrait décrire les souffrances que j'endure. Quand donc finira cette incertitude dont les alternatives cruelles ont fatigué ma raison?

— Si tu as vraiment du courage, aujourd'hui même, repartit la matrone.

Le centurion se jeta à ses pieds.

— O toi, sur qui les dieux ont laissé tomber un rayon de leur beauté éternelle, disait-il, répète, répète cette parole que tu viens de prononcer ! Serait-il donc vrai que tu consentisses à m'aimer, à illuminer ma vie des feux divins de ton regard, des séductions infinies de ton sourire; à faire de Rutuba ton ami, de ton esclave un roi?

— Ces hommes qui se pressent autour du mille d'or, reprit Sempronia en parcourant des yeux le forum, et cet orgueilleux consul qui se pavane au milieu du comice, attendent, les premiers un libérateur, et le second...

Rutuba, accroupi sur ses genoux, la tête penchée en arrière et les lèvres entr'ouvertes, interrogeait la matrone du regard.

— Comme une victime destinée au sacrifice, continua-t-elle, le second attend un meurtrier. Relève-toi, centurion, va le frapper, et mon amour est à toi.

Rutuba recula d'épouvante.

— Que j'aille frapper Cicéron ! s'écria-t-il.

— Tuer un consul! cela t'effraie? Quand tu mis ton poignard à ma disposition, tu pensais donc que ce serait un prolétaire, quelque vil crocheteur des halles que je désignerais à tes coups?

Rutuba s'éloignait de la matrone sans la quitter des yeux, comme s'il eût aperçu une vipère se dresser devant lui.

— Sempronia, génie malfaisant, disait-il, sous une enveloppe séduisante de femme tu caches les passions cruelles d'une furie.

— Ainsi donc, poursuivit Sempronia, les promesses que tu m'as faites au bois sacré d'Égérie, tu refuses de les accomplir ?

— Que ne puis-je te haïr autant que je t'aime, courtisane perfide! répondit le centurion.

— Ce serait une haine bien tardive que la tienne. Tu ne t'appartiens plus maintenant.

— Ne te hâte pas de faire trophée de ma défaite. Quand un esclave s'est longtemps fatigué à traîner sa chaîne, il la brise quelquefois.

— La tienne est de celles qui ne tombent qu'avec la tête du coupable...

— Que parles-tu de coupable? interrompit l'officier.

La matrone prit une attitude sibylline, et ajouta d'une voix lente et grave :

— Souviens-toi du temple des Lares, centurion !

La stupeur et l'épouvante bouleversèrent les traits de Rutuba.

— Malheureux que je suis ! s'écria-t-il.

Des larmes sillonnaient ses joues. Sempronia pendant ce temps observait de loin avec inquiétude les mouvements de l'orateur Sulpitius, dont les cris et les gestes excessifs prouvaient qu'il en était arrivé à la péroraison de son discours.

Le cœur du centurion lui suggéra une résolution généreuse.

— Sempronia, reprit-il, dis à tes complices que Rutuba porte un glaive pour défendre les magistrats du peuple romain, et non pour les assassiner.

— Hé bien, sors d'ici, répliqua la matrone. Dieux tout-puissans, Rutuba, que j'avais choisi entre mille, Rutuba n'est qu'un lâche et un assassin de nuit.

L'officier se dirigea vers la porte. Mais quand il en eut soulevé le voile de pourpre, quand il eut touché la clef d'ar-

gent, le courage lui manqua, ses genoux se dérobèrent sous lui ; il se laissa tomber tout éperdu sur un pliant.

— Tu hésites à partir ? lui dit l'épouse de Brutus avec dédain.

— Aie pitié de moi, Sempronia, répondit le jeune homme. J'ai fait un serment et je ne refuse pas de l'accomplir ; mais le sang m'épouvante quand il faut le verser en guet-apens, quand il faut en abreuver le pavé des carrefours. Donne-moi une autre mission, quelle qu'elle puisse être, et je m'en acquitterai. Trouve-moi un adversaire à combattre, et je le vaincrai, pourvu que nous ayons tous deux une épée dans la main, tous deux notre part de vent, de poussière et de soleil.

— Un gladiateur en dirait autant. Je n'ai que faire de ta bravoure de spadassin. L'œuvre que tu refuses d'entreprendre, un autre l'accomplira. J'irai aux Esquilies, je parcourrai Subure et l'Aventin ; là, parmi ces prolétaires chez qui l'amour est encore vivace, peut-être trouverai-je un Hippias qui ose affronter la mort pour moi.

— Ce n'est pas la mort que je redoute.

— Laisse-moi, laisse-moi, centurion, interrompit Sempronia.

— Ainsi donc pour moi plus de repos, plus d'espérance de bonheur! dit le fils de Gurgès.

Il se pencha en avant et resta immobile, les bras appuyés sur ses genoux et le front dans ses mains.

— Le bonheur que je te réservais, continua la matrone, sera la récompense de celui qui aura vengé la mort des Gracques sur le transfuge du camp populaire, sur l'aveugle instrument des fureurs patriciennes. Je l'ai juré par le Styx, et Sempronia ne jure jamais en vain. Et cependant, pour suivit l'épouse de Brutus avec exaltation, Rutuba, puisque le moment est venu de nous séparer, tu le sauras enfin, oui, je t'aimais!... non pas de cette affection vulgaire que nos élégantes matrones ont pour les étourdis qui les courtisent, mais comme la lionne aime l'époux aux rugissemens sourds qui la poursuit à travers les sables du désert.

Le centurion s'élança et saisit de ses deux mains les mains de Sempronia.

— Tu ne cherches pas à me tromper? lui demanda-t-il.

La matrone pencha sa tête vers lui et le serra tendrement dans ses bras.

— Un glaive ! un glaive! s'écria l'officier.

Des coussins de son divan, Sempronia tira un de ces poignards renfermés dans une canne que les Romains appelaient dolons. Rutuba s'en saisit avidement.

— Tu vas apprendre à me connaître! dit-il.

Et il courait vers la porte du salon. Sempronia le retint.

— Où vas-tu, cher Rutuba ? à la mort peut-être! murmura-t-elle.

— Il faut mériter ton amour, répondit le jeune homme.

— Oh ! que ne puis-je rétracter le serment que je fis avant de te connaître, noble ami, reprit la matrone, ce serment qui m'oblige à t'exposer au châtiment des parricides!... Mais non, tu ne mourras pas, car je ne pourrais te survivre. J'ai pourvu à ta sûreté. Les hommes que tu as vus près du mille d'or ont été chargés par moi de te défendre. Ils sont au nombre de huit cents. Ils te cacheront dans leurs rangs; ils placeront eux-mêmes Cicéron à portée de tes coups et t'arracheront aux mains de ses licteurs quand tu l'auras frappé.

En ce moment, la matrone aperçut le candidat Sulpitius descendant l'escalier de la tribune aux harangues. La présentation solennelle des prétendants à la dignité consulaire allait commencer au champ de Mars.

— Voici l'instant fatal, centurion, poursuivit Sempronia d'une voix tremblante. Par Minerve ! j'oubliais une dernière précaution.

Elle prit dans une armoire un manteau de couleur brune dont elle couvrit Rutuba tout entier. Sur la tête du jeune homme elle plaça un chapeau à larges bords qui le rendait méconnaissable. Ainsi travesti, Rutuba laissa tomber involontairement ses regards sur un miroir et frissonna.

A en juger par la coloration fébrile de ses joues, par la rapidité de ses mouvemens et de ses paroles, Sempronia n'était pas moins émue.

— J'ai peur, bien peur! lui dit le centurion.

— Pars, le temps presse, répondit l'épouse de Brutus. Va te poster auprès du mille d'or. Après le coup, tu laisseras toute cette défroque au milieu du forum. Adieu! adieu! Pense à moi, centurion!

Rutuba sortit. La matrone demeura un instant pensive, les yeux tournés vers la porte par laquelle son amant avait disparu.

— Par Tisiphone! cet homme a l'âme d'un héros des tragédies antiques, reprit-elle.

Il sembla qu'elle s'écoutait penser.

— Et moi aussi, je l'aime! je l'aime! s'écria tout à coup Sempronia; puissante Vénus! veillez sur lui, sauvez-le!

Puis, toute frémissante d'inquiétude, elle se plaça derrière les vitres en écaille de sa fenêtre de manière à ne rien perdre de ce qui allait se passer dans le forum.

Dès que Sulpitius eut quitté les rostres, il se fit un mouvement général dans la place romaine. Les nombreux spectateurs dont étaient surchargés les fortifications du Capitole, les monuments du Palatin et ceux de la voie Sacrée, se précipitèrent vers le champ de Mars, afin d'y occuper les places les plus voisines de la colline des Jardins. Mais la foule, rassemblée dans le forum, attendit, non sans impatience, pour abandonner le terrain, que le consul se fût retiré. Celui-ci quitta sa chaise curule, sortit de l'enceinte du comice, et se dirigea vers le mille d'or pour aller de là prendre le grand escalier du Capitole. C'était le chemin le plus court de la région du forum à celle du cirque Flaminius. Carvilius et Sapala ne quittaient plus du regard la maison de Sempronia. Ils aperçurent Rutuba au moment où il sortait du Vicus-Jugarius.

— L'homme au manteau! s'écria Carvilius.

— Dis donc, répondit Sapala, la fosse que tu as creusée sous le mont Testaceus pour cet honnête Romain ne sera jamais assez grande.

— Nous l'ensevelirons dans le Tibre avec une pierre au col. — A ton poste, Sapala. Je vais reconnaître le victimaire que Sergius nous envoie.

Le crocheteur vint à la rencontre de Rutuba.

— Ami, lui dit-il, tu t'es fait bien attendre.

— Qu'importe, pourvu que j'arrive à temps?

— Hâtons-nous; nous n'avons pas un instant à perdre. Le consul approche; on va te le conduire. Prends bien tes mesures, et ne le manque pas.

Rutuba, sans répondre, tira son poignard et en laissa tomber le fourreau à ses pieds.

Cicéron avait dépassé la tribune aux harangues. Ses licteurs lui frayaient un passage à travers la multitude, qui, du reste, s'écartait respectueusement devant lui. Tout à coup, non loin du mille d'or, une brusque oscillation de la foule le sépara de ses licteurs. Des imprécations furieuses retentirent à ses oreilles. Il chercha vainement à lutter contre le flot qui l'entraînait. Enfermé dans un cercle étroit de vigoureux bandits; poussé, repoussé par cent mains calleuses, il se trouvait déjà loin de son escorte, quand Rutuba le saisit par derrière à l'épaule, lui fit fléchir les reins sous la pression de son genou, et lui enfonça son poignard dans la poitrine.

Le consul ne tomba point.

— Redouble, murmura Carvilius à l'oreille du centurion.

Rutuba fit voir au bandit son poignard.

Profitant du trouble de ses assassins, Cicéron se débarrassa d'eux, rejoignit ses gens, et, montrant sa robe déchirée, à travers laquelle brillait l'acier d'une cuirasse,

— A moi, citoyens! à moi, licteurs! s'écria-t-il, on a voulu m'assassiner!

Un hourra d'indignation répondit à ces paroles du consul. Chevaliers, plébéiens, étrangers, le peuple en masse court au mille d'or; mais il était trop tard... On ne trouva plus sur le théâtre du crime que le manteau, le chapeau et le fer brisé que le centurion avait reçus un instant auparavant de Sempronia.

Un quart d'heure après, Carvilius se présenta chez la matrone.

— J'ai tout vu. Le sort nous a trompés, lui dit-elle. Qu'as-tu fait du meurtrier?

— Je le tiens enfermé dans la caverne de Cacus, répondit le brigand, et ce soir...

— Eh bien! ce soir? reprit-elle.

— Dans le Tibre!

Le bandit se pencha vers l'épouse de Brutus et murmura quelques mots à son oreille.

— Épargne-le, dit la matrone en déposant une poignée de pièces d'or dans la main de Carvilius.

— Par Bellone! j'y consens, répliqua le brigand. Les hommes de sa trempe sont rares et bons à conserver.

XI.

DE JOYEUX ADORATEURS DE VÉNUS ÉRYCINE.

Vénus fut la divinité chérie du peuple romain. Non-seulement ils adoraient en elle le principe fondamental du panthéisme, mais ils la regardaient de plus comme la déesse tutélaire de leur empire, dont Enée, son fils, avait été le fondateur. Ils lui savaient gré des événemens heureux de la vie. Ils s'intitulaient *Epaphrodités*, favoris de Vénus, quand la fortune avait satisfait pleinement leur ambition, et l'invoquaient à leur dernière heure sous le nom de Libitine, comme si l'influence de cette divité consolatrice eût pu leur rendre moins affreuses les terreurs de l'agonie.

Pour exprimer les sentimens de reconnaissance et d'amour dont ils étaient animés pour elle, ils avaient coutume de l'appeler *Alma*, adjectif qui n'a pas de synonyme dans notre langue, et qui renferme à lui seul tous les attributs de la Providence, en tant qu'elle se manifeste à l'homme: beauté, bonté, fécondité et prévoyance.

Virgile, qui s'était imposé la tâche de consacrer toutes les croyances et de célébrer toutes les gloires de ses concitoyens, a longuement raconté dans son *Enéide* comment Vénus conduisit son fils, à travers mille écueils, des rivages de Troie aux terres lointaines que gouvernait Latinus. Près de quitter la Sicile, Enée, si l'on en croit le poète, voulut y élever un temple en l'honneur de sa mère. Il construisit à cette fin, sur le mont Eryx, le monument fameux dont parlent Strabon et Diodore, où le monde entier vint adorer plus tard la reine de Paphos et d'Idalie. Les Carthaginois respectèrent cet édifice. Après eux, les descendans de Romulus en augmentèrent la splendeur, l'environnèrent de jardins et y consacrèrent mille esclaves au culte de leur protectrice immortelle. La petite cité du mont Eryx devint une seconde Corinthe, que les plus riches, les plus nobles patriciens visitaient une fois au moins dans le cours de leur vie. Cette manière de pèlerinage avait ses charmes; le nombre des pèlerins était grand. De leurs offrandes on faisait deux parts, l'une qui entrait dans le trésor de la déesse, l'autre que les jolies recluses de ce couvent païen employaient à racheter leur liberté. Les richesses qu'avait amassées de cette manière Agonis de Lilybée, affranchie de Vénus Erycine, étaient si considérables, qu'au rapport de Cicéron elles tentèrent la cupidité de Verrès.

Mais le besoin d'un temple de Vénus Erycine plus rapproché des bords du Tibre que celui de Sicile s'était fait sentir à la longue parmi les Romains. Le décemvir Porcius dota sa patrie de ce monument indispensable vers l'an 573, en exécution d'un vœu que son père, étant consul, avait fait pendant ses guerres de Ligurie. On en voit encore les ruines dans le vallon qui sépare le mont Pincio du Quirinal. L'œuvre de Porcius ne possédait pas à cette époque ces brillantes mosaïques, ces colonnes d'albâtre dont la décorèrent, au temps de Salluste, les fabriciens Pacorus et Stratoclès. C'était une construction simple et de bon goût. Un péristyle de colonnes corinthiennes en marbre vert antique en dessinait la forme ovale. On y entrait par quatre portes ouvertes sous autant de portiques. La statue de Vénus occupait le milieu du sanctuaire, et près de l'aimable déesse souriait le petit Cupidon, le carquois sur l'épaule, et les ailes épanouies au vent.

Derrière ce temple, un bois sacré s'étendait jusqu'aux murailles de la ville. Bien différent des sombres forêts où les prêtres du paganisme cachaient ordinairement leurs mystères, ce bois avait un aspect riant. L'air en était parfumé. Une douce lumière pénétrait à travers le feuillage, et des fontaines répandaient partout leurs eaux fraîches et murmurantes sur cette terre favorisée du ciel. Une petite maison, bâtie à l'extrémité d'une pelouse, semblait se cacher parmi des touffes de lauriers roses et d'églantiers. C'était là que les esclaves de Vénus Erycine demeuraient.

Voici ce qui s'y passait pendant la nuit du 44 au 45 octobre, cinq jours avant la célébration des comices, où les consuls de l'année suivante devaient être désignés.

Nous l'avons dit, dans la pensée de Sergius le succès de sa brigue devait assurer celui de sa conjuration. C'étaient deux machinations subordonnées l'une à l'autre, dont il tendait les ressorts de manière à renverser par un double choc la puissance de l'oligarchie. Une fois désigné consul, il eût rattaché facilement à sa cause (il le pensait du moins) César, Crassus, Marc-Antoine, tous ces habiles temporiseurs qui se rangeaient invariablement du côté du plus fort. Il fût devenu, au renouvellement de l'année, avant trois mois, au milieu des agitations de la révolte, et le représentant du pouvoir social, et le conspirateur acharné qui travaillait à le détruire. Quelle résistance alors le sénat lui eût-il opposée? Quelles ressources la constitution eût-elle offertes au conseil des Sept pour défendre sa tyrannie? Le consulat menait Catilina droit à la dictature à travers des monceaux de ruines et des flots de sang.

Ses ennemis le savaient. Aussi lui avaient-ils suscité des rivaux difficiles à vaincre sur le terrain du champ de Mars. Ne parlons pas de Servius Sulpitius, jurisconsulte son avarice et l'austérité de ses mœurs avaient rendu odieux aux peuple. Mais Silanus était porté au consulat, non-seulement par les suffrages des grands, mais encore par toute la faction plébéïenne, que César lui avait conciliée. Silanus avait un mérite incontestable aux yeux du grand pontife : il était le mari de sa femme, de la belle Servilie. La portion la plus influente du sénat, les compagnies de fermiers publics, les tribuns du trésor, les municipes de l'Ombrie et de la Gaule narbonnaise appuyaient Muréna. Une circonstance fortuite avait encore accru la popularité de cet heureux candidat. Il venait de partager le triomphe de Lucullus, sous les ordres duquel il avait servi contre Mithridate, en qualité de lieutenant.

Catilina avait deux moyens de triompher de ses adversaires, la corruption d'abord ; en second lieu, la violence. Il avait résolu, pour peu que les centuries parussent hésiter dans leur choix, de massacrer ses concurrens sur leurs chaises curules, et Cicéron sur son tribunal.

Les demi-mesures n'étaient pas son fait.

Mais les moyens ne pouvaient accomplir seuls une aussi rude tâche. Il y avait disproportion entre les ressources pécuniaires de leur chef et l'énormité des crimes qu'il méditait. Le conspirateur donc convoqué pour le 44 octobre au soir, dans le temple de Vénus Erycine, cette foule de patriciens, de chevaliers, de femmes galantes, qui aidaient à ses complots sans trop les connaître. Il voulait profiter du tumulte d'un festin pour armer les uns, prélever un tribut sur les autres et les engager tous dans la lutte suprême dont le moment approchait.

Cette nuit-là bien des fils de famille désertèrent le toit paternel ; bien des matrones s'échappèrent furtivement de leur maison par la secrète issue du *posticum.* Un observateur, placé à l'extrémité de la rue de la Fortune, eût aperçu bien des ombres en longer les murailles et disparaître sous une allée d'arbres, aux environs de la porte Salaria.

Le souper que Sergius offrait à ses amis avait été servi dans la grande salle à manger où les prêtresses de Vénus Erycine célébraient leurs jours de fête. Des fresques, séparées les unes des autres par des pilastres d'ordre ionique, en ornaient

le pourtour. Là était représentée l'histoire de Vénus telle que les poètes la racontent : sa naissance, ses amours, ses triomphes, et le jugement du royal berger qui attira tant de maux sur les Troyens. Un lambris de cèdre sculpté et rehaussé d'or formait le plafond de l'appartement. Les convives occupaient un divan adossé aux murailles. De jeunes esclaves, à demi vêtues de peaux de tigre comme des bacchantes, et des enfans couronnés de lierre se tenaient prêts à les servir. Dix patères de bronze, desquelles s'échappaient trois jets de flamme disposés en triangle, éclairaient la table et allumaient sur les coupes, les vases d'or et la vaisselle émaillée de Samos mille scintillemens de feu.

Du reste, les guéridons du triclinium n'étaient pas seulement environnés de femmes et de jeunes patriciens couronnés de fleurs. Deux vieillards à cheveux blancs, dont la figure hâlée respirait un air martial, partageaient ce festin de prodigues. Ils se nommaient Flamma et Furius, et ils avaient conduit à Rome, pour y voter et se battre au besoin dans l'intérêt de Catilina, tous les vétérans du dictateur auxquels ils avaient commandé jadis en qualité de centurions.

La porte de la salle à manger venait de s'ouvrir pour la troisième fois. Seize Cappadociens, précédés par un maître d'hôtel, avaient apporté le dernier service dressé sur huit surtouts d'argent massif. Des corbeilles en filigrane d'or contenaient les pâtisseries, les confitures et les fruits d'automne dont il se composait. L'ivresse commençait à s'emparer des convives de Sergius. Ils avaient brisé les pieds de leurs calices et en épuisaient le contenu à chaque santé nouvelle que portait le roi du festin.

Le triclinium était plein de tumulte. Jeunes gens, matrones, vieillards, dont les fumées du vin troublaient la raison malgré les parfums de leurs couronnes, s'interpellaient d'un bout à l'autre de la salle. Mil'e bruits confus de voix qui se provoquent, de coupes qui se heurtent, de rires qui éclatent, résonnaient à la fois aux oreilles des convives. Nonchalamment couché sur des coussins de pourpre, un jeune efféminé à barbe blonde présidait gravement à cette scène de désordre. C'était Tongillus, qui avait obtenu par le sort la royauté du festin.

Les corbeilles circulèrent le long des tables. Le silence se rétablit un peu.

— Lecca, dit Tongillus au sénateur de ce nom, qui portait en ce moment son calice à ses lèvres, réponds à ma question avant de boire : Qu'est-ce que l'homme?

— L'homme est un animal altéré, répondit Lecca.

Et il vida sa coupe d'un seul coup.

— C'est un animal qui digère, ajouta Curius. Ménénius Agrippa l'a dit.

— Nous dévorons les produits des trois parties du monde, interrompit Céparius : l'Afrique fournit ces dattes, Milet ces figues, et ces raisins ont mûri à Lesbos.

— Ce qui prouve la nécessité des lois somptuaires, poursuivit Fulvius en plongeant ses doigts dans une corbeille de cerises, dont chacune, vu l'époque et la saison, valait un denier d'argent.

— Qui parle de lois somptuaires? s'écria-t-on de toutes parts.

— Veut-on nous ramener au *puls* de nos ancêtres?

— Au brouet des Spartiates?

— Aux glands des Arcadiens?

L'orage qu'avait soulevé Fulvius gronda bientôt avec tant de violence, que le roi du festin crut devoir intervenir.

— Tu mérites une punition, Fulvius, dit-il. Je te condamne à boire autant de coups qu'il y a de lettres dans ton nom.

— Versez-moi du vin de Corcyre, et passez-moi une tourte aux amandes, répliqua Fulvius.

— Forçons-le de rendre hommage à l'art culinaire dans la personne de Thimbron, dit la Sicilienne Amaryllis.

— Oui! oui! répétèrent les convives; qu'on fasse venir Thimbron.

Le cuisinier de Sempronia, au talent duquel Sergius avait confié les apprêts du repas, ne tarda pas à se présenter.

Il s'arrêta au milieu du triclinium, le tablier roulé autour de la taille, le jarret tendu, le poing sur la hanche et le bras gauche allongé dans la direction de son couteau.

Sauf le costume, il ressemblait à un triomphateur qui va monter au Capitole.

— Incomparable artiste, lui dit Fulvius en bégayant, je le déclare en mon âme et conscience, tes ragoûts sont excellens.

— Jupiter se repaît de l'odeur de ma cuisine, répondit Thimbron.

— Et quand tu ne travailles pas, coquin, de quoi soupe le maître de l'Olympe? demanda la danseuse Dyonisia.

— Jupiter se couche sans souper.

— Tu nous as servi un sanglier moitié bouilli et moitié rôti, interrompit Sergius. Explique-nous comment tu l'as préparé?

— En préservant un de ses flancs de l'ardeur du four au moyen d'une couche de farine, arrosée d'huile et de vin.

— Je demande qu'on accommode Thimbron comme le sanglier, dit Curius.

— Moitié bouilli, moitié rôti! ajouta Calpurnius Pison. Quelle mort pour un cuisinier! J'appuie la motion de Curius.

Thimbron pâlit et implora du regard la protection de Sempronia.

La matrone causait avec Céthégus.

— Nous le mangerons au gros sel, disait l'un.

— Avec une sauce au *garum*, répondait un autre.

— Qu'on le prépare à la troyenne, criait un troisième. Qu'on lui remplisse le ventre de cailles, de jaunes d'œufs, de poulardes farcies et de boudins.

— Ne voyez-vous pas, ivrognes, que Thimbron est l'inventeur du mets qu'il nous a servi? reprit Tongillus.

— Après?

— Il faudra donc qu'il préside à sa propre cuisson, si vous voulez l'avoir moitié bouilli, moitié rôti.

— C'est vrai.

— Par la sibylle de Préneste, s'écria Curius, je n'avais pas prévu cela.

— Ils sont tous ivres, ajouta Fulvius en laissant retomber sa tête, appesantie par le corcyre, sur l'oreiller de son divan.

— Buvons à la santé de Catilina consul, cria le roi du festin.

Tous les convives remplirent leurs coupes. Sergius se leva et dit:

— « Il me semble, ô mes amis, que, pareil à un gladiateur qui va combattre, je célèbre ce soir le repas de mon agonie. Telle est en effet ma condition que si la fortune des prochains comices tourne contre moi, ma vie politique sera finie. Il ne me restera plus qu'à tendre la gorge au fer de nos tyrans.

» Votre sort sera digne de pitié, quand je serai couché sanglant sur l'arène du champ de Mars. — Des pauvres trouveront-ils parmi les heureux de ce monde un défenseur fidèle (1)? Des opprimés pourront-ils jamais avoir confiance dans les promesses d'hommes riches et puissans? Non. O vous, qui cherchez à réparer les brèches qu'a faites à votre fortune l'injustice ou l'adversité, considérez l'énormité de mes dettes, l'insuffisance de mes biens, et jugez par là de mon audace. Ruiné et par conséquent incapable de craindre, je suis le chef naturel, le porte-étendard de tous les malheureux...

» Préparez-vous donc aux prochaines élections comme à une bataille. Toi, Antoine, conduis-moi tes esclaves; toi, Céthégus, tes gladiateurs; toi, Flamma, les bourgeois d'Arrétium et de Fésules; toi, Furius, les cohortes de vétérans qui apprirent jadis à vaincre sous les ordres de Sylla. Sénateurs et chevaliers, pendant un mois vous avez appuyé ma brigue; vous n'avez cessé de me faire cortége au forum, revêtus des insignes de vos dignités. Mais avant d'affronter la grande lutte des comices, cachez sous vos robes des poignards que nous puissions opposer à ceux de Muréna. »

— Vive Catilina consul! s'écrièrent les convives.

— Descendrez-vous en armes au champ de Mars avec vos amis et vos cliens? ajouta Sergius.

(1) Voyez le discours de Cicéron par Muréna, XXV.

— Repousserez-vous, s'il le faut, la violence par la violence? Combattrez-vous la tyrannie par l'insurrection?

— Oui, oui, répondit l'assemblée.

— Nous soutiendrons ta candidature, même au péril de notre vie.

— Que les dieux nous protégent! dit le conspirateur.

Ses hôtes échangèrent leurs calices en signe d'union, et les vidèrent jusqu'à la dernière goutte, suivant les ordres de Tongillus.

— Qu'on introduise maintenant les diviseurs du peuple! reprit Catilina.

Les diviseurs étaient des officiers publics, placés sous les ordres des censeurs, qui partageaient les citoyens dans les comices soit par tribus, soit par centuries. Mêlés à la foule, ils lui distribuaient les largesses des candidats. De tous les agens de corruption, ils étaient ceux dont les manœuvres étaient le plus efficaces, parce qu'ils achetaient les suffrages au moment même du scrutin.

Ils parurent au nombre de trente-cinq.

Les nouveaux venus occupaient le centre de la salle vis-à-vis des convives. Derrière eux brillaient, entremêlés de lumières et de fleurs, les bassins, les coupes, les vases de toute forme et de toute matière, que supportaient deux dressoirs placés au fond de l'appartement. Les esclaves de Vénus Erycine environnaient les diviseurs. Spectacle étrange et bien digne des mœurs dépravées de cette époque! les représentans des trente cinq tribus allaient vendre à quelques débauchés ivres, vers la fin d'une orgie, au milieu des ministres de leurs plaisirs, la première magistrature du peuple romain.

— Avez-vous sondé les dispositions des centuries? demanda Sergius au diviseur de la tribu qui portait son nom.

— Nous avons mis tous nos interprètes en campagne, répondit ce dernier.

— Et que pensent-ils de l'issue des comices?

— Votre élection leur semble impossible. Les chevaliers et la majeure partie du sénat portent Silanus et Muréna.

— Est-ce bien à moi que tu oses tenir un pareil langage, misérable? s'écria Sergius transporté de colère. Tu désespères de la victoire et tu n'as pas combattu! Connais-tu les dispositions de César?

— César est contre nous.

— Et Marc-Antoine?

— Il reste neutre. Cicéron l'a gagné.

— Par le Styx! je serai consul quoi qu'ils fassent!

— Noble Sergius, interrompit Flamma d'Arrétium, permets que j'envoie à cet homme une coupe de vin de Cécube, afin de lui rendre quelque courage.

Le calice partit des mains de Flamma et vint frapper le diviseur au milieu de l'abdomen.

Des cris de joie, des applaudissemens frénétiques retentirent sous les lambris du triclinium. Les convives se redressèrent tant bien que mal sur leurs jambes, renversèrent les corbeilles de la table et firent pleuvoir sur les diviseurs une grêle de biscuits, de raisins et de bonbons.

Pendant ce temps, les petits silènes, couronnés de lierre, qui avaient partagé les soins du service avec les bacchantes, se précipitaient à corps perdu sur les projectiles et les dévoraient à belles dents.

— Par Vénus Erycine! dit le diviseur de la tribu Véturia, si tu veux sacrifier cinq cent mille sesterces, Catilina, je te ferai consul.

— Qui te rend si audacieux, vaurien, de mettre des bornes à ma générosité? répondit Sergius. C'est deux millions de sesterces que je veux donner.

— Auxquels tu pourras ajouter le prix de cette corbeille, interrompit Fulvius.

Et ne trouvant plus d'autres munitions sous sa main, il lança aux officiers de la censure une des corbeilles en filigrane d'or.

Ce fut le signal d'un désordre effroyable. En un instant la table fut pillée: vaisselles de Samos, cristaux de Sidon, orfèvrerie murrhinites, tout l'attirail du service tomba sur les diviseurs comme un orage. Au fracas des assiettes brisées, des vases qui heurtaient le marbre du pavé et des murailles, se mêlaient des injures, des plaintes, des rires, mille éclats de voix discordans.

Le diviseur de la tribu de Véturia et ses confrères résistaient bravement à la tempête.

— L'avez-vous entendu, mes amis? criait le premier au milieu du tumulte, L. Sergius Catilina promet deux millions de sesterces à répartir entre les centuries.

— Nous lui appartenons corps et âme, répondirent les officiers de la censure. Nous emploierons son argent de telle sorte qu'en dépit de ses rivaux il sera nommé consul par acclamations.

— Désignez des séquestres, poursuivit Catilina, et les deux millions de sesterces (409,166 fr. 66 c.) leur seront comptés demain (1).

Il ne restait plus sur la table que les surtouts d'argent, débris splendides de l'ancienne fortune de Sergius, pièces d'orfèvrerie d'un poids énorme, dont la fabrication avait coûté des soins infinis.

Varguntéius, le plus robuste des convives, en saisit un, et l'élevant au-dessus de sa tête :

— A vous, gueux ! qui vendez le consulat à l'enchère, dit-il.

Le surtout, lancé avec une vigueur prodigieuse, décrivit en l'air une courbe rapide, tomba sur la mosaïque du triclinium, se releva, se balança sur chacun de ses angles, tournoya sur lui-même et ne cessa de bruire qu'après avoir produit les plus étranges, les plus étourdissantes vibrations.

Les diviseurs s'étaient enfuis.

Alors, sur un signe de Catilina, les esclaves enlevèrent les débris du festin, lavèrent avec des linges le marbre du pavé, le recouvrirent d'un moëlleux tapis de Séleucie, et firent des aspersions de verveine et d'adiante, afin d'assainir l'atmosphère du triclinium. Les convives se reposaient. Ils s'entretenaient paisiblement, tandis qu'on leur servait des boissons édulcorées et fortifiantes. Sempronia mit à profit ce moment de lassitude pour exécuter un projet depuis longtemps arrêté entre elle et Catilina :

Elle s'approcha du conspirateur et lui dit :

— Catilina, tu nous as servi ce soir un festin de rois ; tu viens de t'engager pour deux millions de sesterces : tu prodigues ta fortune pour nous affranchir de la tyrannie. Il n'est pas juste cependant qu'un seul homme se ruine pour le salut de tous. Sempronia veut s'associer à tes sacrifices. Elle t'offre le seul bien dont elle puisse disposer.

En achevant ces mots, la matrone se dépouilla de la couronne de diamans qui brillait parmi les boucles noires de ses cheveux, quitta son collier, ses bracelets et ses anneaux dont ses doigts étaient surchargés. Elle jeta pêle-mêle dans sa mantille ou *peplum* toute cette riche dépouille et la présentait à Catilina, quand la belle Amaryllis, prenant la parole et s'adressant à ses compagnes :

— Souffrirons-nous, dit-elle, que Sempronia nous surpasse en générosité? Serons-nous avares de notre superflu envers celui qui n'épargna jamais ni son bien, ni son crédit, ni son repos, quand il fallut secourir un ami? Confions nos parures à Sergius. Il nous en rendra de plus précieuses lorsqu'il reviendra victorieux de l'Égypte ou de la Haute-Asie.

Aussitôt Amaryllis détacha de ses oreilles deux grappes de perles orientales d'un prix inestimable, qu'elle jeta dans la mantille de Sempronia. A ce signal, tous les convives quittèrent à l'envi leurs colliers, leurs anneaux et leurs diadèmes. L'épouse de J. Brutus mit devant Catilina un monceau d'or et de pierres précieuses, topazes, rubis, saphirs, aiguesmarines, d'où jaillissaient en aigrettes toutes les couleurs de l'arc-en-ciel.

La caisse militaire de Scipion l'Africain renfermait sans aucun doute moins de richesses, alors qu'il alla terminer la seconde guerre punique dans les plaines de Zama.

(1) La corruption de cette époque était si grande, que les citoyens craignaient de donner leur voix avant d'en avoir reçu le prix, tandis que les candidats ne voulaient délier leur bourse qu'après avoir été proclamés consuls. Electeurs et éligibles nommaient des *séquestres* entre les mains desquels on déposait les sommes convenues.

Le désintéressement de ses hôtes avait touché profondément Catilina.

— Amis, dit-il, reprenez vos dons ; j'accomplirai avec mes ressources personnelles la mission de délivrance que je me suis imposée.

— Non, non, n'en parlons plus, répliqua le préteur Lentulus.

— Vous me permettrez au moins de vous faire à mon tour de légers présens ? reprit Sergius.

Et prenant un coffret qu'un esclave lui présenta, il en tira quelques menus bijoux, et les offrit aux matrones avec son exquise politesse de grand seigneur. Il plaça dans les cheveux de l'une une longue aiguille, surmontée d'une figure d'Isis ; à une autre, qui aimait à laisser admirer les contours satinés de son bras, il donna un bracelet d'or émaillé qui en faisait valoir merveilleusement la blancheur. Celle-ci reçut un anneau en forme de serpent ; celle-là un camée, que Sergius rattacha lui-même à sa chlamyde ; et ces nobles dames acceptaient ces présens avec tant de plaisir que le père du festin semblait plutôt leur bienfaiteur que leur obligé.

A l'instant où cette distribution s'achevait, un gâteau monstrueux parut à la porte du triclinium. Ce gâteau représentait Rome, ses places, ses collines et ses principaux monumens. Dès qu'on l'eut dressé au milieu de la table :

— Au pillage ! au pillage ! s'écria Sergius.

La plaisanterie sacrilège du conspirateur eut un succès fou parmi ses convives. Ils se ruèrent sur la proie qu'on leur offrait, la mirent en pièces et s'en partagèrent les morceaux.

— Je puis braver la fortune maintenant, disait Curius ; je tiens le trésor de Saturne entre mes mains.

— Je démolis le grand cirque, ajouta Fulvius.

— Et moi les substructions de Tarquin l'Ancien.

— A boire ! j'étouffe, criait Attilia, l'épouse divorcée de Caton. J'ai voulu avaler la maison du consul Cicéron, et Térentia, par esprit de contradiction, s'est mise en travers de mon gosier.

— Dirigez un aqueduc dans la bouche d'Attilia, répondit Cassius.

— Belle Fulvie, gardez-vous d'avaler le temple de la Pudeur patricienne, interrompit le gros Lecca en apostrophant la maîtresse de Curius.

— Et vous, celui de Jupiter-Tonnant, repartit la courtisane.

Les esclaves demeuraient spectateurs impassibles de cette orgie.

— Par Mars vengeur ! s'écria Lentulus en se tournant vers eux, on saccage Rome et vous n'accourez pas !

A cette invitation du préteur, qui ne cessait depuis un an de pousser Catilina à susciter en Italie une guerre civile, bacchantes et silènes se mêlèrent aux convives. On se confondit dans la même saturnale. Maîtres et valets disparurent. Il ne resta plus dans la salle que des être humains, devenus égaux par l'égalité la plus complète, celle de l'ivresse et de la folie.

Tandis qu'on achevait le sac de la ville édifiée par Thimbron, les petits espiègles, couronnés de lierre, que Lentulus avait affranchis de tout respect, s'approchèrent des lampes, et pour jouer un mauvais tour aux convives, ils les renversèrent toutes à la fois. Tout s'effaça dans l'obscurité.

XII.

SIGNAL DE GUERRE.

Les institutions purement républicaines semblent ne convenir qu'aux peuples naissans. Dès que la conquête les a enrichis de dépouilles, ou qu'une longue civilisation les a initiés aux jouissances du luxe, ils oublient le désintéressement, le patriotisme, toutes les nobles vertus sans lesquelles la liberté ne peut vivre. Le peuple et l'aristocratie se partagent en deux armées rivales, l'une qui se laisse guider par un tribun ou par un général victorieux, l'autre qui se choisit plusieurs chefs afin d'éviter la tyrannie d'un seul ambitieux. De là les guerres civiles, et, quand un des partis a succombé, le despotisme ou l'oligarchie. Depuis les Gracques jusqu'à Tibère, ce Louis XI de son siècle, l'histoire politique de Rome ne nous offre d'autre spectacle que celui d'une lutte continuelle entre l'élément plébéien et l'élément patricien.

Catilina appartenait à la faction aristocratique. Ses préjugés de caste, ses souvenirs de jeunesse, tout, jusqu'à ses crimes, l'y rattachait. Mais devenu le plus considérable de ces milliers d'existences que la mort de Sylla avait laissées sans appui, et que le luxe, la débauche, l'immensité de leurs dettes avaient perdues, repoussé par l'oligarchie, qu'effrayait son audace, il réclamait hautement sa part de l'héritage sanglant qu'avait laissé le dictateur. Il voulait répondre par l'incendie et le massacre aux refus qu'on lui opposait. C'était, non pas le triomphe d'un principe qu'il recherchait, mais celui de son ambition trompée, vaincue, profondément irritée. Et pour l'obtenir, pour fonder sa tyrannie sur des ruines, cet enfant perdu des guerres civiles en rassemblait tous les vieux débris, ci-adins et paysans, soldats et proscrits, vagabonds de tout pays, de tout âge et de toute condition.

La dépopulation toujours croissante de l'Italie, l'anarchie et les brigandages qui la désolaient, avaient merveilleusement secondé la politique de Sergius Catilina. Il n'était pas difficile d'armer contre Rome des provinces récemment pacifiées, où Marius et Sylla avaient tué trois cent mille hommes et détruit deux cents villes en moins de dix ans. Catilina comptait d'ailleurs des amis, des cliens, des conjurés, dans toutes les classes de la société romaine. Il disposait par Carvilius, le roi des halles, de ces nuées de prolétaires que soulevait dans Subure, aux Esquilies, sur l'Aventin, le moindre souffle de rébellion. Il avait élevé dans sa maison, pour conduire ces hordes au pillage, au massacre, de jeunes et beaux patriciens, non moins habiles à manier un poignard qu'à draper leurs toges et qu'à parfumer leurs cheveux.

Supposons maintenant que, traînant au champ de Mars, le jour des élections consulaires, son armée de satellites, il eût égorgé en même temps et ses compétiteurs et Cicéron ; admettons qu'après avoir ensanglanté les comices, il eût contraint les centuries à le désigner consul pour l'année suivante, 692. Fort de ce titre et de la connivence de Marc-Antoine, à la discrétion duquel la mort de Cicéron eût livré pendant trois mois la république, Sergius eût transmis à ses conjurés des provinces l'ordre de s'insurger sur tous les points à la fois. Alors, pour augmenter le désastre de cette explosion soudaine, il incendiait la ville, coupait les aqueducs, faisait main basse sur les agens de l'édilité, égorgeait les principaux de la noblesse, s'emparait des hauteurs et des murailles de Rome, et s'y fortifiait. La capitale du monde, à son réveil, se fût trouvée soumise au glaive d'un nouveau Sylla, et celui-ci, comme son prédécesseur, eût affermi son pouvoir par les proscriptions.

Croirait-on que l'auteur de ce complot, dont l'énormité semble dépasser les limites de la perversité humaine, ait pu trouver des admirateurs, des apologistes, même parmi les gens d'église ! L'abbé Lucet a cependant écrit un *Éloge de Catilina.*

J'ai démontré suffisamment, je pense, que Sergius n'appartient pas à cette famille d'orateurs, de tribuns magnanimes, qui travaillèrent pendant quatre siècles à conquérir les droits du peuple sur les priviléges patriciens. La guerre Catilinaire complique la lutte qu'ils soutenaient, en hâta peut-être le dénoûment, mais ne doit pas en être regardée comme une période intégran. Semblable à toute puissance qui succombe, l'aristocratie romaine consuma en discordes intestines les derniers jours de sa domination. Le génie de César, la gloire de Pompée, les colères jalouses de Crassus menaçaient à la fois les héritiers du dictateur. Ils se divisèrent à ce moment suprême, où l'union seule pouvait les sauver. Pauvres et riches se disputèrent un instant la dépouille de Sylla, que tant d'ambitieux avaient lacérée. Quand ils eurent vidé leurs querelles dans les champs de Pistoie, César absorba tout, vainqueurs et vaincus, dans sa puissante individualité.

L'Italie était en feu. Sergius menaçait Rome au dedans et au dehors ; la tempête populaire avait ruiné les institutions derrière lesquelles Sylla avait abrité la tyrannie oligarchique ; et pourtant le sénat eût réussi peut-être à contenir toutes les passions déchaînées autour de lui, si elles n'eussent fait depuis longtemps irruption dans la curie. Mais les traditions de cette vieille politique patricienne rusée, persistante, inexorable au besoin, qui avait brisé tant d'obstacles et vaincu tant de résistances, se perdaient chaque jour davantage parmi les sénateurs. La plupart avaient oublié le grand intérêt qu'ils devaient avant tout défendre, celui de leurs priviléges. Ils s'étaient partagés en diverses factions acharnées à se combattre. Les plus puissans et les plus riches d'entre eux soutenaient le conseil des Sept ; les plus turbulens, Catilina ; les mécontens, Crassus ; tous les autres, César ou Pompée. De là une incertitude continuelle dans les décisions du sénat, où le décret du jour annulait celui de la veille, où le déplacement inattendu de quelques voix formait ou renversait les majorités. Que pouvait une assemblée composée de tant d'élémens hétérogènes contre l'audace toujours croissante des partis ? Pallier des maux qu'elle ne savait pas détruire ? Trouver parfois un reste d'énergie en face du péril ? Mais cela suffisait-il pour résister à tant d'hommes qui l'attaquaient chaque jour, par l'épée au retour des champs de bataille, et par la parole à la tribune du forum ?

Tandis que le souper auquel Sergius avait convié ses partisans s'achevait dans le tumulte, les chefs du parti oligarchique se réunissaient au Palatin dans la maison de Catulus.

Le lieu de l'assemblée était un salon à dôme, dont un péristyle soutenait la svelte coupole. En arrière de ce pavillon s'ouvrait une chapelle ou sacrarium, décorée d'un trophée magnifique. Catulus le père y avait placé le taureau colossal qu'il avait trouvé, trente-huit ans auparavant, dans le camp des Cimbres. Devant cette dépouille opime de toute une race d'hommes anéantie par le glaive, Cicéron allait préparer le dénoûment du drame le plus sombre dont l'histoire ait conservé le souvenir.

Le prince du sénat, Q. Lutatius Catulus, qui recevait ce soir-là dans sa maison le conseil des Sept : Lucius Licinius Lucullus, récemment honoré du triomphe, et son frère Varron ; Métellus, Philippe et l'orateur Hortensius, s'étaient placés autour d'une table d'ongue ; Cicéron en occupait le milieu. Une lampe, suspendue à la voûte, éclairait les visages sévères de tous ces hommes, et jetait de larges ombres sur leurs toges blanches bordées de pourpre. Leurs gestes étaient mesurés, leurs regards sans expression et les muscles de leur visage immobiles. A force d'être battues par la tempête des guerres civiles, à force d'éprouver le choc des passions humaines, leurs figures s'étaient pour ainsi dire ossifiées.

Diviser pour régner ; neutraliser, en les opposant les unes aux autres, les ambitions trop exigeantes ; attaquer le fort par l'intrigue et le faible par la violence ; entretenir, mettre à profit la dépravation des masses : tels étaient les expédiens auxquels en étaient réduits les derniers soutiens de l'aristocratie. Leurs visages ne trahissaient plus aucune émotion, parce que leurs cœurs étaient fermés à tous le sentiment généreux de l'indignation ou de la honte, de l'admiration ou de la pitié.

Cicéron leur expliqua comment l'humeur inquiète de Catilina, ses talens et son immoralité, lui avaient toujours paru menaçans pour le repos et la liberté de la patrie. Il ajouta qu'il s'était cru obligé de surveiller ce redoutable ambitieux avec une attention particulière, à la veille des comices auxquels sa fortune politique ne semblait pas devoir survivre ; et qu'enfin il avait surpris la trace d'un vaste complot dont le centre était à Rome, et dont les ramifications couvraient le sol entier de l'Italie.

Il communiqua ensuite à son auditoire le plan détaillé de la conjuration, tel que Fulvie et Curius le lui avaient révélé. Il peignit le tumulte des prochains comices ; Rome surprise dans la nuit par une armée d'assassins et d'incendiaires ; la péninsule entière s'insurgeant contre une seule ville, ruinée, saccagée, avec ses principaux magistrats. Le tableau que le consul esquissait était effrayant ; son éloquence en rendait encore les couleurs plus sombres. Toutefois, les nobles sénateurs qui l'écoutaient ne manifestèrent ni étonnement ni crainte. Ces vétérans de la guerre civile avaient traversé tant d'orages que le bruit de la foudre ne les épouvantait plus.

Catilina avait un ami parmi les Sept. Il vivait avec Lutatius Catulus dans la plus grande intimité. Leurs rapports dataient d'une époque tristement célèbre. Sergius avait égorgé de sa main, sur le tombeau de Catulus le père, que Marius avait proscrit, un parent de cet implacable ennemi des patriciens. La race entière des Lutatius (on refuserait de le croire si de graves historiens ne l'attestaient) avait accepté cette vengeance comme un bienfait.

Dès que Cicéron eut cessé de parler, Catulus, fidèle à ses affections de famille, lui demanda s'il était en mesure de justifier par des faits les accusations dont il chargeait un personnage aussi considérable que Catilina.

Bien que le consul eût embrassé les intérêts de l'aristocratie, il ne permettait guère à ses nouveaux alliés de froisser son orgueil de parvenu. Gratidianus d'ailleurs, cette victime que Sergius avait immolée vingt ans auparavant, était son grand-oncle. Le prince du sénat lui rappelait donc, en prenant la défense de Catilina, d'affreux souvenirs de deuil et de proscription.

— La meilleure preuve que je puisse donner contre le gladiateur que tu protéges, Catulus, répondit-il, c'est que je vis encore pour en délivrer Rome et l'Italie.

La tentative de parricide à laquelle Cicéron venait d'échapper donnait à ses paroles une force accablante. Catulus n'osa répliquer.

Le consul affirma, sous la foi du serment, qu'il possédait, touchant la conjuration, les renseignemens les plus précis et les plus détaillés, bien qu'il ne pût indiquer, sans compromettre l'avenir, à quelle source il les avait puisés. Il ajouta que le conseil des Sept n'avait en ce moment à délibérer que sur deux questions : la première relative à l'élection de Sergius, qu'il fallait empêcher à tout prix ; la seconde, beaucoup plus difficile à résoudre, qui pouvait se résumer en ces termes : Par quels moyens éveillera-t-on l'attention des pères conscrits sur les projets liberticides de Catilina ?

Le débat ainsi limité, les Septemvirs le vidèrent avec toute l'habileté d'hommes rompus aux affaires, qui savent tourner un obstacle quand ils n'osent pas l'affronter. Ils ne s'occupèrent point du candidat Silanus, à qui la protection de César, jointe au suffrage des patriciens, assurait le consulat. Quant à Licinius Muréna, dont l'élection devait rencontrer plus d'obstacles, ils convinrent de reporter sur lui tous les votes qu'ils avaient à leur disposition. La brigue de leur protégé lui occasionnait des frais considérables. Jeux du cirque, banquets, présens de gladiateurs, il n'avait rien négligé pour corrompre les tribus. Il entretenait à Rome une foule d'étrangers accourus pour soutenir sa candidature. On craignait qu'il ne se ruinât par ses prodigalités. Chacun des Septemvirs, Cicéron excepté, souscrivit en conséquence un bon d'un million de sesterces, que Lucullus devait consigner le lendemain chez un banquier du forum. Ils s'imposèrent ce sacrifice avec une froide libéralité, parce qu'il était nécessaire à l'accomplissement de leurs desseins. La somme de six millions de sesterces, qui formait le total de leurs cotisations individuelles, devait être distribuée aux électeurs de Muréna.

La législation Calpurnienne (1), expliquée et amendée récemment par Cicéron, défendait, il est vrai, sous les peines les plus graves, d'influencer par la corruption les votes des centuries. Mais quand tout est à vendre chez un peuple, même

---

(1) La loi de Calpurnius Pison, consul en 687, contre la brigue (De ambitu), en vertu de laquelle Autrone et Publius Sylla avaient été privés du bénéfice de leur élection et exclus de toute fonction publique à perpétuité.

Cicéron, au commencement de cette année 691, avait amendé et expliqué la législation Calpurnienne par une autre loi appelée de son nom : loi *Tullia*. Le sénat avait été forcé d'en approuver les dispositions pénales par le jurisconsulte Servius Sulpitius, candidat peu estimé dans Rome, qu'effrayait l'audace de Sergius et de Muréna, ses compétiteurs.

---

ses magistrats, qu'importe aux coupables, riches et puissans, la sévérité des lois ?

Les Septemvirs pratiquaient depuis trop longtemps l'art de maîtriser une assemblée délibérante pour se laisser embarrasser par le second problème que Cicéron leur avait posé. Ils ne pouvaient conduire encore Catilina à la barre des tribunaux criminels ; les preuves leur manquaient pour le faire : ils résolurent d'élever contre lui, à défaut d'allégations précises, un amas de témoignages anonymes, de bruits monstrueux, qui présentât l'aspect imposant d'une accusation. Tôt ou tard ces rumeurs, commentées, exagérées par la crédulité publique, devaient pénétrer dans la curie, y exciter le scandale, y soulever d'orageuses discussions. Catilina serait alors contraint de prendre une de ces résolutions qui sauvent son parti ou le perdent sans retour. C'était là que les Septemvirs l'attendaient.

Pour juger de l'issue probable de la conjuration, il eût suffi de comparer l'orgie qui s'agitait encore près du temple de Vénus Erycine, à la préoccupation pleine de gravité de ces magistrats, de ces vieillards qui travaillaient chez Catulus à contre-miner les intrigues souterraines de Catilina.

Ils se séparèrent après une longue délibération. Chacun d'eux gagna la rue par une porte secrète. Le salon resta désert sans que personne, même parmi les familiers de Catulus, soupçonnât que sous cette voûte muette les plus hautes questions de la politique actuelle avaient été débattues.

Sergius avait appris durant la présentation du champ de Mars qu'un inconnu, dont on n'avait pu suivre les traces, venait de frapper Cicéron près du mille d'or. Dans la persuasion où il était que Sapala et Carvilius le débarrasseraient de l'assassin, il s'était abstenu de communiquer en aucune manière avec les personnes qui avaient armé le bras du centurion. Le lendemain toutefois il quitta, vers la troisième heure, sa maison du Palatin, et rendit visite à Sempronia.

L'épouse de Junius Brutus Pénus n'était pas complétement reposée de la fatigue que le souper de la nuit précédente lui avait causée. Catilina fut obligé d'attendre son lever quelques instans. On l'introduisit enfin auprès de la matrone.

— J'ai des remercîmens à vous adresser, chère Sempronia, lui dit-il, pour le zèle que vous avez mis hier à dépouiller nos convives de leurs parures. Ma caisse militaire s'est remplie, grâce à vos soins.

— Mais Cicéron... nous a échappé ! répondit Sempronia.

— Il doit une hécatombe à Jupiter-Sauveur.

— En effet, le centurion s'est bravement acquitté de sa tâche. Que pensez-vous de cet homme, Sergius ?

— Je pense que Carvilius l'a enterré à cette heure sous le mont Testaceus, et notre secret avec lui.

A ces mots, Sempronia ressentit une angoisse inexprimable. Car cette femme, douée d'un courage viril, et qui voulait sauver Rutuba, pouvait tout oser pour y réussir, si ce n'est peut-être résister en face à Catilina.

— Vous avez donné des ordres relativement au centurion ? demanda-t-elle.

Sergius fit un geste affirmatif.

— Mais cet homme nous aurait été utile pour l'avenir.

— Et à quoi, je vous prie ?

— On l'aurait aposté une seconde fois sur les pas du consul.

— Nous en avons tiré tout ce qu'il pouvait rendre, ajouta le conspirateur.

— Vous me blâmerez sans doute, cher ami, reprit Sempronia ; mais, ignorant que vous aviez disposé de la vie de Rutuba, j'ai ordonné...

— Qu'avez-vous ordonné ?

— Qu'on l'épargnât, murmura la matrone d'une voix tremblante.

Et du regard elle interrogeait la figure bilieuse de Catilina.

— Un mot de cet homme peut nous perdre, et vous le laissez vivre ! dit le conspirateur.

— Accordez-moi sa grâce, répondit l'épouse de Brutus en s'efforçant de sourire.

— Pour le coup, sensible matrone, répliqua Sergius avec

ironie, il me semble que vous avez pris trop au sérieux le rôle que vous deviez jouer vis-à-vis du centurion.

— Je connais son dévoûment et la générosité de son caractère. Je réponds de sa fidélité.

— Vous avez donc fini par trouver agréable la manière de conspirer que je me suis efforcé de vous apprendre? poursuivit Catilina.

— Il me répugne de sacrifier un homme qui s'est exposé, pour me plaire, à subir la mort des parricides. Mais toi, reprit-elle avec ironie, serais-tu jaloux de mon centurion?

— Non.

— Par Vénus Érycine ! ce serait plaisant.

— Mais je suis jaloux de notre sûreté commune, poursuivit le conspirateur.

Puis se ravisant,

— Ce qui ne m'empêcherait pas, continua-t-il, de mourir de chagrin, aimable Sempronia, s'il me fallait rabattre quelque chose de la haute opinion que j'ai de votre vertu.

— Cesse de plaisanter, Sergius, répliqua la matrone ; je veux que Rutuba vive, et il vivra.

— C'est ce que nous verrons.

— Je le prends sous ma protection.

— Et moi sous la mienne.

— Il ne pourra plus profiter de vos bonnes intentions à son égard, cher ami, répondit Sempronia. Carvilius l'a relâché.

— Toujours par votre ordre?

— Oui.

— Qu'Atropos m'extermine ! s'écria Sergius irrité, si je comprends rien à vos fantaisies, Sempronia. Nous tenons entre nos mains les destinées de vingt mille braves, et vous trahissez leur cause pour sauver un assassin dont l'audace vous a captivé !

— Rutuba m'a promis de s'introduire chez le consul pendant la nuit qui précédera les élections, et de le tuer.

— Je ne tends pas deux fois la même embûche au même homme. Je n'arme plus le brigand qui a brisé son poignard sur ma poitrine. Il faut que Rutuba périsse ! Mais comment le ressaisir maintenant? ajouta le conspirateur frémissant d'impatience et de dépit.

Si la matrone craignait les emportemens de Sergius, elle redoutait plus encore son ressentiment ; car il était de ces hommes qui n'oublient ni l'amitié ni la haine. Elle jugea utile de ratifier, au moins en apparence, la condamnation à mort qu'il avait prononcée contre Rutuba.

— Ami, reprit-elle, je possède quelque part une villa solitaire, où l'œil des édiles n'a jamais pénétré.

Sergius gardait un silence farouche.

— J'entretiens dans cette villa une douzaine de gladiateurs assez habiles...

Le regard soupçonneux de Catilina vint se fixer lentement sur la figure pâle de la matrone.

— Et je veux inviter notre centurion à souper, ajouta-t-elle d'une voix caressante qui contrastait étrangement avec la promesse homicide que ses paroles renfermaient.

— Hâtez-vous de le faire, répondit Sergius, car autrement le fils de Gurgès n'aurait pas le temps d'accepter. — Sempronia, poursuivit-il, je vous ai regardée longtemps comme une amie, et il existe peu de gens que Sergius honore de ce titre. Je pensais que la nature avait mis en vous une âme fortement trempée, sur laquelle les passions futiles de votre sexe n'avaient pas de prise. Gardez-vous de substituer désormais votre volonté à la mienne, vos caprices à mes calculs. Que je n'en vienne pas quelque jour à vous croire plus propre à déconcerter qu'à servir mes projets !

Sempronia allait répliquer, lorsque le bruit d'une trompe retentit dans le forum. Le conspirateur redressa vivement la tête, et prêtant l'oreille,

— Qu'est ceci? dit-il.

— La trompe qui sert à convoquer le sénat.

— Écoutez ! murmura Sergius.

Une voix sonore prononça la formule suivante :

« Que les sénateurs et ceux qui ont droit de donner leur avis dans le sénat se rendent demain, à la quatrième heure du jour, dans la curie Hostilia ! »

— On vous convoque en assemblée extraordinaire? reprit Sempronia.

— Oui. Le consul exploite en homme habile le coup de poignard dont il a été frappé hier. Il lui tarde, soyez-en sûre, d'évoquer le spectre de la guerre civile au milieu de la curie.

— Oserait-il diriger une accusation contre vous?

— Les preuves lui manquent pour m'accuser ; mais les Sept n'ont-ils pas accoutumé le sénat et le peuple à m'attribuer tous les crimes dont l'auteur est inconnu ?

— Un soupçon ruinerait votre candidature, ajouta la matrone.

— C'est la guerre que tu veux, Cicéron? s'écria Sergius avec un geste de menace, une guerre d'extermination ! Je l'accepte et suis prêt à la soutenir.

Catilina rentra vers la dixième heure (quatre heures du soir) dans sa maison du Palatin. Ses familiers et ses cliens l'y attendaient. Il s'entretint longtemps avec eux. Puis, s'échappant sans avertir personne, il monta dans un léger rhéda. Un cheval de Gétulie, prompt comme l'éclair, l'emporta à travers les rues de Rome. Tandis que le coursier à la noire crinière brûlait le sol, Sergius s'élança de la voiture et disparut.

Un instant après, le conspirateur était assis vis-à-vis d'un jeune homme, dans le cabinet mystérieux où il préparait l'œuvre sanglante de sa conjuration.

Ce visiteur nocturne s'appelait Aufanus. Il occupait, nous l'avons dit, dans l'armée du consul Antoine le grade élevé de tribun militaire. Aufanus revenait de Cisalpine, d'où Cicéron l'avait chassé.

Le tribun rendit compte à Catilina de sa conduite à Pisaurum (Pésaro), dont il avait sollicité les habitans à la révolte. Il invita Sergius à compter sur la coopération d'Antoine s'il parvenait à se débarrasser de Cicéron et à obtenir le consulat. Marc-Antoine, disait-il, n'attendait que ce double succès pour embrasser ouvertement le parti des conjurés. Du reste, Catilina ayant témoigné le désir qu'Aufanus allât à Capoue afin d'y surveiller la conduite de Cornélius Balbus et des deux Marcellus, le tribun accepta cette mission. Un chef de légion tel que lui, jeune, brave et savant dans l'art de préparer une insurrection, pouvait rendre à Catilina d'importans services, soit à Capoue, soit à Pompéi. En effet, les conjurés de ces villes n'agissaient que d'après les ordres de Publius Sylla, homme sans initiative, qui, depuis sa condamnation en 688, préparait toujours la guerre civile sans avoir jamais le courage de la commencer.

Le tribun s'étant retiré, Catilina fit introduire en sa présence deux de ses affranchis. Il leur ordonna de se rendre en toute hâte en Ombrie et dans le Picénum, et d'en armer les populations. Il envoya en Apulie un troisième émissaire. Cette province, où les patriciens de Rome possédaient leurs villas les plus productives, n'était peuplée que de laboureurs et de bergers. Or, Sergius, quoiqu'il eût résolu, nonobstant les représentations de Lentulus, de ne pas recevoir d'esclaves parmi les siens, n'en comprenait pas moins que l'appréhension d'une guerre servile pouvait opérer une puissante diversion. Il chargea donc son agent en Apulie d'y solliciter les esclaves à la révolte, et d'en ruiner les grandes exploitations agricoles par la désertion, le pillage et l'incendie. Effrayer, sans compromettre son nom, les riches propriétaires de la ville, et tenir en échec une partie des forces dont le sénat disposait, voilà but que Sergius se proposait d'atteindre en ravageant la partie sud-est de l'Italie.

Ces dispositions faites, l'infatigable conspirateur reçut en audience particulière M. Fulvius Nobilior, chevalier romain et proche parent de la courtisane Fulvie. Nobilior fut dépêché par lui au vieux centurion Mallius, chef de la conjuration en Étrurie. Les instructions qu'il était chargé de lui remettre de vive voix portaient en substance : Que le sept des calendes de novembre Mallius lèverait l'étendard de la révolte en Étrurie; qu'il sortirait de Fésules; qu'il établirait un camp dans les gorges de l'Apennin, et que de là il lancerait des manifestes pour appeler aux armes les mécontens de la Toscane, du Picénum et de l'Ombrie. Catilina envoyait à Mallius une somme d'argent suffisante pour commencer la guerre. Il s'engageait de plus envers lui par serment à ne pas le laisser seul aux prises avec les armées de la république, et à lâcher sur Rome, vingt-quatre heures après l'insurrection d'Etrurie, les cohortes d'assassins et d'incendiaires qu'il avait organisées.

Mais quand il fut demeuré seul dans son cabinet de travail, aux dernières lueurs de sa lampe qui pâlissait, au milieu du silence de la cité endormie, Sergius laissa retomber sa tête sur sa poitrine, et de lugubres pensées vinrent l'assaillir. Il frémit en songeant qu'il venait d'engager sans retour la partie sanglante où il jouait sa tête et celle de vingt mille soldats qui le reconnaissaient pour chef. Il lui sembla voir la patrie en deuil pleurer ses enfans qu'il allait armer les uns contre les autres. Il se figura le tumulte de cette affreuse nuit où Rome serait livrée à la fureur des conjurés : les incendiaires promenant partout leurs torches ; les brigands de Sapala et les gladiateurs d'Autrone poursuivant leurs victimes l'épée à la main ; la populace de Subure, des Esquilies, du mont Aventin, se précipitant hors de ses repaires ; les citoyens épouvantés emportant leurs pénates à travers les rues ; les flammes éclairant le massacre ; les sénateurs expirant sous leurs toits embrasés. Ces horribles images attristèrent un instant son âme. Il déplora ce qu'il appelait la nécessité à laquelle ses persécuteurs l'avaient réduit de bouleverser la république, et de se frayer par le glaive un chemin aux honneurs, que ses pères avaient obtenus par le suffrage des centuries. Les Romains apprenaient dès l'enfance à aimer la patrie, et l'homme n'oublie guère les leçons que lui donna sa mère, et que de nobles exemples gravèrent dans son âme avant qu'elle fût troublée par le cri des passions.

Ces remords, ces regrets, Sergius ne tarda pas à les bannir. Il rougit d'avoir un instant déploré sa vengeance, hésité dans ses projets homicides. Il avait voulu la guerre civile ; il travaillait depuis trois ans à la préparer. Puisqu'elle était désormais inévitable, que lui restait-il à faire? à pousser jusqu'à ses dernières conséquences cette lutte d'extermination au bout de laquelle il y avait la dictature pour le vainqueur, l'exil ou la mort pour le vaincu.

La quatrième heure du jour était venue. La foule des oisifs de Rome obstruait les abords de la curie, où les sénateurs se réunissaient peu à peu. Daphné venait de quitter la maison de son père, et descendait la voie Neuve pour gagner les halles, où elle devait acheter quelques provisions, lorsqu'elle aperçut une troupe nombreuse d'hommes s'avançant vers elle, en longeant les murailles de l'antique palais Hostilien. Voulant éviter leur rencontre, la jeune fille se réfugia dans l'enceinte sacrée du Lupercal. Là, sous un figuier six fois centenaire, était placée une louve de bronze allaitant Romulus et Rémus. A peine Daphné se fut-elle cachée derrière le socle de la statue, qu'un spectacle étrange, saisissant s'offrit à ses regards.

La multitude dont elle avait fui l'approche continuait de s'avancer vers une ruelle étroite, qui séparait le comice de la station des ambassadeurs étrangers. Un sénateur en costume la précédait. Quatre esclaves africains portaient sa litière. Il y était assis sur une chaise curule et saluait de la voix et du geste la plupart des citoyens qu'il rencontrait. Son cortége occupait toute la largeur de la voie Neuve. Les cliens de cet important personnage, les plus rapprochés de lui, l'écoutaient parler avec une déférence respectueuse. Chacun d'eux mesurait ses pas de manière à ne pas devancer la litière du patron. Ils arrivèrent ainsi à la hauteur du Lupercal. Daphné se sentit alors atteinte au cœur d'une douleur mortelle. Tremblante, éperdue, elle s'appuya d'une main sur le marbre qui soutenait le groupe des fondateurs de Rome. Une infernale vision lui avait apparu. Dans l'orgueilleux patricien auquel une légion de citoyens servait d'escorte, elle venait de reconnaître Lélius, son amant, son fiancé.

Le sénateur et son cortége quittèrent la voie Neuve à l'angle du Grécostase, traversèrent la place du comice, débouchèrent sur le forum et s'arrêtèrent devant le palais du sénat.

La jeune fille n'avait pas changé d'attitude. Elle restait clouée au sol, plus immobile que le bronze qui s'élevait au-dessus d'elle ; plus pâle que le marbre qui la soutenait.

Une femme en guenilles, le dos chargé d'un sac, s'était approchée d'elle et l'observait.

— Seriez-vous indisposée, ma jolie enfant? lui demanda la mendiante.

Ces mots, prononcés d'une voix glapissante, arrachèrent Daphné à sa douloureuse extase. Elle se retourna, et son regard se croisa avec le regard de deux petits yeux clignotans qui s'abritaient sous un capuchon.

— Je me suis trouvée un instant souffrante, répondit-elle ; mais je me sens mieux, beaucoup mieux maintenant.

Elle se dirigea d'un pas mal assuré vers la grille du Lupercal. Puis, changeant tout à coup de résolution et se rapprochant de la pauvresse,

— Bonne femme, reprit-elle, connaîtriez-vous, par hasard, le sénateur qui vient de passer?

— Ah ! ah ! ah ! répondit l'autre en poussant un éclat de rire à travers ses dents ébréchées, c'est là sans doute le publicain qui t'a séduite, chercheuse d'oracles, l'homme que tu espères épouser ? En effet, tu pourrais devenir sa troisième femme, si la seconde était morte ; malheureusement pour toi, elle se porte comme les substructions de Tarquin l'Ancien.

Daphné n'avait pas épouvantée : sous les haillons de la mendiante elle avait reconnu l'horrible Canidia.

Elle regagna les Esquilies, traînant sa douleur à travers la ville, comme un jeune faon rapporte aux halliers paternels la flèche aiguë qui l'a blessé. La malheureuse enfant ne s'arrêta pas dans l'appartement de son père. Elle s'élança dans l'escalier en spirale qui conduisait aux combles de la maison, en franchit les degrés sans reprendre haleine, ouvrit la porte de sa chambre et la referma précipitamment après elle, comme si elle eût voulu repousser dehors Canidia, Lélius, deux spectres qui l'auraient poursuivie. Elle parcourut alors à grands pas ce réduit solitaire où s'était écoulée sa jeunesse dans la paix et l'insouciance de l'avenir. On eût dit à la voir qu'elle y cherchait une consolation, une espérance, qui pour la première fois lui faisait défaut. Elle s'arrêta enfin devant l'autel de sa Junon.

Un rideau blanc recouvrait l'image de ce génie féminin. L'idole, vêtue d'une robe de laine bleue, était couchée sur un lit ou pulvinar, la tête soutenue par un bouquet de verveine. Des violettes fraîches ornaient son front. Une lampe brûlait devant elle, et près de la lampe une table supportait des grains d'encens, des gâteaux et du miel.

Daphné contempla un instant d'un air égaré ce sacrarium domestique, à l'entretien duquel elle avait apporté jusque-là tant de soins. Sa poitrine devenait haletante, ses narines se gonflaient et la colère brillait dans ses yeux.

— Tu m'as donc abandonnée, Junon, divinité injuste ! s'écria-t-elle tout à coup. Ni mes offrandes, ni mes prières, ni mes larmes, rien n'a pu te fléchir. Et pourtant Daphné a-t-elle jamais négligé ton culte? a-t-elle oublié un seul jour de renouveler l'huile de ta lampe, les fruits de tes patènes, ou les fleurs dont elle aimait à te couronner? Est-ce la pitié qui te manque ou le pouvoir auprès du roi des dieux? Je renonce à te servir; je trouverai un autre génie qui sache compatir à mes peines, me défendre, me sauver. Oh ! sois maudite, sois maudite, malfaisante déité ! poursuivit la fille du désignateur.

Et cédant à l'exaltation de son désespoir, elle saisit sa Junon, et la brisa sur le plancher.

Mais à peine les débris de la statue se furent-ils dispersés sur le sol, que l'effrayée de son crime, l'infortunée jeune fille tomba à genoux, joignit les mains sur sa poitrine, leva vers le ciel ses beaux yeux pleins de larmes, et implora dévotement la miséricorde et la protection des immortels.

Les dieux semblèrent avoir pitié d'elle ; l'image chérie de Prosper lui apparut et la consola.

Pendant ce temps, Cicéron s'était montré dans la curie sous cette même toge que le fer de Rutuba y avait percée. A sa requête, le meurtrier fut proscrit ; on défendit, sous peine de mort, à tous les citoyens et sujets de l'empire de lui donner asile ; sa tête fut mise à prix moyennant cinq talens (de vingt-cinq à trente mille francs). Ce décret fut voté par acclamations, sans que personne songeât à rendre ses ennemis responsables du parricide qu'on voulait punir.

Caton, tribun du peuple désigné, se leva et demanda la parole.

A l'exemple de son bisaïeul, Caton s'était arrogé le droit de réprimander quiconque avait le malheur de lui déplaire. Stoïcien convaincu, il attaquait sans ménagement l'ambition, le luxe et l'immoralité de ses contemporains. Peut-être eût-il ramené dans Rome l'âge heureux des Fabricius, s'il eût pu trouver, soit au forum, soit dans la curie, un auditoire susceptible de prendre ses déclamations au sérieux.

Mais la vertu de Caton et l'honorable susceptibilité de son caractère appartenaient à un autre âge. On se gardait bien de suivre ses leçons ou d'imiter ses exemples. On se contentait de l'admirer.

Ses boutades stoïques ne tirant pas à conséquence, la faction oligarchique, dont il avait embrassé les intérêts, se servait habilement de lui pour provoquer ses adversaires, quand elle avait résolu de les attaquer

Il s'éleva avec force dans sa harangue contre les intrigues électorales dont Rome était en ce moment le théâtre. Il déplora la vénalité des citoyens, les prodigalités des candidats, et l'acharnement séditieux avec lequel ils se disputaient la dignité consulaire. Il attribua à ce déchaînement de passions le parricide commis récemment au forum; puis se tournant vers Catilina,

— Sergius, lui dit-il, de tous les ambitieux qui foulent aux pieds les lois de la patrie, le plus remuant, le plus effronté, c'est toi! Mais souviens-toi qu'il te faudra revêtir la robe de deuil des accusés et passer par le tribunal de brigue pour arriver au consulat.

— Par Hercule! répliqua Sergius, Caton n'a pas mêlé sans intention le nom de Catilina aux plaintes que lui a inspirées l'audace d'un brigand. On veut rejeter sur moi l'odieux d'un crime auquel je suis étranger. Hé bien! si l'on allume un incendie contre moi, ce sera sous des ruines que je l'éteindrai.

Cette repartie de Sergius excita une grande rumeur sur les bancs de la curie. La séance fut levée au milieu de la plus vive agitation.

Catilina avait terminé ses préparatifs de guerre; il avait créé des foyers d'incendie dans les divers quartiers de Rome, converti en arsenal la maison de Céthégus, donné à ses amis des provinces le jour et l'heure où la révolte devait éclater et embraser l'Italie.

De son côté, Cicéron éclairait ses démarches et le suivait pas à pas, guidé par Fulvie, dans les voies tortueuses qu'il parcourait.

Entre ces deux hommes, tous deux habiles, tous deux pleins de courage et puissamment soutenus, un duel à mort était inévitable. C'était au champ de Mars, pendant les comices consulaires, qu'ils allaient s'attaquer.

Du triomphe de l'un ou de l'autre dépendait le salut ou l'asservissement de la patrie.

Il n'était pas un seul Romain, si obscur, si pauvre qu'on pût le supposer, dont Sergius ne menaçât ou ne servît les intérêts. Mais sa conjuration devait influer particulièrement sur le scène : sur celle de Daphné, séduite par un être mystérieux que nos lecteurs ne tarderont pas à connaître; sur celle de Rutuba, qu'une femme perfide avait poussé à commettre un crime inouï; enfin sur celle de Prosper, de Tertia, de Gurgès et de tous ceux dont Lélius et Sempronia avaient mis en jeu les ardentes passions.

L'exposition de notre drame est achevée. Nous raconterons prochainement les incidens variés, les péripéties émouvantes qui en amenèrent le dénoûment.

Troisième Partie.

I.

DIVINATION. (1)

Le dernier siècle de la république romaine forme sans contredit une des époques de l'histoire les plus intéressantes et les plus fécondes en utiles enseignemens. Rome n'avait plus à craindre les désastres d'une guerre étrangère. Après de longues alternatives de triomphes et de revers, la démocratie grecque et les vieilles traditions aristocratiques des Lucumons toscans s'y retrouvaient en présence, comme au temps de Tibérius et de Caïus Gracchus. Ces deux principes, dont l'antagonisme est éternel, allaient se combattre avec des forces à peu près égales et par conséquent s'entre-détruire. Une forme nouvelle de gouvernement, l'empire, s'élaborait dans le creuset des révolutions.

(1) En donnant pour titre à ce chapitre le mot *Divination*, nous l'avons pris à la fois dans les deux sens qu'y attachaient les Romains : — choix de l'accusateur qui doit poursuivre une action criminelle, motivé par les preuves qu'il peut faire valoir pour la soutenir ; — prévision des choses futures d'après les auspices, les prodiges, les sorts et les autres moyens de connaître l'avenir.

Qu'ils étaient bizarres dans leur immoralité, terribles dans leur ambition, les hommes qui préparaient à leur patrie de nouvelles destinées! Il semblait qu'ils eussent emprunté aux Orientaux leurs vices ; aux Grecs, leurs goûts artistiques, leur subtilité et leur éloquence ; et tous leurs instincts féroces aux brigands des bois latins. Epicuriens, stoïciens, amateurs passionnés des arts dans leur vie privée, ils devenaient au forum et sur les champs de bataille des tribuns factieux, de farouches vainqueurs, également prodigues du sang des étrangers et de celui de leurs concitoyens.

Puis, combien ces personnages empruntent d'éclat, de grandeur aux objets qui les entourent! Les sombres forêts des Gaules, les arides plaines du désert africain pendant les expéditions lointaines ; dans l'intérieur de Rome, des monumens sans nombre ; les chefs-d'œuvre de Corinthe et d'Athènes réunis dans une seule ville, des maisons vastes comme des palais, des costumes d'une élégance incomparable : telle est la mise en scène des combats, des séditions, qui soumirent la république romaine à la domination des empereurs.

Au milieu de tous ces hommes pervers, doués pour le bien comme pour le mal d'une invincible énergie, on aime à voir se dessiner la belle physionomie de Cicéron. Ses vertus, non moins que ses talens, l'ont rendu cher à la postérité.

Il faut en convenir, cet orateur à jamais célèbre manquait également de foi religieuse et de conviction politique. Il s'était appliqué si souvent, dans les écoles des rhéteurs, à soutenir les systèmes les plus contradictoires, au forum et dans les tribunaux à défendre les intérêts les plus opposés, qu'il avait fini par tomber dans un scepticisme absolu. Le vrai et le faux, le juste et l'injuste offraient des ressources à peu près égales à sa brillante imagination de publiciste et d'avocat. Mais, grâce à la bonté de son cœur, à l'excellence de son esprit, il n'en fut pas moins le meilleur et le plus honnête homme de son siècle. Disciple de l'Evangile avant que le Christ en eût prêché les divins enseignemens, il se montra toujours excellent père de famille, ami dévoué, magistrat intègre, proconsul attaché à ses devoirs. Ceux mêmes qui assumèrent la responsabilité de sa mort ne purent s'empêcher de rendre hommage à la mémoire de ce grand citoyen.

Devenu, au temps de Catilina, le chef d'un gouvernement pour lequel il avait peu de sympathies, mais qu'il croyait nécessaire au maintien de l'ordre et au salut de la liberté, malgré les difficultés des circonstances, il se montra digne de sa haute position. Le poignard des conjurés le menaçait partout, au forum (1), au champ de Mars, au sénat, jusque sous l'abri protecteur de son foyer ; le mauvais vouloir d'Antoine, son collègue, les intrigues de César avaient paralysé les faibles moyens de résistance que les institutions lui permettaient d'employer ; la constitution de Sylla, minée de toutes parts, s'effondrait à chaque instant sous ses pas ; et pourtant il sauva Rome en dépit de la plèbe, en dépit des sénateurs opposans et, pour ainsi dire, en dépit des lois.

Heureux ! s'il se fût abstenu jusqu'au bout de toute violence arbitraire, et s'il n'eût pas livré au glaive de l'oligarchie des criminels sans doute indignes de pitié, mais que leur titre de citoyens rendait justiciables du peuple assemblé par centuries.

Les résolutions adoptées par le conseil des Sept dans la nuit du 14 octobre avaient été fidèlement exécutées. A partir du jour où Caton avait interpellé Sergius, les rumeurs de conspiration, de guerre civile s'étaient accrues rapidement dans Rome. On désignait publiquement les provinces où couvait la révolte, on nommait les chefs qui devaient commander la prochaine insurrection. Catilina, de son côté, répondait habilement à la diffamation par la calomnie. Ses partisans répétaient partout que les principaux de l'aristocratie méditaient l'établissement d'un triumvirat, la mort de César, l'abolition du consulat ; en un mot, une violente restauration des lois du dictateur. La multitude hésitait entre ces bruits contradictoires, et paraissait, à vrai dire, se défier autant de la sagesse des patriciens que de la scélératesse de Sergius.

Puis, quel intérêt avait la foule des indigens à maintenir au pouvoir l'orgueilleuse aristocratie qui, depuis Sylla, commandait partout en souveraine au sénat, au forum et dans les centuries ? Le prolétaire aurait-il sous de nouveaux maîtres moins d'argent, moins de travail et une moindre ration de blé ? Ceux-ci augmenteraient-ils les impôts ? Empêcheraient-ils de mourir les nobles personnages dont les héritiers donnaient au peuple le repas accoutumé des funérailles ? Supprimeraient-ils les cirques, les amphithéâtres et les bains publics ? Non. En quoi donc une révolution pouvait-elle effrayer la multitude ? La guerre civile est un jeu de hasard où chacun tire un bon ou un mauvais lot. Quelques riches deviennent pauvres ; quelques pauvres s'enrichissent : les derniers à ce jeu ne peuvent que gagner.

Ainsi raisonnait-on aux Esquilies, dans Subure et sur l'Aventin. Le jour des élections approchait, et Cicéron ne savait comment prévenir la collision qu'il devait les signaler. Catilina évitait toute manifestation séditieuse. Son titre de prétendant au consulat rendait sa personne inviolable. Invoquer d'ailleurs contre lui le témoignage d'un Curius était chose impossible. Sur ces entrefaites, Cicéron ayant eu connaissance par Fulvie du discours qu'avait tenu le conspirateur dans le temple de Vénus Erycine et des instructions qu'il

avait envoyées à ses conjurés des provinces, convoqua de nouveau le sénat pour le 19 octobre, veille des élections.

Il espérait obtenir, en effrayant les pères-conscrits, un sénatus-consulte qui ordonnât aux consuls de veiller au salut de la république. Ce décret lui eût conféré dans Rome un pouvoir presque absolu, dont l'exercice, toutefois, offrait plus d'un danger : le procès récent d'un certain Rabirius l'avait démontré (1). Mais Cicéron se croyait assez adroit pour manier sans risques personnels cette arme à deux tranchans.

Malheureusement, la plupart des sénateurs étaient trop intéressés à se montrer incrédules pour se laisser facilement épouvanter.

En vain Cicéron leur exposa le plan détaillé de la conjuration ; en vain il assura que le centurion Mallius prendrait les armes en Etrurie le 7 des calendes de novembre, et qu'un massacre dans Rome suivrait de près cette manifestation. Sergius garda prudemment le silence, et le sénat refusa de croire aux paroles du consul. Il ne s'émut pas davantage quand ce dernier annonça que le champ de Mars serait ensanglanté le lendemain par le meurtre de Sulpitius, de Silanus, de Muréna et du président des comices. L'évidence des faits pouvait seule convaincre cette réunion de mécontens, d'ambitieux et de despotes dont les uns craignaient trop, tandis que les autres craignaient trop peu.

Cicéron n'osa proposer son décret, et les sénateurs, reculant d'un jour les comices consulaires, s'ajournèrent au lendemain.

Le consul et Catilina se préparèrent avec une ardeur égale, mais par des moyens bien différens, à soutenir l'un contre l'autre dans la curie une lutte parlementaire dont les résultats pouvaient être décisifs.

Tandis que Cicéron, enfermé avec ses principaux amis dans la chapelle de ses dieux domestiques, cherchait à se créer par d'adroites combinaisons une majorité dans le sénat, Sergius promenait dans Rome la foule de ses braves, invoquait à haute voix le long des rues la protection du peuple contre la tyrannie des Sept, jouait en un mot, pour se laver du reproche de violence, le rôle d'opprimé, mais d'opprimé capable de vendre chèrement sa liberté.

Depuis longtemps la nuit était descendue sur Rome. La fatigue, le sommeil, avaient éteint peu à peu les derniers murmures de la grande cité ; les mille voies qui en sillonnaient les vallées et les collines étaient silencieuses comme celles d'une nécropole. Le peuple-roi se reposait de ses fatigues ; ceux-là seuls qui tenaient en main ses destinées veillaient encore. César avait appelé auprès de lui Publius Umbrénus, ce même affranchi dans la maison duquel un coup de dés malheureux avait ravi à Curius son dernier écu et ses Cappadociens. Umbrénus avait trafiqué longtemps dans la Gaule narbonnaise et chez les Allobroges. Il connaissait les pays circonvoisins, et le souverain pontife aimait à l'entendre parler des belliqueuses nations qui les habitaient. Forcé par la volonté du sénat de renoncer à la conquête de l'Egypte, il songeait à soumettre au joug romain les fils des vainqueurs d'Allia. La conversation d'Umbrénus faisait oublier à son noble interlocuteur la rapidité du temps. La huitième heure (deux heures du matin) approchait, lorsqu'un esclave vint annoncer à César qu'un personnage consulaire sollicitait l'honneur de lui être présenté.

Le grand pontife congédia Umbrénus. Peu de temps après, un homme dont la tête était voilée d'un pan de sa toge entra dans la chambre à coucher de César. C'était le financier Crassus.

Il y avait dans sa démarche un air de circonspection craintive qui frappa tout d'abord le pontife.

—Vous serait-il arrivé quelque chose de fâcheux ? demanda le divin Jules à son allié.

<hr>

(1) Rabirius avait tué de sa main un tribun séditieux, dont le sénat avait mis la tête à prix par un décret semblable à celui que Cicéron voulait proposer. Le meurtrier n'échappa qu'à grand'peine à la colère du peuple secrètement ameuté par César.

—Lisez, répondit Crassus en présentant à César une feuille de papyrus.

Ce dernier la parcourut des yeux et put y voir ces mots tracés à la hâte par une main inconnue :

« Fuyez! quittez Rome au plus vite : Catilina prépare un grand massacre, et vous comptez parmi les sénateurs qu'il a proscrits. Je joins des lettres pour Marcus Marcellus et pour Métellus Scipion à celle que je vous envoie. Ayez soin qu'un de vos esclaves les leur remette au plus tôt. Leur salut dépend de votre exactitude. »

Un léger sourire dilata les lèvres du pontife quand il eut achevé cette lecture.

— Vous ne connaissez point la personne qui veille sur vos jours avec tant de sollicitude? reprit-il.

—Non.

— Vous ne soupçonnez pas d'où ce billet peut venir? Crassus hocha la tête.

— La question importante ici, dit-il, est de savoir si le consul a reçu ou non communication de ces lettres avant qu'elles me fussent envoyées.

— Cicéron nous a prouvé hier au sénat qu'il connaît tant de choses! répliqua le divin Jules.

— Je crois pour mon compte qu'il n'ignore pas le service anonyme que je viens de recevoir.

— C'est aussi mon opinion.

— En admettant cette hypothèse, poursuivit Crassus, je n'ai que deux partis à prendre, celui de me joindre à Scipion et à Marcellus pour dénoncer Catilina, ou celui d'anéantir toute la correspondance que j'ai reçue, au risque de passer pour complice de la conjuration.

— Scipion et Marcellus sont de chauds partisans du consul, ajouta César ; ils vous mèneront loin.

— Encore si Catilina était un homme avec lequel on pût marcher ! dit Crassus; mais il ne sait invoquer d'autre dieu que la force ; il n'emploie, pour combattre ses adversaires, que le meurtre, le pillage et l'incendie.

— Allons ! répliqua malignement César, je prévois que mon bon ami Licinius Crassus ne frustrera ni Marcellus, ni Scipion, des papyrus qui doivent les sauver.

— Unissons-nous pour toute hypothèse, repartit le financier avec humeur, et je livre au feu devant vous toutes ces lettres, dont l'auteur me fait pitié.

— Non pas ! non pas! très cher ; les procédés les plus honnêtes m'ont toujours paru les plus sûrs. Rendons à chacun ce qui lui appartient.

— La démarche que vous me conseillez aura de fâcheuses conséquences.

— Lesquelles ?

— Dès que j'aurai dénoncé Catilina, un tiers au moins des sénateurs se tournera contre lui ; tous les décrets que Cicéron proposera, vu les circonstances, seront adoptés.

— Vous voulez dire qu'on ordonnera aux consuls de veiller au salut de la république?

— Précisément.

— Eh bien ! nous verrons comment nos magistrats useront de leur pouvoir.

— L'affaire de la conjuration sera traitée sommairement, je puis vous l'assurer.

— Mon cher ami, Cicéron n'est pas un Opimius, et le procès de Rabirius est bien récent.

— Je cours de ce pas chez Métellus et chez Scipion, ajouta Crassus, et nous nous rendrons probablement ensemble chez le consul. Je gagerais qu'il attend notre visite.

— Vous pensez?

— Que nous le trouverons veillant encore.

— Cette preuve-là n'en serait pas une, répliqua César. Moins Cicéron dormira quand son nomenclateur viendra lui annoncer votre visite, et plus on aura de peine à le réveiller.

— Ce serait encore possible, repartit Crassus. Cher ami, poursuivit le financier en souriant, je vous ai tenu jusqu'ici pour un citoyen vigilant. J'étais convaincu que vous dérobiez facilement au sommeil le temps que réclament vos affaires. Je vois maintenant avec plaisir que personne au besoin ne saurait dormir plus à propos que vous.

Là-dessus, Crassus s'achemina en toute hâte vers la demeure de Scipion.

—Pauvre victime! murmura César, quand le financier fut sorti, se viras-tu donc toujours à tes dépens les intérêts d'autrui ! Sylla a profité de ta victoire sur les Samnites; tu as augmenté, en mettant Spartacus en fuite, la gloire et la puissance de Pompée : délivre-nous de Catilina maintenant. Je le défendrai quand tu l'auras mis hors d'état de nuire. A toi la délation et la haine ; à moi la clémence et la popularité !

Le temple de la Concorde, où Cicéron avait convoqué le sénat, avait plutôt l'apparence d'une citadelle que d'un édifice religieux. Furius Camillus l'avait bâti sur la pente du mont Capitolin, après une révolte du peuple contre le sénat. Appuyé d'un côté aux substructions du Capitole, il semblait menacer de l'autre la tribune aux harangues et le comitium qu'il dominait. Le consul Opimius, vainqueur de Caïus Gracchus, avait réparé ce monument, si nécessaire pour aider les patriciens à maintenir la bonne intelligence entre le sénat et le peuple. Il l'avait décoré d'un portique et d'un fronton triangulaire artistement sculpté. Le portique, il est vrai, reposait sur un soubassement qui ressemblait quelque peu à un bastion de citadelle ; derrière l'attique du comble une cohorte entière d'archers ou de frondeurs pouvait commodément se loger. Mais le bon peuple de Rome n'avait pas trop chicané Opimius sur les détails de son œuvre, dont l'ensemble ne manquait ni de grandeur ni de régularité. On afficha seulement pendant la nuit qui en suivit la dédicace le vers suivant au-dessous de l'inscription :

La Discorde éleva ce temple à la Fureur.

Aux époques de troubles civils c'était dans le temple de la Concorde que les pères-conscrits se réunissaient.

La surprise des sénateurs fut grande lorsqu'au commencement de leur mémorable séance du 20 octobre, Cicéron raconta la visite qu'il avait reçue la nuit précédente de Crassus, de Métellus Scipion et de Marcus Macellus. Le consul n'avait pas ouvert les lettres de ces derniers, et il les leur envoya par un appariteur et les pria d'en donner lecture au sénat. Elles contenaient les mêmes avis que celle de Crassus. Divers personnages, tous recommandables par leur âge et leurs dignités, entre autres Quintus Arrius, ancien préteur, prirent aussitôt la parole et donnèrent à leurs nobles confrères des nouvelles alarmantes sur la situation de l'Étrurie. Sans ajouter aucun commentaire à ces discours, Cicéron intima à Sergius l'ordre de s'expliquer sur les faits qui lui étaient imputés.

Catilina prit un air humble ; il donna à sa voix des inflexions pathétiques et supplia ses juges de ne croire légèrement à sa culpabilité. Il ajouta que, sa naissance et ses antécédents de sa jeunesse lui promettant d'aspirer à tout, on ne devait point penser qu'un patricien comme lui, dont les ancêtres avaient rendu tant d'éminents services au peuple romain, eût quelque intérêt à renverser la république, tandis qu'un étranger comme Tullius s'appliquait à la défendre. Le conspirateur en venait ainsi par degrés aux invectives, lorsqu'un cri général d'indignation couvrit sa voix. Les mots de traître, de parricide retentirent à ses oreilles. Catilina parcourut du regard les bancs de ses amis. La contenance d'Antoine et de Crassus était froide ; César prenait des notes. L'accusé put se convaincre alors que Cicéron avait employé utilement sa veille, et qu'à vingt-quatre heures de distance les dispositions d'une assemblée délibérante subissent quelquefois d'étranges modifications.

Il n'écouta plus que la violence habituelle de son caractère, et se redressant de toute sa hauteur,

— Il y a deux corps dans la république, s'écria-t-il, l'un faible, avec une tête débile ; l'autre robuste, mais sans tête. Eh bien ! puisque ce dernier m'appelle à lui en servir, il en aura une tant que je vivrai.

Il sortit après avoir jeté cette menace aux sénateurs consternés.

Le décret qui appelait les consuls à veiller au salut de la chose publique fut voté sans opposition.

Cette année, dont l'automne commençait, la vingtième à dater de l'incendie du Capitole, et la dixième depuis le procès des vestales, était une de ces années climatériques dont la mystérieuse influence semble menacer la vie des nations. Marcus Hérennius, magistrat d'une ville de Campanie, venait d'être tué par la foudre sans qu'il y eût aucun nuage au ciel. D'effrayans météores avaient apparu du côté de l'occident. On apercevait parfois, disait-on, des spectres dans la nuit, ou bien l'on croyait entendre des voix d'oiseaux inconnus. Après de semblables prodiges on ne pouvait s'attendre qu'à d'effroyables calamités.

Puis, le peuple se rappelait que le tonnerre étant tombé sur le Capitole, pendant le consulat de Torquatus et de Cotta, avait frappé le groupe en bronze de Romulus, de Rémus et de leur sauve nourrice (1). La statue de Jupiter très bon et très grand avait été renversée du même coup. Les devins étrusques avaient donné à ces divers sinistres l'interprétation la plus fâcheuse. Ils avaient annoncé des guerres civiles et domestiques, l'anéantissement des lois et l'abaissement prochain de la ré, ublique, à moins qu'on ne s'empressât de fléchir par des expiations la colère du ciel. Mais on avait en partie négligé d'obéir aux prescriptions de ces ductes aruspices. Le simulacre de Jupiter n'avait pas été relevé. Les dieux devaient châtier tôt ou tard cette négligence impie.

La promulgation du sénatus-consulte obtenu par Cicéron ne fit qu'augmenter les terreurs superstitieuses de la foule : la cité romaine se remplit de trouble et de confusion. Des bruits étranges nouvelles circulèrent au forum, dans les tavernes, les thermopoles et les bains : on n'y parlait que proscriptions, massacres, guerre civile, révoltes d'esclaves et de gladiateurs. Pendant que Sergius se fortifiait dans sa maison comme dans une place menacée d'un siège, les magistrats plaçaient des troupes de chevaliers en armes au Capitole, dans la curie et sous les portiques des principaux monumens. Les citoyens les plus riches, par conséquent les plus timides, s'enfuyaient à la campagne, et leurs équipages encombraient les rues qui menaient aux portes de la ville. Les périls qu'on redoutait semblaient d'autant plus graves, qu'on essayait partout des ennemis sans en rencontrer nul à part. Car le peuple ne connaissait encore que par ouï-dire les intrigues qui s'agitaient dans les hautes régions de l'aristocratie.

II.

LES COMICES CONSULAIRES.

Le 21 octobre 691, on se réveilla dans la cité de Romulus bien avant le lever du soleil. Les étoiles n'avaient pas encore disparu dans l'azur du ciel que la ville entière était sur pied et se préparait à descendre au champ de Mars. Le grand jour des comices consulaires était arrivé. Les centuries allaient décider si le chef de la conjuration signalée à la vigilance des consuls deviendrait ou non le principal représentant d'un pouvoir qu'on l'accusait de vouloir renverser.

Rome, dans cette matinée solennelle, avait un aspect singulier qui la faisait ressembler à toute autre chose qu'à une cité libre dont le peuple va procéder à l'élection de ses magistrats. Des chevaliers prêts à combattre occupaient la citadelle du Capitole et tous les édifices du forum. Aux lueurs de l'aube naissante, on voyait scintiller leurs épées nues et leurs casques dépouillés de leur enveloppe. Des rondes, commandées par des lieutenans des triumvirs capitaux ou par ces officiers en personne, parcouraient incessamment les rues. Une armée entière veillait à la sûreté de Catilina, renfermé dans sa maison du Palatin et donnant ses dernières instructions aux principaux conjurés.

(1) On montre encore dans la troisième salle des Conservateurs au Capitole un groupe en bronze des fondateurs de Rome allaités par une louve Les flancs de l'animal et une de ses jambes ont été sillonnés par la foudre.

Dès la veille, sur un ordre émané des édiles, on avait fait dans la plaine du champ de Mars tous les préparatifs que nécessitait la tenue des comices. A gauche de la voie Flaminienne, un espace de terrain considérable avait été environné de barrières. Les opérations du scrutin devaient avoir lieu dans cette enceinte appelée *Septa* qu'Agrippa, favori d'Auguste, environna plus tard de portiques. Le monument d'Agrippa, vraiment digne du grand peuple qui y tenait ses assemblées, prit le nom de *Septa Julia*. La place d'Espagne et les quartiers environnans ont recouvert l'espace qu'il occupait.

Un tribunal, destiné au président des comices, s'élevait vis-à-vis des septa, sur la pente occidentale de la colline des Jardins (Monte-Pincio). A droite, on remarquait la tribune des censeurs, et à gauche celle où les prétendans aux grandes magistratures avaient coutume de se montrer. Quatre tentes de couleur différente avaient été construites sur divers points du champ de Mars. L'air affairé des esclaves qui circulaient à l'entour, leurs cris, la rapidité avec laquelle ils exécutaient les ordres de leurs chefs, donnaient seuls un peu de mouvement et de vie à la plaine encore déserte que Sergius s'était promis d'ensanglanter.

Ces tentes appartenaient aux candidats. Leurs cuisiniers y préparaient le déjeuner du peuple-roi, dernier piège qu'on ne manquait jamais de tendre à sa conscience affamée.

Les rayons du soleil avaient franchi les cimes du mont Viminal; le Capitole étincelait de feux; une légère teinte de pourpre commençait à dorer les sveltes galeries du cirque Flaminius et les combles des temples de Minerve, de Junon-Reine et d'Apollon ; la villa Publica, dont une médaille antique nous retrace encore la façade, projetait au loin l'éclat de ses fresques et de ses marbres précieux. Tout à coup les sons guerriers de la trompette retentirent à la fois dans l'intérieur de Rome et sur les murailles à tourelles qui la défendaient. L'étendard blanc des assemblées par centuries fut déployé au sommet du Janicule. Les comices consulaires étaient commencés.

Aussitôt des masses d'hommes et de femmes, pressées, bruyantes, diaprées de mille couleurs, se ruèrent par les voûtes sombres des portes Flumentane, Triomphale et Carmentale. Ce flot d'êtres vivans tournait en même temps le Capitole et se précipitait à la fois hors de la ville par la voie Flaminienne et par toutes les rampes de la colline de Jardins. Les tentes des candidats étaient devenues, au milieu du champ de Mars, des centres d'attraction vers lesquels convergeaient tous les vagabonds des tribus urbaines, alléchés par une odeur appétissante de rôti et de venaison. Jaloux de procurer à leur famille une place commode pour voir les élections, les honnêtes bourgeois de la cité ne se dirigeaient avec pas moins d'empressement vers les édifices de la plaine les plus élevés ou les plus voisins des septa. En un clin d'œil le vaste tapis de verdure, dont le Tibre, le tombeau du dictateur, la colline des Jardins et le Capitole marquaient les limites, fut émaillé de toges, de tuniques, de longs voiles sur lesquels miroitait la lumière du jour. Des milliers de têtes s'alignèrent en couronne au sommet de la villa Publica, se superposèrent en festons dans les portiques à triple étage du cirque Flaminien et de l'amphithéâtre de Statilius Taurus. Au milieu de l'agitation de la foule, Autrone et Céthégus apostaient, non loin du tribunal consulaire, les deux familles de gladiateurs que Publius Sylla tenait à ses gages. Sergius les avait chargés d'égorger ses concurrens et le président des comices, tandis que Sapala et Carvilius, postés avec leurs bandits autour des septa, éloigneraient le peuple de la colline des Jardins.

C'était après le vote de la première centurie, au moment où Catilina céndrait sa toge, que le massacre devait avoir lieu.

Cependant la foule avait été admise dans les tentes des candidats. Des cohortes d'esclaves, de jeunes enfans des Gaules à la blonde chevelure, de belles filles récemment achetées sur les marchés de l'Orient, s'y tenaient debout près de mendians affamés, que le hasard leur donnait un instant pour maîtres. On ne voyait là que haillons étalés sur des divans de fine laine. Des mains immondes, des lèvres impures y salissaient de leur contact des coupes de Sidon, qui n'avaient encore servi qu'aux plaisirs élégans des *triclinia* patriciens. On n'entendait partout autour des tables que grossières plaisanteries, blasphèmes proférés par des voix rauques, chansons bachiques auxquelles un infernal cliquetis de couteaux et de verres servait d'accompagnement. Chaque tente pouvait contenir cinq cents personnes; mais c'était peu, eu égard au nombre prodigieux de Romains qui, par cette be le matinée d'automne, se sentaient de l'appétit. On se battait, on s'étouffait aux portes. Vingt nomenclateurs à cheval n'en défendaient l entrée qu'avec peine contre les fureurs gastronomiques des maîtres du monde. Devant cette plèbe famélique, des orateurs péroraient sur des tréteaux, et versant également les flots de leur éloquence, et sur les convives qui s'enivraient gaîment à l'intérieur, et sur les groupes impatiens qui aspiraient à les remplacer, ils recommandaient avec emphase la candidature du patron qui les payait. Mais il était rare que leur voix parvînt à fixer l'attention de leur auditoire, qui justifiait parfaitement le proverbe: Ventre affamé n'a point d'oreilles. Au dehors des nouvelles Capoues, que les candidats avaient fondées le matin pour les renverser le soir, on accusait hautement l'intempérance de ceux qui en savouraient trop longtemps les délices; tandis qu'on ne songeait au dedans qu'à se gorger de vin et de viandes, qu'à insulter aux esclaves du patron, à sa cuisine, à son hospitalité.

— Holà! noir Africain, vil rebut de l'humanité, criait un crocheteur en guenilles en se roulant sur un tapis de Pergame; quel affreux rôti nous as-tu servi là? Les pourvoyeurs de Silanus vont-ils donc disputer leur proie aux corbeaux des abattoirs? Je voterai pour Catilina.

— Par Cacus, ajoutait un autre convive, on boit mieux au mont Aventin qu'ici. Depuis quand ose-t-on empoisonner, avec d' son diable pi quitte, d'honnêtes citoyens dont on sollicite le suffrage? Par ici, toi, belle Athé ienne à la chlamyde bleue! Dis-nous si ton maître a des vignes au territoire de Frégelles (1)?

— Oui, disait un troisième interlocuteur, indique-nous auprès de quel *plutonium* (2) on a recueilli cette liqueur maudite, que n'avalerait pas un gosier de Cappadocien?

— Illustres enfans de Quirinus, répondait humblement l'esclave, le vin que vous buvez provient des coteaux de Surrente. Le noble Silanus le conservait depuis dix ans pour régaler les amis qui d vaient le porter au consulat.

— Je crois que tu oses parler à des hommes libres, répliquait un philosophe nécessiteux en se drapant de son manteau troué.

— Puisqu'ils m'interrogent...

— A la colonne Ménia! reprenait un des assistans.

— A la colonne Ménia! s'écriait en chœur la foule des convives.

Et, malgré ses larmes, la malheureuse fille était conduite à la colonne Ménia, devant laquelle se tenait en permanence un bourreau pour faire subir aux esclaves la peine du châtiment public.

Tels étaient les passe-temps des Romains au champ de Mars quand, vers la d uxième heure (sept heures du matin), les candidats y arrivèrent par quatre chemins différens. Sorti de Rome par la porte Cartulaire, L. Sergius Catilina suivait la voie Flaminienne et gagnait la tente dressée non loin de la villa Publica. On l'apercevait au milieu d'un groupe de pères-conscrits, ayant à sa gauche C. Scribonius Curion, son ancien général pendant la guerre de Macédoine, et à sa droite Servius Sylla, neveu du dictateur. Il ne portait pas de tunique, suivant un usage depuis longtemps adopté par les candidats aux magistratures. Sa toge, d'une blancheur éclatante, laissait à découvert les cicatrices des nombreuses blessures qu'il avait reçues en servant la république. Lentulus,

(1) Aujourd'hui Maccarèse, un des cantons les plus malsains de la Romagne.
(2) Les anciens nommaient *plutonia* certains lieux de la basse Italie minés par des volcans, d'où s'exhalaient des vapeurs pestilentielles; ils les regardaient comme des soupiraux des enfers.

Le Siècle.

préteur en exercice, Pison et Népos, tribus du peuple désignés, Varguntéius, Lecca, Annius, Curius et Cassius l'accompagnaient. Derrière lui marchaient en ordre de bataille les vétérans du dictateur, sous les ordres du centurion Furius. Flamma d'Arrétium, Septime et Céparius conduisaient ensuite une multitude innombrable de bourgeois et de paysans, les uns accourus de la Toscane et du Picénium, les autres mandés à grands frais de l'Apunie, de la Campanie et du Bruttium. La tribu Sergia, presque entière, avait quitté le Janicule pour venir, en cette occasion solennelle, favoriser de ses suffrages le chef de la noble famille dont elle portait le nom. Célius enfin, Tongilius et Fulvius s'étaient joints au cortége de Catilina, et ils avaient entraîné à leur suite la jeunesse la plus élégante de Rome, la plus connue par son luxe et ses prodigalités.

A peine cette armée, dont on eût pu former plusieurs légions, se fut-elle montrée au bout de la voie Flaminienne, qu'une nuée de prolétaires vinrent grossir ses rangs.

L. Licinius Muréna s'avançait en même temps à travers les jardins de Lucullus vers le tombeau du dictateur, près duquel il avait fixé le rendez-vous de ses partisans. La majeure partie de l'aristocratie, patriciens, généraux, magistrats et prêtres, l'escortait. C'étaient les deux frères Lucullus, Philippe, Céler, Hortensius, Cornificius, la race a ière des Fabius et des Scipions, avec la cohue de leurs amis, de leurs cliens et de leurs fermiers. Soutenue par tant d'illustres personnages, la brigue de Muréna devait nécessairement réussir dans une assemblée qui votait par classes, et où les attributions des suffrages étaient par tigées entre les divers colléges suivant la naissance, la profession et la fortune de chaque citoyen. Mais le champion de l'aristocratie ne s'é t it pas uniquement occupé d'intéresser au succès de sa candidature la majorité des centuries. Il connaissait les façons d'agir de Sergius, et s'était assuré la supériorité de la force dans la prévision d'une lutte à main armée. Les vétérans de Lucullus, que le triomphe tout récent de leur général avait attirés à Rome, le suivaient divisés en cohortes et commandés par leurs chefs de bande. Ces braves, que Muréna avait souvent conduits à la victoire, car il avait servi contre Mithridate en qualité de lieutenant, brûlaient de se mesurer avec les vétérans du d ctateur. Une foule d'Ombriens, de Gaulois, les plus robustes et les plus vaillans des hommes, étaient prêts à les seconder. Les défenseurs de Muréna, en un mot, ne le cédaient aux conjurés ni pour le nombre, ni pour le courage, ni pour le dévoûment à leur patron.

D. Junius Silanus descendait aussi au champ de Mars avec une escorte convenable. César, à la persuasion de Servilie, à laquelle il témoigna toujours l'affection la plus tendre, avait transformé ce patricien superbe en candidat populaire, tandis que le riche Crassus l'appuyait de son crédit. Mais la populace accueillit par des huées le jurisconsulte Su pitius, lorsqu'on le vit tourner l'angle du cirque Agonal, accompagné de Caton et d'un petit nombre d'amis.

— Sulpitius, lui criait-on, l'on voit bien que vous êtes un homme probe et savant dans la jurisprudence. Vous avez réglé votre cortège d'après le texte de la loi Fabia.

— Romains, disait un autre plaisant, je vous recommande le sénateur Sulpitius. Il est brave comme un jur sconsulte, prodigue comme un philosophe et pauvre comme un fénérateur.

— Servius, ajoutait un chevalier en saluant l'austère candidat, vous devez être fier d'avoir mérité la protection d'un stoïcien. Mais, par Hercule! vous compteriez un tout autre nombre de partisans si, au lieu de vous entourer de cliens de Caton, vous eussiez fait appel à ceux de sa première femme, la belle Attilia.

Et la plèbe de rire et de poursuivre Sulpitius d'injures et de menaces jusqu'à sa tente, dans laquelle il se renferma.

Le champ de Mars présentait alors l'aspect le plus imposant et le plus animé. Vis-à-vis des septa et sur le bord de la voie Flaminienne, des officiers de la censure appelés rogateurs avaient planté les étendards des trente-cinq tribus. Le peuple se formait en colonnes serrées en arrière de ces étendards, et les diviseurs partageaient chaque tribu par classes, et les di verses classés par centuries. Tel était le respect des Romains pour les anciennes coutumes, que les grands comices conservaient encore, après cinq cents ans d'existence, la physionomie guerrière qu'ils avaient aux premiers jours de la république. Au centre se trouvait l'infanterie, composée de la masse du peuple et de tous les citoyens qui avaient pris place au sénat. Les dix-huit centuries de l'ordre équestre étaient disposées sur les ailes, et au milieu de ces électeurs d'élite on distinguait les Ramnès, les Titiensès et les Lucérès, chevaliers patriciens dont la noblesse datait de Servius Tullius. Du reste le classement des citoyens s'opérait avec une rapidité et un ordre merveilleux, car les Romains étaient une nation dont l'éducation républicaine était depuis longtemps achevée.

Mais on ne s'agitait pas seulement dans cette fourmilière d'hommes de tout âge, de tout rang et de toute nation, que les officiers de la censure travaillaient à classer. Les brigues des candidats avaient recommencé une dernière fois avant l'ouverture du scrutin. Les armées tumultueuses que Muréna, Sergius et Silanus conduisaient à la grande bataille des comices évoluaient tantôt groupées en masse, tantôt alignées en colonnes à travers les jardins et les édifices du champ des Tarquins. De ces foyers d'intrigues se détachaient à chaque instant des émissaires, qui se perdaient bientôt dans les rangs des centuries. Ils allaient solliciter pour leur patron, réchauffer le zèle de ses cliens; promettre à l'un de sa part l'emploi qu'il convoitait, à l'autre sa protection auprès des juges qu'il désirait fléchir; rappeler aux diviseurs leurs promesses, enchérir même sur les sommes que les séquestres tenaient à leur disposition. Du haut des portiques, des amphithéâtres et des temples, tout un peuple d'enfans et de femmes regardait manœuvrer un autre peuple de vendeurs et d'acheteurs, d'intrigans et d'ambitieux.

Toutefois des inquiétudes secrètes, de vagues terreurs tenaient en éveil ces milliers de Romains dont la puissance collective opprimait l'univers. On les voyait souvent, à la moindre apparence de rixe ou de provocation, s'enfuir et s'éparpiller dans la plaine, laissant derrière eux un vaste espace libre que le souffle de l'alerte avait balayé. Le champ des comices avait été plus d'une fois ensanglanté, et la crainte d'un collision préoccupait tous les esprits.

Un événement imprévu faillit justifier cette appréhension. Après s'être longtemps promené dans le champ de Mars, Catilina était rentré dans la voie Flaminienne, lorsque Muréna, franchissant la distance qui le séparait de la même route, vint y déployer son cortège et s'avança au devant des conjurés.

Sergius suspendit un instant sa marche, non qu'il tînt beaucoup à donner l'exemple de la modération, mais il prévoyait qu'une attaque trop prompte ne pouvait que nuire à l'exécution de ses projets. Excité par Lucullus, Muréna continuait d'avancer.

Catilina prit alors son parti en brave, que le péril n'effrayait pas. Il marcha droit à son rival. On s'arrêta de part et d'autre à portée du trait.

Lucullus et Muréna se mirent à la tête des intrépides soldats avec lesquels ils avaient brisé la puissance de deux rois; Sergius rangea en bataille vis-à-vis d'eux ses vétérans de l'armée du dictateur. Les bourgeois des deux partis se jetèrent sur les côtés de la route, afin d'engager régulièrement le combat.

En un clin-d'œil ces armées de citoyens, qui semblaient naguère ne vouloir se mesurer que sur le terrain des septa, s'étaient hérissées de glaives. Un silence profond régnait dans le champ de Mars.

— Cours vers Sapala, Tongillus, fit Catilina en s'adressant au jeune fou que le sort avait fait pendant le souper du temple de Vénus Erycine, dis-lui qu'il se rapproche de Muréna pendant que nous serons aux prises, et qu'il le charge en flanc. Cet ivrogne pense-t-il avoir affaire au roi Mithridate? ajouta le conspirateur.

Puis, dominé par cette réflexion qu'un mouvement séditieux ne lui offrait que des chances fatales, tant que Cicéron ne serait point arrivé au champ de Mars, il se pencha à l'oreille de Fulvius, le chanteur d'élégies:

—Ami, lui dit-il à voix basse, rendez-vous en toute hâte vers

le consul Antoine, qui s'amuse à nous observer du haut de la villa Publica, et priez-le de se rendre au plus vite ici, afin d'interposer sa médiation entre Muréna et moi.

Les troupes légères des deux factions, après s'être attaquées par des injures, en venaient sérieusement aux coups. Lucullus et Catilina se préparaient à charger.

Marc-Antoine, par bonheur, avait prévenu les désirs de Sergius. Dès que les premiers cris du combat retentirent, il accourut à la voie Flaminienne, les mains étendues vers le combattans,

—Citoyens, dit-il, moi consul, chargé par un décret du sénat de veiller au salut de la république, je vous ordonne de déposer les armes et de respecter la majesté du peuple romain.

De vifs applaudissemens, partis des rangs des centuries, accueillirent ces paroles du consul.

Les deux factions s'observaient et hésitaient à obéir.

Marc-Antoine alla se placer devant Muréna, et d'une voix qui commandait une prompte soumission,

— A bas les épées! reprit-il.

Les glaives disparurent aussitôt sous les toges tant du côté de Muréna que de celui de Sergius.

—Catilina, poursuivit le consul, passez à droite de la voie Flaminienne, et vous, Muréna, passez à gauche. Le champ de Mars n'est-il pas assez grand pour vos orgues? Prétendez-vous vous en disputer la possession comme on se dispute la conquête d'une terre ennemie?

Conjurés, soldats, citoyens, étrangers défilèrent sous les yeux du consul, non sans se menacer du geste et du regard. En même temps un héraut plaçait une chaise curule sur le tribunal du président des comices. La trompette invita les concurrens à monter sur leur estrade. On avait aperçu au sommet du Capitole les douze licteurs et la toge de pourpre de Cicéron.

Des quatre sièges destinés aux candidats sur la colline des jardins, trois seulement furent occupés. L'autre resta vide. Effrayé de l'audace de Muréna et de l'attitude séditieuse des satellites de Sergius, le jurisconsulte Sulpitius avait abandonné sa brigue, se réservant d'intenter une action criminelle à celui des deux compétiteurs qui serait élu consul.

III.

DÉSENCHANTEMENT.

Cicéron avait obtenu le sénatus-consulte qui l'investissait, ainsi que Marc-Antoine, son collègue, d'une puissance presque dictatoriale; mais, suivant les prévisions de César, il était loin de vouloir imiter l'exemple des Scipion et des Opimius, qui n'avaient su combattre la sédition dans Rome que par le meurtre et les proscriptions. Le terme de son consulat approchait: il allait être livré sans défense aux accusations de ses ennemis. Le procès de Rabirius, qui avait failli subir le dernier supplice, bien qu'un décret du sénat couvrît ses actes, lui donnait à réfléchir. Il avait donc résolu de ne point outrepasser, à moins d'événemens imprévus, les attributions les plus incontestables du pouvoir consulaire.

Il sortit de sa maison le jour des comices dans une attitude capable d'imposer le respect aux plus turbulens. Une troupe de jeunes soldats de Réate (Riéti), ville de la Sabine, d'où les Varrons étaient originaires (1), veillait à la sûreté de sa personne; les deux chefs de l'ordre équestre, Elius Lamia et T. Pomponius Atticus, lui avaient conduit environ deux mille chevaliers; Clodius avait appelé ses amis, Torquatus l'élite des jeunes patriciens à la défense du consul. Cicéron se plaça au milieu de ce brillant cortège. L'orateur portait ce jour-là une cuirasse d'acier bruni, qu'il affectait de montrer.

Au lieu de prendre directement le chemin qui menait de la rue de Scaurus au champ de Mars, il se dirigea vers le quartier populeux des Carènes. Il parcourut la ville entière avant

_____

(1) Térentia, femme de Cicéron, appartenait à cette famille.

d'en franchir les murailles, invitant les citoyens qu'il rencontrait à se joindre à lui, à protéger contre une poignée de séditieux la vie de leur premier magistrat. La cuirasse dont il était revêtu parlait éloquemment aux yeux de la multitude ; on n'avait pas oublié l'odieux guet-apens dont il avait failli périr victime ; on s'indignait de voir un consul forcé de revêtir une cuirasse dans l'enceinte même de Rome, parce que les insignes de sa dignité ne garantissaient pas suffisamment sa poitrine : marchands, ouvriers accouraient à l'envi grossir l'escorte de l'orateur. Lorsqu'il parut au sommet du Capitole, il avait à sa disposition des forces suffisantes pour commander en maître dans l'assemblée des centuries.

Les douze licteurs qui le précédaient, en entrant dans la voie Flaminienne, abaissèrent leurs faisceaux devant le peuple. Tandis que Cicéron se dirigeait vers les septa, Clodius et Torquatus chassaient de leur position Sapala, Carvilius et leurs brigands. Les chevaliers d'Atticus poussaient aussi devant eux les gladiateurs auxquels commandaient Céthégus et Autrone. Sergius se trouva réellement au pouvoir du consul, lorsque ce dernier prit place sur son tribunal.

Il donna aussitôt lecture du sénatus-consulte qui ratifiait d'avance l'élection des magistrats qu'on allait choisir, et déclara le scrutin des centuries ouvert, en prononçant la formule usitée :

— Romains, voulez-vous pour consuls Licinius Muréna, ou bien Junius Silanus, ou bien Sergius Catilina ?

Après avoir tiré le fils de Gurgès des mains de Carvilius, Sempronia ne l'avait pas abandonné. Proscrit par les sénateurs, poursuivi par l'inexorable politique de Sergius, Rutuba n'était pas en sûreté dans Rome. Sempronia l'avait caché dans une villa délicieuse qu'elle possédait à Tibur. Ils habitaient là depuis cinq jours, noyant les souvenirs du passé dans l'ivresse de leur bonheur présent. Ils avaient autour d'eux de fraîches campagnes pour promener leur oisiveté, des retraites pleines d'ombre et de parfums pour s'abriter contre la chaleur du jour, et, durant les nuits étoilées, l'Anio joignait ses harmonies lointaines au murmure de leurs douces causeries. Leur existence, il est vrai, était encore aux prises avec les cruelles passions de l'époque ; mais, au milieu des hommes qui luttent et qui souffrent, ils s'étaient créé par l'oubli une douce solitude, que le bruit des factions ne troublait pas.

Parfois cependant Sempronia s'effrayait à la pensée du rôle abominable qu'elle avait joué si longtemps à l'égard de Rutuba. Cette fiction terrible des poètes, qui nous représente la justice des dieux poursuivant d'un pas tardif mais infatigable le coupable qui s'enfuit, obsédait son âme. Elle se transportait par l'imagination au moment fatal où Rutuba découvrirait les perfidies de sa chère matrone, où il saurait comment s'était joué entre elle et Catilina le drame horrible à la fin duquel il devait tomber, souillé de crimes et ridicule dans son infamie, sous le couteau de Carvilius. Il lui semblait impossible que l'amour du centurion survécût à de pareilles révélations. Et comment vivre, se demandait-elle, quand cet homme ne verra plus en moi qu'un objet d'horreur et de mépris ?

Ces réflexions troublaient encore la paix au milieu de laquelle Sempronia se reposait, dans sa villa de Tibur, de l'agitation et des fatigues habituelles de sa vie. Aussi préparait-elle habilement l'esprit du centurion à la connaissance des odieuses vérités qu'il ne pouvait manquer tôt ou tard d'approfondir.

— Rutuba, lui disait-elle, quel génie malfaisant m'a poussée à vous imposer la tâche sanglante que vous si courageusement accomplie ? Le temps détruira peu à peu l'affection que vous me portez, et il ne restera plus rien alors de notre bonheur passé, rien ! si ce n'est l'arrêt de proscription qui vous a frappé et le remords des crimes que vous avez commis pour m'obéir.

— Que peut l'homme contre le Destin, répondait le fils de Gurgès, quand ce dieu inexorable lui a imprimé à sa naissance le sceau du parricide sur le front ?

— Et j'ai été pour vous l'oracle de la fatalité ! reprenait la matrone. Oh ! malheur, malheur à moi ! car un jour vous me haïrez.

Rutuba calmait les plaintes de sa maîtresse.

— Je vous ai conseillé tant d'actions infâmes ! Je vous ai confié tant d'horribles secrets ! murmurait Sempronia.

— Mais un secret pour moi, chère matrone, le secret d'un ami, répliquait le centurion, c'est un dépôt sacré que la vue du supplice le plus cruel ne saurait m'arracher.

— Je sais que la délation ne souillera jamais vos lèvres, ajoutait l'astucieuse matrone.

La voix lui manquait pour achever ; ses beaux yeux se baissaient vers la terre, et de tristes pensées en faisaient jaillir des larmes qui tombaient goutte à goutte de ses longs cils noirs sur les contours satinés de ses joues.

Puis, saisissant la main du centurion et l'enveloppant de son regard,

— Oui, tu es bien l'homme que je devais aimer, s'écriait-elle avec exaltation, l'être fort que n'effraient ni la loi ni le glaive, ni le meurtre ! poursuivait la matrone en plaçant la main de Rutuba sur sa poitrine, n'a pas une pulsation qui ne soit une aspiration d'amour vers toi. Tu y règnes en souverain, avant ma famille, avant la liberté, avant la patrie, avant les dieux !

— Et tu crains ma haine ! interrompait le centurion.

— Je crains la réaction des maux que j'ai amassés sur toi.

— Eh ! qu'importe le passé quand l'avenir est à nous, un avenir tout de bonheur !

— Des poignards se lèveront sur toi dans l'ombre, continuait Sempronia : invoque mon nom, et ce nom te défendra. On te dira que ma vie n'a été qu'un tissu d'intrigues, de perfides séductions, d'abominables vengeances ; oppose tes souvenirs de Tibur à ceux du val d'Egérie, qu'on voudra te rappeler. Puis, que l'amour de Sempronia t'a perdu, il faut que l'amour de Sempronia te sauve ou qu'elle périsse avec toi.

La matrone était rentrée dans Rome la veille des comices consulaires. Elle avait fait promettre à Rutuba de ne pas quitter Tibur pendant son absence. Mais telle était la passion du jeune homme pour cette femme perdue, qu'il ne pouvait habiter loin d'elle. Le lendemain de son départ, il se leva bien avant le jour et se mit en route pour la ville. Mais il n'y retrouva point Sempronia. Elle n'avait point passé la nuit dans sa maison de la rue des Toscans.

Alors le centurion se rappela son vieux père et Daphné, cette sœur autrefois si chère, aux malheurs de laquelle il n'avait pas songé depuis qu'il avait cessé de voir ses larmes, d'entendre ses sanglots. Il rougit de l'abandon où il avait laissé sa famille pendant son voyage de Tibur. Il se dirigea vers le mont Esquilin, et déjà il commençait à gravir le clivus Pullius, lorsqu'une rencontre fâcheuse l'arrêta.

Il se trouvait face à face avec Prosper.

— Je vous cherchais, Rutuba, dit le jeune orfèvre.

— La fortune vous a servi, répondit brusquement l'officier, car j'arrive de la campagne et je repars à l'instant.

— Sans mentir, vous avez parfaitement choisi votre temps pour voyager, continua l'apprenti. Tout réussit au vieux Gurgès depuis qu'il compte Lélius au nombre de ses familiers. Votre sœur n'a plus besoin de vos conseils, encore moins de votre protection.

— Laissons ma sœur de côté, dit le jeune homme.

— Au contraire, parlons-en, répliqua l'orfèvre. Elle doit s'applaudir d'avoir un frère aussi soucieux que vous de son honneur.

— La surveillance d'un père est une sauvegarde suffisante pour une jeune fille, repartit le centurion. Je ne reconnais d'ailleurs à personne le droit de s'enquérir des actions de Daphné.

— Ah ! Gurgès vous remplace admirablement aux Esquilies ; c'est une justice à lui rendre ! En ce moment, le vieux bonhomme et Cruscellus vident une amphore chez Popa Quand votre père ne court pas les grandes routes, il va s'égayer au cabaret.

— Faut-il vous dire ce que prouvent en définitive toutes vos récriminations ? interrompit l'officier.

— Oui.

— Que le mariage de Lélius avec ma sœur vous déplaît.

— Je le crois impossible, pour parler franchement.

— Eh bien ! cher ami, reprit Rutuba, le jour des noces est fixé, et je vous exhorte à en prendre votre parti.

— Votre assurance me charme, centurion.

— Je vous avoue que si mon assurance vous offensait, cela me serait parfaitement indifférent.

— Veux-tu savoir maintenant, poursuivit Prosper, quel est l'horrible fiancé que ta sœur m'a préféré ?

Rutuba frissonna de terreur.

— Ne le connais-je point ? balbutia-t-il

— Pas encore ; mais viens au champ de Mars, et tout ce que tu ignores, un regard te l'apprendra.

— Non, non, laisse-moi, Prosper ! s'écria le centurion. La vérité m'épouvante ; je veux la fuir et non point la chercher.

— Serait-ce parce que tu n'as pas au cœur assez de courage pour te venger ? demanda l'orfèvre.

— Hélas ! il est des malheurs si grands dans la vie, qui ruinent en nous tant d'espérances, qui brisent tant d'affections, qu'on se sent défaillir quand le voile qui nous les cache va se déchirer.

— Daphné séduite et lâchement délaissée, ajouta Prosper, Gurgès partageant la honte et peut-être le supplice du scélérat qui vous a tous abusés, voilà les coups dont la fortune te menace, Rutuba ! Pour avoir détourné la tête, en seras-tu moins frappé ?

Et malgré sa résistance, il entraîna le centurion.

Ils arrivèrent ensemble auprès des septa au moment où Cicéron tirait au sort la centurie prérogative, c'est-à-dire celle qui devait émettre son suffrage avant toutes les autres centuries.

Rutuba restait debout sans faire un mouvement, sans articuler une parole, vis-à-vis de la tribune sur laquelle les candidats étaient assis. Il était sous l'empire d'une hallucination épouvantable. Il lui semblait apercevoir Lélius parmi les prétendans au consulat.

— Vois-tu, lui dit Prosper, ces trois hommes exposés aux regards du peuple sur des chaises curules ? De leurs mains crispées ils froissent leurs toges blanches. Leurs regards, brillants de fièvre, semblent implorer la pitié des centuries. Ce sont les ambitieux qui se disputent le gouvernement de la république.

— Mais l'un d'eux... celui de gauche... serait-il Lélius ? demanda l'officier.

— Lélius !... un scribe !... aspirer au consulat !... Tu plaisantes, centurion.

— Son nom ! son nom ! dit Rutuba.

— Celui des concurrens dont la chaise d'ivoire est le plus rapprochée du tribunal de Cicéron s'appelle L. Licinius Muréna ; son voisin D. Junius Silanus...

— Et l'autre ! Mais c'est le nom de l'autre que j'attends ! s'écria le fils de Gurgès d'une voix de hirame.

— Celui-là n'est autre que ton futur beau-frère, centurion.

— Et il se nomme ?

— L. Sergius Catilina.

— Catilina ! Catilina ! bégaya l'officier.

Un vertige subit fit tourbillonner autour de lui tout l'immense panorama du champ de Mars. Il étendit les mains pour chercher un appui. L'orfèvre le soutint.

— Fuyons, fuyons ! lui dit-il à voix basse.

— Fuyons ! répéta le centurion tremblant.

— Évitons les regards de ce monstre.

— Oui, son œil jette des sorts.

Puis, tous deux, serrés l'un contre l'autre, gagnèrent le cirque Flaminius, et pénétrèrent dans l'arène déserte où l'on célébrait les courses du cirque.

Prosper s'assit sur un des degrés de la *spina*, construction de forme oblongue, qui s'élevait au milieu du cirque, et sur laquelle on plaçait, durant les spectacles, les lits et les statues des dieux.

Le centurion resta debout auprès de son ami.

Ces deux douleurs, perdues au milieu d'un monument colossal, plein de silence et de solitude, malgré les échos lointains de la foule, qui faisaient mugir ses vastes flancs ; ces deux douleurs, dont l'une contemplait l'autre avec effroi, avaient quelque chose de solennel.

— Puissant Jupiter ! disait Rutuba, il a donc fallu un éclat de votre foudre pour éclairer les ténèbres au milieu desquelles je m'égarais. Mais, par les Euménides, reprit-il avec rage, ma sœur n'a pas été la victime de ce brigand ! Les dieux n'ont pas permis ce crime, ou bien, je le dis à la face du ciel, leur providence est aveugle et leur justice n'est qu'un mot.

— Jure, avant d'accuser les dieux, répliqua l'apprenti, que jamais tu n'as soupçonné les périls qui menaçaient Daphné.

— Un jour tu me fis à ce sujet une horrible prédiction...

— Elle s'est réalisée.

— Eh bien ! maudit soit le destin qui revêt le crime de la pourpre consulaire et voue l'innocence à l'infamie !

— Tu as insulté à mon amour déçu ; tu as foulé aux pieds les lois saintes de l'amitié, centurion. Va ! les dieux ont jugé entre nous et ils t'ont puni.

L'officier se pencha vers Prosper. Pas une goutte de sang ne colorait son visage blême ; ses traits étaient bouleversés ; un feu sinistre brillait dans ses yeux, et chacune des contractions de ses lèvres semblait donner passage au fiel dont son âme débordait.

— C'est donc pour te venger de moi que tu m'as conduit au champ de Mars ? reprit-il ; c'est pour irriter mes regrets et te repaître du spectacle de mon désespoir ! Écoute, alors, une histoire lugubre, jeune homme, et sois heureux, car tu n'as jamais pu, quelle que soit ta haine, me souhaiter autant de maux que j'en ai accumulé sur moi.

Et il déroula devant l'apprenti le sombre tableau de ses souffrances et de ses forfaits, depuis sa première entrevue avec Sempronia jusqu'à la tentative de parricide dont il s'était rendu coupable au forum.

Prosper fut atterré.

— Es-tu vengé maintenant ?

Le jeune homme se jeta dans les bras du centurion.

— Pardonne-moi, lui dit-il ; j'ai été cruel envers toi.

Rutuba lui serra la main.

— Sonde ton cœur, poursuivit l'orfèvre, et vois s'il y reste encore de l'amour pour Sempronia, pour cette femme exécrable qui nous a tous perdus.

Le centurion mit la main sur sa poitrine et répondit :

— Il n'y a plus là que haine, remords et douleur.

— Tu te sens donc assez fort pour connaître le dernier mot du problème que tu as résolu ce matin auprès des septa ?

— Oui.

— Ce mot, le voici : — Sergius est l'amant de Sempronia.

— Ils sont dignes l'un de l'autre, répliqua l'officier.

— Maintenant, quitte Rome et l'Italie, continua Prosper. Tous les satellites de Catilina, tous nos patriciens sont également tes ennemis.

— Quitter Rome ! s'écria le centurion, et y laisser vivre en paix Catilina ! Non, non ! Il n'y a plus place pour cet homme et pour moi sur la terre ! Il faut que l'un de nous deux périsse ! Mes crimes seront expiés si je succombe dans la lutte ; mais, si les dieux secondent mon courage. Daphné, Prosper, Gurgès, Rutuba, nous serons tous vengés !

— Par les Furies ! dit l'orfèvre, venge-nous ! oui, vengeons-nous et mourons ensuite ! Centurion, tes paroles sont dignes d'un Romain.

— Un coup d'épée se fait jour dans toutes les poitrines, murmura l'officier.

— Me veux-tu pour second ? demanda Prosper.

— Que Jupiter me garde de t'envier la part de sang qui te revient ! répondit Rutuba.

Pendant ce temps Cicéron avait procédé au tirage de la centurie prérogative. Le hasard avait désigné la centurie Véturia. Le consul exhorta les citoyens par une courte allocution à ne pas confier à des mains indignes les destinées de la patrie. On ouvrit les barrières des septa, et les Véturiens s'approchèrent partagés en deux sections, l'une des vieillards et l'autre des jeunes gens.

Un fossé coupait dans sa longueur tout l'espace que renfermaient les septa. Des ponts en bois, jetés de distance en distance, permettaient aux citoyens de passer d'un bord à l'autre, en laissant tomber durant le trajet, dans un panier cylindrique, la tablette où leur suffrage était inscrit. Des scrutateurs (*custodes*), que les candidats choisissaient parmi leurs familiers les plus intimes, se tenaient debout auprès des corbeilles, et veillaient à ce qu'un même votant n'y déposât point deux bulletins à la fois. Les tablettes, marquées au nom des divers concurrens, étaient distribuées à la foule par de jeunes chevaliers, remplissant l'office de distributeurs. Ceux-ci employaient toutes les ressources de leur esprit, tous les moyens de persuasion imaginables pour gagner, aux abords des passerelles, des suffrages à leur commettant. Afin de délivrer les citoyens de leurs sollicitations, Marius avait réglé que les ponts des septa seraient construits de telle sorte que deux personnes ne pussent les traverser de front.

Un bruit effroyable de gens qui péroraient, s'interpellaient, se provoquaient d'un bout à l'autre des barrières, accompagna le vote de la centurie prérogative tant qu'il dura. Des orateurs à gage célébraient une dernière fois les vertus des candidats. Des agens de corruption bourdonnaient autour des Véturiens comme des abeilles autour d'une ruche, distribuant à profusion des sourires, des promesses et des poignées de main. Ils invitaient les citoyens à ne pas dédaigner les promesses de leur patron. Ils parlaient de sommes fabuleuses, destinées à payer le suffrage de la centurie prérogative, et nommaient à haute voix les séquestres chez lesquels on les avait consignées. Le tumulte n'était pas moins grand dans l'enceinte des septa. Les censeurs repoussaient à chaque instant des électeurs comme indignes. Les scribes lisaient à l'appui de ces exclusions les notes du dernier recensement, et le peuple s'amusait à les commenter. Dès qu'un citoyen arrivait à l'entrée d'une passerelle, il était saisi par trois distributeurs qui se l'arrachaient. Des hérauts invitaient les impatiens à garder leur place, les indécis à se hâter. Des rixes continuelles troublaient les calculs des scrutateurs, qui procédaient au dépouillement des votes. Ils s'accusaient sans ménagement d'infidélité, de mensonge, et les rogateurs ne réussissaient pas toujours à les apaiser. En proie aux émotions d'une attente cruelle, agités tour à tour par l'espérance et la crainte, Silanus, Muréna et Sergius suivaient des yeux tous les mouvemens des employés, qui pointaient chaque vote sur un tableau. Enfin, le rogateur de la centurie Véturia s'approcha de Cicéron et lui rendit compte des résultats du scrutin. Le peuple entier fit silence, et un crieur annonça que la centurie prérogative proposait D. Junius Silanus.

Ces paroles furent accueillies avec enthousiasme par les amis de Silanus. Il descendit lui-même au milieu d'eux, et le premier personnage qu'il rencontra en quittant sa tribune fut César, dont il reçut les félicitations. Ils allèrent ensemble remercier les Véturiens. L'épreuve dont Silanus était sorti victorieux passait pour décisive, l'assentiment de la centurie prérogative était regardé par les Romains comme un signe de la volonté des dieux.

Sur un ordre du président des comices, toutes les centuries de la première classe franchirent la voie Flaminienne et vinrent s'aligner près des septa.

Un frémissement sourd parcourut alors les rangs des conjurés, auxquels Céthégus, Autrone, Sapala et Carvilius commandaient. Flamma d'Arrétium et Furius ordonnèrent à leurs cohortes d'Etrusques et de vétérans de se préparer à une attaque. Le moment était venu où Sergius devait ceindre sa toge et faire égorger ses deux compétiteurs et Cicéron. Mais le conspirateur ne remua point, soit qu'il craignît d'irriter le peuple en livrant l'élite de la jeunesse romaine au glaive de ses satellites, soit qu'il se crût trop faible pour tenter la fortune d'un combat. Les cinq classes et les dix-huit collèges de chevaliers, ceux-ci divisés par sections de six centuries, émirent alternativement leur vote sans opposition. Vers la cinquième heure du jour (onze heures du matin), le consul président des comices fit la proclamation suivante, qu'un crieur répéta :

« Les centuries des vieillards et celles des jeunes gens décernent le consulat à Décimus Junius Silanus. »

A ces mots, un tonnerre d'applaudissemens éclata sur la colline des Jardins, se répandit dans la plaine, résonna longtemps sous les portiques des temples et dans les cavernes des amphithéâtres ; puis alla se perdre sur les pentes du Janicule, parsemées d'arbres et de villas.

Le soleil était arrivé au plus haut point de sa course. La chaleur devenait insupportable au milieu du champ de Mars. Les centuries s'étaient dispersées et la plupart des citoyens se reposaient sous les ombrages de la villa Publica. Les tentes des candidats avaient été de nouveau envahies par la plèbe. Celle de Silanus retentissait d'acclamations. Des chanteurs célébraient son triomphe ; des poètes, que la Grèce ou l'Asie-Mineure avait vus naître, récitaient des vers en son honneur. Mais tables, lits de pourpre, amphores, comestibles, tout avait disparu. L'heureux élu ne régalait plus personne. Ses esclaves, armés de bâtons, maintenaient à une distance respectueuse les honnêtes campagnards du Latium et de la Sabine qu'il appelait une heure auparavant ses plus chers amis. On s'enivrait au contraire dans les tentes de Sergius et de Muréna. Le vin y coulait à flots ; on y distribuait sans cesse des jambons et des saucisses. Les orateurs des deux concurrens redoublaient d'éloquence, et, dans les transports de leur zèle, suppléaient par le geste à la voix qui leur manquait. Les rogateurs et les diviseurs du peuple ne parvinrent qu'après de longs efforts à réorganiser les centuries.

Les fanfares de la trompette annoncèrent qu'on allait procéder à l'élection du collègue de Silanus.

Les Véturiens marchaient de nouveau vers les septa. Lucullus et Curion vinrent à leur rencontre.

Ces deux hommes appartenaient également à la faction patricienne ; mais ils se haïssaient parce que la Macédoine ayant été comprise dans le gouvernement de Lucullus, quand ce dernier quitta Rome pour aller combattre Mithridate, Curion avait été contraint d'abandonner cette riche province, qu'il achevait de subjuguer. Ils se faisaient depuis le retour de Lucullus une guerre ouverte au sénat, au forum et dans les assemblées du champ de Mars. L'un avait eu pour lieutenant Sergius, l'autre Muréna. Les comices de cette année leur offraient une occasion favorable de se mesurer en patronant leurs anciens compagnons d'armes, et ils n'avaient pas manqué de la saisir.

— Véturiens, dit effrontément Curion, je vous promets cinq cent mille sesterces (102,291 fr. 65 c.) à partager entre vous, si vous proposez Catilina.

— Je vous en donnerai un million si vous proposez Muréna, répondit Lucullus.

— Nous irons jusqu'à quinze cent mille sesterces, reprit Curion.

— Et nous jusqu'à deux millions.

— A deux millions cinq cent mille sesterces l'élection de Sergius ! s'écria Curion.

— A trois millions l'élection de Muréna ! riposta Lucullus.

On ne sait où se fût arrêtée cette enchère scandaleuse, si un homme de stature colossale ne l'eût interrompue en s'élançant au milieu des Véturiens.

Cet homme n'était autre que Carvilius. Le roi des halles appartenait à la centurie Véturia.

— Enfans, dit-il, que nous importent deux ou trois deniers, plus ou moins, qui suffiront à peine à préserver durant un jour nos familles des horreurs de la faim ? Ce qu'il nous faut, c'est la loi agraire de Rullus (1), qui nous procure un abri pour reposer nos têtes, et des terres pour utiliser nos bras.

— Oui, oui ! répondirent tumultueusement les Véturiens. Nous voulons la loi agraire de Rullus.

_____

(1) Le tribun Servilius Rullus avait proposé de liquider toute l'immense fortune territoriale que possédait la république, et d'en employer le prix à acquérir, pour les distribuer aux indigens, des terres labourables en Italie. Dix commissaires, investis d'un pouvoir absolu, devaient présider à cette opération. La rogation *Servilia* fut combattue par Cicéron comme dangereuse et impossible à exécuter. On ne l'afficha pas même au forum.

Servilius Rullus avait été excité par César à présenter ce projet de loi. Le mauvais accueil qu'il reçut irrita vivement la plèbe contre les patriciens, et surtout contre les fermiers, détenteurs des domaines de l'Etat.

—Qui est-ce qui renouvellera la loi de Rullus? demanda le roi des halles.

— Catilina, repartit Curion, et l'on vous distribuera de plus trois millions de sesterces, dont je garantis le paiement.

— Vive Catilina, consul! s'écrièrent les Véturiens.

Et ils coururent vers les septa.

Les rogateurs, après avoir dépouillé le scrutin de la centurie, déclarèrent que la grande majorité des suffrages appartenait à Sergius.

En vertu d'un droit acquis depuis longtemps aux présidens des comices, mais dont ils usaient rarement, Cicéron fit suspendre l'élection, manda les Véturiens à son tribunal, et leur tint le discours suivant :

— Hé quoi! Romains, avez-vous donc tellement oublié les dangers de la république, que vous ne craigniez pas d'investir de l'autorité consulaire celui-là même dont les complots menacent depuis trois ans l'existence de cet empire; l'infatigable artisan d'iniquités, qui a voué nos poitrines au glaive et nos maisons à l'incendie? Simple citoyen, il brave la puissance du sénat; vos magistrats qu'il provoque osent à peine affronter ses fureurs : qui donc pourra le combattre, le vaincre, le punir, quand vous l'aurez revêtu de la pourpre du consulat? Ses partisans vous ont promis de renouveler la loi agraire de Rullus ; mais pensez-vous que cette rogation monstrueuse obtienne jamais l'approbation du peuple, la sanction du sénat, à moins que les dieux n'éteignent complétement dans nos cœurs le saint amour de la liberté? Non, l'État ne sera pas mis à la discrétion de quelques ambitieux; ils ne dilapideront pas la fortune publique; ils ne se partageront pas les biens que nos ancêtres ont payés de leur sang. Curion veut acheter vos consciences trois millions de sesterces? O honte du nom romain! O mœurs infâmes du siècle où nous vivons! Les centuries se vendent à l'encan à la face du soleil, au milieu du champ de Mars! Et les mercenaires qu'on achète ainsi ne craignent pas que Jupiter dissipe d'un coup de sa foudre ces comices impies! Ils ne rougissent pas de porter le nom de Véturie, cette noble matrone, qui sacrifia Coriolan, son fils, aux intérêts de ses concitoyens! Retournez aux Septa, Véturiens, et puisque le sort vous a donné le suffrage prérogatif, faites un choix qui soit d'un heureux augure pour le salut de la patrie!

— Quelle audace est la tienne, plébéien d'Arpinum! s'écria Sergius outré de colère. Es-tu le premier magistrat d'un peuple libre, ou le roi de quelque nation barbare que nos soldats n'aient pas encore subjuguée?

— J'en appelle des centuries qui s'égarent aux centuries mieux informées, répondit le consul.

— Par le Styx! tu n'essaieras pas impunément sur moi la tyrannie!

En disant ces mots, Catilina cherchait des yeux ses conjurés épars sur la colline.

— Licteurs, ajouta Cicéron, surveillez les mouvemens de ce factieux.

Sergius s'était levé. Fort de l'inviolabilité que lui assurait son titre de candidat, il s'inquiétait peu de l'attitude menaçante des officiers du consul. Autrone, Sapala et ses autres partisans se préparaient à une attaque. Les troupes d'Atticus et de Clodius se mettaient en mesure de soutenir leur choc. L'assemblée du champ de Mars regardait avec effroi l'orage de la sédition approcher, pendant qu'une foule d'hommes quittaient les rangs des tribus et couraient se joindre, soit aux défenseurs de Cicéron, soit aux satellites de Sergius. Tous les cœurs battaient; des milliers de mains serraient les glaives... Un geste de Catilina... et ces innombrables Romains, qu'avait réunis une solennité toute pacifique, allaient se ruer les uns sur les autres et s'entr'égorger.

Le conspirateur avait saisi les deux pans de sa toge et les agitait convulsivement. Il ne pouvait se décider ni à donner le signal du combat, car ses amis devaient être nécessairement accablés par le nombre, ni à subir honteusement le joug de son ennemi personnel. Enfin, la prudence l'emporta une dernière fois sur le ressentiment dans cette âme qui soumettait tout au calcul, même les transports de son orgueil blessé, même ses désirs de ven-

geance les plus impérieux. Il renonça à courir les risques d'une lutte inégale; il craignit de sacrifier les préparatifs si longtemps, si laborieusement organisés de sa conjuration. Il se rassit, dévorant sa rage, appelant de tous ses vœux la nuit fatale où il pourrait demander compte aux oligarques des dégoûts et des injures dont ils l'abreuvaient.

Fatigué du poids de sa cuirasse, exposé sans abri aux rayons du soleil, Cicéron éprouvait une soif intolérable. Un appariteur lui apporta un verre d'eau. Le consul aperçut alors à quelque distance Aurélius Cotta, qu'on regardait à Rome, non-seulement comme un censeur impitoyable, mais aussi comme un ivrogne consommé. Le consul, que son humeur plaisante abandonnait rarement, même au milieu des circonstances les plus graves, dit à ses familiers en portant son calice à ses lèvres :

— Entourez-moi, chers amis, et dérobez-moi aux regards du bonhomme Aurélius; car s'il me voyait boire de l'eau, il serait capable de me chasser du sénat.

Ce bon mot fit le tour du champ de Mars et charma pendant huit jours le désœuvrement des Romains.

Le scrutin des centuries ne causa plus à Sergius qu'angoisses et cruelles déceptions. La prérogative, docile aux conseils de Cicéron, réforma son vote et proposa Muréna. Toutes les classes ratifièrent la décision des Véturiens. Le lieutenant de Lucullus avait obtenu quatre-vingt-seize suffrages et demi, et son compétiteur ne se désistait pas. Il espérait n'avoir plus contre lui aucun vote défavorable, et en venir, après une élection douteuse, à vider par la voie du sort son différend avec Muréna. Enfin, une section de jeunes gens constitua le reste de cette dernier le quatre-vingt-dix-septième suffrage, qui complétait la majorité encore incertaine du peuple romain. Sergius, accoudé sur les bras de sa chaise d'ivoire, les poings fermés et la tête penchée sur la poitrine, regardait l'avenir passer devant lui en tableaux saisissans : c'étaient ses conjurés vaincus, proscrits, égorgés ; ses biens vendus à l'encan, la jeune Orestille et sa mère devenues un objet de mépris et d'exécration. Une voix bien connue, qui réveillait tous ses instincts sanguinaires, vint tout à coup donner à ses rêves l'autorité d'une sinistre divination. Après avoir appelé sur les nouveaux consuls la protection des dieux, Cicéron était descendu de son tribunal, et, s'arrêtant devant Sergius,

— Catilina, lui dit-il, grâce à ma vigilance, la république n'aura plus désormais à combattre, au lieu d'un consul, qu'un chef de brigands exilé.

Le conspirateur, sans répondre, quitta sa tribune, au pied de laquelle Sapala, Carvilius et leurs farouches compagnons l'attendaient. Ils environnèrent leur maître, se formèrent en triangle, et se retirèrent sans être inquiétés.

La populace, qui se plait à maudire toutes les infortunes, resta muette cette fois devant le candidat redoutable que la fortune du champ de Mars avait trahi.

IV.

UN CABARET AUX ESQUILIES.

Après les comices consulaires, l'orage de passions furieuses, qui soufflait depuis quelque temps sur la ville, se dissipa comme par enchantement. Les étrangers regagnèrent en foule les colonies et les municipes d'où on les avait mandés. Le flot populaire, soulevé par Sergius et par Muréna, se perdit dans la Subure et dans les tavernes du mont Aventin. Plus de rassemblemens dans les rues, plus de corps de garde autour de la maison de Catilina. Le peuple avait manifesté son bon plaisir. Oligarques et conjurés avaient licencié leurs troupes. Ils semblaient n'avoir plus rien à se disputer.

Quelques heures avaient suffi pour ramener dans Rome un calme trompeur. Des prolétaires calculaient avant de s'endormir combien de temps leur famille pourrait vivre avec l'argent qu'ils avaient perçu chez les séquestres. D'autres échangeaient le prix de leur vote contre des amphores de vin et des tranches de porc à l'ail, mets fort estimé des Romains. Des ivrognes trébuchaient dans les rues. Parfois le cortège d'un patricien troublait pour un instant le silence de la nuit ; les torches que portaient ses esclaves flamboyaient au milieu d'un carrefour ; puis l'escorte tournait l'angle d'une basilique, d'un temple, et tout rentrait dans l'obscurité.

On veillait néanmoins dans les maisons de Silanus et de Muréna. Des lampes en éclairaient les vestibules ; les portes, ouvertes à double battant, laissaient apercevoir sous les péristyles intérieurs les images des ancêtres des deux futurs consuls, couronnées de lauriers. Les licteurs des principaux magistrats de la république, les esclaves des sénateurs, ceux qui portaient des flambeaux devant les gladiateurs dont ils se faisaient suivre, encombraient les portiques des demeures consulaires. Cicéron et Marc-Antoine, qui allaient redevenir dans deux mois simples citoyens, n'avaient pas été les derniers à venir saluer leurs successeurs.

Rutuba n'était pas retourné à Tibur. Assis auprès de Daphné, dans la salle commune de l'habitation paternelle, il cherchait à distraire sa douleur par une lecture utile et intéressante. Il parcourait les Commentaires de Sylla, livre à jamais regrettable, que le temps a détruit. Daphné et le centurion évitaient de se parler, et pourtant ils comprenaient l'un et l'autre que sous leurs fronts, calmes en apparence, ils cachaient les mêmes pensées : remords déchirans, souvenirs d'amour à jamais cruels, crimes secrets dont ils voulaient s'épargner mutuellement la confiance. Vers la cinquième heure (onze heures du soir), l'unique esclave de Gurgès vint annoncer au centurion qu'un inconnu demandait à lui parler. Rutuba sortit, et trouva en effet, debout et immobile sous la galerie couverte qui, de l'atrium, conduisait à l'appartement du désignateur, un homme enveloppé d'un caban.

— Centurion, lui dit cet homme à voix basse, une personne à laquelle vous portez un vif intérêt désire vous parler. Elle vous attend près d'ici, sous les arcades du marché Esquilin.

— Quelle est cette personne ? demanda l'officier.

— Suivez-moi, et dans un instant vous le saurez.

Rutuba rentra dans le salon où il avait laissé sa sœur, roula son volume et l'enferma dans un étui de papyrus ; puis, ayant pris congé de la jeune fille, il monta à sa chambre, agité par je ne sais quel vague sentiment de crainte, auquel se mêlait un désir effréné de vengeance et de meurtre. Il décrocha son épée, en examina avec soin le tranchant et la pointe et la suspendit à son côté. Il jeta ensuite sur son épaule gauche un épais manteau de laine, dont il enroula les plis autour de son bras, afin de s'en servir comme d'un bouclier en cas d'attaque. Ces précautions prises, l'intrépide centurion descendit vers le messager qu'on lui avait dépêché.

— Je suis prêt, lui dit-il.

Ils descendirent ensemble l'escalier tortueux de l'habitation des libitinaires, traversèrent la cour, et quand ils se trouvèrent dans la rue aux Parfums,

— Tu vas marcher devant moi, reprit l'officier en saisissant le bras de son guide, et suivre le milieu de la rue sans regarder ni à droite ni à gauche. Au premier mouvement suspect que tu tentes de faire, je te passe mon épée au travers du corps.

— Par le rasoir d'Accius Navius ! mon cher Rutuba, répondit l'inconnu, vous êtes d'une brusquerie insupportable. Vous m'avez désarticulé le coude. La main me tremblera demain et gare au menton de mes cliens !

Le messager rejeta son capuchon en arrière, et montra au fils de Gurgès la face rieuse et avinée de Cruscellus.

— Ah ! c'est toi, vieux tondeur, dit le centurion. Qui t'envoie au temple de Libitine à pareille heure ?

— Vous allez l'apprendre.

Le tondeur toucha du bout de l'index la poignée du glaive de Rutuba.

— Vous êtes homme de précaution, mon brave, poursuivit-il. Vous craignez les ténèbres, et vous avez raison. Rien n'est

traître comme la nuit... si ce n'est les femmes, ajouta sentencieusement Cruscellus.

— Auriez-vous quelque raison de vous plaindre d'elles ? répliqua le centurion.

— Moi ! oh non. Je suis trop vieux pour qu'elles me veuillent du mal. Mais vous, bel officier !... Parlons un peu de vous. Méfiez-vous, Rutuba, méfiez-vous.

— De qui faut-il que je me méfie ?

— Un peu de tout le monde, et beaucoup...

Cruscellus regarda autour de lui et poursuivit à voix basse :

— Et beaucoup de la noble matrone qui m'a envoyé ce soir auprès de vous.

— Crois-tu qu'elle me tende un piége ?

— Je crois que vous avez ce soir plus de chances de recevoir un coup d'épée qu'un million de sesterces. Sempronia, voyez-vous, cher ami, est sans contredit la fleur de l'aristocratie romaine ; mais cette fleur a des épines, auxquelles il faut prendre garde de se piquer.

— Et .. ces épines... sont représentées peut-être ce soir par cinq ou six bonnes lames de gladiateurs ?

— Jeune homme, répondit Cruscellus, je vous dois cet hommage : vous avez dit une grande vérité.

Rutuba tira son glaive et le plaça tout nu sous son bras.

— Conduis-moi, conduis-moi, tondeur ! dit-il. Combien sont-ils de coquins ?

— Six au moins, et j'ai reconnu Eudamus parmi eux.

— Tant mieux. Marchons vite. Je vais te montrer de quelle façon un soldat de l'armée d'Asie se débarrasse d'un homme quand il veut sérieusement s'en occuper.

— Je sais déjà comme il frappe un consul, fit le tondeur. Rutuba tressaillit.

— Où allez-vous, malheureux ! ajouta Cruscellus. Ignorez-vous que le sénat a promis cinq talens à quiconque découvrirait vos traces ; que vos complices vous ont environné d'embûches ; que deux factions puissantes, également inexorables dans leur politique, vous recherchent, l'une pour vous arracher des aveux qui puissent livrer au bourreau quelques têtes, l'autre pour vous imposer silence, ce silence du tombeau, que nulle voix humaine n'a encore troublé ? N'avez-vous pas compris que vous êtes la dupe d'une femme exercée depuis longtemps à l'art de séduire, et qui perd sans pitié, sans vergogne, ceux que ses attraits ont captivés ? Et vous habitez Rome ! et vous vivez paisiblement dans votre famille, bravant le quésiteur du parricide, ses assesseurs et ses triumvirs ! J'ai servi ce soir d'émissaire à Sempronia, n n pour vous amener au rendez-vous qu'elle sollicite, mais pour vous donner un avis utile. Partez, quittez la ville à l'instant...

— Tondeur, interrompit le centurion, allons voir d'abord comment les gladiateurs de ma bien-aimée Sempronia manient une épée.

Et sans attendre de réponse, il s'élança vers le marché Esquilin.

Une femme voilée sortit de l'édifice et vint à la rencontre de Rutuba. Elle découvrit sa figure en saluant l'officier, et celui-ci reconnut Sempronia, la belle épouse de Junius Brutus Pénus.

Le tondeur resta en arrière et observa ce qui allait se passer.

— Que je suis heureuse de vous revoir ! dit affectueusement la matrone en s'appuyant sur le bras de son amant. Pourquoi donc avez-vous quitté ma villa de Tibur ? J'y suis rentrée vers midi, et j'ai été bien affligée de votre absence. Je vous ai longtemps attendu. Ne pouvant plus enfin résister à mon impatience, j'ai repris le chemin de Rome vers la onzième heure du jour (cinq heures du soir).

— Vraiment, noble matrone, répondit l'officier, je vous suis reconnaissant de la place que vous m'avez donnée dans votre affection.

— Je craignais qu'il ne vous fût arrivé malheur.

— Bannissez toute inquiétude à ce sujet. Un homme prudent et brave en vaut deux, quand il est bien averti.

Puis, s'apercevant que la matrone cherchait à l'entraîner

vers les profondeurs ténébreuses du marché, Rutuba poursuivit :

— Si cela vous était indifférent, j'aimerais mieux rester dans la rue que d'entrer sous ces arcades. On a plus d'air ici, et l'on voit mieux autour de soi.

— Comme il vous plaira, repartit la matrone. Qu'avez-vous fait aujourd'hui ? Quelles affaires importantes vous ont rappelé de Tibur ?

— Je m'expliquerai dans un instant à ce sujet, noble Sempronia. Dites-moi, continua le centurion, êtes-vous venue seule du forum aux Esquilies ?

— Non. Les rues ne sont pas sûres. J'ai amené cinq ou six de mes gladiateurs, qui veillent sur nous à quelques pas d'ici.

— Vous pensez à tout, répliqua l'officier. Moi, qui n'ai pas de gladiateurs à mes ordres, je n'ai pris d'autre compagnon que mon glaive : une magnifique lame d'acier *margyen*, je vous assure, qui percerait une cuirasse aussi facilement qu'une feuille de parchemin.

Rutuba agitait en même temps, à la clarté des étoiles, son épée d'Hyrcanie, faite de ce métal brillant dont les Romains apprirent à connaître la trempe supérieure durant l'expédition de Crassus en Mésopotamie.

— Centurion, dit la matrone, vous comptez trop sur votre courage. Croyez-moi, il est des périls qu'un homme raisonnable ne doit pas affronter. Voyez cette rue déserte, qui s'étend devant nous. J'ai fait explorer par mes gens toutes les allées qui la bordent, parce que de là peut partir le trait d'un archer, le cordon d'un laquéateur, une attaque enfin contre laquelle vo re courage ne vous défendrait pas. Cher ami, vos jours me sont chers : conservez-les pour moi.

— Et maint nant, dit Rutuba, où allons-nous ?

— Descendons vers les Carènes.

— J'aimerais mieux causer en remontant vers le temple d'Esculape, si tel est votre avis.

— Pourquoi ? demanda la matrone.

— J'aime les promenades où l'on erre à l'aventure, où l'on va tantôt à droite, tantôt à gauche, où l'on descend, où l'on monte sans savoir pourquoi.

Sempronia, en femme expérimentée, avait compris dès l'abord que les dispositions de Rutuba son égard avaient changé depuis leur séparation. Elle n'en doutait plus à cette heure. Mais elle voulait connaître, avant d'entamer une explication avec le fils de Gurgès, le motif de son ressentiment. Affectant donc une confiance qui était loin de sa pensée,

— Je vous suivrai partout où vous irez, centurion, répondit-elle.

Ils marchèrent en effet quelque temps à travers les étroites ruelles du quartier Esquilin, et atteignirent le *vicus Palloris*, triste chemin que les morts suivaient pour arriver au champ des sépultures. Rutuba s'arrêta bientôt devant une taverne d'assez pauvre apparence. Une lumière jaune et tremblante vacillait sur le parchemin huilé qui servait de vitres à ce bouge. Aucun bruit ne se faisait entendre à l'intérieur.

— Entrons ici, dit le centurion. Nous pourrons causer plus à l'aise que dehors. L'hôtellerie ne me semble pas des plus élégantes ; il en est peu d'ouvertes : nous n'avons pas la liberté du choix.

— Entrons, répéta la matrone.

Rutuba ouvrit la porte. Une bouffée de vapeurs nauséabondes s'échappa du cabaret, au fond duquel une lampe fumait sur un tonneau. Le sol boueux était jonché d'ignobles débris. L'eau suintait partout à travers les murailles, et perlait sur la crasse qui les recouvrait à hauteur d'appui. En toute autre circonstance, l'orgueilleuse épouse de Brutus Pénus eût éprouvé, à l'aspect de ce taudis, un dégoût invincible. Son visage pourtant ne trahit aucune émotion. Elle s'assit sur une escabelle branlante qu'avait creusée, en plusieurs endroits, le froltement des plus sales tuniques des Esquilies. Elle appuya ses mains à une table raboteuse, noire de graisse, encore humectée de vin. Le centurion se plaça vis-à-vis d'elle, à l'extrémité d'un banc. Ce groupe de deux personnes, l'une jeune et robuste, au regard fier, à la tournure

martiale, l'autre d'une beauté incomparable, drapée de sa mantille (*peplum*) comme une statue de Polymnie, se dessinait à ravir sur le mur bistré qui lui servait de fond.

L'officier ne quittait pas la porte du regard. Son épée reposait sur ses genoux.

— Sempronia, dit-il en souriant à la matrone, vous qui aimez sincèrement le peuple, vous n'avez jamais visité peut-être les singulières basiliques dans lesquelles il traite de ses affaires et prend ses plaisirs.

— Je n'ai jamais vu de bouge aussi hideux que celui-ci, répondit la matrone, et si l'on jugeait le peuple d'après les lieux qu'il fréquente, on ne pourrait guère s'empêcher de le haïr.

— Vos aïeux Tibérius et Caïus Gracchus ne pensaient pas ainsi, noble Sempronia, quand ils habitaient la voie Suburane, au milieu de la plèbe qu'ils soulevaient ou calmaient à leur gré. C'est dans la fange des tavernes que la plupart de nos familles sénatoriales ont ramassé leurs titres de noblesse. Cette fange immonde, nos ambitieux la retournent de leurs mains parfumées, et ils y trouvent souvent l'édilité, la préture, le commandement des grandes armées, et l'or avec lequel ils font bâtir leurs maisons du Palatin ou dessiner les jardins de leurs villas. Le cabaret est donc un endroit passablement honnête et qu'il ne vaut pas trop calomnier. Holà ! cabaretier, deux coupes et un cruchon de vin.

— Qu'a de commun la mémoire des Gracques avec cette infâme taverne ? repartit Sempronia.

L'hôte avait placé sur la table les coupes et le cruchon que Rutuba lui avait demandés. C'étaient des imitations grossières de la vaisselle de Samos, comme en fabriquaient les innombrables potiers des Esquilies. Les coupes ne semblaient pas même irréprochables sous le rapport de la propreté, et quelles pouvaient être les lèvres qui en avaient touché les bords !

— Buvons avant tout, dit Rutuba.

Il emplit les calices, vida le sien et invita la matrone à l'imiter.

Sempronia effleura la coupe du bout des lèvres et la repoussa.

— Quelle affreuse liqueur ! murmura-t-elle.

— Ah ! reprit l'officier, le vin des cabarets n'a point le parfum de celui de vos celliers ; mais s'il est rude, il n'enivre guère. Le vôtre, au contraire, Sempronia, flatte le goût, mais il est malfaisant.

— Sortons d'ici, interrompit la matrone. Je ne puis respirer plus longtemps l'air empoisonné de ce taudis.

— Eh ! qui vous a forcée d'y venir ? répliqua le centurion. Les bouges que nous fréquentons sont infects, j'en conviens. Les murs en sont tachés, le sol en est humide ; on s'y assied sur des bancs boiteux, où l'on boit dans des tasses ébréchées ; je le sais. Cependant, vous ne voyez guère les habitués de ces antres immondes franchir le seuil de vos demeures, traîner leurs sandales de bois sur les riches mosaïques de vos salons, ou bien étaler leurs guenilles sur la pourpre de vos divans. Pourquoi n'imitez-vous point leur discrétion, nobles descendans des Scipions et des Sempronius ? Pourquoi ne respectez-vous pas les mystères de notre indigence ? Pourquoi souillez-vous vos toges peintes du vin de nos cabarets ? Puisque nous redoutons votre luxe, votre insolence, dédaignez aussi notre misère et n'affrontez pas notre brutalité.

La matrone eût voulu fuir ; mais une passion plus forte que ses susceptibilités de petite maîtresse, plus impérieuse que son orgueil blessé, l'enchaînait sur son escabelle comme un malfaiteur qu'on a lié au pilori.

— Je ne vous rendrai pas insulte pour insulte, Rutuba, dit-elle. L'injure de votre part ne navre le cœur et ne m'irrite pas. M'en voudriez-vous, par hasard, de ce que je vous ai suivi dans ce cabaret malgré mes répugnances ? N'est-ce pas vous qui m'y avez entraînée ?

— C'est moi, sans aucun doute, repartit le centurion, dont les paroles devenaient de plus en plus amères, de plus en plus saccadées. Aussi les reproches que j'adresse à l'aristocratie ne vous concernent-ils pas. Vous n'avez jamais été, vous, ni l'alliée ni la complice de ces artisans infâmes d'iniquités, qui s'égarent parfois au milieu des prolétaires pour déshonorer leurs filles et faire des assassins de leurs fils !

Sempronia pâlit. Tout son sang lui reflua vers le cœur. Elle resta un instant sans voix, les yeux fixés sur son amant.

— Qu'avez-vous ? reprit l'officier.

— Je le vois maintenant, s'écria la matrone avec désespoir, le malheur que je redoutais le plus au monde m'a frappée. Tu es allé au champ de Mars aujourd'hui, centurion ?

— Eh bien ?

— Tu as vu les prétendans au consulat ?

— Et puis ?

— Et parmi eux, continua la matrone, parmi eux... tu as reconnu.....

— Qui donc ?

— Lélius...

— Lélius ! Mais il me semble qu'un scribe ne se mêle guère de briguer le consulat.

— Ne me cache rien, poursuivit Sempronia d'une voix suppliante. Je souffre, Rutuba ; oh ! je souffre tous les supplices de l'enfer.

— Parce que j'ai assisté à la célébration des comices ?

— Si tu connais le nom véritable de Lélius, dis-le-moi, et je te demanderai grâce, prosternée devant toi à deux genoux.

— La personne chez qui je vous ai rencontrée ne s'appelle pas Lélius ? dit le centurion.

— Non.

— Et comment donc la nommez-vous ?

La matrone se couvrit la figure de ses mains ; des larmes glissaient à travers ses doigts, et sa poitrine haletait de sanglots.

— Ce nom est donc bien honteux, malheureuse, que tu n'oses le prononcer ? dit Rutuba. Tes lèvres cependant sont assez impures pour que rien désormais ne puisse les souiller.

— Catilina m'a trompée, m'a perdue, répondit Sempronia accablée par le remords et la douleur.

— En effet, répliqua le fils de Gurgès en rabattant sur la table les mains de la matrone, il t'a trompée, lorsque tu me parlais du faux Lélius comme du vengeur de tes nobles ancêtres, comme d'un champion de la liberté, tu ne savais pas qu'il eût été le satellite de Sylla, le meurtrier de Gratidianus, le spoliateur des provinces africaines, le séducteur des prêtresses de Vesta ! Tu ignorais que Rome entière ne voit pas un tribun dans ce monstre, mais un chef de brigands ; que sa maison n'est pas même un cabaret de prolétaires ; qu'elle n'est, malgré ses colonnes de marbre, ses tableaux, ses mosaïques et ses orgies, qu'un repaire de banqueroutiers et de bandits...

— Hélas ! je le savais.

— Dis-moi... comment on doit traiter la femme qui a mis ses sentimens aux gages d'un Catilina ?

— Grâce ! grâce ! murmurait Sempronia le visage inondé de larmes et les bras tendus vers le centurion.

— Que les dieux te versent au centuple les malédictions que tu as attirées sur ma famille ! répliqua le fils de Gurgès.

Et il se levait pour sortir quand la matrone, s'élançant de son escabelle et se plaçant sur son chemin,

— Tu ne me quitteras pas ainsi, s'écria-t-elle ; je t'aime et je ne puis vivre sans toi !

— Aurais-tu vraiment partagé l'amour que tu m'avais inspiré ?

— Tu en doutes !

— Oh ! tant mieux, dit Rutuba. Alors je suis vengé.

— J'ai été coupable, poursuivit Sempronia, mais l'amour que je te porte, cette affection dévouée, courageuse, m'a purifiée. Pardonne-moi.

— Peux-tu réparer les maux que tu nous a causés ? Peux-tu rendre la paix, le bonheur à une pauvre fille que Sergius a trompée ?

La matrone recula et se baissa comme une hyène qui va s'élancer sur le chasseur qui l'a blessée.

— Quelle est cette femme ? s'écria-t-elle.

Le Siècle.

— C'est Daphné, c'est ma sœur. Ah ! cette révélation in attendue t'irrite....

— Viens, viens, interrompit la courtisane, nous demanderons compte ensemble à Sergius de ses crimes ; puis nous quitterons Rome pour toujours ; Rome, cette ville de sang, de corruption et d'embûches, où il n'y a plus place pour deux cœurs qui veulent goûter en paix le bonheur de s'aimer.

— Hé quoi ! vous abandonneriez pour moi votre palais du forum, votre villa de Tibur, votre maison du bois sacré d'Égérie ?

— Honneurs, plaisirs, fortune, il n'est rien que je ne puisse te sacrifier.

Sempronia voulut s'appuyer au bras du centurion ; celui-ci la repoussa et la laissa tomber à genoux sur le sol boueux du cabaret.

— Sois généreux, sois clément, lui disait-elle, humblement prosternée devant lui. Ne me laisse pas ici sans consolation. Si tu m'abandonnes, la douleur me tuera.

— Que m'importe ! répondit l'officier.

— Est-il possible, Rutuba, qu'une seule journée m'ait ravi ton amour, que tu n'éprouves plus pour moi que de l'indifférence ?

— Non, belle matrone, vous ne m'êtes pas indifférente. Il faut chercher beaucoup plus bas dans le cœur pour trouver le sentiment que vous m'inspirez.

— C'est de la haine ?

— Encore plus bas.

— Du mépris ?

— Encore un degré plus bas.

— Qu'est-ce donc ?

— Du dégoût ! répliqua le jeune homme.

Et il s'élança dans la rue.

V.

COMMENT UN CROQUE-MORTS, AUSSI BIEN QU'UN DIPLOMATE, PERD OU SAUVE QUELQUEFOIS LA PATRIE SANS S'EN DOUTER.

Caton d'Utique fut sans contredit le plus amusant de tous les originaux de son époque. Si les limites de ce roman me permettaient d'y insérer sa biographie, on verrait qu'il avait coutume de se permettre d'excellentes bouffonneries. Non qu'il fût d'humeur facétieuse, bien au contraire ; mais sa vertu affectait des formes si rudes et si bizarres, la rigueur avec laquelle il observait les maximes de Zénon produisait parfois, au milieu d'un peuple corrompu, des contrastes si étranges, qu'on ne pouvait s'empêcher de rire tout en l'admirant.

Au temps du stoïcien, par exemple, les élégans de Rome se couvraient de tuniques traînantes et de toges d'une ampleur démesurée. Pour rappeler aux Romains l'âge d'or de Cincinnatus, Caton se rendait alors au sénat dans le simple appareil, ou à peu près, d'un héros sous le dit Il voulait bien rougir de ce qui est blâmable en soi, disait-il, mais non de ce qui n'est honteux que dans l'opinion des hommes. Pour un personnage aussi grave, c'était raisonner et surtout se vêtir bien légèrement.

Les édiles avaient coutume de donner des jeux au peuple durant leur magistrature. Marcus Favonius, grand ami de Caton, et Curion le fils célébrèrent en même temps ceux de leur édilité. Curion fit les choses magnifiquement, gratifiant, suivant l'usage, ses histrions de couronnes d'or, et les spectateurs de riches présens. Mais Favonius ayant confié à Caton la surintendance de sa fête, le philosophe couronna ses acteurs d'olivier et distribua à la multitude une quantité prodigieuse de navets, de carottes et de jambons. Marcus Porcius présidait lui-même au tirage des lots, tandis que Favonius lui criait en riant de l'orchestre :

— A merveille ! à ravir ! N'épargnez rien ; c'est moi qui paie.

Le peuple, dit Plutarque, abandonnait le théâtre de Curion

pour aller aux autres spectacles, où il s'amusait à voir Caton dirigeant des jeux.

Le stoïcien, au rapport du même auteur (1), avait marié sa fille Porcia à Calpurnius Bibulus. Hortensius, désirant s'allier à Caton, vint un jour le trouver et lui dit :

— Votre fille est une fort jolie femme.

— C'est vrai, répondit le philosophe.

— Et toute jeune encore.

— Vous êtes bien obligeant.

— Vous trouverez peut-être extraordinaire que je vous la demande en mariage?

— Mais... puisqu'elle est mariée.

— Pensez-vous que Bibulus soit un époux raisonnable? reprit Hortensius.

— Il ne m'a jamais donné lieu de supposer le contraire.

— Me céderait-il bien Porcia pour un an?

— Hein?

— Je ne la garderais pas ; je la lui restituerais.

— Votre proposition est ridicule, repartit Caton.

— Eh bien ! j'en ai une autre à vous faire, poursuivit Hortensius.

— A la bonne heure! Voyons : parlez.

— Si j'épousais votre femme? Elle est encore bien conservée.

— Vous voulez épouser ma femme! Ah çà! vous êtes fou! Mais j'aime beaucoup Marcia.

— Cela m'est bien égal.

— Epouser ma femme! quelle sotte fantaisie! Nous sommes pourtant de bien vieux amis, ajouta le philosophe.

— De bien vieux amis, en effet, répéta Hortensius en serrant la main de Caton.

— Cependant je refuse.

— Nous nous brouillerons.

— Je ne puis me résoudre à quitter Marcia.

— Voyons, soyez raisonnable ; foi de Romain! je vous la rendrai.

— Hortensius, fit Caton, puisque vous vous êtes mis dans la tête de me disputer ma femme, afin de ne pas nous quereller, prenons un arbitre.

— Et qui donc?

— Mon beau-père.

— Philippe?

— Oui.

— J'accepte, répondit l'orateur. Philippe est de mes familiers.

— Ils allèrent en effet trouver Philippe, qui approuva les prétentions d'Hortensius.

Marcia fut adjugée immédiatement à ce dernier.

Après la mort d'Hortensius, Caton reprit tranquillement sa femme.

Quel malheur qu'un pareil mari ait fini par le suicide ! Il méritait une fin plus gaie (2).

Mais quoique l'orgueil stoïque de Caton le rendît souvent facétieux, il n'en était pas moins un dangereux idéologue, que ses amis et ses ennemis politiques redoutaient également. Il ne savait point pactiser avec sa conscience. Il voulait le droit égal pour tous, et quand la faction patricienne, invoquant les nécessités du temps, s'avisait d'enfreindre les lois, tout partisan du sénat qu'il était, il lançait vertement les coupables suivant ce principe : — Qui aime bien, châtie bien. — C'était un homme d'Etat aussi maladroit que vertueux, qui attaquait partout l'iniquité sans regarder sur quel masque il frappait. Les choses allaient à merveille quand on avait son approbation. Il prenait sans sourciller l'initiative des attaques

les plus dangereuses, des propositions les plus exorbitantes, et ce qu'il avait une fois avancé, il le soutenait bravement et jusqu'au bout. Mais pour peu qu'on s'avisât d'enfreindre en sa présence les principes de l'équité, on le voyait aussitôt, comme un sanglier qui se prépare à une lutte, aiguiser sa rude éloquence, et courir sus, tête baissée, aux délinquans. Il distribuait alors ses coups de boutoir sans acception de personnes.

Peut-être trouverions-nous dans les rangs de notre parlement quelque figure qui offrirait de singulières analogies avec celle de Caton.

Peu s'en fallut qu'à l'issue des comices consulaires le rigorisme du stoïcien ne fit perdre au conseil des Sept tous les avantages qu'il comptait retirer de sa victoire au champ de Mars.

A peine Sergius eut-il dépouillé le caractère d'inviolabilité qui s'attachait à la personne de tous les candidats aux charges publiques, qu'un jeune patricien, L. Emilius Paulus, l'accusa de violences aux termes de la loi Plautia. Le prévenu, suivant les règles de la jurisprudence romaine, devait fournir immédiatement caution, s'il n'aimait mieux se constituer prisonnier; car l'accusation qu'on lui intentait était capitale (1). Sergius, à la grande surprise de ses adversaires, adopta ce dernier parti. Cicéron, Lépidus et Céler ayant refusé de le prendre en garde-libre dans leur maison, il se commit volontairement à la surveillance d'un certain Marcellus, ancien préteur, dans l'intimité duquel il avait longtemps vécu.

Tout allait bien jusque là, Cicéron. Vainqueur de Catilina pendant les comices, le livrait aux tribunaux : rien de plus logique. Les lois, dit-on, sont l'appui du faible ; il est plutôt vrai de dire qu'aux époques de guerre civile elles sont l'arme du plus fort. Tout à coup il vint à Sergius, du camp même de ses ennemis, un secours inespéré. Servius Sulpitius avait menacé de citer devant les tribunaux criminels celui de ses compétiteurs dont l'élection réussira t. Il s'en prit à Muréna, et, soutenu par Caton, il accusa le consul désigné de brigue aux termes des lois Calpurnia et Tullia.

Certes, lorsque Cicéron avait renouvelé et complété, quelques mois auparavant, la législation de Calpurnius; lorsqu'il y avait établi divers règlements portant défense aux candidats de soudoyer des satellites et d'appeler des étrangers à Rome sous peine d'un exil de dix ans, il ne pensait guère que toutes ces prohibitions, dirigées contre Sergius, atteindraient que Muréna. Il s'imaginait encore moins que Marcus Caton les opposerait un jour à l'élu des patriciens, au seul homme dont le courage eût osé disputer à Catilina le terrain du champ de Mars. La conduite de Muréna n'avait pas été parfaitement régulière, il en convenait. Il avouait que le lieutenant de Lucullus avait acheté sa dignité nouvelle, moyennant finance : Rome entière était là pour l'attester. Mais n'était-il pas impolitique qu'au milieu des circonstances périlleuses où se trouvait la république, Caton vînt mettre ses défenseurs en justice, compliquer la situation par un procès, atténuer, en un mot, l'effet moral des poursuites qu'on dirigeait contre Sergius? Cicéron représentait au stoïcien qu'il n'avait contre Muréna aucun motif ni de jalousie ni de haine; qu'il se compromettait en adoptant les misérables petites rancunes de Sulpitius ; il l'invita à réfléchir aux conséquences de sa démarche : rien n'y fit. L'honnête philosophe persista dans son projet. Muréna avait violé la loi ; Muréna devait être puni : tel fut son raisonnement. Il n'en voulut pas démordre. Crassus, Hortensius et le consul se chargèrent de défendre le prévenu, tandis que Sulpitius et Caton s'adjoignaient comme accusateurs Cnéius Posthumius et le jeune Servilius.

Cependant la jalousie, la haine, toutes les mauvaises passions qu'est susceptible de ressentir une femme haineuse et vindicative, qui se voit trahie d'une part, méprisée de l'au-

---

(1) Plutarque, vie de Caton d'Utique, XXIX.

(2) Plutarque avait emprunté cette anecdote sur Caton d'Utique à l'historien Thraséas Pétus, qui mourut sous le règne de Néron, et dont Tacite a fait un si bel éloge au seizième livre de ses Annales. Pétus lui-même disait la tenir de Munatius, ami intime de Caton. Si le respect qu'une nation professe à l'égard des femmes donne la juste mesure de sa moralité, que penser des Romains, qui avaient pour leurs mères de famille un si profond mépris?

---

(1) On appelait à Rome cause capitale, non-seulement celle qui pouvait amener une condamnation à mort, mais encore tout procès à la suite duquel l'eau et le feu étaient interdits au citoyen condamné. Cette peine équivalait à celle de l'exil.

tre, s'étaient allumées dans le cœur de Sempronia. Persuadée qu'un retour de Rutuba vers elle était chose impossible, elle ne songeait point à le fléchir. Son amour pour le centurion avait fait place à une soif effrénée de vengeance ce qui tenait son esprit en éveil depuis son entretien avec Rutuba aux Esquilies, c'était le souvenir de cette jeune fille que Sergius avait séduite. Elle se figurait parfaitement ressemblante à son frère, et il lui semblait qu'une femme ayant le même type de figure que Rutuba, mais avec des couleurs plus délicates, des traits plus fins, des méplats moins accusés, ne pouvait être qu'admirablement belle. La matrone savait de plus que Daphné se trouvait dans cet âge où l'éclat de la jeunesse rehausse merveilleusement celui de la beauté. Partant, elle se demandait si Catilina n'avait éprouvé pour la fille de Gurgès qu'un caprice passager, ou bien s'il l'aimait réellement. Délaissée par le centurion, Sempronia allait-elle perdre encore Sergius, la plus vraie de ses affections? Cette question intéressait non-seulement sa sensibilité, mais encore son amour-propre. La matrone crut avec raison qu'il fallait, pour éclaircir ses doutes, mander Catilina et Daphné, les mettre en présence et voir par elle-même quelle attitude prendrait le conspirateur. Elle dépêcha donc aussitôt une de ses esclaves chez Marcellus, où Catilina s'était réfugié, et remit en même temps à sa cameriste de confiance une lettre pour Daphné. Ce dernier billet fut adressé au tondeur Cruscellus, avec ordre de le faire parvenir sûrement et promptement à destination.

Assis dans son arrière-boutique, le tondeur, quand la messagère arriva, se livrait aux calculs les plus transcendans.

— Par Jupiter Consus! disait-il, si le bonhomme Socrate vivait encore, je le prierais de me prêter pour un quart d'heure ce génie familier qui lui inspirait toujours les meilleures résolutions.

Comment as-tu osé, mon brave Cruscellus, — ici le barbier se croisa les bras et les serra fortement contre sa poitrine, — comment as-tu osé t'associer à un Catilina, à un Carvilius, à un Sapala, à une troupe effrontée de bandits, pour lesquels rien n'est sacré? Je les croyais honnêtes gens, à vrai dire... un peu envieux du bien des autres, eh!... un peu enclins à la sédition, hum!...—mais incapables d'abuser du droit que chacun peut avoir de crier et de se battre au milieu du champ de Mars. Je me disais : — Ce sont de joyeux citoyens, qui veulent s'égosiller un instant pour mieux boire ensuite, donner et recevoir quelques horions par façon de passe-temps ; — il est des gens qui aiment ce genre de divertissement : quel goût!...—incendier par ci par là deux ou trois bicoques; tout cela pour procurer le consulat à Sergius. Il n'y eût eu jusque-là rien de trop grave. Si les patriciens n'avaient jamais de querelles, le pauvre peuple et surtout les barbiers ne vivraient pas.

Mais voilà qu'ils s'attaquent à Cicéron, qu'ils lui apostent des assassins, qu'ils se font accuser de vouloir brûler Rome, soulever l'Italie et massacrer le sénat. Par la barbe de Scipion c'est beaucoup de licence, même pour un descendant de Sergeste, le compagnon d'Énée.

Supposons donc, fit le barbier en poursuivant son monologue, que cette conjuration dont toute la ville s'entretient existe réellement et que le consul parvienne à en découvrir la trace.

— Qui secondait Catilina quand il introduisit dans la villa Sapala et ses brigands? demandera-t-il à ses espions.

Et ceux-ci répondront :
— C'était Cruscellus.
— Le tondeur des Esquilies?
— Lui-même.
—Bien. Et quel est le coquin qui avait réuni les brigands des Marais-Pontins autour du mille d'or, le jour que je faillis être assassiné?
— C'est Cruscellus.
— Très bien. Et comment se nomme l'émissaire qui pourvoit à l'entretien de ces malfaiteurs, et qui leur porte les ordres des conjurés?
— C'est encore Cruscellus.

— Sempronia avait elle un confident lors de son intrigue avec le centurion Rutuba?
— Sans doute.
— Et c'était?...
— Cruscellus, toujours cet excellent Cruscellus.

— Ah çà! Cruscellus, mon ami, continua le barbier en se parlant à lui-même, tu n'es point patricien, toi. Il n'existe pas dans Rome de tribu qui s'honore de porter ton nom, et tu n'as pas eu d'aïeux consuls. Tu ne lui serais pas grand vide ici-bas, s'il prenait envie au conseil des Sept de te prendre sous son grand gobelet politique et de t'envoyer en un tour de poignet aux sombres bords!

Manœuvre bien, manœuvre juste, car le vent pousse ta barque vers l'écueil des Gémonies, où tant d'autres se sont brisées.

Que faire de ce casse-cou de Rutuba? C'est le fils d'un libitinaire, d'un affreux ivrogne, et c'est arrogant, ferrailleur, étourdi comme un Faustus Sylla. Il n'a échappé que par un prodige à Carvilius ; le sénat l'a proscrit, et le fanfaron se promène en plein jour, descend au champ de Mars et conduit au cabaret des femmes de l'aristocratie. Je lui ai adressé hier une allocution paternelle, afin de l'obliger à s'enfuir : mes paroles ne l'ont pas convaincu. Rien ne l'émeut. Ne sait-il pas qu'un mot de lui me ferait pendre? Croit-il que sa tête vaille plus de cinq talens? Une tête si légère! quelle vanité!... Encore, si les gladiateurs de Sempronia... mais les sots bravent impunément tous les périls.

— Deviens honnête homme, Cruscellus, ajouta le tondeur. Les temps sont durs... Ce n'est qu'en pratiquant la vertu qu'on mérite la protection des dieux.

Une dénonciation me sortirait d'embarras. Je ne suis lié envers Sergius par aucune promesse, vu que je pensais en l'obligeant servir un consul, et qu'il lui est impossible de le devenir. Mais s'il m'accusait d'ingratitude; s'il apprenait qu'au lieu de confier mes ennuis à son cœur paternel, je les ai racontés à Cicéron... quel déplaisir ma défection lui causerait! Il chargerait infailliblement Sapala de m'adresser quelques reproches... et je tiens à éviter toute discussion avec Sapala. Ce jeune homme est à craindre dans un dialogue. Dieux immortels! qu'on a de peine à vivre ici-bas!

Il faudrait trouver un Romain candide qui vendît au consul les secrets de Catilina et voulût, sans me compromettre, en partager le prix avec moi. Je ménagerais ainsi les susceptibilités de Sergius, et mon associé me sauverait par un bon témoignage, si par hasard j'étais arrêté... Eh! mais! j'ai mon homme sous la main : Gurgès me semble posséder toutes les qualités du personnage que je cherche. Brave désignateur! que ton amitié m'est chère! Nous nous verrons ce soir chez Licinius Popa.

L'esclave de Sempronia vint en ce moment remettre à Cruscellus la lettre que la matrone adressait à Daphné.

Le tondeur se chargea de la commission moyennant une pièce d'or, qu'il reçut à l'instant.

— Qu'est-ce ceci? dit-il quand la messagère fut partie. Un billet de Sempronia à la fille de Gurgès! L'affection de Lélius pour Daphné aurait-elle excité la jalousie de la matrone? Le scribe pourtant me me semble éperdûment amoureux de sa fiancée. Par Mercure conducteur des ombres! les événemens se compliquent. Je me trouve, à parler franchement, dans la position peu agréable d'un homme contre lequel une centurie entière de soldats lancerait ses javelots. Du courage, Cruscellus, de la souplesse, du coup d'œil. En restant immobile, je serais infailliblement atteint ; mais en me baissant à propos, en me penchant tantôt à gauche, tantôt à droite, je puis éviter l'un après l'autre tous les coups qui me seront destinés.

Le tondeur quitta sa boutique, traversa la rue aux Parfums, monta lestement au second étage de la maison occupée par les libitinaires et, trouvant Daphné seule, il remit à la jeune fille la lettre de Sempronia.

Un quart d'heure après, Daphné entrait dans sa tonstrine.
— Cruscellus, lui dit-elle, connaissez-vous la personne qui m'invite à me rendre ce soir dans sa maison du forum?
— Comment la nommez-vous?

— Sempronia.

— C'est l'épouse d'un personnage consulaire, de Décimus Junius Brutus Pénus.

— J'ai entendu parler en effet de cette illustre matrone, répondit la jeune fille, mais je ne pensais pas que votre message me vînt de si haut. Que peut me vouloir Sempronia?

— Elle vous l'apprendra sans doute.

— Etes-vous homme à dire quelquefois la vérité?

— Jeune fille, repartit Cruscellus, je ne mens jamais. J'ai appris à me taire : voilà tout.

— La jalousie n'aurait-elle pas dicté la lettre de Sempronia?

— Comment une aussi noble personne pourrait-elle devenir jalouse de vous, petite?

— Que sais-je? fit Daphné. Elle me promet au sujet de Lélius des renseignemens utiles. Et puis...

— Et puis?

— Lélius est une façon de scribe si curieuse.

— Comment cela?

— On le rencontre au forum donnant le bras au grand pontife Caïus Julius César; on le rencontre dans la voie Neuve en habit de sénateur, environné d'une foule de chevaliers et de cliens. C'est un grand personnage à Rome, que ce scribe-là.

— Petite, interrompit Cruscellus, vous me distrayez de mes occupations. Une riche matrone m'a commandé hier une paire de nattes blondes ; j'ai promis de les livrer ce soir, et je n'en ai pas encore assemblé les deux premiers cheveux. Au revoir donc, ajouta le tondeur en ouvrant l'armoire où il tenait renfermées les magnifiques chevelures des coquettes du forum et du Palatin.

— Vous pourriez me fournir un renseignement précieux, reprit Daphné. Je ne vous le demande pas gratis : j'offre de l'acheter.

Cruscellus feignit de ne pas entendre cette épigramme. Il alignait sur une table différens paquets de cheveux, et, se baissant pour en mieux saisir la nuance,

— Blond-cendré, disait-il. Celui-là tire au fauve... cet autre au châtain-clair... Voici, je crois, ce qu'il me faut.

Mais le tondeur ayant rencontré Gurgès chez Licinius Popa vers la quatrième heure de la nuit, fit apporter un cruchon de vieux sicile, et dit au croque-morts :

— Tâche de boire sans t'enivrer, Gurgès.

— Pourquoi cela? demanda l'ivrogne; toutes mes funérailles sont finies.

— Eh bien! dépêche-toi, car il est certain que dans une heure je serai gris.

— Mon cher, dit Cruscellus, tu es le plus infâme scélérat que la terre ait porté.

— Moi?

— Oui, toi.

— J'ai pourtant la conscience bien tranquille.

— Cela prouve combien tu es endurci dans le mal. Tu connais l'histoire de Manlius Torquatus, qu'on précipita du haut de la roche Tarpéienne parce qu'il aspirait à la tyrannie?

— Son crime n'a jamais été bien démontré.

— Tu as vu les séditions de Saturninus, les proscriptions de Marius et celles de Sylla.

— Si je les ai vues? On raconte qu'un esclave étant allé chercher du vin pour l'orateur Marc-Antoine, celui-ci n'eut pas le temps de boire.

— Tous ces grands coupables étaient innocens comme un enfant à la mamelle en comparaison de toi.

— Qu'ai-je donc fait? reprit Gurgès.

— Tu as mis Rome à deux doigts de sa perte, ivrogne! à deux doigts!

— Je ne me souviens pas d'avoir commis un si grand crime. J'étais ivre peut-être ce jour-là.

— Oh! que tu es bête! s'écria le tondeur.

— Enfin, quel péril ai-je fait courir à la patrie?

— On parle en ville d'une conspiration dont les auteurs veulent brûler Rome et massacrer les principaux du sénat.

— Les coquins!

— Et tu ne rougis pas?

— Non.

— Mais c'est toi qui as aiguisé les poignards destinés au meurtre, redoutable Gurgès. Ton regard me fascine, ton sang-froid m'épouvante C'est toi qui as préparé les torches nécessaires à l'incendie.

— Dis-moi, Cruscellus, interrompit le désignateur, ce petit vin de Sicile te porterait-il au cerveau?

— J'ai l'esprit très lucide au contraire; tu vas en juger. N'est-ce pas sous ta responsabilité que les chariots du convoi de Trulla sont entrés dans Rome sans être visités?

— On ne visite jamais les chars des funérailles.

— Tu dissimules, rusé conspirateur. Quand les fourgons de Céthégus se sont présentés aux portes de la ville, ils regorgeaient d'épées et de poignards.

— Et d'où venaient ces armes?

— Tu le sais mieux que moi, Gurgès.... du bois sacré de la Bonne-Déesse, où les fourgons de Céthégus sont entrés durant la cérémonie funèbre.

— Es-tu certain de ce que tu avances là, Cruscellus?

— Sans doute, répliqua le tondeur, et j'admire avec quelle sagacité tu as distribué dans Rome tes magasins de combustibles. Tu peux, en y mettant le feu, incendier la ville sur tous les points à la fois.

— Mais qu'Atropos m'extermine si je veux rien brûler du tout! Mes combustibles me coûtent de l'argent.

— A toi?

— A moi... ou à mon futur gendre, repartit Gurgès. C'est tout un, puisque nous sommes associés pour soumissionner les fournitures du temple de Libitine.

— Tu t'es associé avec Prosper?

— Eh non! avec Lélius.

— Gurgès associé avec Lélius pour vendre de l'ilex, de la résine et de vieux papyrus! quelle plaisanterie! Tu prétends donc m'en faire accroire, ô le plus scélérat des désignateurs?

— Je ne dis que l'exacte vérité.

— Mais je connais Lélius.

— Par Bacchus! je le sais bien. Nous avons vidé un cruchon de falerne ensemble.

— Et je sais son nom, son véritable nom.

— Il ne s'appelle pas Lélius?

— Il s'appelle L. Sergius Catilina.

— Ah! puissant Jupiter! s'écria Gurgès, c'en est fait de moi.

Et il laissa tomber son calice, qu'il portait à ses lèvres.

Le désignateur eut peine à se remettre de l'émotion que lui avaient causée les révélations de Cruscellus.

— Si tu t'obstinais plus longtemps, reprit ce dernier, à ignorer ta conduite, excellent croque-morts, tu pourrais te faire mettre un nœud de chanvre autour du cou... et... tu n'aurais pas le droit de t'en formaliser.

— Tu viens de me révéler un secret abominable, tondeur, répondit Gurgès : Lélius devait épouser ma fille.

— Ce serait une belle alliance.

— Oh! le monstre! Et tu penses que c'est de notre conjuration que le consul a dernièrement entretenu le sénat?

— Certainement.

— Je n'aurais pas cru que cette auguste compagnie s'occupât jamais de moi, ajouta le désignateur.

— Délibère, terrible Gurgès, poursuivit Cruscellus. Veux-tu déclarer la guerre à l'aristocratie?

— J'aimerais mieux conclure la paix.

— Si tu te sens assez fort pour lutter contre elle.

— Je te répète qu'un arrangement à l'amiable me conviendrait mieux.

— Envoie donc tes ambassadeurs.

— Pourquoi ne rendrais je pas moi-même une visite au consul? hasarda Gurgès.

— Que tu as des idées mesquines, pour un chef de parti!

— Veux-tu m'accompagner jusqu'au Palatin?

— Tout beau! tout beau! fit Cruscellus. La quatrième heure de la nuit n'est pas encore passée.

— Et Cicéron nous recevrait pas?

— Le consul nous recevrait avec empressement, au contraire; mais la démarche que tu médites pourrait déplaire à Catilina, et Catilina se couche tard, très tard; quelquefois même, il oublie de se coucher... Bois un coup, Gurgès, et prête-moi une sérieuse attention.

Là-dessus, Cruscellus fit comprendre au désignateur que le hasard l'avait rendu maître de secrets précieux ; que Cicéron les achèterait à prix d'or, pourvu qu'il les fit habilement valoir ; enfin, qu'il pouvait remplir à l'égard de Sergius un rôle très lucratif, celui d'espion du conseil des Sept. Il lui traça la marche qu'il devait suivre dans ses révélations. Gurgès désirait que son ami le conduisit chez le consul ; mais le tondeur lui persuada qu'il s'agissait en cette circonstance d'une affaire excessivement délicate que la présence d'un tiers empêcherait certainement de réussir. Il lui recommanda de laisser croire à Cicéron que sa démarche était spontanée ; que ses amis, ses parens même les plus proches l'ignorassent.

— Le premier magistrat de la république, lui dit-il, peut payer une trahison, l'encourager au besoin, pourvu que nul ne le soupçonne ; mais il se garderait d'initier un tiers aux ruses cachées de sa politique.—Va, Gurgès, poursuivit Cruscellus, emplis tes poches d'or, et reviens me trouver : nous partagerons.

Le désignateur s'effrayait bien un peu à la pensée qu'il allait recevoir audience d'un aussi grand personnage que Cicéron. Il entrevoyait confusément les dangers auxquels une délation pouvait l'exposer ; mais, vaincu par les sollicitations du tondeur, il se dirigea vers la rue de Scaurus.

Daphné avait quitté depuis une heure la maison paternelle pour se rendre chez Sempronia.

Elle avait d'abord parcouru rapidement tout l'espace qui séparait les Esquilies du Volcanale. Elle s'arrêta au milieu de la voie Sacrée. Debout sur les dalles de la rue, elle contempla un instant avec tristesse le janus à quatre faces d'où elle avait aperçu Lélius causant avec César. C'était là qu'elle avait soulevé pour la première fois un coin du voile que Sempronia allait sans doute bientôt déchirer à ses yeux. Une litière passa près d'elle. Dix gladiateurs l'escortaient et un individu, dont la tête était couverte du masque d'Anubis, en gardait la portière. Daphné vit ce cortège, que n'éclairait du reste aucun flambeau, suivre un instant la voie Sacrée, se diriger vers le Palatin et gagner la rue de Scaurus. Il allait y entrer quand des lumières jaillirent tout à coup des ténèbres. Une troupe d'hommes déterminés se précipita vers la litière ; les gladiateurs qui la gardaient se rangèrent bravement à l'entour, et une lutte acharnée s'engagea. On ne proférait aucune parole, mais on s'escrimait avec fureur. Les épées frappaient les épées ; les habits des combattans, leurs figures enluminées se modelaient dans l'ombre avec cette vigueur qu'on admire dans certains tableaux de Salvator. Il semblait que les agresseurs eussent l'avantage. Leurs adversaires battaient en retraite vers le temple de Jupiter-Stator, où ils espéraient se réfugier ; mais l'intervention de quelques personnes, accourues au bruit, changea bientôt la face du combat.

Celles-ci étaient pour le coup de bons et beaux chevaliers, dont les casques et les cuirasses jetaient des milliers d'étincelles. Les assaillans éteignirent leurs flambeaux. Daphné n'entendit plus au milieu de l'obscurité qu'un bruit confus de voix Les uns cherchaient à se reconnaître, les autres, environnés sans doute, s'exhortaient à se bien défendre. Enfin, il sembla à la jeune fille que l'un des combattans avait rompu la ligne de ceux qui le tenaient enfermé, et que ces derniers s'éparpillaient en poursuivant le fugitif. Des pas précipités résonnaient sur le sol de la rue et se rapprochaient d'elle. Des cris tumultueux : —Catilina ! tuez, tuez-le ! retentissaient d'un bout à l'autre du vicus. Elle se jeta tout effarée dans le cintre du janus. Un homme armé d'une épée sanglante, passa sous la lampe de l'édifice. Daphné reconnut Lélius.

Tout ce qu'elle ignorait encore, tout ce que Cruscellus avait voulu lui taire lui fut expliqué.

Catilina, que l'on croyait prisonnier chez Marcellus, avait failli enlever durant cette nuit Curius et sa maîtresse, au moment où ils gagnaient la maison du consul.

VI.

UNE FAMILLE PROSCRITE.

En entrant dans le salon où Sempronia l'attendait, Daphné aperçut la matrone couchée sur un divan. Elle portait une tunique blanche. Une ceinture de laine, brochée d'or, en rattachait les plis autour de sa taille. Des perles brillaient dans ses cheveux. Ses pieds étaient chaussés de sandales d'une souplesse et d'une élégance incomparables. De riches bracelets ornaient ses bras, dont la pourpre des coussins, sur lesquels elle s'appuyait, rendait la blancheur plus éclatante. Une lampe brûlait près d'elle, supportée par un candélabre d'airain de Corinthe d'un travail exquis. Dans cette attitude, Sempronia ressemblait à une reine. Elle ne se dérangea point pour recevoir Daphné, et la regarda venir dédaigneusement en clignant des paupières, comme si elle eût eu peine à la bien distinguer.

— Vous m'avez invitée à me rendre auprès de vous ? lui dit la jeune fille.

— Vous êtes la fille du désignateur Gurgès ? demanda la matrone.

— Oui.

— Asseyez-vous.

Et la matrone poussa vers Daphné, du bout de sa sandale, un pliant sur lequel la fiancée de Lélius se plaça.

Sempronia examina un instant sa rivale sans mot dire. Daphné baissait les yeux. Malgré la simplicité de son costume, malgré les peines morales auxquelles son âme était en proie, elle n'en paraissait pas moins encore telle que Gurgès l'avait dépeinte à Lélius au temple de Mercure, c'est-à-dire la plus belle enfant des Esquilies. Quoiqu'un peu amaigrie, sa figure n'avait rien perdu de ses grâces. Les traits en étaient toujours aussi purs, le teint aussi velouté, les contours aussi parfaits. Les bandelettes rouges, symbole de candeur, qui retenaient ses cheveux, se montraient à travers la gaze d'une mantille négligemment jetée sur la tête et sur les épaules. Sa main cherchait à resserrer autour d'elle les plis de ce vêtement léger, et cette main, à demi cachée dans les draperies qu'elle froissait, était elle-même d'une infinie perfection. Les mains des statues de Praxitèle et de Miron n'avaient pas des doigts plus effilés, des fossettes plus artistement creusées à chaque articulation. N'eût-elle éprouvé d'ailleurs aucun sentiment de haine contre Daphné, Sempronia l'eût détestée seulement par envie de sa beauté, de sa jeunesse. La réception brutale que lui avait faite à la jeune fille n'avait pas eu d'autre motif que la jalousie ; et la femme est toujours la même, qu'elle tire les sorts aux passans sous les arcades du grand cirque, ou qu'elle dorme sur la pourpre attalique dans un palais du forum.

— Illustre Sempronia, reprit Daphné quand elle se fut assise, vous avez d'importans secrets à me révéler au sujet de Lélius ?

— C'est vrai, répondit la matrone. Je ne me suis point trompée en pensant que ces secrets pourraient vous intéresser.

La jeune fille rougit et ne répondit pas.

— Comment l'avez-vous connu ? poursuivit Sempronia.

— Lélius est venu voir mon père après lui avoir rendu je ne sais quel service. Il se lia très intimement avec lui ; ils s'associèrent même ensemble pour exploiter une entreprise commerciale dont Lélius fit les premiers frais.

— Allons au fait : qu'arriva-t-il ? interrompit la matrone.

— Depuis ce temps, reprit Daphné, nous n'avons revu Lélius qu'une fois. Mon père eut l'honneur de recevoir son ami et de régler avec lui toute l'ordonnance des funérailles de Trulla, affranchi de Céthégus.

— Enfin, vous trouviez Lélius... très aimable ? dit Sempronia impatientée.

— Ne renouvelez point en moi une douleur que le temps affaiblira peut-être, mais qu'il ne guérira jamais, répondit gravement la jeune fille. Vous savez qu'on ne renonce pas facilement à l'espérance. Je suis venue ici pour obtenir la certitude absolue d'un malheur à l'idée duquel mon âme se révolte encore. Dites-moi le nom véritable de Lélius. ce que je dois attendre de lui, et je vous serai redevable d'un bienfait. Car, lorsque j'aurai appris mon malheur de votre bouche, il ne me restera plus du moins qu'à me résigner et à souffrir.

—Vous soupçonnez donc cet homme de s'être présenté chez vous sous un faux nom?

— J'ai appris qu'il est patricien, sénateur, par une suite de circonstances que les dieux m'ont ménagées sans doute dans leur miséricordieuse sollicitude, afin de ne pas accabler d'un seul coup leur faible créature sous le poids de ses peines. Ce soir encore... Oh! je vous en supplie, interrompit la jeune fille, noble Sempronia, ne me cachez pas son nom plus longtemps.

— Que vous est-il donc arrivé ce soir?

— J'ai vu dans la voie Sacrée une horrible apparition. Lélius, poursuivi par des chevaliers, a passé devant moi. Ses traits étaient bouleversés; il tenait à la main une épée sanglante et ceux devant lesquels il fuyait l'ont appelé d'un nom qui répand la terreur dans Rome, qui résume à lui seul tous les crimes et toutes les infamies.

— Ils l'ont appelé Catilina, sans doute? repartit la matrone.

— Oui, oui. Etait-ce bien lui qu'ils désignaient?

— C'était lui.

— Puissante Junon! vous avez donc permis qu'un pareil monstre...

— Devint l'amant de la fille de Gurgès, ajouta la matrone. Eh! sans mentir, pour une plébéienne vous ne placez point mal vos amours.

Daphné pleurait. Sa tête était penchée sur sa poitrine, ses mains jointes reposaient sur les draperies de sa mantille: son attitude était pleine de douleur, de grâce et d'abandon.

— Vos larmes me touchent beaucoup, petite, reprit Sempronia: mais veuillez me dire ce que vous espériez de Lélius.

— Hélas! je ne sais matrone, ce qu'espère toute femme inexpérimentée de celui qui l'a séduite à force de promesses et de sermens.

— Qu'il vous épouserait, n'est-ce pas? Ah! les filles du peuple ne doutent de rien!

En ce moment un bruit de pas se fit entendre dans l'antichambre qui précédait le salon de Sempronia. La porte s'ouvrit; on en écarta brusquement la portière, et Catilina parut.

Le sénateur s'était complètement transformé depuis l'audacieuse tentative qu'il avait faite pour enlever Fulvie. Son visage était rayonnant; un léger sourire dilatait ses lèvres. On eût dit qu'il sortait des mains de ses esclaves, tant sa chevelure était soigneusement peignée, tant paraissait irréprochable la manière dont les plis de son laticlave étaient agencés. Il portait une tunique bleue, parfilée d'argent, et des sandales, ornées à leur partie postérieure de délicieuses figurines d'or, et rattachées à ses jambes par des liens de pourpre. Il tenait dans une de ses mains un fouet à manche d'ivoire, et il s'était fait suivre par un chien de Laconie, qui vint en sautant lécher les mains de Sempronia.

La vue de Daphné ne causa à Lélius aucune surprise. Il salua Sempronia avec déférence et la fille de Gurgès avec un air protecteur qui sentait son patricien.

—— Nous parlions de vous, Sergius, dit la matrone, en lui présentant un fauteuil.

Après avoir interrogé rapidement du regard la figure de Sempronia, le conspirateur s'assit; puis, se renversant sur son fauteuil,

— Par Silus, mon aïeul! répondit-il, j'aime beaucoup que les femmes s'occupent de moi. Et que disiez-vous, mes toutes belles?

— Cette petite fille se plaignait de vous.

— A quel propos, s'il vous plaît?

— Elle vous accusait de trahison.

— Bah! Mais c'est très grave, cette accusation-là.

— De l'avoir abusée par de fausses promesses.

— Que vous avais-je donc promis, charmante Daphné? dit Sergius. Ce voile vous sied à ravir.

A la vue de son fiancé, la jeune fille avait voulu fuir, mais ses forces venant à lui manquer, elle était restée immobile sur son pliant: la peur, la honte, avaient paralysé sa raison.

— La fille du désignateur Gurgès veut être épousée, dit en riant Sempronia.

— Ce désir me semble naturel, répondit Sergius.

— Elle prétend que vous deviez le réaliser.

—Moi! j'aurais promis de me marier avec cette jolie enfant?

— Oui, vous!

— Au fait, cela n'a rien d'impossible. J'ai pu prendre cet engagement dans un moment de folie.

— Vous étiez parfaitement maître de vous, Lélius, dit timidement la jeune fille, quand vous cherchiez à me convaincre de votre affection par les sermens les plus sacrés.

— Vous vous trompez faute de bien connaître la puissance de vos charmes. J'étais fou d'amour, incomparable Daphné!

A ces mots, l'instinct de la défense personnelle se réveilla dans le cœur de la jeune fille. Elle puisa dans sa juste indignation de femme insultée, dans son orgueil de Romaine une énergie désespérée. Elle se redressa fièrement, et parut attendre l'injure, non plus pour la subir, mais pour la repousser.

— Ce qui me surprend dans tout ceci, ma chère enfant, reprit Sempronia, c'est que vous n'ayez pas deviné que Lélius était patricien.

— Et comment le pouvais-je? demanda Daphné.

— Mais cela se voit à la distinction des manières, à l'élégance du langage et du costume. Les patriciens, petite, ne parlent point, ne s'habillent pas comme vous autres, gens des Esquilies.

— Sempronia, vous me flattez, interrompit Sergius.

— Mon erreur a été grande, mais elle s'explique, repartit la jeune fille. Je ne connaissais pas les mœurs de l'aristocratie; je croyais que les fils de nos édiles, de nos préteurs, de nos consuls se distinguaient par l'élévation de leurs sentimens; qu'ils respectaient l'honneur des familles et les lois saintes de l'hospitalité.

—Ah! très bien parlé! s'écria le faux Lélius. Répliquez donc, Sempronia.

—Avouez, ma chère, ajouta la matrone, que l'exemple d'Elia vous a tentée.

— Qu'est-ce qu'Elia? reprit Daphné.

— Vous ne connaissez pas cette fille d'un carrier, que Marc-Antoine Hybrida, notre consul, a acheté cent cinquante mille sesterces?

— Et vous me croyez assez folle pour vouloir imiter cette femme, noble Sempronia? continua Daphné. Oh! les filles des Esquilies ne trouvent plus une aussi folle enchère.

— Pourquoi cela, mon enfant? demanda Sergius.

— Parce que la concurrence des matrones du forum est trop difficile à soutenir.

— Insolente! repartit Sempronia.

— Pas d'injures! pas d'injures! interrompit Sergius; je ne permettrai pas qu'on franchisse les limites d'une lutte décente. Mais cette petite est on ne peut plus amusante; elle a vraiment beaucoup d'esprit.

— Toi, malheureuse! s'écria la matrone en s'adressant à Daphné, sors d'ici!

— Je vous obéis avec plaisir. On prétend, belle Sempronia, mais à tort sans doute, qu'il vaut mieux sortir de chez vous que d'y entrer.

— Et tâche de fuir Lélius.

— Quoi! vous vous abaisseriez à jalouser une pauvre fille comme moi? Ne craignez rien, illustre matrone; à votre âge on a gagné en expérience au delà de ce qu'on a perdu en beauté.

— Sois assez prudente pour l'éviter, poursuivit Sempronia, s'il s'oubliait lui-même assez pour vouloir encore s'abaisser jusqu'à toi

La jeune fille avait gagné la porte du salon.

— Va, répliqua-t-elle, je ne veux disputer Sergius à personne, mais à toi moins qu'à toute autre. La plus décriée des

matrones doit aimer seule le plus scélérat des Romains.
La matrone voulut s'élancer à la poursuite de Daphné.
Catilina la retint.

— Que vous êtes ridicule, Sempronia, lui dit-il, de prendre au sérieux la colère de cette enfant!

— Jamais on ne m'a si indignement outragée! répondit la matrone.

— Daphné n'est pas venue ici de son propre mouvement. Vous l'y avez appelée sans doute, et vous avez mis, en la provoquant, le bon droit de son côté.

— Ainsi donc, poursuivit l'épouse de Brutus, vous prenez parti contre moi pour la fille d'un libitinaire, d'un misérable vespillon! Oh! vous devriez rougir, Sergius, d'avoir fixé vos yeux sur un être si vil que je craindrais de lui confier les derniers emplois de ma maison.

— Que voulez-vous, chère amie; il est plaisant de s'encanailler un peu.

— Oui, mais devenir l'ami d'un croque-morts afin de séduire sa fille, par Tisiphone! pour un Sergius, c'est pousser la plaisanterie trop loin.

— Voyons, belle matrone, reprit Catilina, vous n'avez point trop détesté le frère, pas été trop rebelle aux charmes de la sœur; en bonne conscience, qu'avons-nous à nous reprocher?

— Rien, rien, interrompit Sempronia avec dépit; cessons ce discours. Mais la famille entière de Gurgès connaît maintenant le faux Lélius. Rutuba l'a vu au champ de Mars parmi les prétendans au consulat. Oh! vous occuperez une place honorable dans l'histoire, Sergius, lorsque vous aurez trahi les secrets de vos conjurés pour satisfaire la passion qu'une fille des Esquilies a su vous inspirer.

— Est-ce à moi qu'il faut reprocher d'avoir laissé vivre le centurion?

— Ne parlons point du passé, répliqua la matrone. Nous sommes à la merci de Gurgès et de ses enfans. Voulez-vous les exterminer?

— J'y pense depuis longtemps.

— Rutuba s'est échappé de ma villa de Tibur le jour des comices. Malheur à lui s'il rentre au val d'Egérie!

— Que ferez-vous?

— Nous y souperons ensemble, et... Canidia sera de la partie.

— J'ai beaucoup de confiance en vos promesses, belle Sempronia, mais souffrez que je recommande le centurion à la sollicitude éclairée de Sapala.

— Le fils de Gurgès se défie, repartit la matrone; Sapala ne réussira pas à le surprendre. Moi seule peux lui tendre une embûche. Qu'il y tombe, et par le Styx! nous en serons débarrassés.

— Comme vous semblez irritée, chère amie! Le centurion vous aurait-il déplu?

— Il faut qu'il meure!

— Ah! j'y pense, Rutuba me connaît, et peut-être avez-vous essuyé de sa part quelques reproches.

— Il est vrai qu'il s'est attaqué à une femme qui ne pardonne guère, murmura l'épouse de Brutus.

— Allons! répliqua Sergius, je compte maintenant sur votre haine. Tant mieux! Sapala n'aura plus à s'occuper que de Gurgès et de sa fille. Quant à moi, je me réserve de poursuivre les traîtres qui vendent chaque jour mes secrets à Cicéron.

Sempronia feignit d'ignorer le combat que Sergius venait de livrer dans la rue de Scaurus pour enlever Fulvie.

— Vous croyez, lui dit-elle, qu'un espion du consul s'est glissé parmi vos conseillers les plus intimes?

— J'en ai la conviction. Celui qui trafique de nos secrets fait là un commerce dangereux.

— Vous ne soupçonnez personne?

— Personne encore. Mais peu s'en est fallu que je ne surprisse ce soir même la vérité qui me fuit.

— Qu'est-il donc arrivé? demanda la matrone.

— Une litière fermée passait dans la rue de Scaurus. Pimbetta, Carvilius et moi l'avons attaquée. Elle serait tombée

infailliblement en notre pouvoir, si le consul n'avait envoyé contre nous un escadron de chevaliers.

— Cette litière renfermait votre traître?

— Lui ou sa femme. Un individu suivait à pied, et cet homme était masqué.

— Vous ne l'avez pas reconnu?

— Je n'ai cherché qu'à le joindre, afin de lui passer mon épée au travers du corps, sauf à constater plus tard son identité.

— Il serait nécessaire peut-être, reprit Sempronia, de remettre à un autre jour l'incendie et le massacre que vous avez fixés au 6 des prochaines calendes (27 octobre). On déjouerait, en donnant contre-ordre, la politique de Cicéron.

— Donner contre-ordre! Mais oubliez-vous que dans trois jours Mallius quittera Fésules, établira son camp dans l'Apennin, et appellera par un manifeste toutes les provinces de l'Italie septentrionale à l'insurrection; que l'Apulie, Capoue, et les équipages de la flotte de Gellius imiteront son exemple; que la nouvelle de ces mouvemens sera immédiatement transmise au conseil des Sept, et que c'en est fait de nous, si je n'ai pas à cette époque égorgé Cicéron et décimé l'aristocratie.

— Ainsi vous ne changerez rien à vos résolutions?

— Non. Le consul m'a vaincu en plein jour, au milieu du champ de Mars. Nous nous retrouverons pendant la nuit du 6 des calendes, et nous combattrons dans Rome à la clarté funèbre de l'incendie.

VII.

LA RONDE DES CROQUE-MORTS.

Les crieurs publics avaient annoncé la sixième heure de la nuit (minuit), et des trois personnes dont se composait la famille de Gurgès, Rutuba seul était rentré dans la maison des libitinaires. L'absence de Gurgès ne lui causait aucune inquiétude, bien que Licinius Popa lui eût appris que le vieillard avait quitté sa taverne depuis une heure environ. Gurgès fréquentait plus d'un cabaret; et, comme il entretenait par qu'on troublât son sommeil, tous les taverniers des Esquilies, dont il s'était attiré les bonnes grâces, le laissaient dormir tranquillement par terre quand il lui arrivait de glisser de son banc sous la table à la fin de ses libations. Le jour venu, Gurgès se relevait, secouait ses membres engourdis par le froid, tâchait de s'orienter, de ressaisir le fil rompu de ses idées, et regagnait sa demeure après s'être réconforté l'estomac en vidant une coupe de vin. Rutuba supposait donc avec raison que son père, après avoir fêté Bacchus avec plus de solennité que de coutume, avait oublié de regagner son logis.

Mais il n'entrevoyait pas quelle occupation pouvait retenir si longtemps Daphné loin du toit paternel. La maison des libitinaires était un asile sûr, non-seulement parce qu'elle était peuplée d'hommes courageux et jaloux des priviléges de leur caste, mais surtout parce qu'une terreur superstitieuse éloignait les Romains du temple Libitine et de tout ce qui tenait au culte des morts. Le centurion avait exhorté récemment sa sœur à ne plus s'aventurer dans les rues de la ville aux approches de la nuit. Daphné s'était conformée à ses désirs sans paraître en chercher le motif. Rutuba avait donc lieu de s'étonner et de la disparition subite et de l'absence prolongée de sa sœur. Il éprouvait à ce sujet de mortelles angoisses. Trop de circonstances l'avaient instruit sur les rapports de la jeune fille avec Lélius; il la savait trop humiliée, trop repentante pour ne pas craindre de sa part quelque résolution désespérée. De sinistres pressentimens assiégeaient son âme. — Aurait-elle cherché dans une mort volontaire l'oubli de ses maux? se demandait-il. Sergius ou Sempronia l'auraient-ils enveloppée dans la proscription dont ils ont frappé sans doute à cette heure le meurtrier de Cicéron? L'auraient-ils sacrifiée à leur sécurité personnelle?—Ces pensées exaltaient jusqu'au délire l'imagination terrifiée de Rutuba.

Penché à la fenêtre de la salle commune de l'habitation de son père, le jeune officier écoutait parfois murmurer les derniers bruits de la ville, et dans ces bruits il lui semblait entendre la voix de sa sœur implorer du secours. Il écoutait plus attentivement, et tout retombait dans un lugubre silence. Alors il se promenait à grands pas; il se reprochait ces instants de folie coupable où sa passion pour une femme indigne avait rendu son cœur insensible aux périls, aux souffrances de l'être chéri qu'il attendait. Enfin, un pas léger résonna dans l'escalier de la maison. Rutuba traversa la galerie sur laquelle s'ouvraient les diverses pièces de l'appartement de Gurgès, et, à l'extrémité de cette galerie, le centurion vit apparaître la figure de Daphné. Celle-ci entra dans le salon. Accablée de lassitude, épuisée d'émotions, elle se laissa tomber sur un fauteuil.

— Je t'ai attendue longtemps, bien longtemps, reprit l'officier. Mais pourquoi cette pâleur qui couvre tes joues? pourquoi ces larmes qui s'échappent de tes yeux? Daphné, d'où viens-tu?

— Frère, répondit la pauvre fille, j'ai appris ce soir une odieuse vérité.

Rutuba s'assit auprès d'elle, prit dans ses mains les mains brûlantes de sa sœur, et la regardant avec une tendre compassion,

— Qu'est-ce donc? lui dit-il.

— J'ai vu Lélius.

— Lélius! à cette heure?

— Chez une abominable femme.

— Chez Sempronia peut-être?

— Tu la connais? dit Daphné.

— Oh! oui, oui... je la connais, repartit le centurion.

— Et sais-tu qui est Lélius?

— Je le sais.

— Qu'il n'appartient pas à l'administration du trésor?

— Je le sais.

— Que sous ce nom maudit s'est caché le plus infâme de tous les débauchés de Rome?

— Je le sais encore.

— De tous les scélérats, de tous les parricides?

— Catilina enfin, ajouta le centurion. Je le sais.

— Eh bien! reprit la jeune fille, ta sœur appartient à ce monstre.

— Le destin fut cruel envers nous, murmura l'officier, quand il nous livra aux intrigues de Lélius, quand il fit de toi sa fiancée.

— Sa fiancée! dit sa victime, répliqua la jeune fille d'une voix déchirante.

Puis se levant et se plaçant vis-à-vis de Rutuba,

— Et tu me laisses vivre! continua-t-elle. Il n'y a donc plus de sang romain dans tes veines?

— Il ne m'appartient pas de te punir, répliqua douloureusement l'officier.

— Le nom que tu portes, je l'ai souillé, et tu hésites à prendre ta vengeance!

— Hélas! ajouta le centurion, je n'ai pas été moins prodigue que toi de notre honneur. Je soupçonnais la sincérité de Lélius et j'ai négligé de te défendre...

— Lâche! interrompit Daphné.

— Catilina voulait se défaire d'un sénateur, et ce sénateur, je l'ai assassiné.

— Assassiné! dis-tu?

— Catilina en voulait aux jours de Cicéron, et j'ai frappé le consul au milieu du forum.

— Eh! qui t'a poussé, malheureux, à commettre tant de crimes?

— Sempronia.

— Tu l'aimais donc?

— Oui.

— Que d'horreurs dans une seule famille! s'écria Daphné. Toi, l'amant de Sempronia; moi, la maîtresse de Sergius. Oh! nous sommes bien les enfans du même père, centurion.

La jeune fille et Rutuba gardaient un morne silence. Ils évoquaient les souvenirs douloureux de leur courte liaison

avec Lélius. Tout à coup une ronde bachique retentit dans l'escalier de la maison.

Je suis suppôt de Libitine,

Chantait une voix avinée;

Quand un sénateur a vécu,
C'est de son trépas que je dîne
Sans débourser le moindre écu.

II.

Aux bords du Styx, tout prolétaire
Doit m'abreuver à sa façon
Avant de jeter à Cerbère
Son gâteau de miel et de son.

III.

Je n'ai pas besoin de poursuivre
Une vaine célébrité:
Tout homme que la mort fait vivre
Est sûr de l'immortalité.

Celui qui récitait ce dithyrambe, dont nous nous sommes permis de donner au lecteur une traduction peut-être un peu libre, s'interrompait pour blasphémer toutes les fois qu'il trébuchait sur une marche, ou que les vibrations mal calculées de son larynx trahissaient son enthousiasme lyrique. Rutuba prit une lampe et alla en toute hâte éclairer à son père, dont il avait reconnu la voix.

Le désignateur entra chez lui dans un état complet d'ivresse. Ses jambes le soutenaient à peine, ses paupières clignotaient, sa tête alourdie se penchait tantôt sur l'une et tantôt sur l'autre épaule. Il courut d'abord jusqu'au milieu de l'appartement en rasant la terre, afin de remettre son centre de gravité dans sa direction normale, s'arrêta brusquement, et oscillant sur lui-même,

— Eh! eh! eh! dit-il, bonsoir...

Il promena autour de lui des regards hébétés et poursuivit:

— Que faites-vous ici à cette heure, vous autres?

Daphné et son frère négligèrent de répondre. Cette ivresse d'un père, qui venait troubler brutalement par sa gaîté honteuse la douleur de ses enfans, les avait épouvantés.

— Qu'on m'apporte du vin! reprit le désignateur.

— La sixième heure de la nuit est passée, répondit le centurion.

— Comment barbouilles-tu cela, imbécile? répliqua Gurgès.

Il étendit les bras comme pour appeler à lui les murailles, recula jusqu'auprès d'un guéridon, et lorsqu'il s'y fut appuyé,

— J'ai de l'or, beaucoup d'or, ajouta-t-il.

Il tira en effet de sa tunique une poignée de pièces de monnaie dont le métal précieux étincelait entre ses doigts.

— Prends, Daphné, prends, petite, continua Gurgès.

En même temps il fouillait de son autre main dans les plis de ses vêtemens, et la ramenait aussi gonflée d'or que la première.

Voyant que sa fille ne voulait rien accepter de lui, le désignateur jeta son trésor sur la table en criant:

— Voici des sylla, des lucullus, des philippes, des martius-rex! Rutuba, mon ami, je suis le plus glorieux et le plus riche des Romains! Mon nom brillera dans l'histoire, va! Ce vieux Cruscellus a-t-il de l'esprit! Tu ne devinerais pas ce que nous avons fait ce soir, là, en vidant une bouteille?

— Qu'avez-vous fait? demanda l'officier, qui commençait à entrevoir à quelle source impure Gurgès avait puisé son or.

— Nous avons sauvé la patrie.

— Et de quelle manière?

— Sans Cruscellus et sans moi, Rome était livrée au pillage, et l'on faisait rôtir les principaux de nos sénateurs comme une volée de perdrix. Nous avons découvert une conjuration.

— Une conjuration?

— Oui, et des plus dangereuses, foi de Gurgès !

— Père, expliquez-vous, dit le centurion épouvanté.

— J'ai la langue épaisse. Si tu veux que je parle, va chercher du vin.

Rutuba s'empressa d'apporter un cruchon et deux calices, et s'assit vis-à-vis du désignateur.

Celui ci emplit les coupes.

Il y avait un contraste saisissant entre ces deux hommes attablés face à face, le verre à la main, dont l'un, pâle de terreur, interrogeait la figure avinée de l'autre, et cherchait à faire jaillir de son ivresse quelques étincelles de raison.

— Imagine-toi, reprit Gurgès, que nous cultivions, sans y prendre garde, l'amitié du plus grand scélérat que la terre ait porté A ta santé, Rutuba !

— A la vôtre, mon père.

— Cruscellus vient me trouver à la taverne de Popa, et me dit... Mais tu ne bois pas, centurion.

— Je bois beaucoup au contraire. Continuez.

— Cruscellus vient me trouver et me dit : — Gurgès, tu as mis la patrie à deux doigts de sa perte. — Ces paroles m'ont d'abord étonné. Verse, verse donc ; tu me laisses mourir de soif.

L'officier remplit la coupe de son père. Gurgès poursuivit :

— Cruscellus me raconte ensuite... une chose que tu ne saurais imaginer.

— Laquelle ?

Une chose qui m'a tellement suffoqué que mon calice, mon calice plein, comprends bien cela, centurion, m'est tombé des mains.

— Que vous disait-il ?

— Qu'aux funérailles de Trulla, affranchi de Céthégus... Tu te souviens de la mort de Trulla.

— Oui, murmura le jeune homme, dont les mains se crispaient sur les appuis de son pliant.

— Aux funérailles de Trulla, continua Gurgès, les fourgons de Céthégus sont entrés dans Rome chargés de glaives et de poignards.

— Cruscellus en est sûr ?

— Très sûr. Et sais-tu à quel usage devaient servir nos magasins de combustibles ?

— N-n.

— A incendier à la fois les douze régions de Rome.

— Mais ce n'est pas vous, père, qui avez conçu l'idée d'un pareil crime ?

— C'est Lélius, répondit le désignateur en baissant la voix.

— Le scélérat ne craint donc ni les hommes ni les dieux.

— Ni les hommes ni les dieux, tu dis vrai. Oh ! si je pouvais t'apprendre le dernier mot de cette infernale conjuration, tu frémirais, Rutuba.

L'officier versa une nouvelle rasade à Gurgès.

— Père, je vous en supplie, ne me cachez rien, poursuivit-il, votre récit m'intéresse au dernier point.

— J'ai promis à Cruscellus de taire les secrets qu'il m'a confiés.

— Même à votre fils ?

— A toi plus encore qu'à tout autre. Il est des choses, vois-tu, qu'il est bon d'ignorer.

— Videz votre calice, dit Rutuba, et racontez-moi les intrigues de cet infâme Lélius.

— Tu seras discret ?

— Oui.

Gurgès se pencha sur le guéridon, et, prenant la main de l'officier,

— Un seul mot t'expliquera tout, dit-il : c'est Catilina qui s'est introduit chez nous sous le faux nom de Lélius.

Le centurion hocha la tête.

— Hein ! tu comprends ? reprit Gurgès en portant sa coupe à ses lèvres. Mais tu ne sembles pas étonné ? Le brigand voulait me jouer, poursuivit le désignateur, mais ses ruses lui ont mal réussi.

— Vous les avez déjouées ?

— Grâce à Cruscellus. Quel homme que ce tondeur, mon ami ! quel orateur ! C'est lui qui m'a tiré d'embarras.

— Les circonstances étaient périlleuses.

— Bah ! Cruscellus est plus rusé, plus habile que tous nos patriciens réunis. D'après son conseil, je suis allé trouver Cicéron. J'ai parlé à Cicéron, moi, au premier magistrat de la république, entends-tu bien ?

— Il vous a bien accueilli ?

— Il ne m'a pas offert à boire. Cependant je n'ai pas à me plaindre de lui, continua le désignateur en étendant la main vers son trésor.

— Que vous a-t-il dit ? fit Rutuba.

— Il m'a comparé à Camille, qui sauva Rome de la fureur des Gaulois. A propos, notre bouteille est vide.

Les divagations continuelles du désignateur, les sottes réflexions que lui suggérait à chaque instant son ivresse, sa soif inextinguible, causaient à l'officier une impatience poignante, qu'il ne pouvait plus maîtriser.

— Père, je vous en supplie, reprit-il, oubliez pour un instant votre envie de boire...

— J'ai le gosier si sec ! interrompit Gurgès.

— Rapportez-moi fidèlement votre entretien avec le consul, autant que votre mémoire le permettra.

— Cruscellus prétend que c'est aux oies du Capitole et non pas à Camille que Cicéron m'a comparé ; mais le tondeur en a menti.

— Vous avez révélé au consul tout ce que vous saviez touchant la conjuration ?

— Tout. J'ai son discours présent à la mémoire, et, je le soutiendrais au tribunal de Rhadamante, Cruscellus en a menti.

— Cicéron a dû vous engager à continuer vos relations avec Lélius ? ajouta le centurion.

— Par Mercure, conducteur des ombres ! comme tu devines les choses, Rutuba, répondit le désignateur. Tu ferais, ce me semble, un consul assez distingué.

— Il vous a promis de payer largement vos délations ? poursuivit l'officier.

— Nous sommes convenus de mille sesterces par visite. Mets deux de ces pièces d'or dans ta poche.

— Je vous rends grâce, père, dit le centurion. Je n'en veux pas.

— Accepte donc. Tu n'as pas trouvé la source du Pactole durant ton expédition d'Asie.

En disant ces mots le vieillard mit deux aureï dans la main de son fils. Mais à peine le centurion eut-il senti l'attouchement du métal, qu'il se leva, saisit à poignées la monnaie brillante amoncelée sur la table, et la dispersant avec fureur, il s'écria :

— Père, que cet or périsse avec le misérable qui vous l'a fait gagner !

— Es-tu fou ? demanda Gurgès.

— Faut-il vous expliquer maintenant ce que cet or vous coûte ? reprit le jeune homme hors de lui.

— Une petite course à la rue de Scaurus, ni plus ni moins.

— C'est le prix de l'honneur et du sang de vos enfans que vous avez reçu.

— Que parles tu d'honneur et de sang, quand j'ai besoin d'un flacon de vin ?

— Vous avez attiré sur votre famille l'attention du consul. Eh bien ! voici ce qu'il y trouvera : un assassin, et c'est moi !

— Par Atropos ! fit le désignateur, tu veux te jouer de mon ivresse.

— Le parricide qui a frappé Cicéron au milieu du forum, c'est encore moi !

— Mais cesse de railler : tu m'épouvantes, malheureux ! répliqua Gurgès.

Il avait quitté son fauteuil et tâchait de se raffermir sur ses jambes. La peur commençait à dissiper en lui les fumées du vin.

— Il y trouvera la maîtresse de Catilina, poursuivit l'inexorable centurion.

— Grâce, grâce ! interrompit Daphné en se jetant dans les bras de son frère.

— Et la voici ! continua Rutuba. Dites maintenant, père, votre or, l'avez-vous bien gagné ?

— Mes yeux se troublent, ma tête se perd, balbutia le vieillard. Daphné, ma fille, mon enfant bien-aimée, tu n'as pas déshonoré la mémoire de ta mère ; tu n'as pas flétri l'honneur de ton nom ?

La jeune fille baissa les yeux et ne répondit pas.

Alors Gurgès retrouva dans son indignation un reste d'énergie. Il leva sur la tête de Daphné ses mains tremblantes, et sa bouche commençait une imprécation, quand Rutuba se plaçant entre sa sœur et lui,

— Oh ! ne maudis pas ta fille, vieillard insensé ! s'écria-t-il.

Gurgès pâlit devant la colère du centurion, et recula jusqu'à la muraille, contre laquelle il s'appuya.

— Tu es le plus coupable d'entre nous, reprit l'officier, toi qui as introduit cet homme ici.

— C'est vrai, dit le vieillard.

— Toi, que ses richesses ont tenté.

— C'est vrai, répliqua Gurgès d'une voix défaillante.

— Toi qui, au lieu de veiller sur nous, passes tes jours et tes nuits à t'enivrer !

Le centurion fut obligé de s'interrompre, car son père était tombé sans mouvement sur le plancher.

Daphné et Rutuba s'empressèrent autour de lui, mais ils ne relevèrent qu'un cadavre.

Les rapides émotions de cette épouvantable scène avaient tué le désignateur.

VIII.

UN SERMENT PRONONCÉ SOUS LE MANTEAU DE PROSERPINE.

Quand la tempête vient fondre sur les nautonniers qui naviguent le long des côtes de l'Afrique, ou parmi les Cyclades hérissées d'écueils, elle ne sévit pas contre eux avec une fureur toujours égale. Il se fait par intervalles sur la mer des momens de silence solennel, où le vent tombe, où l'orage cesse, où l'on n'entend plus que les cris des matelots et le bruit des flots qui courent s'abattre sur la grève en gémissant. Mais le pilote expérimenté ne se fie pas alors à la clémence apparente de la mer. Il se prépare à braver de nouveaux périls. La main sur le gouvernail, le regard tourné vers l'horizon, il attend la rafale qui menace de loin son frêle esquif. Et bientôt, en effet, la foudre éclate sous la nue, le vent accourt des profondeurs de l'ouest, chassant devant lui les vagues écumantes et la pluie qui tombe du ciel par torrens. Malheur à l'imprudent qu'un instant de bonace a trompé, et qui s'est endormi, bercé par elle, sur l'abîme toujours béant des eaux.

Sergius et Muréna, déférés aux tribunaux criminels, attendaient leur jugement. L'ordre et la paix régnaient dans Rome. Catilina ne cherchait plus à tromper la vigilance de Marcellus. Il demandait lui-même à ses gardiens quand il voulait sortir de la maison de son hôte, et se montrait aux yeux de tous uniquement occupé à réunir des preuves et des témoignages contre Paulus. Il se voyait en particulier que le préteur Lentulus, que sa dignité mettait à l'abri de tout soupçon. Lentulus communiquait aux conjurés les ordres du chef ; leur distribuait leurs rôles pour le massacre, dont le moment approchait ; leur indiquait, enfin, les dépôts d'armes, les magasins de combustibles formés par Sergius, et les divers postes dont ils devaient s'emparer le 27 octobre, à la sixième heure de la nuit (minuit).

Mais pendant ce temps l'immense conjuration agitait à la fois toutes les peuplades italiques. Nobilior, Aulanus et les autres émissaires que Sergius avait envoyés dans les provinces s'étaient acquittés de leur mission avec succès. Mallius avait abandonné Fésules. Des milliers de soldats accouraient à son camp, situé dans une position formidable au milieu des Apennins. L'Étrurie, l'Ombrie et le Picenum couraient aux armes. D'innombrables pasteurs secouaient en Apulie le joug de la servitude et se réfugiaient dans les montagnes

après avoir incendié les villas de leurs patrons. Capoue tremblait au bruit de ses gladiateurs révoltés. Les deux Marcellus achevaient d'organiser l'insurrection à l'extrémité méridionale de la péninsule, dans la Pélignie et le Bruttium. Du fond de la prison où il se trouvait enfermé, Catilina allumait la guerre civile d'un bout à l'autre de l'Italie.

Enfin la journée fatale du 27 octobre arriva.

Depuis la scène du champ de Mars, où Prosper avait montré au centurion le faux Lélius en toge blanche de candidat, les deux jeunes gens vivaient comme autrefois dans la plus grande intimité. Pendant ses visites à la maison des libitinaires, l'orfèvre évitait de rencontrer Daphné. Il craignait que son empressement à la revoir ne rendît plus amers sa honte et ses regrets. Mais l'espérance, et partant la joie et le courage, renaissaient en lui, bien qu'il eût de terribles événemens à redouter dans l'avenir. Mettant à profit la négligence du consul, dont la politique absorbait tous les instans, et qui oubliait, au milieu de ses préoccupations les promesses que lui avait arrachées Tertia pendant sa visite à Tusculum, l'apprenti surveillait Rutuba, lui conseillait la modération, la prudence ; l'empêchait d'affronter les fureurs de Sergius, et plus encore la vengeance de Sempronia. Deux fois la matrone avait sollicité de son amant l'oubli du passé ; elle l'avait invité deux fois à se rendre au bois sacré d'Égérie, et deux fois Prosper avait calmé l'irritation que ces démarches causaient à l'officier. Rutuba, en effet, les regardait comme des provocations, et parce qu'il épargnait des ennemis qu'après tout il ne pouvait détruire, il s'accusait de lâcheté.

La mort de Gurgès avait épouvanté le tondeur Cruscellus. Cet accident déjouait toutes ses ruses. Il avait voulu se ménager, dans le malheureux désignateur, un témoin utile en cas d'accusation, et il n'avait réussi qu'à exciter la vigilance de Cicéron, qu'à ouvrir aux recherches du consul une voie certaine pour arriver de Catilina jusqu'à lui. Gurgès avait vécu tout juste assez pour le compromettre, mais il était mort trop vite pour pouvoir le justifier. Quel parti lui restait-il donc à prendre ? Celui de servir de son mieux toutes les factions, et de mériter la protection de Tertia en l'éclairant sur les démarches de son fils.

Il avait formé cette sage résolution quand, le 27 octobre, vers la dixième heure du jour, il reçut de Catilina l'ordre de mettre en permanence, dans l'antre de Cacus et dans les tavernes voisines, toute la troupe entière des brigands de Sapala.

Les élections consulaires étaient passées. Rien ne justifiait la mesure que Sergius prenait à l'improviste. Le tondeur supposa donc avec raison que le moment était venu où Catilina voulait réaliser ses projets de massacre. Il n'osa point fouler ouvertement aux pieds les engagemens qu'il avait pris envers le conspirateur sur le chemin d'Aricie ; mais après avoir transmis à Sapala les instructions qui le concernaient, il courut en toute hâte à la maison de Tertia.

L'époque où les dames romaines avaient coutume de célébrer les mystères de Cybèle approchait. L'épouse de Martius Rex se préparait à cette pieuse solennité par de fréquens entretiens avec Xénocratès, philosophe pythagoricien. Elle se promenait avec lui sous les arbres séculaires qui couvraient de leur ombre le xyste de son cour intérieur de sa maison, au moment où le barbier fut introduit.

Xénocratès était un petit vieillard sec et maigre, dont la taille était brisée et la figure couverte de rides. Mais son regard était vif, malin, pénétrant. Un sourire sarcastique contractait toujours ses lèvres, même quand il discutait les dogmes les plus élevés de la doctrine de Pythagore. On ne savait trop, à le voir, s'il se moquait de l'enseignement de son maître ou de la bienveillance de ses auditeurs.

Cruscellus, après avoir salué Tertia, se plaça respectueusement derrière elle et suivit à quelques pas la matrone et Xénocratès. Le philosophe parlait des avantages du silence. Il marchait la tête inclinée, l'index de sa main gauche dirigé vers le ciel. On eût dit qu'il cherchait à faire tenir ses raisonnemens en équilibre sur la pointe de son doigt(1).

(1) La statue de Posidonius, au Musée royal des antiques, nous a fourni les traits caractéristiques de ce portrait.

— Approche, tondeur, dit Tertia en s'adressant à Cruscellus. Écoute les leçons du savant Xénocratès.

Cruscellus vint humblement se placer auprès de Tertia

— Je voudrais, reprit la matrone, envoyer cet illustre personnage discourir chez tous les tondeurs de Rome, car ils ne sont que des bavards.

Xénocratès paraphrasa d'une manière brillante ces paroles du sage : « Je me suis repenti souvent d'avoir parlé et jamais de m'être tu. »

— Noble Tertia, fit Cruscellus quand le pythagoricien eut achevé sa harangue, voulez-vous me permettre une réflexion?

— Et laquelle?

— Je ne suis pas content de la doctrine de Xénocratès.

— Toi ? Tu as la prétention de critiquer le langage du plus grand philosophe que l'école de Crotone ait produit?

— Sa thèse a un défaut.

— Quel défaut, misérable?

— C'est qu'il faut parler pour la soutenir.

— Voyez l'impertinent ! répondit Tertia en éclatant de rire. Xénocratès, confondez-le.

Xénocratès se drapa de son manteau et resta muet.

— Ah! vil tondeur, reprit Tertia avec une feinte colère, tu oses avoir raison contre un pythagoricien dont je paie les leçons deux mille sesterces par séance? Rétracte-toi, ou je te fais jeter à la porte par mes gens.

— Noble matrone, ayez pitié de cet homme, interrompit Xénocratès; les préceptes divins de Pythagore sont un livre fermé pour lui.

— C'est égal, repartit Cruscellus, je ne concevrai jamais qu'on engage les autres à se taire, quand on fait payer ses discours si cher.

— Imbécile! répondit Xénocratès. C'est grâce à la barbe des Romains que tu vis, n'est-ce pas ?

— Et grâce à leur chevelure.

— Et tu vis en les rasant?

— Sans doute.

— Eh bien ! reprit le philosophe, c'est avec la parole que je gagne mon pain, et je parle pour apprendre aux autres à se taire. Que trouves-tu là d'étonnant ?

Cruscellus demeura confondu par ce sophisme.

— Au revoir, belle Tertia, poursuivit Xénocratès; nous touchons à la onzième heure du jour (cinq heures du soir), que j'ai réservée à Servilie, femme de Junius Silanus, notre futur consul.

— Illustre matrone, dit Cruscellus à Tertia quand le pythagoricien fut parti, l'argument que m'a fait ce grécot ne me paraît pas bien clair.

— Tu pouvais répliquer, répondit Tertia.

— Il est parti trop vite. Il n'y a point de parité entre ce pythagoricien et un tondeur.

— Pourquoi cela?

— Parce qu'un tondeur s'attaque à la barbe, mais en respectant le rasoir.

— C'est vrai.

— Tandis que Xénocratès, en combattant la parole avec la parole, s'attaque par le fait à l'instrument même de sa profession.

— Je crois, par Cybèle ! que tu as tranché le nœud de la difficulté, dit Tertia.

— Je veux revoir ce philosophe astucieux, s'écria Cruscellus. Où demeure-t-il ?

— Aux degrés de Belle-Rive, sur le Palatin. Mais laissons Xénocratès et son sophisme, poursuivit la matrone. Tu m'apportes sans doute des nouvelles de Prosper?

— Oui, et de mauvaises. — Ah! si mon pythagorien n'avait pas pris la fuite!

— Par le Styx ! ne me parle plus de Xénocratès, interrompit l'épouse de Martius Rex avec impatience. Qu'a fait encore mon petit orfèvre?

— Nous avons chassé l'amour par la porte, belle Tertia, et l'amour est rentré par la fenêtre. Cela se passe toujours ainsi.

— Prosper a revu la fille du désignateur?

— Je n'en sais rien ; mais il fréquente assidûment le frère.

— Et qui fréquente le frère peut facilement rencontrer la sœur, poursuivit la matrone. N'est-ce pas ce que tu veux dire, Cruscellus?

— Précisément. Or, le centurion, noble Tertia, est un grand débauché.

— Tu crois?

— Un grand ivrogne.

— Eh! je connais beaucoup d'honnêtes gens... qui n'ont pas horreur du vin.

— C'est une espèce de gladiateur qui ne recule devant aucun danger, et qui chercherait querelle au dernier débardeur des halles comme au plus brave de nos chevaliers.

— Ton centurion serait-il quelque peu patricien? fit la matrone, dont les brillants défauts attribués par le tondeur à Rutuba séduisaient l'imagination.

Le tondeur secoua la tête.

— L'apprenti de Callisthènes fréquente là une société détestable, répliqua-t-il. Vous connaissez où à peu près le personnage qui a séduit la fille de Gurgès?

— Je crois avoir deviné son nom.

— Le moindre danger que pourrait courir Prosper, s'il cultivait plus longtemps l'amitié du centurion, serait de s'unir à lui pour tirer vengeance du déshonneur de Daphné. Or, vous comprenez à quel ennemi il aurait affaire.

— Tu crois Rutuba capable de prendre le terrible amant de sa sœur à partie? demanda la matrone.

— Il s'attaquerait aux Furies de l'enfer.

— Et tu penses que mon petit orfèvre serait homme à le seconder?

— Prosper est amoureux, Prosper est jaloux ; je ne connais pas de folie qu'on ne puisse commettre avec ces deux passions-là.

— Il a donc du courage, cet enfant! s'écria la sœur de Clodius, que flattaient dans son orgueil de mère les paroles du tondeur.

— Noble Tertia, reprit ce dernier, imposez silence à votre amour-propre, et ne laissez pas l'enfant qui vous est cher aux prises avec un homme qui d'un mot pourrait l'anéantir. Mandez Prosper auprès de vous.

— Tu me l'amèneras demain.

— Que ne le voyez-vous ce soir même?

— Catilina ne se dérobera pas cette nuit à la surveillance de Marcellus pour venir tendre une embûche à son rival.

— Sergius semble dormir dans sa retraite, répondit sentencieusement Cruscellus, mais son génie veille. Sa pensée reste libre, tandis que son corps est prisonnier.

— Enfin, les jours de Prosper sont-ils menacés? dit Tertia.

— Il y aura du sang répandu dans Rome cette nuit.

— D'où sais-tu cela ?

— Peu vous importe. Je suis bien instruit.

— Oh! ne me cache rien, tondeur, poursuivit la matrone alarmée en glissant une pièce d'or dans la main de Cruscellus. Tous ces bruits de conjuration, d'incendie, de massacre, qu'on a répandus depuis quelque temps dans la ville, sont-ils vrais?

— Ils sont vrais, et Rutuba peut également devenir ou la victime de Sergius ou celle du conseil des Sept.

— Cet homme s'est-il donc fait tant d'ennemis?

— J'espère, noble Tertia, interrompit le barbier, que vous oublierez mes confidences aussitôt que j'aurai franchi le seuil de votre maison. Ne communiquez à personne les avis que je vous ai donnés ce soir. Évitez de mêler en quelque façon que ce puisse être le nom de Prosper aux événements de cette nuit ; contentez-vous de le sauver.

— Cours le chercher, Cruscellus; je le cacherai ici, et il ne me quittera plus, je le jure, tant que durera la tourmente qu'a soulevée dans Rome l'ambition de Catilina

Mais tandis que le tondeur se dirigeait vers l'atelier de Callisthènes, Prosper et Rutuba s'étaient arrêtés dans une taverne des bords du Tibre, dont les blanches murailles s'élevaient sur la pente de la montagne de Cinna (mont Mario). Devant la tonnelle sous laquelle les deux amis prenaient ensemble un repas frugal, s'offrait aux regards l'aspect le plus riche et le plus varié des champs romains. L'Anio, mêlant ses eaux vertes à l'eau fauve du Tibre, la voie Flaminienne, le pont Milvius (Ponte-Molle), à la tour crénelée ; çà et là des villas, quelques bouquets d'arbres et de longs rideaux de peupliers occupaient le premier plan. A l'orient se déployaient en amphithéâtre les montagnes pittoresques de la Sabine. Des sapins à la sombre verdure en couvraient les flancs, tandis que leurs cimes, taillées en aiguilles ou bien arrondies en coupoles, dessinaient sur le bleu du ciel de capricieux festons. De gigantesques aqueducs, dorés par le temps, unissaient les monts Sabins à la ville éternelle, dont les murailles, les temples et grandes basiliques rectangulaires servaient de fond à ce tableau. Par-delà resplendissait, dans un lointain vaporeux, le temple de Jupiter-Latial, où les peuples du Latium se réunissaient chaque année pour sacrifier au dieu protecteur de leur confédération. A l'occident, enfin, les rayons du soleil couchant bronzaient la plaine aux larges ondulations, fertile et riante à cette époque, maintenant déserte, inculte, désolée, qui allait en s'inclinant de Rome au port d'Ostie.

Quand le repas des jeunes gens fut terminé, Rutuba jeta quelques pièces de monnaie sur la table, mit le bras de l'apprenti sous le sien, et tous deux se dirigèrent vers Rome en descendant la rive droite du Tibre. Rutuba était soucieux, distrait ; il semblait en proie à cette inévitable inquiétude que tout homme éprouve quand il va prendre une vengeance ou braver une trahison.

Il se pencha à l'oreille de Prosper.

— Ami, lui dit-il, le repas que nous venons de prendre est un repas d'adieu.

— Tu pars? lui demanda l'orfévre.

— Non ; je vais punir ce soir l'abominable femme qui se plaît depuis cinq jours à irriter ma colère. J'ai reçu une nouvelle lettre de Sempronia.

— Que veut-elle?

— La matrone m'invite à souper pour ce soir dans sa maison du val d'Egérie.

— Tu n'iras point, s'écria l'orfévre, dussé-je m'attacher à tes vêtemens !

— L'existence me pèse, répondit le centurion. Sempronia en veut à ma vie ; je la lui vendrai cher, plus que je ne l'estime, va.

— Et Daphné, que deviendra-t-elle?

— Frère, dit Rutuba, je te connais assez pour croire que tu pardonneras au repentir d'une jeune fille les fautes qu'elle a si amèrement pleurées.

— Eh! ne me parle plus d'un passé que j'abhorre, interrompit Prosper.

— Je te lègue cette chère enfant, poursuivit l'officier, a n que tu la protéges, que tu la défendes, que tu l'aimes comme une sœur quand je ne serai plus.

— Insensé! reprit l'orfévre, penses-tu qu'un homme, parce qu'il se sent courageux et robuste, doive affronter les poignards cachés dans l'ombre et le poison qu'un esclave peut lui verser traîtreusement dans une coupe?

— La trahison atteint ses victimes, soit au forum, soit à l'angle d'un carrefour, tout aussi bien qu'au milieu du val d'Egérie.

— Mais ne cours pas au-devant d'elle.

— Elle me surprendra moins si je la provoque, répliqua le centurion. Les remords d'ailleurs, les terreurs continuelles qui m'assiégent m'ont rendu l'existence insupportable. Les ténèbres qui s'amoncèlent autour de moi m'étouffent. Par les mânes de mon malheureux père! je me rendrai ce soir à l'invitation de Sempronia.

— Ah! tu opposes à mes conseils des sermens irrévocables, repartit Prosper.

— Mon glaive a soif de sang patricien, interrompit l'officier.

— Moi aussi, j'en ai soif. Rutuba, je te suivrai.

— Toi? enfant! Tu veux m'accompagner au val d'Egérie!

— Oui.

— Tu ne réfléchis donc pas que c'est courir à la mort?

— Je le sais.

— Qu'entrer dans la maison de Sempronia c'est descendre vivant dans un tombeau?

— Ce tombeau, frère, nous le partagerons.

— Non, non, c'est impossible, repartit l'officier. J'ai tant souffert depuis deux mois, vois-tu, Prosper, j'ai commis tant de forfaits que la lumière du jour m'est odieuse. Mais toi, tu es beau, tu es jeune ; ta conscience est sans reproche, tu as de longues années de bonheur à vivre : pourquoi les sacrifier ?

Les jeunes gens étaient rentrés dans Rome par la porte du Janicule, et ils longeaient en ce moment le bois sacré des Furies, sombre forêt d'yeuses, qui occupait tout l'espace compris entre les murailles de la ville et le pont Sublicius.

— Et puis, murmurait le centurion, j'ai pour toi une affection si tendre, Prosper, que je perdrais la moitié de mon courage en songeant que tu partages mes périls.

L'orfévre entraîna son ami à travers le bois sacré de Furine, et ils aperçurent bientôt l'édicule où le flamine Furinalis sacrifiait tous les ans des brebis noires aux divinités des enfers.

— Où me conduis-tu? demanda l'officier.

— Entrons dans ce temple, répondit Prosper. Il est convenable de fléchir par une prière les sombres déités qui châtient les hommes, quand on a résolu d'affronter la mort.

Ils pénétrèrent dans l'édicule.

Là, sous un dôme en forme d'hémicycle, s'élevaient les statues colossales de Proserpine, de Némésis et des Furies. L'image de la fille de Cérès occupait le fond du sanctuaire. Une couronne de pavots et de narcisses ceignait sa tête. Ses épaules étaient recouvertes d'un manteau blanc, bordé de pourpre ; et d'une main elle tenait une torche funèbre, tandis que l'autre était armée d'un sceptre d'or.

Les statues de Némésis, d'Alecto, de Mégère et de Tisiphone, placées dans des niches à coquille, environnaient Proserpine. Des manteaux rouges les enveloppaient. Némésis seule était couronnée d'un diadème ; des serpens sifflaient sur la tête de ses farouches compagnes ; des glaives nus étincelaient dans leurs mains.

La lumière du soleil ne pénétrait jamais dans le temple des Furies. Une lampe suspendue à la voûte et les cinq torches que portaient les déesses en éclairaient seules, jour et nuit, la mystérieuse obscurité.

A voir ces grandes formes humaines debout, immobiles, menaçantes, sortir des ténèbres aux lueurs rougeâtres des feux qui brûlaient devant elles, le moins superstitieux éprouvait un frisson de terreur.

Rutuba s'était agenouillé, et, le front appuyé contre un pilastre, le brave centurion priait.

Pendant ce temps, Prosper avait franchi le balustre du sanctuaire. Il s'approcha de Proserpine, lui enleva son manteau et s'en couvrit. Il prit ensuite la torche que portait la déesse. Quand le fils de Gurgès releva la tête, l'orfévre se trouvait en face de lui dans l'attitude d'un homme qui va adresser aux dieux infernaux quelque terrible imprécation.

— Rutuba, dit-il, tu as juré par les mânes de ton père d'assister ce soir au souper de Sempronia. Eh bien! continua le jeune homme d'un ton solennel, je vous prends toutes à témoin de mes sermens, ô divinités infernales qu'on adore en ces lieux; toi, Proserpine, qui présides aux saints mystères de la ville d'Eleusis : toi, Némésis, qui commandes au Destin ; et vous aussi, filles implacables de l'Achéron et de la Nuit, qui tourmentez les parjures dans le sombre Tartare... Par la majesté sainte de votre nom...

— N'achève pas, n'achève pas! interrompit le fils de Gurgès les bras étendus vers son ami, sur lequel il n'osait porter les mains.

— Par la majesté sainte de votre nom ! ajouta Prosper, je jure de ne pas abandonner mon frère d'adoption et de le suivre au val d'Egérie pour combattre ou mourir avec lui.

— Ah! tu viens de prononcer l'arrêt de mort de ta fiancée ! s'écria le centurion.

Et il sortit du temple, pendant que l'apprenti se dépouillait de son manteau.

La fatalité était le dogme fondamental de toutes les anciennes religions, et celui peut-être dont la croyance était le plus profondément enracinée dans le cœur des païens. Aussi les Romains, comme aujourd'hui les mahométans, savaient-ils accepter les lois du destin sans murmure. L'officier, quand Prosper vint le rejoindre dans le bois sacré des Furies, ne chercha plus à combattre son dessein.

Un serment irrévocable obligeait l'orfèvre à l'accomplir.

— Il faut que je change le plan de conduite que je m'étais tracé pour ce soir, lui dit-il.

— Quel était ce plan? demanda Prosper.

— Il est impossible de rien imaginer de plus simple, répondit le centurion. Sergius assistera, je l'espère, au souper de la matrone. Au premier indice de trahison je frappais Catilina, et d'un second coup sa complice. Je délivrais Rome de ces deux monstres à la fois.

— Eh bien ! répliqua Prosper, ton rôle sera simplifié, voilà tout.

— Que veux-tu dire?

— Je prendrai pour moi une des victimes, celle que tu voudras m'abandonner.

— Mais il ne s'agit plus de périr après s'être vengé, maintenant que tu m'accompagnes, repartit l'officier. Entrer au val d'Egérie n'est pus la chose importante ; c'est le moyen d'en sortir qu'il faut préparer. Te crois-tu assez agile pour sauter à terre d'une hauteur de huit coudées (trois mètres et demi environ)?

— Je franchis tous les jours des espaces plus considérables aux exercices du champ de Mars.

— As-tu quelque expérience du maniement des armes?

— Depuis près de deux mois je fréquente assidûment la salle d'armes de Brennus.

— Tu en sais assez pour un homme de cœur, répondit le centurion. Ecoute-moi donc attentivement, frère, et tâche de ne pas oublier la manœuvre à l'instant du danger. La maison de Sempronia est située au milieu des ruines d'un temple entre l'Almo et la porte Ardéatine. On y entre par un couloir obscur, légèrement incliné, à l'extrémité duquel se trouve *l'atrium*. Les antichambres de plusieurs appartemens communiquent à cette pièce. En face du couloir s'ouvre un sphéristérium (salon) ; à gauche la chambre de Sempronia ; à droite le triclinium où nous souperons, si toutefois on nous laisse le temps de souper. Çà et là ont été distribués avec un art admirable une foule de trappes, de ports secrètes et de cabinets de service, dont les hôtes de Sempronia ne sauraient trop se défier. Comprends-tu bien ma description?

— A merveille.

— A l'exception du triclinium, les divers appartemens de la villa ont des fenêtres sur le vallon d'Egérie. De ces fenêtres il est facile de sauter au milieu des ruines qui les environnent, et de gagner ensuite les profondeurs du bois.

— C'est par là que nous battrons en retraite? interrompit Prosper.

— Songeons avant tout à nous présenter dans une attitude qui commande le respect, reprit l'officier. Sempronia, quand nous franchirons le seuil de sa maison, enverra sans doute un nomenclateur pour nous recevoir. Nous saluerons la personne qui se présentera, et je l'inviterai à passer la première pour nous montrer le chemin. Tu entreras après elle et je te suivrai à reculons. Au premier bruit suspect que tu entendras, sans t'occuper de ce qui se passe derrière toi, saisis ton guide à la ceinture et oppose-le comme un bouclier aux coups dont tu pourrais être menacé. Recule dans cette attitude jusqu'à l'entrée de la villa. Je donnerai alors de mon épée dans le corps du misérable, afin de laisser à Sempronia un souvenir de notre visite, et nous fuirons vers Rome par un sentier qui m'est connu.

Rutuba accompagnait ces paroles d'une pantomime si expressive qu'il eût allumé dans le cœur du plus lâche une étincelle du courage qui l'animait.

— Supposons maintenant, dit l'orfèvre, que nous arrivions sans encombre jusqu'à la salle à manger de Sempronia.

— Je m'assiérai près de la porte, à l'extrémité du lit consulaire, poursuivit le centurion, et tu prendras à l'autre extrémité du triclinium la place correspondante à la mienne,

afin que nous ne puissions pas être cernés au milieu des tables. Ne me quitte pas des yeux, ne touche aux mets qu'après m'avoir consulté du regard, ne remplis ton calice qu'aux amphores dont j'aurai dégusté le vin. Je connais Sempronia, et je saurai lire la trahison sur son visage. Entre le buffet que tu auras à ta gauche et la muraille, se trouve un espace de quelques pieds vers lequel tu t'élanceras dès que tu me verras mettre l'épée à la main ; je courrai t'y rejoindre. Alors, frère, il s'agira de frapper bravement d'estoc et de taille, car Sempronia ne manquera pas d'employer contre nous le glaive si le poison ne réussit pas. Or, sois persuadé que l'épouse de Brutus nous mettra aux prises avec des coquins adroits et résolus. Nous devrons nous sacrifier à la Fortune si nous parvenons à sortir de la salle à manger, à traverser *l'atrium*, et à gagner de là, en sautant par une fenêtre, le bois sacré d'Egérie.

— Les dieux nous protégeront, dit Prosper.

— N'oublie pas surtout, continua l'officier, qu'à partir du moment où nous quitterons le triclinium, il nous faudra combattre en avant et en arrière, toi pour nous frayer un passage, moi pour contenir les brigands qui s'acharneront après nous. Ayons l'œil attentif et la main prompte, jeune homme; sachons deviner l'ennemi dans les ténèbres. L'embûche nous environnera de toutes parts : elle menacera notre tête, et se dressera à chaque instant sous nos pas.

— Frère, que ma jeunesse ne t'inspire aucune défiance.

— Dirigeons-nous vers l'atelier de Callisthènes, reprit le centurion.

— Oui, nous trouverons chez lui de bonnes cuirasses, et il ne sera pas inutile que nous les cachions sous nos habits.

— Des cuirasses, enfant! quand on va combattre des gladiateurs... fit Rutuba. Ignores-tu que ces gens-là ne frappent qu'à la tête? Un cœur intrépide, un bras infatigable, voilà, Prosper, les cuirasses qu'il nous faut.

— C'est bien, répliqua l'apprenti.

Ils remontèrent le Tibre jusqu'au pont Palatin. Mais tandis qu'ils traversaient le fleuve, un cavalier passa près d'eux avec la rapidité de l'éclair. Cet homme arrivait de Fésules, et portait à Catilina l'importante nouvelle de la révolte de Mallius

D'autres courriers entraient au même instant dans Rome par différentes portes, et ceux-ci venaient annoncer au conspirateur que la rébellion agitait l'Italie tout entière, depuis la Gaule cisalpine jusqu'au fond de l'Apulie.

IX.

DOUBLE RENCONTRE.

A l'extrémité orientale de Rome, hors de l'enceinte du *pomérium* tracé par Sylla, entre la voie Prénestine et l'aqueduc de Clodius, s'élevait une maison de chétive apparence, complétement isolée de toute autre habitation. Un cep de vigne au tronc noueux en tapissait les murailles de feuilles et de fruits approchant de leur maturité. Le temps avait noirci le toit de chaume qui la recouvrait. Quelques plantes potagères croissaient à l'entour. Nul sentier ne semblait conduire, de la route voisine, à la porte de ce réduit abandonné. On devinait, à le voir si pauvre, si honteux, qu'il cachait quelque existence malheureuse ou coupable, que la réprobation des hommes avait frappée.

Là demeurait cet être dont nul n'oserait définir le nom ; qu'on fuit parce que son souffle est impur, parce que son attouchement flétrit ; dont toute société s'est fait un besoin et que toute société réprouve ; le dernier mot, enfin, des lois humaines : le bourreau !

Non pas le chef des exécutions à mort; celui-là pouvait habiter Rome. Il exerçait même, sous le nom de triumvir capital, conjointement avec deux collègues, une portion notable des pouvoirs municipaux. L'aristocratie n'avait eu garde de déclarer infâme cet instrument essentiel de sa domination. Le bourreau dont nous parlons était spécialement chargé de donner la torture aux esclaves. C'était le metteur en œuvre des chevalets, des grils, des ongles de fer, à l'aide desque's on éprouvait cette race proscrite que la victoire avait confisquée. On le tenait pour impur, cet artisan de supplices, on le séquestrait de ses semblables, non parce qu'homme il tuait des hommes, non parce qu'on supposait que la fibre humaine était paralysée dans sa poitrine; mais parce qu'il travaillait de la chair immonde, mais parce qu'il versait du sang ignoble, mais parce qu'il vivait des tortures d'une espèce d'êtres monstrueux, comme les dieux n'en ont point créé, doués de sensibilité, de volonté, d'intelligence, et privés de liberté.

Du reste, le Romain dont nous parlons n'appartenait pas à cette race élégante de bourreaux qu'enfanta deux mille ans plus tard la civilisation du dix-neuvième siècle. Il existe aujourd'hui, dans certaines villes de France, des bourreaux fashionables qui rougiraient de paraître sur un échafaud s'ils n'étaient vêtus suivant les exigences de la mode. Ces messieurs font profession d'une sensibilité, d'une politesse exquises, cultivent les arts, achètent des chevaux et donnent des soirées où l'on danse la polka. Si on les appelait du nom vulgaire de leur profession, si l'on méconnaissait vis-à-vis d'eux la nécessité du synonyme et de la périphrase, ils vous citeraient en police correctionnelle, ou vous enverraient leurs témoins. A l'extérieur, le bourreau dont nous parlons était un petit homme trapu, cagneux, dont un vague sourire épanouissait toujours la face large et bourgeonnée. Ses épaules voûtées, ses bras courts et musculeux laissaient deviner sa force herculéenne. On l'appelait Ravidus, grâce à la couleur roussâtre d'une épaisse chevelure, qui cachait presque entièrement ses yeux caves et son front déprimé.

Bien que le signalement de Ravidus, tel que nous venons de l'esquisser, ne révélât point de hautes facultés intellectuelles, ce bourreau-là ne manquait pas d'éloquence. Quand les magistrats de la ville lui envoyaient un coupable à châtier, ou que les fermiers, ses voisins, le mandaient chez eux pour donner la torture à quelqu'un de leurs esclaves, ils n'avaient qu'à désigner l'instrument de supplice qu'il devait employer. Il commençait toujours par faire à son patient quelque oraison pathétique, merveilleusement bien appropriée à la circonstance. Puis il le prenait, le crucifiait, le faisait rôtir, lui déchirait les flancs ou lui disloquait les jambes, sans témoigner jamais ni colère ni pitié. Quand on lui disait : Assez! il s'arrêtait; quand on lui disait : Redouble! il redoublait sans sourciller. Souvent néanmoins, alors que le sang lui inondait les mains, qu'il se sentait noyé dans la fumée de son gril, ou que sa victime tombait en agonie, on entendait un râle sourd gronder dans sa poitrine. Mais il était impossible de définir si ce râle était un soupir de compassion ou bien un rugissement de plaisir. Le 27 octobre au soir, vers la première heure de la nuit, Ravidus quitta son antre. Il traversa le champ du *sestertium*, où l'on retirait les suppliciés, et se rendit aux magasins où les instrumens de son art étaient déposés.

Il en tira d'abord une petite voiture à bras, qu'il assujétit avec un tréteau, de manière à pouvoir la charger commodément. Sur cette voiture, il plaça une forte pièce de bois, dont les deux extrémités étaient pourvues, l'une d'une boucle en fer, l'autre d'un système de poulies qu'un tourniquet faisait mouvoir. Cette ingénieuse machine, vulgairement connue sous le nom de chevalet, jouait un rôle important dans les supplices des anciens. Mais Ravidus, qui se préparait à un voyage, voulut, par excès de précaution, se munir encore d'une infinité de petits meubles aussi commodes qu'élégans. Il entassa donc dans sa charrette une chaise de fer, une fourche à pointes recourbées, un soufflet à double vent, un fourneau, des coins, des cordes, et trois planches de chêne qui servaient à donner la question au brodequin. Il recouvrit le tout d'une serpillière. Puis, dès que le soleil eut disparu sous l'horizon, il s'attela lui-même à son *rhéda*, traversa l'Almo, à la hauteur de la porte *Querquétulane*, et se dirigea vers la maison de Sempronia.

Il y arriva à la deuxième heure de la nuit (huit heures du soir). Par un raffinement de cruauté, digne de ces temps de violence et d'oppression, on condamnait ordinairement les esclaves à servir d'aides à l'exécuteur qui devait les torturer. En conséquence Ravidus, s'imaginant qu'on allait recommander à sa sollicitude le nomenclateur même qui l'introduisait chez l'épouse de Brutus, le salua avec un affreux sourire d'ironie. Le misérable cherchait à lire sur le visage de sa victime présumée les sentimens de terreur qu'il pensait-lui inspirer. Mais l'esclave, sans manifester d'autre sentiment que celui du dégoût,

— Suis-moi, dit-il à son lugubre visiteur.

Ravidus se débarrassa de sa brico e. On le conduisit par un escalier souterrain jusqu'au laboratoire que Sempronia lui avait destiné. C'était un souterrain bâti en pierres de Tibur, et dont le gémissemens d'un homme ne pouvaient traverser le parois cyclopéennes. Suspendue à la voûte, une lampe fumeuse éclairait ce lugubre cachot.

— Tu placeras ici tes instrumens, reprit le nomenclateur.

— Et mon patient, où est-il? demanda Ravidus.

— On te l'amènera dans un instant, répondit l'esclave. Songe à le bien traiter.

Ravidus disposa symétriquement le long des murailles ses appareils de torture, alluma ses fourneaux, et se mit à se promener d'un angle à l'autre de la crypte, en attendant l'arrivée de son client.

Certains lecteurs s'étonneront peut-être que Sempronia eût mandé le bourreau chez elle sans être sûre que Rutuba accepterait son invitation. Nous verrons bientôt que dans toute hypothèse la présence de Ravidus était indispensable au bois sacré d'Egérie.

Pendant ce temps les invités de la matrone s'étaient préparés à se rendre à sa villa. Prosper s'était habillé chez Callisthènes, et avait ensuite accompagné Rutuba jusqu'à la maison des libitinaires. Le centurion s'y était revêtu de ses habits de fête. Il avait armé son compagnon d'une épée et d'un poignard d'une trempe supérieure. Lui-même avait caché son glaive sous le pan de sa toge, et, pleins de confiance, dans leur courage et dans leur amitié mutuelle, les deux jeunes gens gagnaient la rue, quand Prosper, arrêtant son ami au milieu de l'atrium,

— Frère, dit-il, nous allons à une mort certaine. De tristes pressentimens m'avertissent que je ne verrai plus cette maison si connue, où je laisse la plus tendre, la plus sainte de mes affections. Je n'en sortirai pas sans avoir adressé un mot d'adieu à ma fiancée.

— Hâtons-nous de partir, au contraire, répondit le centurion. Souviens-toi que les pleurs d'une jeune fille préparent mal un homme au combat, qu'ils amollissent le cœur et paralysent le bras.

— Mourir sans contempler une fois encore ses traits charmans, sans lui dire que je n'ai cesser de l'aimer, Rutuba, ce serait pour moi un supplice insupportable ; ne me refuse pas cette consolation.

— Sempronia, ses empoisonneuses et ses gladiateurs nous attendent au val d'Egérie ; les d'vinités que tu as adjurées nous y poussent, et tu ne penses qu'à Daphné! répliqua le fils de Gurgès. Viens, viens, Prosper ; tu n'aurais plus la force de m'accompagner ; les d'vinités que tu as adjurées que tu n'aurais plus la force de m'accompagner ; ton cœur n'est peut-être celle de te suivre, si nous calculions ce que notre mort doit coûter de larmes à ta fiancée.

Rutuba tirait doucement à lui le bras de l'orfèvre. Celui-ci, les yeux tournés vers l'appartement de sa bien-aimée, se préparait à le suivre; mais le frais visage de Daphné s'étant montré sous une galerie, et la jeune fille ayant appelé Prosper du geste, l'apprenti franchit rapidement les deux étages qui l'en séparaient. Le centurion fut obligé de revenir sur ses pas, et les deux amis ainsi que Daphné se trouvèrent bientôt en présence dans la salle commune ou la famille du désignateur avait coutume de se réunir.

Daphné interrogeait du regard le visage, l'attitude et jusqu'aux habits de son frère et de l'orfèvre. Puis, d'une voix pleine de trouble et de reproche,

— Où allez-vous ? leur dit-elle.

— Une affaire importante nous appelle ce soir hors de la ville, répondit l'officier. Je ne rentrerai que bien avant dan la nuit; mais ne crains rien, chère Daphné; je te laisse ici sous la protection des libitinaires, qui sont gens à te protéger.

— Aussi n'est-ce pas pour moi que je tremble, répliqua la jeune fille. Vous ne réussirez ni l'un ni l'autre à me tromper; j'ai entendu les derniers mots qu'a prononcés Rutuba dans la cour. Vous allez chercher la mort au val d'Egérie.

— Oui, la mort... ou la vengeance! repartit le centurion.

— Faudra-t-il donc que je reste seule en ce monde, sans appui, sans famille et sans nulle affection?

— Je te plains, jeune fille, murmura l'officier; mais je suis chef de maison maintenant, et cette qualité m'impose des devoirs à l'accomplissement desquels je dois tout sacrifier.

En disant ces mots, Rutuba tâchait de vaincre la douleur qui navrait son cœur fraternel.

— Nous voulons te venger, fit Prosper; laver dans le sang de nos ennemis l'affront que tu as reçu et qui a rejailli sur nous.

— Et moi aussi, je l'ai souvent appelée, cette vengeance, reprit la jeune fille; car tu le sais, Rutuba, notre bonne mère apprit à ses enfans à prendre en pitié les crimes des méchans et à s'en remettre aux dieux immortels du soin de les punir.

— L'épée d'un brave est le meilleur instrument de leur justice, répliqua le centurion.

— Prosper, c'est vous que j'implore, ajouta Daphné; vous que j'ai toujours connu bon et accessible aux prières des malheureux. Au nom de celle qui vous donna le jour et que vous souhaitez si ardemment connaître, je vous en supplie les mains jointes, abandonnez la résolution fatale qui doit me priver d'un frère et d'un ami!

L'orfévre resta muet. Le calme affecté de son visage et ses regards obstinément fixés à terre indiquaient assez qu'il ne se laissait pas fléchir.

— Est-il donc vrai que la main des dieux ne s'est pas encore lassée de me poursuivre! s'écria la fille du désignateur en pleurant; qu'ils n'ont pas assouvi leur colère en faisant de moi l'être le plus faible, le plus malheureux et le plus désolé qui fût jamais! Faudra-t-il pour les apaiser que je reste seule de ma famille, comme une preuve vivante de la réprobation dont ils nous ont frappés.

— Ne crois pas, sœur bien-aimée, dit le centurion, que je sois insensible à tes prières ou que je veuille me draper ici à la manière de ces héros qui étalent avec orgueil l'emphatique vertu d'un stoïcisme dénaturé. Cependant, tu n'ébranleras point la résolution que nous avons prise. C'est dans le temple des Furies, devant leur autel redouté, que nous avons juré de l'accomplir.

Le visage de Daphné prit une expression de sombre désespoir.

— Ainsi donc, le destin a livré notre famille entière à la fureur de Sempronia, murmura-t-elle.

— Nous serons dignes encore l'un de l'autre, jeune fille, interrompit l'orfévre, si ce soir les mânes de Gurgès peuvent se rassasier de sang et de larmes au bois sacré d'Egérie.

— Adieu, toi, mon frère, et toi aussi qui fus mon fiancé, reprit la jeune fille. Soyez fiers, soyez braves en face de la mort. Demain, jusqu'à pareille heure, j'attendrai votre retour.

— A demain! répondit le centurion.

Et les deux jeunes gens quittèrent les Esquilies. Daphné les suivit du regard jusqu'à l'extrémité de la rue aux Parfums.

— Encore un jour d'angoisses, dit-elle aussitôt qu'elle eut cessé de les apercevoir, encore un seul jour, et Lélius aura le dernier cadavre qu'il est venu chercher ici.

Rutuba et son ami venaient de quitter la rue aux Parfums quand ils furent accostés par Cruscellus.

— Que les dieux vous gardent, beaux jeunes gens! leur dit le tondeur.

— Merci, Cruscellus, répondit Prosper.

Et sans s'arrêter, l'orfévre et Rutuba poursuivirent leur chemin.

— Où allez-vous donc avec tant d'empressement? demanda Cruscellus en s'adressant à l'apprenti.

— Ah! ah! tu désires savoir où nous allons? dit le centurion. Mais ce n'est pas un secret que tu puisses vendre, misérable.

— Que voulez-vous dire? repartit Cruscellus.

— Je te l'expliquerai plus tard... quand j'entreprendrai de punir tous les intrigans et tous les traîtres qui se sont donné rendez-vous depuis quelque temps dans notre maison.

— Très bien, j'attendrai vos explications, répliqua le tondeur. Mais il faut que je m'acquitte à l'instant même d'un message qu'une personne bien chère à Prosper m'a confié pour lui.

— Quel est ce message? dit l'orfévre.

— Je ne puis vous le transmettre devant un témoin.

— Parle, parle, Cruscellus, répondit le jeune homme; je n'ai pas de secret pour Rutuba.

— Il faut que vous alliez ce soir même au Célius, reprit le barbier.

Soit que l'orfévre fût simplement reconnaissant envers Tertia des soins dont elle avait environné son enfance et sa jeunesse, soit qu'à son insu la voix du sang parlât à son cœur, il s'était accoutumé à respecter les volontés de la matrone. Il n'avait jamais manqué jusque-là de suivre ses conseils, d'exécuter ses ordres comme s'ils eussent émané de sa mère. A entendre les paroles du tondeur, il regretta vivement la nécessité qui le forçait de se rendre au bois sacré d'Egérie.

— Mais il est bien tard maintenant pour aller chez Tertia, balbutia-t-il. Je la verrai demain.

— C'est à l'instant même qu'il faut obéir à ses ordres, jeune homme, repartit Cruscellus. En renvoyant à demain votre visite, vous indisposerez gravement la matrone contre vous.

— Qu'est-ce que Tertia? interrompit le centurion.

— Une illustre dame à qui j'ai coutume de porter les bijoux que mon maître Callisthènes lui fournit, répondit Prosper en rougissant.

— Oui, quelque patricienne encore, avide d'émotions, curieuse d'aventures, dont cet infâme tondeur exploite les vices!

— Oh! comment pouvez-vous traiter ainsi l'être généreux qui m'a servi de mère, répliqua l'ouvrier, celle qui a pris soin de mon enfance, qui me donne du pain quand j'ai faim, des vêtemens quand j'ai froid, et des consolations quand je souffre? C'est, au contraire, une noble femme que Tertia, centurion.

— On s'associe plutôt Cruscellus pour commettre un crime que pour faire une bonne action, crois-tu, répliqua l'officier.

— Vous croyez cela, vous, centurion? répliqua le tondeur.

— Telle est mon opinion sur toi, poursuivit Rutuba. Je sais que tu as vendu souvent et tu fuis qui t'appartient, et le sang des autres qui ne t'appartient pas. Mais délivre-nous de ta présence, bête malfaisante qui te glisses partout et qui partout répands ton venin; car si j'écoutais la colère qui gronde en moi...

— Eh bien! Prosper, verrez-vous Tertia? demanda Cruscellus à l'orfévre.

— Retourne vers elle, tondeur, répondit-il. Dis-lui que je regrette vivement de ne pouvoir lui obéir, et que j'irai demain la trouver vers la dernière heure du jour.

— On vous accusera d'ingratitude, ajouta Cruscellus.

— C'est la rue qui conduit d'ici à la maison de Tertia? interrompit le centurion.

— C'est la rue de Vénus-Placide, répondit Prosper.

— Et après la rue de Vénus-Placide?

— Le clivus Pullius.

Rutuba saisit Cruscellus à la tunique, lui tourna le visage vers la route qu'il devait suivre, et, le poussant devant lui,

— Marche! lui dit-il, et prends garde que je te surprenne à nous observer.

Le tondeur ne put s'empêcher d'obéir à l'impulsion vigoureuse que le bras du centurion lui avait communiquée. Il descendit rapidement jusqu'à la place des Carènes, et ne s'arrêta que pour se cacher derrière les colonnes d'un portique.

Là il se prit à réfléchir.

— Où Rutuba conduit-il mon orfévre? se demanda-t-il.

Le tondeur avança la tête avec précaution hors de l'alignement des colonnes et se rejeta précipitamment en arrière. Il avait aperçu Prosper et le centurion traversant les Carènes et se dirigeant vers l'antique palais du roi Tullus Hostilius.

— Les voici, murmura-t-il. Suivons leurs traces et ne les perdons pas un instant de vue.

Dès que les jeunes gens eurent commencé à gravir la pente du Célius, le barbier quitta sa retraite ; puis, se cachant de porte en porte, s'embusquant à l'angle de chaque rue, il observa de loin, sans se trahir, la marche de l'officier et de son compagnon. Ils parcoururent la rue des Albains dans toute sa longueur, gagnèrent la piscine publique, la porte Capène et s'éloignèrent de Rome par la grande route Appia.

Cruscellus les accompagna jusqu'au temple de Mars. Il ne rentra dans Rome qu'après les avoir vus pénétrer dans le bois sacré d'Egérie.

— Ils se rendent à la maison de Sempronia, se disait-il. Par le rasoir d'Accius Navius ! faut-il que l'avenir d'un honnête homme et la moitié de ses revenus soient à la discrétion d'un fou, d'un batailleur, d'un enragé tel que ce centurion ! Mais on assassinera mon orfévre chez Sempronia, et je ne veux pas que cet aimable enfant périsse. Courons avertir la digne épouse de Martius Rex.

En devisant ainsi avec lui-même le tondeur se hâtait de remonter la rue de la Piscine-Publique, lorsqu'il vint heurter une personne qui marchait en sens opposé.

— Prenez donc garde ! dit Cruscellus.

— Vieux hibou ! tu devrais y voir la nuit, répondit une voix de femme.

— Canidia ! s'écria le tondeur.

— Cruscellus ! repartit la magicienne.

— Où vas-tu, saga, par cette froide nuit d'automne ?

— Et toi, d'où viens-tu ?

— De coiffer Paula, la petite danseuse qui demeure près du temple de la Bonne-Déesse.

— Et moi je vais prendre l'air hors de Rome, Cruscellus.

— Bah ! l'air du grand cirque est meilleur pour toi que celui de la campagne, répliqua le tondeur... Mais tu t'es mise en frais pour sortir de la ville ; tu ressembles, avec ta palla et ton voile, à l'épouse d'un consul. Veux-tu donc évoquer ce soir Tisiphone et la triple Hécate? J'avoue que ce sont des personnes dignes d'égards et devant lesquelles il faut se présenter convenablement vêtue.

— Je suis invitée à souper, répondit Canidia.

— Toi ! Et par qui, dieux immortels ?

— Par une illustre personne. Je fournis ma part du souper, ajouta la courtisane en baissant la voix.

— Voyons cette part.

Canidia tira de sa poche une de ces petites ampoules à col étroit que les anciens nommaient lacrymatoires.

— Qu'y a-t-il là dedans? demanda Cruscellus.

— Une potion calmante. Cette liqueur est tirée de deux plantes cueillies par la même main et à la même heure, l'une au haut des Alpes, et l'autre au sommet de l'Etna.

— Par Hercule ! une liqueur pareille doit avoir de grandes vertus !

— Elle guérit de tous les maux, repartit Canidia. Si tu buvais le contenu de cette fiole, pauvre vieux...

— Que m'arriverait-il ?

— Il ne t'arriverait plus rien. Tu ne ferais plus de barbes et tu ne coifferais plus Paula.

— Vraiment, dit Cruscellus ; heureusement que cette eau merveilleuse doit coûter trop cher pour qu'on veuille m'en régaler.

— Oui, cela ne convient qu'aux gens riches... Au revoir, je m'en vais.

— C'est une belle Aurore qui t'a mandée près d'elle pour que tu donnes l'immortalité à son vieux Titon ? reprit le tondeur.

— Non ; je dois verser ce philtre dans la coupe d'un beau et brave centurion.

— De l'armée d'Asie?

— Précisément.

Cruscellus tremblait de tous ses membres. Mais son trouble échappa à la magicienne, grâce aux ténèbres qui commençaient à s'épaissir.

— Le centurion est un jaloux? demanda le tondeur.

— Non, c'est un infidèle, répondit la saga.

Elle s'éloigna en disant ces mots.

Cruscellus ne savait plus que résoudre pour sauver les jours si précieux de l'apprenti. Sans se rendre compte de ses mouvemens, il suivit Canidia jusqu'à la porte Capène. Désirait-il lui parler encore et la détourner de son affreux projet? Guettait-il une occasion favorable pour se jeter sur elle et lui arracher son poison? Lui-même l'ignorait. Mais il accompagnait Canidia parce qu'il comprenait qu'en se séparant d'elle il perdait toute espérance de sauver le fils de Tertia.

La magicienne franchit l'enceinte de la ville. Cruscellus s'arrêta en deçà des murailles, au sommet desquelles murmurait l'eau de l'aqueduc de Clodius. Son effroi se calma peu à peu... Il chercha à se représenter nettement la position de Prosper au val d'Egérie. Il calcula le temps dont on pouvait disposer pour porter à l'orfévre un secours opportun ; et peut-être son imagination féconde eût-elle trouvé un moyen de sauver les jeunes gens, si ses calculs n'eussent été déjoués par une circonstance inattendue.

Une patrouille déboucha du chemin de ronde qui longeait les murailles. Elle se composait d'un corps de vétérans et d'un escadron de chevaliers qu'un tribun militaire commandait. Le triumvir nocturne qui gardait la porte Capène fit prendre les armes à ses esclaves et les rangea en bataille devant le tribun.

— Je prends le commandement de ce poste, dit ce dernier.

Le triumvir s'inclina.

— Ordonnez qu'on laisse tomber la herse, reprit le chef de légion ; placez des sentinelles sur les tours des murailles ; faites-leur distribuer le mot d'ordre Roma salva, et le mot de ralliement Rhéa Sylvia; et qu'on tue sans distinction tout individu qui tenterait de sortir de la ville ou d'y entrer par ruse avant la première heure du jour.

Les ordres du tribun furent exécutés rapidement. Cruscellus pensa avec raison que le consul avait pris sur tous les points des fortifications de Rome les mêmes mesures de précaution.

— C'en est fait ! je suis un pédagogue à vendre, dit-il en quittant le bastion dans l'angle duquel il s'était caché.

X.

MEURTRIERS ET VICTIMES.

Une esclave coquette et jolie accueillit Rutuba et son ami à leur entrée chez Sempronia.

— Ma maîtresse est absente, leur dit-elle. Une affaire imprévue l'a forcée de se rendre à Rome. Mais elle m'a chargée de vous recevoir, centurion. Veuillez me suivre, je vous prie.

Ces paroles furent prononcées par Norma avec une grâce infinie. C'était une jeune Gauloise aux cheveux blonds, aux yeux bleus, à la figure virginale. Son air de candeur eût rassuré le centurion, s'il eût moins bien connu Sempronia.

Conduits par l'esclave, les deux jeunes gens s'enfoncèrent dans l'étroit couloir qui servait d'entrée à la villa de la matrone. Prosper se tenait prêt à saisir à la ceinture, à la moindre alerte, le guide charmant qui le précédait. Rutuba marchait à reculons derrière son ami, l'œil et l'oreille attentifs, la main sur la garde de son épée. Ils parvinrent ainsi sans encombre jusqu'au centre de la maison. Partout, il est vrai, la solitude et le silence ; mais nulle part la moindre apparence de trahison. Aucune porte secrète, pratiquée dans l'épaisseur des murailles, ne donna passage à des assassins ; aucune trappe ne fléchit sous les pieds des nouveaux venus pour les engloutir ; les lieux qu'ils parcouraient étaient parfaitement éclairés. Norma les introduisit avec une politesse cérémonieuse dans le salon de la villa.

— Asseyez-vous, leur dit-elle, et attendez sans trop d'impatience le retour de Sempronia. J'espère qu'elle ne tardera pas à rentrer.

Elle salua les deux jeunes gens ; puis, en esclave bien apprise, se retira.

— Que te semble de l'accueil que nous avons reçu ? demanda Rutuba à l'orfèvre.

— Mais il n'a rien de bien inquiétant, répondit Prosper.

— On cherche trop à nous inspirer de la confiance pour qu'il ne faille pas nous méfier beaucoup, répliqua le centurion. Nous aurait-on enfermés par hasard ?

L'officier se leva, écarta la tapisserie de laine qui recouvrait la porte, et poussa doucement un des battans, qui céda sans résistance.

— Décidément, ajouta-t-il, on ne veut pas nous attaquer ici.

Le centurion s'assit à côté de Prosper, et lui rappela les instructions qu'il lui avait données en sortant du temple des Furies.

Sempronia n'avait point quitté sa villa. Cachée dans une salle du rez-de-chaussée, qui prenait jour sur le bois sacré d'Égérie par une étroite ouverture, elle avait attendu longtemps l'arrivée de sa victime. Une joie féroce avait brillé dans ses yeux quand, aux dernières lueurs du jour, elle avait entrevu Rutuba et son compagnon.

— Tu es en mon pouvoir à présent, centurion, avait-elle murmuré. Tu goûteras de mon vin, et tu verras si, pour l'amertume, il vaut celui que tu me fis boire dans ton cabaret des Esquilies.

Un instant après Canidia fut introduite auprès de la matrone.

— Pourquoi viens-tu si tard ? lui dit Sempronia.

La magicienne balbutia quelques mots d'excuse.

— As-tu le poison ? reprit la matrone.

— Oui, répondit Canidia.

Et elle montra l'ampoule qui contenait son philtre.

L'épouse de Brutus s'en empara, et conduisit sa complice à travers deux rangées de gladiateurs, armés et menaçans, dans un souterrain qu'une porte en fer séparait de la crypte où travaillait Ravidus.

Un vase de murrhinite opaque, semblable, quant à la forme extérieure, à une bouteille carrée, était placé sur une table. Sempronia en expliqua comme il suit la construction à la magicienne.

— Ce cruchon, lui dit-elle, est divisé à l'intérieur en deux compartiments, par une paroi qui monte de la base jusqu'à l'extrémité supérieure du goulot. On peut y mettre par conséquent deux liqueurs différentes qui ne se mêlent point. Si l'on incline le vase à gauche, il verse un des liquides ; si on le renverse à droite, il laisse échapper l'autre. Trois bouteilles de murrhinite, parmi lesquelles celle-ci se trouvera, auront été disposées sur l'étagère de mon triclinium. Tu souperas avec moi et tu nous verseras à boire. Quand nous aurons vidé les deux premiers flacons, tu prendras celui-ci ; tu t'approcheras de moi, et, penchant le vase à gauche, tu rempliras ton calice. Puis tu inclineras le vase du côté opposé, et tu verseras le poison dans la coupe de mon centurion et dans celle du convive inconnu qui l'accompagne.

— Il ne peut y avoir aucune communication entre les deux récipiens de cette bouteille ? demanda la magicienne.

— Aucune.

— En êtes-vous bien sûre ?

— Je l'ai expérimenté nombre de fois.

— C'est que mon poison est subtil. Malheur à vous, belle Sempronia, s'il se mêlait au vin de votre calice. Vos paupières s'alourdiraient, vos yeux perdraient leur éclat, et tous vos membres se raidiraient dans des convulsions tétaniques, auxquelles succéderait bientôt l'immobilité du trépas.

— Tu es habile à vanter ta marchandise, saga, répondit la

Le Siècle.

matrone. Mais les mouvemens des liqueurs dans ce vase ont été calculés et réglés avec précision par de savans ouvriers de Murrhe en Mésopotamie. Ta maladresse pourrait seule compromettre ma santé, et pour éloigner de toi toute distraction, je veux t'intéresser vivement au succès de la ruse que tu dois employer.

— Je sais que vous êtes bonne et généreuse, noble Sempronia ; vous me récompenserez dignement, répliqua l'empoisonneuse.

— Sans doute, sans doute ; mais il ne s'agit pas maintenant de récompense. Si tu te troublais, vois-tu, Canidia, en nous donnant à boire (ces choses-là se sont vues), tu m'exposerais à des scènes fâcheuses, peut-être même... En définitive, interrompit la matrone, j'ai résolu, afin d'exciter ta vigilance, que ta coupe serait toujours à côté de la mienne, que tu les remplirais ensemble, et que tu boirais pendant que je porterais la santé de mes convives. Cette précaution est raisonnable. J'espère que tu l'observeras.

— Que les dieux m'en préservent ! s'écria la magicienne. Je ne connais pas l'artifice de vos murrhinites, moi ; je ne suis pour rien dans vos vengeances. Je vous ai vendu un poison, je vous le livre, payez-le-moi et mettez-le en œuvre de la façon qu'il vous plaira.

— Saga, reprit tranquillement la matrone, crois-tu qu'on te réclamerait si je te faisais disparaître ?

— Mais vous n'oseriez.

— J'ai osé tant de choses dans ma vie ! Vous avez coutume de dire, vous autres pauvres gens de l'Aventin : « Sempronia est capable de tout. » Hé bien ! par les Furies ! vous ne vous trompez guère. Il y a dans la pièce voisine certain personnage dont la vue suffira pour te persuader l'obéissance. Regarde plutôt, continua l'épouse de Brutus en ouvrant la porte du souterrain que Ravidus occupait.

La saga tourna les yeux vers la crypte, jeta un cri d'épouvante et s'évanouit.

Une vieille femme appelée Barbara vint lui porter secours.

La matrone s'était retirée dans cette même chambre où elle avait dîné avec Rutuba lors du premier voyage de l'officier au val d'Égérie. Hylas, une de ses esclaves cubiculaires, l'y revêtit d'une tunique de laine brune dont elle serra les plis dans une ceinture d'argent rayée de noir. La caméríste mêla quelques perles aux cheveux de sa maîtresse. Sa toilette achevée, Sempronia se coucha nonchalamment sur un lit de repos et fit appeler Norma.

— Tu as laissé mes deux convives dans le salon de jeu ? lui dit-elle.

— Oui, répondit la jeune fille.

— Le triclinium est-il prêt ?

— Je l'ai disposé suivant vos ordres, noble Sempronia. Les lampes sont garnies d'huile parfumée ; j'ai arrosé le sol de verveine et d'adiante, et trois tables de citre attendent le premier service qu'y placeront bientôt vos cuisiniers.

— As-tu visité le divan sur lequel je dois m'asseoir ?

— Le ressort caché qu'il renferme cède comme auparavant à la pression la plus légère.

— Eudamus et ses hommes sont-ils à leur poste ?

— Ils s'élanceront, au premier signal, de leur cachette dans la salle à manger.

— Et les vases de murrhinite ont-ils été placés sur le dressoir ?

— L'empoisonneuse a mêlé sa drogue à une portion de vin de Lesbos, dont nous avons rempli un côté du vase à deux compartimens. J'ai mis, en sa présence, le flacon fatal parmi les autres sur la table la plus basse de l'étagère, afin que cette femme ne soit pas exposée à commettre d'erreur.

— Barbara lui a persuadé qu'il lui fallait obéir ?

— Barbara est éloquente, noble Sempronia, surtout quand l'aspect de Ravidus sert de péroraison à ses discours.

— Ainsi donc tu penses, Norma, que rien ne s'oppose plus à la réussite de mes projets.

— Tout se passera comme le soir où cet excellent sénateur, dont votre fils avait capté le testament...

— C'est bien, interrompit la matrone. Tu as beaucoup de mémoire pour une esclave, Norma. — Et cet horrible Ravidus a-t-il bien appris le discours que Bathyllus l'épicurien a préparé pour lui ?

— Ravidus est un Démosthènes, belle Sempronia ; il épouvantera notre magicienne de telle façon qu'elle nous révélera tous ses secrets.

— Les repas du val d'Egérie se feront en famille, quand cette femme nous aura fait connaître la composition de ses philtres. Recommande bien à Ravidus de ne rien négliger, ni menaces ni tortures, pour arriver à ce résultat. Il n'est pas nécessaire de lui dire qu'il doit tourmenter sa victime jusqu'à ce que mort s'en suive.

— Je ne lui ai point parlé de cela, répondit l'esclave.

— Tu as eu raison. Quand il tiendra cette malheureuse sur son chevalet, à moins qu'on ne la lui arrache, il la tuera par amour de son art. Retire-toi, petite. Je vais trouver mon centurion et son ami.

Norma quitta la chambre à coucher.

— Dieux immortels ! s'écria la matrone en cachant sa figure dans ses mains, je sens mon cœur défaillir au moment d'accomplir ma vengeance. Oh ! si la fatalité ne m'avait pas rendue aussi coupable à l'égard de cet homme, s'il avait pu m'aimer, j'en eusse fait, non pas un amant à la destinée duquel on lie la sienne, mais un maître dont on sert le moindre caprice, mais un dieu qu'on adore à genoux, auquel on sacrifie son corps, son âme, sa liberté, sa vie ! Allons, courage, courage ! et qu'il meure, puisqu'il m'a méprisée ! qu'il ne soit à personne, puisqu'il ne doit plus m'appartenir !

Rutuba et l'orfèvre se levèrent pour saluer la matrone, lorsqu'elle entra dans le *sphéristérium* où ils l'attendaient.

— Pardonnez-moi, cher centurion, dit-elle à Rutuba, de m'être rendue si tard auprès de vous : une affaire importante m'avait appelée à Rome, d'où j'arrive à l'instant.

— Je vous sais gré au contraire, belle Sempronia, de n'avoir pas négligé vos intérêts pour moi, répondit l'officier. Permettez que je recommande à vos bontés l'orfèvre Prosper, le meilleur de mes amis.

— Qu'il soit le bienvenu, répliqua la matrone.

Prosper s'inclina et reprit flegmatiquement sa place sur le divan.

Sempronia conduisit le centurion à l'écart et poursuivit en donnant à sa voix un accent de tendre reproche :

— J'espérais que vous viendriez seul, Rutuba, et que nous pourrions causer sans témoins.

— Malédiction ! pensa l'officier. Catilina ne sera pas des nôtres.

Puis se ravisant,

— En effet, noble Sempronia, répondit-il, un souper tête-à-tête nous eût procuré plus de plaisir. Nous avons tant de choses à nous dire, tant d'heureux instans à nous rappeler ! Mais quand votre lettre m'est parvenue, j'avais promis à ce jeune homme de lui consacrer la soirée tout entière. Ne voulant pas lui manquer de parole, sans refuser toutefois votre invitation, je l'ai prié de me suivre au val d'Egérie. C'est du reste un joyeux convive qui saura parfaitement apprécier le mérite de votre cuisinier.

— Nous ferons en sorte qu'il ne se plaigne pas de notre hospitalité, repartit Sempronia.

— Il sortira d'ici enchanté du talent de Thimbron, soyez-en sûre, continua l'officier d'un ton railleur.

— Et vous, Rutuba, serez-vous assez aimable pour revenir bientôt ?

— Vous savez bien, chère Sempronia, qu'on ne vous oublie guère une fois qu'on a appris à vous bien connaître.

— Par Tisiphone ! l'insolent ose me braver ici ! murmura la matrone, à qui le rouge de la colère monta subitement au visage. Se tournant ensuite vers ses hôtes le sourire sur les lèvres,

— Le souper est servi, ajouta-t-elle. Passons au triclinium.

— La meilleure de nos victimes nous échappe, dit Rutuba à Prosper en lui serrant fortement la main. Tâchons de ne pas manquer l'autre.

Et il suivit Sempronia.

En voyant la porte Capène militairement occupée par un tribun, Cruscellus avait d'abord perdu courage. Sempronia avait attiré par ses artifices Prosper et le centurion au val d'Egérie. Toute communication se trouvait interceptée entre Rome et la campagne. Il était donc évident que la matrone allait confondre les deux amis dans le même acte de vengeance, et que nulle force humaine n'était capable de les lui arracher. Tout triste et tout rêveur, le barbier se dirigeait vers la rue aux Parfums. Il accusait la fortune, qui lui enlevait d'un coup, non seulement une partie notable de ses revenus, mais encore l'espérance de mériter, en sauvant Prosper, l'indulgence de Cicéron. Pourtant Cruscellus n'abandonnait pas facilement ses résolutions. Il était âpre au gain et jaloux de vivre en bonne intelligence avec le conseil des Sept. Il se ravisa chemin faisant ; et pensant que l'amour maternel pourrait inventer des ressources auxquelles il ne songeait pas, le tondeur, au lieu de se rendre aux Esquilies, se dirigea de nouveau vers la maison de Tertia.

On touchait à la quatrième heure de la nuit. Les rues de Rome se faisaient désertes. Le silence avait succédé à ces vagues murmures qui planent, durant la seconde veille, sur une grande cité qui s'endort. Le moment où tout bruit cesse, *conticinium*, était venu. Cependant les citoyens que leurs plaisirs ou le soin de leurs affaires avaient contraints de s'attarder en ville, pouvaient observer, en traversant les rues, des mouvemens inaccoutumés. De longues files d'hommes silencieux et pressés les uns contre les autres suivaient, au pas militaire, d'étroites ruelles. On les voyait se perdre, après quelques détours, dans les ténèbres d'une impasse ou sous le porche muet d'une antique maison.

Des étrangers à figure sinistre, des portefaix, de vieux soldats réduits à la mendicité encombraient les bouges du Vélabre, de l'Aventin et des Esquilies. Certaines maisons patriciennes laissaient échapper des cris tumultueux des hautes murailles grises qui en dérobaient aux regards les portiques intérieurs. Les conjurés se rendaient aux divers postes que Sergius Catilina leur avait assignés.

Céthégus avait rassemblé autour des brigands des marais pontins, les esclaves et les gladiateurs aux poignards desquels allaient être livrés les principaux du sénat. Il avait sous ses ordres Gabinius et Sapala. Les incendiaires s'étaient réunis chez Cassius. Les clefs des magasins formés par Gurgès leur avaient été remises dans la matinée de ce jour. Porcius Lecca, Annius et Calpurnius Pison partageaient avec quartier le commandement de ces misérables. Ils étaient divisés par sections, et chaque section devait allumer et propager l'incendie dans un Cassius. On avait chargé Autrone et Carvilius de forcer, à la tête d'une troupe nombreuse d'esclaves et de portefaix, les postes des triumvirs nocturnes, de détruire les pistons publics et de couper les aqueducs. D'autres conjurés avaient pour mission de s'emparer des collines de Rome. Catilina s'était réservé le commandement des jeunes patriciens, ses amis, et de ceux d'entre les vétérans du dictateur que Furius avait retenus avec lui à Rome. Il avait résolu de parcourir les rues avec ces soldats d'élite, de faire main basse sur les agens de la police urbaine, de dissiper les troupes que le consul tenterait d'opposer à la rébellion ; en un mot, de maintenir les communications libres entre les divers partis de ses conjurés et de protéger leurs opérations.

Vers la cinquième heure de la nuit, les préparatifs de ce complot monstrueux furent achevés. L'armée de Sergius n'attendait, pour se ruer à travers la ville, que le signal de son chef.

Marcus Marcellus, sous la responsabilité duquel on avait placé Cartilina, était un de ces mécontens peureux qui désirent la révolution, sans vouloir y coopérer. Une phrase épigrammatique de Cicéron, dans sa première *Catilinaire*, nous apprend combien les antécédens de cet homme inspiraient peu de confiance à l'oligarchie. Forcé par l'accusation de Paulus Emilius de se mettre en garde libre chez un sénateur, Sergius avait d'abord offert de se soumettre à la surveillance de ses ennemis les plus acharnés. Sa proposition avait été rejetée, suivant ses calculs. Il s'était donc constitué prisonnier chez un homme de son choix, trop ami des nouveautés pour entraver ses projets, mais trop inoffensif en apparence, trop riche et trop bien apparenté pour que le consul osât mettre en doute sa moralité. Ce jour-là, Marcellus, pour satisfaire un désir de son hôte, avait invité un grand nombre de personnes à souper. Catilina jouait une partie d'échec, avec Curion, son ancien général, en attendant la partie sanglante où il allait risquer sa fortune et sa vie. Le clepsydre du sphéristérium marquait la cinquième heure. Encore un instant, et Sergius, s'échappant au milieu du tumulte de la fête, courait rejoindre ses conjurés. Tout à coup les verges des faisceaux consulaires se firent entendre dans le vestibule ; la porte du salon s'ouvrit, et Cicéron parut environné des principaux de l'aristocratie(1).

A cette vue tout le sang de Catilina lui reflua vers le cœur, une horrible angoisse oppressa sa poitrine. Il abandonna l'échiquier devant lequel il était assis et dont il ne distinguait plus les pièces d'ivoire et d'ébène, et vint haletant, les lèvres pâles et les sourcils rabattus sur les yeux, se poser en face du consul. Il se fût perdu en cette circonstance par un acte de folle violence, si Marcellus ne l'eût entraîné loin de son rival.

— Aviez-vous invité ces hommes, demanda le conspirateur à son hôte, ou sont-ils venus s'imposer à vous ?

— Silence ! murmura Marcellus d'une voix tremblante. Ma maison est cernée et les Carènes sont pleines de soldats.

Un cri rauque de colère s'échappa de la bouche du conspirateur. Il se jeta sur un lit de pourpre et tomba dans un morne abattement.

Il était captif, pris comme une bête fauve dans un filet qu'il ne pouvait ni briser ni franchir, lui qu'une armée de soldats intrépides attendaient pour qu'il les conduisît au meurtre, au pillage, à la vengeance.

La veille encore le prestige de la terreur était attaché au nom de Sergius, à ce nom qui résumait tout ce que l'imagination peut concevoir de scélératesses habilement conduites, de crimes hardiment exécutés ; et le lendemain ce prestige allait s'évanouir, parce que Rome apprendrait que, seul de ses innombrables complices, Catilina avait failli aux devoirs d'un conjuré. Quel était donc l'ennemi qui veillait pour surprendre le secret de ses veilles, qui opposait l'embûche à ses embûches, une indomptable résistance à ses fureurs ? c'était le plébéien d'Arpinum, ce philosophe, ce rhéteur dont la bouche avait jeté tant de fois l'injure au meurtrier de Gratidianus, à l'amant impie de la vestale Fabia Térentia.

Ces réflexions cruelles torturaient Catilina, exaltaient sa rage impuissante, à mesure que le temps s'écoulait et qu'il se représentait, augmentant à chaque minute, le découragement de ses amis. La vue de Cicéron irritait surtout sa haine. Le consul, en effet, se promenait triomphant au milieu du salon de Marcellus. Les plus illustres sénateurs s'empressaient de le saluer, heureux s'il daignait leur adresser une parole, un sourire, un geste d'amitié.

Mais tandis que l'orateur surveillait ainsi Catilina, Valérius Flaccus, préteur urbain, et Pontinus, son collègue, préteur des étrangers, avaient pris le commandement supérieur de la ville. Ils avaient établi leur quartier général, l'un sur le forum, et l'autre sur la place des Carènes. De là, Flaccus avait fait occuper le Capitole par cinq cents chevaliers, le Vélabre par Clodius et ses amis, la région des Transtéverins et les ponts du Tibre par un escadron de jeunes patriciens, que Torquatus avait rassemblés. Un vieux militaire d'une expérience consommée, Pétréius, secondait aux Carènes le préteur des étrangers. Cet officier disposa ses cohortes par échelons à travers les principales rues de Rome, de la position centrale des Carènes jusqu'à l'enceinte du pomérium. Il parvint de cette manière à cerner les conjurés, à les isoler les uns des autres, et déconcerta leur audace. Le consul ayant été informé par ses émissaires que les préteurs avaient exécuté ses ordres avec succès, quitta vers la septième heure la maison de Marcellus.

(1) Voir la première Catilinaire, III, 7.

Tertia, sur ces entrefaites, avait appris de la bouche de Cruscellus l'inutilité de sa démarche auprès de Prosper. Après s'être rendue vainement à la maison de Cicéron, afin d'implorer son secours, l'infortunée matrone avait aussitôt gagné la demeure de Clodius, son frère, dont le crédit pouvait encore arracher à Sempronia ses victimes. Mais le jeune patricien était absent, et nul de ses esclaves ne put dire où il était allé. Tertia rentra chez elle en proie aux émotions les plus violentes de la terreur et du désespoir.

XI.

LE SOUPER.

Cinq lampes artistement ouvrées éclairaient le triclinium de Sempronia. Près de la porte d'entrée s'élevaient deux dressoirs de marbre blanc chargés de vaisselle plate et de cristaux, qui étincelaient parmi des fleurs. Les angles de ces meubles somptueux étaient ornés de figures en fer poli coquettement groupées sur des consoles. De là s'élançaient quatre tiges de bronze dont les arabesques se tordaient et s'enroulaient de mille façons bizarres, et supportaient une étagère. Les vases de murrhinite préparés par Norma reposaient sur la table la plus basse de l'un des dressoirs.

Des lits de pourpre tyrienne, adossés aux murailles du triclinium, attendaient Sempronia et ses deux convives. Chaque lit avait son guéridon de citre, que le maître d'hôtel avait chargé de la première partie du service. Elle se composait en général de mets excitans, propres à réveiller l'appétit, tels que laitues au vinaigre, coquillages, loirs confits dans un mélange de miel et de suc de pavots. Les convives avaient pour couvert une serviette, une cuiller de vermeil, un couteau pour découper les viandes et une coupe du cristal le plus pur.

Rutuba s'arrêta un instant à contempler la magnificence du triclinium, qu'il voyait pour la première fois à la clarté des lampes. Le pavé en était recouvert de mosaïque, les murailles de stuc aux éclatantes peintures. Au-dessus des tables, et pour les garantir de la poussière, une housse de Babylone représentant le triomphe d'Alexandre était suspendue sur des cordons de soie.

En entrant dans la salle, Sempronia marcha droit au lit qu'elle s'était réservé, se tint debout et invita du geste ses hôtes à s'asseoir. L'orfèvre se mit à droite de la matrone ; Rutuba prit place sur le divan de gauche, et parut examiner l'un après l'autre les trois guéridons sur lesquels on avait servi le repas.

La matrone suivait des yeux tous ses mouvemens.

— Rutuba, lui dit-elle, seriez-vous mécontent de l'esclave qui dirige les travaux de ma cuisine ?

— Je tiens au contraire l'inimitable Thimbron pour un homme consommé dans son art, répondit le fils de Gurgès, c'est à votre maître d'hôtel que j'en veux.

— Et pourquoi cela ?

— Parce qu'il n'a pas fait les parts égales entre nous.

— Il me semble pourtant qu'il n'a favorisé personne.

— La table de Prosper, noble matrone, est mieux servie que les nôtres.

Cette observation de Rutuba, qui paraîtrait ridicule dans un repas du dix-neuvième siècle, était justifiée par une coutume généralement adoptée chez les Romains. Ils distribuaient à leurs convives des portions plus ou moins copieuses, non pas suivant leur appétit, mais bien suivant leur âge, leur naissance ou leurs dignités.

— Mes esclaves ne savaient quelle place nous occuperions, repartit Sempronia. Ce jeune homme ne doit donc qu'à la fortune la distinction qu'il vient d'obtenir, et je pense qu'il la mérite à tous égards.

— Il en serait indigne, fit le centurion, s'il l'acceptait en votre présence. Les meilleures parts vous appartiennent, belle Sempronia. Je ne souffrirai pas que vous abdiquiez vos droits en faveur de mon ami.

L'officier se leva et substitua l'un à l'autre le guéridon de Prosper et celui de Sempronia.

— Allons ! dit-il en brisant du bout de sa cuiller la coquille d'un œuf frais, ne songeons plus qu'à satisfaire notre appétit. Veuillez nous donner l'exemple, bien-aimée Sempronia.

Et tandis qu'il invitait du geste et de la voix la matrone à manger, il la défiait du regard de toucher aux alimens qu'il venait de lui présenter.

— J'ai vu peu de soldats aussi scrupuleux que vous, centurion, sur l'article des convenances, reprit gaiment l'épouse de Brutus.

Elle prit une cuillerée de sauce au *garum*, y trempa une cuisse de loir confit et la porta à ses lèvres avec une parfaite sécurité.

— Nous nous connaissons assez, poursuivit-elle, pour négliger, quand nous soupons ensemble, les usages d'une civilité puérile. Prosper lui-même ne m'est pas étranger, puisqu'il est votre ami. Je désire vous traiter l'un et l'autre avec les mêmes égards et la même familiarité.

— Je t'en empêcherai, Circé abominable ! pensa le centurion. Surveillons ces vases de murrhinite.

Et il jeta un coup d'œil oblique sur le dressoir.

La matrone poussa du revers de la main jusqu'au bord de son guéridon un plat de coquillages farcis.

— Voici pour toi, Canidia, dit-elle. Assieds-toi sur cet escabeau. Mais d'abord verse-nous du vin.

Une femme sortit alors d'un angle du triclinium, prit un des murrhins sur l'étagère et vint se placer vis-à-vis du centurion.

L'orfévre reconnut avec effroi la magicienne qui avait tiré quelque temps auparavant les sorts à Daphné sous le mont Aventin.

— Chers convives, dit l'épouse de Brutus, je n'ai pas voulu déroger ce soir aux sages habitudes que j'ai depuis longtemps adoptées dans ma villa du bois sacré d'Égérie. Afin que mes esclaves ne gênent pas notre liberté, ils ne paraîtront ici que pour renouveler le couvert. Cette femme nous servira seule et partagera notre souper. Allons, Canidia, ne m'as-tu pas entendue ? Ces jeunes gens sont tristes ; c'est au fond de leurs coupes qu'ils trouveront l'oubli de leurs chagrins.

L'empoisonneuse n'écoutait plus les paroles de Sempronia ; elle restait debout en face du centurion, absorbée par quelque préoccupation étrange. Une pâleur livide couvrait son visage ; ses paupières clignotaient et ses lèvres murmuraient des paroles entrecoupées.

— Que me veut cette Hébé aux cheveux gris ? demanda l'officier, que l'attention de Canidia fatiguait.

— Dis plutôt cette sibylle, interrompit Prosper ; car lorsqu'elle ne s'assied pas à la table de nos matrones, Canidia exerce l'honorable profession de sorcière sous les arceaux du grand cirque et prédit l'avenir aux passans. Je suis sûr qu'elle tire maintenant ton horoscope d'après les lignes de ton front.

— Eh bien ! saga, poursuivit l'officier, que lis-tu sur mon visage ? Les dieux me réservent-ils d'heureux jours ? Dois-je porter bientôt l'angusti-clave de tribun, découvrir un trésor, ou toucher le cœur de quelque vieille matrone qui me lègue des millions ? Tu ne dis mot. Détourne de moi ta vilaine figure, et puisque tu joues ici le rôle de la Jeunesse, remplis d'abord la coupe de Sempronia.

L'empoisonneuse poussa un soupir. Une larme glissa sur ses joues. Elle versa du vin dans la coupe de la matrone, puis dans celle des jeunes gens.

— Le moment est venu d'échanger nos calices, belle Sempronia, reprit le centurion.

— Oui, échangeons nos calices, répondit l'épouse de Brutus, et buvons à votre santé, à celle de Prosper, à notre commune amitié.

Sempronia prit la coupe de Rutuba et la vida sans sourciller.

— Que les dieux vous accordent une longue et heureuse vie, jeunes gens ! poursuivit-elle.

— Nous tâcherons, en effet, de la prolonger autant que

possible, en dépit des sorcières et des traîtres, dit le centurion.

Il épuisa le vin de son calice, en invitant l'orfévre à l'imiter.

— Que penses-tu de cette liqueur ? lui demanda-t-il.

— Je ne croyais pas, foi de Romain ! trouver au val d'Égérie une boisson aussi bienfaisante, répondit Prosper.

— Patience, patience ! répliqua l'officier, le génie de Sempronia opère des merveilles. On s'attend à des choses surprenantes lorsqu'on vient souper chez elle ; mais, par Comus ! la magnificence de son hospitalité surpasse toutes les prévisions.

L'orfévre se retourna vers la matrone.

— Que nous préparez-vous donc, noble Sempronia ? dit-il.

— Vous allez l'apprendre, repartit l'épouse de Brutus, qui, malgré les provocations de l'officier, conservait tout son sang-froid.

Elle frappa des mains, et son maître d'hôtel entra.

— Le second service, ajouta-t-elle.

Rutuba ne douta point que ces paroles ne fussent un signal par lequel Sempronia ordonnait à ses gladiateurs de commencer l'attaque. Il quitta son lit et vint se mettre à côté de Prosper.

Les esclaves de la matrone desservirent les tables, y placèrent trois surtouts d'argent, sur lesquels était dressée la seconde partie du repas, et se retirèrent paisiblement, au grand déplaisir du centurion.

Son dépit était visible lorsqu'il vint se rasseoir.

— Vous avez donc perdu votre gaîté, vos grâces d'autrefois ? lui demanda la matrone avec ce sourire d'indulgence par lequel une maîtresse de maison cherche à fléchir la mauvaise humeur d'un convive malappris.

— Je vous l'avouerai, Sempronia, répondit brusquement l'officier, je suis attendu à Rome et j'ai hâte d'en finir.

— Vous oubliiez le temps jadis auprès de moi.

— Vous savez qu'il est des jours où l'on oublie, et d'autres jours où l'on se souvient, répliqua le centurion.

— Vous n'avez pas assez bu, voilà pourquoi vous vous souvenez trop, repartit la matrone. Canidia, poursuivit-elle, fais goûter mon vin de Lesbos à ce brave centurion.

La magicienne prit le flacon de Lesbos, et s'approcha de l'officier. On eût dit que ses jambes ne pouvaient la soutenir. Ses traits étaient bouleversés et sa poitrine haletait.

— A Sempronia d'abord, à toi ensuite, et puis à moi ! s'écria Rutuba d'une voix tonnante.

La matrone tendit son calice à Canidia, qui le remplit immédiatement avant le sien. Elle revint ensuite au centurion, pencha le flacon sur sa coupe, le releva et implora du regard la pitié de Sempronia.

Le trouble de l'empoisonneuse était au comble. Sa respiration sifflait entre ses lèvres, et des larmes roulaient dans ses yeux.

Sur un geste impérieux de la matrone, elle essaya une seconde fois de servir à boire au fils de Gurgès ; mais son courage l'abandonna.

— Verse, verse donc ! dit Sempronia. Faudra-t-il que je fasse monter Ravidus pour te remplacer ?

La magicienne passa la main sur son front et parut hésiter. Posant ensuite la bouteille sur la table,

— Centurion, dit-elle, me reconnais-tu ?

— Non, par le Styx ! répondit l'officier.

— Ah ! reprit Canidia, c'est qu'il y a loin ! bien loin ! de cette Flora que tu jurais d'aimer toujours à cette femme que tu as abandonnée, et que la misère, le désespoir ont perdue. Mes joues étaient moins ridées, mes paupières moins rouges, et ma voix moins rauque, lorsque tu m'enlevas de la maison de mon père, n'est-il pas vrai, Rutuba ?

C'était bien en effet Rutuba qui avait séduit Canidia cinq ans auparavant et l'avait quittée pour aller servir la république en Asie. Mais il se crut en ce moment le jouet d'une hallucination épouvantable, tant il y avait de différence entre la fraîche jeune fille qu'il avait délaissée et l'être ignoble qui se présentait à lui.

— Et sais-tu comment une courtisane du grand cirque,

une magicienne, car je ne suis pas autre chose maintenant, poursuivit Canidia, sais-tu comment elle se venge de l'homme qui causa tous ses malheurs ?

— Flora ! murmura le centurion.

— Ah ! ah ! ah ! repartit la magicienne avec son affreux ricanement, cela te surprend que je sois devenue la plus vile des créatures, pendant que tu devenais, toi, un beau et brave centurion. Telles étaient pourtant nos destinées. Eh bien ! quand d'illustres matrones ont à se plaindre de leurs amans, elles les attirent dans une villa solitaire, d'où les imprudens ne sortent plus. Et nous, que la société repousse, nous, le rebut de l'espèce humaine, nous pardonnons aux misérables qui nous ont trompées, et nous nous sacrifions pour les sauver.

— Que veut dire cette folle ? interrompit Sempronia.

— Je dis qu'il me faut choisir maintenant entre une mort horrible et l'obligation de remplir la coupe de cet homme, répliqua la magicienne, et que je choisis la mort parce que ton Lesbos est empoisonné

Elle saisit en même temps le vase de murrhinite, l'éleva en l'air, et, s'armant d'une audace sublime, le brisa sur le pavé.

La matrone poussa un ressort, qu'un artiste habile avait caché dans une des moulures de son lit. Rutuba sentit la voûte du triclinium s'ébranler. Il tira son glaive et porta de revers à Sempronia un coup désespéré. Mais il frappa dans le vide. Femme et divan, tout avait disparu.

Les convives demeurèrent immobiles, les yeux tournés vers la trappe qui avait englouti la matrone. Il leur semblait avoir vu le génie du mal revêtir devant eux une forme sensible, et tout à coup redescendre aux enfers.

Mais tandis qu'ils cherchaient à se remettre de leur surprise, un panneau s'ouvrit avec fracas au milieu des peintures de la muraille, et dix gladiateurs, commandés par Eudamus, se précipitèrent dans le triclinium.

— A moi, Prosper ! à moi, Flora ! s'écria le centurion, pendant qu'Eudamus alignait ses gladiateurs au milieu de la salle à manger.

Les deux jeunes gens se réfugièrent, comme ils en étaient convenus, dans l'espace qui restait vide entre l'un des buffets et le mur auquel était adossé le lit de Posper. Quant à Flora, la peur lui faisant oublier toute prudence, elle s'enfuit dans l'antichambre, où vingt bras cachés dans l'ombre la saisirent à la fois.

Au cri qu'elle poussa, Rutuba voulut courir à son secours. Mais les satellites de Sempronia avaient fermé la porte derrière la magicienne. La voix lamentable de Flora retentit pendant quelques secondes le long du corridor voisin, et finit par se perdre dans les souterrains de la villa.

Le centurion d'ailleurs avait assez de ses propres périls : il se trouvait en face de dix gladiateurs menaçans.

— Que se passe-t-il donc ici ? fit Eudamus en s'avançant vers lui. Il me semble qu'on a osé insulter l'illustre Sempronia.

— Et c'est toi qui prétends la venger ? demanda le fils de Gurgès.

— Elle m'a chargé en effet de vous apprendre à respecter les lois de l'hospitalité, répondit le maître d'armes.

Rutuba quitta paisiblement son manteau et l'enroula, suivant sa coutume, autour de son bras gauche. Prosper l'imita.

Quand les deux jeunes gens eurent pris leurs distances de manière à ne point se gêner mutuellement, et qu'ils se trouvèrent en garde, l'officier inclinant vers Eudamus la pointe de son glaive,

— Brave laniste, dit-il, les élèves que Sempronia t'a chargé d'instruire sont prêts à recevoir docilement tes leçons.

Le maître d'armes alors tira son épée du fourreau. Mais dès que Rutuba aperçut cette longue brette d'escrime, il poussa un éclat de rire que son adversaire dut trouver très irrespectueux.

— Par Comus ! dit l'officier, je crois que mon illustre maîtresse arme ses gladiateurs avec les broches de sa cuisine ! Que t'en semble, Prosper ?

— Ce Thrace belliqueux, répliqua gaîment l'orfèvre, nous représente assez bien l'esclave Spartacus s'échappant de Ca-

poue après avoir volé ses armes dans la boutique d'un rôtisseur.

— Spartacus mettait des préteurs et des consuls en déroute, repartit le laniste. Arrière, vous autres ! poursuivit Eudamus en s'adressant à ses gladiateurs ; laissez-moi châtier seul ces deux insolens !

— Ainsi donc, tu me provoques en combat singulier ? reprit le centurion.

— Défends-toi ! interrompit Eudamus.

Et il porta à son adversaire un coup dangereux que celui-ci détourna avec autant de grâce que de précision.

— Es-tu fort en escrime ? demanda l'officier au gladiateur.

Il s'avançait fièrement vers lui, le bras gauche en avant, la poitrine effacée et la poignée du glaive à la hauteur de la hanche.

— Je n'ai guère connu qu'un seul homme de ma force, répondit Eudamus : c'était Birria.

— Tant mieux ! dit Rutuba. Moi, j'ai quelque réputation parmi les instructeurs de la douzième légion. A mon tour d'attaquer !

A ces mots, il se fendit sur le gladiateur avec tant de rapidité qu'Eudamus, pris en défaut, n'évita la mort qu'en rompant de plusieurs semelles. L'officier se rapprocha de lui.

— Ah ! tu ne pourras plus reculer maintenant ! lui dit-il, et je te plains, car tu as la jambe plus vigilante que l'œil et plus rapide que le bras.

Eudamus se hâta de reprendre l'offensive. Il comprenait qu'il avait affaire à un militaire expérimenté, qui savait opposer sans désavantage aux ruses d'un laniste, à sa rapière démesurée, l'épée courte et le bouclier des soldats romains.

Le maître d'armes harcelait son adversaire. La pointe de son glaive menaçait sans relâche tantôt la figure et tantôt le flanc gauche du centurion. Rutuba se défendait avec peine, mais ne cédait pas un pouce de terrain.

— Recule, recule donc, ou je te tue ! disait Eudamus.

— Je ne recule jamais, répondit l'officier.

Il se baissa, détourna l'épée du maître d'armes, et se glissant dessous, il atteignit Eudamus en pleine poitrine et le renversa sur le carreau.

— Décidément, tu n'es pas un Spartacus, dit-il.

Et il vint reprendre sa place à côté de Prosper.

— Evohé ! Evohé ! criait l'orfèvre transporté d'admiration. Tu es le plus brave de tous les braves que j'aie connus, centurion. Ah ! par les Furies ! notre souper de ce soir coûtera cher à Sempronia. Combien pouvait valoir Eudamus ?

— Pas grand'chose, va, répliqua l'officier.

— Pas grand'chose ! Eudamus ! Une bête carnassière si bien dressée ! Allons donc, Rutuba. Ta belle maîtresse perd vingt mille deniers à la passe que tu viens d'exécuter.

— Quelle belle couleur de sang ! reprit le centurion en essuyant son glaive.

— Certes ! dit Prosper, la pâtée gladiatoriale ne manque pas aux gens de Sempronia.

— Amis, vengez-moi, vengez-moi ! murmurait Eudamus d'une voix mourante.

Les gladiateurs, auxquels s'adressaient ces paroles, se ruèrent ensemble sur l'orfèvre et sur Rutuba. Alors on n'ouït plus dans le triclinium splendidement éclairé pour une fête, et dont le mobilier, buffets, guéridons, lits de pourpre, cristaux, murrhinites et vaisselle d'argent, avait coûté des sommes immenses, qu'un affreux cliquetis d'épées, qu'un tumulte épouvantable de provocations, de cris, d'injures, de pieds qui trépignaient et de tables renversées avec tout leur appareil. Rutuba faisait des prodiges : son glaive, d'une trempe supérieure, ne laissait pas une fois sans ouvrir quelque part une large blessure. Prosper le secondait avec frénésie. Mais le redoutable centurion, avec son regard d'aigle, son bras de fer et sa lame, qui se multipliait dans sa main, frappait ici et parait là, non seulement les coups qu'on lui portait, mais encore la plupart de ceux qu'on adressait à son ami. Et quelquefois, lorsque la mêlée devenait trop compacte autour de lui, il donnait tête baissée dans la foule, en criant :

— Ah ! vous êtes dégoûtés des combats singuliers ! Ah !

vous vous mettez dix contre deux ! Hé bien ! nous allons vous égorger tous sans pitié, et avec vous tous les scélérats qui habitent cet antre de brigands.

Il se penchait, se relevait, pirouettait sur lui-même et débarrassait d'un seul coup tout l'espace que son glaive pouvait embrasser en décrivant un cercle aux mille rayons de feu. Alors on le voyait, seul au milieu du triclinium, rajuster son manteau, essuyer la sueur qui mouillait son front et compter ses adversaires morts ou blessés. Ces intervalles de trêve n'étaient pas de longue durée, car, pour peu que les gladiateurs de Sempronia hésitassent à recommencer l'attaque, la fureur renaissait dans le cœur du terrible officier. Il courait sus aux malheureux qui se trouvaient à portée de son bras, les chassait vers le fond de la salle ou les tuait sans merci. La foule des sicaires se rassemblait aussitôt, et le combat recommençait avec acharnement.

Cinq gladiateurs avaient succombé. Les survivans étaient les moins braves de la troupe, et cependant Rutuba commençait à désespérer de la victoire. Non-seulement la fatigue le gagnait, mais il s'apercevait encore que Prosper, malgré la fermeté de son attitude, ne maniait qu'que difficilement son épée. Les deux amis pouvaient donc prévoir l'instant fatal où ils succomberaient, lorsqu'une épouvantable commotion fit trembler la terre sous leurs pieds. On eût dit qu'une machine de guerre heurtait la porte extérieure de la villa et ébranlait la maison tout entière sur ses assises de granit. Les coups se succédaient avec une rapidité, une furie toujours croissantes. Assaillans et victimes s'arrêtèrent et écoutèrent mugir les échos du bois et ceux des immenses ruines au milieu desquelles ils se battaient.

Enfin, des cris tumultueux retentirent au dehors, sur les combles et dans les appartemens de la villa. Le temple et la maison étaient envahis ; des pas pressés résonnaient de toutes parts et se rapprochaient du triclinium. Une voix de femme dominait le bruit et on l'entendait crier :

— Par ici, Télex, qu'on brise cette porte. C'est là qu'ils sont enfermés.

— Nous sommes sauvés, murmura Prosper, à qui ces paroles rendirent aussitôt l'espérance.

— Courage, enfans, courage ! poursuivait la même voix, nous sommes les maîtres de ce coupe-gorge, et nous venons vous délivrer.

La porte du triclinium fut forcée, et un jeune homme se précipita dans la salle. Il promena ses regards effarés sur les cadavres et les débris dont le sol était couvert. Puis, apercevant l'orfévre, il courut à lui, et le serra convulsivement dans ses bras.

XII.

UN DISCOURS DE RAVIDUS.

Le laboratoire du bourreau présentait un aspect effrayant. Une épaisse fumée, des vapeurs suffocantes de charbon en chassaient peu à peu l'air respirable. La lampe suspendue au sommet de la crypte était près de s'éteindre. Armé d'une pince incandescente, Ravidus agitait sur un brasier sa chaise d'airain, qui tournait au rouge-blanc. Les feux de l'âtre luttant contre les lueurs qui tombaient à regret de la voûte, teignaient les murailles du cachot, les instrumens qui s'y trouvaient et la face horrible de l'exécuteur de reflets sanglans. À voir cet être hideux, penché sur son fourneau, les bras nus, le front ruisselant de sueur, la tête rayonnante et les cheveux en désordre, on l'eût pris pour une furie grimaçant dans l'Érèbe. Il se retourna en entendant s'ouvrir la porte du souterrain, et aperçut Flora, qu'une vieille femme accompagnait.

La magicienne s'était arrêtée sur le seuil du cachot.

— Approchez, approchez, ma toute belle, lui dit Ravidus avec une ironique douceur. Vous n'êtes donc pas d'accord avec l'illustre Sempronia ?

— Quelle atmosphère empestée l'on respire ici ! s'écria la magicienne.

— Comment ! ajouta Ravidus, vous ne pouvez pas supporter l'odeur de quelques bribes de chair qui restaient attachées à mon gril et que la flamme a consumées ? Que feriez-vous donc si ces chairs étaient les vôtres, hein ?

— Qu'on me sorte d'ici ! interrompit Flora ; ces charbons ardens, ces instrumens de supplice, cet homme affreux, m'épouvantent. Oh !... j'ai peur...

— Hé ! hé ! hé ! répliqua l'exécuteur en ricanant, il paraît que ma société ne vous plaît guère. Il faut pourtant que nous causions ensemble. Comment donc vous nommez-vous, ma chère enfant ?

La magicienne recula jusqu'à la muraille, y appliqua ses deux mains comme pour chercher une issue derrière elle; puis, d'une voix étouffée,

— Et toi, qui es-tu ? dit-elle.

— Je donne la torture aux esclaves. On m'appelle le bourreau.

— Tu es le bourreau des esclaves ! mais je suis libre, moi ; je suis Romaine, et je te défends de porter la main sur moi !

— Que vous soyez Romaine, cela se peut, répondit l'exécuteur; mais que vous soyez libre, c'est une autre question. Il y a entre nous et la liberté, ma toute belle, cinq ou six bonnes murailles de travertin, muettes comme les tombeaux.

Ravidus s'approcha de la magicienne à pas comptés, le cou tendu et le nez au vent, comme un loup qui flaire sa proie.

— Arrière ! arrière ! s'écria Flora.

Elle s'était adossée au mur et serrait contre sa poitrine ses bras et ses mains crispés.

— En quoi avez-vous pu déplaire à Sempronia ? reprit le bourreau.

— Cette femme a osé résister en face à ma noble maîtresse, répondit l'esclave que Sempronia avait chargée de présider au supplice. Mais l'illustre épouse de Brutus est miséricordieuse. Elle oubliera facilement le passé, pourvu que Canidia nous donne les recettes de ses poisons.

— Par les Furies! vous exercez la profession d'empoisonneuse, ma belle enfant ! continua Ravidus. C'est un excellent métier, quand on a le bonheur d'échapper au sac de cuir des triumvirs capitaux. Allons, petite, exécutez-vous de bonne grâce. Dites-nous comment vous préparez ces utiles breuvages, qui envoient nos jaloux et nos avares aux sombres bords.

— J'ignore comment on les obtient, répondit Flora.

— Nous pourrions employer contre vous la violence, poursuivit Ravidus ; mais les moyens de persuasion nous semblent préférables. Vous aurez un échantillon de mon éloquence. Je ne suis pas un orateur du forum. Je ne sais pas diviser mes discours en cinq parties. On n'est pas obligé de mesurer l'abondance de mes paroles avec l'eau d'un clepsydre. Je vais vous démontrer sans aucun artifice de langage combien vous auriez tort de mécontenter l'illustre Sempronia. Et d'abord voici mon exorde, ajouta Ravidus en mettant sous les yeux de l'empoisonneuse les planches de son brodequin.

Sans rassurer complètement la magicienne, les paroles de l'exécuteur avaient un peu calmé son épouvante. Appuyée contre le mur, elle regardait de travers, avec une curiosité mêlée de crainte, trois morceaux de chêne que Ravidus agitait dans ses mains.

— Ces planches, fit le bourreau en attaquant le discours que lui avait appris l'épicurien Bathyllus, forment un brodequin assez différent des cothurnes tragiques dont se servent nos héros de théâtre. Quand une personne se plaît à revêtir ce genre de chaussure, je les applique ainsi, ma toute belle, deux à la partie interne, et le troisième à la partie externe de la jambe. Je lie le tout avec une corde. Entre les planches qui se touchent, j'introduis des coins de bois que j'enfonce à coups de marteau. Au premier coin, on entend craquer l'articulation du genou et celle de la cheville ; au second coin, les os de la jambe fléchissent ; au troisième, ils se cassent. Voilà mon exorde, il me semble qu'il vous a fait impression.

— Dieux immortels ! murmura la magicienne, dans quel antre de brigands suis-je tombée !

— Brigands, dites-vous ? vous traitez de brigand un homme revêtu d'un caractère public ! Mais vous déraisonnez, ma chère ! Je veux maintenant vous décrire l'usage de cette chaise d'airain, qui rougit là-bas sur mon fourneau. Ce sera la seconde partie de mon discours, ma confirmation, pour parler en style de grammairien.

— Tue-moi, misérable ! puisque telle est la volonté de l'inexorable furie que tu sers, interrompit Flora ; mais épargne-moi les détails de ton abominable métier.

— On me paie pour vous instruire, mais non pas pour vous tuer, ma petite matrone, répliqua Ravidus.

Et saisissant avec une pince son gril enflammé, il le souleva, le jeta par terre, le retourna, et poussa vers la magicienne cette masse d'airain incandescente, qui sifflait en glissant sur les dalles, et lançait des étincelles par milliers.

Flora s'enfuit à l'autre extrémité du cachot, car la chaleur qui rayonnait du gril lui brûlait la figure et la suffoquait.

Le bourreau se redressa sur ses jambes cagneuses et se mit à rire.

— Où courez-vous donc, ma chère ? reprit-il. Ne touchez pas à mon chevalet, je vous prie. Je le réserve pour la fin de ma harangue. Ce sera ma péroraison !

— J'en atteste la justice des dieux, dit Flora, je meurs victime d'une infâme trahison.

— Eh ! laissez l'Olympe en repos, répondit l'exécuteur. Ne savez-vous pas qu'on y dort à cette heure ? Si vous m'interrompez, mon gril va se refroidir, et avec lui mon éloquence. Plus d'une fois, continua-t-il, j'ai invité d'honnêtes esclaves à s'asseoir sur cette chaise, quand les barreaux dont elle est formée commençaient à blanchir. Et dès que je les y avais attachés, comprenez bien cela, ma douce amie, leurs pauvres membres se tordaient comme une feuille de *pergamin* qu'on jette dans une fournaise. Le fer criait et s'enfonçait dans leurs chairs palpitantes. Une fumée nauséabonde s'élevait autour d'eux, et quelquefois elle les enveloppait, en s'allumant, d'un tourbillon de flammes. Ils hurlaient alors, ils s'agitaient, ils bondissaient sur eux-mêmes ; mais j'étais aveugle, moi, j'étais sourd ! Eh bien ! jolie fille, vous n'applaudissez pas à la confirmation de ma harangue ? J'observe pourtant ce précepte de l'art, qui ordonne à tout orateur de ne laisser jamais son discours languir, de le rendre toujours de plus en plus pressant, de plus en plus pathétique. Je viens à ma péroraison.

A peine avait-il achevé ces mots que Ravidus s'élança sur la magicienne, la saisit, lui arracha ses vêtemens, et l'étendit sur le chevalet.

— Au secours ! au secours ! criait Flora, en cherchant à se débarrasser des étreintes du bourreau.

Mais elle ne put détourner le poing que Ravidus appuyait sur sa poitrine, et sa voix se perdit en vains échos sous la voûte du souterrain.

En un instant elle se trouva garrottée. Ses pieds étaient engagés dans les boucles de fer du chevalet, tandis qu'une corde rattachait ses bras à une vis de tension que faisait mouvoir la main robuste de l'exécuteur.

Alors Barbara s'approcha d'elle pour l'interroger.

— Tu le vois, infortunée, lui dit cette femme, toute résistance est inutile : tu es au pouvoir de Sempronia ; tâche de fléchir son courroux par une prompte soumission.

— Que veut-elle enfin ?

— Connaître la préparation de tes philtres.

Et pour faciliter à la saga l'intelligence de ces paroles, Ravidus tourna violemment la manivelle de son chevalet.

— Par Tisiphone ! que vous me faites mal ! s'écria la magicienne.

— Obéis, et on te déliera.

— Je ne suis qu'une pauvre ignorante. Je n'ai point été initiée aux mystères d'Isis, dont les adeptes seuls connaissent les vertus des simples. Il est inutile de me torturer ; vous n'obtiendrez rien de moi.

Ravidus augmenta de nouveau la tension du chevalet.

— Oh ! laissez-moi ! Je souffre horriblement ! fit la magicienne éperdue.

Elle se tordit comme un serpent. Des gouttes de sueur froide perlaient sur son front.

— Qu'on appelle Sempronia, poursuivit-elle. Ce n'est pas une hyène que cette femme. Elle comprendra que je ne puis la satisfaire, et laissera tomber sur moi un regard de pitié.

— Écoute, saga, reprit la mégère qui présidait au supplice ; ma maîtresse est curieuse de ta science. Tu périras dans les tourmens si tu t'obstines à lui en cacher les secrets.

— C'est horrible ! c'est infâme de me torturer pour obtenir des renseignemens que je ne puis fournir. J'en prends à témoin Jupiter Vengeur.

— Ainsi donc, tu ne fabriques point tes philtres ? dit Barbara.

— Non.

— Et de qui les tiens-tu ?

— D'un inconnu qui me les porte vers le soir sous les arcades du grand cirque.

— Tu les reçois d'un inconnu ? repartit l'esclave. Ravidus va te rappeler le nom de cet homme que tu as sans doute oublié.

Et le bourreau, sur un geste de Barbara, souleva sa victime et lui mit un carré de bois sous les reins.

Flora perdit respiration. Une contraction douloureuse des muscles abdominaux lui comprima le diaphragme, et sa poitrine, exhaussée outre mesure, ne fit plus entendre qu'un râle sourd, entremêlé de plaintes et de sanglots.

— J'étouffe ! balbutia la malheureuse saga. Les pieds me brûlent... les oreilles me tintent... j'avouerai tout : délivrez-moi.

— Sais-tu maintenant comment s'appelle ton marchand de poisons ?

— Il se nomme Thermosiris.

— C'est le prêtre égyptien ?

— Lui-même... Par pitié ! détachez-moi.

— Tu vois bien, saga, reprit la vieille, que tu te souviens quand on aide à ta mémoire. Dis-nous maintenant si tu as pénétré quelquefois dans le laboratoire de Thermosiris.

— Jamais...

— Réfléchis avant de parler, sorcière maudite. Tes mensonges ont lassé ma patience ; sois docile, sois franche, ou c'en est fait de toi.

— Hélas ! je ne puis répondre ; vous me faites tant souffrir que j'en perds la raison.

— Je te demande pour la dernière fois si tu as travaillé avec Thermosiris ?

— Oui... peut-être. Il me semble en effet que j'ai partagé les travaux du prêtre... Mais... il y a si longtemps de cela !

— De quelles plantes vous serviez-vous ?

La magicienne tourna vers Barbara des yeux supplians.

— Femme, qui que tu sois, dit-elle, tu crains les dieux immortels ?

— Eh ! crois-tu qu'on s'inquiète dans l'Olympe de la maladie dont tu mourras ? répondit brutalement l'esclave.

— J'ai promis le silence à Thermosiris sur la foi d'un serment terrible. Ne me force pas à le violer.

Flora eut à peine achevé ces paroles que la vis du chevalet cria dans son écrou. Tous les membres de la saga craquèrent sous l'effort qu'ils subissaient.

— Ah ! vous m'avez tuée ! murmura-t-elle d'une voix défaillante.

— Nous t'avons laissé tout juste assez de souffle pour nous dire quelles plantes emploie ton Egyptien, répliqua l'esclave.

— Il ne me les a pas nommées.

— Et tu n'en as reconnu aucune ?

— Absolument aucune.

Ravidus saisit de nouveau la poignée de son fatal tourniquet.

— Si ce n'est des feuilles de pêcher... ajouta la magicienne.

— Et puis ?

— De l'hyosciamus (jusquiame).

— Et encore?

— De la morelle, de la belladone, poursuivit Flora. — Malheureuse que je suis! j'ai manqué à la foi promise; mais vous m'avez si cruellement torturée!

— Comme tu es savante en histoire naturelle, saga! disait la vieille en inscrivant sur des tablettes les réponses de Flora. Tu en revendrais au docte Aristote. Tu as énuméré les plantes que Thermosiris met en œuvre; dis-nous maintenant comment il procède pour en extraire les sucs.

Un éclat de rire diabolique retentit en ce moment à côté de Flora, et elle aperçut Ravidus debout près d'elle, un râteau de fer rouge à la main.

A cette vue la magicienne retrouva un reste d'énergie. Elle s'agita sur le chevalet, et chercha à briser ses liens. Mais elle retomba bientôt sans mouvement, épuisée, vaincue par la douleur.

— Grâce! grâce! répétait la pauvre fille d'une voix lamentable.

— Veux-tu répondre à ma question, magicienne de l'enfer? s'écria l'esclave impatientée.

— Attendez, attendez donc un instant que je rassemble mes souvenirs... On met les feuilles de ces plantes avec un peu d'eau dans une amphore à large ouverture. On pose le vase sur un réchaud après en avoir bouché l'orifice au moyen d'un tampon de laine.. Dès que le liquide a bouilli quelques minutes, on retire le tampon, et on exprime, en le pressant dans ses doigts, le poison qu'on voulait obtenir (1).

— Mais on doit prononcer des imprécations durant l'expérience? reprit Barbara.

— Que me demandez-vous encore? répondit Flora. Des formules imprécatoires? Mais je vous ai révélé tous les secrets de la science des mages. L'air me manque... Une soif horrible me dévore... Mes forces m'abandonnent... Oh! mettez fin à mon supplice... ou vous n'aurez plus bientôt que le cadavre d'une morte à interroger.

En effet la saga tombait peu à peu en agonie. Son corps se couvrait d'une moiteur légère. Quoique gonflées par la pression des anneaux qui les serraient, ses extrémités devenaient froides. Elle roulait péniblement la tête sur ses bras horriblement distendus.

— Par Atropos! nous saurons les formules magiques dont tu te sers, dit l'impitoyable Barbara.

Elle saisit elle-même le râteau de fer et en appuya les pointes incandescentes sur les flancs de la saga.

— J'expire, murmura la magicienne.

— Redoublez, redoublez! s'écria l'exécuteur en s'adressant à l'esclave.

Celle-ci lui remit aussitôt l'instrument de supplice dont il semblait regretter de ne pouvoir se servir.

Ces ongles ne sont plus assez rouges, ajouta le bourreau.

— Qu'importe? le temps presse, répondit sa complice.

Ravidus se mit donc à labourer avec fureur le corps presque inanimé du chevalet. Un nuage de fumée tourbillonna au-dessus du chevalet. La magicienne poussa un cri, fit un soubresaut et retomba sans mouvement.

L'exécuteur et Barbara s'interrogèrent du regard.

— C'est fini, dit Ravidus.

La vieille appuya sa main décharnée sur le cœur de Flora. Il faudrait s'appeler Zurbaran ou Ribeira pour peindre le spectacle que présentait en ce moment le souterrain du val d'Egérie: cette femme nue, les flancs zébrés de plaies vives, les membres disloqués, la figure grimaçante, qui se mourait de douleur; et l'affreuse mégère qui cherchait un reste de chaleur dans sa poitrine, et le monstre qui attendait le résultat de cet examen pour continuer son œuvre de destruction.

— Ne connais-tu aucun moyen de ranimer pour un instant ce cadavre? demanda l'esclave en s'adressant à Ravidus.

— S'il est possible de ressusciter les morts, répondit l'exécuteur, j'essaierai ce prodige aussi bien qu'un autre.

Il prit une pince, et se penchant à l'oreille de la saga,

---

(1) Procédé distillatoire décrit par Pline.

— Vous ne voulez donc plus parler, ma mie? lui dit-il.

Un silence de mort suivit cette interrogation.

— Vous avez le sommeil dur, poursuivit le bourreau; nous essaierons de vous réveiller en vous tenaillant quelque peu les seins.

Et il commençait à se mettre au travail avec son ardeur accoutumée, quand tout à coup il se redressa et prêta l'oreille. Un bruit étrange grondait au-dessus de sa tête. Il se retourna tout effrayé du côté de Barbara.

— Qu'attends-tu? reprit l'esclave.

Ravidus éleva une de ses mains en l'air et dirigea son index vers le sommet de la crypte.

— Il me semble entendre là-haut un tumulte étrange, murmura-t-il.

Barbara, à son tour, devint attentive. Le bruit que Ravidus avait ouï devint de plus en plus distinct, des voix retentirent dans l'escalier qui menait au souterrain.

— Viendrait-on au secours de cette femme? demanda le bourreau.

— Bah! répliqua l'esclave, est-ce que personne oserait attaquer Sempronia au val d'Egérie?

Une foule d'hommes se précipitèrent dans la crypte voisine. La porte s'ouvrit, et le centurion s'élança, l'épée à la main, dans le cachot où Flora se mourait.

XIII.

LA CAVERNE DE CACUS AU MONT AVENTIN.

Tertia, à son retour au Célius, trouva le barbier assis sur un fauteuil dans la pièce de service qui précédait son petit salon d'hiver. En attendant que la matrone vînt lui rendre compte de ses démarches, le tondeur s'était endormi à la douce chaleur d'un brasier; car la nuit était froide et le vent glacial des Apennins soufflait dans les rues.

Tertia réveilla le tondeur en lui frappant brusquement sur l'épaule, et le conduisit dans le salon voisin.

— Je n'ai rencontré ni Cicéron, ni mon frère, lui dit-elle. L'appui sur lequel j'avais compté me manque. Toi seul peux nous sauver.

— Vous êtes allée chez le consul? demanda flegmatiquement Cruscellus.

— Il était absent, répondit la matrone.

— Sans cela vous lui eussiez donné tous les renseignemens que vous tenez de moi touchant la position de Prosper et les complots qui se tramentcette nuit.

— Ne comprends-tu pas qu'il nous eût prêté main-forte?

— Il m'aurait jeté d'abord et jusqu'à plus ample information dans les cachots du bon roi Servius Tullius, belle Tertia, répliqua le tondeur. Par la barbe de Scipion! il fait bon vous mettre dans ses confidences! Je veux qu'Atropos m'extermine si je m'inquiète encore de la conduite de Prosper!

— Il faut que nous l'arrachions à Sempronia, il le faut, barbier; je ne veux pas que cet enfant périsse; ce serait pour moi une perte affreuse à laquelle je ne survivrais pas.

— J'ai fait tous mes efforts pour l'empêcher de se rendre au val d'Egérie, dit le tondeur; quant à le délivrer, c'est vraiment une entreprise trop ardue pour mes faibles moyens.

— Songe que j'ai vingt gladiateurs ici, de la vie desquels je puis disposer.

— Eh bien! forcerez-vous la porte Capène avec ces vingt gladiateurs?

— Je confierai mes peines au tribun qui la garde; il comprendra les douleurs d'une mère et m'ouvrira le chemin du val d'Egérie.

— Ils sont en effet très sensibles, les tribuns! interrompit Cruscellus.

— Tu me suivras, tondeur; nous donnerons assaut à la maison de Sempronia.

— Vos projets sont extravagans, noble Tertia, reprit le barbier. En supposant que vous réussissiez à fléchir le commandant de la porte Capène ou bien à le corrompre, il vous faudrait longtemps pour vous emparer des ruines au milieu desquelles Sempronia s'est fortifiée.

— Qu'importent les difficultés , pourvu qu'on arrive à les vaincre?

— Et savez-vous ce que vous trouverez dans la villa de votre ennemie quand vous l'en aurez chassée?

— Mon Prosper, mon fils !

— Sempronia en fuyant n'y laissera que son cadavre. Vous ignorez donc à quelle école cette femme a pris ses leçons?

— Mais tu me rendras folle, maudit tondeur, avec tes prédictions! s'écria la matrone. Sempronia craint peut-être le tribunal de violence si elle méprise la colère des dieux.

— A vrai dire, je ne connais rien en ce bas monde qui puisse effrayer l'audacieuse maîtresse de Sergius. Ah! si l'on avait maintenant en dehors de la porte Capène cent hommes déterminés...

— Que ferait on?

— On dirigerait contre la maison du val d'Egérie une attaque si prompte, si rapide, que Sempronia n'aurait pas le temps de se reconnaître. On envahirait sa villa de tous les côtés à la fois, et vous pourriez espérer alors d'y retrouver Prosper vivant.

— Tondeur, reprit Tertia, tu as organisé plus d'une sédition?

— J'ai soutenu au forum la rogation du tribun Rullus et quelques autres encore, répondit modestement le tondeur.

— Tu connais toute la populace des Esquilies?

— J'avoue que je fréquente dans cette région un certain nombre d'amis aussi entreprenans que peu favorisés de la fortune.

— Rassemble les plus braves d'entre eux, engage-les à me suivre au bois sacré d'Egérie, et je te donnerai plus d'or qu'un tondeur n'en a jamais possédé.

— Hélas! comment les réunir à cette heure, belle Tertia? Et puis ce ne sont pas des natures aériennes qu'on puisse transporter sur l'aile des vents par-dessus murailles et fossés.

— Homme stupide! n'es-tu donc venu chez moi que pour me raconter mon malheur et me prouver qu'il est inévitable? Va-t'en. Je sauverai Prosper sans toi. Holà! Napé! cria la jeune femme.

Son esclave favorite entra.

— Que Télex commanda à tous mes gladiateurs de s'armer, lui dit Tertia.

Le barbier se frottait le front comme pour en faire jaillir une idée.

— A quoi penses-tu? lui demanda la matrone. Je n'ai pas le temps de te regarder réfléchir.

— Cela m'ennuie de penser que vous allez battre le vent, repartit Cruscellus. Est-ce qu'il est raisonnable de courir vers un but sans avoir calculé de quelle manière on pourra l'atteindre?

— Tu n'as rien de plus nouveau à m'apprendre?

— Un instant, un instant donc! Vous déroutez mes calculs.

Le tondeur combinait un plan d'expédition dont l'audace l'épouvantait.

— Parle donc, malheureux! poursuivit la matrone en frappant la terre du pied.

— Je médite la plus grande folie qu'un homme puisse imaginer, dit Cruscellus.

— Quoi donc? Nous perdons un temps précieux!

— Je vais jouer ma vie à tête ou vaisseau.

— Ta vie! n'est-ce que cela? Quelle somme peut valoir la vie d'un tondeur?

— Eh! pour celui qui s'en sert, ces choses-là ont encore un certain prix.

Tertia prit dans un coffre un sac d'or et le plaça devant Cruscellus.

— Je parie contre toi, dit-elle, et voici mon enjeu.

— Si je gagne? dit le barbier, l'œil ardent de convoitise.

— Le sac t'appartiendra.

Cruscellus caressait du regard l'enjeu de la matrone.

— Il doit y avoir là dedans une somme assez ronde, ajouta-t-il.

— Gagne d'abord, et tu compteras ensuite, répondit Tertia.

— Vos gladiateurs sont-ils prêts?

— Ils doivent l'être Mais je veux les accompagner moi-même. Je cours changer de vêtemens.

La matrone appela de nouveau son esclave, sortit avec elle, et après un instant d'absence reparut complètement déguisée. Elle portait une tunique courte serrée autour de la taille par une ceinture de cuir, un manteau noir, un large chapeau et des bottes armées d'éperons retentissans.

— Partons! dit-elle au tondeur.

— Vous n'avez pas d'armes, belle Tertia, fit observer le tondeur.

— Je n'en ai pas besoin.

— Cachez cinq ou six poignées d'or dans les plis de votre tunique, cela vous servira d'épée et de bouclier.

La matrone s'empressa de suivre le conseil de Cruscellus. Ils quittèrent aussitôt la demeure de Martius Rex, suivis des vingt gladiateurs, qu'un des meilleurs lanistes de Rome, le Gaulois Télex, commandait.

Les préteurs Valérius Flaccus et Pontinus avaient déjà commencé à prendre dans Rome les mesures stratégiques nécessaires à la sûreté de la ville. Néanmoins Télex, en dirigeant habilement sa troupe, en évitant les places et les rues fréquentées, la conduisit sans encombre jusqu'au temple d'Hercule, dont les colonnes corinthiennes et le mur circulaire sont encore debout sur les bords du Tibre. Les gladiateurs gagnèrent le marché au pain, sous les auvents duquel ils se cachèrent. Le tondeur sortit seul de la halle et s'avança avec précaution dans l'obscurité.

Il avait à sa gauche l'Aventin, la colline plébéienne couverte de masures, sillonnée de rues tortueuses, et au sommet de laquelle s'élevaient les deux temples voisins de la Lune et de Cybèle. Le Tibre coulait à sa droite. L'eau du fleuve gémissait sous l'effort du vent, qui la poussait au rivage. Par delà, Cruscellus apercevait les dernières croupes du Janicule qui couraient en s'abaissant du nord au midi.

A l'angle de la rue de Fortunatus, le tondeur fut arrêté par le cri rauque d'une sentinelle.

— Qui va là? lui dit un individu en guenilles armé d'un javelot et d'un bouclier.

— Ah! ah! on veille donc ici? demanda gaîment Cruscellus.

— Par Hercule! c'est notre questeur, repartit la sentinelle. Quelles nouvelles de la ville, brave homme? Taille-t-on de la besogne aux amis?

— Où est Sapala? interrompit le tondeur.

— Sapala est absent.

— Tant mieux! pensa l'émissaire de Tertia. Et Carvilius? poursuivit-il.

— Carvilius a suivi Sapala.

— Conduis-moi au lieutenant de ce dernier, reprit Cruscellus.

— Il m'est défendu de quitter mon poste, répondit le brigand. Je surveille les mouvemens de ces casques et de ces cuirasses qu'on voit aller et venir devant la façade des greniers publics. Mais vous trouverez le digne Pimbetta à la caverne de Cacus, où il tâche de se préserver, par de fréquentes libations, des influences mortelles de cette froide nuit.

— Je te rends grâce, l'ami. Redouble de vigilance. Au revoir, ajouta le tondeur.

Et il se dirigea vers l'antre de Cacus en suivant le bord de l'eau.

Un bruit étourdissant de pots et de calices, de voix tumultueuses, de pas cadencés et d'instrumens discords attira Cruscellus vers l'antre où les compagnons de Sapala charmaient les longues heures de leur veille. Il s'arrêta bientôt près d'une voûte basse, creusée dans le roc, au sommet de laquelle une plaque de tôle se balançait au vent. C'était là que le barbier devait trouver Pimbetta. Quatre grands vases de terre cuite occupaient toute la devanture de la boutique. Le tondeur s'appuya sur le soubassement de pierre qui les supportait et observa ce qui se passait dans l'intérieur du bouge. Un spectacle étrange s'offrit alors à ses regards.

L'antre cyclopéen où se retirait Cacus, après avoir ravagé les bords de l'antique Albula, cette demeure souterraine qu'une famille de Kimris s'était creusée peut-être lorsque brûlaient encore les volcans de l'Ausonie, avait été converti, au temps des guerres civiles, en un vaste cabaret. Sur les quatre tonneaux de grès rouge qui en décoraient l'entrée, on lisait : —Beurre de la Sabine.—Huile de Campanie.—Vin cuit de l'île de Crète.—Porc salé. Ces inscriptions étaient un appât tendu aux mendians, aux voleurs, aux vagabonds de toute espèce qui hantaient ce coupé-gorge, où les agens de l'édilité n'osaient pas se montrer. Il apparut ce soir-là dans toute sa splendeur aux regards émerveillés de Cruscellus. La salle immense, creusée dans le roc et qui s'enfonçait en serpentant sous l'Aventin, contenait quatre ou cinq cents bandits. Ici, une femme jouait de la flûte, et des ivrognes en haillons exécutaient autour d'elle une danse hideuse ; là, des groupes d'hommes au teint hâlé, à la voix rauque, à la figure énergique, jouaient aux osselets accroupis sur le sol ; d'autres regardaient, en vidant leurs coupes, quelques histrions de bas étage exécuter des scènes populaires, ou dévoraient, pressés autour d'une table, un ragoût de pois bouillis. Il s'élevait parfois des querelles entre ces robustes compagnons, et ils les vidaient immédiatement à coups de poings, aux applaudissemens de la foule, sans faire jamais usage de leurs armes. Quelques individus, étrangers à la troupe de Sapala, mais pour lesquels la société des brigands avait des charmes, partageaient leurs amusemens. C'étaient des victimaires, des confecteurs attachés aux temples voisins, à l'administration du grand cirque. L'hôtelier leur achetait secrètement les viandes immondes qu'ils dérobaient aux sacrifices ou qu'ils recueillaient sur l'arène après les chasses de bêtes féroces. Près des tonneaux qui abritaient Cruscellus, en retour d'équerre, un fourneau vomissait une épaisse fumée. Ces émanations infectes de graisse bouillante , de viandes rôties, montaient à la voûte, s'y condensaient, et, voilant la lumière des lampes, ondulaient comme un nuage sur la tête des bandits. La porte leur donnait une issue facile ; mais parfois des rafales subites les refoulaient dans l'intérieur du bouge, dont elles asphyxiaient les habitués. Deux femmes, deux sorcières, demi-nues, haletantes de fatigue, le front couvert de sueur, les cheveux en désordre, travaillaient au fourneau : armées d'une fourchette à deux pointes, elles remuaient les casseroles, elles faisaient sauter dans des poêles d'affreux salmigondis, elles piquaient des saucisses et des pièces de veau qui criaient en rendant leur jus. Autour d'elles, un enfant rachitique, rouge de poil, dont la pâleur tournait au jaune bistré, se démenait pour servir les setiers, les conges, les amphores de vin qu'on lui demandait. On le voyait tantôt se dresser sur les orteils pour atteindre un vase au sommet d'une étagère, tantôt grimper à l'échelle au moyen de laquelle on pouvait tirer des viandes salées et les épices des dolia qui les contenaient ; tantôt enfin il traversait en courant la taverne une cruche pleine, un plat fumant à la main.

Cruscellus regardait avec effroi tourbillonner l'infernale orgie qui tournait sous les yeux ; il écoutait grandir, s'abaisser, grandir encore, le tumulte de cette bacchanale, et il hésitait à aller attaquer par la ruse tous ces hommes dont la main était prompte et le bras pesant. Mais le temps était précieux : Tertia attendait le retour du tondeur, et il ne lui était permis ni de reculer ni de s'arrêter à réfléchir. Il s'arma de courage et entra.

Aux premiers pas qu'il fit dans la taverne, il trébucha sur un galle, étendu par terre ivre-mort et qu'il n'avait pas aperçu.

Le prêtre de Cybèle se réveilla.

— Du vin ! murmura-t-il.

Et comme on se hâtait peu de le servir ,

— Du vin ! répéta-t-il en élevant la voix.

— Que cherche cet ivrogne ? dit l'une des deux femmes qui travaillaient au fourneau.

— Je veux boire, grommela le prêtre.

— Et de l'argent, en as-tu ?

— La poche de ma tunique en est pleine.

La vieille s'approcha du galle, se baissa vers lui, et glissa une de ses mains crochues dans les plis de ses vêtemens.

— Le misérable n'a pas un stips, reprit-elle Qu'on le traîne hors d'ici...

— Fais-moi crédit, ajouta l'ivrogne.

— Non.

— Comment, sorcière, tu oses me refuser un setier à l'approche des mystères de la Bonne Déesse ? Tu oublies donc que ses prêtres ne pourront pas suffire dans quelques jours à recevoir les as, les quinaires et les deniers que nous prodigueront les matrones de la ville ? Je n'exige qu'un setier.

— Paie d'avance et l'on te servira.

— Eh bien ! prends mes cymbales en gage, dit le galle, et qu'on me verse du vin.

Cruscellus enjamba par-dessus le prêtre et se dirigea vers un groupe de joueurs, qui appartenaient pour la plupart à la troupe de Sapala.

— Pimbetta ? demanda le barbier.

— Il danse au fond de la salle, répondit un des brigands. On veut vous parler, lieutenant, continua le même individu en élevant la voix.

Pimbetta s'interrompit au milieu d'un entrechat et vint à la rencontre de Cruscellus.

Il s'avançait pour serrer la main du tondeur, quand l'apparition de deux personnes vint distraire son attention. L'une d'elles secouait une torche fumeuse, et l'autre portait un bassin, au fond duquel brillaient quelques deniers.

Elles s'arrêtèrent au milieu de la taverne.

— Romains, dit la première, un esclave s'est enfui de la maison de Fontéius. Il est âgé d'environ seize ans : il a les cheveux blonds, le teint délicat, les yeux bleus, les lèvres minces, et répond au nom de Mystès. On donnera vingt-cinq sesterces à celui qui l'aura trouvé.

— Qu'est-ce à dire ? fit un des bandits en s'adressant au crieur public. Aurais-tu l'audace de supposer, coquin, qu'il se trouve parmi nous des esclaves fugitifs ?

— Je vous tiens tous, au contraire, pour d'honnêtes citoyens, braves Quirites, répondit le crieur.

— Par la barbe de Jupiter ! nous voudrions bien voir qu'il en fût autrement ! interrompirent les brigands

— Mais je viens remplir ici les devoirs de ma charge, poursuivit le héraut, d'après l'ordre des édiles, et avec la permission de Valérius Flaccus, notre préteur.

— Oui, parle-nous des édiles, reprit le voleur qui le premier avait apostrophé les agens de la police urbaine, de ces harpies qui viennent dérober la nourriture jusque dans la bouche des pauvres gens !

— Qui les traquent le jour, ajouta un second vaurien, quand ils ont échappé pendant la nuit aux griffes des triumvirs.

— Qui nous confisquent nos mesures.

— Qui nous ruinent avec leurs droits de portorium.

— Qui jettent notre poisson dans le Tibre, sous le vain prétexte qu'il offense par son odeur leurs narines de gourmets.

Ces divers griefs étaient articulés par des amis de Carvilius que la surveillance des édiles gênait dans l'exercice de leur industrie.

— A bas le crieur public ! fit un dernier interlocuteur.

— Mort aux esclaves publics ! répétèrent en chœur tous les groupes de bandits.

— Silence, enfans ! dit Pimbetta d'un ton d'autorité.

Le tumulte s'apaisa comme par enchantement.

Pimbetta s'approcha du héraut, et, se penchant vers lui, tandis que d'une main agile il ramassait les deniers que l'esclave tenait toujours sur son plateau.

—Tu diras à Fontéius de ma part, reprit-il, qu'à la taverne de Cacus il n'est pas d'usage qu'on mette la monnaie sur les plats. Je vais donc convertir la sienne en tranches de gigot rôti. Allez, coquins, et pas de réplique, ajouta le lieutenant.

— Vive Pimbetta ! s'écrièrent les bandits.

—Prenez garde, honnête Romain, fit l'esclave public ; vous

pourriez avoir maille à partir demain avec l'édile curule P. Cornélius Lentulus Spinther.

— Sors d'ici, et promptement, répondit le lieutenant d'une voix menaçante. Par les mânes ! par les furies ! je n'ai pas exigé qu'on te pendit à la tringle de l'enseigne, et tu n'es pas reconnaissant ? Ah ! voici notre bon ami le tondeur, poursuivit Pimbetta en se tournant vers Cruscellus.

— C'est ainsi que tu maintiens la discipline parmi tes hommes ? demanda le barbier.

— Maître, il faut bien qu'ils se récréent.

— Tu n'en as pas vingt que tu puisses mettre en ligne.

— Vous plaisantez, tondeur obstinément facétieux, répliqua le bandit. Qu'on lâche ces enfans sur Rome, et l'on verra comment ils se comporteront.

Cruscellus attira le lieutenant hors de la taverne et reprit :

— Y a t il des bateaux de ce côté du Tibre ?

— Pourquoi cette question ? dit Pimbetta.

— Je suis chargé de conduire cent de tes coquins dans la campagne, et il est impossible de sortir de Rome autrement qu'en descendant le cours de l'eau.

— Les portes sont fermées ?

— Et gardées par des forces qui commandent le respect, tu peux le croire, Pimbetta.

— Ah ! ah ! répondit le brigand, le consul aura su... mais suffit. Eh bien ! décidément, mon brave, ajouta-t-il, jouerons-nous des poignards cette nuit ?

— Sapala n'est pas encore décidé.

— C'est que les enfans s'ennuient.

— Et les bateaux, les bateaux ? fit Cruscellus.

— Nous en trouverons. Soyez sans inquiétude.

— Rentre dans la taverne, puisqu'il en est ainsi, reprit le tondeur. Commande aux plus vaillans de tes hommes de s'armer, et envoie les-moi l'un après l'autre, de façon que leur absence ne soit pas remarquée.

— Vous avez un ordre écrit de la main du chef pour les emmener ?

— Eh bien ! drôle, répliqua insolemment Cruscellus, est-ce que ma parole ne te suffit pas ?

— Hé ! votre parole...

— Par le rasoir d'Accius Navius ! par la barbe de Scipion ! mets-toi bien dans la tête, chien de voleur, que je commande ici, non seulement à toi et à tes pareils, mais encore à Carvilius, mais encore à Sapala !

— Je ne méconnais pas votre autorité, tondeur mon ami, fit Pimbetta ; mais j'ai une consigne et... je ne suis pas une corneille à laquelle on puisse crever les yeux.

— Tu es un sot : c'est bien pis. Un passant de mes amis a caché deux pièces d'or derrière une borne dans la rue de Fortunatus. Viens les prendre et cesse de bavarder.

— J'ai toujours eu un faible pour les pièces d'or que l'on trouve derrière les bornes, répondit le brigand. C'est une centaine d'hommes qu'il vous faut ?

— Tout autant et de suite.

Quelques instans suffirent à Pimbetta pour ranger en bataille, dans la rue déserte de Fortunatus, les bandits dont Cruscellus avait besoin.

XIV.

L'ASSAUT.

Les terribles enfans de Sapala ne ressemblaient guère, quant à la beauté et à la régularité du costume, à un manipule de soldats romains. La plupart d'entre eux avaient négligé, depuis leur entrée dans Rome, de renouveler leurs chaussures. Leurs habits pendaient en loques. Ceux qui portaient un casque n'avaient pas de bouclier ; ceux qui avaient un bouclier manquaient de casque. La cuirasse leur était chose inconnue. Mais on devinait des épaules robustes et des membres agiles sous leurs tuniques déguenillées et sous les pièces de bure grossière qui s'enroulaient autour de leurs jambes. Chacun d'eux portait une épée ou une hache suspendue

à la ceinture. Tous marchaient au pas gymnastique, sans rompre leurs rangs, sans perdre leurs distances. Ils obéissaient comme des chiens et se battaient comme des lions. Dès que le tondeur les vit rangés en bataille devant la halle au pain, il courut prévenir Tertia de leur arrivée. La matrone et ses gladiateurs quittèrent aussitôt les auvens sous lesquels ils se tenaient cachés.

La vue des hommes d'élite, parfaitement équipés et revêtus d'une livrée splendide, qui venaient partager leurs périls, produisit sur les voleurs de Salapa une impression des plus favorables.

— Retourne danser maintenant, Pimbetta, dit Cruscellus au lieutenant, quand les deux troupes eurent opéré leur jonction.

— Je ne serai donc pas de la partie, moi ? demanda le brigand.

— Eh ! qui donc commanderait dans la caverne en ton absence ?

— Par le dieu des larrons ! cela me vexe de penser que les enfans se battront sans moi.

— Ne t'inquiète pas, vieux loup des bois latins, répliqua le tondeur ; il y aura à mordre peut-être au dedans qu'au dehors de la ville, cette nuit. Compagnons, voici votre chef, poursuivit Cruscellus en présentant aux bandits un jeune homme frêle et mince, dont on apercevait à peine le menton imberbe sous son chapeau à larges bords.

Celui-ci plaça une de ses petites mains blanches et potelées sur l'épaule du Gaulois Télex, et, d'une voix flûtée, qui vibra comme une parole de femme au cœur des brigands,

— Voilà mon lieutenant, dit-il.

Pimbetta n'attendait plus, pour rentrer dans sa bienheureuse taverne, que d'avoir trouvé la somme assez ronde qu'un passant avait laissée sous une borne à son intention.

— Mettez-vous dans les rangs, ivrogne, reprit le jeune homme au large chapeau en s'adressant à lui ; je vais faire la paie.

Le nouveau chef de l'expédition ayant tiré une bourse de la poche de sa tunique, donna une pièce d'or à chaque bandit et en remit quatre au représentant de Sapala.

— Comment se nomme mon successeur ? fit le brigand.

— Cerbérus, répondit le barbier.

— Par Castor, repartit Pimbetta, je n'aurais jamais cru qu'un si joli petit garçon pût avoir un nom si effrayant. Enfin... dès que sa monnaie est de bon aloi, on n'a pas le droit de trouver son nom mal sonnant.

Le vaurien serra ses curei avec mille précautions respectueuses ; puis, reculant d'un pas et se campant d'aplomb sur la jambe droite,

— Enfans ! cria-t-il.

Les regards de tous les voleurs se dirigèrent vers lui.

— Vous obéirez à Cerbérus comme à un autre moi-même, poursuivit Pimbetta ; il ne vous est pas absolument étranger, puisqu'il porte le nom du chien des enfers dont vous avez tous entendu parler. Comportez-vous bravement comme à l'ordinaire. Frappez fort, vite et longtemps ; c'est le moyen de plaire à Sapala.

— Formez-vous par décuries, interrompit Télex.

Cet ordre fut ponctuellement et militairement exécuté. Deux des gladiateurs de Tertia se placèrent en serre-file dans l'intervalle de chaque division.

— Tournez à gauche, reprit Télex, et en avant !

La troupe entière descendit vers le Tibre, tandis que Pimbetta regagnait en toute hâte l'antre de Cacus.

On s'embarqua sur un des navires amarrés au port. Les voiles furent abaissées. Télex saisit le gouvernail et se dirigea vers la tour, dont la masse carrée fermait de ce côté l'entrée du Tibre. Le Gaulois laissait arriver dans l'espoir qu'en longeant le pied du bastion, il échapperait à la vigilance de ceux qui le gardaient. Mais au léger murmure que le sillage de son navire produisait à la surface du fleuve, une sentinelle se pencha par l'ouverture d'un créneau.

— Qui êtes vous, et où allez-vous ? cria-t-elle.

— Rameurs, à vos bancs ! murmura Télex.

En un instant le navire agita à bâbord et à tribord sa double rangée d'avirons, semblait à un oiseau de mer qui essaie ses ailes avant de s'élancer à la surface des flots.

— Ne fuyons pas ; nous serions poursuivis, dit Cruscellus en se plaçant debout sur la poupe.

— Avez-vous entendu ma question ? reprit la sentinelle. Où allez-vous ?

— Remplir hors de la ville une mission secrète que nous a confiée le consul, répondit Cruscellus.

— Comment se nomme le chef de l'expédition ?

— Cerbérus.

— Cerbérus... je ne connais pas ce nom-là. Arrêtez un instant. Vous vous expliquerez avec le tribun.

— Par Hercule ! répliqua le tondeur, nous n'avons pas le temps d'attendre. Soldat, voici le mot d'ordre : *Roma salva*. Que les dieux t'accordent une heureuse nuit !

Trente rames déchirèrent à la fois la surface du fleuve. Le navire oscilla sur lui-même, frappa l'eau de l'avant, et, rapide comme une flèche, s'enfuit dans l'obscurité.

Il ne s'arrêta qu'à l'embouchure de l'Almo. Là, Télex fit prendre terre à ses hommes. Ils remontèrent le faible ruisseau où tous les ans, la veille des nones d'avril, les quindécemvirs, les galles, les curètes et les corybantes venaient laver en grande pompe l'image de la sainte mère Idéa. Un hêtre de haute futaie s'élevait à l'entrée du val d'Egérie. Les brigands l'abattirent, le dépouillèrent de ses branches, et vingt d'entre eux le chargèrent sur leurs épaules. La troupe alors pénétra dans le bois sacré.

Après quelques instans de marche, on parvint à la maison de Sempronia.

Vue aux clartés incertaines que projetait la nuit étoilée, cette ruine solitaire, immense, aux murailles dentelées, aux colonnes indestructibles, dont les unes dressaient vers le ciel leur fût sans couronnement, tandis que les autres supportaient encore le poids d'un entablement colossal ; cette ruine, merveilleux ouvrage d'un peuple anéanti, inspirait une sorte d'effroi religieux. La villa semblait déserte ; elle ne laissait échapper ni bruit ni lumière. On n'entendait que le murmure lointain de l'Almo, joint au bruissement du feuillage que le vent agitait. Le pavillon mystérieux où Sempronia cachait ses crimes se dessinait comme une masse noire derrière les portiques, aux lignes droites et çà et là brusquement coupées, qui l'environnaient.

— Cela tient un tombeau que cette villa, murmura Cerbérus à l'oreille du tondeur.

— Oui, répondit Cruscellus, mais un tombeau dans lequel il faut entrer avec précaution, car les morts qu'il renferme sont armés jusqu'aux dents.

Cela dit, le prudent barbier disparut.

Télex divisa ses hommes en deux troupes. Il cacha la première dans le fourré, craignant avec raison que Sempronia ne prît l'alarme si elle apercevait des groupes stationnant aux abords de sa maison. L'autre détachement se porta sur les derrières du temple et appliqua à la muraille le hêtre dont on s'était pourvu. Gladiateurs et brigands grimpèrent à l'envi par cette voie périlleuse. L'arbre se festonna d'abord de têtes mouvantes ; puis des mains calleuses s'accrochèrent aux triglyphes de la frise, aux moulures de la corniche. On vit bientôt des formes humaines se hisser par un effort puissant jusqu'aux combles de l'édifice et s'y dresser, l'épée nue au poing, comme des statues sur leur piédestal. L'escalade s'opéra avec une promptitude étonnante, sans bruit et sans confusion.

Il y eut bien quelques bandits auxquels la main ou le pied manqua, et qui se brisèrent l'échine à l'angle d'une pierre ou sur le tronçon d'une colonne. Mais aucun d'eux ne poussa ni gémissement ni plainte. Ils étaient habitués aux coups les plus rudes. Leur dangereuse manœuvre exécutée, ils attachèrent une corde au sommet du hêtre, et le laissèrent glisser jusqu'à terre, d'où il fut transporté jusqu'à l'autre extrémité de la villa.

Télex alors partagea son détachement en trois pelotons. Il en mit deux à l'extrémité du remblai qui aboutissait à l'escalier détruit du portique, avec ordre d'exécuter une charge vigoureuse par l'issue qu'on allait leur ouvrir. Les autres

bandits soulevèrent le hêtre, en dirigèrent l'extrémité contre la porte de la place assiégée, prirent de l'espace...... et tout à coup, à un signal de Télex, la pesante machine s'ébranla, franchit l'intervalle qui la séparait du temple avec une rapidité toujours croissante, et après avoir reçu l'impulsion de vingt jambes robustes qui trépignaient au-dessous d'elle en cadence, elle vint heurter la clôture de la maison. Les ruines environnantes répondirent à cette attaque par un sourd mugissement. Le bélier recula et frappa la porte d'un second coup de sa tête formidable. Gonds, verrous, ferrures scellées dans la pierre et dans le chêne, se tordirent et se brisèrent. Le temple fut ébranlé jusqu'au fond de ses cryptes sonores. Les brigands blasphémaient. Télex les encourageait du geste et de la voix. Ils tentèrent un dernier effort dont le choc fut irrésistible. La porte cette fois éclata de toutes parts et joncha de débris le corridor intérieur de la villa.

Un hourra immense réveilla les échos du bois sacré. Cerbérus, Télex et les bandits qui les suivaient, ceux aussi qui s'étaient emparés des combles, envahirent la maison de tous les côtés à la fois.

Cerbérus arriva le premier dans l'antichambre qui précédait le triclinium de Sempronia. Il se précipita dans la salle à manger, s'arrêta éperdu devant le cadavre d'Eudamus, regarda autour de sa tête ensanglantée, et se jetant au cou de Prosper,

— Je l'ai sauvé ! s'écria-t-il. Puissant Jupiter, merci ! merci !

Et dans l'ivresse de sa joie il se mit à pleurer.

Prosper le tenait embrassé et murmurait un nom de femme que personne ne comprit.

— Serais-tu blessé ? lui demanda le jeune chef, dont le visage baigné de larmes se couvrit subitement d'une pâleur mortelle.

— Non, non, répondit l'orfévre, grâce à cet ami qui m'a sauvé.

— Brave Rutuba, je vous connais depuis longtemps, dit Cerbérus en secouant la main de l'officier.

— Oh ! ce doit être sa mère, pensa le centurion. Une autre femme ne l'aimerait pas ainsi.

Puis se rappelant Flora,

— Mais, par les Furies ! s'écria-t-il, nous ne sommes pas les seuls qu'on ait voulu assassiner ici. Suivez-moi, suivez-moi ! poursuivit le centurion en s'élançant hors du triclinium.

Huit ou dix gladiateurs seulement coururent sur ses traces. Télex resta près de Cerbérus. Quant aux brigands, ils pillaient la vaisselle de Sempronia, et dépouillaient effrontément les malheureux que Rutuba avait couchés sur le carreau.

Le centurion parcourut en vain les divers appartements de la villa. Gladiateurs, cuisiniers, jeunes esclaves, tout avait disparu. Il commençait à se lasser de l'inutilité de ses recherches, lorsqu'à la lueur d'une torche, il aperçut un escalier dont la vis tortueuse s'enfonçait dans le sol. Il en franchit les degrés à la hâte, suivi des gladiateurs de Tertia, et parvint dans un souterrain, à travers les murailles duquel on entendait un bruit de voix. Rutuba poussa vivement une porte, s'élança dans la crypte voisine... Flora, horriblement mutilée, était étendue devant lui.

D'un coup d'œil le centurion devina tout. Il saisit Ravidus à la tunique, le poussa devant lui jusqu'à la muraille et lui appuya son épée sur la poitrine.

— Ne souillez pas votre glaive du sang de ce misérable, dit un gladiateur en arrêtant la main de l'officier.

— Le connais-tu ? demanda celui-ci.

— C'est Ravidus, le bourreau des esclaves.

Le centurion recula en se repliant sur lui-même, comme s'il eût aperçu un serpent venimeux se dresser sous ses pas.

Il voulut couper du tranchant de son épée la corde qui serrait les poignets de Flora ; mais l'exécuteur, chez qui rien n'éteignait l'amour de son art,

— Prenez donc garde, jeune homme, dit-il, vous allez lui luxer bras et jambes. C'est peu à peu qu'il faut diminuer la tension de cette corde. Laissez-moi procéder méthodiquement à cette opération.

Le bourreau prit en main le tourniquet de sa vis et remit

par degrés les membres de sa victime dans leur position normale. Flora délivrée poussa un gémissement.

— Versez-lui entre les lèvres quelques gouttes de vin, reprit le centurion en s'adressant à Barbara. Cette pauvre femme se meurt.

Flora rouvrit les yeux.

— Tes soins sont superflus, Rutuba, dit-elle. Ma dernière heure approche... Oh! les hommes sont cruels et les dieux injustes. A toi qui m'as poussée dans l'abime, tous les biens de ce monde; à moi qui t'ai sauvé, l'ignominie, les tortures et la mort infâme que donne le bourreau.

La malheureuse fille eut un dernier spasme d'agonie et retomba sans mouvement sur le chevalet.

— C'est vous, jeune homme, qui avez fait cette blessure? demanda Télex au centurion, lorsqu'il rentra tout pâle et tout frissonnant dans le triclinium.

Le Gaulois montrait du bout de sa rapière l'étroit passage que le glaive de Rutuba s'était frayé à travers la poitrine d'Eudamus.

— Oui, répondit brusquement l'officier.

— Vous avez donné là un beau coup d'épée, mon brave. Point de gonflement, point de sang : la mort a dû être instantanée. Expliquez-moi donc un peu comment vous avez exécuté cette passe.

Rutuba mesura dédaigneusement le gladiateur du regard.

— Je ne suis pas un laniste, répliqua-t-il. Quand on me provoque, je tue.... sans m'inquiéter comment.

A peine Cerbérus et sa petite armée eurent-ils quitté le val d'Egérie, le centurion emportant sur ses épaules le cadavre de son ancienne maîtresse, que Sempronia sortit de la retraite où elle s'était tenue cachée pendant l'invasion des brigands. Son premier soin fut de prodiguer des secours à ses gladiateurs blessés. Elle calcula ensuite les pertes que lui avait occasionnées cette soirée funeste, et trouva qu'elles excédaient huit cent mille sesterces (163,666 fr. 66 c.) Sa honte et son dépit étaient au comble. Elle se coucha. Mais en vain chercha-t-elle le sommeil sous les fourrures soyeuses de son lit : il ne toucha point ses paupières. En proie à mille réflexions poignantes, le cœur plein de fiel, le sang allumé par une soif atroce de vengeance, elle se leva. Il lui semblait que le bruit lointain de Rome saccagée, incendiée, regorgeant de victimes, calmerait sa fureur. Elle monta donc au belvédère de sa villa et interrogea l'horizon du regard. Pas un cri ne troublait la vaste enceinte de Rome ; pas une flamme ne livrait au souffle du vent ses voiles d'argent et de pourpre aux lambeaux déchiquetés. L'air était pur, la nuit tranquille. De légers nuages voyageaient d'étoile en étoile et allaient se confondre avec les vapeurs phosphorescentes amoncelées à l'occident.

— Tout est perdu! murmura la matrone.

Et elle regagna lentement sa chambre à coucher.

Quatrième Partie.

I.

LE LENDEMAIN D'UNE DÉFAITE.

Nous n'étudions jamais avec une impartialité complète l'histoire des siècles qui nous ont précédés. Quand les haines ou les ardentes sympathies qui agitèrent une époque se sont éteintes en traversant les âges, et n'exercent plus sur nous aucune influence, nous nous égarons encore dans l'appréciation des hommes et des choses, tantôt en nous laissant guider par des préjugés aveugles d'éducation et de caste, presque toujours en défiant, au mépris des lois imprescriptibles de la morale, au détriment des réputations les plus brillantes, les décisions fatales de la force et du hasard. Combien seraient surpris les grands hommes d'Athènes et de Rome, s'ils pouvaient, revenant au monde , feuilleter les livres qu'on écrit sur eux nos publicistes et nos historiens !

Certains critiques, prétendus judicieux, qui font de la politique et de la stratégie à deux mille ans de distance, le cigare à la bouche et les pieds sur leurs chenets, ont reproché à Sergius d'avoir abandonné Rome à l'instant même où ses conjurés poussaient leur cri de guerre d'un bout à l'autre de l'Italie. Attaquer simultanément ses ennemis à Rome et dans les provinces était sans doute la meilleure tactique à suivre; il l'avait adoptée de prime abord, mais il se voyait contraint de l'abandonner. De toutes les batteries qu'il avait dressées contre l'oligarchie, la plus importante, celle qui devait jouer au centre même de l'attaque, avait manqué son effet pendant la nuit du 27 octobre. L'inutile commotion que les autres avaient produite n'avait servi qu'à les démasquer. Le conseil des Sept allait prochainement connaitre le plan de la conjura-

tion, non-seulement dans son ensemble, mais dans ses moindres détails, prendre d'énergiques mesures pour le combattre, mettre en un mot sur pied des forces telles qu'il serait impossible de les heurter de front sans se briser. Il fallait donc absolument ou bien que Sergius désavouât ses parti sans des provinces et les abandonnât à la vengeance du sénat, ou qu'il parvint à les soustraire, par un habile mouvement de conversion, aux coups dont ils étaient menacés.

Cicéron, d'ailleurs, avait trouvé dans les créanciers de Catilina de puissans auxiliaires. Nous l'avons dit plusieurs fois, le conspirateur s'était ruiné. Ses maisons, ses villas, ses forêts, ses troupeaux, ses esclaves, il les avait engagés pour subvenir à ses dépenses personnelles. Quant aux dettes non moins considérables qu'il avait contractées en cautionnant ses amis, la ville entière savait qu'il lui était impossible de les payer. Le succès de sa brigue pour le consulat, celui de sa conjuration, lui eussent épargné le déshonneur d'une faillite : jusque-là, l'une et l'autre avaient échoué. C'était aux ides suivantes qu'on devait proscrire son nom sur les tables d'enchères des rues, des carrefours, des marchés et des basiliques, livrer sa fortune mobilière et immobilière à l'avidité des fénérateurs.

Sergius était un de ces hommes auxquels un syndic n'impose pas de conditions, et dont les fripiers ne se partagent pas les dépouilles. Il pouvait mourir sur un champ de bataille, mais non pas être trainé, dépouillé, outragé publiquement devant le tribunal du préteur urbain.

Il prit courageusement son parti dès le 28 octobre. Tendre à Cicéron une troisième embûche et s'en délivrer, abandonner à Lentulus le commandement des conjurés de Rome, achever le soulèvement des provinces, gagner rapidement l'Etrurie et commencer la guerre civile dans les Apennins : tel fut le nouveau projet de conspiration qu'il forma.

Catilina, en adoptant ces résolutions, se débarrassait de toutes les entraves, obviait à tous les périls qui paralysaient en ce moment son activité. Il n'avait pu surprendre les espions du consul ; il leur échappait. Il transportait le théâtre de la guerre, de la capitale, où le sénat avait concentré ses forces, au milieu d'une population belliqueuse de paysans et de soldats, que des haines mortelles animaient contre l'oligarchie. L'insurrection dans Rome, la révolte des provinces, n'étaient plus comme auparavant deux manifestations simultanées, qui devaient converger vers le même but avec une vitesse égale. La première n'était qu'un incident terrible du nouveau drame que le génie de Sergius avait conçu. Se réservant le poste du danger en Etrurie, il voulait attirer loin du centre de l'empire les armées de la république, les harceler, les fatiguer en manœuvrant entre elles sur les deux versans de l'Apennin, de façon que la ville restât au pouvoir des conjurés. Lentulus lançait alors ses satellites dans les rues, et opérait par le meurtre et l'incendie, en faveur de son complice, une utile diversion. Catilina se chargeait d'attaquer les troupes consulaires lorsqu'elles seraient forcées de courir, du fond de la Toscane, au secours de Rome à moitié détruite et du sénat décimé. On a bon marché des soldats les plus braves, quand ils se battent sur une terre ennemie pour un gouvernement qui chancelle, et que l'insurrection les a cernés.

Sans doute Catilina regrettait d'abandonner l'importante position de Rome à Lentulus. Il connaissait l'imprudence, la paresse, l'incapacité complète de cet homme, à qui son effronterie d'avocat avait acquis dans les tribus une certaine popularité. Mais il tardait au conspirateur trahi, vaincu par Cicéron dans les régions ténébreuses de la politique, de prendre sa revanche en plein soleil et sur un champ de bataille. L'air de sa prison l'étouffait. C'était le grand air des Apennins qu'il voulait respirer ; le tumulte des camps, les cris de guerre, le cliquetis des armes qu'il désirait entendre. Il laissait d'ailleurs auprès de Lentulus deux amis dont la fidélité lui était connue, deux artisans de sédition qui égalaient au moins leur maitre en audace, Autrone et Céthégus.

Sa détermination prise, il se hâta d'envoyer Julius en Apulie et Septime dans le Picénum, l'un au nord, l'autre au midi de la péninsule, pour en donner avis aux conjurés. Il organisa une expédition contre Préneste, place forte d'une importance extrême qui d'une part menaçait Rome, et surveillait de l'autre les routes stratégiques de l'Italie centrale et les défilés des Apennins. Il indiqua enfin pour le 6 novembre, chez Lecca, rue des Taillandiers, une assemblée générale de ses partisans ; et attendit sans trouble les nouvelles des colonies et des municipes qui allaient déchaîner contre lui, dans quelques jours, toutes les fureurs de l'obligance.

Elles arrivèrent de tous les côtés en même temps. Certes, les premiers émissaires de Catilina, Aulanus et Nobilior entre autres, avaient fidèlement suivi ses instructions. On apprit coup sur coup que Mallius avait pris les armes à Fésules et que les insurgés accouraient par légions à son camp des Apennins ; que des attroupemens, des distributions d'armes, des conciliabules secrets, des mouvemens de troupes inusités, agitaient la Cisalpine, l'Ombrie et le Picénum ; que les gladiateurs de Capoue et les paysans du Bruttium se révoltaient, pendant qu'en Apulie les innombrables bergers des villas patriciennes s'appelaient mutuellement à la liberté. Un bruit plus alarmant encore se répandit dans Rome : les équipages de la flotte que Gellius commandait à l'embouchure du Tibre, afin d'assurer les subsistances de la ville, avaient violé, disait-on, leur serment militaire. C'était précisément l'époque où l'Afrique et la Sicile envoyaient leurs blés à Ostie. L'hydre aux sept cent mille têtes qui rançonnait l'univers pouvait être privée de sa pâture durant une année.

Dès qu'on eut connaissance de ces événemens, qui justifiaient si bien les prédictions de Cicéron, le sénat parut enfin comprendre l'imminence de ses propres périls. Il ordonna par un décret aux proconsuls Martius-Rex et Métellus le Crétique, auxquels on n'avait pas encore accordé les honneurs du triomphe, de cesser leurs brigues et de conduire sans retard leurs cohortes à Fésules et en Apulie. Il char-

gea Pompéius-Rufus de disperser les gladiateurs de Capoue, et Métellus Céler d'empêcher toute communication entre les insurgés du Picénum et de la Cisalpine et ceux de l'Etrurie. Ces divers magistrats furent investis de pouvoirs absolus, ainsi que Gellius, dont la position à Ostie inspirait les plus graves inquiétudes. L'existence d'un vaste complot ayant été solennellement proclamée, on ordonna de plus à chaque père de famille de veiller à la sûreté de sa maison. On établit des postes dans toutes les régions de la ville, sous les ordres des triumvirs capitaux et des triumvirs nocturnes ; et l'on promit à tout citoyen qui fournirait quelques lumières sur la conjuration, outre l'amnistie dont il pourrait avoir besoin, deux cent mille sesterces s'il était libre, et s'il était esclave cent mille sesterces avec la liberté.

La promulgation de ce sénatus-consulte accrut singulièrement la frayeur publique. Rome, invincible quand elle envoyait ses légions contre un roi d'Asie, portait en elle des principes toujours actifs d'anarchie et de subversion. Déchirée par des factions turbulentes, environnée de populations ennemies, qui se levaient contre elle au moindre signal, elle en était souvent réduite à défendre ses murailles, tandis que ses armées se promenaient victorieuses à travers l'Orient. De loin, c'était un vaste empire ; de près, ce n'était qu'une ville mal fortifiée, encombrée de prolétaires et d'esclaves, qu'on pouvait affamer en quelques jours en s'emparant d'Ostie. Nulle institution n'y représentait la majesté permanente du pouvoir, tandis qu'on s'y disputait chaque année, les armes à la main, les attributions du pouvoir exécutif. Aussi les généraux au retour d'une expédition lointaine, trouvaient-ils souvent proscrits ceux qui leur avaient procuré leurs gouvernemens. Après avoir chassé Mithridate de la Grèce, Sylla fut obligé de reconquérir sa patrie.

La physionomie de Rome changea subitement. A la joie, à l'excessive licence, fruits d'une longue sécurité, succéda tout à coup une profonde tristesse. On s'empresse, on s'inquiète : les lieux, les personnes qu'on fréquente, deviennent également suspects ; chacun, dans cette situation étrange qui n'est ni la paix ni la guerre, juge par ses craintes immense la grandeur du péril. Surprises au milieu de la prospérité de la république par les terreurs inaccoutumées de la guerre, les femmes augmentent le deuil par leur bruyante affliction. Elles tendent vers le ciel des mains suppliantes ; elles déplorent l'infortune de leurs enfans, s'informent, s'épouvantent de toutes choses. La vanité et les plaisirs ne les touchent plus, car elles doutent de l'avenir et pour elles et pour la patrie.

L'oligarchie d'autre part cherchait à frapper l'imagination du peuple en le rendant témoin de ses préparatifs de défense. Une circulation incessante de courriers s'établit bientôt entre le palais du sénat et les principales villes de l'Italie. Les chevaliers tenaient leurs montures toujours bridées et leurs armes toujours prêtes. Chaque soir de nombreux détachemens de troupes occupaient le forum, les carènes, la curie, la forteresse du Capitole, le trésor et le temple de Cérès, où les archives de l'empire étaient déposées. Les cohortes de Martius-Rex et de Métellus le Crétique étaient venues camper au champ de Mars. Les arsenaux s'ouvrirent, le trésor vida ses coffres. On ne voyait dans les rues que fourgons chargés d'onagres, de balistes, de ponts mobiles et d'armes de toute sorte. Les ouvriers de la questure urbaine confectionnaient des vêtemens à la hâte ; les officiers de l'annone expédiaient d'immenses provisions de blé ; des tabellaires, porteurs de bons à toucher émis par l'Etat, des muletiers dont les bêtes pliaient sous le poids de l'or, des magistrats environnés d'une escorte d'honneur et portant aux légions leurs enseignes, allaient et venaient sans cesse du temple de Saturne au champ de Mars. Rome avait l'aspect d'une place assiégée, contre laquelle un assaut se prépare. On y apprit sur ces entrefaites qu'un parti de conjurés avait tenté de surprendre Préneste. La terreur fut au comble. Les Romains s'imaginèrent qu'ils étaient en butte à la haine de quelque divinité inconnue, que la prospérité de leurs armes, leur tyrannie, leurs crimes avaient irritée.

Au milieu d'un concours immense de citoyens, les cohortes

de Martius-Rex et de Métellus quittèrent le champ de Mars dans la soirée du 2 novembre et se dirigèrent à marches forcées vers la Toscane et l'Apulie. Les deux préteurs Céler et Pompeuïs-Rufus sortirent en même temps de Rome, accompagnés de leur suite imposante de légats, de tribuns, de scribes et de licteurs. Pompeïus emmenait avec lui le questeur du consul Antoine, Sextius, que ses talens, son zèle pour les intérêts de la faction patricienne avaient rendu cher à Cicéron. Le sénat voulait opposer ce jeune homme au tribun militaire Aulanus, dont les intrigues n'avaient pas excité moins de troubles à Capoue qu'en Cisalpine. Quant à Céler, on se réservait de joindre plus tard à son gouvernement du Picénum la province de Cisalpine, afin qu'il pût circonscrire en Étrurie les mouvemens des conjurés.

Il ne resta plus à Rome, après le départ de ces généraux, que les quatre légions consulaires qu'avait fournies la milice légitime de cette année.

Ainsi le conseil des Sept, avec cette adroite lenteur, cette prudence consommée qui distinguent les gouvernemens oligarchiques, bloquait pour ainsi dire la Toscane avant de lancer sur ce malheureux pays ses dernières cohortes. César, Crassus, Antoine, attendaient les événemens ; Publius Sylla s'enfuyait à Naples. Tout annonçait une collision prochaine. Fulvie ayant annoncé à Cicéron le départ prochain de Catilina, le consul ne pensa qu'à le hâter. Il se donnait ainsi Lentulus pour adversaire dans Rome, et réduisait aux simples proportions d'une guerre étrangère cette conjuration monstrueuse qui avait mis un instant la république en péril.

Les édiles cependant activaient la restauration du simulacre de Jupiter très bon, très grand, que la foudre avait renversé sous le consulat de Torquatus. Le projet du nouveau monument était rigoureusement conforme aux prescriptions des devins et des aruspices. Les conjurés devaient trembler, car jamais l'aristocratie ne flattait avec plus de soin les superstitions populaires qu'à la veille de répandre du sang humain.

II.

CRUSCELLUS PERD LE PARI QUE LUI AVAIT FAIT TERTIA.

Pendant les jours qui suivirent la promenade nocturne de Cruscellus au val d'Égérie, les habitans de la rue aux Parfums furent surpris de ne point le voir ouvrir sa boutique à l'heure accoutumée. Le prudent tondeur crut même d'voir la tenir absolument fermée, dans la crainte qu'il ne prît envie à quelques-uns des compagnons de Sapala de venir réclamer les secours de son art. Il les avait quittés sans m t dire la nuit du 27 octobre, tandis qu'ils donnaient assaut à la maison de Sempronia, et désirait ne plus entretenir aucun rapport avec cette race impie. Les flâneurs qui avaient coutume de se regarder en passant dans les miroirs de son étalage, d'admirer sa collection de pierres-ponces, de râteliers, de chevelures blondes et brunes et de petits couteaux, éprouvèrent dans cette circonstance une déception notable. Ses pratiques ne furent pas moins déconcertées. Ces nouvelles du sénat, de l'armée et des tribunaux, elles s'ennuyèrent comme un bourgeois de notre Marais auquel son journal n'est pas arrivé.

Or, tandis que ces divers personnages venaient tour à tour se casser le nez aux contrevens de sa boutique, Cruscellus, couché à l'entresol, dormait la grasse matinée. Quand le soleil eut achevé la moitié de sa course, il se leva, passa sa tunique, puis, fouillant dans un coffre, en tira une paire de balances et le sac qu'il avait reçu de Tertia. Il mit le tout sur une table devant laquelle il s'assit. Là, notre digne tondeur contempla d'un œil amoureux, compta et pesa une à une ses pièces d'or sonnantes et trébuchantes.Il en avait neuf ce t soixante-cinq de divers modules, lesquelles, au poids moyen de cinq scrupules par pièce, représentaient une somme de quatre-vingt-seize mille cinq cents sesterces, multiplication dont il trouva le produit satisfaisant.Au jour blafard que projetaient sur lui les carreaux de papyrus huilé de la fenêtre,

avec ses cheveux gris, sa figure bistrée et ses amples vêtemens de laine grise, il ne ressemblait pas trop mal à un usurier quelconque de Gérard Dow ou de Rembrandt. Quand il eut trié et symétriquement empilé ses écus d'or, Cruscellus se renversa sur sa chaise, se croisa les bras sur la poitrine, se serra le nez du pouce et de l'index de la main droite, et supputa qu'en ajoutant les quatre-vingt-seize mille cinq cents sesterces étalés sur la table aux cinq cent mille qu'il avait amassés d'autre part, il se trouvait posséder une fortune de cinq cent quatre-vingt-seize mille cinq cents sesterces, lesquels valaient cent vingt-deux mille soixante-quatorze francs seize centimes de notre monnaie. Jamais, de mémoire d'homme, tondeur n'avait été si riche. Cela représentait un million cent quatre-vingt-treize mille barbes faites à deux as par chaque opération. Cruscellus conclut de là qu'il avait assez travaillé et qu'il ne lui restait plus qu'à devenir honnête homme et à éviter les gens sans aveu qui pourraient avoir à se plaindre de lui. Jugeant que l'influence de l'air extérieur était nuisible à la santé (le tondeur était de première force sur l'hygiène, surtout le lendemain d'une sédition), qu'un vieillard ne devait pas s'exposer imprudemment au vent frais d'automne, il prit dans son ménage un modeste repas et attendit la nuit en feuilletant un philosophe, un poète ou quelque historien national. D'heureux songes, au milieu desquels passaient et repassaient des coupes, des calices, des conges et des amphores portés sur des nuages, berçaient le sommeil de l'heureux Cruscellus.

Un soir pourtant, à l'entrée de la nuit, il advint que l'estomac du tondeur réclama impérieusement la légère excitation vineuse dont il l'avait privé depuis quelques jours: Cruscellus se révolta d'abord contre les prétentions de ce viscère intraitable ; mais quand ce dernier eut protesté à sa manière qu'il ne fonctionnerait plus régulièrement si on le privait de sa ration ordinaire de vin, le barbier mit le nez à la fenêtre. Il examina d'abord l'état du ciel ; il scruta d'un œil curieux toutes les portes du voisinage ; puis il se couvrit d'un manteau couleur de muraille, plaça sur sa tête un bonnet de fourrure et s'aventura dans la rue. Après de mûres réflexions, il lui sembla, tout bien considéré, que la température s'était sensiblement adoucie.

Cependant il ne se dirigea pas, contre son habitude, vers la taverne de Licinius Popa. Il oublia d'insulter Pilosus, l'écorcheur d'en face, de saluer en passant les portiers, les marchands de cinnamome et les jolies femmes dont il cultivait l'amitié. Il se fit petit ; il se mit à glisser tout doucement le long des murailles en remontant vers l'Esquilin. Au moment où il entrait dans le *vicus Palloris*, rue de sinistre augure, un homme de mauvaise mine déboucha d'une allée.—

Cruscellus s'aperçut bientôt que cet individu le suivait pas à pas.

— Par le rasoir d'Accius Navius! pensa-t-il, voici un Romain qui me fait cortège. Je voudrais qu'il fût mieux vêtu. Comme l'amour-propre national est un sentiment impérieux! Gagnons de l'autre côté de la rue.

Le tondeur se détourna en effet de sa route. A son grand déplaisir l'inconnu l'imita.

— Oh ! oh ! se dit Cruscellus, cet homme s'attache à moi comme une ombre. S'imaginerait-il que je suis le convive de quelque patricien ? Reprenons sans affectation notre premier chemin.

Le barbier traversa de nouveau la rue, mouvement que l'homme à figure sinistre s'empressa d'exécuter.

— Ce particulier, décidément, ne veut pas se priver de ma compagnie, murmura Cruscellus entre ses dents. Quant à moi, foi de tondeur ! je me passerais volontiers de la sienne. Maudite soif! pourquoi m'as-tu forcé de quitter ma tonstrine ? Par la barbe de Saturne ! je vais faire pour éloigner cet importun une vigoureuse démonstration.

Le tondeur consulta ses forces, rassembla tout son courage pour imposer à son ennemi présumé. Il s'arrêta.

L'inconnu s'arrêta aussi.

Cruscellus reprit son chemin en doublant le pas. Son compagnon se remit promptement en route et ne se laissa pas distancer.

Le barbier commençait à trembler de tous ses membres, lorsqu'un second personnage, dont la physionomie n'était pas des plus prévenantes, s'élança d'une porte. Celui-ci prit le côté gauche de la rue, tandis que l'autre en occupait le côté droit.

Alors Cruscellus voulut fuir. Mais trois nouveaux arrivans lui barrèrent le passage, et l'un d'eux s'écria :

— Où courez-vous ainsi, cher tondeur? aux Esquilies, sans doute?

— Oui, balbutia Cruscellus en frémissant d'épouvante, car il avait reconnu la voix de Pimbetta.

— Cela se trouve bien, répondit le brigand, nous sommes ici pour vous y envoyer.

La réplique de Pimbetta renfermait une horrible menace : c'était aux Esquilies qu'on enterrait les morts.

Le tondeur feignit de ne pas comprendre.

— Que les dieux vous protègent! Adieu, digne Pimbetta, reprit-il.

Le lieutenant de Sapala repoussa brutalement en arrière Cruscellus qui s'apprêtait à partir.

— Un instant, un instant donc, lui dit-il; nous avons un compte à régler.

Les cinq bandits environnèrent le barbier.

— Que me voulez-vous? leur demanda-t-il.

— On va t'en instruire, poursuivit Pimbetta. Où as-tu conduit les enfans pendant la nuit du 6 des calendes de novembre?

— Ah! ne m'en parlez pas.

— Je tiens beaucoup à t'en parler au contraire.

— Ne me parlez jamais de ce que j'ai vu pendant cette affreuse nuit!

— Qu'est-ce donc?

— Ce petit Cerbérus, vous vous le rappelez?

— Parfaitement.

— Il a l'air plus naïf, plus candide qu'un jeune Romain qui va prendre la toge virile.

— C'est vrai.

— Cerbérus a indignement abusé de ma confiance, continua le tondeur, les mains jointes, en implorant du regard la pitié des brigands.

— Comment cela est-il arrivé? demanda flegmatiquement Pimbetta.

— Il m'a fait parvenir un faux ordre de Catilina, reprit Cruscellus.

— Eh! eh! eh! interrompit le lieutenant.

— Avec cet ordre il m'a conduit au cabaret où vous et vos compagnons charmiez si bien vos ennuis.

— Ah! ah! ah! interrompit de nouveau le chef des brigands.

— Et après avoir obtenu de vous par mon entremise les cent hommes dont il avait besoin, il s'en est servi, malgré moi, pour donner assaut à la maison de Sempronia.

— Oh! oh! oh! le petit vaurien! fit Pimbetta. Allons, digne tondeur, poursuivit-il, avez-vous quelque commission à nous donner pour votre femme?

— Que dites-vous? murmura Cruscellus, qui tremblait de tous ses membres.

— Avez-vous quelque legs à nous faire?

— Un legs? moi?

— Oui, nous l'accepterions volontiers.

— Que signifie cela?

— Cela signifie, misérable, que je vais te mettre six pouces de fer dans la poitrine, repartit le lieutenant.

— Pimbetta, reprit Cruscellus, vous oubliez que je suis le confident de Sergius, le meilleur ami de Sapala?

— Sapala n'est pas de cet avis.

— Je vous jure par le Styx que je ne suis point coupable de l'insulte qu'a reçue Sempronia.

— N'es-tu pas venu m'emprunter mes hommes? dit Pimbetta.

— C'est Cerbérus, répliqua le tondeur en sanglotant.

— Ne les as-tu pas conduits au val d'Egérie?

— C'est Cerbérus.

— N'as-tu pas dévasté la maison d'une illustre matrone, brisé ses calices de murrhinite, pillé sa vaisselle d'or et délivré ses prisonniers?

— Ce sont vos soldats, brave lieutenant, qui ont volé les richesses de Sempronia.

— Les enfans prennent et ne volent pas, insolent! s'écria le bandit.

Il leva son poignard sur Cruscellus, qui tomba à genoux devant lui.

— Grâce! grâce! murmura le tondeur.

— Tu n'as pas autre chose à me dire? reprit Pimbetta.

Prosterné à deux genoux, les mains appuyées sur le front, les paupières à demi closes et les lèvres frémissantes, Cruscellus tâchait de trouver, par un effort suprême de son intelligence, un moyen de fléchir son meurtrier.

— Laisse-moi vivre, Pimbetta, dit-il, et tout ce que j'ai gagné par quarante ans de travaux, de veilles, je te le donnerai.

— Voyons ta bourse, répondit le brigand.

Il abaissa son poignard et fouilla Cruscellus.

— Je n'ai rien sur moi : quelques deniers et quelques as seulement, répliqua ce dernier; mais il y a de l'or, Pimbetta, beaucoup d'or dans ma maison des Esquilies.

— Eh! que nous importe l'or que tu as laissé dans tes coffres! repartit le lieutenant. Par Cacus! enfans, continuat-il en s'adressant à ses bandits, nous ne trouverons pas vingt sesterces dans la dépouille de ce vaurien.

En disant ces mots, il frappa Cruscellus de son poignard entre les deux épaules. Le fer, heureusement, s'embarrassa dans le manteau du tondeur; mais l'infortuné en sentit la pointe aiguë pénétrer dans ses chairs. La douleur, l'épouvante, ranimèrent son courage. Il se releva, et sans donner à Pimbetta le temps de porter à sa victime un coup mieux assuré, il se fraya un passage à travers les bandits et s'enfuit en appelant au secours.

— Cesseras-tu de hurler, lâche! fit un des brigands qui poursuivaient le tondeur en le saisissant au manteau.

C'en était fait de Cruscellus si un nouveau personnage n'eût paru en ce moment à l'angle du vicus Palloris.

Le tondeur prit l'inconnu à bras le corps et s'en fit un rempart contre ses agresseurs.

— A l'aide! au secours! défendez-moi! criait-il. N'y a-t-il point d'esclaves publics, de triumvir capital dans ce quartier, qu'on y laisse égorger les honnêtes gens?

— Et tu oses te compter parmi les honnêtes gens, misérable! interrompit le nouveau venu.

Il saisit à son tour Cruscellus à la gorge et arrêta du geste Pimbetta, qui accourait pour l'achever.

— Bâillonnez-moi ce coquin, dit-il; Sergius ne veut pas qu'on le tue. Il a quelques renseignemens à lui demander.

Les brigands obéirent à la voix bien connue de Sapala, leur chef.

On introduisit aussitôt un coin de bois dans la bouche du tondeur, et on lui lia autour de la tête un épais mouchoir de lin.

Les bandits l'environnèrent et le conduisirent au mont Aventin.

La disparition du tondeur causa un grand scandale aux Esquilies. Rutuba en fut d'autant plus effrayé, qu'il devinait mieux d'où le coup était parti. Une boutique depuis longtemps abandonnée, qui s'ouvrait vis-à-vis du temple de Libitine, fut prise à loyer le lendemain. Douze à quinze individus s'y installèrent. Persuadé que les locataires d'une espèce toute nouvelle, qui ressemblaient plus à des vétérans du dictateur qu'à des marchands paisibles, appartenaient à Catilina, le centurion se promit d'observer attentivement leurs démarches. Mais quel ne fut pas son étonnement lorsque le chef de la bande l'ayant aperçu devant la maison des libitinaires, il lui adressa un salut bienveillant et presque respectueux. Rutuba s'approcha de cet homme et reconnut Télex, le chef des gladiateurs qui avaient pris d'assaut, quelques jours auparavant, la villa du bois sacré d'Egérie.

Il comprit alors que Cerbérus ne veillait pas seulement sur Prosper, mais encore sur toutes les personnes qui étaient chères à l'apprenti.

III.

UN EXORDE EX ABRUPTO.

Le sénateur Marcus Porcius Lecca possédait à l'orient de Rome, entre les deux embranchemens de la voie Tiburtine, une villa dans laquelle ses amis les plus intimes avaient seuls pénétré. Le luxe tout oriental de Licinius Lucullus, qui s'était créé d'immenses jardins sur la colline même du Quirinal, n'avait encore trouvé que de rares imitateurs. Il fallait être opulent comme un roi d'Asie pour pouvoir couvrir de fleurs, d'arbustes et de jets d'eau les terrains d'une ville aussi populeuse que Rome, où tant de milliers d'êtres humains se trouvaient agglomérés. Aussi les patriciens cachaient-ils hors de l'enceinte du pomérium cette portion de leur existence qu'ils consacraient à se délasser des fatigues de l'autre. Partout, dans les faubourgs de la cité, on rencontrait d'élégantes habitations, muettes et solitaires pendant le jour, mais qui s'illuminaient vers le soir, et d'où s'échappaient alors des bruits mélodieux, de tièdes parfums et des rires féminins, dont les notes perlées descendaient et remontaient en cadence toute l'échelle des tons. L'amour du plaisir est une passion aussi vieille que le monde. Les Romains connaissaient aux temps des guerres civiles ces ermitages si commodes que les petits-maîtres du dix-huitième siècle appelaient *folies* ou *vide-bouteilles*, et certes ils n'ignoraient pas la manière de s'en servir.

La maison de Lecca avait été construite par un architecte expérimenté qui l'avait parfaitement appropriée à sa destination. Elle se composait d'un pavillon, dans lequel on entrait par un double portique. Une salle de jeu, un triclinium, de vastes cuisines et quelques chambres pratiquées dans un attique : telle en était la distribution intérieure. Les murailles en étaient recouvertes à l'extérieur de pierres de Fidènes, dont le feuillage vert-foncé des arbres voisins rehaussait la coquette blancheur. De fraîches prairies, de légers bouquets de hêtre, des platanes aux larges feuilles, l'environnaient au midi. La cour dont elle était précédée au nord la séparait d'une rue peu déserte, le long de laquelle étaient disséminées quelques pauvres boutiques de forgerons et de taillandiers.

Le faux Lélius et ses compagnons revenaient de chez Lecca pendant la nuit du 1er septembre, lorsqu'ils arrachèrent ses prisonniers au triumvir Licinius Burrha.

C'était dans cette maison de la rue des Taillandiers que Sergius Catilina avait voulu réunir les principaux d'entre les conjurés le 6 novembre au soir, pour leur faire ses adieux et leur donner ses dernières instructions.

Cette nuit-là, douze ou quinze personnes, convoquées par les viateurs de Lecca, s'étaient rassemblées dans la villa de ce sénateur. Aucune d'elles ne savait dans quel but on l'avait mandée. Il y avait loin de cette assemblée qui s'agitait inquiète, épouvantée, derrière les murailles d'une honteuse petite maison des faubourgs, à cette autre réunion que Sergius avait formée un mois auparavant dans son hôtel du Palatin. Depuis ce temps, que de projets avortés, que d'espérances déçues, que d'échecs, d'humiliations éprouvés ! Ce petit conciliabule d'hommes abattus par le malheur, qui se groupaient autour de leur hôte, qui s'informaient du motif de leur convocation, qui murmuraient à l'oreille les uns des autres les mots de trahison, d'exil, de supplice, se composait pourtant des mêmes conjurés qui, le 15 septembre au soir, s'étaient promis d'égorger les principaux magistrats de la république, de décimer le sénat, d'épouvanter les centuries et de gouverner Rome et l'univers par la terreur. Pourquoi donc tant de consternation après tant de folles joies, de menaces et de complots ambitieux ? C'est qu'au nombre de ces citoyens, devenus frères en buvant du sang à la même coupe, il en était un qui avait trafiqué de l'honneur, de la vie des autres ; c'est que, près de combattre, ils n'avaient pu tirer leurs glaives ; c'est que leur chef, en butte à d'implacables haines, ruiné, trahi, presque vaincu, avait échangé sa toge blanche de candidat contre les vêtemens de deuil que devait porter tout prévenu justiciable des tribunaux criminels.

Le Siècle.

— Sergius ne viendra-t-il pas ce soir ? demanda Céthégus à Lecca. Ne le verrons-nous plus dans nos assemblées ?

— Resterons-nous encore longtemps spectateurs tranquilles des préparatifs que Cicéron fait contre nous ? interrompit Cassius.

— Quand il faudra marcher au supplice, oh ! nous nous réveillerons alors, ajouta Gabinius Cimber.

— Lecca, montre-nous notre chef, dit le jeune Tongillus. Mande à Catilina par un de tes esclaves que ses conjurés le réclament, et qu'ils veulent du moins, s'il n'est plus pour eux d'espérance, lui serrer la main une dernière fois.

— Qu'il vienne, qu'il nous parle ! s'écria Varguntéius. Qu'il nous instruise enfin de notre sort !

— Oui, nous périrons en Romains, poursuivit Cornélius, quand il nous aura dit : — Frères, nous sommes vaincus ; il faut mourir.

La porte du salon s'ouvrit au même instant, et Catilina parut.

Mus par la puissante attraction du conspirateur, ses complices s'élancèrent tous à la fois vers lui. Leurs mains cherchaient la main de Sergius ou s'attachaient à ses vêtemens ; il y en eut qui pressèrent de leurs lèvres les bords de sa tunique. Mais lui, s'avançant au milieu du sphéristérium et promenant autour de lui des regards étonnés,

— Eh quoi ! Romains, dit-il, est-ce bien vous que je retrouve ici dans le trouble et la consternation, déplorant votre malheur comme des femmes ou d'infirmes vieillards ? Que vous est-il arrivé ? Quelqu'un a-t-il violé le sanctuaire de vos dieux domestiques, insulté vos femmes, pillé vos biens ou menacé vos enfans ? Parlez, dénoncez-moi les coupables, et je les punirai.

Les conjurés gardaient le silence, honteux de s'être montrés faibles et craintifs devant Catilina.

— Vous ne répondez pas, reprit-il. Ah ! l'issue fatale des comices consulaires, l'accusation dirigée contre moi par Émilius Paulus, notre inaction pendant la nuit du 6 des calendes de novembre, tout ce bruit de soldats, de chevaux et de chars dont la ville a retenti ces jours derniers, vous ont frappés de stupeur. Vous vous imaginez donc vaincre l'oligarchie sans périls, as qu'elle vous opposât tantôt la force et tantôt la ruse ? Amis, moi je pensais au contraire qu'en vous donnant les principaux du sénat à combattre, c'était de la gloire et non des larmes qu'on vous préparait.

— Tu n'as pas eu tort de compter sur notre courage, interrompit Tongillus. Soutiens-nous, Catilina ; conduis-nous, et nous affronterons à ta voix tous les dangers sans pâlir.

— Tu es l'âme de nos corps et la vigueur de nos bras, ajoutèrent les conjurés. C'est ta fortune qui nous guide, ton étoile qui nous éclaire, et ton infatigable énergie qui vit dans nos cœurs.

— Ne voyez-vous pas, reprit Sergius, que les tyrans de Rome ont vidé leurs arsenaux, rappelé leurs vétérans, requis à la fois tous leurs généraux disponibles, comme si, du haut des Alpes, Annibal menaçait encore l'Italie ; comme s'il y avait une armée nouvelle de Gaulois sur les bords du sanglant Allia ? C'est que partout les gladiateurs et les esclaves se révoltent ; c'est que la Cisalpine, le Picénum, la Toscane, Capoue et l'Apulie sont en feu... Et vous tremblez ! Voudriez-vous, par hasard, qu'on traitât Sergius comme un brigand des marais Pontins, contre lequel on envoie un triumvir et quelques licteurs ?

— Place-nous en face du péril, s'écrièrent les hôtes de Lecca avec enthousiasme. Nous sommes impatiens de te montrer, l'épée à la main, de quelle manière chacun de nous comprend ses devoirs de conjuré.

Ainsi Catilina rassurait ses amis, et il cherchait à leur inspirer une confiance qui peut-être était bien loin de sa pensée. Il leur cachait, et les intriguesdont il n'avait pu surprendre le mystère, et les trahisons qui avaient déjoué jusque-là tous ses calculs. Il savait qu'une armée est trop facile à vaincre lorsqu'elle soupçonne l'ennemi d'avoir trouvé place dans ses rangs.

Il s'assit, invita ses complices à former un cercle autour

de lui, et de cette voix sonore, vibrante, qui avait jeté si souvent l'effroi dans la curie :

— Il est inutile, compagnons, dit-il, que j'énumère ici les causes qui nous ont empêchés d'accomplir nos résolutions. Vous n'avez manqué ni de fermeté ni de courage : la fortune seule a déconcerté nos projets. Le champ de bataille de la conjuration n'est plus aujourd'hui dans la ville. Il est en Étrurie, à Fésules, où Mallius-Rex commande au centre même de l'insurrection.

Quand je réfléchis, d'autre part, que les consuls ont définitivement organisé leurs légions de Macédoine et de Cisalpine, et que, ces troupes veillant à la sûreté du sénat, attaquer l'oligarchie dans Rome serait maintenant de notre part une témérité des plus folles, je m'aperçois que mes premières idées touchant la guerre civile ne sont plus applicables. Je songe à créer, pour une situation nouvelle, de nouveaux moyens de résistance et d'agression.

— Appelons les alliés à la révolte, les esclaves à la liberté! s'écria Lentulus.

— J'ai donc résolu, poursuivit Catilina, de transporter au fond de la Toscane ce principe de terreur qui tient ici, depuis un mois, le conseil des Sept en éveil; d'attirer vers les Apennins toutes les forces de la république; d'exciter, en un mot, dans le nord de l'Italie tant de troubles, tant d'alarmes, que nos tyrans soient contraints pour s'y défendre de laisser Rome à la merci des conjurés.

— Ces hommes qui calculent tout, reprit Lentulus, une parole, un geste, un sourire, pourras-tu jamais les rendre imprudens?

— Oui, répondit Catilina, car la haine est féconde en funestes conseils. Je veux offrir à leurs coups une victime si odieuse qu'ils oublient tout, jusqu'à leur lâcheté, pour s'en rendre maîtres et la sacrifier.

— Quelle est cette victime? demanda Céthégus.

— Et qui donc pourrait exciter à ce point leur soif de vengeance, réj l qua le conspirateur, si ce n'est Catilina? A peine aurai-je gagné l'Etrurie, qu'ils lanceront sur mes traces la tourbe de leurs délateurs jusqu'au dernier espion, et leurs nouvelles cohortes jusqu'au dernier conscrit.

— Ne crains-tu pas d'être accablé par le nombre? interrompit Lecca.

— Que les dieux me conduisent sain et sauf jusqu'auprès de Mallius; qu'ils me donnent un camp et les gorges des Apennins pour m'y défendre, et je fournirai aux vautours des montagnes plus de cadavres qu'ils n'en voudront ronger.

— Ainsi, pour nous que tu avais attachés à ta fortune, dit Cassius, plus de sang à répandre, plus de vengeance à assouvir?

— Ne craignez rien, compagnons, répondit Catilina, le rôle que je vous destinais ne vous sera pas enlevé. Celui qui partagea toujours avec vous la bonne et la mauvaise fortune, serait-il donc avare pour la première fois? Voudrait-il s'approprier, au détriment de ses frères, tout ce que la conjuration doit enfanter de désastres et de proscriptions? Non sans doute. Quand les légions consulaires seront parties pour la Toscane, quand l'oligarchie n'aura plus que des discours et des sénatus consultes à vous opposer, inondez enfin la ville de feu, de tumulte et de sang. Prenez une revanche mémorable de cette fatale nuit où tant de cœurs et de bras intrépides attendront vainement un signal. Coupez ici la tête de l'hydre patricienne au moment où elle croira m'étouffer dans ses replis.

— Son agonie sera une épouvantable scène de fureur et de désespoir, dit Calpurnius Bestia.

— Épouvantable, en effet, continua Sergius, et la tragédie qui suivra sera digne de cet affreux prologue. Les armées de la république forcées de se replier sur Rome; derrière elles Catilina jonchant les routes de cadavres, et lançant sur ses flancs toutes les populations de l'Etrurie déchaînées; au dedans le deuil et la ruine, au dehors la guerre civile et la défaite : voilà par quels désastres la patrie ingrate expiera les outrages dont nous sommes accablés.

— Compte sur notre dévoûment, Catilina, répondit Céthégus. De près ou de loin, en Etrurie comme à Rome, tu restes

maître absolu de nos biens, de nos familles et de nos volontés.

— Nos bras t'appartiennent, ajouta Cassius.

— Nous devons tuer en aveugles, poursuivit Cornélius, lorsque, dirigeant la pointe de notre glaive sur une poitrine, tu nous dis : C'est là qu'il faut frapper.

— Lentulus vous commandera pendant mon absence, braves conjurés, reprit Sergius. Autrone surveillera nos convois d'armes et les mouvemens de nos troupes dans toute l'étendue de la péninsule. J'ai organisé le service des préfets et des questeurs dont il a le commandement. Je l'attends en Etrurie quelques jours avant les massacres de Rome, afin que nous puissions de concert, soit vous recueillir en cas d'échec, soit vous faciliter les moyens d'attendre mon retour. Que chacun garde ici le rôle que je lui avais attribué pendant la nuit du 6 des calendes de novembre. Que Céthégus continue de présider au meurtre, Cassius à l'incendie, Curius, Gabinius, Lecca, à l'exécution de mes autres projets. Puisse Lentulus me rendre sains et saufs tous les braves dont je remets le sort entre ses mains!

— Oh! quel vide ton départ va laisser parmi nous, brave Catilina, dit Autrone. Où trouverons-nous jamais un ami tel que toi, toujours fidèle au malheur, toujours inaccessible à la crainte, qui se fasse, durant vingt années, la richesse des pauvres, le courage des faibles, et la patrie des exilés?

— Nous tous qui sommes les obligés de Catilina, reprit Curius, jurons de seconder vaillamment ses légions d'Etrurie, de payer en dévoûment, en courage, les bienfaits que nous avons reçus de lui.

L'assemblée entière se leva par un mouvement spontané. A la voix de Curius, de l'infâme qui s'était vendu corps et âme au consul, ils s'unirent de nouveau à Sergius par de solennelles imprécations.

— Adieu, adieu, chers compagnons de gloire et d'infortune, reprit Catilina. Où vais-je? à la mort? à la victoire? Je ne sais. Un jour peut-être verrez-vous, en descendant au forum, sur les pierres de la tribune aux harangues, une tête coupée... et reconnaîtrez-vous les yeux éteints, la bouche muette et les yeux livides de L. Sergius Catilina.

— Que les dieux détournent cet affreux présage! interrompit Céthégus.

— Retenez donc le conseil que je vous dois encore, reprit Sergius, comme on retient ces oracles que les mourans prononcent quelquefois sur les dernières limites de la vie. Lentulus propose d'appeler les nations conquises à la révolte et les esclaves à la liberté. Gardez-vous, amis, d'oublier jusqu'à ce point votre origine et la gloire du nom romain. Ne vous rendez pas odieux à vos concitoyens par une alliance étrangère; ne déchaînez pas ces milliers de bêtes féroces, que le poids de leurs fers empêche seul de se ruer sur la ville à travers l'Italie. Ce n'est pas la puissance de cet empire, c'est la tyrannie de ceux qui l'oppriment que nous voulons renverser.

Lentulus n'osa répondre. Souvent il avait taxé de faiblesse la modération de Sergius, qui n'avait reçu que des citoyens dans la conjuration, et dont les émissaires, tout en sollicitant les esclaves à la révolte, évitaient de les armer. Il voulait faire la guerre civile à la façon de Marius; mais, trop faible pour contrebalancer l'influence de Catilina, il attendait son départ pour s'abandonner aux inspirations d'une folle témérité.

— Frères, la nuit s'avance, poursuivit Sergius. Je vous quitte. Vaincus ou vainqueurs, la mort ou le triomphe nous réunira bientôt.

Il se dirigea vers la porte de la salle. Une agitation extraordinaire régnait parmi les conjurés. Chacun d'eux sollicitait de Catilina une parole, un regard, un geste d'amitié avant d'accomplir une séparation dont le terme ne pouvait être prévu.

Tout à coup, par un de ces brusques retours qui troublaient si fréquemment l'âme inquiète du conspirateur, son visage s'altéra. Il porta la main à son front; puis, laissant échapper de sa poitrine un long sanglot :

— Avoir conspiré trois ans, murmura-t-il, avoir dirigé dans l'ombre tant de bras infatigables, tant de poignards acérés, et laisser vivre en quittant sa patrie, dans l'ivresse du pouvoir, dans la joie du triomphe, l'ennemi qui vous en a chassé!... Oh! c'est une douleur que les furies ont dérobé à l'enfer pour m'en accabler!

— Tu voudrais jeter au sénat, en fuyant, la toge ensanglantée de Cicéron? demanda Vargunteius.

— Oui, oui! Qui me donnera le cadavre du plébéien d'Arpinum en présent d'adieu?

— Moi! répliqua Vargunteius. Les serviteurs du consul laisseront sans doute un sénateur pénétrer dans son appartement.

— Tu le saisiras alors et tu l'étoufferas sur ta poitrine d'athlète, interrompit Sergius, dont l'œil bilieux étincela de fureur.

— Un homme habile à manier le poignard serait-il pour Vargunteius un complice inutile? dit Cornélius.

— Qu'ai-je besoin de toi? répondit le sénateur. Cicéron ne poussera pas un cri, pas un soupir, si je puis étendre la main jusqu'à lui.

— Allez, mes braves, repartit Catilina, et qu'on me reconnaisse aux coups dont vous frapperez notre ennemi.

Il souleva le voile de pourpre tyrienne qui recouvrait la porte et disparut.

Le jour commençait à poindre, jour triste, nébuleux, dont la lumière n'arrivait à l'œil qu'à travers les brouillards d'une froide matinée de novembre. Deux hommes remontaient la rue de Scaurus. Silencieux, préoccupés, le front pâle, mais pleins de résolution, ils se dirigeaient vers la demeure de Cicéron. Ils traversèrent la foule de cliens, de solliciteurs de toute espèce qui en obstruaient les abords. Un nomenclateur les reçut à la porte et, remarquant le laticlave de Vargunteius, les introduisit dans le vestibule. Ils venaient, disaient-ils, pour faire au consul d'importantes révélations. On les conduisit à travers les portiques de l'atrium jusqu'à la basilique destinée aux grandes réceptions. La porte leur en fut ouverte après un instant d'attente, et quelle fut leur surprise lorsqu'ils se trouvèrent au milieu d'une assemblée de sénateurs!

Les pères-conscrits étaient assis sur des chaises curules et rangés en demi-cercle au fond de la salle. Catulus présidait la réunion.

Secrètement informé par Fulvie du danger qui le menaçait, Cicéron avait mandé auprès de lui les chefs de tous les partis qui divisaient le sénat. Il leur avait raconté ce qu'il venait d'apprendre touchant le conciliabule de la rue des Taillandiers, et les avait chargés d'interroger Cornélius et Vargunteius quand ils se présenteraient pour exécuter les ordres de Catilina.

A la vue de tant d'illustres personnages, les émissaires du conspirateur parurent déconcertés.

— Quel motif vous amène ici, Romains? leur demanda Catulus.

Vargunteius voulut payer d'audace.

— Nous désirons entretenir le consul, répondit-il en affectant un air de hauteur que démentait visiblement l'embarras de son maintien.

— Est-ce touchant les intérêts de la république? dit le prince du sénat.

— Oui.

— Cicéron va paraître. Vous vous expliquerez avec lui devant nous.

— Nous voulons un entretien confidentiel, objecta Cornélius.

— Le consul aime à prendre conseil des graves personnages qui m'environnent, repartit Catulus. Tout ce qu'il doit connaître, ils peuvent l'écouter.

— Nous nous retirons puisqu'il en est ainsi, répliqua Vargunteius.

— Dis-moi, s'écria Caton indigné, depuis quand voit-on des assassins en laticlave prendre pour victimes les magistrats du peuple romain?

Le sénateur ne sut que répondre. Mais Cornélius, se plaçant au milieu de la basilique, le front haut et les bras croisés sur la poitrine,

— Tu demandes, Caton, dit-il, depuis quand les sénateurs prennent pour victimes les magistrats du peuple romain? Par Tisiphone! il faut que tu sois plus fort en philosophie qu'en histoire pour hasarder une semblable question. Écoute donc ma réponse: Les sénateurs assassinent les magistrats du peuple depuis le jour où ils frappèrent au Capitole l'infortuné Tibérius Gracchus, malgré le caractère sacré de tribun dont il était revêtu.

Après cette réplique insolente, Cornélius prit la main de son compagnon et l'entraîna vers la rue.

On avait convoqué le sénat dans le temple de Jupiter Stator. L'assemblée était des plus nombreuses et des plus bruyantes. Des groupes animés s'étaient formés çà et là dans le vestibule de l'édifice, et l'on y discutait avec chaleur en attendant l'arrivée du consul. Les événemens de la nuit précédente, le conciliabule tenu chez Lecca, la nouvelle tentative de meurtre à laquelle Cicéron venait d'échapper, occupaient tous les esprits. Chacun racontait ce à sujet une anecdote, celui-ci parlant par ouï-dire, celui-là exposant les faits dont il avait été témoin. On ne savait trop quelle attitude allait prendre Sergius vis-à-vis du consul; mais on prévoyait une séance des plus orageuses, féconde en incidents dramatiques et en scandaleuses révélations.

Catilina parut bientôt sous le portique du temple. Marcellus l'accompagnait. Au tumulte des conversations particulières succéda tout à coup un morne silence. Tous les regards se dirigèrent vers le conspirateur. Pas un de ses amis, de ses proches, n'osa le saluer. Dès qu'il eut pris place sur les banquettes des anciens préteurs, ceux qui déjà les occupaient se hâtèrent de les abandonner.

Un héraut annonça le consul. Les pères-conscrits s'assirent à la hâte. Cicéron traversa le parvis du temple et monta sur son tribunal.

La curie entière était attentive. Placés en face l'un de l'autre, complétement isolés de tout voisinage, l'orateur et Sergius ressemblaient à deux ennemis qui vont terminer leurs querelles par un combat singulier.

La contenance de Catilina était fière et dédaigneuse. Il comptait sur les bancs du sénat combien il y avait de lâches qui oubliaient en ce moment sa fortune passée. Cicéron froissait entre ses doigts un rouleau de papyrus. Ses yeux, brillans de colère, cherchaient avec obstination le regard du conspirateur.

— Jusques à quand abuseras-tu, Catilina, de notre patience? s'écria-t-il enfin. Combien de temps encore serons-nous le jouet de tes fureurs? Où aboutira l'audace effrénée avec laquelle tu nous braves? Quoi! ni ces gardes qui veillent durant la nuit à la sûreté du palais, ni ces patrouilles qui sillonnent la ville en tous sens, ni l'effroi du peuple, ni l'appui que nous prêtent les gens de bien, ni cette convocation du sénat dans un lieu fortifié, ni ces yeux qui t'interrogent, ni ces visages qui te menacent: rien n'a pu t'émouvoir? Ne sens-tu pas que tes complots sont découverts? Ne vois-tu pas qu'au jugement de ces nobles sénateurs ta conjuration est désormais enchaînée? Tes démarches de la nuit dernière, celles de la nuit précédente, tes courses, tes assemblées, tes complots, crois-tu qu'un seul d'entre nous puisse les ignorer?

O temps! ô mœurs! le sénat connaît ces crimes, un consul en est témoin, et ce monstre respire!... Que dis-je! il respire!... Il vient au sénat, il prend part à nos délibérations, et du regard il choisit parmi nous ses victimes; tandis que nous, hommes forts, nous croyons faire assez pour le salut de la république en nous dérobant à ses fureurs, en évitant ses coups.

A cette violente attaque, Sergius surpris, épouvanté, livré sans défense aux haines furieuses qui le poursuivaient, baissa la tête et ne trouva de paroles ni pour se défendre ni pour menacer. Il subit pendant une heure la foudroyante accusation qui tonnait sur lui du haut de la tribune consulaire. Ses complots antérieurs, l'histoire entière de la conjuration depuis la révolte de Mallius jusqu'à l'assemblée chez Lecca; Cicéron dévoila tout, sans que le talent de l'accusation cessât un instant d'être au niveau des forfaits de l'accusé. L'impression que produisit dans la curie cette improvisation chaleureuse était d'autant plus vive, que les pères-conscrits avaient coutume d'observer dans leurs discours une plus grande modération. Les uns semblaient pétrifiés d'étonnement; l'effroi, l'horreur, se peignaient sur quelques visages candides, tandis que d'autres sénateurs perdaient contenance lorsque Cicéron, dirigeant sur eux ses regards, assurait que de sa place même il apercevait plusieurs des hôtes de Lecca.

Il y eut un instant néanmoins où le consul oublia si fort toute retenue, que Sergius crut pouvoir hasarder quelques mots pour défendre ses droits imprescriptibles de citoyen.

Cicéron avait osé lui dire :

— Puisqu'il en est ainsi, Catilina, va où tes complots t'appellent. Sors enfin de Rome. Les chemins sont ouverts... Quels charmes, d'ailleurs, peut t'offrir le séjour de cette ville? A l'exception des hommes perdus qui se sont faits tes complices, il n'est personne ici qui ne te craigne, personne qui ne te haïsse... Tu ne peux mourir en paix dans ta patrie, fuis donc vers la terre étrangère; hâte-toi de cacher dans quelque lointaine solitude ta vie que réclament tant de supplices mérités.

— Les Romains ne sont-ils plus justiciables des tribunaux? interrompit Sergius. Suffit-il, sous le règne de Marcus Tullius Cicéron, d'un caprice du maître pour nous envoyer en exil ?

— Tous les gens de bien crient vengeance contre toi, répliqua le consul. Fuis, dérobe-toi au châtiment dont les lois punissent l'abominable crime de perduellion.

— Consulte le sénat, propose à cette noble assemblée un décret qui m'exile, et si tu l'obtiens de sa faiblesse, je m'y soumettrai.

— C'est l'avis des sénateurs que tu demandes ?

— Oui.

— Ecoutez donc, pères conscrits, reprit Cicéron. J'ordonne à Catilina de s'éloigner de nos murailles. Si quelqu'un d'entre-vous me désapprouve, qu'il se montre et qu'il défende contre moi l'inviolabilité des citoyens.

Aucune voix ne s'éleva dans la curie en faveur de Sergius. Pas un de ses familiers, de ses complices, et le nombre en était grand, n'osa se compromettre jusqu'à soutenir une cause qui semblait désespérée.

— Eh bien! Catilina, poursuivit le consul, que te semble de l'attitude de ces nobles personnages? Ils demeurent impassibles ; ils se taisent. Pourquoi donc invoquer l'autorité de leurs paroles quand leur silence manifeste si bien leur volonté (1) ?

Cicéron traça ensuite avec toute la supériorité de son admirable talent le portrait de Catilina, peinture saisissante qui mettait à nu tous les vices, tous les crimes de cette époque aussi féconde en génies sublimes qu'en hardis scélérats. Il justifia sa propre conduite, et termina sa harangue par cette magnifique invocation :

— Et vous, puissant Jupiter, dont Romulus fonda le culte sous les mêmes auspices que cette ville, vous que nous appelons avec raison le soutien de Rome et de cet empire, vous défendrez contre cet homme et ses complices vos autels et les temples de nos autres divinités, nos maisons et nos murailles, la vie et la fortune des citoyens. Et tous les adversaires des gens de bien, tous les ennemis de la patrie, tous les brigands de l'Italie, tous les scélérats qu'unit un pacte de sang, une abominable communauté de crimes, vous aurez des supplices éternels pour les torturer, et durant leur vie et après leur mort.

Il fut impossible à Catilina de répliquer. Son ennemi avait fait passer devant lui tant d'affreux souvenirs de débauches, de meurtres et d'impiétés; il avait éveillé tant de remords dans cette âme inquiète, que le malheureux était atterré. A peine le consul eut-il cessé de parler, qu'il se leva, l'œil hagard, la figure blême, les cheveux hérissés. Il traversa le sanctuaire du temple, se retourna sur le seuil, adressa aux sénateurs un geste de menace et quitta l'assemblée.

(1) Première Catilinaire, passim.

IV.

L'EXIL.

Semblable à un lion blessé, Catilina, en quittant la curie, alla cacher sa douleur dans sa maison d'Alta-Sémita.

Là, en proie à une violente agitation, ne sachant ni ce qu'il pouvait espérer ni ce qu'il devait craindre, il ordonna à son esclave africain de réunir et de classer toutes les pièces de sa correspondance; il brûla ses papiers les plus compromettans. Les étendards, les armes qu'il n'avait pas encore envoyés en Etrurie, il les tira de ses coffres; son cabinet en fut bientôt encombré. Il balança les comptes de sa caisse militaire et divisa par sacs de trois talens tout ce qu'il destinait à l'entretien de ses légions.

— Cours au Palatin, dit-il ensuite à Guthul ; avertis ma femme Orestille que je pars cette nuit même pour la Toscane. Passe ensuite à la maison d'Autrone et invite-le à se rendre chez moi dans une heure; j'y serai pour le recevoir. Tu ramèneras ici deux fourgons sur lesquels tu chargeras ces armes, ces enseignes, cet argent, toutes ces choses précieuses que je veux mettre en lieu sûr avant mon départ. Tu m'as compris?

L'esclave s'empressa d'obéir.

Catilina s'assit devant une table, prit un style, des tablettes, et après avoir recueilli ses idées, il se mit à écrire avec une extrême agitation.

Il rédigeait son testament.

Ce travail absorbait toute l'attention du conspirateur, quand un bruit de sonnette retentit dans l'antichambre voisine. Sergius courut ouvrir. Une femme voilée pénétra dans son cabinet. Catilina reconnut Daphné.

Daphné! un remords qui venait s'ajouter aux autres souffrances de cette matinée fatale ; Daphné! un œil curieux qui le surprenait au milieu des preuves flagrantes de ses iniquités. Il saisit la jeune fille au bras et leva sur elle le style dont il était armé.

Mais son regard rencontra le regard doux et suppliant de sa victime : il s'arrêta. Il lui sembla qu'alors il connut, suave et pénétrant comme un parfum, la pitié, se révélait à son âme, et d'une voix plus émue qu'irritée,

— Que viens-tu faire ici? demanda-t-il à sa malheureuse fiancée

— Lélius, un mot, un seul mot de vous, répondit la jeune fille, et vous pourrez disposer de moi, quand vous l'aurez prononcé.

— Par Silus, mon aïeul! que tu meures ou que tu vives, cela m'importe peu, répliqua Sergius en jetant son arme loin de lui. Parle : est-ce une réparation du passé que tu demandes ?

— Non.

— As-tu choisi cette journée maudite pour venir me jeter au visage ta part d'injures et de malédictions?

— Tous les maux que m'ont envoyés les dieux, je les ai acceptés sans murmure. C'est pour un innocent que j'implore votre protection, Lélius, votre pitié.

— Ma protection? Ah! pour le coup, tu perds ton temps, jeune fille.

— Votre cœur est-il donc inaccessible à tout sentiment de compassion?

— Crois bien, repartit Catilina, qu'il n'existe pas dans Rome d'être si faible, si malheureux, qu'il veuille réclamer la protection de Sergius.

— Que vous soyez incapable de faire le bien, cela se peut.

— C'est aujourd'hui une triste vérité.

— Mais le mal! reprit Daphné.

— En définitive, interrompit le conspirateur, que me veux-tu ?

— Vous allez l'apprendre. Depuis le souper que Sempronia offrit à mon frère dans sa maison du val d'Égérie, un homme a été ou assassiné ou enlevé aux Esquilies.

— Cruscellus, n'est-ce pas?

— Lui-même.

— Plôt aux dieux que tous les traîtres qui m'entourent eussent péri du coup qui l'a frappé !

— Et une autre personne encore a disparu, ajouta Daphné. De celle-là, Sergius, qu'en avez-vous fait?

— De qui veux-tu parler?

— De Prosper.

— Ce nom m'est inconnu, repartit Catilina

— Rappelez vos souvenirs, continua la jeune fille. N'avez-vous pas rencontré chez mon père, le jour de votre première visite, un jeune orfèvre qu'une étroite amitié unissait à Rutuba?

— Ma chère, l'orfèvre est une sorte d'homme à laquelle je n'ai pas coutume de prêter la moindre attention.

— Vos satellites l'ont attiré dans quelque embûche.

— Lui?

— Ils l'ont assassiné.

— Un orfèvre! allons donc! repartit dédaigneusement Sergius.

— Mais cet orfèvre était votre rival.

— Parce que tu avais promis de l'épouser, sans doute. Mais je néglige de semblables bagatelles. Ce sont des plaisanteries, ces rivalités-là.

— Prosper vous haïssait.

— Et faut-il que je livre au glaive tous ceux qui me haïssent? Vraiment, j'aurais trop à faire. Un jour peut-être...

— Eh bien! un jour?

— Les dieux leur rendront au centuple les maux qu'ils ont amassés sur moi.

— Oh! n'appelez sur personne le courroux du ciel, répliqua Daphné; toute imprécation porte malheur à celui qui l'a prononcée.

— Je puis défier la fortune maintenant.

— Les trésors de la colère des dieux sont inépuisables comme ceux de leur bonté.

— Enfant! répondit Catilina, je suis ruiné...

— Vous?

— Proscrit.

— C'est impossible!

— Et ce soir je pars pour l'exil.

— Infortuné! murmura la fille de Gurgès avec un accent de commisération profonde. Que la puissante Junon veille sur vous, quand vous vous achemierez vers la terre étrangère!

Ces paroles de Daphné firent sur Catilina une impression profonde. Pour la première fois il se sentit faiblir son courage; la fièvre de colère qui avait soutenu ses forces depuis qu'il avait quitté le temple de Jupiter Stator, tomba tout à fait. Il s'assit sur un fauteuil, accablé par le sentiment de sa misère présente, repentant des perfidies abominables dont il s'était rendu coupable envers la famille de Gurgès. Il restait immobile et muet vis-à-vis de l'être faible qu'il avait si cruellement trompé. Daphné se pencha vers lui et, le touchant à l'épaule,

— Courage! Sergius, lui dit-elle, songez à vos nobles aïeux.

— Pendant cinq siècles ils ont versé leur sang sur les champs de bataille, répondit Catilina, et leur fils ne sait plus où reposer sa tête dans son ingrate patrie.

— Le temps de l'adversité est venu. Montrez-vous digne de porter leur nom.

Des larmes furtives sillonnaient les joues de Sergius.

— Pauvre enfant! reprit-il en serrant affectueusement la main de la jeune fille, c'est toi qui me plains, toi qui me consoles, toi qui m'encourages à soutenir l'honneur de ma maison! Merci, merci, Daphné. Il y a plus de noblesse véritable dans ton cœur que dans ceux des riches sénateurs qui habitent les somptueuses maisons du forum ou du Palatin.

— Je plains les méchans qui persécutent leurs semblables, répliqua Daphné, car ils sont les plus malheureux des hommes; et je rends grâces aux dieux quand je les vois se repentir.

— J'ai brisé, en me jouant, ton existence si jeune, si joyeuse, poursuivit Catilina, quand l'avenir te réservait tant de bonheur et d'amour; et tu n'as pas trouvé en toi une seule goutte de fiel pour le répandre sur un ennemi déchu : tandis qu'ils m'ont vendu, qu'ils m'ont renié, ces orgueilleux patriciens, auxquels je sacrifiais sans réserve et ma fortune et mon repos. Je les ai aidés de mon crédit, de ma bourse, de mon bras, toutes les fois qu'ils ont imploré mon secours, et nul d'entre eux n'a osé me tendre une main secourable au moment du péril.

Un instant de silence succéda à ces récriminations amères de Sergius. Daphné regardait avec une compassion mêlée d'épouvante cet homme si puissant naguère, devant qui les lois se taisaient, dont les premiers magistrats de la république redoutaient l'audace, vaincu par l'instabilité des choses humaines, initier une femme à ses regrets, à ses douleurs. Sergius parvint bientôt à dominer son émotion. Il se leva, essuya ses larmes, et chassa les tristes souvenirs qui l'obsédaient.

— Excuse un moment de faiblesse, jeune fille, murmura-t-il, oublie que tu as vu pleurer Catilina.

— Les larmes que vous versez vous honorent, repartit Daphné. L'homme vraiment courageux n'est pas insensible au malheur, il sait également bien le comprendre et le supporter.

— Je veux réparer les maux que je t'ai causés.

— Hélas! le temps seul peut soulager mes peines.

— Voici ta dot, ajouta Sergius.

Il prit un sac d'or et l'offrit à Daphné.

— Sois riche, sois heureuse, jeune fille, poursuivit-il : ce sac renferme trois talens (de quinze à vingt mille francs).

— De l'or, à moi! s'écria Daphné. Pensez-vous qu'il suffise de quelques milliers de sesterces pour racheter l'honneur de celle que l'on a trompée?

— Tout se paie avec de l'or, même l'estime du monde, répondit Catilina. Tant que tu seras pauvre, jeune fille, il se rappellera ta faute; il t'oubliera quand tu seras devenue riche. Crois-en mon expérience des hommes : j'ai acheté cher le talent de les connaître et le droit de les juger.

— Qu'ai-je besoin de fortune, puisque jamais le voile des mariées ne doit orner mon front?

— Espère, espère encore. Oh! tu es une belle et vertueuse enfant. Il n'est pas d'honnête homme qui, s'il te connaissait bien, refusât de t'épouser.

— Et vous voudriez que j'apportasse le prix de ma honte en dot à mon fiancé?

— Accepte au moins cette coupe, reprit le conspirateur, et conserve-la en mémoire de moi.

En même temps il enleva du socle de marbre sur lequel il reposait, un vase de bronze, sculpté en ronde bosse, inestimable chef-d'œuvre d'un orfèvre de Corinthe, et l'offrit à Daphné.

— C'est le dernier meuble précieux qui me reste, ajouta-t-il. Un membre de l'aréopage d'Athènes fit présent de cette coupe au dictateur Sylla pendant son expédition en Grèce. Sylla en gratifia Curion, et je le reçus moi-même de ce dernier, après une victoire remportée sur les Dalmates. En la voyant, tu te rappelleras mon repentir et tu invoqueras en ma faveur la protection des immortels.

— Non, non, Lélius, je refuse ce vase comme tout autre présent, repartit la jeune fille. Vous savez bien que dans l'appartement de mon père, dont les meubles respirent toute la simplicité des mœurs antiques, ce merveilleux ouvrage d'un artiste grec serait déplacé.

— Dis-moi, jeune fille, interrompit Catilina, dont le mâle visage s'assombrit, penses-tu qu'on puisse me chasser de Rome comme un barbare dont la présence déplaît au sénat?

— Je sais que vous êtes un homme puissant et redoutable.

— Prends donc cette coupe. Elle te servira de sauvegarde à toi ainsi qu'à ta famille, quand Sergius viendra laver dans le sang de ses ennemis les injures qu'il a reçues.

— Malheureux! s'écria la jeune fille, oublieriez-vous, dans l'égarement de votre colère, que la patrie est la mère commune de tous les Romains?

— Oui, la mère des uns et la marâtre des autres. Mais pourquoi t'entretenir de mes haines? Adieu. Si jamais pendant mon absence un danger te menaçait, invoque le gage d'hospitalité que je te remets aujourd'hui.

—Je vous l'ai dit, Sergius, repartit Daphné, je n'accepterai de vous aucun présent.

— Mais tu es pauvre, et cette coupe vaut dix talens.

— Si je la tenais de vous, je voudrais la conserver ; et ne comprenez-vous pas, Lélius, qu'elle serait au milieu de mes foyers domestiques un monument d'ignominie ?

— Chaste enfant! répondit Catilina pénétré de respect et d'admiration, ton désintéressement aura donc vaincu ma générosité ; et je partirai avec le regret d'avoir commis envers toi plus d'offenses qu'il ne m'était possible d'en expier !

Les regards de la jeune fille s'étaient arrêtés sur le style dont Sergius avait voulu la frapper.

Elle le ramassa, et le cachant sous sa tunique,

— Voici le seul gage que je veux emporter avec moi de notre dernière entrevue, ajouta-t-elle.

— Eh bien ! oui, prends ce style, Daphné, répondit Catilina ; qu'il te serve de trophée, car tu m'as vaincu aujourd'hui en courage et générosité.

— Jurez-moi, maintenant, reprit la jeune fille, que vous n'avez tendu à Prosper aucune embûche.

— Foi de Romain, ton fiancé n'a rien à craindre de moi.

— Jurez qu'entre vous et Rutuba, mon frère, ce pacte horrible qui vous unissait l'un à l'autre est à jamais brisé.

— Tout ce passé d'intrigues, d'assassinats, d'épouvantables mystè res est oublié. J'en atteste les mânes de Sergius Silus, mon aïeul ! Qu'ai-je besoin maintenant d'attendre mes victimes à l'angle des carrefours ! C'est en plein soleil, au milieu de mes plaines de la Toscane, que je vais combattre mes ennemis.

— Sergius Catilina, reprit la jeune fille en tendant la main au fugitif, ne songez plus maintenant qu'à vos affaires. Que les dieux vous accompagnent ! qu'ils vous défendent ! Oubliez moi, oubliez mes fautes : adieu.

— Sois bénie, murmura l'exilé.

Daphné s'éloigna.

Au milieu de la nuit suivante, une troupe de trois cents hommes armés traversa le forum, descendit vers le Tibre en suivant le vicus Tuscus, passa le fleuve et sortit de Rome par la porte Aurélia. Sergius, accompagné des principaux amis, de Tongillus entre autres et de Munatius, se dirigea en toute hâte vers Forum-Aurélii, où l'un de ses affranchis l'attendait.

Dès le lendemain, Cicéron annonça par un discours au peuple le départ de Catilina.

V.

LES DEUX ÉTOILES.

Malgré le temps et la civilisation qui, depuis trois cents ans, ont renouvelé la face de l'Europe, l'Italie centrale n'a oublié aucune de ses antiques traditions. C'est toujours la vieille terre moitié païenne et moitié chrétienne que menaçaient incessamment, il y a trois siècles, la peste d'Egypte et les corsaires de Barbarie. On n'a point creusé de ports sur les côtes de la Romagne, on n'y combat point les mortelles exhalaisons des maremmes ; les héritiers du peuple-roi ne possèdent pas de vaisseaux qui promènent leur pavillon sur la mer de Toscane, mais ils surveillent toujours les brigantins barbaresques et les galères génoises, dont la voile triangulaire ne se montre plus nulle part. Casernés dans des tours de garde, qui s'élèvent de six milles en six milles sur les grèves désertes de la Méditerranée, des artilleurs du pape et des députés de la *sanità* remplissent cette utile mission. Les députés de la *sanità* dorment, les artilleurs du pape fument incessamment leur pipe, et les canons de ces derniers restent, sur leurs affûts en bronze, muets comme les foudres du Vatican.

Une de ces tours mérite surtout d'attirer l'attention des voyageurs. C'est Asture, fief des Frangipani. Bâtie sur des substructions antiques, elle dessine sur un ciel de feu sa grande forme quadrangulaire entre les flots qui la battent et la plage fauve dont les vapeurs pestilentielles déciment les habitans. A quelque distance se déroule un rideau de sombres forêts qui, de Porto d'Anzo, s'étendent jusqu'à Terracine en traversant les marais Pontins.

Asture fut jadis une cité puissante des Volsques. Les bains de Lucullus, une villa de Cicéron, d'immenses palais qu'habitèrent Antoine le triumvir et l'impératrice Agrippine, couvraient une partie de son territoire. Là furent trouvés l'Apollon du Belvédère, et le gladiateur Borghèse, incomparable chef-d'œuvre qui nous a révélé le nom d'un sculpteur inconnu. Triste destinée des artistes! L'histoire, qui parle d'Erostrate, avait oublié Agasias l'Ephésien, fils de Dosithée.

De lugubres souvenirs se rattachent au donjon d'Asture. Cicéron s'embarqua sur la côte voisine pour Formies, où il tomba sous les coups des satellites d'Antoine. Un Frangipani y reçut le jeune Conradin après sa défaite à Tagliacozzo et le livra à Charles d'Anjou, son rival. Hélas! il semble que la vie ne puisse plus renaître sur cette terre, que les Barbares, les Grecs, les Sarrasins, les Normands, tous les peuples de l'Europe et de l'Asie ont tour à tour ravagée. Le malaria la dépeuple ; les châteaux des Frangipani, des Corsini, des Doria y tombent sur les débris des villas patriciennes qu'ils avaient remplacées. Partout des ruines s'amoncellent sur des ruines ; partout la mort s'ente sur la mort!

Rome et l'Italie retentissaient du bruit des armes, quand, par une froide matinée de novembre, Tertia sortit de la ville par la porte Capène, et traversant en diagonale le bois sacré d'Egérie, donna ordre à son cocher de lancer sur la voie Ardéatine ses trois chevaux thessaliens. La voiture de la matrone occupait (*carruca*) avait presque la forme d'un carrosse du temps de Louis XIV. Les panneaux étaient faits de cèdre et d'ivoire. Des pierres spéculaires empêchaient le froid de pénétrer à l'intérieur, sans intercepter la clarté du jour. Les pieds de la noble dame étaient enveloppés de fourrures ; ses épaules pressaient de moelleux coussins. On devinait facilement que cet équipage fringant, qu'environnait une escorte nombreuse d'esclaves et de gladiateurs, appartenait à quelque personne de haute distinction.

Tertia atteignit de bonne heure Ardée, cette capitale des Rutules, cette reine de cinquante-deux peuples, où deux cents individus se meurent aujourd'hui de fièvre et de faim. De là, prenant la voie Laurentine, elle traversa les champs où le pieux Enée vainquit Turnus ; Aphrosidium, la cité de Vénus, bâtie au milieu des myrtes et des églantiers ; Antium, célèbre par son temple de la Fortune ; et elle ne fit halte qu'aux environs d'Asture, non loin des eaux sacrées du Lanuvius.

La voiture de Tertia s'arrêta devant une porte cintrée, au sommet de laquelle était clouée une tête de loup, préservatif certain contre les maléfices. La porte s'ouvrit aussitôt. Un homme et une femme d'un âge mûr, simplement vêtus, dont les visages bronzés par le soleil respiraient une douce quiétude, s'avancèrent pour recevoir la matrone. C'étaient le fermier et la fermière de la villa d'Asture, propriété du consul Cicéron.

Ils introduisirent Tertia dans cette vaste exploitation agricole, une des plus productives de l'Italie. A peine la belle épouse de Martius-Rex se fut-elle éloignée, qu'une nuée d'esclaves, surveillés par des maîtres ou décurions, vinrent remplir auprès des gens de son escorte les devoirs de l'hospitalité. Les hommes furent invités à se rendre aux cuisines; on débarrassa les chevaux de leurs harnais, de leurs selles et de leurs brides, et on les conduisit dans les écuries de la villa. Tout ce travail s'accomplit en quelques minutes, avec ordre et en silence, sous les regards sévères des décurions.

Cependant Tertia avait traversé une cour plus large que longue, au fond de laquelle s'ouvrait une grille dorée. Tertia franchit la grille, invita du geste ses guides à se retirer et arriva, en traversant une allée d'ormeaux, à la maison de maître, vulgairement appelée *urbana* ou *prætorium*.

Les murs en étaient faits de briques diversement coloriées. Ils reposaient sur un soubassement de terre cuite, tandis qu'une corniche sans ornement en couronnait le faîte. Les grandes salles de réception occupaient l'étage inférieur du corps de logis. A l'étage supérieur, il y avait des chambres pour les amis et les hôtes. A droite et à gauche, deux pavillons renfermaient des appartemens d'hiver, des salons d'été, des bains, une bibliothèque : toutes les commodités de la vie, dont un patricien et surtout un philosophe ne pouvait se passer. Une tour blanche, percée de mille ouvertures, surmontait le tout. Là demeuraient des colombes, qu'on apercevait en ce moment se chauffer, sur le toit de leur pigeonnier, aux rayons mourans du soleil d'automne. Chacune d'elles avait, dans l'habitation commune, son entrée particulière, d'où pendait en dehors un bout de ficelle. Ces débris de chanvre, tirés de la corde d'un pendu, étaient les talismans dont se servaient les Romains pour fixer l'inconstance des volages habitans de leurs colombiers.

Tertia pénétra dans l'urbana. Elle s'arrêta au sommet de la seconde rampe d'un escalier spacieux et commode, reprit haleine, chercha à dominer l'émotion qui la gagnait, et vint frapper à une porte deux coups légers.

Aussitôt des pas résonnèrent dans l'appartement voisin. La porte s'ouvrit et Prosper parut.

— Vous ici, bonne Tertia ! s'écria-t-il transporté de joie dès qu'il aperçut la matrone.

— Je suis venu pour vous voir, répondit-elle.

— Que je vous ai de reconnaissance ! Entrez, entrez donc, chère matrone. On ne m'oublie donc pas à Rome depuis quinze jours que vous m'en avez arraché ?

— Enfant ! est-ce que je cesserai de penser à vous, moi, quand bien même tout le monde perdrait votre souvenir !

En disant ces mots Tertia attachait sur son fils des regards pleins de tendresse.

— Mais que vous êtes pâle ! reprit-elle ; comme vous paraissez triste et souffrant ! Vous avez donc du chagrin, Prosper ?

— Je m'ennuie dans cette villa, répliqua le jeune homme.

— Vous vous ennuyez ! Eh ! pourquoi ? Vous manque-t-il un seul des plaisirs de votre âge ? ne commandez-vous pas en maître à tous ceux qui vous entourent ? ne s'empresse-t-on pas de vous obéir, de vous plaire ? n'avez-vous pas des livres, des chevaux, des piqueurs, des chiens ? Si l'on vous a laissé désirer quoi que ce puisse être, dites-le moi et je vous le procurerai.

— Non, bonne Tertia ; on ne me laisse ici le temps de former aucun désir. Mais je regrette le séjour de Rome, la société de mes amis et jusqu'à mes travaux d'atelier.

— Soyez patient et vous retrouverez tout cela, répondit la matrone. Il a bien fallu vous éloigner d'une ville où vous exposiez vos jours sans égard pour ceux qui vous aiment. Vous qui êtes artiste, poursuivit Tertia en s'approchant d'une fenêtre et en montrant la campagne au jeune homme, vous devriez comprendre mieux qu'un autre, il me semble, les beautés de cette magnifique campagne, ces prairies si richement nuancées, de ces coteaux couverts de vignes et de bois, où le vert, le jaune et le rouge se mêlent avec tant d'harmonie. Comment appelez-vous ce fleuve qui promène là-bas son eau d'argent parmi les saules et les peupliers ?

— C'est le Lanuvius.

— Si j'étais jeune homme comme vous, je ne resterais pas un seul instant inoccupé dans cette villa. Tantôt j'irais tendre mes filets à l'entrée des bois, et, couché sur l'herbe, j'attendrais, en faisant une lecture intéressante, que le gibier vînt tomber de lui-même dans mes embûches. Tantôt je poursuivrais les bêtes fauves l'épieu à la main, accompagné de tous les piqueurs et de tous les chiens que je pourrais rassembler. J'aurais un cheval favori pour la promenade, un joli bateau à voile pour la pêche ; et, pendant les journées pluvieuses, je visiterais les celliers où l'on fait le vin, les aires où l'on bat la récolte, les volières, les étables. Je m'instruirais en m'amusant. J'acquerrais sur la culture ces connaissances usuelles auxquelles il est honteux de rester complétement étranger.

— Bonne Tertia, repartit l'orfévre, personne mieux que vous ne sait décrire les plaisirs de la campagne. Je les comprends en entendant vos paroles ; il me semble que je les aime ; mais, hélas ! quand vous serez partie...

— Vous continuerez à vivre seul, n'est-ce pas ? toujours renfermé entre quatre murailles, toujours en proie à des réflexions, à des regrets qui vous rongent le cœur et ruinent votre santé. Ingrat ! Et moi, je ressens le contre-coup de toutes vos douleurs ; je souffre de toutes vos inquiétudes sans penser qu'il m'est pénible de voir qu'une affection nouvelle l'emporte dans votre cœur sur celle que mes bienfaits auraient dû vous inspirer.

— Vous m'adressez des reproches ? dit Prosper attristé. Mais vous aimer, pour moi c'est un bonheur sans mélange de peines ; un bonheur si pur, si différent des autres joies de ce monde, que nulle passion terrestre n'est capable de le troubler.

— Allons, j'ai tort ; vous êtes un brave et digne jeune homme, répondit Tertia.

Puis, prenant en pitié les chagrins qu'on lui avouait, elle voulut satisfaire l'ardente curiosité que trahissaient les yeux, la voix du malheureux amant de Daphné.

Elle s'assit, l'invita à se placer vis-à-vis d'elle et reprit :

— Vous ne m'avez pas encore interrogée sur les nouvelles de la ville.

— Que s'y passe-t-il ? demanda Prosper.

— Catilina s'est enfui de Rome, repartit Tertia.

— Ah ! il s'est enfui !

— Son départ a donné lieu aux bruits les plus contradictoires, aux suppositions les plus absurdes. On se prépare à la guerre.

— Ainsi Rutuba va partir, hasarda l'apprenti.

— Non ; ses amis auront soin qu'il reste à Rome aux ordres du consul.

— Et Callisthènes, reprit Prosper, comment se porte-t-il ?

— Très bien.

— Vous avez vu ce cher maître ?

— Il est venu hier chez moi toucher une somme d'argent que mon intendant lui a payée.

Prosper n'en ajouta pas davantage.

— Vous n'avez pas d'autre personne dont la santé vous intéresse ? lui demanda la matrone, en l'encourageant par un sourire plein de bienveillance et de douceur.

A ces mots, la passion de l'orfévre, longtemps contenue, déborda.

— Et Daphné, Daphné ! s'écria-t-il en fondant en larmes.

— Pauvre enfant, comme vous devez souffrir ! interrompit Tertia. Séchez vos larmes : Daphné se porte bien ; Daphné vous aime encore. Nous la reverrons ensemble quand vous pourrez rentrer dans Rome sans courir aucun danger.

L'apprenti ne pouvait contenir ses sanglots.

— Je vous en supplie, reprit-il, ne cherchez pas à tromper ma douleur par de vaines promesses. Ne me préparez pas, en m'abusant, une déception qui me tuerait. S'il est arrivé malheur à ma fiancée ; si elle a perdu tout souvenir de moi ; si vous désapprouvez mon amour pour elle, dites-le moi franchement, aujourd'hui même ; car le malheur et la solitude m'ont appris la résignation.

— Eh bien ! que signifie cette défiance ? dit la matrone. Qui vous a nourri quand vous étiez pauvre ? qui vous console quand vous êtes triste ? qui vous a secouru quand une abominable femme menaçait vos jours ? Vous doutez de moi !

— Hélas ! je crains d'espérer.

— Vous faut-il un serment ? Je jure par Isis, puisqu'il en est ainsi, que j'ai vu Daphné avant mon départ, que je l'ai rassurée sur votre sort, ainsi que Rutuba, car ils étaient bien inquiets tous deux...

— Ils étaient inquiets ! murmura Prosper, sur le visage duquel la joie, la santé, la vie, semblèrent renaître.

Tertia poursuivit :

— Que Daphné, tandis que je lui parlais de vous, s'était assise à mes côtés, et qu'elle me regardait avec une tendresse inexprimable.

— Elle vous regardait ! Vraiment, elle vous regardait avec tendresse ?

— Ces regards étaient pour vous, enfant.

— Oui, oui, Daphné m'aime encore ! Que vous me rendez heureux, bonne Tertia !

— Puis, quand j'ai quitté vos amis, Rutuba m'a dit de sa voix grave : « Vous verrez bientôt Prosper sans doute. Par-
» lez-lui de nous, rappelez-lui notre vieille amitié, et que sa
» présence ici peut seule y ramener le bonheur et le repos. »
— Et Daphné... n'a rien ajouté ?
— Daphné approuvait les paroles de son frère.
— Aimable fille ! brave centurion ! s'écria l'apprenti.

La joie égoïste de l'orfévre avait réveillé pour la seconde fois dans le cœur de Tertia cet instinct de jalousie mater-nelle qu'éprouve toute femme au moment où elle cesse d'oc-cuper seule la pensée de son fils.

— Toutes les plaies de votre cœur sont-elles fermées à pré-sent ? reprit-elle.
—Oh ! non, pas toutes, répondit Prosper. Les plus vieilles, les plus profondes saignent toujours.
— Daphné vous est promise, continua-t-elle ; que peut-il vous manquer ?
— Ce qui me manque ? C'est une mère, dit le jeune homme ; c'est la plus sainte des affections, le plus précieux de tous les biens.
— Il n'a tenu qu'à vous de connaître la vôtre. Elle se fût montrée d'elle-même à vous si vous eussiez accompli ses vo-lontés, dont j'avais été l'interprète : si vous aviez fui Rutu-ba, Daphné, alors qu'il y avait du péril à les fréquenter.
— Fuir Daphné ! le pouvais-je ?
— Vous le deviez. Votre mère l'ordonnait.
— Eh bien ! j'ai eu tort, je le reconnais, bonne Tertia ; mais n'est-ce rien aussi que l'exil auquel vous m'avez condamné ?
— Cet exil n'est pas une punition, répliqua la matrone : c'est une nécessité.
— D'ailleurs, ajouta l'orfévre, ma désobéissance n'est pas aussi coupable que vous le pensez. L'autorité d'une mère im-pose moins à son fils, quand elle se cache à lui et le laisse or-phelin.
— Prosper ! Prosper ! oh ! taisez-vous, répliqua la matro-ne. Si celle que vous accusez vous entendait !
— Elle me pardonnerait, si peu qu'elle comprît ce qu'on souffre à vivre sans nom, sans famille, sans pouvoir jamais se reposer sous un toit qui ne soit pas celui de l'hospitalité.
— Pauvre enfant ! murmura Tertia.
— Pensez-vous, continua l'apprenti, que je sois sensible à tout ce luxe dont vous m'avez environné ; que je me trouve heureux de commander en maître dans cette villa consulaire, d'avoir ici des centaines d'esclaves à mon service, des che-vaux, des chiens, un équipage de chasse et de voyage aussi riche que celui d'un jeune patricien ? Non, non, dit Prosper en soupirant. Que j'aimerais bien mieux vivre aux Esquilies, dans Subure, auprès d'une vieille bonne femme, qui ne rou-girait pas de m'appeler son fils, que je nourrirais de mon tra-vail, et dans le cœur de laquelle je trouverais un refuge con-tre les abus de cette vie !
—Vous gémissez sur votre condition, répondit la matrone ; mais celle de votre mère, avez-vous cherché quelquefois à la bien apprécier ?
—Elle connaît son fils, du moins.
— Et c'est en cela précisément que ses chagrins sont plus amers, ses peines plus affreuses que les vôtres. Elle vous con-naît, cher enfant, et ses lèvres n'osent toucher votre front, ses mains ne peuvent essuyer librement vos larmes. Elle vous connaît, elle vous a vu mille fois à votre insu. Dans ces mo-ments, elle eût voulu se précipiter vers vous, vous serrer dans ses bras, vous couvrir de caresses. Et ces élans d'un amour qu'irritait la contrainte, elle les réprimait, pour obéir à d'inexorables nécessités. Prosper, tandis que son visage vous semblait impassible, son cœur était abreuvé d'angoisses, sa poitrine pleine de sanglots. Telle est la condition de votre mère, et cependant vous l'accusez !
— Elle a donc de bien graves raisons de se cacher, puis-qu'elle reste inconnue même à son fils !
— Oui, oui, des raisons bien graves, en effet, balbutia la matrone, les yeux baissés vers la terre.
— Que craint-elle, enfin ?
— D'abord... le monde, repartit Tertia.
— Et après le monde ?

— Après le monde ? vous !
— Moi ! répliqua l'orfévre. Pourquoi une mère me crain-drait-elle, je vous prie, bonne Tertia ?
— Si votre naissance... l'accusait... d'avoir méconnu le plus sacré des devoirs, dit la matrone d'une voix si faible, si tremblante, qu'elle arrivait à peine à l'oreille de Prosper.
— Eh bien ?
— Si vous ne pouviez connaître celle qui vous a donné le jour sans la mépriser ?... Oh ! ce serait horrible pour une mère d'être méprisée par son fils !
— Comment ! vous pensez que je mépriserais ma mère, Tertia ! répondit l'orfévre avec indignation. Vous me jugez donc bien lâche et bien dénaturé ?
—Vous lui pardonneriez, n'est-ce pas, cher enfant ? deman-da l'illustre patricienne, plus humble en ce moment devant l'apprenti de Callisthènes qu'un coupable devant son juge.
— Dites que je l'aimerais, que je l'adorerais comme on ai-me, comme on adore la providence des dieux, sans leur de-mander compte de leurs saintes volontés.
— Prosper, tu parles bien sincèrement ?
— Vous ne m'avez jamais abandonné, bonne Tertia, dit l'orfévre ; mais Prosper vous a-t-il jamais menti ?
— Cherche donc, répliqua la matrone, quelle est la per-sonne que tu juges avoir le mieux mérité de toi depuis ton en-fance jusqu'à ce jour.

Prosper immobile, les yeux fixes et les traits contractés, écoutait avidement Tertia.

— Cherche, continua-t-elle, quel est l'être dévoué dont l'af-fection ne t'a jamais fait défaut ; qui n'a jamais laissé aucun de tes désirs sans le satisfaire, aucune de tes joies, aucune de tes douleurs sans la partager ; qui te conseillait le bien, qui te détournait du mal, à qui nul de tes intérêts ne fut étranger.

L'orfévre se laissa glisser jusqu'au bord de son pliant.

— Enfin dis quelle femme tu aimerais le mieux appeler du nom de mère, ajouta la matrone, que ses forces abandon-naient.

— C'est vous, c'est vous qui êtes ma mère ! s'écria l'ap-prenti en se jetant aux genoux de Tertia.

Il se pencha vers elle et la serra convulsivement dans ses bras.

— Prosper ! mon fils ! murmura la matrone.

Et tous deux se mirent à pleurer.

Ils restèrent un instant silencieux. Nulle parole n'eût été capable d'exprimer leur émotion, leur bonheur. Ils s'embras-saient, ils confondaient leurs larmes. Bientôt Prosper se re-leva, et, joignant les mains, les yeux tournés vers le ciel,

— Jupiter, très bon, très grand, je vous rends grâces ! dit-il.

Puis il s'agenouilla de nouveau et appuya sa tête sur l'é-paule de Tertia.

— Je le savais bien que vous étiez ma mère, balbutiait-il en sanglotant. Ce nom si doux, je vous l'ai donné souvent dans mes rêves ; souvent j'ai désiré qu'il vous appartînt. Les dieux ont exaucé ma prière. Ma mère !... bonne et sainte mè-re ! encore une fois appelez-moi votre fils !

— Mon fils ! mon enfant bien-aimé ! répondit la matrone, n'oublions jamais la villa d'Asture et le bonheur que nous y avons goûté.

Un bruit de pas se fit entendre dans l'escalier. Tertia éloi-gna doucement son fils. Tous deux s'efforcèrent de reprendre une attitude calme, la fermière se présenta.

—Illustre matrone, dit-elle à Tertia, ne voulez-vous pas descendre au bain avant le dîner ?

— Si vraiment, répondit la belle voyageuse ; mais je saurai vous avertir quand il me plaira de m'y rendre. Qu'on apporte ici la corbeille que renferme le coffre de ma voiture. Villica, transmettez cet ordre à mon cocher.

La fermière se retira.

— Bonne mère, reprit l'orfévre, vous resterez avec moi au moins quelques jours ?

— Non, cher enfant, cela m'est impossible. Je pars demain. Je n'ai point annoncé mon voyage, et je veux qu'il demeure ignoré.

— Vous donnerez de mes nouvelles à Daphné, à Rutuba?
— Ma première visite sera pour eux.
— Vous me rappellerez également au souvenir de Callisthènes?
— Sans doute. Callisthènes a droit à toute notre reconnaissance. Il vous a rendu supportable la misérable condition d'ouvrier à laquelle vous avez été si longtemps réduit. Cher enfant! quand je pense que tu as travaillé trois ans à battre des métaux, à monter des pierreries, à couler du bronze, soulevant de lourds fardeaux, agitant le soufflet d'une forge, pétrissant l'argile comme le dernier des prolétaires! Mais ce temps d'épreuve est passé.
— Je n'irai plus à l'atelier? interrompit Prosper.
— Non, non, mon fils; vous partirez pour Athènes; vous apprendrez la grammaire, l'histoire, l'éloquence, tout ce qu'un patricien doit savoir.
— Vraiment? repartit l'orfévre, devenu tout pensif. Quand j'abandonnerai mon vieux maître, il sera bien affligé.
— Il faudra qu'il se console.
— Bonne mère, voulez-vous ne laisser aucun regret, aucune amertume dans le cœur de votre fils?
— Oui, certes, dit Tertia.
— Promettez-moi donc qu'à mon retour à Rome, je continuerai d'apprendre l'art divin de Callisthènes; que vous m'enverrez en Grèce, non pour y déchiffrer de vieux papyrus, non pour y écouter discourir des pédans à longue barbe, ce qui m'ennuierait horriblement, mais pour y étudier les chefs-d'œuvre que Praxitèle, Phidias et Miron ont laissés sur cette terre favorisée du ciel.
— Ah! vous n'aimez pas les vieux papyrus! répliqua la matrone, feignant de gronder son fils; les pédans à longue barbe vous ennuient! Au fait, ajouta-t-elle, je ne vois pas trop à quoi servent les bouquins et ceux qui les barbouillent. Mais on ne devient aujourd'hui magistrat, général d'armée, qu'après avoir feuilleté les uns et suivi les leçons des autres. C'est un travers de notre époque, et l'on ne fera pas d'exception en votre faveur.
— Bonne Tertia, repartit le jeune homme, si je renonçais à prononcer des harangues et à gagner des batailles, pensez-vous que cela nuirait au bonheur de ma vie?
— Taisez-vous, étourdi, vous ferez ce qu'on vous ordonnera de faire. Ma corbeille arrive, poursuivit la matrone; voyons ce qu'elle contient.
En effet, deux esclaves entrèrent aussitôt dans la chambre, chargés d'un panier large et profond. Tertia leur ordonna de couper les liens qui en retenaient le couvercle et les congédia.
— Ecoutez-moi bien maintenant, Prosper, reprit-elle, et tâchez de m'obéir.
Pour toute réponse, l'apprenti embrassa sa mère.
Tertia tira de la corbeille un petit manteau d'étoffe tyrienne garni de fourrures.
— L'hiver approche, dit-elle; votre lacerna est devenu trop léger par les froides matinées qu'il fait. J'ai préparé celui-ci pour le remplacer.
— Oh! quelle pourpre éclatante! quelle jolie fourrure blanche et grise! s'écria l'orfévre.
— Cette tunique va avec le manteau, poursuivit la matrone, en continuant l'inventaire de sa corbeille, et ces braies avec la tunique. Tout ceci est pour les jours ordinaires, entendez-vous. Voici maintenant, pour les jours de cérémonie, une toge, une tunique peinte, comme en portent nos élégans de Rome, et des bottines de cuir blanc.
— Mais nous n'avons pas de jour de cérémonie à Asture.
— Comment! ne célébrerez-vous pas bientôt les féries de Saturne et celles d'Ops? Et d'ailleurs, n'honorez-vous pas ici les pénates aux calendes, aux ides et aux nones de chaque mois? Il faut que nos habits soient exempts de toute souillure comme notre cœur, Prosper, quand nous nous approchons des autels des dieux.
— Vous pensez, bonne mère, que ces habits iront à ma taille? demanda le jeune homme.
— A peu près comme ceux que vous fournissait Callisthènes. J'ai quelque raison de le présumer.

Le Siècle.

— C'est la même main qui les a taillés peut-être?
— En effet, répondit Tertia.
— Que vous êtes bonne et généreuse! répliqua l'apprenti.
— Avez-vous encore des chemises? reprit la matrone.
— Oui, deux douzaines, toutes très bonnes.
— Je vous en apporte quelques autres; on n'a jamais assez de ces choses-là. Ce petit fouet de chasse est-il de votre goût?
Tertia tirait en même temps de son intarissable corbeille un fouet à manche de nacre, incrusté d'or et terminé par une figure d'Isis, admirablement sculptée.
— Par Hercule! cette Isis est l'œuvre inestimable de mon maître, dit Prosper. J'ai travaillé moi-même à cette pièce, et Callisthènes l'a vendue vingt mille sesterces à un marchand du forum.
— C'est un cadeau que j'ai voulu vous faire, enfant; vous vous en servirez.
— Mais, bonne Tertia, il n'y a pas un fils de sénateur, à Rome, à qui sa mère puisse donner de pareils présens.
— Et regarderiez-vous, par hasard, tous les fils de sénateurs comme vos égaux? demanda l'orgueilleuse matrone. Ce serait oublier bien vite que vous avez reçu le jour d'une Claudia!
— Mère, pardonnez-moi, je n'ai pas voulu vous offenser, répondit l'artiste.
— Oh! je le pense bien, cher enfant; je désire seulement vous indiquer le rang auquel votre naissance vous a élevé. Il n'est personne au monde, pas de roi, de consul ou de dictateur, dont le sang soit plus noble que le vôtre. A propos, continua la matrone, vos parens vous doivent un symbole: vous porterez celui-ci désormais.
Elle prit dans un coffret un de ces anneaux dont les anciens se servaient pour cacheter leurs lettres, et le passa au doigt de son fils. Sur le topaze qui en formait le chaton deux étoiles étaient gravées avec ces mots pour devise:

AB. VTRAQVE LVX.

Ce qui signifiait également: — *Toutes deux éclairent,* — et *toutes deux m'ont donné le jour.*
— Merci, bonne Tertia, dit Prosper. On verra maintenant que je ne suis pas orphelin, que ma famille ne m'a pas abandonné. J'accepte cet anneau comme un gage précieux de l'affection de mes parens.
— Ce n'est pas moi qui vous l'offre, hasarda la matrone.
— Et qui donc est-ce? l'autre *étoile* peut-être?
— Oui, l'autre étoile, reprit Tertia.
Une vive rougeur colora sa figure, qui pâlit ensuite horriblement; puis la matrone ajouta d'une voix presque éteinte:
— Mon fils, ce présent est le gage d'hospitalité que vous envoie le consul Marcus Tullius Cicéron.

VI.

CITOYENS, LA PATRIE EST EN DANGER!

Cependant Catilina, ne respirant que fureur et que vengeance, avait franchi rapidement la distance qui le séparait de Forum-Aurélii. Il y arriva le 9 novembre au soir et y trouva son affranchi Sergius avec les troupes que ce dernier avait ramenées de Préneste. Le conspirateur séjourna quelque temps dans ce village, où venait aboutir un embranchement de la voie Claudia qui menait à Arrétium, par Forum-Cassii, Vulsinium et Clusium. Il s'avouait vaincu en continuant sa route vers Marseille, retraite ordinaire des patriciens exilés; au contraire, en allant rejoindre la voie Claudia, il se jetait dans un pays rebelle et déclarait la guerre au sénat. Or, Catilina avait besoin de laisser pendant quelques jours ses ennemis dans l'ignorance de ses projets ultérieurs.
Il écrivit de Forum-Aurélii à la plupart des consulaires et à tous les personnages marquans de la république. Ses lettres portaient en substance: que chargé d'accusations calomnieuses, ne pouvant résister aux cabales de ses adversaires, il cédait à la fortune et s'exilait à Marseille, non que sa conscience lui reprochât aucun crime; mais il se sacrifiait, di-

sait-il, au repos de la patrie et à la crainte d'occasionner une sédition par sa résistance. Catilina espérait endormir ainsi le sénat dans une sécurité trompeuse. Il voulait ameuter contre Cicéron tous les nouvellistes de carrefour dont Rome abondait. En effet, si le fugitif, changeant tout à coup de résolution, se fût condamné lui-même à l'exil, il eût certainement compromis d'une manière très grave la responsabilité du consul. Les Romains n'eussent vu dans Cicéron qu'un tyran soupçonneux, provocateur, dont l'imagination, exaltée par ses haines personnelles, avait armé l'une contre l'autre deux puissantes factions. Mais Catulus, prince du sénat, dévoila bientôt aux pères conscrits les intentions véritables de Sergius, en leur communiquant la lettre suivante, qu'il avait reçu de Forum-Aurélii :

« Lucius Catilina à Quintus Catulus, salut !

» Votre fidèle amitié, dont j'ai reçu tant de marques flatteuses, m'inspire, dans les circonstances périlleuses où je suis placé, une confiance entière dans vos dispositions à mon égard. Je ne veux pas justifier auprès de vous mes nouvelles résolutions, je désire seulement vous prouver que ma conscience est sans remords, et vous forcer d'en convenir avec moi. Indigné des injustices et des outrages qu'on m'a faits, de n'avoir pas obtenu, malgré mes travaux et mes services, une position digne de ma naissance, j'ai pris le parti, suivant ma coutume, la cause de tous les malheureux. Non que mes biens fussent insuffisans pour acquitter mes dettes personnelles, Orestille sa fille s'étant généreusement chargée de celles que j'ai contractées pour autrui. Ce qui a motivé ma conduite, c'est que je voyais élever aux honneurs des hommes indignes d'y parvenir, tandis qu'on m'éloignait par d'injustes soupçons. Dans ces circonstances, je n'ai pas dû renoncer à l'espérance, toujours honorable, de conserver le peu de considération qui me reste. Je voudrais vous en écrire davantage, mais j'apprends qu'on se prépare à user contre moi de violence. Je vous recommande Orestille, je la mets sous votre sauvegarde, préservez-la de toute insulte, au nom de vos propres enfans. Adieu ! »

Certaines expressions de cette lettre contenaient une déclaration de guerre formelle. Néanmoins, comme elle avait le caractère d'un acte confidentiel de l'auteur à un de ses familiers, le sénat voulut encore donner à Sergius une nouvelle preuve de sa patience et de sa longanimité. On attendit, pour prendre contre lui des mesures coërcitives, qu'il eût ouvertement levé l'étendard de la révolte en Etrurie.

Sur ces entrefaites, le proconsul Martius Rex, que les pères conscrits avaient chargé de défendre Fésules, reçut une députation de Mallius. L'ex-centurion du dictateur avait donné à ses réclamations la forme d'une supplique. Il y prenait les dieux à témoin que lui et ses amis avaient pris les armes, non pour conquérir le pouvoir et la fortune, *source de toutes les guerres qui divisent les mortels*, mais pour défendre la liberté de leurs personnes contre d'avides créanciers. Il réclamait une application impartiale des lois qui prenaient tout débiteur sous leur protection dès qu'il avait fait une cession complète de ses biens. Il terminait en conjurant Martius Rex et le sénat de ne pas le réduire, lui et ses compagnons, à la nécessité cruelle de vendre chèrement la vie qu'on voulait leur arracher.

La réponse de Martius Rex fut impitoyable. Il ordonna aux révoltés de déposer avant tout les armes; après quoi ils seraient libres d'aller à Rome implorer la clémence du sénat et du peuple, lesquels, ajoutait le gouverneur de Fésules, n'avaient jamais refusé protection aux malheureux.

Le vieux centurion de Sylla était loin de partager la bonne opinion que Martius Rex avait conçue de ses compatriotes. Il jugea qu'il valait mieux mettre la valeur des Romains à l'épreuve que leur générosité, et il continua d'attendre dans les défilés des Apennins l'arrivée de Sergius.

Un acte judiciaire des plus scandaleux, qui occupait en ce moment la ville entière, donna un grand intérêt d'actualité à la protestation de Mallius, ainsi qu'à la réponse du proconsul. Lorsqu'on publia ces deux pièces, la guerre de Catilina se vendaient à l'encan. Les ides de novembre, époque fatale d'échéance pour les dettes usuraires, étaient passées. Les

créanciers du conspirateur avaient été mis en possession de ses biens en vertu d'un édit du préteur urbain. Le mobilier de sa maison du Palatin encombrait toutes les places d'enchères. Ses terres, ses villas, ses troupeaux, ses esclaves, étaient proscrits à l'angle de toutes les rues, au milieu de tous les carrefours. Vingt crieurs annonçaient à haute voix ces richesses mobilières et immobilières, que le satellite de Sylla avait amassées en commettant crimes sur crimes, en proportionnant à l'audace de ses exactions, de ses vols, l'énormité de ses débordemens. Le noble héritier des Sergius pouvait-il après cela rentrer paisiblement dans une ville où les souffrances de la misère, où l'infamie de la banqueroute l'attendaient? Non, sans doute; la guerre civile, à laquelle il s'était exercé jusque-là par ambition, par haine, il fallait alors qu'il l'entreprît par nécessité.

Enfin Rome apprit le 18 novembre au soir que le fugitif avait consommé sa rébellion. Las de dissimuler, il s'était détourné de sa route, avait traversé l'Etrurie, gagné la voie Claudia, et de là Arrétium, où Flamma l'attendait. Son infernal génie avait créé en quelques jours une armée de 20,000 hommes : les uns complétement équipés, les autres (et c'était le plus grand nombre) armés de faux et de bâtons. D'Arrétium, où il avait pris le titre et les ornemens de proconsul, Catilina s'était rendu au camp de Mallius. Là ces deux hommes, dont les talens militaires étaient incontestables, étaient parvenus, en réunissant leurs troupes régulières, à remplir les cadres de deux légions.

A ces nouvelles, le sénat prend le deuil. Il déclare par un décret, le troisième qui fut rendu au sujet de la conjuration, Sergius Catilina et Caïus Mallius ennemis publics, fixe un terme à leurs complices pour rentrer dans le devoir, ordonne aux consuls de procéder immédiatement à l'enrôlement des citoyens capables de porter les armes, et charge Marc-Antoine de soumettre la Toscane, pendant que son collègue veillera à la sûreté de Rome, des municipes et des colonies.

Alors se réveillèrent dans tous les cœurs les tristes souvenirs de Mariur et de Sylla. Ces patriciens superbes, ces fénérateurs, ces commerçans qu'une longue paix avait faits puissans et riches comme des rois, demeurèrent frappés d'épouvante en pensant qu'une seule bataille pouvait décider de leur sort. Ils ne quittaient plus la ville : ceux qui s'étaient enfuis quelques jours auparavant rentraient en foule, chassés des provinces par l'insurrection. Le danger n'était plus seulement dans Rome; en l'assiégeant encore les murailles. Forts de leur pauvreté, les seuls prolétaires attendaient sans crainte l'issue de la guerre catilinaire, appelant en secret les malheurs de la défaite sur la faction la plus opulente, par cette seule raison qu'ils la trouvaient meilleure à dépouiller.

Les quatre légions que les consuls avaient de cette année avaient formées, étaient la seule force active que l'oligarchie pût opposer à Catilina. Ses autres troupes tenaient garnison à Fésules, à Capoue, dans le Picénum et en Apulie. Et pourtant les cohortes consulaires, unique espoir de la république, ne se composaient que de recrues inexpérimentées, tandis que leur chef Antoine était justement soupçonné de favoriser la conjuration. Aulanus, un de ses tribuns militaires, était encore aux prises à Capoue avec Pompéius Rufus et avec Sextius, ce questeur fidèle que Cicéron lui avait imposé. Le sénat oubliait il donc sa prudence ordinaire, ou désespérait-il de sa cause, lui qui se choisissait de pareils défenseurs?

Dominés en ce moment par Cicéron et par le conseil des Sept, les pères conscrits utilisaient au contraire avec une grande habileté les faibles moyens de résistance qu'ils avaient à leur disposition.

En effet, ils allaient mêler, en appelant sous les drapeaux tous les citoyens capables de porter les armes, un grand nombre de vétérans aux recrues des légions consulaires. L'exemple de ces braves devait suffire pour encourager les jeunes soldats, pour les guider et soutenir leur valeur dans le tumulte d'un combat. Qu'était-ce d'ailleurs, à le bien prendre, que l'armée de Catilina? Une foule indisciplinée de vieillards appesantis par l'âge, de vagabonds, de paysans mal équipés et sans expérience de la guerre. Sergius lui-même ne comptait sur eux que dans le cas où Lentulus agirait vigoureusement dans

Rome. Mais Lentulus avait là pour adversaire un homme qui ne se laissait ni tromper ni séduire, encore moins intimider.

Quant à Marc-Antoine, son titre de consul lui donnait incontes'ablement le droit de commander, soit dans la ville, soit en Étrurie. On l'eût poussé à une révolte ouverte, on se fût créé un adversaire dangereux en le privant de sa part d'autorité au milieu des périls de la patrie. Or, puisqu'il fallait absolument l'employer, qu'exigeait la prudence? Qu'on l'éloignât de Rome, qu'on le plaçât sur un champ de bataille, en plein jour et le premier sous les coups de l'ennemi. Un général doit toujours embrasser quand même le parti de ses officiers et de ses soldats. Marc-Antoine se trouvait forcé de combattre loyalement Catilina, même à regret, par ces mille raisons d'honneur et d'amour-propre personnel qui empêchent un général d'abandonner son drapeau.

Au sortir du sénat, Cicéron descendit au forum, accompagné des patriciens et des chevaliers les plus illustres, entre autres de Mablins Torquatus et de son fils. Il monta sur la tribune aux harangues, donna lecture au peuple du sénatus-consulte qu'il venait d'obtenir et se démit de son gouvernement. On procéda immédiatement par la voie du sort à l'élection de son successeur dans la province de Cisalpine. Marc-Antoine présidait au tirage, et le hasard fut intelligent, car le nom qui sortit de l'urne fut celui de Métellus Céler, qu'un décret récent avait chargé de pacifier le Picénum.

Céler se trouva donc investi d'un pouvoir absolu dans toute cette immense contrée que partagent aujourd'hui le Piémont, la Lombardie, les duchés de Parme et de Modène et les huit légations septentrionales des États pontificaux (1), c'est-à-dire qu'il surveillait tous les passages des Apennins depuis Aquila jusqu'à Gênes, et qu'il tenait littéralement Catilina bloqué entre Rome, les montagnes et la mer d'Etrurie.

Le lendemain, une tente magnifique de lin rayée de pourpre, ornée de trophées d'armes et surmontée de deux drapeaux, l'un rouge et l'autre bleu, s'élevait sur le terre-plein du Capitole. Elle recouvrait le tribunal où Marc-Antoine et Cicéron étaient assis sur leurs chaises curules. Les tribuns militaires en uniforme de bataille les environnaient. Devant eux, Marcus Pétréius, lieutenant d'Antoine, et le questeur Fadius, assistés de plusieurs scribes, consultaient les livres de la censure. Une double rampe recouverte de tapis précieux, reste de la succession d'Attale, roi de Pergame, conduisait aux bureaux de ces derniers.

Le temple de Jupiter très bon et très grand, celui de Junon Monéta, le bois sacré de l'Asile, les portiques du tabularium, l'âpre montée de la roche Tarpéienne et l'escalier des Gémonies retentissaient du bruit des trompettes et des buccins. Une agitation extraordinaire régnait dans la ville. La foule encombrait la place publique et murmurait comme la mer aux approches d'une tempête sous les noires substructions de Tarquin l'Ancien. De longues files d'hommes, qu'on pouvait reconnaître à leur attitude martiale pour d'anciens soldats, gravissaient avec ordre les rampes de la montagne sainte. On enrôlait (tumultuairement) les citoyens en état de servir ; on armait contre Sergius Catilina tous ces vaillans débris des armées d'Italie, d'Espagne et des provinces orientales, dont les efforts desquelles avaient succombé tour à tour Sertorius, Spartacus, Mithridate et les pirates de la Méditerranée.

Les deux consuls avaient prononcé la formule ordinaire de conjuration :

« Que ceux qui veulent sauver la république me suivent! » Des voix avaient répondu par milliers à cet appel. Pétréius et Fadius nommaient les citoyens qui devaient encore une part de leur sang à la patrie. Ceux-ci paraissaient l'un après l'autre au tribunal des consuls pour faire valoir leurs motifs d'exemption. Les tribuns militaires choisissaient les hommes propres aux diverses armes dont se composait la légion. On les assortissait deux à deux, suivant l'âge et la taille, et leur nom était inscrit sur les tables d'enrôlement.

_____

(1) Ferrare, Bologne, Ravenne, Forlì, Urbino, Ancône, Macérata et Fermo. Une partie de l'Abbruzze ultérieure était aussi soumise à la juridiction de Métellus Céler.

Titus Fadius appela enfin Caïus Mutius Rutuba, fils de Mutius Gurgès, centurion primipilaire de l'armée d'Asie.

— Me voilà, répondit le valeureux officier en s'approchant du lieutenant d'Antoine.

Rutuba ne put s'empêcher de lever les yeux vers Cicéron. Son regard rencontra celui du consul, qui semblait l'observer attentivement.

— Reconnaîtrait-il le parricide qui l'a frappé au milieu du forum ? pensa le centurion saisi de crainte.

Mais il ne tarda pas à se rassurer. La figure de Cicéron ne trahissait qu'un sentiment de curiosité mêlé d'admiration.

— Caïus Rutuba, dit Pétréius au jeune homme, vous avez servi sous Pompée le Grand ?

— Oui, répondit l'officier.

— Vous avez obtenu un congé temporaire pour cause de blessures ?

— Oui, répondit une seconde fois le centurion avec son laconisme de soldat.

— Où avez-vous été blessé? reprit Pétréius.

— A l'attaque du temple de Jérusalem.

— Un rapport de Pompée le Grand atteste que vous êtes monté le premier sur la brèche avec Faustus Sylla.

Faustus Sylla était tribun de la dixième. Je marchais à côté de mon tribun.

— Etes-vous guéri ?

— Parfaitement.

— Vous n'avez à présenter devant nous aucun motif d'exemption ?

— Aucun.

— Mon général, fit un des tribuns militaires en s'adressant au consul Antoine, le commandement de la première centurie du premier manipule de la _secourable_ est encore vacant. Il faut le donner à ce brave ; je lui confierai avec plaisir l'aigle de ma légion.

— Questeur Fadius , interrompit Cicéron sans prendre garde aux paroles du tribun, voulez-vous inscrire Rutuba parmi les vétérans qui resteront à Rome à ma disposition?

Fadius s'inclina.

Le consul invita du geste Rutuba à s'approcher de son tribunal.

— On m'a parlé de vous, lui dit-il.

Et comme le fils de Gurgès paraissait surpris de cette confidence,

— Un certain Cerbérus, ajouta Cicéron, vous a recommandé à moi comme un soldat d'élite. Vous connaissez Cerbérus?

— En effet, répondit l'officier.

— Ce n'est plus un bâton de centurion qu'il vous faut, jeune homme, poursuivit le consul, mais un anneau d'or de tribun. Je vous fournirai bientôt l'occasion de le gagner. Allez! rentrez au temple de Libitine, et en attendant mes ordres, veillez sur Daphné.

Rutuba fut émerveillé d'entendre Cicéron prononcer le nom de sa sœur et lui recommander de la défendre. Il salua profondément et se retira tout pensif.

L'enrôlement terminé, un héraut proclama l'édit des consuls, qui fixait au 22 novembre la prestation de serment militaire et le départ de l'armée d'Etrurie au vingt-cinquième jour du même mois.

A la huitième heure (deux heures après midi), l'assemblée fut congédiée.

VII.

L'HOTELLERIE DE VULSINIUM.

On eût cherché vainement à cette époque dans la petite ville de Vulsinium (aujourd'hui Borséna dans les Etats de l'Eglise) un souvenir de son antique splendeur. Le temps était loin où les rois Volsques y tenaient leur cour. On l'eût prise, pendant la nuit du 24 au 25 novembre, pour une des bourgades les plus tristes , les plus pauvres et les plus ignorées du Bruttium. Toutes les maisons étaient closes, toutes les rues silencieuses depuis la chute du jour. Pas un voyageur, pas un rhéda ne parcourait la voie Claudia, qui la traversait dans toute sa longueur.

C'est que les dangers de la guerre civile assiégeaient cette malheureuse colonie, qui se rappelait encore les proscriptions du dictateur. Sergius Catilina y avait passé deux jours auparavant, traînant après lui une foule tumultueuse de prolétaires et de vétérans. Une division de l'armée consulaire, commandée par le lieutenant Pétréius Atinas, marchait à la poursuite du proscrit et avait occupé déjà Forum-Cassii.

Les bourgeois de Vulsinium attendaient avec terreur l'issue de la guerre catilinaire, sûrs d'en payer les frais, quel que fût le vainqueur.

Cependant, vers la troisième heure (neuf heures du soir), une voiture hermétiquement close entra dans Vulsinium. Les quatre petits chevaux lybiens, qui traînaient ce véhicule antique, semblaient harassés de fatigue. Des cavaliers suivaient, dont les montures n'avançaient plus qu'à grande peine sur la chaussée du grand chemin. Après quelques instans de marche, les voyageurs s'arrêtèrent devant une maison d'assez belle apparence. Deux lourds piliers toscans, surmontés d'un entablement triangulaire, encadraient la porte de chêne qui en fermait l'entrée. Au-dessus, une enseigne se balançait au souffle du vent d'automne. Si les ténèbres n'eussent empêché de la bien apercevoir, on aurait pu y lire ces mots, écrits en lettres onciales : *A l'instar de Rome. Hôtellerie du roi Porsenna*. Au premier coup de sonnette que donnèrent les cavaliers, d'effroyables aboiemens ébranlèrent l'atrium de la maison ; mais pas une voix amie d'hôtelier n'intervint pour les apaiser.

Les voyageurs sollicitèrent un instant par les moyens ordinaires l'entrée de l'hôtellerie. Puis, voyant l'inutilité de leur requête, ils s'armèrent de pavés et battirent la porte en brèche avec une incroyable fureur.

L'hôte continua de se taire, pendant que ses chiens redoublaient leurs aboiemens.

— Ils dorment comme les morts des hypogées de Tarquinius, dit un des cavaliers.

— Ce tavernier maudit a le sommeil aussi dur que le roi Porsenna dans son tombeau de Clusium, ajouta un second voyageur.

Les portières de la voiture s'abaissèrent aussitôt, et livrèrent passage à quatre têtes de femmes, les unes blondes, les autres brunes, mais toutes d'une fraîcheur et d'une beauté remarquables.

— Par Vénus Erycine ! ces vauriens ouvriront-ils ?

— Allons-nous passer la nuit sur cette route ?

— Mais je suis horriblement fatiguée. — J'ai faim. — J'ai froid. — J'ai soif.

Ces réclamations, que de jolies lèvres articulèrent coup sur coup, attirèrent un des cavaliers près de la voiture.

— Tranquillisez-vous, reprit-il, nous allons assiéger en règle l'hôtellerie du Roi Porsenna et vous y introduire en triomphe. Mais vous occupez notre principale machine de guerre. Descendez un instant sur la route, et nous vous donnerons le curieux spectacle de quatre futurs sénateurs emportant d'assaut le chenil d'un tavernier.

Les quatre voyageuses s'empressèrent d'obéir et sautèrent à bas de leur *carrucca* avec une légèreté qui eût fait honneur aux essédaires les mieux exercés. Le même cavalier reprit en s'adressant à ses compagnons de voyage :

— Dételons les chevaux maintenant, et servons-nous, pour enfoncer la porte de ce misérable, de notre voiture comme d'un bélier.

— Mais la voiture se brisera, fit observer un des jeunes gens.

— Oui, la voiture... ou la porte. Essayons toujours.

Les voyageurs retournèrent en effet la *carrucca*, dételèrent les chevaux, et communiquant à leur pesante litière de voyage un mouvement d'impulsion rapide, ébranlèrent d'un coup terrible la clôture de l'hôtellerie. Il se fit en ce moment, au dehors comme au dedans de l'auberge, un bruit épouvantable. Les assaillans blasphémaient, leurs compagnes adressaient à l'hôtelier mille invectives, pendant que les chiens

de l'intérieur promenaient dans l'atrium leurs aboiemens furieux, et que la voiture imitait le roulement de la foudre en avançant et en reculant sur les dalles de la rue. Des pas précipités retentirent bientôt dans le vestibule. Une grosse figure, toute bouffie de colère, se montra à travers la grille d'un guichet.

— Qu'est-ce là ? dit-elle, et pourquoi tout ce vacarme ?

— Tu oses le demander, ô le plus scélérat et le plus endormi des hommes ? répondit un des cavaliers. Ne comprends-tu pas que nous arrivons de Rome, fatigués, transis, affamés ?

— Qui êtes-vous ? interrompit l'hôtelier.

— Nous sommes gens capables de te faire battre de verges demain matin au milieu de la place publique, sois-en persuadé.

— Mais encore ?

— Quelle impertinence ! s'écria le voyageur. Eh bien ! puisqu'il faut te décliner mon nom, chien de cabaretier, tu sauras que je m'appelle Fulvius, que je suis le fils du sénateur Atratius Fulvius, et que s'il m'arrive jamais d'obtenir un commandement en province et de traverser Vulsinium, je ferai couper ces deux grandes oreilles que tu caches sous ton bonnet de laine grise. Ouvriras-tu, maintenant ?

— Et vos compagnons, comment se nomment-ils ?

— Vous verrez, par les furies ! que ce misérable nous fera subir un interrogatoire en règle, répliqua Fulvius. Apprends donc, étranger stupide, que je suis en compagnie de Publius Victor, de Cornélius Cinna, et d'Aurélius Orestes Ces grands noms te suffisent-ils, ou veux-tu rassembler dans ta baraque tous les héritiers des pères conscrits ?

— Ouvre donc, brave homme, interrompit Coruélius Cinna. Nous menons avec nous Dyonisia, Myrtis, Lysia, Sapho, les plus belles danseuses de la ville ; et tu devrais rougir de laisser à cette heure, sur la voie déserte, quatre nymphes adorables, aux pieds desquelles Rome entière est à genoux.

L'hôte aperçut en ce moment les quatre jolies personnes qui grelottaient au milieu du chemin, et cette vue le rassura sans doute plus que n'avaient pu le faire les discours de Fulvius, car il apaisa ses chiens, secoua un tas énorme de ferraille, chaines, clefs, verrous, tira la porte à lui et introduisit dans sa maison les joyeux chalands que la fortune lui envoyait.

— Victoire ! Victoire ! cette maison nous appartient maintenant, s'écrièrent-ils tous ensemble en se précipitant dans le triclinium de l'hôtellerie. Qu'on nous serve tout ce qu'il y a de meilleur à Vulsinium, des huîtres, une grillade, un pâté de gibier, une poularde et du vin de Lesbos.

— Cher ami, disait la jolie Dyonisia, une main appuyée sur l'épaule de Fulvius, j'ai bien envie de manger un de ces excellens gâteaux à la crème, que vendent les pâtissiers du forum.

— Et moi, ajouta Myrtis, dont la joue fraîche effleurait la magnifique barbe d'Aurélius Orestes, que je viderais avec plaisir une coupe de vin aromatisé, comme on en prépare dans les thermopoles du champ de Mars !

— Victor, disait Lysia, n'est-ce pas que tu m'achèteras, quand nous serons à Rome, cette belle tunique à fleurs d'or et de pourpre, que nous avons marchandée l'autre jour dans Tabernola.

— Lysia est une coquette, interrompit Sapho. Elle ne rêve que parures, tandis que nous mourons tous de faim. Quant à moi, poursuivit la danseuse en appuyant sa tête sur l'épaule de Cornélius Cinna, je donnerais toutes les tuniques du monde pour une aile de poulet truffé et pour un verre de syracuse. J'espère bien, mon petit Cornélius, que tu vas nous faire servir du vin de Syracuse et du poulet truffé.

— Mes belles, répondit Fulvius avec sa fatuité superbe, nous allons vous payer ce soir un souper de roi, et quand nous rentrerons vainqueurs dans Rome avec l'armée de Catilina, bracelets, colliers, robes de pourpre, chlamydes peintes, oh ! par Tisiphone ! nous ne vous laisserons rien à désirer.

Fulvius s'était ennuyé à mourir dans la ville depuis que Sergius Catilina en était parti. Il courait rejoindre le conspirateur, et, pour mieux s'égayer en voyage, il emmenait au camp de Mallius bonne et joyeuse compagnie.

Il n'avait vu dans la conjuration, depuis que la rumeur publique la lui avait apprise, qu'un agréable moyen de tuer le temps en attendant les plaisirs de l'hiver.

Il frappa de toutes ses forces sur une table avec le manche de son fouet. L'hôtelier accourut.

— Que vas-tu nous servir, vaurien ? lui dit Fulvius.

— Tout ce que j'ai, mon patricien.

— Voilà qui est parlé ; et qu'as-tu ?

— Rien.

Les quatre danseuses accueillirent par une exclamation de surprise et de douleur cette parole sinistre.

— Imaginez-vous, mon jeune sénateur, reprit le maître de la maison, que Sergius Catilina a traversé Vulsinium, il y a dix jours, avec une troupe de quatre ou cinq mille insurgés ; que la moitié de la population l'a suivi, et qu'il a frappé sur l'autre une contribution en nature et en espèces qui nous a tous ruinés.

— Certes, Catilina est assez bon patricien pour se permettre de rançonner des misérables tels que vous, repartit Fulvius. Mais n'a-t-il rien laissé pour ceux qui viendront après lui ?

— Sergius avait bien laissé quelque petite chose ; mais l'avant-garde de l'armée consulaire qui va, dit-on, le poursuivre, n'est qu'à trois lieues d'ici. Vous avez dû la rencontrer aux alentours du forum Cassii.

— En effet, nous avons traversé les cohortes de Pétréius.

— Eh bien ! les coureurs de ce Romain sont venus ce matin à Vulsinium, et tout ce que Catilina avait négligé d'y prendre, ils l'ont emporté.

— Hélas ! pourquoi avons nous quitté Rome, où il y a de si bons gâteaux ? interrompit Dyonisia.

— Tavernier, reprit gravement Fulvius, il nous faut, d'ici à un quart d'heure, des huîtres, une grillade, un pâté de gibier, un poulet aux truffes pour Sapho, des gâteaux à la crème pour Dyonisia, du vin aromatisé pour Myrtis, et une foule d'autres objets de consommation, ou, foi de Romain ! nous mettrons le feu à cette maison.

— Vous voulez incendier mon auberge ! répliqua l'hôtelier. Vous oubliez donc, par Jupiter vengeur ! qu'il y a des magistrats dans la colonie de Vulsinium, des tribunaux et des licteurs.

— Nous savons, répondit Fulvius, que Vulsinium se trouve maintenant placé entre l'armée de Catilina et celle de Marc-Antoine, et que l'un et l'autre de ces deux généraux, n'importe lequel, te fera étrangler à notre recommandation, toi, tes magistrats, tes juges et tes licteurs.

— Mes chers amis, dit Cornélius Cinna, dont l'éloquence toute persuasive avait déjà su vaincre la défiance de l'aubergiste, je ne vois pas dans quel but, vous menacez ce brave homme ? Tavernier, mon ami, reprit Cinna en jetant sur la table deux pièces d'or, je voudrais causer un instant avec toi. Les soldats de Catilina et ceux de Pétréius ont dévasté ta maison, je le sais, mais je suis persuadé que les maladroits ont oublié un vieux jambon des Gaules dans un coin de ton grenier.

— Par Comus ! cela ne serait pas impossible.

Le jambon était enterré sous un monceau de cendres que les pillards ont oublié de retourner.

— Au fait, repartit l'hôtelier en ramassant les pièces d'or, vous me semblez raisonnable, vous. Je vérifierai le fait dont vous parlez.

— Nous avons bon appétit et nous prendrons volontiers cette forte nourriture que d'autres ont méprisée.

— Mais, mon sénateur, il faut que le porc salé trempe au moins douze heures et qu'il cuise la moitié de ce temps pour arriver à point.

— Non, non, tu envisages mal la chose. Détaille-nous cela bien proprement, par tranches fines, et fais-le sauter dans la poêle avec du beurre, des herbes hachées menu et de petits oignons.

— Par Comus, de quel bon jeune homme vous m'avez l'air ! Je cours de ce pas à la recherche du jambon.

— Un instant, un instant, brave homme, poursuivit Cinna. Je ne mets point en doute qu'un hôtelier comme toi, dont la réputation est universelle, ne pût rencontrer, s'il voulait descendre dans sa basse cour, une ou deux poulardes bien grasses, bien dodues, et qu'il ne parvînt, vu leur embonpoint, à les attraper sans trop de fatigue et à leur tordre le cou.

Cinna fit briller à ses yeux deux nouvelles pièces d'or.

— C'est étonnant comme nous nous entendons bien avec ce brave homme, ajouta-t-il Sais-tu ce que mon pédagogue m'a appris dans mon enfance ? C'est que Vulsinium, ancienne capitale des Volsques, est bâtie sur le bord d'un lac superbe, où l'on trouve en abondance les meilleurs poissons d'Italie.

— Ce pédagogue avait raison.

— Et je serais bien étonné, cher ami, qu'un hôtelier de ton mérite ne possédât pas, au fond du lac, une caisse de bois qu'une corde attache au rivage et où grouillent des tanches, des carpes, un gros brochet surtout, qui mange le fretin, en attendant qu'un animal plus gros que lui vienne à son tour le dévorer.

— En effet, répondit l'hôtelier, j'ai un souvenir vague d'une caisse assez semblab'e à celle que vous décrivez.

— Et puis, ajouta Cornélius Cinna, les soldats romains ne sont pas gourmands de friandises. Ils t'ont laissé force confitures, force gâteaux, figues, dattes et raisins secs. Ah ! pour le vin, c'est bien différent.

— Ils n'ont pas trouvé le chemin de ma cave ; je suis forcé d'en convenir, répondit l'hôtelier.

Et il plaça dans le sinus de sa tunique les deux nouvelles pièces d'or que Cinna lui présentait.

— Voici une jeune fille, reprit Cinna en montrant Sapho, dont les regards ranimeraient un mort et qui aime le syracuse à la folie. Fais tes efforts pour lui en trouver.

— Comptez sur mon zèle à vous obliger, belle matrone, repartit le tavernier.

Il porta la main à son bonnet de laine grise, et s'inclina respectueusement devant Sapho.

— C'est singulier ! interrompit Fulvius. Je détestais cet homme, il n'y a qu'un instant ; je l'aurais étranglé ; j'aurais brûlé sa maison, et voilà que je commence à l'adorer.

— Et moi, j'aime à la folie les fils de sénateurs, mon patricien, répondit l'hôtelier, ce sont de très bons jeunes gens pour la plupart ; mais, par Tisiphone ! je suis bien forcé de les traiter en ennemis, quand ils veulent prendre ma maison d'assaut.

Au moment où le tavernier du Roi Porsenna courait à sa cuisine pour apprêter le repas de ses hôtes, un noble patricien franchissait la porte du Forum-Cassii qui menait à Vulsinium.

Ce vieillard marchait seul, à vingt pas en avant de ses familiers, enveloppé d'un manteau. Les esclaves et les gladiateurs qui l'accompagnaient avaient peine à le suivre, tant il lançait rapidement son cheval sur le pavé de la voie Claudia. Tous ces hommes silencieux, dont les grandes formes glissaient à travers la nuit, dont les armes résonnaient en cadence à chaque mouvement de leurs montures, allaient troubler par un acte terrible de justice la joie tumultueuse d'un festin.

Les voyageurs de Vulsinium attaquèrent bravement le souper de leur hôte. Le second service fut composé de fruits secs, de gâteaux, de confitures, et de trois cruchons de ce vin délicieux de Mendé que Sempronia avait servi au centurion lors de sa première visite au bois sacré d'Egérie.

— Nos pères étaient des barbares ! s'écria Fulvius en portant sa coupe à ses lèvres. Qu'étaient leurs guerres civiles ? Des batailles, des proscriptions, après lesquelles on exposait sur les rostres des monceaux de têtes sanglantes. Nous organisons la révolte, nous, en promenant en litière des femmes charmantes et en buvant des vins excellens Quel progrès ?

— Nous entrons dans les auberges sans coup férir, par capitulation, poursuivit Orestes, et nous transformons les danseuses en tribuns de légion.

— Ah ! quelle idée, reprit Myrtis. Dis donc, Orestes, vou-

dras-tu mettre une légion sous-mes ordres quand nous serons arrivés au camp de Sergius ?

— Sans doute, répondit le jeune homme ; vous quitterez
toutes la *palla* pour revêtir la cuirasse et le paludamentum.

— Nous monterons à la brèche, fit Dyonisia.

— Et nous prendrons les villes d'assaut, continua Myrtis.

— Folles que vous êtes ! dit Fulvius, vous ne songez plus
que Sergius Catilina est un homme de guerre, et qu'il ne
mettra pas de femmes à la tête de ses soldats.

— Tu nous ennuies avec ton Catilina, répliqua Sapho.

— Puisqu'il en est ainsi, reprit Dyonisia, moi je retourne à
Rome.

— Mais les cohortes de Pétréius vous barrent le passage,
objecta Victor.

— Nous passerons au travers.

— Et l'armée de Marc-Antoine qui va suivre ?

— Nous l'attaquerons et nous la mettrons en fuite.

— Nous traînerons le consul en triomphe à Rome, poursuivit Myrtis.

— Que trouverez-vous dans la ville, demanda Fulvius,
maintenant que la fleur de l'aristocratie l'a quittée pour suivre Catilina? Des bourgeois stupides, des orateurs verbeux,
des magistrats gourmés ?

— Vous pensez donc, Fulvius, qu'il n'y a de gens aimables
que dans la société de Sergius? répondit Lysia.

— Pour le coup, ce serait porter un jugement trop exclusif, repartit Dyonisia.

— Je maintiens que Rome est inhabitable depuis que Sergius en est parti, reprit Fulvius.

— Le fait est, dit Orestes, que les fénérateurs s'y montrent
difficiles.

— Et les créanciers impitoyables, ajouta Victor.

— Je puis vous assurer, chers amis, poursuivit Cinna,
que les triumvirs capitaux, les licteurs et les esclaves publics n'y sont pas moins insolens que les banquiers. Une
aventure vraiment scandaleuse m'est arrivée l'autre nuit.

— Qu'est-ce? demandèrent les jeunes gens.

— Je revenais de souper. J'avise une personne assez gentille qui donnait le bras à son mari. Je m'approche d'elle et
je lui témoigne d'une manière éloquente toute l'admiration
que sa beauté m'inspire. Mais voilà que le mari s'emporte,
crie au secours, met en émoi tout le quartier. Une patrouille
survient, on m'arrête, et je suis forcé de décliner mon nom,
mon prénom et mes qualités.

— On vous a relâché immédiatement, reprit Victor.

— Oui, mais j'ai reçu le lendemain une assignation à
comparaître devant le tribunal de l'édile. Une plainte avait
été déposée contre moi, et le mari avait constitué la somme
nécessaire pour m'attaquer en dommages-intérêts. L'édile m'a
condamné à payer deux cents sesterces.

— Le sot ! s'écria Myrtis.

— Que voulez-vous, chers amis? fit observer Publius Victor ; le règne des bourgeois est arrivé.

— L'aristocratie dégénère, continua Fulvius.

Cependant le grave sénateur, dont l'escorte avait quitté Forum-Cassii deux heures auparavant, venait d'entrer à Vulsinium sur les traces des voyageurs.

Cet homme allait prouver à Fulvius que l'aristocratie savait imiter encore l'exemple des Brutus et des Manlius, en
fait de haines politiques et de vengeances dénaturées.

Les convives de l'hôtellerie du Roi Porsenna avaient con-
tenté leur appétit jusqu'à la satiété, leur soif jusqu'à l'i-
vresse. Ils s'attristaient peu à peu. Leur conversation devint
bientôt languissante ; Fulvius voulut la ranimer.

— Ferons-nous à ces excellens cruchons de vin de Grèce
l'injure de ne pas les vider? dit-il.

— Buvons! répondirent les jeunes gens en s'armant de
leurs coupes.

— Quoique nous soyons hors de danger maintenant, reprit Sapho, les sinistres présages que nous avons aperçus en
route me reviennent encore à l'esprit.

— Il est impossible que notre voyage n'ait pas une fin
tragique, ajouta Myrtis.

— Vous déraisonnez, répondit Cinna. Tout nous réussit

à merveille au contraire. Nous avons traversé sans accident
les cohortes de Pétréius, et nous arriverons avant deux jours
au camp des insurgés, où l'on mène, j'en suis certain, la plus
joyeuse vie qui se puisse imaginer.

— Quel plaisir de retrouver Catilina, Munatius, Tongillus,
tous les bons amis qui nous manquaient, dit Orestes.

— Ce qui m'a le plus frappée, lorsque Fulvius est tombé
de cheval en sortant de Rome, poursuivit Dyonisia, c'est
que l'accident ait eu lieu tout juste devant le tombeau de la
famille.

— J'ai fait la même remarque, repartit Lysia.

— Et puis avez-vous observé, continua Sapho, qu'à la
porte de Sutrium (Sutri), au moment où nous prenions la
voie Claudia, une volée de huit corbeaux s'est levée à notre
gauche et nous a accompagnés l'espace de douze milles ?

— Je les ai parfaitement comptés, répliqua Myrtis ; il y en
avait huit, tout autant que nous sommes ; et celui de ces
oiseaux qui semblait guider les autres s'est abattu sur les
fortifications du Forum-Cassii.

— Oui, de la première ville qu'a traversée Sergius après
avoir quitté la grande route Aurélia, ajouta Sapho.

— C'est donc moi, par les Furies ! que les augures mena -
cent ? s'écria Fulvius. Eh bien ! apaisons les dieux infernaux
par de fréquentes libations.

Il remplit sa coupe et la vida

Mais à peine avait-il cessé de boire que de la tenture de
pourpre suspendue au plafond du triclinium, une de ces cou-
leuvres familières, qu'on retrouve sur la plupart des bas-
reliefs antiques, où des repas sont représentés, tomba au
milieu du couvert.

Tous les convives tressaillirent, puis s'interrogèrent du regard.

Le reptile déroula parmi les plats, les coupes, les amphores, ses anneaux aux couleurs changeantes, se dirigea vers
Fulvius et ramassa sur son assiette quelques débris de gâteaux et de fruits.

Les serpens domestiques passaient à cette époque pour des
animaux sacrés, interprètes des volontés divines, dont les
moindres actions avaient un sens mystérieux. Aussi les compagnons de Fulvius se récrièrent-ils contre son impiété
lorsque, saisissant la couleuvre, il la lança contre la muraille
en s'écriant :

— Par Esculape ! même pour un génie, ce serpent là me
semble un peu familier.

Aussitôt la sonnette de la porte extérieure tinta, et l'hôte
accourut tout effrayé.

— Mes patriciens, dit-il auriez-vous par hasard quelque
chose à démêler avec la justice du sénat?

— Nous? repartit Fulvius d'un ton presque menaçant.

— C'est qu'un étranger, accompagné d'une vingtaine de
soldats, dont j'ai vu reluire les cuirasses à travers le guichet,
demande à vous parler.

— Les gens de ton métier sont physionomistes, réprit Cinna. Quelle impression a produit sur toi cet individu ?

— Il me semble avoir reconnu un de ces hommes que nous
avons appris à craindre, nous autres, pauvres gens des colonies et des municipes, c'est un vieillard à la parole brève, à
l'attitude austère, au geste impérieux, qui doit avoir longtemps siégé sur les bancs de la curie.

— Amène-le, continua Fulvius.

L'hôtelier se retira. On entendit la porte de la maison
s'ouvrir, et bientôt des pas retentir dans l'atrium. Tous les
regards des voyageurs étaient tournés vers l'entrée de la
salle.

Atratius Fulvius, ce père de famille savant dans la loi des
douze tables, dont le nom seul avait effrayé son fils quand
Cruscellus lui en avait parlé sur le chemin d'Aricie, parut
sur le seuil du Triclinium.

Cette apparition glaça tous les voyageurs d'épouvante. La
peur bouleversa les traits du jeune Fulvius. Il parvint cependant à maîtriser son trouble et, poussé par sa vanité,
il osa provoquer l'inexorable colère qui le poursuivait.

— Eh ! salut, cher auteur de mes jours, dit-il avec un sourire qui faisait pitié à voir. Par Vénus Erycine ! votre arri-

ée me surprend beaucoup plus encore qu'elle ne me charme. Vous venez même un peu tard. Mais asseyez-vous, bonhomme. L'hôtelier du Roi Porsenna trouvera bien encore un cruchon de vin de Mendé pour un aussi grand personnage que vous.

Le sénateur demeura impassible. Il montra du doigt la porte à son fils en disant :

— Suivez-moi.

Puis il sortit. Fulvius interrogea ses convives du regard ; tous étaient atterrés. Alors il se leva, posa sa serviette sur la table, et, soutenant jusqu'à la fin son rôle d'enfant prodigue, peu soucieux de l'autorité paternelle,

— C'est un vieillard mal élevé, reprit-il, dont il faut contenter les fantaisies.

Il quitta son lit après avoir prononcé ces paroles et traversa la salle d'un pas mal assuré.

Ses bottes à éperons cessèrent bientôt de résonner sur les dalles de la cour.

Tout à coup un cri déchirant réveilla les échos de la voie Claudia. Les trois compagnons de Fulvius tirèrent leurs épées et s'élancèrent hors de l'hôtellerie. Un spectacle horrible vint frapper leurs yeux.

Renversé sur la route, leur jeune ami se débattait dans les convulsions de l'agonie. Trois gladiateurs essuyaient auprès de lui leurs épées sanglantes avec cette insouciance de l'homme habitué au crime, que le meurtre n'épouvante plus. Plus loin, un esclave prêtait son genou au sénateur Atratius Fulvius, qui remontait à cheval. Quand le terrible vieillard se fut remis en selle, il jeta un dernier coup d'œil sur son fils expirant et sur ses compagnons de débauche ; puis, d'une voix lente et solennelle :

— Je l'avais engendré pour la république et non pour Catilina, murmura-t-il.

Il piqua des deux et s'éloigna.

VIII.

LES AGENS PROVOCATEURS.

Toutes les oligarchies se ressemblent. Toutes ont régné par la ruse, la corruption et la terreur. Que l'on compare l'histoire de Venise à celle du dernier siècle de la république romaine, et partout on trouvera les mêmes moyens d'oppression employés sous des noms différens : des bouffons et des bravi ; des courtisanes et des bourreaux ; des saturnales et des supplices ; le cirque à côté des Gémonies, et le Rialto près du pont des Soupirs. C'est le même peuple qui applaudit aux filles nues du cirque de Flore, et qui court masqué sur la mer des lagunes dans des gondoles pavoisées ; et c'est la même aristocratie qui tue César en plein sénat et coupe la tête de Marino Faliéro entre les deux colonnes de la place Saint-Marc. Les nobles de Venise étaient bien véritablement les fils des patriciens de Rome, desquels ils se vantaient de descendre ; ils aimaient comme eux l'or, les saturnales et le sang.

Nous trouvons, vers la fin de novembre, la conjuration aux prises avec les représentans du sénat sur tous les points de la Gaule romaine et de l'Italie. L'insurrection de Fésules est réprimée. Marcus Pétréius Atinas et le consul Marc-Antoine marchent contre Sergius par la voie Claudia, tandis que Métellus Céler surveille avec trois légions les gorges des Apennins, par lesquelles on peut passer d'Etrurie en Cisalpine ou dans le Picénum (1). Catilina est donc réellement bloqué par les cohortes de la république ; mais il tient sept légions en échec et Rome demeure au pouvoir de Lentulus.

Le gouverneur de la Gaule narbonaise, Caïus Licinius Muréna, frère du consul désigné, poursuit avec une rigueur

(1) Cisalpine : Piémont, Lombardie, Parme, Modène, légations de Bologne, de Ravenne, de Forli et d'Urbino.
Picénum : Ancône, Macérata, Fermo, partie de l'Abruzze ultérieure.

impitoyable les conjurés de sa province, et Métellus Céler imite son exemple en Cisalpine. Les conciliabules des révoltés, leurs amas d'armes, l'imprudence et la précipitation de leurs démarches ont causé réellement plus d'effroi que de péril. Ils encombrent les prisons. Les mécontens de l'Apulie ont été réduits au silence par Métellus le Crétique ; Pompéius Rufus a disséminé les gladiateurs de Capoue dans les colonies et les villes municipales ; le tribun militaire Aulanus vient de quitter cette ville d'où Sextius, questeur de Marc-Antoine, l'a chassé. Les deux Marcellus sont en fuite. La fermeté de Gellius a fait rentrer dans le devoir les équipages de sa flotte, un instant égarés par les agens de Catilina. Telle est la crainte que la puissance du sénat inspire, que Publius Sylla, de retour à Naples, y apaise de son propre mouvement les troubles que Cornélius Balbus, affranchi de son frère, y avait excités.

La politique de Cicéron triomphe donc sur tous les points à la fois.

Malgré les dangers d'une pareille situation, le parti de Sergius ne conservait pas moins une attitude menaçante. En vain le sénat, par deux décrets successifs, avait promis aux conjurés qui voudraient éclairer sa politique des récompenses et l'oubli du passé ; Curius ne trouvait pas d'imitateurs. Vettius, de l'ordre équestre, vint plus tard, du fond de l'Italie méridionale, vendre à Cicéron les plans de guerre civile que les deux Marcellus, expulsés de Capoue, lui avaient communiqués. Mais personne avant lui n'avait donné aux amis de Catilina le signal de la défection. On les opprimait partout, mais partout ils restaient en armes. L'oligarchie, malgré les succès de ses généraux, malgré le nombre de ses cohortes, recueillait avec effroi les moindres rumeurs qui lui venaient des provinces. Il y avait tant de haine au cœur des nations vaincues, que le moindre incident, la révolte d'une province, une démonstration vigoureuse de Lentulus, était capable d'embraser l'Italie, de dégager Catilina, de le conduire victorieux aux portes de la ville, de réaliser en un mot tous les rêves de sang, de pillage et de destruction qu'avait enfantés l'imagination de ce terrible scélérat.

Dans ces circonstances, la fortune de la république voulut que la division se mît parmi les lieutenans que Sergius avait laissés à Rome en partant pour l'Etrurie.

Telle était l'audace de César et la dangereuse ambiguïté de sa conduite, qu'il se rapprochait des conjurés, qu'il semblait oublier vis-à-vis d'eux sa prudence ordinaire depuis les récens malheurs qui les avaient frappés. Les confidens les plus intimes du jeune pontife affectaient de se compromettre par leurs rapports avec Lentulus. Non-seulement Clodius, oubliant tout à coup son amitié pour Cicéron et la vieille haine qui l'animait contre Catilina, avait failli quitter Rome pour se rendre au camp de ce dernier, mais on voyait encore Métellus Népos, dont le frère Céler soutenait vigoureusement en Cisalpine la cause de l'oligarchie, prendre en toute circonstance les conjurés sous sa protection. Or, l'alliance de Métellus Népos n'était pas à dédaigner. Il avait été désigné tribun du peuple avec Calpurnius Pison Bestéa, l'un des complices de Sergius, et tous deux allaient entrer en possession de leur nouvelle dignité.

L'empressement avec lequel Cornélius Lentulus accepta les avances de César mit aux prises tous les intérêts, toutes les passions opposés de son parti.

Lentulus en effet ne perdait pas un instant de vue ce fameux oracle des sibylles qui promettait la dictature à trois personnages de race Cornélia. Il se croyait appelé à recueillir l'héritage de Cornélius Cinna et de Cornélius Sylla, qui, pendant les guerres civiles, avaient usurpé le pouvoir absolu. La fuite de Sergius en Etrurie avait exalté jusqu'au délire les folles espérances, le ridicule orgueil de ce roi sibyllien. S'abandonnant alors à l'incroyable témérité de son caractère, que rendait plus dangereuse une paresse invincible, il commença par éloigner de ses conseils tous les amis de Catilina dont il craignait la censure, dont le courage effrayait sa lâcheté. Gabinius, Cimber, l'affranchi Umbrénus, Céparius de Terracine, supplantèrent facilement auprès de lui Antrone et Céthégus. De leurs conciliabules sortit un nouveau projet de révolte, diamétralement opposé aux idées de Sergius et aux instructions qu'il avait laissées.

Lentulus développa ses plans dans plusieurs assemblées, où ils soulevèrent la plus vive opposition. Il ne se borna pas à ordonner qu'on armerait les esclaves, qu'on pousserait à la révolte les nations vaincues et que l'on étendrait sans limites le cercle des affiliations : c'eût été compromettre son parti sans le trahir ; mais il osa poser en principe qu'une diversion dans Rome en faveur de Catilina était chose impossible ; en d'autres termes, qu'on devait attendre, pour essayer l'incendie et le massacre, que Sergius, trompant la vigilance des généraux de la république, vînt camper auprès de la ville pour couvrir en cas d'échec la retraite des conjurés.

En conséquence il régla :

Que Céparius partirait pour l'Apulie et y armerait les esclaves ; qu'on instruirait immédiatement Catilina des nouvelles résolutions de ses complices ; que Népos et Bestéa donneraient le signal de l'attaque au forum en haranguant le peuple contre Cicéron ; qu'enfin la conspiration éclaterait dans Rome la nuit même des Saturnales, nuit de plaisirs pour le bas peuple et les esclaves, où ils se livraient sans contrainte à la licence et à la débauche la plus effrénée.

Lentulus conservait du reste à tous les meneurs du parti les rôles divers que Sergius leur avait précédemment assignés.

Pour des hommes de cœur et d'intelligence, qui regardaient comme sacrés leurs engagements envers Catilina, les résolutions de Lentulus ne méritaient pas d'être discutées. Il était absurde, en premier lieu, d'avertir Cicéron par une diatribe au forum de l'insurrection qu'on méditait. Une intrigue parlementaire conçue à la façon de César ne pouvait aucunement se vir de préambule à une conjuration telle que Sergius, les imaginait. Puis ce dernier ne s'était-il pas attribué, au péril de sa vie, la mission difficile d'attirer à sa poursuite toutes les forces qui veillaient à la sûreté du sénat ? Ses conjurés ne lui avaient-ils pas promis en retour de frapper dans Rome, après le départ des cohortes consulaires, un coup décisif ? Catilina accomplissait bravement sa tâche, occupant à lui seul trois généraux et sept légions. L'abandonner en cette circonstance, ne pas contraindre Marc-Antoine à rétrograder en opérant sur ses derrières une démonstration vigoureuse, c'était un manque de foi insigne, une ignoble lâcheté.

Céthégus, Autrone, Lecca, Vargentéius, tous les jeunes patriciens et les chevaliers les plus braves du parti combattirent énergiquement les projets de Lentulus. Ils lui représentèrent que Sergius soutenait dans les Apennins une lutte inégale ; que Martius-Rex, Métellus Céler et le consul Antoine l'ayant circonvenu de toutes parts, exiger qu'il s'approchât de Rome c'était mettre à sa délivrance des conditions impossibles ; qu'enfin l'hiver approchait et qu'il périrait infailliblement de froid et de misère au milieu des Apennins, si on ne se hâtait de lui porter secours. Rien ne put vaincre la résistance de Lentulus ni réveiller son apathie.

La querelle s'envenima bientôt. On faisait dans la maison de Sempronia une opposition formidable au lieutenant de Catilina. Céthégus s'y plaignait hautement de la pusillanimité de ses complices. Il répétait à qui voulait l'entendre qu'à force de délais et d'irrésolutions on perdrait l'occasion favorable ; qu'il fallait agir dans les circonstances présentes et non délibérer ; qu'il se chargeait, lui, d'attaquer avec une poignée d'hommes le palais même du sénat. Violent, résolu, prompt à frapper, il pensait que les coups les plus rapides seraient aussi les mieux assurés.

Ces discussions achevaient de compromettre le succès, déjà trop incertain, de la conjuration. Les chefs de la faction perdaient courage. Autrone et bon nombre de ses familiers avaient annoncé leur départ pour l'Etrurie. On proposa sur ces entrefaites un moyen facile, en apparence de résoudre toutes les difficultés. Il s'agissait de contracter alliance avec un peuple belliqueux, mécontent, dont l'intervention pouvait changer la face des affaires : pensée funeste, qui précipita le dénoûment du drame dont le récit va s'achever.

De toutes les nations récemment vaincues, les Allobroges

étaient celle qui inspirait le plus de crainte aux Romains. Les préteurs de la Gaule narbonaise ne les opprimaient pas depuis qu'un Fabius les avait soumis, en 653 : ils les écrasaient. Fontéius, surtout, les avait ruinés, décimés sans merci. La cité des Allobroges avait contracté des dettes immenses pendant son administration. Après les exactions des publicains étaient venues celles des fénérateurs. Chassés de leurs terres par d'avides créanciers, les Allobroges n'avaient plus d'espérance que dans la justice ou plutôt dans la pitié du sénat.

Ils entretenaient à Rome, depuis plusieurs mois, deux députés, dont les plaintes frappaient inutilement les échos de la curie. Il s'amassait dans le cœur de ces hommes des trésors de haine ; les conjurés le savaient et les choisirent pour alliés.

Le désespoir des Allobroges, les services que pouvait rendre à Catilina leur nombreuse cavalerie en tombant sur Métellus Céler à l'improviste, les souvenirs odieux qu'avait laissés dans leur esprit le plaidoyer de Cicéron pour Fontéius, lorsqu'en 688 ils avaient traduit ce magistrat prévaricateur devant les tribunaux criminels, tout semblait garantir le succès de la négociation qu'on voulait entamer.

L'Allobrogie, d'ailleurs, comprenait le Dauphiné et la Savoie, et une partie notable de la Suisse. L'insurrection de cette contrée ouvrait donc à Catilina les plaines de la Cisalpine, lui permettait de marcher sur la ville en tournant l'Etrurie, rétablissait enfin la bonne harmonie parmi les conjurés de Rome, en leur ménageant, en cas de revers, une retraite assurée.

Tels furent les motifs qui portèrent Céthégus, Autrone et Sempronia elle-même à susciter contre la république une guerre étrangère, malgré les sages avis que Sergius leur avait donnés sous ce rapport.

Umbrénus fut chargé de séduire les députés gaulois, qu'il avait jadis connus pendant qu'il trafiquait dans leur pays.

Il les aborde un jour au forum, dans un de ces momens de colère qu'excitait fréquemment en eux l'indifférence du sénat. Il les interroge sur les affaires de leur république, déplore avec eux les calamités qui les accablent et leur demande comment ils espèrent échapper à tant de maux.

— Par la mort, répondirent les ambassadeurs.

— Oui, reprit Umbrénus, la mort seule peut vous délivrer du joug, car jamais la cruelle ambition de vos maîtres et des nôtres ne s'est laissé fléchir. Pourtant, dieux immortels !... murmura l'affranchi d'une voix sombre et menaçante.

— Continue, continue, interrompirent les étrangers.

— Si vous étiez des hommes !...

— Eh bien ! que pourrions-nous ?

— Vous soustraire aux créanciers qui vous ruinent, briser les chaînes dont on vous accable. Celui-là ne reste guère esclave qui méprise le danger.

— Aie pitié de nous, Umbrénus, s'écrièrent les Allobroges. Parle ; il n'est rien que nous n'osions entreprendre pour délivrer nos concitoyens de la cruelle avidité des publicains et des fénérateurs.

Umbrénus entraîna ses interlocuteurs dans la maison de Sempronia.

Gabinius, Cimber, Manlius Chilon, Publius Furius, ce vétéran de Fésules que Catilina avait laissé à Rome pour soutenir la résolution de Lentulus, accoururent aussitôt chez la matrone. Le secret de la conjuration est livré aux Allobroges. On leur indique les chefs du complot ; on compromet dans cette énumération les plus grands noms de la république, afin d'éblouir les barbares. Ils ne quitteront l'assemblée qu'après avoir promis leur coopération.

Le trouble des Allobroges était extrême lorsqu'ils rentrèrent dans le magnifique palais où le sénat logeait et entretenait, aux frais de la république, les ambassadeurs étrangers. Longtemps ils discutèrent les propositions des conjurés, la véracité de leurs promesses, les chances favorables à leur entreprise. Une guerre souriait à leur imagination belliqueuse, à leur amour-propre ulcéré. Il leur semblait beau de conquérir par le glaive le droit de cité romaine, l'abolition de leurs dettes et la réintégration dans leurs biens. Mais ils se représentaient aussi leurs compatriotes aux abois, soutenant contre la puissance colossale des Romains une guerre désastreuse, les légions de la république portant de nouveau la désolation dans leurs montagnes et l'accroissement de tyrannie qui serait pour eux l'inévitable conséquence d'une défaite. Les barbares n'osèrent assumer la responsabilité d'une décision. Ils résolurent d'en référer à Fabius Sanga, petit-fils de Fabius l'Allobrogique, l'ami et le protecteur de leur nation.

Il serait difficile de dire si les révélations des Allobroges causèrent plus d'indignation que d'épouvante à Fabius. Il lui sembla voir Métellus Céler enveloppé en Cisalpine, toute l'Italie septentrionale en insurrection, les paysans de l'Etrurie reprenant courage et décimant l'armée de Marc-Antoine, tandis que Sergius Catilina franchirait sans obstacle la distance qui le séparait de Rome. Il ne s'arrêta pas à délibérer avec les barbares; il les somma de livrer immédiatement au consul les renseignemens que la providence des dieux avait fait tomber en leur pouvoir.

Forcés d'accepter le rôle de délateurs, les Allobroges ne songèrent plus, de leur côté, qu'à mériter à force de bassesse la commisération du sénat.

Cicéron allait donc enfin la saisir, cette preuve irrécusable des crimes de Sergius et de ses complices, qu'il avait si longtemps, si vainement recherchée! Le moment était venu d'éclairer la conscience du bas peuple, de lui rendre les conjurés odieux, et d'appliquer dans toute sa rigueur à ces grands coupables les lois qui punissaient de mort la perduellion. Le consul écouta la déposition des barbares avec une apparente froideur. Il les félicita d'avoir justifié la confiance de leur nation et d'en avoir compris les intérêts véritables, malgré les séductions dont ils avaient été l'objet. Mais il ajouta qu'ayant porté contre d'illustres personnages la plus grave des accusations, ils devaient ou bien fournir contre eux des preuves irréfragables, ou subir le châtiment des calomniateurs.

L'alternative était menaçante. Cicéron, pour associer complétement les Allobroges à sa politique, fit en outre briller à leurs yeux l'espoir des plus grandes alliances. Il les engagea de cette façon à solliciter une entrevue de Lentulus et de ses principaux amis, et à en obtenir un traité d'alliance qui servît de motif à leur condamnation.

Le consul ne s'arrêtait pas dans la voie honteuse que les circonstances l'avaient forcé de prendre; les traîtres ne lui suffisaient plus, il soudoyait des agens provocateurs.

Il plaida vers cette époque en faveur de Muréna, accusé de brigue par le jurisconsulte Sulpitius, dont Posthumius et Caton d'Utique avaient appuyé la plainte. L'orateur Hortensius et Marcus Licinius Crassus partagèrent avec Cicéron les travaux de la défense. Le consul prit la parole le dernier. Négligeant d'approfondir les questions de droit et de fait qu'avaient soulevées ses adversaires, il railla Sulpitius sur sa profession, et lui démontra qu'il avait justement échoué dans sa brigue parce qu'il était méchant, avare et maladroit. Ces raisons ne justifiaient guère la conduite de Muréna, mais elles flattaient les passions du peuple et celles des juges. Tous les ordres de l'Etat détestaient Sulpitius. Quant à Caton, dont la probité semblait un argument irrésistible contre le prévenu, Cicéron, qui d'ailleurs aimait fort le stoïcien, se moqua de lui avec tant d'adresse, le persifla si gaîment, si poliment qu'il atténua son témoignage sans lui fournir l'occasion de se fâcher.

— « Caton, lui dit-il (1), vous avez reçu de la nature une âme généreuse et douée de toutes les vertus : prudence, gravité, tempérance, équité. Mais ces dons précieux, vous les avez modifiés par l'étude d'une philosophie trop absolue, trop inflexible, dont l'austérité me semble incompatible avec notre faiblesse native et avec les principes de l'exacte vérité. Ce que nous voyons de grand dans Caton, sachez, juges, que cela lui appartient en propre. Les imperfections que nous voudrions corriger en lui, il les doit à son maître. Un homme d'un génie incomparable exista dans les temps anciens. C'est

(1) Pro Muréna, XXIX et seq.

Le Siècle.

Zénon, dont les disciples s'appellent stoïciens. Les sentences, les préceptes de cet oracle, les voici : — Aucune considération n'influe sur le sage; nulle faute n'est excusable à ses yeux. L'indulgence est l'apanage des étourdis et des insensés. L'homme de cœur ne se laisse ni apaiser ni fléchir. Aux sages seuls appartiennent et la beauté, fussent-ils contrefaits, et la richesse, fussent-ils réduits à la mendicité. Chargés de chaînes, ils sont rois. Et nous qui ne leur ressemblons guère, nous sommes pour eux des exilés, des proscrits, des ennemis publics, tout au moins des fous. *Zénon ajoute* : — « Toute faute est un crime impardonnable. Celui qui tord le cou à un coq sans nécessité n'est pas moins coupable que le parricide qui étrangle son père. Le sage n'admet que l'évidence; il ne se repent jamais, il ne commet point d'erreur; rien ne peut modifier ses opinions. »

» Telle est la doctrine que l'ingénieux Caton a puisée dans les livres des savans, non pour s'amuser à la disputer, comme tant d'autres, mais pour en faire la règle de sa conduite. Caton, si par hasard vous eussiez trouvé d'autres maîtres, vous ne seriez ni meilleur, ni plus courageux, ni plus sobre, ni plus ami de la justice; cela ne se peut faire; on vous trouverait seulement un peu plus tolérant. »

Muréna fut acquitté, et Caton, après avoir partagé l'hilarité que Cicéron avait excitée à ses dépens, dit gaîment à ses amis en sortant du tribunal :

— Sans mentir! nous avons un consul fort plaisant !

Cicéron savait être, quand il le fallait, un magistrat très sérieux; il ne tarda pas à le prouver, comme on le verra dans la dernière partie de ce récit; car arrivé à ce point de notre tâche, il ne nous reste à raconter qu'une affreuse série de trahisons, de violences, de meurtres et de sanglantes proscriptions.

IX.

LA CHASSE AUX CONJURÉS.

Les députés allobroges conduisirent leurs nouveaux alliés dans les piéges que leur tendait Cicéron avec une promptitude, une dextérité au-dessus de tout éloge. Leur astuce de montagnards mit complétement en défaut la pénétration des intrigans les plus expérimentés. Gabinius, Cimber, Furius et Magius Chilon les ayant visités dès le lendemain, ils confirmèrent sans la moindre hésitation toutes les promesses qu'Umbrénus en avait obtenues la veille. On trouva raisonnable qu'ils voulussent entrer en rapport avec les chefs de la conjuration, car ils traitaient au nom de tout un peuple; et Cimber se chargea de leur ménager une entrevue avec le préteur Lentulus.

Ce magistrat les reçut dans sa maison le 2 novembre, dans l'après-midi, en présence des plus marquans de ses complices. Céthégus, Statilius et Cassius assistaient à cette audience. Autrone s'abstint de paraître. Romains et Allobroges se prodiguèrent les marques de la plus cordiale amitié, de la confiance la plus absolue. Les députés apprirent les noms de tous les conjurés. Lentulus les entretint des augures et des oracles sibyllins qui lui promettaient l'empire. Il leur démontra que l'année 691 étant la dixième depuis le procès des vestales, et la vingtième à dater de l'incendie du Capitole, la fin de la république approchait, suivant les prédictions des devins toscans.

Les Allobroges n'opposèrent aucune objection aux raisonnemens de Lentulus.

On régla aussitôt les conditions de l'alliance projetée.

Tout porte à croire, malgré le silence des historiens, qu'en retour des services qu'ils allaient rendre, les barbares stipulèrent en faveur de leurs compatriotes le dégrèvement des impôts, l'abolition des dettes, la restitution des terres usurpées, et l'obtention du droit de cité romaine. Ils promirent à leur tour d'armer une cavalerie nombreuse, et de la lancer du haut des montagnes dans les plaines de la Cisalpine, où les légions de Métellus Céler devaient être infailliblement culbutées.

Après un débat fort vif entre Lentulus et Céthégus, pendant lequel ce dernier soutint qu'on ne pouvait attendre l'époque des Saturnales pour attaquer le sénat dans Rome, les parties contractantes adoptèrent une formule de traité.

Il eût été prudent sans doute de n'échanger que des conventions verbales, et de laisser à Catilina, que la justice des pères conscrits ne pouvait plus atteindre, le soin de ratifier par écrit l'alliance de ses complices et d'un peuple étranger. Mais les Allobroges tenaient à justifier la confiance de Cicéron, tandis que Lentulus, jaloux de réaliser ses rêves de grandeur, ne songeait qu'à stipuler pour lui.

On s'entendit en conséquence pour rédiger une lettre dont les termes engageassent les signataires, sans pouvoir établir contre eux le crime de perduellion (1). Cette pièce était ainsi conçue :

« Au sénat et au peuple des Allobroges.

» Nous remplirons fidèlement les promesses que nous avons faites à vos ambassadeurs ; de votre côté, veuillez suivre en tous points les instructions qu'ils vous transmettront de notre part. »

Il fut convenu que Lentulus, Céthégus, Cassius et Statilius d'un côté, et les Allobroges de l'autre, suppléeraient par un serment à l'insuffisance de cette formule ; que les premiers la transcriraient de leur propre main et y apposeraient leur sceau ; qu'il les conduirait de Rome au camp de Mallius, où ils pourraient s'aboucher avec Catilina, et du camp de Mallius jusqu'à Vienne, capitale de leur pays.

On prit rendez-vous pour la sixième heure de la nuit suivante (minuit). Les députés devaient quitter Rome immédiatement après cette entrevue.

Cette nuit-là même, vers la quatrième heure (dix heures du soir), Cicéron s'entretenait dans la bibliothèque de sa maison avec Valérius Flaccus, préteur de Rome, et avec Pontinus, préteur des étrangers, lorsqu'un de ses nomenclateurs vint lui annoncer qu'un jeune centurion demandait à lui parler.

Le consul se rendit en toute hâte dans la chambre où cet officier l'attendait.

Le centurion salua respectueusement le premier magistrat de la république. Cicéron s'assit sur un lit de pourpre et offrit du geste un fauteuil à l'étranger.

— Tu es le centurion Marcus Rutuba ? lui demanda-t-il.

— Oui, répondit le jeune homme.

— J'ai promis de te fournir l'occasion de gagner ton angusti-clave de tribun.

— Je me le rappelle, et je suis prêt à recevoir tes ordres.

— C'est très bien, répliqua le consul. J'ai besoin d'un homme intrépide et surtout fidèle, auquel je puisse confier une mission de la dernière importance. Je t'ai choisi pour la remplir.

— Sans me connaître ? hasarda l'officier.

— N'as-tu pas soupé dans une villa du bois sacré d'Égérie vers la fin du mois d'octobre ?

— En effet.

— Un de tes amis t'accompagnait.

— Ah ! tu sais à quelle fête on nous avait conviés ?

— Que ne sais-je point ! répondit Cicéron. Ton sang-froid, ton courage, me sont parfaitement connus.

— Explique-moi donc quelle est la nature du service que tu attends de moi, poursuivit l'officier. Ma tête et mon bras sont à ta disposition.

Le consul ajouta d'une voix lente et grave :

— Des ambassadeurs de la nation allobroge, que leurs compatriotes avaient accrédités auprès du sénat, partiront

(1) Le mot perduellion exprime, quant au sens grammatical, l'action d'un citoyen qui se met en état d'hostilité contre sa patrie, qui l'attaque à main armée. Le coupable était considéré comme un soldat qui passe à l'ennemi, et puni de mort.

pour leur pays à la troisième veille. Quarante hommes environ, commandés par un certain Vulturtius de Crotone, les accompagneront. Vulturtius sera porteur de dépêches importantes dont il faut que je m'empare à tout prix.

— Et tu veux recommander à mes soins le portefeuille du Crotoniate ?

— Précisément.

— L'on m'accusera d'avoir commis un vol à main armée.

— Tu auras pour complices le préteur de Rome et le préteur des étrangers. Avoue qu'on ne peut guère commettre un crime en meilleure compagnie !

— Je ne serai donc pas seul ? dit naïvement Rutuba.

Le consul, malgré ses préoccupations, ne put s'empêcher de sourire en entendant ce brave centurion s'étonner qu'on ne le mît pas seul aux prises avec quarante individus armés jusqu'aux dents.

— Les préteurs seront au contraire à même d'inspirer le respect, sois-en persuadé, répondit Cicéron. Mais tu ne partiras pas avec eux. Un de mes esclaves cubiculaires va te conduire dans un cabinet où tu revêtiras un costume de cavalier gaulois. On te fournira un poignard et une épée que tu cacheras sous ton manteau de laine.

— Permets-moi de t'interrompre, illustre consul, dit le centurion.

— La mission que je te destine te répugne-t-elle ?

— Non pas, bien au contraire. Mais j'ai chez moi une vieille épée dont je me sers toujours dans les bonnes occasions. Il faudra que tu me laisses le temps d'aller la décrocher.

— C'est impossible.

— Un quart d'heure me suffira pour monter aux Esquilies et redescendre au forum. Me priver de mon épée, vois-tu, Cicéron, ce serait me gâter la main.

— Bah ! dit le consul.

Il se leva et prit dans un trophée d'armes un glaive magnifique à poignée de nacre incrustée d'or, qu'il remit au centurion.

— Quelle que soit ton épée, dit-il, en voici une qui doit pouvoir la remplacer.

Rutuba examina le glaive d'un œil connaisseur, s'assura que la lame en était parfaitement droite, la poignée commode, la pointe acérée et l'acier flexible. Puis, la montrant de la main gauche :

— Eh bien, dit-il, tu refuseras de me croire... mais cela ne vaut pas ma vieille lame d'Hyrcanie.

— Pour ce soir tu te contenteras de celle-ci.

— Non, non, répliqua obstinément l'officier, je ne puis pas me battre avec une autre épée que la mienne, nous sommes de trop vieux amis ; jamais elle n'a trahi mon courage, et je serais coupable de lui faire malhonnêteté.

— Ah ! que de sottes raisons ! s'écria le consul impatienté.

— Souffre que je te fasse un argument.

— Lequel ?

— Lorsque tu descends au forum pour plaider une cause, consentirais-tu à te servir de l'éloquence d'Hortensius ? réponds franchement.

— Par Hercule ! tu ne manques pas d'esprit, jeune homme, répliqua Cicéron, dont l'officier venait de caresser assez adroitement l'amour-propre. Allons, pendant que tu changeras de costume, un de mes esclaves ira quérir cette fameuse épée.

— Encore une erreur ; on ne la lui remettra point.

— Malgré mes ordres ?

— On ne la lui remettra point, te dis-je ; nous n'allons jamais l'un sans l'autre. Tiens, j'ai un excellent ami, un frère...

— Le jeune orfèvre, sans doute ?

— Lui-même. Eh bien ! s'il me demandait mon glaive... je le lui prêterais ; mais je n'aurais pas de repos qu'il ne me l'eût rapporté.

— Dieux immortels ! que de paroles, que de temps perdu ! dit le consul. Tu iras décrocher toi-même ton glaive d'Hyrcanie ; n'en parlons plus. N'oublie pas ta cuirasse, au moins.

— Je ne me sers jamais de cuirasse, répondit le centurion avec bonhomie.

— Voyons, que disais-je quand tu m'as interrompu ?

— Tu m'avais travesti en Gaulois, et j'étais armé sous mon manteau.

— Ainsi vêtu et la tête enveloppée d'un caban de fourrure, tu te rendras chez les députés allobroges ; tu te nommeras et ils t'admettront au nombre de leurs gens. Vers la septième heure tu sortiras de Rome avec eux. Ils te désigneront Vulturtius. Attache-toi aux pas de cet homme ; ne le perds pas de vue un seul instant. Rapproche-toi de lui aux abords du pont Milvius ; tire ton glaive, rassemble ton cheval...

Le reste de la conversation du consul ne fut qu'un chuchotement qu'il est inutile de rapporter.

Rutuba s'était levé.

— Que Jupiter sauveur te ramène ici au point du jour ! lui dit Cicéron.

— Maître, reprit l'officier, tu prépares un acte terrible de justice.

— Cours aux Esquilies.

— C'est Catilina que tu vas frapper dans ses complices ?

— Et que t'importe ! répliqua le consul, mais cette fois d'un ton sévère. Discutais-tu avant d'agir à l'armée de Pompée le Grand ?

— Non, sans doute. Mais si nous devons attaquer les conjurés ce soir au pont Milvius, je t'en supplie, ne me le cache pas, car alors j'exécuterais tes ordres non plus seulement par devoir, je les exécuterais par vengeance, murmura le centurion l'œil en feu et les poings crispés.

— Je te comprends, tu es le fils de Gurgès, le frère de Daphné... Eh bien ! venge ton père, venge ta sœur. Adieu, centurion.

— Encore un mot, dit Rutuba. La personne qui t'a raconté mon aventure du bois sacré d'Egérie t'a sans doute instruit des faits qui l'ont précédée ?

— Mais ces faits ne me touchent pas, jeune homme, et les deux préteurs Valérius et Pontinus attendent mon retour.

— Tu crois que ces faits ne te touchent pas ? Tu ignores donc quel rôle jouait Sempronia dans la conjuration ?

— Hâtons-nous, hâtons-nous ! interrompit le consul.

— La noble matrone captivait par ses charmes ceux qu'on voulait attirer dans le complot, et puis elle en faisait des assassins, des parricides, au choix du brigand qui la dirigeait.

— Et tu as aimé cette femme, infortuné !

— J'étais son fiancé, répliqua le centurion avec un éclat de rire plein d'angoisse. — Et maintenant regarde-moi bien, maître, poursuivit Rutuba en se plaçant debout vis-à-vis de Cicéron.

Le consul ne put se défendre d'un sentiment de crainte inexplicable.

— Tu ne te souviens point de m'avoir vu dans une circonstance importante de ta vie ? demanda l'officier.

— Non.

Et la frayeur de Cicéron redoubla.

— L'homme au manteau brun qui, près du mille d'or....

Le consul recula jusqu'au fond de l'appartement.

— C'était moi, dit Rutuba en se jetant à genoux.

— Et tu oses te présenter ici ?

— Je me livre à la justice, murmura l'officier.

— Sors !... oh ! sors d'ici, misérable ! s'écria Cicéron. Et si tu échappes à la mort, rends grâces aux dieux lares de ma maison, gardiens des lois saintes de l'hospitalité.

— Le remords m'a conduit à tes pieds, continua le centurion. Pardonne-moi. Depuis le jour où je souillai mes mains par un forfait exécrable, ma vie a été sans joie, mes nuits ont été sans repos. J'ai expié par des larmes de sang et mon crime et la passion coupable qui m'y avait entraîné.

A cette prière de Rutuba succéda un instant de silence. Cicéron hésitait entre la miséricorde et la justice. Tout à coup une pensée désespérante lui traversa l'esprit. Il se rapprocha de l'officier.

— Tu avais des complices ? lui demanda-t-il.

— Oui. Sergius, Sempronia et leurs affreux satellites.

— Et peut-être aussi le jeune homme qui t'accompagnait au val d'Egérie quand Cerbérus vous a délivrés ?

— Prosper ?

— Lui-même. Tu devais l'associer à tes crimes, puisqu'il prenait sa part de tes plaisirs ?

— Maître, fit Rutuba en plaçant une main sur sa poitrine, les dieux me sont témoins qu'il n'est jamais sorti de ma bouche une seule parole qui pût souiller le cœur de cet enfant.

Cicéron fut ému. Il remercia intérieurement les dieux immortels de ce qu'ils n'avaient point permis que son fils se souillât d'un parricide. Puis, regardant sans colère l'homme intrépide qui l'implorait à genoux,

— Relève-toi, lui dit-il.

Rutuba obéit, prit une des mains du consul et la baisa.

— Un sénatus-consulte a mis ta tête à prix, continua Cicéron ; ce décret peut être rapporté. Va expier ton crime en servant la patrie !

— Tullius, répliqua l'officier, soit que je succombe au pont Milvius, soit que j'en revienne sain et sauf, la soirée où j'aurai mérité ton pardon sera la plus heureuse de ma vie.

Et délivré du remords qui le tuait, dispos et content, Rutuba courut aux Esquilies s'armer de sa fidèle épée.

Après son départ, Cicéron se rendit en toute hâte à la bibliothèque, où il avait laissé les préteurs Valérius et Pontinus.

Valérius Flaccus appartenait à une famille illustre, que Publicola avait rendue chère au peuple romain dès les premiers temps de la république. Moins distingué par sa naissance, Pontinus avait conduit son nom sur les champs de bataille. Crassus l'avait eu pour lieutenant pendant la guerre des esclaves et lui devait en partie ses succès. Tous deux étaient également braves et dévoués aux intérêts du sénat. Cicéron leur ayant raconté toute l'histoire des négociations de Lentulus avec les Allobroges, ces trois graves personnages déplorèrent la corruption de leur siècle, l'immoralité du peuple, l'humeur factieuse des patriciens, qui ne rougissaient pas d'appeler les barbares au secours de leur ambition. Ils résolurent ensuite d'attendre que Lentulus eût consommé son crime pour le surprendre en flagrant délit de perduellion.

La saine morale, dont Cicéron et ses hôtes se déclaraient en ce moment les vengeurs, eût exigé peut-être qu'on prévînt la trahison des conjurés, afin de n'avoir pas à la punir. L'autre parti fut adopté.

Le pont Milvius, aujourd'hui Ponte-Molle, à une lieue environ de Rome sur la route de Viterbe, est un des monumens les plus curieux de l'ancienne Italie. Piranési en a parfaitement représenté, dans une de ses gravures, les rampes énormes et les cinq arceaux gigantesques. Marcus Emilius Scaurus avait jeté sur le Tibre cette masse énorme de briques réticulaires et de pierres de Tibur. Deux bastions crénelés en défendaient les approches. L'un a été détruit ; les substructions colossales qui le soutenaient ne supportent plus qu'une balustre de bois ; l'autre fut remplacé, au temps de Bélisaire, par un château bysantin, dont Nicolas V restaura les fortifications.

Ce pont, sur lequel Catulus avait vaincu Lépide quinze ans auparavant, pouvait offrir à des soldats un poste excellent d'embuscade. Le Tibre coule en cet endroit entre deux collines escarpées que coupait à angle droit la voie Flaminienne. On arrivait par conséquent à la rivière par des chemins creux, dont les tertres parallèles dérobaient la campagne aux regards.

Quelques fantassins déterminés, se ruant à l'improviste par ces gorges étroites, en avant et en arrière d'un corps de cavalerie engagé sur le pont, suffisaient pour l'y envelopper. Ce fut sur ces données que Cicéron et les préteurs combinèrent leur plan d'arrestation.

Valérius Flaccus et Pontinus sortirent de Rome vers la sixième heure de la nuit, accompagnés de jeunes soldats de Riéti que Cicéron avait choisis parmi ses gardes. Quelques citoyens d'une valeur éprouvée faisaient également partie de l'expédition. Les deux troupes gagnèrent le pont Milvius, s'éparpillèrent le long du fleuve et disparurent dans l'obscurité.

X.

LE PONT MILVIUS.

Lentulus avait voulu donner une certaine solennité à sa dernière entrevue avec les Allobroges. Il les reçut à minuit dans sa basilique. Une table circulaire occupait le milieu de l'appartement, et sept personnes avaient pris place à l'entour. Le préteur avait à sa droite Céthégus et Vulturtius, Cassius et Statilius à sa gauche; les barbares occupaient l'autre côté du bureau.

On échangea d'abord les conventions verbales arrêtées le matin, et on les confirma par un serment. Lentulus distribua ensuite à ses complices des feuilles de papyrus, sur lesquelles chacun d'eux écrivit de sa main la lettre au sénat et au peuple des Allobroges. Céthégus et Statilius, après avoir plié leur correspondance, pratiquèrent au milieu du papyrus une légère incision, y introduisirent un fil de lin, et rattachèrent les extrémités du fil par un cachet de craie adriatique. Ils y apposèrent leur sceau sans défiance. Lentulus les imita, et remit de plus à Vulturtius une missive ainsi conçue :

« Celui que je vous envoie vous dira mon nom. Considérez à quelle extrémité vous en êtes réduit; souvenez-vous que vous êtes homme de cœur; ne songez qu'à vos intérêts; acceptez le secours de tous, quelle que soit leur condition. »

Les instructions données au Crotoniate expliquaient le sens mystérieux de ces paroles. Le préteur écrivait à Catilina. Vulturtius fut chargé du commandement de l'armée d'Étrurie qu'un décret du sénat l'ayant déclaré ennemi public, on ne concevait point qu'il refusât d'armer les esclaves ; que ses ordres avaient été exécutés à Rome, et qu'il ne tardât pas à s'en approcher.

Les lettres des conjurés furent placées dans le portefeuille de Vulturtius. Cassius seul hésitait à livrer la sienne. Il examinait l'attitude des barbares. Tout à coup il se lève, anéantit sa missive, promet aux Allobroges de se rendre incessamment dans leur pays, gagne sa maison, enjambe un cheval fort vite, et s'éloigne de Rome au triple galop.

Le fugitif était ce gros sénateur dont l'embonpoint contrastait d'une manière si étrange avec les gestes menaçans, les paroles terribles qu'il affectait d'employer. C'était lui qui s'était chargé de dire au chef de l'armée l'incendie de Rome. Son départ excita une hilarité générale parmi les hôtes de Lentulus. On le railla de son excessive prudence, et les barbares quittèrent l'assemblée.

Lentulus aimait fort le sommeil. Après cette longue journée de fatigue, il alla se mettre tranquillement au lit. Un coup de foudre devait le réveiller.

A la septième heure de la nuit (une heure du matin), les députés allobroges et leur suite sortirent du champ de Mars par l'antique porte Flaminia.

La température était froide et sereine. Des milliers d'étoiles scintillaient au ciel et brillaient d'un éclat d'autant plus vif que les ténèbres étaient plus épaisses à la surface du sol. L'œil devinait cependant le cours du Tibre aux vapeurs floconneuses qui serpentaient au loin parmi les rideaux de peupliers. Deux grandes masses d'ombre coupaient à droite et à gauche de la route la ligne immense de l'horizon. Elles semblaient grandir à chaque instant et s'élever dans l'espace. Les voyageurs approchaient du mont de Cinna et du mont Sacré, au pied desquels on passait la rivière sur le pont d'Emilius Scaurus.

Les barbares semblaient préoccupés. Enveloppés dans leurs manteaux gau'ois, dont ils avaient rabattu le capuchon sur leur tête, ils n'avaient répondu jusque-là que par monosyllabes aux paroles bienveillantes de leur guide. Vulturtius, après avoir tenté plusieurs fois de lier conversation avec eux sans y réussir, avait fini par se jeter le pan de son lacerna sur le nez. Il trottait paisiblement en tête de son monde, poursuivant sans y prendre garde quelque vague rêverie.

Un homme de taille athlétique, vêtu de braies gauloises,

et qui portait par dessus son manteau une peau d'ours armée de ses dents et de ses griffes, le suivait pas à pas.

Ce personnage montait un excellent cheval thessalien, sorti des écuries du consul Cicéron.

Salvator et le Bourguignon n'eussent pas manqué de peindre la croupe blanche du noble animal, s'ils eussent représenté par bonheur la scène que nous décrivons.

L'escorte ne tarda pas à descendre une étroite chaussée, à l'extrémité de laquelle se dessina un des bastions crénelés du pont.

Vulturtius n'avait pas quitté Rome sans inquiétude. Il avait tremblé pour le dépôt que lui avait confié Lentulus tant qu'il s'était senti dans le voisinage de la ville. Mais, près de franchir le Tibre, il commençait à prendre confiance. Pas un être humain ne s'était rencontré sur son passage. Un silence profond, solennel, régnait partout dans la campagne. L'eau du Tibre troublait seule par son murmure ces mille échos fantastiques qui semblent gémir le long des rives d'un fleuve. Le Crotoniate s'engagea bravement sous l'arcade circulaire qui s'ouvrait devant lui.

La troupe entière le suivit sur le pont.

Tout à coup, au sommet du triangle que formaient les deux rampes de cette construction massive, le cheval de Vulturtius s'arrêta. Le Crotoniate se débarrassa rapidement de son manteau, étendit les mains en arrière et fit signe à ses gens de suspendre leur marche.

Il observait les mouvemens de sa monture.

Celle ci mit le nez au vent, huma l'air de ses larges naseaux et poussa un hennissement d'alarme.

Vulturtius mit l'épée à la main. Tout le monde l'imita.

— Tédius, dit le Crotoniate à un jeune homme qui se trouvait auprès de lui, pousse en avant et vois ce qui se passe.

Tédius obéit; mais quel ne fut pas son effroi quand, parvenu à l'issue du pont, il se heurta contre une muraille de boucliers.

Le jeune homme recula et se jeta au milieu de ses complices en criant :

— Fuyons ! fuyons ! nous sommes trahis !

— Serrez vos rangs, au contraire, s'écria Vulturtius d'une voix tonnante.

Le Crotoniate était homme de résolution. Il traversa la foule éperdue de ses gens, puis levant son glaive,

— Tournez bride, reprit-il, et en avant !

Les cavaliers revinrent sur leurs pas.

Ils redescendaient au galop vers la tour qu'ils avaient franchie, lorsqu'un grand cri ébranla les voûtes du pont. On vit des casques et des épées étinceler dans l'ombre. De nombreux soldats s'élancèrent sur la route, et bientôt ils présentèrent aux conjurés l'aspect formidable d'une seconde muraille de boucliers.

— Que les Furies m'exterminent! nous sommes bloqués, dit Vulturtius en s'adressant à l'homme au caban de fourrure, qui ne l'avait pas quitté un seul instant.

Les deux murailles de boucliers se rapprochaient l'une de l'autre et resserraient de plus en plus les conjurés.

— Romains et Gaulois, poursuivit Vulturtius, nous ne pouvons échapper à la mort que par notre courage. Formez-vous en colonne et chargeons.

Il mit ses cavaliers en bataille, et, choisissant ses adversaires en homme intelligent, il se précipita le premier sur la troupe qui lui barrait le chemin de l'Étrurie.

Il y eut au milieu des ténèbres un instant de tumulte inexprimable. Les conjurés, en petit nombre, qui avaient soutenu l'effort du premier choc, s'éparpillèrent bientôt sur le pont après avoir heurté l'impénétrable infanterie du sénat. Plusieurs furent renversés; les chevaux des autres, blessés aux narines, se cabraient. Quand Vulturtius voulut préparer une seconde attaque, il s'aperçut qu'il n'avait plus assez d'espace pour donner du champ à sa cavalerie.

Pas un des Barbares, si ce n'est l'homme au caban de fourrure, n'avait chargé.

— Lâches ! dit Vulturtius aux ambassadeurs, le supplice de la corde ne vous effraie donc pas ?

— Toute résistance est inutile, répondirent les Gaulois.

Des torches éclairèrent soudain cette scène de trouble. Aux lueurs rougeâtres qu'elles projetaient, deux magistrats, vêtus de leurs robes de pourpre et environnés de licteurs portant la hache aux faisceaux, se montrèrent parmi les assaillans.

— Le préteur urbain ! murmura Vulturtius tremblant.

— Le préteur des étrangers ! dirent les Allobroges, feignant la même épouvante.

Le Crotoniate chercha sous son lacerna le fatal portefeuille qu'il craignait de livrer. Il se disposait à passer son épée à travers et à le jeter dans le Tibre, au fond duquel le poids du glaive l'aurait entraîné, quand une main vigoureuse le saisit lui-même à la poitrine et le renversa sur la croupe de son cheval.

Une lame acérée menaçait la gorge de Vulturtius.

— Rends-toi, malheureux, dit Rutuba, dont l'œil dardait des flammes sous la peau d'ours qui lui couvrait le front.

— A mon secours ! hurla Vulturtius.

— Sus au traître ! répétèrent vingt voix autour du centurion.

Les conjurés accouraient pour délivrer leur chef ; Rutuba les éloigna par un rapide moulinet.

— Ah ! mon procédé vous déplait, ajouta-t-il. Vous qui avez perdu l'honneur de tant de femmes, vous qui avez trompé tant de pères et de maris, vous dont les paroles sont aussi dangereuses que vos poisons sont subtils et vos poignards bien affilés, vous croyiez sans doute qu'il ne se trouverait personne au monde qui osât vous rendre sang pour sang et trahison pour trahison !

Valérius Flaccus et Pontinus, maîtres absolus du champ de bataille, s'approchèrent du centurion.

L'officier arracha son portefeuille à Vulturius et le remit au préteur urbain.

Il lâcha prise sur un signe de ce magistrat.

— Ton épée, dit Valérius au Crotoniate.

Celui-ci se retourna vers Pontinus, avec lequel il avait vécu jadis dans une certaine intimité.

— Pontinus, lui dit-il d'une voix altérée, épargne-moi, au nom de l'amitié qui nous unit !

— Tu es citoyen romain, répondit le préteur des étrangers ; tu ne tombes pas sous ma juridiction. Mon collègue connaît ses devoirs : arrange-toi avec lui.

— Maintenant, descendez tous de cheval, reprit Valérius Flaccus.

Les conjurés obéirent. On sépara les Romains des Allobroges. Les soldats des préteurs s'emparèrent de leurs montures, et après avoir chargé tous leurs prisonniers de chaînes, sans distinction d'origine, ils se formèrent autour d'eux en bataillon carré.

Pendant ce temps, Valérius avait pris à part le centurion.

— C'est toi que le consul a reçu ce soir en audience particulière ? lui demanda-t-il.

— Oui, répondit l'officier.

— Retourne à Rome au plus vite, et annonce à Marcus Tullius Cicéron que nous avons réussi dans la mission qu'il nous avait confiée.

Le centurion s'inclina, piqua des deux et disparut.

On éteignit les torches qui avaient éclairé la fin de l'expédition. La troupe tout entière, vainqueurs et captifs, traîtres et conjurés, reprit bientôt le chemin de la ville au petit pas.

Les chefs du parti oligarchique s'étaient réunis chez Cicéron et attendaient, en proie à l'anxiété la plus vive, des nouvelles du pont Milvius. L'expédition ordonnée par le consul était un acte de la témérité la plus grande, que le succès pouvait seul justifier. Que Vulturius eût trouvé moyen de soustraire son portefeuille aux recherches des préteurs, et Cicéron n'était plus qu'un despote inquiet, soupçonneux, qui se jouait de la vie et de la liberté des citoyens. Enfin, après deux heures d'incertitude, le galop d'un cheval retentit sur le pavé de la rue de Scaurus. Cicéron quitta précipitamment ses amis et court, suivi de Quintus son frère, au devant du courrier qui lui arrivait. Il le rencontra sous le portique de sa maison.

— Eh bien ! quoi de nouveau ? lui demanda-t-il.

— Tes ordres ont été ponctuellement exécutés, répondit le messager.

— Les lettres sont-elles au pouvoir de Valérius Flaccus ?

— Oui.

— Tu en es sûr ?

— J'ai arraché moi-même à Vulturtius le portefeuille qui les renfermait et je l'ai remis au préteur.

— Rutuba, compte sur ma reconnaissance, répliqua le consul. J'oublie facilement les injures, ajouta-t-il en se penchant à l'oreille du centurion ; mais j'ai la mémoire tenace pour les services qu'on rend à la patrie.

Cicéron revenait en toute hâte annoncer à ses nobles conseillers l'heureuse nouvelle qu'il avait reçue. Quintus, auquel l'unissait l'affection la plus tendre, l'arrêta sous les portiques de l'atrium :

— Frère, lui dit-il, défie-toi des hommes qui, depuis ton consulat, t'ont circonvenu pour notre malheur.

— Le peuple m'a confié le glaive de sa justice, et tu veux que j'hésite à frapper ?

— Souviens-toi que la fortune a d'incroyables retours. Épargne le sang des Romains.

— La patrie sera vengée, répliqua Cicéron.

Et sans en écouter davantage, il rentra dans la salle où ses amis l'attendaient.

Dès qu'il les eut informés que l'expédition des préteurs avait réussi à souhait, Catulus, Pison, Philippe, se livrèrent sans retenue aux suggestions de leurs préjugés aristocratiques. La pourpre de leurs laticlaves commençait à pâlir : ils ne songeaient qu'à profiter de l'occasion qui s'offrait de la raviver dans le sang. Ils parlèrent d'envelopper dans la même proscription non pas seulement les signataires des lettres aux Allobroges, non pas seulement les principaux d'entre les conjurés, Lecca, Vargunteius, Autrone, mais encore les chefs du parti plébéien, entre autres le souverain pontife Jules César. On ne pouvait, à les entendre, amonceler trop de cadavres pour étayer cette constitution vermoulue de l'oligarchie romaine, que le flot populaire devait sitôt renverser.

Il fallut toute l'éloquence, tout le bon sens de Quintus pour ramener ces nobles patriciens à la raison. Il leur prouva en recherchant les noms qu'un procès régulièrement instruit pouvait compromettre, que toutes les grandes familles de Rome tenaient de près ou de loin à la conjuration ; qu'ils n'auraient pas assez de bourreaux pour tant de victimes ; qu'on devait songer bien moins à provoquer César ou Crassus qu'à leur imposer silence.

Ils n'étaient pas de force, en effet, ces terribles oligarques, à lutter contre le restaurateur des trophées de Marius, contre l'infatigable ennemi du sénat, qui avait failli attacher Rabirius à la croix infâme devant la porte même du palais Hostilien.

Le consul avait suivi attentivement cette discussion. Persuadé qu'il y aurait du péril à se montrer trop indulgent ou trop sévère, il prit résolument son parti. Il existait dans Rome deux catégories de coupables bien distinctes, les uns qui s'étaient ligués pour envahir le pouvoir, les autres qui avaient appelé les esclaves à la révolte et sollicité des Gaulois une intervention dans la haute Italie. Le peuple ne semblait pas comprendre que les premiers eussent mérité la mort en attaquant un gouvernement qu'il aimait, en investisseur, dont il était fatigué. Le consul se réserva de les poursuivre par les voies ordinaires de la justice, après que leur chef aurait succombé en Étrurie. Quant aux fauteurs de la guerre servile, aux séducteurs des Allobroges, le consul arrêta qu'on les jugerait sommairement, et qu'on les livrerait au bourreau sans délai, sans appel, en vertu d'un simple décret du sénat.

En conséquence, il manda près de lui par ses visiteurs d'abord Gabinius Cimber, le plus ardent instigateur de la révolte des Allobroges ; puis Statilius, Céthégus et Lentulus, qui tous obéirent aux ordres du consul. Lentulus tarda longtemps à s'y rendre. Il n'avait pas eu le temps encore de se reposer des fatigues de la veille. Secrètement averti des événemens qui se passaient, Céparius se sauvait en ce moment sur

la route de Terracine. Mais il fuyait en vain sa destinée.
Les prisonniers de Valérius et de Pontinus entrèrent enfin
dans Rome par la voie Flaminienne. Le jour commençait à
poindre. L'escorte parcourait le quartier le plus bruyant de
la ville, la voie Sacrée, le forum et la rue de Scaurus. Cette
foule d'hommes, qui, dans les cités populeuses, courent dès
le matin à leurs travaux, regardaient passer avec effroi le
lugubre cortége des victimes que le sénat s'était choisies. Ils
répandirent bientôt l'effroi depuis les Esquilies jusqu'au
Tibre, depuis l'*Aqua Cabra* jusqu'au champ de Mars.

C'était une mesure de la plus haute gravité, un fait sans
précédens, que l'arrestation de trente ou quarante personnes,
alliés et citoyens, dans un pays où la liberté individuelle était
le plus imprescriptible, et plus sacré de tous les droits. Rome
entière fut sur pied en moins d'une heure. La foule encombrait la place !publique, les temples voisins , le Capitole,!et
se ruait curieuse, affairée, presque menaçante, aux alentours
de la maison du consul, où l'on avait enfermé les prévenus.
Pendant ce temps Furius, Umbrénius et Magius Chilon s'é-
chappaient en toute hâte, par des chemins différens, comme
une volée d'oiseaux s'enfuit à tire d'aile, quand le chasseur
vient battre les broussailles dans lesquelles ils s'étaient abri-
tés.

Une cohorte entière de jeunes soldats de Riéti gardait la
porte de Cicéron. Des émissaires en sortaient à chaque instant. Les ordres dont ils étaient porteurs se traduisirent bientôt éloquemment aux yeux de la multitude. Elius Lamia vint
occuper la forteresse du Capitole avec les scribes et les tribuns du trésor, le casque en tête et l'épée au poing. Les chevaliers d'Atticus prirent position, au nombre de deux mille,
autour du temple de la Concorde, où le sénat était convoqué. Toutes les avenues, tous les édifices de la place qui
pouvaient offrir une position stratégique furent combiés par les
vétérans. Tandis qu'on se préparait à l'écraser en cas de résistance, le peuple raillait les sénateurs de la faction patricienne, qu'il voyait pénétrer l'un après l'autre dans la demeure consulaire à travers les glaives et les javelots.

— Voyez-moi ces mouettes blanches, dont le plumage est
taché de sang, comme elles accourent autour de l'écueil où
quelques malheureux sont venus se briser! disait l'un.

— Tu appelles cela des mouettes ! répondait un autre ;
mais ce sont des chiens, brave Quirite, et de la plus grosse
espèce, que le consul appelle à la curée !

— J'espère bien que le grand pontife Jules César n'a pas
quitté Régia, ajoutait un prolétaire en rejetant sur son
épaule les loques de son manteau.

— Il se gardera bien, par Apollon le bourreau (1)! de se
commettre en pareille assemblée, répliquait une marchande
de harengs qui préparait son éventaire le déjeuner du
peuple-roi. Est-ce qu'un fils de Vénus comme lui se permettrait de tirer la corde quand les triumvirs capitaux l'ont
passée au cou d'un citoyen ?

— Cependant, il faut bien que les prisonniers soient de
grands criminels, reprenait un troisième interlocuteur, puisque Cicéron les a fait arrêter; car ce pauvre *grécot* n'est pas
méchant.

— Oui, disait un vieux soldat de Marius ; mais tous ces
patriciens, Catilina, Hortensius, Pison, le tournent comme ils
veulent. Il n'est plus reconnaissable, ce cher petit orateur. Le
consulat l'a bien changé.

Chacun faisait ainsi le procès aux chefs de l'aristocratie,
lorsqu'un grand tumulte s'éleva du côté du Volcanale. Au
milieu des oscillations et du murmure de la foule on entendait un héraut crier:

« Place à Sulpitius Gallus, préteur du tribunal de violence! »

Gallus, en effet, précédé de ses licteurs et couvert de ses
insignes, traversait la voie Sacrée pour entrer dans le forum.
L'apparition de ce magistrat causa parmi le peuple une agitation extraordinaire ; des milliers de têtes se balancèrent les
unes au-dessus des autres en cercles concentriques ; les sta-

(1) Statue de la voie Neuve que le peuple avait ainsi nommée.

tues et les colonnes innombrables de la place se transfor-
mèrent subitement en pyramides humaines. Deux chariots
marchaient derrière Sulpitius Gallus, et ces chariots regorgeaient d'épées et de poignards.

Ils s'arrêtèrent sous le terre-plein du temple de la Concorde, où le sénat se réunissait.

Des émissaires du conseil des Sept se mêlèrent alors aux
citoyens, et leur apprirent les événemens de la nuit précédente, l'arrestation des Allobroges, celle de Lentulus et de
ses complices ; enfin, que le préteur Sulpitius Gallus venait
de saisir un amas d'armes prodigieux dans la maison de Céthégus. Les preuves de ces faits étaient flagrantes. L'effer-
vescence de la multitude se calma, et quand une triple haie
de soldats vint se former depuis la rue de Scaurus jusqu'au
temple de la Concorde, le peuple était silencieux et presque
recueilli.

Le cortége des accusés ne tarda pas à paraître.

Les huit licteurs de Cicéron ouvrirent la marche. Suivait le
consul, tenant d'une main Lentulus, qu'il pouvait seul contraindre, vu la dignité de préteur dont l'accusé était revêtu.
Derrière eux, Valérius Flaccus portait la fatal portefeuille
dont il s'était emparé au pont Milvius : Cicéron avait défendu
qu'on en violât le secret. Des gardes conduisaient ensuite
les conjurés, Vulturtius et les ambassadeurs des Allobroges.
Ce lugubre cortége était terminé par un gros de soldats.

Mais à peine eut-il débouché sur le forum, qu'un incident
extraordinaire et bien digne de remarque vint frapper les
esprits superstitieux de la foule. Des tentures en toile grossière, qu'on apercevait depuis le matin au sommet du Capitole, tombèrent comme par enchantement, et l'on vit apparaître au-dessus de la noire citadelle la statue dorée de Jupiter très bon, très grand, sur laquelle le soleil d'hiver jetait, à
travers un léger brouillard, des rayonnemens de feu. Le dieu
avait promis par ses augures d'éclairer le sénat et le peuple
sur les menées secrètes de leurs ennemis, pourvu qu'on éle-
vât son simulacre sur un point culminant de la cité, le visage
tourné à l'orient, de façon qu'il embrassât à la fois du regard le forum, le comice et la curie ; ses volontés suprêmes
achevaient de s'accomplir, et, par une coïncidence merveilleuse, la conjuration se trouvait aussitôt dévoilée. C'étaient donc
bien les complots de Catilina et de Lentulus, les séditions
qu'ils avaient excitées dans Rome , les troubles dont ils
avaient rempli les provinces, qu'annonçaient les signes extraordinaires observés dans le ciel. Ces grands coupables devaient être châtiés ; telle était la volonté des immortels protecteurs de la cité de Romulus, à qui l'empire du monde était
promis. Le peuple ne songeait déjà plus à entraver la justice
du sénat ; il saluait par des acclamations le simulacre restauré de Jupiter-Sauveur.

Vulturtius et les Allobroges avaient été conduits au temple de la Concorde ; mais les Romains et les Gaulois qu'on
avait ramenés avec eux du pont Milvius n'avaient pas quitté
la demeure de Cicéron. Pontinus les rassembla dans l'atrium,
les conduisit par l'issue du *posticum* dans une rue déserte ;
puis, frappant sur eux à coups de houssine,

— Sauvez-vous, sauvez-vous, vauriens, leur dit-il. Croyez-
vous, par Tisiphone! que nous ayons le temps de pendre
ces misérables tels que vous ?

Il n'eût pas été difficile au préteur de congédier ses cliens
par une formule plus honnête ; mais ceux-ci ne se formali-
sèrent pas de son impolitesse et s'enfuirent dans toutes les
directions.

XI.

LA ROBE DE DEUIL.

C'est dans les momens de troubles, quand une perturbation
soudaine fait monter la fange à la surface des sociétés, qu'il
faut en étudier les vices, qu'il faut surprendre les mystères
de corruption, d'infamie, que dissimule parfois le mirage
trompeur des plus brillantes civilisations.

La conjuration, désorganisée, avait cessé d'être redoutable ; le sénat avait brisé le vaste réseau d'intrigues dont

Sergius avait couvert Rome et l'Italie. La carrière était ouverte à la cupidité, à la trahison, à la vengeance, aux fureurs du despotisme, à toutes les passions terribles que les rivalités de Marius et de Sylla avaient engendrées.

Neuf personnes, dont cinq contumaces, se trouvaient accusées de perduellion au premier chef. Surprises en flagrant délit, elles ne pouvaient nier leur crime. Quelle peine avaient-elles encourue? devant quel tribunal leur procès devait-il s'instruire? telles étaient les premières questions que soulevait leur arrestation.

D'après le texte des lois corneliennes, tout citoyen convaincu d'avoir pris les armes contre la patrie méritait le dernier supplice.

Les termes de cette législation laissaient beaucoup à l'arbitraire, les gouvernemens ayant une tendance inévitable à réclamer pour eux les respects que la patrie commande. Mais Lentulus et ses complices étaient bien réellement tombés dans le cas prévu par les lois du dictateur. On n'attente guère à la sûreté d'un État d'une façon plus grave qu'en s'alliant contre lui avec un peuple étranger.

Q. Lutatius Catulus avait expliqué et complété, vers l'an 675, la jurisprudence cornélienne en ajoutant à la loi Plautia, contre la violence, les articles *lutatiens*. Les expressions de ce commentaire atteignaient également les accusés.

Une seule considération militait en leur faveur : c'est que les lois contre la perduellion n'avaient été invoquées jusqu'à ce jour qu'aux époques de guerre civile. Ce code, vraiment draconien, était l'arsenal des partis. Ils s'en armaient après la victoire et le subissaient à leur tour quand ils étaient vaincus.

Mais s'il n'y avait pas de discussion sérieuse à établir sur la peine encourue par les conjurés, on pouvait contester sans désavantage aux pères conscrits le droit qu'ils s'arrogeaient de les juger sans appel.

Toute cause capitale intentée à un citoyen ressortissait du peuple-assemblé par centuries; ce principe était reconnu depuis que Rome avait donné une forme stable à ses institutions. La loi des douze tables, celle de Porcius Lecca en 556, et celle de Caïus Gracchus en 630, l'avaient consacré. La dernière surtout n'admettait aucune exception. En supposant donc que le sénat pût s'ériger en cour martiale pour juger sommairement les prisonniers du consul, ceux-ci n'en conservaient pas moins la faculté de décliner sa juridiction par un appel.

Le bon sens et la justice le voulaient ainsi. Mais il y avait à Rome quelque chose de plus fort que le bon sens et que la justice : ce quelque chose se nommait la *fiction*.

En effet, suivant un vieil adage du droit prétorien, le crime de perduellion enlevait à l'individu qui s'en rendait coupable le titre de Romain. Cet adage renfermait une pétition de principes évidente, puisqu'il supposait coupable un malheureux qui n'était qu'accusé ; quand les juges du *perduelle* se sentaient assez forts pour se permettre un mauvais syllogisme, ils s'en inquiétaient peu. Considérant leur justiciable comme étranger, ils le faisaient battre de verges, pendre ou crucifier, à leur choix et non pas au sien. De savans professeurs m'ont enseigné que le droit romain était la sagesse écrite ; ce n'était du moins la sagesse appliquée.

Certes, la loi Sempronia se trouvait bien soite en ces occasions. Elle avait réservé, en termes absolus et pour tous les cas, aux centuries légalement assemblées, le jugement en dernier ressort des citoyens prévenus d'un crime capital : les jurisconsultes déclaraient que le *perduelle* avait cessé d'être citoyen. Et on le pendait, on le tuait de par l'autorité d'un commentateur ! Pauvre Caïus Gracchus ! pauvre tribun ! tu étais moins intelligent dans ton patriotisme que les patriciens dans l'interprétation du droit.

Ce fut donc par une véritable subtilité que les sénateurs se constituèrent arbitres souverains de la vie des conjurés.

Cicéron, en entrant dans le temple de la Concorde, avait laissé Lentulus et ses coaccusés sous le portique. Il chargea Cosconius, Messala, Appius et le grammairien Nigidius-Figulus de rédiger le procès verbal de la séance. Tous ces hommes étaient habiles dans l'art d'écrire aussi vite que la

parole. Il rendit compte ensuite des événemens de la nuit précédente, et l'on procéda immédiatement à l'interrogatoire des prévenus.

Introduit le premier, Vulturtius ne chercha d'abord qu'à éluder les questions pressantes du consul. Sa frayeur était extrême. Cicéron lui donna la promesse irrévocable de pardon qu'on appelait la *foi publique*, et l'exhorta à raconter sans crainte ce qu'il savait de la conjuration. Alors Vulturtius ne pensa qu'à racheter sa vie. La manière dont Gabinius et Céparius l'avaient affilié au complot, la double mission qu'il avait reçue de Lentulus, les noms des conjurés qu'il pouvait connaître, il dévoila tout. Sa déposition ne compromit pas seulement les prisonniers qu'on voulait perdre, mais encore Autrone, Servius Sylla et Vargunteius, au sujet desquels on ne songeait pas à l'interroger. Les Gaulois confirmèrent toutes ses allégations.

Les accusés étaient des personnages éminens dans la république, tous remarquables, soit par leur courage, soit par leurs talens. Lentulus jouissait d'une grande réputation comme orateur populaire. Hardi, violent jusqu'à la témérité, Céthégus n'était pas moins capable de se bien défendre. Gabinius et Statilius comptaient dans Rome de nombreux cliens, des familiers pleins de zèle, des esclaves aguerris. Mais trahis par Vulturtius, accusés par les Allobroges, convaincus par leurs propres lettres, ils perdirent toute assurance. Céthégus inventa les prétextes les plus frivoles pour expliquer l'amas considérable d'épées et de poignards que le préteur Gallus avait saisi dans sa maison. Lentulus ne retrouva plus cette faconde effrontée, ces plaisanteries triviales par lesquelles, au sortir de sa questure, il avait désarmé la colère même de Sylla. Ce fut à peine si les deux autres prévenus cherchèrent à se disculper. L'abattement de tous ces hommes, leur confusion, les regards désespérés qu'ils échangeaient à chaque révélation nouvelle qui venait les accabler, parlaient contre eux plus éloquemment que leurs accusateurs.

A peine Lentulus eut-il avoué son crime, qu'une voix haineuse vint lui prédire la condamnation qui l'attendait. Lucius César se leva, et, quoiqu'ils fussent beaux-frères, il lui jeta au visage ces paroles cruelles :

— Te souviens-tu, Lentulus, que ton aïeul secondait avec acharnement le consul Opimius, quand ce dernier fit égorger sur le mont Aventin Fulvius Flaccus, mon grand-père maternel, et son jeune fils? Caïus Gracchus périt aussi dans ce jour funeste. Trois mille cadavres jonchèrent les rues de Rome; on refusa aux veuves des morts la consolation de porter leur deuil. Dis-moi maintenant quel châtiment ton aïeul de terrible mémoire eût infligé au séducteur des Allobroges, à l'allié de Catilina? Le nom que tu portes te condamne. Va ! tu mérites la mort.

Les Romains ne connaissaient pas le duel. Jean-Jacques Rousseau a écrit à ce sujet des lignes fort éloquentes. Mais pourquoi n'a-t-il pas ajouté que la vie vidaient ordinairement leurs querelles de famille par l'intervention du bourreau ?

Les dépositions de Vulturtius et des Allobroges entendues, l'interrogatoire des prévenus terminé, les pères conscrits déclarèrent : que Cicéron méritait des actions de grâces pour avoir sauvé la patrie; que les préteurs Valérius Flaccus et Pontinus étaient dignes des mêmes éloges ; que le consul Marc-Antoine devait être également remercié de ce qu'il avait éloigné de son sein les conseils les ennemis de la république. Ils ordonnèrent en outre que Lentulus abdiquerait la préture, et qu'il serait mis en garde, ainsi que ses complices présens d'un procès, entre les mains d'un magistrat ou tout au moins d'un sénateur.

Cassius, Furius, Céparius, Umbrénus et Magius Chilon furent déclarés contumaces, avec injonction à tous les citoyens de l'empire de les arrêter partout où on les rencontrerait.

Le même sénatus-consulte décerna que des supplications et un lectisterne solennels seraient célébrés au nom du consul Cicéron, honneur qu'on n'avait accordé jusque-là qu'aux généraux victorieux. █

Lentulus quitta, séance tenante, les ornemens de sa dignité pour revêtir un habit de deuil. Il n'osa protester contre la violence qu'il subissait, lui, magistrat inviolable, que les

centuries avaient élu et qu'elles pouvaient seules déposer
On lui donna pour prison la demeure de son parent Lentulus
Spinther, édile curule. Céthégus fut confié à Cornificius, Statilius à Caïus César, et Gabinius au financier Crassus. Ainsi
les sénateurs affectaient d'associer à leur politique tous ceux
qu'ils croyaient les plus enclins à la combattre. Ils trans-
formaient César et Crassus en geôliers; Marc-Antoine en
zélé défenseur de l'oligarchie. On traçait leur devoir à ces.
ambitieux; on les invitait, d'une manière aussi polie qu'éloquente, à seconder la justice du conseil des Sept, dont le bras
était armé et dont les soupçons planaient sur eux.

La nuit était venue. Les pères conscrits renvoyèrent au
lendemain l'instruction à suivre contre ceux des conjurés, que
semblait ne pas devoir atteindre l'accusation d'avoir excité
les esclaves à la révolte ou fait alliance avec un peuple étranger.

Une foule immense n'avait pas cessé d'encombrer le forum.
Des milliers de lumières brillaient dans la place publique au
moment où les pères conscrits quittèrent le temple de la
Concorde; la grande voix du peuple inquiet, effrayé, mugissait comme une mer en courroux dans le vieux champ de bataille de Romulus et de Tatius. L'aspect de cette masse
d'hommes tournoyante, sur qui des torches de résine jetaient
par intervalles de sombres lueurs, avait quelque chose de sinistre. Les monuments du forum avaient pris un caractère indéfinissable de grandeur et d'étrangeté, car les lumières qui
en éclairaient la base n'en pouvaient atteindre le faîte, qui
s'alongeait démesurément dans l'obscurité.

Un silence profond s'établit dans l'assemblée : on avait
vu flotter sur les rostres la robe de pourpre de Cicéron.

Les esprits de la multitude avaient été habilement préparés à recevoir les communications du consul. Elle écouta
donc avec attention le récit officiel des faits qui, depuis le
matin, tenaient en éveil son ardente curiosité. Cicéron négligea de traiter devant cet immense auditoire les questions
de droit criminel, que le sénat avait résolu de trancher par le
glaive de sa justice. Il raconta au peuple les négociations
des conjurés avec les ambassadeurs des Allobroges; il affirma que les prévenus méritaient la mort pour avoir tenté de
susciter contre leur patrie une guerre servile, une guerre
étrangère, une autre guerre plus désastreuse encore, où l'on
urait ravagé la ville par le massacre et par l'incendie.

« De combien de haine, s'écria-t-il, de quels supplices ne
sont pas dignes les hommes qui ont voulu livrer aux flammes
non seulement vos maisons, mais encore les temples vénérés
des dieux? M'attribuer la gloire d'avoir trompé leur scélératesse serait de ma part une étrange présomption. Oui, c'est
Jupiter qui leur a résisté; c'est lui qui, dans sa divine sagesse,
a défendu son Capitole, nos temples, cette ville; c'est ce dieu
protecteur qui vous a tous sauvés! »

Les événements de la journée prêtaient à ces paroles une
force irrésistible. Le simulacre de Jupiter très bon, très
grand, se dessinait aux reflets lointains des torches sur la
forteresse du Capitole, et l'orateur avait eu soin de rappeler
les oracles qui avaient donné lieu à l'érection de ce monument. L'assemblée entière connaissait les lettres des conjurés; elle avait vu les armes saisies dans la maison de Céthégus. Frappé de l'évidence de ces preuves, émerveillé de l'intervention miraculeuse qui l'avait protégé, le peuple accueillit la troisième catilinaire par de bruyantes acclamations.

La plèbe surtout demandait à grands cris le supplice de
Lentulus et de ses adhérens. La veille encore elle s'informait
avec empressement des nouvelles de la Toscane, de la position de Catilina dans les Apennins; elle attendait le conspirateur avec impatience, pour renverser avec lui un gouvernement détesté; et le lendemain elle ne trouvait plus d'injures
assez grossières, de menaces assez violentes, pour exprimer
sa rage contre les prisonniers de l'oligarchie. Elle oubliait,
dans sa fureur, que c'est toujours en infligeant à de grands
coupables un châtiment illégal que les despotes en arrivent à
frapper des innocens.

Vingt mille citoyens et deux mille chevaliers portèrent le
consul en triomphe plutôt qu'ils ne l'accompagnèrent jusqu'à
la rue de Scaurus. Il y eut ce soir-là grande réception chez

l'orateur. Le sénat vint en corps remercier ce dictateur d'un
jour et le proclamer *père de la patrie*.

Au sortir de la basilique de Cicéron, Crassus, que la crainte
seule y avait conduit, se glissa furtivement dans Régia.

Il y trouva César au milieu de ses livres. Fidèle à sa politique, malgré les périls de la situation, le jeune pontife préparait la défense des conjurés.

Lorsqu'il entra dans la bibliothèque de son allié, le financier Crassus était pâle de terreur.

— Qu'y a-t-il encore? lui dit César.

Crassus s'assit sur un fauteuil, et d'une voix altérée,

— Je quitte à l'instant la maison de Cicéron, répondit-il;
le sénat tout entier s'y était réuni.

— Et vous faisiez partie du sénat *tout entier?* C'est naturel.

— Il se prépare d'étranges choses...

— Vraiment? Et le consul... vous a-t-il bien accueilli?

— Trop bien.

— Pourquoi donc cela?

— Cicéron a été pour moi d'une amabilité telle...

Crassus perdit respiration.

— Que vous craignez pour votre tête, ajouta César.— Bah!
poursuivit dédaigneusement le jeune pontife, nos septemvirs
ont voulu me tuer bien des fois... et je ne m'en porte que
mieux.

— C'est que je me souviens des proscriptions, dit le financier. Mon père et mon frère y ont péri.

— Oui, mais vous (1)?

— N'ai-je pas été forcé de m'exiler en Espagne, où j'ai
vécu huit grands mois errant, dénué de tout?

— Par Vénus! je m'étais laissé dire que vous aviez passé
ces huit mois dans une caverne au bord de la mer; que Vibius
Pacianus vous y nourrissait de mets délicieux, et que deux
esclaves jeunes et belles partageaient votre solitude, embellie
par un printemps éternel (2). On m'avait sans doute abusé.

— Cessons de plaisanter, interrompit Crassus.

— Au contraire. C'est si plaisant de voir dictateur un petit
chevalier d'Arpinum!

— On continuera demain l'instruction du procès et l'on
distribuera des récompenses aux délateurs. Et savez-vous quel
est le misérable qui vendait à Cicéron les secrets de Sergius?

— Non.

— C'était le plus intime de ses amis, Q. Curius.

A ce nom, César tressaillit.

— Quelle infamie! murmura t-il.

— Vous comprenez maintenant où la cupidité peut conduire un pareil homme. Il accusera Rome entière pourvu
qu'il soit payé.

— Ainsi donc on veut nous gouverner par la terreur ; on
veut réduire la puissance sociale à ces trois mots : les espions, les agens provocateurs et le bourreau! Par Vénus
Génitrice! je ne courberai pas la tête sous cet ignoble joug.

— Ne suivons pas les inspirations d'un ressentiment aveugle, reprit le financier.

— Marius, ou... Sylla lui-même valait mieux. Ces gens-là
vous égorgeaient, mais ils ne vous déshonoraient pas. Oh!
malheur, trois fois malheur à qui m'attaquera!

— Calculons la portée de nos démarches. Le sage doit se
tracer au milieu des périls qui l'environnent une ligne de conduite invariable, et, malgré les provocations de ses ennemis,
ne pas s'en écarter.

— Je désirerais connaître celle que vous avez adoptée,
Crassus, répondit le jeune pontife tout frémissant d'indignation. Vous rangerez-vous du parti des opprimés ou de
celui des oppresseurs?

— Je prendrai le parti de rester dans ma maison, au milieu de mes clilens et de ma famille armés, tant que durera
cet infernal procès. Je vous invite à m'imiter.

— Et si les prisoniers sont condamnés à mort?

— Leurs juges rendront compte aux centuries du sang
qu'ils auront versé.

(1) Les libéralités de Sylla avaient commencé l'immense
fortune de Crassus.

(2) Voy. Plutarque, in Crass. IV.

— Oui, mais je veux qu'ils entendent, avant d'en rougir leurs mains, une voix... qui n'est pas celle d'un rhéteur, mais que l'amour de la patrie a rendue plus d'une fois éloquente, protester contre l'iniquité du supplice qu'on prépare à des Romains. Pour m'imposer silence, voyez-vous, Crassus, il ne suffit pas de me calomnier.

— Vous voulez défendre des misérables convaincus de perduellion ? demanda Crassus épouvanté.

— Certainement.

— Eh ! que direz-vous en leur faveur ? Plaiderez-vous l'incompétence du tribunal ?

— Peut-être.

— Mais vous soulèverez là une question dans laquelle le sénat sera juge et partie.

— Aussi commencerai-je par invoquer ce principe solennellement proclamé par la loi Porcia, qui laisse tout citoyen condamné à mort libre d'éviter le supplice par l'exil. — Oh ! je n'irai pas de gaîté de cœur irriter nos oligarques, ajouta César. Je n'oublierai pas ces quatre malheureuses victimes, qui paieraient infailliblement de leur vie l'imprudence de mes discours. Les sacrifier serait plus habile, sans doute. La puissance du sénat trébucherait quelque jour sur leurs têtes. Mais je veux plaider pour les défendre et non pour les immoler.

César était sincèrement et profondément ému en prononçant ces paroles ; car il se montra toujours le plus indulgent des hommes. Il possédait au suprême degré l'admirable talent de préparer sans relâche sa grandeur future, en donnant l'exemple de la bravoure, du désintéressement, de la clémence, des plus nobles vertus.

— Votre plaidoyer, cher ami, sera très faible, quant à la question de droit, reprit Crassus. La loi Porcia ne s'applique pas à tous les crimes. N'avez-vous pas, comme duumvir, prononcé vous-même la peine de mort contre Rabirius ?

— Ah ! permettez ; Rabirius avait attenté à la liberté, à la majesté du peuple en ce qu'elles ont de plus sacré. Contracter une alliance avec un peuple étranger, soulever les esclaves, passer à l'ennemi en un jour de bataille, me semble un forfait moins grave que d'égorger un tribun malgré l'inviolabilité de son caractère. Où en serions-nous si l'oligarchie pouvait d'un coup de poignard imposer silence aux magistrats qui la gênent ? Que le meurtrier d'un tribun soit puni du dernier supplice, c'est une conséquence nécessaire de l'institution même du tribunat. J'avais donc été nommé juge de Rabirius, non moins pour décerner une peine que pour examiner un fait. Le fait me parut évident et je condamnai le prévenu au supplice de la croix.

— En définitive, quel était son crime ? ajouta Crassus. La perduellion.

— C'est vrai, repartit vivement César. Et que fit le coupable ? il en appela de ma sentence aux centuries assemblées, et son appel anéantit mon jugement.

— Vous voyez bien, Jules, que vous serez nécessairement conduit à décliner la compétence du sénat.

— Partout où l'obstination des pères conscrits à s'établir juges de la vie des citoyens voudra me pousser, j'irai sans crainte. Ah ! par les Furies ! je voudrais bien connaître le Romain qui empêchera César d'invoquer et de soutenir fièrement son bon droit. Oui, j'opposerai, s'il le faut, aux sénateurs le texte si clair, si précis de la loi Sempronia : « Voulant abolir totalement la tyrannie des rois, » maintenir le peuple dans sa liberté et le contenir plutôt » par la douceur des institutions que par la sévérité des » supplices, nous ordonnons qu'à l'avenir il sera défendu à » tout magistrat d'infliger la peine capitale à un citoyen sans » l'ordre des centuries. »

Voilà ce qu'a réglé Caïus Sempronius Gracchus. Ils ont pu assassiner le tribun, mais ses lois, quoi qu'ils fassent, ils sont forcés de les subir.

— Et s'ils passent outre ?

— Ou Népos ou Bestéa interrompra leurs délibérations par son véto.

— Népos imposera silence au sénat, Caton imposera silence à Népos. Quelle confusion ! quelle anarchie !

— Cicéron l'a voulu.

— Ecoutez, Jules, reprit Crassus ; il se trame en ce moment autour du consul quelque ténébreuse intrigue. On cherche à nous atteindre, à nous envelopper dans la proscription des conjurés. Tout au moins veut-on nous empêcher de prendre leur défense. L'attitude de certaines personnes que j'ai rencontrées ce soir chez Cicéron, leurs chuchotemens, leur réserve à mon égard, m'en avertissent ; nous serons accusés demain.

— Par Curius ?

— Par lui ou par tout autre misérable de la même sorte.

— Croyez bien, cher ami, que si l'on place Curius vis-à-vis de César, ce ne sera pas César qui pâlira.

— Il ne faut pas que nous subissions un semblable outrage. Abstenons-nous de paraître au sénat ; éloignons-en tous nos amis. Quand on saura que la même pensée nous dirige, on hésitera peut-être à nous attaquer.

— Ma résolution est inébranlable, répliqua le pontife.

— Ainsi, vous vous obstinez à vouloir irriter les passions d'une assemblée qui va délibérer au milieu des glaives et des poignards ?

— Oui.

— Les conseils d'un ami ne vous touchent point ?

— Je ne puis les suivre.

— Au revoir, poursuivit Crassus. Que les dieux veillent sur vous !

Il se préparait à sortir. César se rapprocha de lui, et de cette voix douce et persuasive à l'éloquence de laquelle il était si difficile de résister,

— Cher ami, lui dit-il, nous avons formé, je crois, un projet d'alliance auquel Pompée le Grand doit être associé.

— C'est vrai.

— Tenez-vous à ne point perdre les cent cinquante millions de sesterces qui vous assurent la première place dans ce triumvirat ?

— Je saurai conserver ma fortune, et au besoin la défendre, répondit le financier.

— Eh bien ! veuillez me laisser libre, poursuivit César, de veiller comme je l'entends, même au péril de ma vie, aux intérêts de ma popularité.

Les sénateurs qui étaient venus en foule complimenter Cicéron pendant la nuit du 3 au 4 novembre, avaient quitté depuis longtemps sa basilique. Catulus, prince du sénat, et Pison, homme consulaire et patricien des plus violens, étaient restés seuls dans la maison du consul. Ces nobles Romains ayant demandé à l'entretenir sans témoins, Cicéron les conduisit dans la chapelle de ses dieux domestiques. Tous trois s'y renfermèrent, et le dialogue suivant s'établit entre eux :

— Cher consul, dit Catulus, vous avez rendu ce matin un service éminent à l'aristocratie.

— J'ai sauvé la république en démasquant des traîtres, répondit le consul.

— Souffrirons-nous que notre ennemi le plus acharné, le plus dangereux, brave encore notre colère ?

— De qui voulez-vous parler ?

— De ce jeune débauché qui se pose en successeur de Marius, et dont notre faiblesse n'a que trop encouragé l'ambition.

— En effet, César est un grand coupable.

— Vous le comprenez enfin ?

— Sans doute. N'ose-t-il pas habiter Régia, cette demeure splendide qui conviendrait si bien à vos pénates ? N'a-t-il pas poussé l'impertinence jusqu'à mettre notre cher Pison en justice pour avoir puni du dernier supplice deux soldats cisalpins et leur centurion ? Aussi vous avez été l'un et l'autre de grands maladroits !

— Et comment cela, je vous prie ?

— Vous, Catulus, pourquoi donc avez-vous si mal conduit votre brigue pour le grand pontificat dans l'assemblée des centuries ? Age, dignité, richesses, vous aviez, ce me semble, tous les élémens possibles de succès.

— Et moi, dit Pison, j'avais mérité sans doute l'animadversion de mes juges ?

— Vous, cher ami, répondit le consul, ah ! c'est une jus-

tice à vous rendre, vous aviez eu pour sévir contre vos Cisalpins des motifs de la plus haute gravité. Vous aviez tué
le premier parce qu'il était rentré dans votre camp sans son
camarade ; le second, parce qu'il avait occasionné par son
absence la condamnation du premier, et le centurion pour
une faute encore plus impardonnable : cet officier n'avait pas
très bien saisi la haute portée de votre sentence, et il lui répugnait de l'exécuter.
— Vous pensez, en un mot, que ces hommes ont été livrés à mes licteurs sans l'avoir mérité ?
— Mais non, je vous accuse de maladresse, et non pas de
cruauté, répliqua Cicéron, qui ne négligeait aucune occasion
de railler ses bons amis les patriciens. Que vous fassiez tomber trois têtes de soldats alliés sous la hache, par caprice ou
autrement, qu'importe ! mais vous allez vous adresser tout
juste à des Cisalpins, à des hommes dont César est le protecteur ! Il fallait tuer des Crétois, des Siciliens, des Macédo-
niens : ni Métellus, ni moi, ni Paulus n'aurions songé à vous
mettre en accusation. Le fait du supplice était peu de chose
en lui-même, c'est l'intervention de cet enragé César qui a
tout gâté.
— Eh bien ! la conjuration est découverte, ajouta Catulus;
le peuple est irrité ; César compromis : il faut le perdre.
— A quoi cela nous servira-t-il ?
— A nous délivrer d'un séditieux.
— On a beau perdre cet homme, il se retrouve toujours,
dit ironiquement le consul.
— Quelle insupportable habitude vous avez, Cicéron, de
plaisanter sur toutes choses ! On ne peut causer sérieusement
avec vous.
— C'est donc bien sérieusement que vous songez à conduire notre grand pontife à la barre des pères conscrits ?
— Rien de plus facile, dit Pison. Nous dominons complètement le sénat ; les délateurs pullulent autour de nous ; on
dressera contre César un acte d'accusation terrible, et il su-
bira la même condamnation que Lentulus.
— Vraiment, je vous admire, reprit le consul ; vous traitez
le divin Jules absolument comme un Cisalpin.
— Marius semble revivre dans ce jeune débauché, poursuivit Catulus ; mais avec tout le prestige d'une naissance
illustre et d'une brillante éducation. Si l'on n'y met ordre, il
nous opprimera.
— Il exerce en attendant sur les délibérations de la curie un
contrôle salutaire qu'il est bon de ne pas supprimer.
— Il est vrai qu'il nous traduit parfois devant les tribunaux criminels, fit observer Pison.
— Qu'il nous dispute les sacerdoces et nous les enlève,
ajouta Catulus ; l'audace de César divertit sans doute le consul Marcus Tullius Cicéron ?
— J'ai souvent admiré ce jeune pontife, sa fermeté, son
éloquence et l'élévation de ses sentimens.
— Et vous refusez de lui susciter un accusateur ?
— Peut-être serai-je forcé, pour le réduire au silence, d'in-
voquer contre lui le témoignage de Curius.
— Mais vous le couvririez de votre toge, poursuivit Pison,
s'il courait un danger réel. Quelle touchante amitié !
— Eh ! chers sénateurs, Pompée revient d'Asie triomphant,
suivi d'une armée nombreuse. Qui donc lui opposerions-
nous si je laissais immoler César ?
— Moi, dit Catulus.
— Vous ? la partie ne serait pas égale.
— En définitive, ajouta Pison, vous refusez de mettre César en accusation ?
— Positivement, je le refuse.
— On le perdra sans vous.
— A votre aise, répliqua Cicéron. N'oubliez pas seulement
que César est populaire, et qu'il existe des milliers d'hommes
dont le ventre crie famine dans Subure, aux Esquilies et sur
le mont Aventin.
Une grande solennité religieuse occupa la matinée du lendemain. Le temple de Junon-Reine fut ouvert, et vingt-sept
matrones vinrent, en exécution du sénatus-consulte de la veille, s'y prosterner aux pieds de la déesse. Dans le sanctuaire
de Jupiter, au Capitole, Apollon, Diane, Latone, Hercule,

Mercure et Neptune recevaient les hommages de la foule,
tandis qu'ils semblaient prendre un frugal repas. Les septemvirs épulons avaient transporté eux-mêmes en grande pompe
et couché sur leurs lits de verveine les simulacres de ces divins convives. Le peuple, hommes, femmes, enfans, circulait
autour du *pulvinaria* et y déposait des couronnes. Cicéron
exigeait des citoyens la prestation du serment militaire, tandis qu'ils s'agenouillaient dévotement sur le marbre des sacrés parvis.
César s'habillait, vers la quatrième heure, pour se rendre
au sénat, lorsqu'un de ses esclaves accourut dans sa chambre à coucher sans en avoir reçu l'ordre.
— Que viens-tu faire ici ? lui demanda le pontife.
— Maître, répondit l'esclave, le questeur Novius vous a
cité à comparaître à son tribunal sur la dénonciation d'un
certain Vettius.
— Déjà ? murmura César. Qu'est-ce que Vettius d'abord ?
poursuivit-il à haute voix.
— Un chevalier romain qui arrive du Bruttium avec une
liste des conjurés.
— De quoi m'accuse-t-il ?
— D'avoir donné votre blanc-seing à Catilina.
— Et dans quel but ?
— Pour lever des troupes et de l'argent en Cisalpine.
— Ah ! fit César, il s'agit encore de la Cisalpine ! Comme
ce cher Pison a la mémoire heureuse ! Mais, sot que tu es !
continua César en s'adressant à l'esclave, la nouvelle que tu
m'annonces est ridicule. Comment veux-tu qu'un simple
questeur interpelle un préteur désigné ?
— J'ai entendu de mes propres oreilles la citation de Novius.
— Appelle mon intendant.
L'esclave s'empressa d'obéir, et Julius, affranchi de César,
parut bientôt dans la chambre du pontife.
— Tu iras faire aujourd'hui diverses emplettes chez les
marchands du forum, dit César, dans Tabernola, aux carènes, et tu inviteras mes cliens à ne pas négliger comme ils
le font les assemblées du peuple. Tu leur diras que le procès
de Lentulus est une affaire des plus dangereuses, un abominable guet-apens dans lequel..... enfin, tu m'as compris.
— Oui, maître.
— Va, achète beaucoup et paie largement.
L'affranchi allait sortir ; César le retint.
— Aie soin qu'on distribue en mon nom quatre-vingt à
cent mille sesterces aux prolétaires les plus indigens de Subure, ajouta-t-il.
— Maître, hasarda Julius, cette libéralité videra complétement vos coffres.
— Que dis-tu là, malheureux ? répliqua le pontife. Doute-
rais-tu de la fortune de César ?
Et du geste il congédia son affranchi.
— C'est donc à moi qu'on s'attaque ! poursuivit le divin
Jules quand son esclave cubiculaire fut sorti. On me cite au
tribunal d'un questeur pour avoir indûment frappé d'un im-
pôt le peuple de la Cisalpine. Je recommanderai l'accusateur
à mes amis de Subure ; et, quant au magistrat, je lui apprendrai à ses dépens qu'il tombe sous la juridiction du préteur
de Rome, et non pas ce dernier sous la sienne. Ces gens-là,
par Vénus ! ont perdu l'esprit.
A midi, les sénateurs étaient réunis de nouveau dans le
temple de la Concorde pour instruire le procès des conjurés
qui, sans contracter alliance avec les Allobroges, sans pousser les esclaves à la révolte, s'étaient simplement associés
aux projets de Catilina. On commença par entendre des témoignages honorables. Silanus, consul désigné, communiqua
les renseignemens qu'il avait pu recueillir touchant le massacre des pères conscrits. Calpurnius Pison, Q. Arrius, ancien préteur, confirmèrent sa déposition. Puis vint la tourbe
des espions, des délateurs soudoyés. Vettius, récemment arrivé du Bruttium, déposa sur le bureau de la curie sa liste
de coupables, qui jeta bientôt l'effroi dans Rome. Autrone,
Serv. Sylla, Varguntéius furent accusés par Vulturtius et par
les Allobroges ; enfin Curius parut, et sa déposition atteignit
principalement César.

A peine le nom du grand pontife eut-il été prononcé qu'un incroyable tumulte s'éleva dans le temple. Tandis que le parti plébéien tout entier menaçait de quitter la séance, Pison, Catulus, tous les meneurs de la faction patricienne, criaient à la trahison, appelaient sur leur ennemi l'animadversion des lois. César, un moment intimidé, invoqua l'autorité de Cicéron. Il prétendit lui avoir transmis plus d'un avis utile pendant sa lutte contre Sergius. Le consul désirait intimider César. Il feignit de ne pas entendre ses protestations et ne répondit pas.

Un incident plus étrange encore vint bientôt distraire l'attention des sénateurs. On annonça que deux fugitifs avaient été arrêtés pendant qu'ils s'éloignaient de Rome, Céparius sur la route de Terracine, et Tarquinius sur celle d'Etrurie. Le premier, déclaré contumace dans la séance de la veille, fut immédiatement remis en garde au sénateur Cnéius Térentius. Quant à l'autre, on l'introduisit immédiatement pour l'interroger.

Il voulut jouer le rôle de Vulturtius. Au début de son interrogatoire, il affecta le plus grand trouble et demanda la foi publique. L'ayant obtenue, Tarquinius déclara qu'il était parti de la ville avec une mission secrète pour Catilina; qu'un personnage de la plus haute distinction l'avait chargé d'appeler Sergius au secours des prisonniers. Pressé par le consul, il osa désigner comme son mandataire Marcus Licinius Crassus.

A cette révélation inattendue, tous les pères conscrits, sans exception, se révoltèrent. Le même cri d'indignation s'éleva sur tous les bancs de la curie. On déclara, sans vouloir entendre davantage, que le témoin avait menti, qu'on lui retirait le bénéfice de la foi promise et qu'il serait enfermé dans la prison du Capitole jusqu'à plus ample information.

Le sénat commençait à s'apercevoir qu'administrer la justice est impossible lorsqu'on se montre accessible aux haines, aux vengeances, à la cupidité, aux passions les plus viles d'un peuple corrompu. Il voulut abandonner la voie dangereuse qu'il suivait. Il déclara en conséquence qu'il bornerait son enquête aux dépositions précédentes; qu'il s'assemblerait le lendemain pour délibérer sur la peine que Lentulus et ses complices avaient encourue en voulant armer contre la république les Allobroges et les esclaves de l'Apulie, et qu'en ce qui touchait les autres conjurés, il serait procédé contre eux, suivant les formes ordinaires, par devant les tribunaux criminels.

Le reste de la séance fut consacré à distribuer aux délateurs les récompenses que leur avait promises un précédent décret. On vit le premier corps politique de l'univers, les représentans de cette assemblée de rois dont Cinéas parlait à Pyrrhus, se charger en bons du trésor des sommes infames de la police du consul. Vulturtius, les Allobroges, Vettius, Fulvie, reçurent les deux cent mille sesterces pour lesquels ils s'étaient vendus. Curius vint à son tour réclamer le prix de ses trahisons. Mais César avait repris courage; il se leva, et d'une voix indignée,

— Songez, pères conscrits, dit-il, que vous allez me préjuger coupable en accordant le prix de la délation au misérable qui vous tend la main. Je ne veux pas examiner par quel motif vous avez traité de calomniateur de César moins sévèrement que celui de Crassus; mais je vous pose ce dilemme: Accusez-moi, ou chassez ignominieusement Curius de cette assemblée.

L'amant de la courtisane Fulvie était tombé très bas dans l'opinion, et le grand pontife, au contraire, semblait trop puissant pour qu'une sentence pût l'atteindre. Curius fut expulsé du sénat. Il avait vendu Catilina, son ami, son bienfaiteur en mille occasions; les dieux ne permirent pas qu'il touchât, du moins ostensiblement, le prix de cet abominable marché.

Les pères conscrits rapportèrent sans discussion, à la demande même du consul, le décret par lequel Rutuba avait été proscrit deux mois auparavant.

L'attentat commis près du Mille d'or sur la personne du premier magistrat de la république était un fait déjà très vieux.

A cette époque où la vie d'un homme avait si peu de prix, pourvu qu'on fût coupable fût obscur, l'on frappait ou l'on pardonnait avec une égale facilité.

La nuit qui précéda le jugement des conjurés fut une de ces nuits de complots, de terreur comme on en trouve peu, fort heureusement, dans l'histoire des nations. Tandis que Céthégus appelait à son secours par des émissaires ses affranchis et ses esclaves, gens capables des attentats les plus hardis, les cliens de Lentulus parcouraient Subure, l'Aentin, les Esquilies, recrutant ces cohortes de malfaiteurs qui se vendaient à tous les partis. Carvilius enrôlait ses débardeurs, les brigands de Sapala fourbissaient leurs armes. Voleurs, bandits, esclaves se donnaient rendez-vous au forum pour le lendemain. Ils se promettaient de forcer les maisons où étaient détenus les conjurés.

César, de son côté, cherchait à soulever les basses et moyennes centuries. Sa constance n'était pas ébranlée, mais il ne savait trop comment devait finir pour lui la journée qui se préparait.

Les agens du consul lui rendaient un compte exact de tous ces mouvemens; aussi avait-il fait dans Rome un déploiement de forces extraordinaire. Partout les postes étaient doublés, partout les citoyens, régis en ce moment par les lois des camps, puisqu'ils avaient prêté le serment militaire, veillaient eux-mêmes à la sûreté de leurs maisons; des patrouilles parcouraient incessamment la ville; les aqueducs, les dépôts de pistons publics étaient devenus l'objet d'une surveillance active; on avait détruit les magasins de combustibles amassés par Gurgès, et Rutuba, son fils avait refusé d'en toucher le prix. Enfin, les chefs de l'ordre équestre avaient convoqué pour le lendemain tous les ordres de chevaliers, depuis ceux qui possédaient le cheval public jusqu'aux tribuns pacifiques du trésor.

Ces mesures prises, le consul quitta sa maison vers la troisième heure de la nuit (neuf heures du soir). Les matrones romaines devaient y célébrer les mystères de la bonne déesse, auxquels présidait sa femme Térentia. Quant à lui, il se retira chez un ami. Nigidius Figulus et Quintus son frère l'accompagnaient. Fallait-il user envers Lentulus et ses coaccusés de rigueurs inexorables? valait-il mieux les traduire, suivant l'usage, devant une commission de duumvirs, et ne pas assumer la responsabilité de leur supplice? Telles étaient encore les pensées qui l'agitaient.

XII.

Sénat romain.

PRÉSIDENCE DU CONSUL MARCUS TULLIUS CICÉRON.

Séance des nones de décembre (5 décembre 691).

La presque totalité des sénateurs s'est réunie dans le temple de Jupiter Stator. Jamais, depuis le jour funeste où Sylla vainquit Samelsnites aux portes de Rome, une agitation pareille n'a régné dans l'assemblée des pères conscrits. Les diverses factions qui s'y disputent le pouvoir se groupent autour de leurs chefs. Catulus, Pison, Caton, pérorent au milieu des groupes. Retiré dans un angle du sanctuaire, le grand-pontife Caïus Julius César attire vers lui tous les regards. Il s'est appuyé contre le socle de marbre d'une statue. D'une main il tient le pan de sa toge élevé au devant de sa figure, tandis qu'il feuillette de l'autre un rouleau de papyrus. On assure qu'il prendra la parole en faveur des accusés.

Tous les sénateurs sont vêtus de deuil.

Le bruit s'est répandu qu'un prodige vient d'arriver dans la maison du consul; que, durant la célébration des mystères de Cybèle, une flamme rapide et brillante a jailli tout à coup des charbons à demi consumés qui brûlaient sur l'autel. Les coryphées de la faction patricienne voient dans ce prétendu miracle un avertissement des dieux favorable à leur politique; d'autres attribuent le phénomène à l'adresse de Térentia et de sa sœur Fabia, la vestale. Les plus incrédules sourient de pitié. **Tous** les pères conscrits, du reste, quelle que soit leur confiance dans les augures, s'informent auprès de Valérius Flaccus, préteur de Rome, des mesures qu'il a prises pour empêcher l'émeute de troubler les délibérations du sénat.

La rue de Scaurus est encombrée de soldats. Cinq cents chevaliers environnent le temple de Jupiter Stator. Elius Lamia garde la forteresse du Capitole; le forum et les temples qui le dominent sont occupés par Atticus. Un poste d'élite, composé de vétérans aguerris, surveille chacune des maisons où les conjurés sont détenus.

Une sourde agitation règne sur la place publique. Travaillée par les émissaires de César, la foule semble moins irritée que la veille contre les accusés. Elle attend avec défiance le dénoûment du drame qui va s'achever. Çà et là on aperçoit se mouvoir avec ensemble des masses d'hommes à figures sinistres. Une petite armée s'organise dans Equimélium. Sapala, Carvilius, Pimbetta, quelques affranchis de Céthégus courent affairés au milieu des rangs. Le moindre incident, une provocation injurieuse, une querelle d'esclaves pourrait amener dans Rome une épouvantable collision.

Cependant, un des hérauts attachés au service de la curie a signalé l'approche du consul. Il en avertit à haute voix les sénateurs. Ceux-ci prennent place sur les banquettes, garnies de marche-pieds, que des esclaves publics ont disposées pour eux dès le matin dans le sanctuaire. La cela du temple présente l'aspect le plus imposant. Au premier rang s'élèvent les statues des dieux. Au-dessous de ces images vénérées, le grand pontife, les censeurs, les flamines, les augures, tous les prêtres et les magistrats en exercice sont assis sur leurs chaises curules. Enfin, les pères d'origine patricienne, les pères conscrits, recrutés pour la plupart dans l'ordre équestre, et les simples sénateurs pédaires (1) occupent, les uns au-dessous des autres, le rang qu'assigne à chacun d'eux sa dignité.

Les tribuns du peuple siégent sur un banc réservé à la porte du temple.

Coconius, Messala, Appius et Nigidius Figulus, sténographes désignés par le consul, ont pris place au bureau des scribes.

Crassus et un certain nombre de ses amis sont absens.

Un jour blafard semble tomber à regret sur ces hommes en habits de deuil, réunis pour frapper de grands coupables, dont quelques uns, la veille encore, siégeaient au milieu d'eux.

Le consul est monté sur le terre-plein qui précède le temple; il laisse en arrière ses licteurs et ses gardes, et marche seul vers le portique. Aussitôt les victimaires font approcher un bœuf de l'autel de Jupiter. Pas une tache ne ternit la blancheur de l'animal aux larges flancs, que les grasses prairies du Clitumnus ont nourri. Un pontife, le front ceint d'une branche de chêne, purifie ses mains, prend un vase qu'un enfant lui présente, asperge le bœuf d'eau lustrale et lui répand du sel et du blé sur le front. S'armant ensuite d'un couteau sacré, il en promène obliquement la lame depuis le front jusqu'à la queue de la victime; il lui enlève d'entre les cornes une pincée de poils, qu'il jette sur le feu de l'autel. D'une autre patère d'or, couronnée de fleurs, il répand des libations sur elle, en disant :

— Puissant Jupiter, que cette eau augmente l'hostie que nous t'offrons !

Après avoir ajouté plusieurs prières, il commande l'immolation.

On ramène le bœuf, débarrassé de ses liens, au milieu de l'*area* du temple. Un pope demi nu le frappe de son maillet entre les cornes. L'animal chancelle et tombe. Les victimaires se précipitent sur lui, l'égorgent, recueillent dans des coupes le sang qui jaillit de ses blessures, le dépouillent, le dépècent et courent présenter ses entrailles au prêtre sacrificateur. Celui-ci examine avec soin les poumons, le foie, le cœur et le fiel. Aidé par les aruspices, il constate que ces divers or-

ganes sont parfaitement sains, qu'ils palpitent légèrement, qu'ils ne présentent ni fissures ni taches livides. Pendant ce temps, des joueurs de flûte embouchent leurs doubles instrumens d'ivoire. Le temple retentit du bruit de leurs concerts.

Le pontife ayant déclaré à Cicéron que les augures sont favorables et que les dieux ne s'opposent pas aux délibérations du sénat, le consul pénètre dans le sanctuaire de Jupiter Stator. Tous les sénateurs se lèvent et le saluent. Il monte à son tribunal. Sa contenance est ferme et son regard assuré.

Il rappelle sommairement aux pères conscrits qu'ils se sont réunis en vertu du sénatus-consulte de l'avant-veille pour infliger à Lentulus et à la première catégorie de ses complices le châtiment qu'ont mérité leurs crimes. Il déclare la délibération ouverte, et, se tournant vers Décimus Junius Silanus, il lui adresse la formule usitée :

Décimus Silanus, dites votre avis.

DÉCIMUS JULIUS SILANUS, PREMIER CONSUL DÉSIGNÉ. L'orateur lit un discours plus brillant que solide, où, sans toucher aux graves questions de jurisprudence que soulève le procès des conjurés, il peint avec emphase tous les maux qu'ils ont failli attirer sur la patrie. Il conclut à ce qu'on les livre au supplice. Tous les consulaires adoptent son avis, entre autres Muréna, le collègue futur du préopinant; Catulus, Curion, les deux Lucullus, le censeur Aurélius, Cotta et Pison. Quelques-uns se montrent impitoyables par haine, d'autres par ambition, le plus grand nombre par frayeur. La liste des consulaires est épuisée et personne encore n'a parlé d'indulgence ni de légalité.

MARCUS TULLIUS CICÉRON, CONSUL PRÉSIDENT. Caïus Julius César, faites connaître votre opinion. (Profond silence.)

CAIUS JULIUS CÉSAR, GRAND PONTIFE ET PRÉTEUR DE ROME DÉSIGNÉ, est appelé à s'expliquer sur la peine que méritent Lentulus et ses complices.

Il se lève, rajuste avec soin les plis de sa robe, ramène sur son front les rares cheveux qu'a épargnés une calvitie précoce, et prend la parole en ces termes :

Pères conscrits (1),

Tous ceux qui discutent des questions douteuses doivent bannir de leur cœur la haine et la colère aussi bien que la pitié (2). L'esprit perçoit difficilement le vrai quand ces sentimens en obscurcissent les lumières. Il est rare qu'on parvienne à concilier les intérêts de la justice avec ceux de ses passions...

Je pourrais vous citer, pères conscrits, l'exemple d'un grand nombre de peuples et de rois que le ressentiment ou la compassion a mal conseillés; mais je préfère vous rappeler les circonstances où nos ancêtres ne firent prudens et sages en maîtrisant les mouvemens de leur cœur. Pendant que nous combattions le roi Persée en Macédoine, l'opulente nation des Rhodiens, dont nos bienfaits avaient accru la puissance, se déclara traîtreusement contre nous. La guerre terminée, que résolurent nos pères à l'égard de ces perfides alliés ? Ils leur pardonnèrent, afin de ne pas laisser croire qu'on voulait piller leurs richesses plutôt que venger leur défection. De même, au temps des guerres puniques, bien que les Carthaginois, dans leur fureur criminelle, ne respectassent ni paix ni trêve, nos ancêtres n'en prirent jamais occasion d'user de représailles. Ils se respectaient, avant de chercher la rigueur de leur droit.

Prenez garde, pères conscrits, d'oublier votre propre dignité en ne considérant que le crime de Lentulus et de ses complices, de satisfaire aujourd'hui votre ressentiment au préjudice de votre réputation...

CATULUS, PRINCE DU SÉNAT. Nous ne devons compte à personne de nos décrets. (Mouvement en sens divers.)

CÉSAR, reprenant. La plupart de ceux qui ont opiné avant moi ont éloquemment déploré les malheurs de la république.

---

(1) On appelait sénateurs *pédaires* ceux qui n'avaient que voix consultative. Ils émettaient leur vote sans le motiver.

(1) Saluste, Catil. LI.
(2) César commence son discours par un texte de Démosthène, à peu près comme nos prédicateurs placent un texte des Saintes Écritures en tête de leurs sermons.

Ils ont énuméré les ravages de la guerre et les horreurs de la défaite ; ils ont peint les vierges ravies, les enfans arrachés à la tendresse de leurs parens, les mères de famille devenues la proie des vainqueurs, les temples et les maisons pillés, le carnage au milieu de l'incendie, partout enfin dans Rome des soldats, des cadavres, du sang et des lamentations. Mais, dieux immortels ! à quoi bon ces discours? Veut-on vous rendre la conjuration odieuse?... craint-on que des hommes pardonnent trop aisément une injure qui leur est personnelle ?... Ah! songeons plutôt, pères conscrits, que le monde entier a les yeux ouverts sur ceux qui vivent dans les hautes régions de la société; que les dépositaires des pouvoirs publics ne sont libres ni d'écouter leurs affections ni de contenter leurs haines. La colère des faibles s'appelle emportement, celle des maîtres du monde se nomme orgueil et cruauté...

DÉCIMUS SILANUS. J'invite l'orateur à rentrer dans la question. C'est p ur châtier des coupables et non pour cpprimer des ennemis que nous sommes assemblés.

CÉSAR. Je sais que Décimus Silanus, en homme ferme et courageux, n'a écouté dans son discours que son zèle pour la république. Sa moralité et la droiture de ses intentions me sont connues. Et cependant l'avis qu'il a ouvert m'a paru, je ne dis pas cruel (la cruauté est impossible à l'égard de ceux que nous jugeons), mais peu conforme à l'esprit de nos institutions. (Murmures sur les banquettes des consulaires.)

UN SÉNATEUR. Nous y voilà!

CÉSAR. Oui, Silanus, la peur ou l'énormité du crime des coupables vous a préoccupé à tel point que vous avez décerné contre eux, vous, consul désigné, des peines inusitées parmi nous... Permettez que je dise la vérité sur ces peines. Dans l'adversité, la mort est un repos et non pas un supplice... Il n'existe ni joie ni douleur au delà du tombeau. (Violens murmures sur tous les bancs. Une foule de sénateurs interpellent César. On crie à l'impiété, à l'athéisme.)

CATULUS, au milieu du tumulte. Est-ce bien le grand pontife qui ose nier l'immortalité de l'âme dans le sanctuaire même de Jupiter Stator? (L'agitation redouble.)

Les hérauts de la curie réclament inutilement le silence. César sollicite du regard l'intervention du consul-président.

MARCUS TULLIUS CICÉRON. J'invite les interrupteurs à se taire. L'immortalité de l'âme est une vérité philosophique sur laquelle chacun est libre d'avoir son opinion.

CATULUS. Le chef suprême de la religion aurait pu se dispenser de manifester la sienne. (Signes d'adhésion.)

MARCUS TULLIUS CICÉRON. Caïus César, veuillez continuer.

CÉSAR. Mais qui pourra jamais démontrer l'injustice d'un arrêt qui doit frapper les parricides de la patrie? Qui? Le temps, les circonstances, la fortune, suprême arbitre de la destinée des nations. Quel que soit le sort des conjurés, ils l'auront mérité sans doute. Mais vous, pères conscrits, considérez que votre sentence peut atteindre un jour d'autres citoyens. (Dénégations.) Les antécédens pernicieux s'établissent toujours par de louables motifs... De nos jours, quand Sylla victorieux fit égorger Damasippe et ses pareils, les calamités publiques avaient fondé la puissance, qui n'approuva point cette exécution? Des scélérats, des factieux, des artisans de sédition, recevaient la mort; c'était justice, disait-on. Néanmoins, leur supplice devint le signal d'un affreux massacre. Quiconque désira la maison ou la villa d'autrui, le vase précieux ou même le vêtement dont il était possesseur, s'efforça de le faire inscrire au nombre des proscrits. (César affecte ici de regarder Catulus et les autres sénateurs que le dictateur combla de biens et de dépouilles. Il continue ainsi :)

Ceux qui avaient applaudi au meurtre de Damasippe ne tardèrent pas à éprouver le même sort. Le carnage ne cessa que lorsque Sylla eut gorgé de richesses tous les siens. (Sensation prolongée.)

Nos ancêtres, pères conscrits, ne manquèrent jamais ni de prudence ni de résolution. L'orgueil cependant ne les empêchait pas d'adopter les usages des nations étrangères, quand ils en avaient reconnu l'utilité. Aux Samnites ils empruntèrent leurs armes offensives et défensives; aux Toscans la plupart des insignes de la magistrature... D'après l'exemple des Grecs, ils frappaient les citoyens de verges et punissaient de mort les criminels. Mais la république s'accrut. Il surgit des factions au milieu d'un peuple toujours plus nombreux. On séduisit des gens inoffensifs; la politique fit des intrigans et des dupes. (Rumeurs légères.—Tous les regards se portent vers Cicéron. — La pensée de la trahison des Allobroges préoccupe tous les esprits.) Alors parurent diverses lois, la loi Porcia entre autres, qui permit aux condamnés d'éviter la mort en s'exilant. De toutes les raisons qui s'opposent à ce que nous innovions rien en matière de pénalité, celle-ci, sénateurs, me paraît la plus forte. Nos pères ont fondé un grand empire avec de faibles ressources; nous suffisons à peine à défendre leurs conquêtes : *suivons leurs traditions*, car ils étaient plus sages et plus valeureux que nous.

DE TOUS CÔTÉS. Courage, César! Très bien ! très bien!

Catulus, Pison, les deux Lucullus, s'agitent sur leurs bancs.

LE TRIBUN DU PEUPLE MARIUS PORCIUS CATON. Relâchez donc les prisonniers! Permettez-leur d'aller rejoindre l'armée de Catilina !

CÉSAR, se tournant vers la banquette des tribuns. Désiré-je donc qu'on relâche les prisonniers et qu'on les envoie grossir l'armée de Sergius? Non, sans doute ; mais voilà mon avis : Que leurs biens soient confisqués; qu'on les disperse dans les prisons de nos villes municipales les plus puissantes, qu'il soit défendu à quiconque de reprendre jamais leur cause devant le sénat ou de la soumettre au jugement du peuple, et que les contrevenans soient déclarés dès aujourd'hui ennemis de l'Etat et perturbateurs du repos public.

Ce discours est suivi de l'agitation la plus vive. Les sénateurs quittent leurs places et se répandent dans le sanctuaire. Les chefs de l'oligarchie cherchent à ranimer leurs partisans que le courage abandonne. Les pères conscrits se pressent autour de César. On le félicite, on admire sa modération, son équité, son éloquence. La séance est un moment suspendue.

Tout à coup des cris d'attaque pénètrent jusque dans le temple de Jupiter Stator. Frappés d'étonnement et de crainte, les pères conscrits prêtent l'oreille. Le tumulte éclate : la peur bouleverse tous les visages. Un viateur s'élance dans le sanctuaire, et d'une voix altérée,

— Aux armes! aux armes! s'écrie-t-il. On attaque les maisons où sont détenus les conjurés !

Cicéron invite les sénateurs à se rasseoir sur leurs chaises curules, poste d'honneur que nul péril ne doit leur faire abandonner.

Il interroge le viateur qui vient de semer l'alarme. Celui-ci assure que une multitude armée a traversé la ville depuis Equimélium jusqu'à la voie Sacrée; que les affranchis et les esclaves des prisonniers la conduisent et donnent assaut en ce moment même au palais du grand pontife et à la demeure de Térentius Varren.

Le consul sort du temple. De l'*area*, qui domine à la fois le forum et la rue de Scaurus, il aperçoit à sa droite et à sa gauche deux masses d'hommes tumultueuses, menaçantes, se presser, s'agiter autour des maisons désignées. Les vétérans qui les gardent sont rangés en bataille devant les portiques. Armée de bâtons et de glaives, l'émeute les environne, les étreint de toutes parts et se rue parfois sur leurs boucliers immobiles. Des renforts viennent grossir à chaque instant les rangs des agresseurs.

Cicéron ordonne aussitôt à ses fidèles soldats de Riéti de se former en colonnes, les fait soutenir par un gros de chevaliers, et les lance au pas de course d'un côté sur Carvilius, de l'autre sur Sapala. Les débardeurs et les brigands n'opposent qu'une faible résistance. L'infanterie du consul les enfonce et les met en fuite. Des charges de cavalerie exécutées à propos les dispersent. Cicéron rentre aussitôt dans l'assemblée des pères conscrits, les rassure, et la délibération continue au bruit lointain de l'émeute, qui expire le long des rues.

Cette échauffourée, sans importance réelle, a merveilleusement secondé les intentions de César. Elle a été comme une éloquente péroraison de son discours. On eût craint de se montrer indulgent avant d'entendre le jeune pontife; on redoute de paraître cruel depuis qu'il a parlé. Effrayés de l'accusation dirigée la veille contre Crassus, les sénateurs ne songeaient naguère qu'à se mettre à l'abri des soupçons de l'oligarchie en sacrifiant les conjurés; ils ne songent maintenant qu'à l'instabilité des choses humaines, qu'aux retours soudains de la fortune, qu'à Sergius, proscrit comme Sylla, mais qui peut rentrer bientôt dans Rome, victorieux comme le dictateur. En vain Catulus réfute directement les argumens de César; en vain Cicéron dépeint l'énormité du crime de Lentulus, crime odieux, suivant l'orateur, à tous les ordres de l'État, même aux affranchis, même aux esclaves; les grands souvenirs des guerres civiles évoqués par le pontife restent debout comme des fantômes vis-à-vis de ces vieillards qu'a si souvent menacés la proscription. Tibère Néron propose de surseoir au jugement des conjurés jusqu'au temps où l'armée de Catilina sera détruite. Tous les peureux, que la honte seule empêche d'abandonner l'avis de Silanus, s'empressent d'adopter ce moyen terme. C'est une issue que leur ouvre Néron pour sortir de l'impasse dangereuse où leur imprudence les a engagés. Ils s'y précipitent à l'envi. Silanus lui-même déclare que Cicéron a mal interprété ses paroles; qu'en demandant contre les accusés la dernière peine, il n'a pas entendu leur ôter le droit qu'a tout Romain de se racheter par l'exil. Quintus Cicéron, frère du consul, achève la défaite des oligarques en se rangeant du parti de César.

La liste des consuls et des préteurs étant épuisée, le magistrat-président donne la parole au tribun du peuple Marcus Porcius Caton. (Vif mouvement de curiosité.)

MARCUS PORCIUS CATON, TRIBUN DU PEUPLE. Lorsque j'envisage notre situation et les dangers qui nous menacent, pères conscrits, je suis loin de partager l'opinion de plusieurs d'entre vous. Ils ont discuté, ce me semble, sur la punition qu'il convient d'infliger à des hommes rebelles à la patrie, ennemis de leur famille et des dieux de leur foyer. Et moi je pense qu'il s'agit bien moins de les punir que de se défendre contre eux. Poursuivez d'autres crimes quand ils sont consommés; rien de mieux. Quant à celui des conjurés, si vous n'en prévenez l'exécution, il sera trop tard pour le venger. Rome prise, que restera-t-il aux vaincus?

Ah! c'est vous que j'interpelle au nom des dieux immortels, vous qui toujours avez aimé vos maisons, vos villas, vos statues, vos tableaux mieux que la patrie! Si vous voulez les conserver, ces chers objets de vos affections, si vous voulez du repos pour vos plaisirs, réveillez-vous donc enfin et comprenez la situation de la république. Il n'est plus question de réglementer nos finances, de secourir nos alliés. Notre liberté, notre vie, sont en danger! (Le plus grand silence règne dans la curie.)

CATON continue d'une voix émue. Que de fois, pères conscrits, j'ai jeté au milieu de vous d'inutiles paroles! Que de fois j'ai déploré l'immoralité, l'avarice de nos concitoyens! Je me suis attiré bien des haines par ma franchise. Moi, qui ne me serais pardonné ni une faute ni même l'intention de la commettre, je supportais difficilement les excès des autres... Mais il ne faut plus s'occuper aujourd'hui de nos bonnes ou de nos mauvaises mœurs, de la grandeur et de la magnificence de cet empire: il faut savoir si nous et nos biens deviendrons propriété de l'ennemi. (Très bien! très bien!)

Et l'on invoque la clémence, la pitié! Hélas! nous avons perdu depuis longtemps le vrai nom des choses. Pour nous, dissiper le bien d'autrui, c'est largesse (L'orateur regarde César, qui lui répond par un sourire); oser le mal, c'est courage. Voici pourquoi l'État menace ruine. Eh bien! qu'on soit libéral du bien des alliés, puisque nos mœurs le permettent; qu'on pardonne aux voleurs des deniers publics; mais au moins qu'on ne prodigue pas notre sang...

CÉSAR. C'est juste. Qu'on épargne le sang des citoyens.

CATON, avec force. Qu'on ne sacrifie pas tous les gens honnêtes pour épargner quelques scélérats. (Applaudissemens.)

Caïus César a disserté tantôt avec art sur la vie et sur la mort en homme qui regarde sans doute comme fabuleux ce qu'on dit des enfers...

CÉSAR. Je n'ai point dit cela.

VOIX DIVERSES. Vous avez nié l'immortalité de l'âme.

CÉSAR. Nullement. J'ai fait abstraction dans mon discours de toute croyance en l'autre vie, parce que les morts sont placés hors de notre atteinte, et qu'il est défendu de présumer la justice des dieux.

MARCUS PORCIUS CATON, reprenant sa phrase et appuyant sur chaque mot. Caïus César a disserté tantôt avec art sur la vie et sur la mort en homme qui regarde sans doute comme fabuleux ce qu'on dit des enfers; que les méchans y vivent séparés des bons...

CÉSAR. Bien que nous ayons coutume de pardonner beaucoup de choses au stoïcisme de Caton, je ne souffrirai pas qu'il m'attribue gratuitement une impiété. (Violentes rumeurs sur les chaises curules de l'aristocratie.)

CICÉRON, d'une voix railleuse. On relatera au procès-verbal de cette séance que César croit à l'immortalité de l'âme, afin que personne ne l'oublie.

CÉSAR. A la bonne heure! (On rit.)

MARCUS PORCIUS CATON poursuivant. Que les méchans y vivent séparés des bons dans des lieux noirs, infects, remplis d'une éternelle horreur...

CÉSAR. Si Caton pense qu'on doive tenir compte, dans le décret qu'il va soumettre à l'approbation du sénat, des supplices du Tartare, je l'invite à y insérer la phrase suivante : — « Ordonnons que les coupables seront à jamais tourmentés par Tisiphone, Alecto... (Explosions de murmures. La voix de César est couverte par les cris de l'assemblée.)

LE CONSUL CICÉRON. La discussion ne peut continuer ainsi. Je prie César de ne plus interrompre l'orateur.

PISON. Il existe des lois contre les impies.

CATULUS. Les plaisanteries de César sur les peines de la vie future pourraient égayer une partie de débauche; mais je les tiens, vu la sainteté de ce temple, pour une indigne profanation.

LE CONSUL CICÉRON. Il me semble que Catulus manque lui-même aux égards que se doivent les membres de cette assemblée.

CÉSAR. Un citoyen tel que Lutatius Catulus, si rempli de zèle pour la religion, mériteait certainement d'être proclamé grand pontife à l'unanimité des centuries. (Hilarité générale. Catulus garde le silence.)

CATON. Tel a donc été l'avis de César. Il veut que les biens des conjurés soient confisqués et qu'on disperse leurs personnes dans les prisons de nos villes municipales, de peur sans doute qu'ils ne soient enlevés de vive force ou bien par leurs complices, ou bien par des malfaiteurs soudoyés. N'y a-t-il donc de méchans, de scélérats qu'à Rome? en manque-t-il dans le reste de l'Italie, et l'audace de ces hommes ne sera-t-elle pas d'autant plus redoutable en certains lieux, qu'ils y trouveront moins d'obstacles à renverser? Si César craint la conjuration, son avis me semble peu fondé; mais si au milieu de la terreur générale, seul il ne redoute rien, je n'en dois que trembler davantage pour votre salut et pour le mien...

CÉSAR, avec une extrême vivacité. Je sais qu'il existe certains hommes dans la république dont toute l'importance consiste à injurier les personnages les plus honorables, à flétrir les réputations les mieux établies. Ce sont des Thersites que je ne veux pas imiter.

UNE VOIX. Mais vous imiteriez avec plaisir Agamemnon.

CÉSAR. Si quelqu'un se pose en roi dans cette assemblée, ce n'est pas moi.

CATON. Des citoyens de la plus haute noblesse ont comploté d'incendier Rome; ils appellent aux armes les Gaulois, ces implacables ennemis du nom romain. Leur chef, à la tête d'une armée, vous menace, et vous hésitez? Vous avez surpris l'ennemi dans vos murailles, et vous ne savez qu'en faire? Ayez-en compassion, je vous le conseille. Ce sont des jeunes gens qu'a égarés l'ambition ; mais qu'ils s'arment, et votre clémence deviendra votre perte. Peut-être cette affaire, bien que dangereuse, ne vous effraie pas. Avouez donc plutôt que la peur vous a tous saisis ; qu'indolens et faibles, comptant les uns sur les autres, vous n'osez prendre une résolution. Vous invoquez la providence des dieux, qui ont souvent préservé cette république des plus graves dangers ; mais ce ne sont pas les vœux ni les supplications des femmes qui nous font venir les dieux en aide. A qui montre de la vigilance, de l'activité, de la prudence, tout réussit. Quant aux lâches, ils implorent en vain les immortels ; ceux-ci s'irritent et se tournent contre eux...

L'ORATEUR HORTENSIUS. Très bien, Caton ! ces paroles sont dignes de votre aïeul.

CATON. Enfin, pères conscrits, s'il vous était possible de faiblir aujourd'hui sans vous perdre, je laisserais volontiers les événemens instruire ceux que mes paroles n'auraient pas touchés. Mais nous sommes cernés de toutes parts. Catilina et ses satellites nous tiennent l'épée sur la gorge ; d'autres ennemis s'agitent au cœur de la cité. Ils assistent à nos délibérations ; ils y surprennent le secret de nos préparatifs. Sauvons-nous en frappant un coup rapide et vigoureux. Tel est donc mon avis : — Attendu que des scélérats ont mis par leurs complots la république en péril ; attendu qu'ils restent convaincus, soit par les dépositions de Vulturtius et des Allobroges, soit par leurs propres aveux, d'avoir voulu attenter à la sûreté de l'Etat et à celle de leurs concitoyens par le meurtre, l'incendie et par d'autres moyens odieux et cruels ; attendu que la confession des coupables équivaut à la preuve manifeste des crimes capitaux qu'on leur impute, je veux que, suivant la coutume de nos pères, ils soient punis du dernier supplice. (Applaudissemens prolongés.)

Le discours de Caton a complètement changé les dispositions des sénateurs. Ce n'est plus par animosité, ce n'est plus par crainte qu'ils veulent immoler les coupables que César a failli sauver. Ils comprennent la nécessité d'un grand exemple, qui produise sur les esprits, travaillés par tant de mauvais désirs, une impression salutaire. Ils rougissent, les uns d'avoir hésité, les autres d'avoir faibli dans l'accomplissement d'un devoir pénible mais impérieux. Tous réclament le vote à grands cris.

CÉSAR. Je demande la parole.

VOIX NOMBREUSES. Non ! non ! la discussion est terminée.

CATULUS. Ne voyez-vous pas, pères conscrits, que le jour va finir et que César espère, au moyen d'un long discours, vous forcer de remettre à demain votre décision ?

CÉSAR. Je n'ai qu'une explication très courte à présenter au sénat. Mon intention n'est pas d'arrêter le cours de sa justice, bien qu'une nuit de réflexion pût être utile à des hommes dont l'égoïsme, les haines ont été surexcités par la rude éloquence de Caton. Personne encore dans la curie, si ce n'est Tullius Cicéron, n'a examiné les conséquences immédiates de l'arrêt qu'on vous demande. Souffrez, pères conscrits, que je vous les fasse envisager.

Nous sommes le plus grand corps politique de l'Etat. L'impulsion qui part de cette enceinte se communique jusqu'aux extrémités de l'univers. Il n'est pas de si mince bourgade, de municipe aussi obscur, depuis les déserts de l'Afrique jusqu'aux bords du Pont-Euxin, où vos décrets ne gouvernent l'individu, la famille, la société.

Et pourtant, il existe une autorité supérieure à la vôtre, une puissance devant laquelle tout s'incline et baisse la tête. Quand elle parle, vous êtes forcés de vous soumettre, car sa grande voix est la voix même des dieux immortels.

L'ORATEUR HORTENSIUS. Et quelle est cette puissance ?

CÉSAR. La puissance du peuple assemblé par centuries. Mais vous participez vous-mêmes, pères conscrits, à cette omnipotence toujours souveraine, toujours infaillible de nos grands comices. Vous marchez à la tête de nos trente-cinq tribus, vous en êtes les guides, la lumière. Voilà pourquoi il serait dangereux qu'elles trouvassent quelque jour votre sagesse en défaut.

Vous avez déclaré hier Lentulus et quatre de ses complices atteints et convaincus de perduellion. De cette décision à un jugement qui les condamne à l'exil... au supplice, si tel est votre avis, il n'y a pas loin sans doute. Mais il leur reste encore un moyen suprême d'échapper au sort qui les menace : je veux parler d'un appel aux centuries. (Violente interruption.)

Ce droit d'appel vous ne pouvez l'ôter à des Romains, quel que soit leur crime. La loi Sempronia le leur assure. Eh bien ! un décret des centuries qui anéantirait le vôtre serait funeste à la république. Votre influence en souffrirait ; l'autorité de vos sénatus-consultes en serait amoindrie.

(Des trépignemens de colère, des cris furieux interrompent l'orateur.) Il attend avec un visage impassible que cet orage de passions tumultueuses soit calmé.)

MARCUS TULLIUS CICÉRON. César oublie, sans doute par inadvertance, que les traîtres à la patrie perdent leur titre de citoyens.

CÉSAR. Oui, quand ils sont condamnés par un tribunal compétent ; oui, quand ils ont parcouru tous les degrés de juridiction.

CICÉRON. Un décret du sénat auquel vous avez pris part, ainsi qu'un certain nombre de vos amis dont on remarque l'absence, a-t-il déclaré *perduelles* Lentulus et ses coaccusés ?

CÉSAR. C'est vrai.

CATULUS. Donc ils ont perdu leur droit de cité.

CÉSAR s'adressant à Catulus. Eh ! quand avez-vous vu, savant jurisconsulte, qu'on séparât dans nos tribunaux l'affirmation du fait de l'application de la peine ?

Catulus se tait.

MARCUS PORCIUS CATON. Pères conscrits, la patrie est menacée ; les dieux ont fait tomber ses ennemis entre nos mains, une mission terrible de vengeance nous est imposée... Que tardons-nous à la remplir ?

CÉSAR. Au nom de vos familles et par la sainteté de vos pénates ! sénateurs, je vous en conjure, ne portez pas des mains sacrilèges sur le véritable *palladium* de cet empire ; sur les lois vénérées qui garantissent à chacun de nous la vie, la liberté et la paisance de ses biens.

CATON. Ah ! c'est bien à vous, César, qu'il appartient d'invoquer la sainteté de nos pénates ; vous dont une voix accusatrice a placé le nom parmi ceux des misérables qui assiégent encore nos maisons et les temples de nos divinités !

Un héraut traverse la curie et remet une lettre au grand pontife. Caton, en orateur habile veut profiter de cet incident et s'écrie :

— Vous le voyez, au milieu de nos débats solennels, dans le sanctuaire même de Jupiter, César correspond avec les scélérats qu'il n'a pas eu honte d'adopter pour cliens.

César parcourt la missive qu'on vient de lui remettre, et la cache dans sa tunique. Un sourire de maligne satisfaction dilate ses lèvres.

Il rajuste de nouveau les plis de sa robe, et ramène sur son front, à moitié chauve, les mèches de cheveux qui s'en sont écartées.

CATON. Souffrirons-nous plus longtemps que cet audacieux nous brave, qu'on lui envoie sous pli, en présence de tant de nobles personnages... peut-être le mot fatal qui doit nous faire égorger !

CÉSAR. Voulez-vous me dire, Caton, quelle humeur soudaine a troublé votre sérénité de stoïcien ?

CATON. Cette lettre que vous avez reçue, je vous défie de la montrer.

CÉSAR. Si je vous prenais au mot !...

CATON. Donnez-en lecture.

CÉSAR. Le sénat l'ordonne-t-il ?

VOIX NOMBREUSES. Oui, oui ! Connaissons enfin nos amis et nos ennemis !

CÉSAR. Je fais passer ma lettre à Caton, le laissant libre d'en user comme il l'entendra.

Le pontife remet sa missive à un héraut qui la porte à Caton. L'assemblée entière est attentive. Le tribun du peuple jette les yeux sur la première ligne du billet. Son front se ride, ses sourcils se rapprochent; il lance à César un regard furibond, en s'écriant :

— Ivrogne!

Puis il jette la lettre à terre et la foule aux pieds.

Le bruit se répand dans le sénat qu'elle contient un rendez-vous d'amour et qu'elle a été écrite par Servilie, femme de Décimus Silanus et sœur utérine de Caton. (Longue et bruyante hilarité.)

CICÉRON. J'invite le sénat à se rappeler que les intrigues du dehors ne doivent point pénétrer dans le sanctuaire de ses délibérations, et qu'il s'est réuni pour frapper d'une sentence capitale de grands coupables qui furent nos concitoyens. (Approbation.) César, vous reste-t-il quelque chose à ajouter?

CÉSAR. J'ai dit.

LE CONSUL déclare que la discussion est terminée, la résume, prie Caton de s'approcher du bureau des scribes et poursuit :

Que ceux d'entre les pères conscrits qui veulent adopter l'avis de Marcus Caton se rangent autour de lui.

Les sénateurs se lèvent, et la plupart d'entre eux se dirigent d'un pas grave vers le milieu du sanctuaire. L'immense majorité des pères conscrits environnent Caton. De rares opposans se tiennent debout au milieu des banquettes vides; ils semblent déconcertés de leur solitude.

LE CONSUL PRÉSIDENT, d'une voix solennelle. L'avis de Marcus Porcius Caton est adopté.

Il prend une tablette, y trace quelques mots avec la pointe d'un style, la scelle et marque le cachet de son symbole. Puis, un héraut s'étant approché de lui,

— Va, lui dit-il, porte cette lettre au triumvir capital. (Sensation douloureuse et prolongée.)

CATULUS. Il nous reste à voter maintenant la confiscation des biens que César a proposée.

CÉSAR. Il me semble qu'en adoptant l'avis de Caton, les pères conscrits ont rejeté le mien.

CATULUS. Vous faites erreur, le supplice et la confiscation ne sont pas deux choses contradictoires: les sénateurs peuvent infliger l'une et l'autre peine, sauf à rédiger une partie de leur décret en votre nom.

CÉSAR, maîtrisant à peine sa colère. Ainsi donc, je deviendrais malgré moi l'auteur d'une lâche et inutile cruauté! après avoir frappé des hommes, vous me réserveriez le soin de frapper des enfans et des femmes! Oh! soyez inexorables dans vos vengeances, puisque les dieux ont mis dans vos mains le glaive qui tue, en vous refusant la pitié qui pardonne! Mais si les fils des conjurés doivent un jour mendier leur pain dans nos carrefours, par Jupiter Stator! ils ne me reprocheront pas de les avoir dépouillés.

CATON. Il répugne à César de s'associer à nos décrets.

CÉSAR. Je n'ai pas contribué à les obtenir. S'ils sont prudens, s'ils sont justes, gardez-en tout le mérite; sinon, vous seuls devez en subir le châtiment. (Agitation prolongée.)

CATON, avec une ironie amère. Appeler sur Catilina et sur ses satellites l'animadversion des lois... de votre part... ce ne serait pas un acte de fermeté, sans doute, mais plutôt une trahison.

CÉSAR. Je vous l'ai dit, Caton, je respecte trop cette noble assemblée et je me respecte trop moi-même, pour vous suivre sur le terrain des personnalités.

Cependant les sénateurs qui ont voté la mort des accusés ont accueilli avec empressement la proposition de Catulus. Il leur semble prudent, habile, de rejeter sur le chef de la faction populaire une partie de la responsabilité qui pèse sur eux; ils se consultent, ils s'excitent du regard. Cicéron les observe, les compte; il se croit assez fort pour vaincre la résistance de César.

LE CONSUL PRÉSIDENT. Pères conscrits, vous êtes appelés à vous prononcer sur cette question : Fera-t-on vendre au profit de l'État les biens des condamnés? L'affirmative est conforme à l'avis de César, grand pontife et préteur de Rome désigné.

CÉSAR, avec emportement. Non, vous ne prendrez pas dans mon vote, après l'avoir désapprouvé, la seule disposition rigoureuse qu'il contienne, pour en aggraver la sévérité de votre arrêt. Vous ne le ferez pas en ma présence, tant qu'il me restera un moyen légal de l'empêcher. (Chuchotemens, exclamations.)

CATON, tribun du peuple. J'invite le consul à passer outre, malgré l'opposition de César.

CICÉRON. Que ceux d'entre les pères conscrits qui veulent adopter l'avis de Caïus César en ce qui touche...

CÉSAR, interrompant le consul, et d'une voix retentissante. A moi Népos! à moi, Bestéa! tribuns du peuple, faites votre devoir! suspendez par votre véto les délibérations du sénat!

Les tribuns du peuple restent immobiles sur leur banquette.

La porte de la cella s'ouvre au même instant. Cinquante chevaliers envahissent la salle et courent vers César l'épée nue à la main.

Le tumulte, le désordre est au comble. Les sénateurs quittent leurs bancs et courent çà et là, éperdus, dans le temple. Plusieurs embrassent les statues des dieux; les plus intrépides environnent Cicéron et, les bras tendus vers les chevaliers, leur crient d'évacuer la salle et de respecter la majesté du sénat.

Une troupe de furieux rugit autour de César; vingt glaives le menacent, cent injures frappent tumultueusement ses oreilles. Il reste debout, les bras croisés sur la poitrine, et regarde venir la mort sans sourciller.

UNE VOIX à l'oreille du consul. Cicéron, un mot, un geste... ce jeune ambitieux meurt et la république est sauvée.

Curion accourt pour défendre le grand pontife. Cicéron lui-même quitte sa chaise curule, se jette à corps perdu au milieu des chevaliers, les repousse et les chasse vers la porte du temple en disant :

— Par Jupiter Stator! est-ce pour massacrer les pères conscrits ou pour les défendre que vous avez pris les armes, chevaliers? Censeur Aurélius Cotta, vous noterez ces hommes d'infamie.

A cette menace les chevaliers s'éloignent. On ferme la porte du temple. Les sénateurs tremblans vont se rasseoir. Mais le consul renonce de lui-même à faire prononcer la confiscation. On rédige à la hâte un sénatus-consulte, et la séance est levée au milieu de la plus grande agitation.

César se mêle aux pères conscrits qui ont résolu d'accompagner Cicéron pendant toute cette soirée fatale. Il traverse avec eux les chevaliers qui gardent le temple, rejoint la foule, et se retournant alors vers ses nobles confrères,

— Sénateurs, dit-il, je rentrerai dans vos assemblées quand elles seront présidées par un consul qui y fasse régner l'ordre et la liberté.

XIII.

LA MARCHE DU SUPPLICE.

A l'extrémité nord-ouest du Campo Vaccino, vis-à-vis de l'arc de Septime Sévère, s'élève aujourd'hui une petite chapelle bien humble et presque ignorée, dont la pauvreté contraste avec le luxe des églises titulaires de leurs éminences messeigneurs les cardinaux. On honore, dans la nef supérieure de ce modeste édifice, saint Joseph des charpentiers, patron de ces artisans utiles que les Romains d'autrefois ne craignaient pas d'inscrire dans la première classe de leurs centuries. De cette nef, le pèlerin descend par un escalier tortueux, percé à travers des masses énormes de pierre volcanique, dans un souterrain que la captivité de saint Pierre a sanctifié.

On y montre encore la colonne à laquelle fut attaché le prince des apôtres, et la source qu'il fit jaillir pour donner le baptême à son geôlier. Il semble que vous n'apparteniez plus au monde, quand vous vous êtes pieusement agenouillé sur les blocs de lave de ce cachot. Une voûte épaisse de dix pieds vous recouvre. Quelques rayons de lumière décolorée tombent sur vous d'un étroit soupirail, comme pour vous faire mieux apercevoir la sombre horreur de ce lieu. Aucun bruit de l'extérieur, aucun frémissement du sol, quelque léger qu'il puisse être, n'ébranle le roc cyclopéen qui vous enferme. Oh! de quelle horreur vous seriez saisi, si ces murailles pouvaient redire les gémissemens, les blasphèmes, les cris d'horreur qu'elles ont entendus; si, par l'intervention de quelque puissance miraculeuse, les ombres de tous les malheureux dont le sang a coulé dans les fissures des dalles que vous foulez, venaient à se dresser devant vous! Là, sont morts Jugurtha, ce Kabyle bruni par le soleil africain ; Vercingétorix, l'intrépide champion de la nationalité gauloise, et tant d'autres héros que l'épée d'un seul peuple a vaincus. Vous êtes dans le *tullianum*, dans l'affreux cabanon où les ennemis de l'ancienne Rome venaient apprendre le dernier mot, percer enfin le mystère de leur triste destinée.

Placez-vous à droite de l'arc de Septime Sévère, sur l'emplacement de l'ancienne basilique Opimia, et représentez-vous par l'imagination les divers édifices que je vais reconstruire. L'église de Saint-Joseph-des-Charpentiers a disparu : un sombre édifice, noirci par le temps, l'a remplacée. La façade principale regarde le midi ; vous en apercevez de profil le fronton triangulaire, la porte cintrée et les lourdes colonnes d'ordre toscan. C'est la prison que le roi Servius Tullius éleva sur la pente du Capitole, en face du Palatin, à sept ou huit mètres au-dessus du niveau du forum. Une rampe de quarante marches environ conduit, en obliquant à droite, de la place romaine à cette imposante construction, dont la vue, suivant les calculs du bon roi Servius Tullius, devait effrayer singulièrement les malfaiteurs. Cette rampe se nomme les Gémonies; on y expose les suppliciés. Les Gémonies communiquent à la prison par un pont de pierre hardiment jeté dans l'espace, à vingt pieds au-dessus du forum.

Les fortifications du Capitole, quelques bouquets d'arbres parmi les tourelles de l'enceinte, dominent le tableau, aux lugubres souvenirs, que nous avons esquissé.

Si je voulais le rendre dramatique, j'ajouterais que parfois on voit des hommes traîner, de l'intérieur de la prison sur le pont des Gémonies, une longue caisse de chêne, la dresser, l'appuyer au garde-fou du pont, lui imprimer un mouvement de bascule et la précipiter dans le forum. Des vespillions la chargent aussitôt sur leurs épaules, la recouvrent d'un lambeau d'étoffe noire, et vont l'enfouir honteusement dans un coin du *sestertium*.

En supposant que mon récit ne vous ait pas trop effrayé, que vous osiez franchir les Gémonies, et pénétrer dans la funèbre enceinte où Servius Tullius rendait sa justice, vous arriverez dans un atrium environné de cloîtres. Vous tournerez à gauche. Un escalier vous conduira, à douze pieds au-dessous du sol, dans une salle obscure, environnée de toutes parts de ces murailles sans ciment, muettes, inébranlables, que les Romains implantaient pour l'éternité dans les entrailles de la terre.

Un frisson de terreur vous saisirait en y entrant.— Ecoutez! Ne vous semble-t-il pas entendre un murmure lointain d'eau qui coule... Faites quelques pas avec précaution. On dirait qu'une bouffée d'air infect nous arrive du pavé. Nous sommes auprès d'une étroite ouverture dont la dimension permettrait d'y introduire tout juste le cadavre d'un homme. Les aquéducs de la ville roulent au-dessous de nous leurs flots dans le grand cloaque. Oh! remontons vite. J'ai entendu bruire des respirations humaines. Je me souviens maintenant. La première heure de la nuit approche. Nous sommes environnés des huit licteurs des triumvirs capitaux. Chacun d'eux tient un lacet à la main et ils attendent Lentulus et ses complices pour les étrangler.

Nous avons visité le *tullianum*. Si vous revenez à Rome dans deux mille ans, vous le trouverez bien changé. Les dieux ne seront plus dans leur Olympe, et l'on n'honorera ici la mémoire du chef des géans qui les en auront chassés.

Repoussés par les soldats réatins de Cicéron, dispersés par les charges des chevaliers au cheval public, les émeutiers,

qui avaient tenté d'enlever Lentulus, Céthégus et leurs compagnons d'infortune, n'avaient pas tardé à se rallier dans Equimélium. Les émissaires des prisonniers, quelques agens secrets de César avaient relevé leur courage. Il leur arrivait en foule, de tous les quartiers de la ville, des prolétaires et des artisans soudoyés. Il se préparait en ce moment dans les marchés du Vélabre la plus belle sédition dont Rome eût conservé le souvenir.

Ainsi qu'un orage, après avoir longtemps grondé au sommet d'une montagne, après s'être condensé autour de ses larges flancs, s'abandonne tout à coup au souffle du vent qui l'entraîne, l'émeute, convenablement préparée, haranguée et payée par des gens habiles, abandonna les halles d'Equimélium vers la première heure du jour. Après avoir traversé la rue des Toscans, elle déploya ses forces au milieu du forum. Les esclaves de Céthégus et les gladiateurs d'Autrone occupaient le centre de bataille. Sur les ailes marchaient en colonnes serrées les brigands de Sapala d'un côté, et de l'autre les portefaix enrôlés par Carvilius. Des nuées de prolétaires s'agitaient sur les flancs et dans les intervalles de cette armée. Ceux qui la dirigeaient avaient appris qu'on allait transférer les détenus dans la prison publique, et ils espéraient les enlever de vive force durant le trajet.

L'émeute parcourut librement tout l'espace compris entre le temple de Castor et la voie Sacrée, se frayant un passage à travers la multitude, qui ne cessait pas d'encombrer le forum. Le peuple ne poussait aucune clameur hostile ; il n'insultait ni les conjurés ni leurs juges. Certain du crime des premiers, mais n'en pouvant calculer les conséquences probables, il attendait les événemens.

Rien n'est moins stable, dit-on, que les opinions du vulgaire; je crois que si ses affections sont changeantes, sa haine, au contraire, est des plus obstinées et des plus intelligentes à soupçonner le mal. Que détestait le peuple de Rome? les patriciens avant tout ; puis les sénateurs et les riches financiers. Qu'aimait-il ? ses tribuns quand ils étaient agressifs, ses augures, ses auspices et certaines grandes existences qui savaient le flatter adroitement. Bien que l'arrestation des Allobroges sur le pont Milvius eût d'abord excité sa défiance, il s'était laissé pourtant convaincre par les preuves flagrantes de leur crime. La saisie opérée dans la maison de Céthégus, l'érection du simulacre de Jupiter, l'habile discours de Cicéron, avaient ensuite déchaîné toute son aveugle fureur contre les prisonniers. La superstition avait merveilleusement servi en cette circonstance la politique de l'aristocratie.

Mais quand les agens de César eurent fait comprendre à la plèbe que le jugement des coupables appartenait aux centuries; quand elle vit les sénateurs se l'attribuer et déployer autour d'eux un appareil militaire insolite, elle suspecta, non sans quelque apparence de raison, les intentions secrètes de l'oligarchie. Elle s'imagina que le conseil des Sept voulait ou bien proscrire d'un seul coup tous ses adversaires, ou bien relâcher les prévenus parce qu'ils étaient riches, parce qu'ils appartenaient aux classes les plus hautes de la société. Oubliant pour un temps les intérêts de sa prérogative, elle ne songea plus qu'à surveiller la conduite des pères conscrits et du magistrat qui semblait les diriger.

L'émeute passa donc au milieu de la foule sans exciter ni sa colère ni ses sympathies.

Elle suspendit sa marche à l'extrémité de la place. Elle venait de rencontrer un obstacle qui l'eût infailliblement brisée.

Une triple haie de vétérans joignait la rue de Seaurus à l'escalier des Gémonies. En avant de cette ligne, des triangles de soldats étaient échelonnés de distance en distance. Cette muraille d'êtres humains, savamment disposée, ressemblait jusqu'à un certain point au front d'une citadelle à la Vauban. Sapala se rapprocha de Carvilius, et la lui montrant du doigt,

— Hein? dit-il.

Carvilius secoua la tête.

— Ce sera dur à entamer.

— Oh! oui, très dur, répondit Carvilius. Tes loups s'y casseront les dents.

— Les préteurs qui ont inventé cette ligne de défense ne sont pas des conscrits.

— Un préteur, vois-tu, Sapala, est un homme investi de fonctions paisibles, répondit Carvilius, qui avait longtemps servi ; il n'invente pas de ces choses-là. J'attribue plutôt l'idée à ce jeune drôle qui s'amuse là-bas à faire caracoler son cheval, sans doute pour attirer sur lui l'attention des jeunes filles et arracher des larmes aux petits enfans.

L'homme que désignait Carvilius était un tribun militaire qui parcourait en ce moment et inspectait, avec une attention minutieuse, le front de bataille de ses soldats. Ce jeune homme portait un casque à aigrette rouge, et son angusticlave blanc, parfilé de pourpre, flottait sur une brillante cuirasse d'acier bruni.

— Un beau militaire! dit Carvilius quand le tribun passa devant lui.

— Il me semble que sa figure ne m'est pas inconnue, dit Sapala.

— Vraiment?

— Foi de pirate!

— Où l'aurais-tu vu ?

— Ah ! par les Furies ! c'est au forum que je l'ai vu. Nous étions ensemble, Carvilius.

— Je n'en ai pas le moindre souvenir.

— L'individu au manteau brun que nous avions embusqué près du Mille d'or, tu sais?

— Pour tuer Cicéron?

— Oui, et que mes hommes ont retrouvé plus tard au val d'Égérie, découpant pièce à pièce les gladiateurs de Sempronia.

— Vraiment? Et le voilà tribun militaire! Quelle fortune !

Rutuba, décoré ce jour-là même par Cicéron de l'angusticlave de tribun, et chargé par lui de commander les troupes qui devaient prêter main-forte à la justice du sénat, allait repasser devant Carvilius.

— Voyons! que je l'examine bien, ajouta le bandit; que je tâche de le reconnaître. Par Tisiphone ! c'est bien notre parricide.

— Qu'allons-nous faire maintenant ? reprit Sapala. Attaquons-nous ?

— Cette infanterie, commandée par l'homme qui découpe si habilement les gladiateurs ? Non pas.

— Comment, tu recules?

— Comprends-moi bien, jeune homme, poursuivit Carvilius. A peine aurons-nous engagé le combat que le peuple va prendre la fuite dans toutes les directions. Il pourrait même nous arriver pis.

— Les enfans seront plus libres ensuite dans leurs évolutions.

— Ils seront libres alors de recevoir toute sorte de coups sans riposter.

— Comment expliques-tu cela? demanda le chef des pirates.

— Suis bien mon raisonnement. Nous approchons de ces fantassins. Aussitôt de toutes les lignes en zigzag que forme leur ordonnance part une grêle de javelots, dont les uns nous prennent de face, dont les autres nous piquent en flanc. Un tiers des nôtres est mis hors de combat.

— Nous tirons immédiatement l'épée.

— Et nous attaquons l'ennemi corps à corps. Mais, qu'arrive-t-il ? C'est que les triangles de ce damné tribun pénètrent dans notre ligne de bataille, et que nous nous agitons en efforts inutiles, à peu près comme un ver qu'on a coupé en cinq ou six morceaux.

— Ah! scélérat de tribun!

— Ce n'est pas tout. Tandis que nous nous escrimons, ces beaux chevaliers qui occupent depuis ce matin la forteresse du Capitole et les portiques de nos temples fondent sur nous et nous enveloppent. Si je t'exposais à un pareil malheur, mon pauvre Sapala, tu ne reverrais plus ta montagne de Circé.

— Je t'assure, Carvilius, que tes raisonnemens portent la lumière et la conviction dans mon esprit. Mais il est triste d'abandonner dans le malheur les amis de Catilina.

— On va les transférer dans la prison publique, reprit le débardeur.

— Oui.

— Le forum sera désert à la troisième veille.

— Eh bien ?

— Nous donnerons assaut à la prison.

— Les murailles de Servius Tullius n'ont pas de bastions et ne lancent pas de javelots.

— Tu as raison. Soyons attentifs. On amène les prisonniers.

La deuxième heure de la nuit approchait. Les ténèbres étaient devenues épaisses dans le forum. De rares lumières brillaient çà et là devant les édifices de la place, sur le Capitole et le Palatin. D'innombrables spectateurs encombraient les rues, les monumens, les carrefours, jusqu'aux toits des maisons que l'œil pouvait apercevoir. Là où il n'y avait pas de citoyens se montraient des soldats. Toutes les lignes de cet immense panorama étaient festonnées de têtes que de faibles lueurs dessinaient en gris au milieu de l'obscurité. Tout à coup, une lueur rougeâtre partit de la rue de Scaurus, fit sortir de l'ombre Régia, les janus de la voie Sacrée, alluma des étincelles sur les piques des vétérans, dont l'attitude avait effrayé Sapala, et se perdit aux larges flancs du Capitole. La prison de Servius Tullius, le pont et l'escalier par lesquels on y montait, se profilèrent à cette lueur funèbre. Un long frémissement agita la foule. On vit le tribun qui commandait au forum tirer vivement son glaive et parcourir au galop toute la ligne de ses hommes en lançant en l'air un rapide commandement.

Des trois rangs de soldats qui formaient la haie, deux se tournèrent vers le forum.

— Carvilius, dit Sapala à son compagnon, ce tribun nous traite avec plus d'égards que le consul.

— Pourquoi cela ?

— Il n'a laissé qu'une rangée de piques vis-à-vis de Cicéron, et en a tourné deux vers nous.

— Par Cerbère! le coquin est prudent et résolu, répondit Carvilius. Silence ! le cortège passe à côté du premier janus.

En effet, l'escorte des condamnés débouchait sur le forum dans l'ordre suivant:

Deux esclaves portant des torches; — les huit licteurs de Cicéron ; — le consul, et près de lui Lentulus pâle, abattu, chargé de chaînes sur ses habits de deuil; — le préteur de Rome et celui des étrangers ; — Céthégus, Gabinius, Statilius et Céparius, non moins épouvantés que leur chef et enchaînés comme lui ; — les cinq préteurs des différens tribunaux criminels (le sixième marchait au supplice); — enfin la majeure partie du sénat.

Ce cortège funèbre s'avançait lentement au milieu du silence le plus profond. « Le peuple, dit Plutarque, frissonnait d'épouvante. Les jeunes gens surtout assistaient avec un étonnement mêlé de frayeur à cette espèce de mystère politique que la noblesse célébrait pour le salut de la patrie (1). »

Les condamnés avaient dépassé le second janus de la voie Sacrée, lorsqu'un des affranchis de Céthégus s'approchant de Sapala et de Carvilius,

— Alerte ! braves gens, dit-il. Dispersons cette poignée d'hommes et délivrons les prisonniers.

— Tu appelles cela une poignée d'hommes? répondit Carvilius.

— Le temps presse : attaquons.

— Non, non, le temps ne presse pas, répliqua le débardeur en branlant la tête. Nous voulons rentrer dans Equimélium ce soir.

— Nos moyens ne nous permettent pas, cher ami, de déli-

(1) Plut. in Cic. XXVIII.

vrer ton maître à cette heure, interrompit Sapala. Il y a trop de javelots et trop de glaives autour de lui.

— Et puis le sénat l'accompagne, ajouta Carvilius. Nous avons beaucoup de respect pour la majesté du sénat.

—Nous reviendrons à la troisième veille et nous donnerons assaut à la prison, reprit Sapala. Voilà tout ce que nous pouvons te promettre. Cela te convient-il ?

— Il sera trop tard, peut-être.

— Tant pis, murmura Carvilius.

Le cortège commençait à gravir les Gémonies. Semblable à un serpent monstrueux, il déroulait ses replis de toges brunes sur l'escalier funèbre que tant d'infortunés avaient franchi. Les torches qui le précédaient ressemblaient assez bien aux yeux fulgurans du reptile. Mêlées aux vêtemens de deuil des pères conscrits et des condamnés, les prétextes blanches des magistrats imitaient les reflets chatoyans de sa croupe. L'hydre patricienne rampa longtemps sur la pente du Capitole. On la vit enfin dresser sa tête au sommet des Gémonies, allonger son col hérissé de haches sur le pont qui les terminait et disparaître peu à peu dans les profondeurs de la prison.

Les portes se fermèrent derrière elle.

Le peuple resta muet d'étonnement et de crainte. Tous les regards étaient tournés vers ces hautes murailles du roi Servius Tullius, où l'on soupçonnait qu'un drame affreux devait s'accomplir.

Le cortége a pénétré dans la cour de la prison. Un tribunal est dressé vis-à-vis l'entrée du tullianum : le consul vient s'y placer. Les pères conscrits se rangent à sa droite et à sa gauche. Environnés de licteurs, les condamnés occupent le milieu de l'atrium.

Les esclaves agitent leurs torches au sommet de l'escalier rapide par lequel on va précipiter les victimes.

Lentulus aperçoit le gouffre et se croit le jouet d'une hallucination épouvantable. Se peut-il qu'il termine ses jours par un supplice honteux, lui, membre de la grande famille cornélienne ; lui, sénateur depuis quinze ans ; lui, que les centuries ont honoré deux fois de la préture et une fois du consulat ? Comment a-t-il pu tomber en deux jours du faîte des honneurs dans cet abîme de douleur et d'ignominie ? Non, quelque infernale divinité lui a envoyé ce rêve désespérant, l'affreux cauchemar qui lui froisse la poitrine et flamboie devant ses yeux.

Mais Cicéron a prononcé la fatale parole : — Va, licteur ! qui livre tout condamné aux mains des triumvirs. On saisit Lentulus, on l'entraîne vers le tullianum. L'infortuné mesure d'un œil hagard le soupirail ténébreux dans lequel il va disparaître. Il tremble, il s'écrie, il recule d'horreur. On le ramène vers l'escalier, on le pousse sur les marches humides... A la première il trébuche, et va tomber en hurlant au fond du tullianum.

Des pas précipités, un bruit d'hommes qui luttent, des cris lamentables retentissent dans cet antre, voué au culte de la mort. Les sénateurs s'entre-regardent et pâlissent. Les cris cessent tout à coup. Le lacet fatal des triumvirs a saisi Lentulus à la gorge. Une figure de cyclope apparaît à l'entrée du cachot. C'est la hideuse face de Ravidus, qui réclame un nouveau condamné.

Céthégus et ses amis marchèrent bravement au supplice. L'oligarchie triomphait. Jamais, depuis la fondation de Rome, elle n'avait donné si terrible spectacle aux ambitieux qui menaçaient de la renverser.

Cicéron ne conduisait plus de prisonniers quand il redescendit au forum.

Ayant appris que des conjurés obscurs, secondés par les émissaires des supplices, avaient formé le dessein d'attaquer la prison, il s'approcha d'un groupe d'hommes dont l'attitude lui parut suspecte, et d'une voix solennelle,

— Ils ont vécu, dit-il.

Ces mots, que répétèrent à l'instant les mille voix de la foule, produisirent un effet magique sur les vagabondes auxquels ils s'adressaient. Ceux-ci disparurent comme par enchantement.

Le peuple ne songea point à revendiquer encore sa prérogative, dont le sénat venait d'usurper la plus belle attribution. Des patriciens, des hommes puissans par leur fortune, leurs alliances et leurs dignités, avaient été punis suivant l'interprétation la plus rigoureuse de la loi ; on avait proclamé hautement l'égalité des citoyens devant le triumvir capital ; le supplice de cinq personnes avait suffi pour déjouer la plus monstrueuse des conjurations ; toutes les appréhensions de la foule avaient cessé ; toutes ses haines anti-patriciennes se trouvaient assouvies.

Aussi lorsqu'on vit Cicéron congédier ses soldats, faire évacuer la forteresse du Capitole et les temples du forum qu'Atticus et Lamia gardaient encore, des applaudissemens éclatèrent de toutes parts. La multitude ne voulut pas souffrir que son premier magistrat regagnât sa demeure au milieu des ténèbres. La place romaine et les rues voisines furent illuminées en un instant depuis la base jusqu'au faîte des maisons. Toujours escorté par le sénat, le consul parcourut le forum, la voie Sacrée, celle d'Emilius Scaurus à travers une population soulevée d'enthousiasme. Hommes, femmes, enfans, le proclamaient *sauveur de la république* et *père de la patrie*. Hélas ! que lui rapporta cette gloire éphémère, cette popularité factice ? L'exil et la proscription !

Un jeune homme se présenta le lendemain à la prison publique avec sa mère, et réclama le cadavre de Lentulus. La mère se nommait Julie. Veuve de Marc-Antoine le Crétique, elle avait épousé en secondes noces l'infortunée victime des Allobroges. Quant au jeune homme, il rendit plus tard célèbre dans l'histoire, par ses vertus et par ses vices, le nom de Marc Antoine le Triumvir.

A la vue de son beau-père horriblement défiguré par le supplice, il ne prononça que trois paroles, qui sifflèrent entre ses dents serrées :

— Lentulus, je te vengerai !

XIV.

LES SATURNALES.

On célébrait les Saturnales, cette fête des esclaves qui les rendait pour un temps, bien court il est vrai, les égaux de leurs maîtres ; où ils rachetaient par sept jours de licence toute une année de privations, de douleurs et d'avilissante servitude. Jamais le divin auteur de notre être n'a souffert que les oppresseurs de l'humanité oubliassent complètement ses droits imprescriptibles. L'orgie bouffonne, échevelée, délirante ; l'orgie païenne aux gestes lascifs, au rire aviné, aux mille déguisemens bizarres, avait envahi les rues où s'était naguère achevé, aux regards étonnés de la multitude, le drame sanglant de la conjuration. Non que la mort de Lentulus et de ses complices fût oubliée. Chaque faction travaillait au contraire à l'exploiter à son profit. L'aristocratie dressait en silence ses listes de proscription ; liguée avec Népos et Bestéa, tribuns du peuple, César jetait partout des semences de troubles, que devait féconder le sang des supplices ; le vent d'Étrurie apportait encore des cris lointains de guerre ; mais on faisait trêve en ce moment aux préoccupations de la politique. Les féries de Saturne étaient arrivées. Rome ne rêvait que festins, spectacles, folles parties de débauche. Partout elle répétait le même cri : Jo ! jo ! Saturnalia !

On ne rencontrait plus dans la ville ni esclaves ni citoyens ; tous les hommes libres avaient revêtu la *synthèsis* ou robe des festins ; les autres, dans un état complet d'ivresse, couraient les rues par cohortes, coiffés du bonnet des affranchis. Maîtres et laquais échangeaient à l'envi les plaisanteries les plus triviales, les injures les plus grossières. La grande cité s'était transformée en cuisine, en buvette, en salle de danse. Chacun y rappelait à sa manière le bonheur des temps saturniens.

Il n'existait pas d'homme au monde aussi malheureux que Curius. Quand il se trouvait obligé, soit par les circonstances, soit par une sotte coutume, de déployer une certaine magnificence, il ne possédait jamais un as. La fortune, aux approches des fêtes publiques, semblait prendre un malin plaisir à le persécuter. Il avait cru déjouer son mauvais vouloir aux Saturnales de cette année 691. Le sénatus-consulte qui promettait deux cent mille sesterces aux délateurs avait paru devoir lui assurer pour cette époque tous les plaisirs de l'âge d'or. Eh bien! ce décret même n'avait pu maîtriser les caprices de l'aveugle divinité d'Antium. Pour gagner ces deux cent mille sesterces, Curius s'était vu forcé d'accuser César, et César avait empêché qu'on récompensât Curius. De tous les traîtres que Cicéron avait employés pendant l'affaire de la conjuration, le malheureux amant de Fulvie pleurait seul la perte de ses honoraires. Rien ne réussit à qui naît sous une mauvaise étoile, pas même la perfidie.

A qui s'adressera-t-il pour obtenir l'argent nécessaire à la célébration des Saturnales? Sergius Catilina, qui jamais ne lui ferma sa bourse, est frappé de proscription; Lentulus et Céthégus sont morts; Umbrénus est en fuite. De ses amis, de ses bienfaiteurs il a fait des victimes. Qui donc sur la terre aura désormais pitié de lui?

Pour comble d'infortune, Fulvie, l'incomparable Fulvie, le délaisse. Cette femme astucieuse s'est enrichie en vendant les secrets qu'elle obtenait de son amant. Elle possède maintenant villa à Tusculum, maison dans la voie Sacrée; huit Cappadociens à ses gages la promènent dans une élégante litière; une famille nombreuse de gladiateurs veille à la sûreté de sa personne. Curius n'ose même plus venir frapper à la porte de sa demeure, car un énorme chien d'Epire en garde maintenant le seuil.

Enfermé dans sa chambre, dont tout le mobilier consistait en un lit et une escabelle, Curius se livrait à ces tristes réflexions, lorsque son jeune esclave accourut auprès de lui. Stichus s'était affublé du costume le plus extravagant. Il portait un lati-clave de papyrus et un casque de carton surmonté d'une carotte avec sa verdure. Autour de la carotte on lisait:

« *Q. Curius traditor, ex senatus consulto.* »

« En l'honneur de Curius le traître, par décret du sénat. »

— Quelle infamie! s'écria-t-il en contrefaisant les gestes et la démarche de son maître, je sors d'un coupe-gorge On m'a pillé, volé, assassiné! O Fulvie, femme adorable! je te destinais les robes les plus éclatantes, les parures les plus nouvelles; la fortune, l'injuste fortune a trompé mes espérances... j'avais pipé les dés et j'ai amené trois as!

— Que débite cet impertinent? interrompit Curius.

— Des sottises, maître.

— Je ne suis pas d'humeur à les entendre.

— Quelle injustice! vous qui avez toute l'année pour en faire, tandis que moi je n'ai qu'un jour, un seul jour pour en dire!

— Où as-tu pris ce lati-clave?

— C'est la défroque d'un père conscrit dans le malheur, que Gellius a chassé jadis du sénat parce qu'il était joueur, parce qu'il était gourmand, parce qu'il était ivrogne, parce qu'il était parasite, parce qu'il était débauché, parce qu'il trichait au jeu, parce qu'il insultait les femmes vertueuses et détroussait les passans.

— Te tairas-tu, vaurien?

— Eh! maître, on célèbre aujourd'hui les Saturnales, et il faut que, d'une manière ou d'une autre, Stichus s'amuse à vos dépens.

— Cela t'amuse d'insulter à mon infortune?

— A vrai dire, ajouta Stichus, je préférerais m'égayer d'une autre façon. Maître, avez-vous quelque monnaie à me donner pour faire ma saturnale?

— Hélas! murmura Curius.

— Je demande cinq ou six deniers, pas davantage. Oh! si vous pouviez disposer de cette somme en ma faveur, je ne vous ennuierais pas longtemps. J'irais me promener dans la voie Sacrée; je me tiendrais ferme sur le jarret comme nos jeunes chevaliers; je lancerais aux femmes les regards les plus assassins; j'insulterais les sénateurs de ma connaissance, et ce soir je m'enivrerais en joyeuse compagnie dans les tavernes du mont Aventin.

— Stichus, je n'ai pas un stips.

— Secouez bien le sinus de votre tunique, il en tombera peut-être quelque chose.

— Je suis le plus pauvre des Romains.

— Oui, poursuivit Stichus en renflant sa voix et en arrondissant son geste, je suis le plus pauvre et le plus infortuné des hommes. Umbrénus me donnait à dîner; Lentulus, Céthégus et surtout Catilina prévenaient tous mes besoins. Ils me prêtaient des pièces d'or quand je voulais tenter la fortune; ils me procuraient des vespillions quand il me prenait fantaisie de conduire ma belle maîtresse en litière; ils promettaient de me rétablir dans mon ancienne splendeur, et j'ai vendu ces bons amis! je les ai vendus pour deux cent mille sesterces que les pères conscrits ne m'ont pas payés.

Stichus ôta son casque.

— O légume, ajouta l'esclave en apostrophant la carotte qui le surmontait, tu es véritablement l'emblème du marché que j'ai conclu avec Cicéron. On te croit gros et long quand tu apparais à la surface de la terre; on t'en retire et tu dégénères en une queue ridicule. Légume ingrat, malheur à celui qui t'a cultivé!

— Tu veux donc me chasser d'ici, méchant? dit Curius d'un air piteux.

— Et où irez-vous, maître? Serez-vous assez *grec* pour trouver une rue, une seule rue dans Rome, où Curius n'excite la risée générale dès qu'il paraîtra? On vous insultera, on vous bafouera partout. C'est qu'on méprise les traîtres, bien qu'on soit obligé souvent de s'en servir.

Le sénateur poussa un gros soupir, se leva et se couvrit de son manteau.

— N'approchez pas du forum, surtout, reprit Stichus. Tenez-vous à une distance respectueuse de Fulvie. Prenez garde à ce gros chien d'Epire...

L'esclave s'arrêta. Son maître s'était esquivé.

Stichus prit aussitôt les coussins et les fourrures de sa couche et courut les vendre à un fripier du forum.

— Bon! disait-il chemin faisant, mon pécule se monte aujourd'hui à six mille sesterces, sans compter la somme que me doit Curius. Je ne veux guère davantage. Bijoux, meubles, vêtemens, nous avons tout vendu; je cours de ce pas brocanter le lit de mon maître; demain je négocierai mon affranchissement. Six mille sesterces! il ne résistera pas à la séduction d'une pareille somme. Bonne mère, chère sœur, belles montagnes de mon pays, est-il possible que Stichus vous revoie bientôt!

Et le pauvre esclave bondissait de joie.

Sapala et ses brigands ne cherchaient qu'une occasion favorable d'opérer paisiblement leur retraite vers les marais Pontins. Ces honnêtes pirates avaient éprouvé des besoins extrêmes depuis la mort de Lentulus. N'ayant plus d'heures fixes pour leurs repas, ils menaient une conduite des plus irrégulières. Ils traitaient presque en ennemies les populations de l'Aventin, ouvraient des comptes scandaleux chez les cabaretiers du voisinage, prenaient en un mot tous les moyens possibles d'attirer sur eux l'attention du préteur urbain. On commençait à remarquer leurs haillons, leurs barbes et leurs chevelures incultes, leur existence toujours oisive. Il leur tardait de revoir les bois latins, les rivages de Terracine et les pentes abruptes de la montagne de Circé. Puis, Sapala ne pouvait bannir de son esprit la pensée de ce tribun militaire dont l'attitude imposante avait déconcerté, pendant la soirée des nones de décembre, l'audace brutale de Carvilius. Il craignait que cet officier ne voulût quelque jour renouer connaissance avec les individus qui l'avaient aidé, près du Mille d'or, à frapper Cicéron; qu'il ne lui prit envie de revoir la caverne du mont Aventin où on l'avait enfermé après son crime. Le jeune pirate s'imaginait que l'homme au manteau brun, si rapidement transformé en chef de légion, l'avait reconnu ainsi que le roi des halles, tandis qu'ils regardaient Lentulus marcher au supplice; qu'il avait averti le consul de leur présence, et dénoncé leurs intentions séditieuses. Guidé par les renseignemens de son tribun, Cicéron pouvait ordonner au préteur Valérius Flaccus de surveiller les bouges mal famés des bords du Tibre. Ce dernier ne manquerait point d'apprendre, à moins qu'il ne chargeât de cette mission ses agens les plus ineptes, que cinq cents brigands des marais Pontins s'y étaient réfugiés; et les dieux savaient quel sort était réservé, dans cette hypothèse, aux malheureux enfans de Sapala!

Tourmenté par ces craintes, le chef des pirates, dans la matinée du 8 décembre, avait sollicité une entrevue de Sempronia. La matrone habitait alors sa maison du bois sacré d'Égérie. Bien des malheurs l'avaient frappée en quelques jours. De retour à Rome après une longue absence, Brutus Pénus l'avait répudiée. Ses prodigalités, son inconduite, ne justifiaient que trop cette rigueur. Sapala n'avait donc reçu d'elle aucun secours pécuniaire; mais elle avait promis de l'aider à quitter Rome sans accident, sans bruit. Ils avaient réglé que les pirates se disperseraient dans Rome pendant la première journée des Saturnales; qu'ils se réuniraient au val d'Égérie vers le soir, et qu'ils gagneraient de là, en suivant la route Ardéatine, les bois des marais Pontins.

Et l'excellent Cruscellus, comment supportait-il l'existence depuis que Pimbetta l'avait surpris se glissant en tapinois, le long des murailles du *Vicus Palloris*, jusqu'au prochain cabaret? Il n'organisait plus de séditions, il ne servait plus de Mentor à Prosper, il ne faisait plus de barbes, il n'avait plus de galans messages à remplir; mais, à cela près, il se portait bien. Les circonstances et son esprit, fertile en expédiens, l'avaient sauvé. On l'avait épargné d'abord parce que Sergius désirait obtenir de lui quelques renseignemens utiles: Sergius était parti pour la Toscane avant de pouvoir l'interroger. Le conspirateur avait chargé Lentulus de ce soin; mais Lentulus était paresseux; Lentulus consumait le temps à réformer les plans de son chef, à se substituer à lui dans le commandement des conjurés, à inventer des combinaisons nouvelles de massacre et d'incendie. La mort l'avait surpris au milieu de ces funestes préoccupations. Voilà comment Cruscellus avait vécu jusqu'aux nones de décembre, sans avoir avec Sapala de trop fâcheuses explications.

Cet artiste, que regrettaient si vivement les habitans de la colline esquilienne, courait à cette époque un grand danger. On l'avait enfermé dans cette même caverne du mont Aventin d'où Sempronia avait retiré le centurion après sa tentative avortée de parricide. Sapala, pressé d'argent, conçut une idée infernale. Il voulut extorquer au tondeur les cinq cent quatre-vingt-seize mille cinq cents sesterces (122,074 f.) qui constituaient la totalité de son héritage. Cruscellus, qui estimait les sesterces à leur juste valeur, et qui n'avait pas envie de recommencer les un million cent quatre-vingt-treize mille barbes dont sa fortune représentait le prix, résista bravement. Le brigand essaya de lui faire sentir avec la pointe de son poignard la force de ses raisons, mais ce fut en vain.

Sapala modifia donc son idée première. Il écrivit à la femme du tondeur un petit billet, d'un style fort élégant, pour la prévenir que si elle n'avait pas déposé, la troisième heure de la nuit, cinquante mille sesterces en belles pièces d'or sonnantes et trébuchantes sur la première borne du pont Sublicius (1), elle trouverait la tête même place la tête de son mari. A la lecture de cette lettre, la digne épouse du tondeur versa un torrent de larmes. Elle s'était crue veuve, avec un assez bel héritage; elle avait formé avec

Pilosus, *l'écorcheur d'en face,* de tendres projets d'union; son héritage et Pilosus lui échappaient, tandis qu'elle retrouvait Cruscellus, une réalité bien triste après un rêve, hélas! trop séduisant. Elle se garda bien de porter au pont Sublicius la somme qu'exigeait Sapala. Le lendemain, sitôt que le jour commença à luire, elle descendit vers le Tibre. La pauvre femme espérait encore, tant le cœur des humains est facile à s'abuser! qu'elle y trouverait sur une borne la tête que les dieux avaient placée, pour son malheur, sur les épaules de Cruscellus. Vaine illusion! la borne était vide. Le tondeur possédait encore sa tête, une tête des plus intelligentes, qui lui suggérait sans relâche des moyens d'évasion.

En effet, Cruscellus était parvenu à se rendre utile, nécessaire même aux terribles enfans de Sapala. Ils le conduisaient avec eux dans les tavernes où leur crédit menaçait ruine, et comme il avait été chargé par Catilina, durant les troubles de la conjuration, d'y payer leur dépense, les hôteliers, à sa prière, se relâchaient un peu de leur sévérité. Quand le tondeur se trouvait à leur table, les brigands mangeaient meilleur, buvaient davantage, en un mot, soupaient infiniment mieux. Ils surveillaient alors avec une rigueur inflexible les paroles de leur prisonnier, ses gestes et ses moindres clignemens d'yeux; ce qui n'empêcha pas Cruscellus de glisser, pendant la soirée qui précéda les Saturnales, au milieu de l'infernal tapage qui troublait l'antre de Cacus, deux petits morceaux de bois enduits de cire dans la main du tavernier.

Tertia reçut une de ces tablettes; l'autre fut remise au tribun militaire Marcus Rutuba.

Le tondeur passa dans la plus grande inquiétude toute la nuit suivante et toute la journée du lendemain. Il attendait le résultat de sa démarche: le moment de sa mort ou celui de sa délivrance approchait.

Pimbetta entra vers le soir dans son cachot, suivi de quatre brigands.

— Tu vas nous suivre, dit-il à son prisonnier.

— Et où allez-vous, lieutenant? demanda Cruscellus.

— Tu le sauras quand nous serons arrivés.

— Mais encore?

— Préfères-tu que nous te laissions ici? répondit Pimbetta en tirant son poignard.

— Partons, partons, répliqua le tondeur.

— Oui, et sois persuadé, misérable, que la prudence du chef t'aura seule procuré l'honneur de voyager avec nous. Il tient à ne pas laisser ici de traces qui t'accusent. — Ah! s'il était nuit!... si l'on pouvait traverser avec un fardeau la berge du Tibre, et y précipiter... Tu ne perdras rien pour attendre, va! Suis-nous.

Le tondeur et les brigands se dirigèrent vers le bois sacré d'Égérie.

Sapala avait fixé le rendez-vous de sa troupe à la porte du nymphée ou salle de bain qui dépendait de la maison de Sempronia.

Il quitta lui-même à cinq heures du soir le mont Aventin, suivi de ses pirates les plus braves. Ils descendaient le cours du Tibre et avaient dépassé les fortifications de la ville, quand ils aperçurent un homme qui promenait philosophiquement ses réflexions sur le bord de l'eau.

L'attaquer et le dévaliser eût été l'affaire d'un instant, mais cette idée ne vint pas à Sapala. L'inconnu s'arrêtait parfois, choisissait une pierre sur le rivage et la faisait courir en légers ricochets à la surface du fleuve. Or, il fallait que ce Romain, pour se livrer à des jeux aussi futiles un jour de Saturnales, n'eût pas dans sa poche un seul denier comptant.

Toutefois, à l'approche des pirates, ce philosophe, ami des méditations solitaires et des pierres qui ricochent sur l'eau, parut saisi d'un trouble inexplicable. Il mesura des yeux la distance qui l'en séparait, et, comprenant sans doute que l'espace lui manquait pour fuir, il se tourna du côté du fleuve, dérobant son visage aux investigations de Sapala.

Celui-ci devint alors très curieux de connaître le signalement de cet individu.

Il s'en approcha, et lui frappant rudement sur l'épaule,

---

(1) Rebâti quinze ou seize ans auparavant par les ordres d'Émilius Lépidus.

— Eh! l'ami, dit-il, dans quel pays sauvage as-tu fait ton éducation? Il n'est pas bien, ce me semble, de montrer le dos à d'honnêtes Romains qui voyagent pour leur agrément.

— Laissez-moi, je prends les auspices, répondit l'inconnu; j'observe le vol de cinq vautours...

Une violente secousse l'interrompit; il pirouetta sur lui-même et se trouva face à face avec Sapala.

Le jeune pirate recula de surprise; puis, croisant les bras sur sa poitrine,

— Ah! c'est toi! dit-il.

Le chercheur d'augures frissonna d'épouvante. Les brigands, voyant leur chef arrêté devant lui, l'avaient entouré.

— Tu m'as reconnu, n'est-il pas vrai? reprit Sapala.

Cette question ne fut suivie d'aucune réponse.

— Par les Euménides! continua le jeune chef, nous allons célébrer gaîment nos Saturnales, ce soir, au val d'Egérie. On y verra un spectacle aussi beau, j'ose le dire, que celui dont nos sénateurs ont été les heureux témoins pendant la nuit des nones de décembre. Ce matin nous n'avions qu'un traître à punir, à torturer, à brûler vif, et voilà qu'à cette heure nous en avons deux.

Les pirates ébahis regardaient tour à tour l'inconnu et Sapala.

— Enfans, reprit ce dernier, le scélérat qui s'est livré de lui-même à notre justice s'appelle Quintus Curius.

A ce nom tous les pirates poussèrent le même rugissement de fureur.

— C'est lui qui a vendu au consul les secrets de la conjuration, poursuivit Sapala. Son histoire est connue maintenant dans Rome. Le traître qui a perdu Catilina, qui a noué autour du cou de Lentulus et de ses amis la corde fatale dont les bourreaux se sont servis pour les étrangler... c'est le même homme, c'est Quintus Curius.

— Et ce lâche respire encore! s'écrièrent les bandits.

— A nous était réservé le soin de le punir, poursuivit le jeune chef. Enfans! vous qu'on a surnommés les loups des bois latins, l'auteur de tous vos maux, vous le tenez entre vos mains.

C'était bien, en effet, Curius qu'ils avaient rencontré sur les bords du Tibre, réfléchissant à l'instabilité des choses humaines et lançant des pierres plates sur l'eau miroitante du fleuve. Chassé de sa maison par l'insolence de Stichus, n'osant se hasarder au milieu des rues, où chacun lui eût jeté sa part d'insulte au visage, il était allé distraire ses chagrins dans la campagne. Et la fortune, l'injuste fortune avait voulu qu'il se trouvât, au même instant que les pirates, sur le chemin du bois sacré d'Egérie.

En vain il essaya de se justifier, en vain il implora sa grâce: les brigands l'entraînèrent au rendez-vous où Pimbetta avait déjà conduit le tondeur Cruscellus.

XV.

LE NYMPHÉE DU BOIS SACRÉ D'ÉGÉRIE.

Sapala et ses compagnons, en arrivant au rendez-vous des pirates, les trouvèrent réunis au nombre de cinq cents dans le nymphée même, qui formait la première salle ou *frigidarium* des bains de Sempronia.

La matrone avait voulu qu'ils s'y reposassent en attendant le départ. Elle avait craint d'éveiller l'attention de la police urbaine en laissant errer dans le bois sacré d'Egérie un aussi grand nombre d'individus suspects.

La nuit était venue. Une torche fumeuse éclairait l'intérieur du nymphée. C'était une grotte immense qui allait en se creusant sous la pente méridionale du mont Aventin. Quatre colonnes de marbre vert antique en marquaient le milieu, et

soutenaient quatre pendentifs dont la courbure se raccordait avec des arceaux d'une hardiesse étonnante. Une coupole enrichie de peintures reposait à l'intérieur sur l'entablement de ces précieux monolithes. En se plaçant au-dessous, on apercevait, dans l'axe principal de l'édifice, un vestibule que fermait une porte cintrée, surmontée d'une fenêtre; puis le nymphée proprement dit, aux murailles de jaspe, de marbre et de porphyre. Les niches creusées dans les parois latérales de cette espèce d'édicule recouvraient trois statues de nymphes et trois statues de dieux marins. La salle se terminait en abside. Là, reposait sur une large corniche que soutenaient des consoles admirablement sculptées, le simulacre de la nymphe Egérie. Une de ses bras était appuyé sur son urne penchante; l'autre, allongé sur son corps de sylphide, pressait les fines draperies d'une tunique de lin. Trois mascarons versaient au-dessous d'elle une eau pure dans un bassin de jaspe-onyx. Neuf grandes rosaces d'albâtre s'épanouissaient à la voûte dans un pareil nombre de caissons d'airain.

A droite et à gauche des colonnes de vert antique dont nous avons parlé, en retraite de l'alignement du nymphée et de son vestibule, s'ouvraient deux vestiaires, non moins ornés que le reste de l'édifice. L'un d'eux communiquait par une étroite ouverture latérale avec la deuxième salle du bain, que les anciens nommaient *tepidarium*.

Juvénal visitait quelquefois le nymphée du bois sacré d'Egérie. La tradition rapportait de son temps que cette construction avait remplacé la caverne agreste où la nymphe aimait à s'entretenir avec Numa. Le poète déplore éloquemment, dans sa troisième satire, que les architectes en aient changé l'antique physionomie. Il voudrait que l'image de la déesse fût couchée au fond d'une grotte obscure; qu'elle eût encore, pour s'y mirer, une nappe d'eau entourée d'un frais gazon... Le temps a presque réalisé ses vœux. Les bains de Sempronia tombent en ruine. Vestibule, colonnes, statues, marbres précieux, tout a disparu. Une large voûte, béante à l'air, des murs énormes qui dressent vers le ciel leur masse inutile, çà et là quelques tronçons de colonnes, voilà tout ce qui reste du nymphée de la matrone. L'herbe en a remplacé les mosaïques. La scolopendre, le lierre, les giroflées sauvages, aux pétales dorées, étendent partout sur ces décombres leur végétation luxuriante. Un orme a pris racine dans l'un des vestiaires, et son tronc noueux s'est courbé sous l'effort du vent (1).

Sapala s'arrêta, saisi d'étonnement, à l'entrée du monument où l'attendaient ses loups des bois latins. Couchés par terre, ils étalaient paisiblement leurs guenilles sur des mosaïques étincelantes. Les uns dormaient; d'autres jouaient aux osselets; d'autres encore rêvassaient, le dos appuyé contre les murailles, car les enfans de Sapala n'avaient pas appris à réfléchir. La torche, qui jetait sur eux par soubresauts, tantôt de l'ombre et tantôt des lueurs rougeâtres, ne limitant pas avec précision l'étendue réelle du nymphée, en rendait l'aspect plus grandiose, plus imposant. L'ombre divergente des colonnes s'allongeait démesurément sur le sol du vestibule. A travers ces grands fûts de marbre, on voyait les statues de l'autre enceinte parfois s'effacer dans les ténèbres, et parfois ressortir, blanches et gracieuses dans leurs poses, des niches à coquilles qui les recouvraient. Un artiste n'eût pas manqué de peindre les mâles figures de brigands qui servaient d'accessoires à ce tableau. Salvator les eût esquissées avec amour.

— Ah! ah! on dort ici, dit Sapala en entrant dans le nymphée, on joue aux osselets, on fait tranquillement sa petite saturnale!

___

(1) La description que nous donnons ici est conforme au texte de Juvénal et à la gravure de Piranési. Voyez pour la forme et l'usage des nymphées le livre très savant, très exact, et surtout plein d'intérêt, qu'a récemment publié M. Louis Batissier. Cet ouvrage, dont nous ne saurions trop recommander la lecture, a pour titre: *Histoire de l'art monumental.*

Tous les pirates à cette voix bondirent comme s'ils eussent été poussés par un même ressort. En un clin d'œil ils furent debout.

Sapala vint se placer au milieu de la salle.

— Pimbetta, reprit-il, qu'as tu fait de Cruscellus?

— Le voilà, maître, répondit le lieutenant en poussant de toutes ses forces le tondeur vers Sapala.

Cruscellus perdit l'équilibre, et vint tomber, en rasant la terre, aux pieds du jeune chef.

Il se releva, et, grimaçant au lieu de sourire,

— Bonjour, maître, dit-il; j'ai bien du plaisir à vous revoir.

— Ventre de Silène! j'en suis persuadé, d'autant plus que je t'amène un sénateur de tes amis. Montre-toi, Curius.

Le malheureux amant de Fulvie, les mains liées derrière le dos et le visage inondé de larmes, s'approcha de Cruscellus.

— Le reconnais-tu? demanda Sapala au tondeur.

Celui-ci resta muet d'épouvante et de pitié.

— Grâce! grâce! murmura Curius.

Un frémissement de colère parcourut tous les rangs des bandits. Ils avaient appris, soit par la rumeur publique, soit par le récit de leurs camarades qui avaient opéré l'arrestation de Curius, le rôle que ce misérable avait joué pendant la conjuration.

— Eudamon, Pimbetta, interrompit le jeune chef en s'adressant à ses lieutenans, faites-moi bâillonner ces deux vauriens. Nous allons discuter tous ensemble une question des plus graves, et je ne veux pas que leurs plaintes troublent nos délibérations.

L'ordre de Sapala fut exécuté sur-le-champ. On lia bras et jambes aux prisonniers, on les sépara l'un de l'autre, et on les jeta au pied d'une muraille, afin de n'avoir plus à s'en occuper.

— Enfans, reprit le jeune chef, j'ai arrêté le traître Curius sur la berge du Tibre, pendant qu'il charmait ses loisirs en faisant ricocher des pierres à la surface de l'eau; et comme j'aime à vous procurer, suivant mes faibles moyens, toute sorte de plaisirs, j'ai résolu que nous expédierions ce soir ledit Curius et son ami le tondeur, en assaisonnant leur supplice de quelques brins de gaîté. Qu'en pensez-vous?

Ces paroles du jeune chef excitèrent dans l'auditoire un long murmure de satisfaction.

— Or, chaque homme ayant sa manière à lui de s'égayer, poursuivit Sapala, ce qui amuse les uns n'amusant pas les autres, je vous invite tous, sans aucune exception, à me communiquer vos idées personnelles touchant la manière de tuer gaîment un homme. Il importe peu que le genre de mort soit horrible pourvu qu'il soit bouffon. Parle, Eudamon, quel est ton avis?

Eudamon, qui était un individu gros et court, aux cheveux crépus, à la face avinée, gai comme un pinson et méchant comme un tigre, s'avança au milieu du nymphée.

— Je connais un jeu très drôle qui consiste à allumer un morceau de bois sec et à se le faire passer de main en main tandis qu'il brûle, en disant:—Le petit démon vit encore. On punit celui qui le laisse éteindre. Sauf quelques modifications légères, on peut appliquer facilement ce jeu au supplice de nos prisonniers.

— Et comment cela? fit Sapala.

— Je prends Cruscellus, je lui abats une oreille et je le transmets à mon voisin en prononçant la formule : — Tondeur vit encore! Mon voisin lui coupe une main, et le repasse à un autre en répétant les mêmes paroles. Ainsi de suite jusqu'à la fin.

— Oh! oh! oh! s'écrièrent les brigands.

Un soupir étouffé partit de l'endroit où Cruscellus gisait garrotté.

— Et quelle peine infligerons-nous à celui de nos compagnons entre les mains duquel la victime aura cessé de vivre? poursuivit Sapala.

— On le forcera de l'enterrer.

— Pas mal, pas mal, répliqua le chef des pirates. La manière d'expédier nos traîtres qu'Eudamon nous enseigne a ses charmes. Explique-nous la tienne, Pimbetta.

Celui-ci, grand coquin de la plus belle venue, et que son nez camard et ses mâchoires saillantes faisaient ressembler à une hyène, s'empressa de manifester son opinion.

— Lions nos prisonniers dans un fagot de broussailles sèches auxquelles nous mettrons le feu, dit-il. Je suis sûr qu'ils danseront, sans flûtes et sans castagnettes, un ballet des plus réjouissans.

— Ventre de Silène! ton fagot me séduit, lieutenant, dit Sapala.

— J'avoue qu'on aurait tort de mépriser les broussailles ardentes de Pimbetta, reprit Eudamon; et cependant je persiste à solliciter toute la bienveillance de la société pour mon jeu du *tondeur qui vit encore*. Figurez-vous en effet, mes amis, qu'on nous livre Cruscellus pour expérimenter sur lui ce qu'un homme peut souffrir avant d'expirer. Oh! d'abord, chacun de nous coupera dans le vif suivant son appétit. On le détaillera membre par membre, sans trop regarder comment on frappe. Mais quand il n'en restera plus qu'un tronc informe, quand, affaibli par la douleur, il semblera ne plus respirer que par artifice, comme nous le soignerons, comme nous le ménagerons, comme nous le disséquerons fibre par fibre, ce cher Cruscellus! On tremblera d'enfoncer le poignard dans ses chairs palpitantes, de provoquer une syncope qui le tue. Nous aurons une heure de plaisir, pourvu qu'un débutant nous ménagions un peu les forces de nos prisonniers.

Curius agonisait de terreur.

— Enfans, dit Sapala en s'adressant à l'assemblée, si quelqu'un d'entre vous veut ouvrir sur la question présente un avis raisonnable, il a le droit de parler.

Un vieux brigand, qui avait acquis sur la troupe une grande réputation de sagesse, s'avança au milieu du nymphée.

Il s'inclina profondément devant son chef.

— Explique-toi, dit Sapala.

Le pirate s'exprima comme il suit:

— Maître, quand nous faisions la guerre en Cilicie contre Pompée le Grand...

— C'est bien! c'est bien! interrompit Eudamon, nous connaissons parfaitement tes histoires de bataille. Comment penses-tu qu'on doive s'y prendre pour tuer agréablement le tondeur Cruscellus et son compagnon?

— Je n'en sais rien.

— Alors, va-t'en.

Le bandit salua de nouveau et rentra dans les rangs.

— Sapala, dit un autre vaurien, ordonne que le tondeur et Curius se battent en combat singulier.

— Un sénateur contre un barbier! répondit Sapala. Mais l'idée me paraît excellente pour un jour de Saturnale. Qu'en dis-tu, Eudamon?

— Ce sont deux lâches qui n'en viendront jamais sérieusement aux mains.

— Et toi, Pimbetta?

— Maître, repartit le lieutenant, si nous voulons attendre que l'un de ces deux coquins tue l'autre, nous ne partirons pas avant demain.

— Par le thyrse de Bacchus! répliqua le jeune homme, je voudrais bien qu'ils se permissent de me résister. — Enfans, poursuivit-il, vous plaît-il que nous montrions le tondeur Cruscellus s'escrimant contre le descendant de Curius Dentatus?

— Oui, oui! répondirent les brigands.

— Quelles armes leur donnerons-nous?

— Celles qu'ils voudront.

— Déliez ces deux vauriens, ajouta le chef des pirates.

Puis se penchant vers Eudamon, tandis qu'on exécutait ses ordres,

— Cours à la maison de Sempronia, lui dit-il; annonce à cette noble matrone que nous tenons Curius prisonnier et qu'elle vienne au plus tôt voir comment je sais venger Catilina. — Pimbetta, continua le jeune chef après avoir attiré auprès de lui le second de ses lieutenans, tu surveilleras ces misérables tandis qu'ils se battront, et quand l'un d'eux aura tué l'autre... tu comprends ?

— Il faut promettre sa grâce au vainqueur, répondit en riant Pimbetta ; ce qui ne m'empêchera pas de lui passer mon épée au travers du corps. Ah ! de cette manière, on obtiendra peut-être qu'ils s'escriment en conscience : rien n'est brave comme un poltron... quand il a peur.

On ramenait les prisonniers vers le centre de la salle.

— Curius ! murmura le tondeur à l'oreille de son compagnon d'infortune.

— Eh bien ?

— Gagnons du temps, prolongeons notre agonie, j'ai écrit deux lettres ce matin, et, si elles ont été remises à leur adresse, bien sûr il nous arrivera du secours.

On avait placé Curius et son compagnon vis-à-vis de Sapala.

— Nous avons résolu, vauriens, leur dit il, que vous vous battriez l'un contre l'autre jusqu'à ce que l'un des deux succombe. Et comme nous savons que vous ne brillez point par le courage, et que vous n'avez pas coutume de chercher des coups par agrément, nous nous sommes décidés à faire grâce à celui d'entre vous qui aura blessé l'autre le plus grièvement. Ces propositions sont honnêtes et vous les acceptez avec reconnaissance, j'en suis persuadé.

Les deux prisonniers s'inclinèrent. Ils ne quittaient pas des yeux la porte du nymphée par laquelle Eudamon était sorti.

Cruscellus s'était rattaché, dans ce danger pressant, à une bien faible espérance. Pouvait-il croire, même en supposant que l'hôtelier de l'Aventin eût remis ses deux lettres à leur adresse, que Tertia ou le centurion suivrait la trace des pirates jusqu'au bois sacré d'Égérie ?

Mais l'infortuné embrassait avec l'énergie du désespoir l'unique planche de salut qui lui restât.

— On vous permet de choisir vos armes, reprit Sapala. Vous pourrez donc vous tuer, suivant votre inclination, soit avec le filet du rétiaire, soit avec le cordon du laquéateur, soit enfin avec les deux épées des dimachaires. Comment veux-tu te battre, Cruscellus ? ajouta le bandit.

— Moi, dit le tondeur, je préfère ne pas me battre du tout.

— C'est bien. Et toi, Curius ?

— Je suis de l'avis de Cruscellus, répondit le sénateur.

— On va donc vous clore exactement les yeux avec un bandeau, poursuivit Sapala, vous donner des épées de longueur égale, et vous imiterez devant nous les *andabates* des cirques : je ne connais pas d'autre manière de s'égorger qui convienne à la solennité d'aujourd'hui.

C'était en effet par une lutte d'*andabates* que se terminaient ordinairement à Rome les présens de gladiateurs ; lutte non moins grotesque qu'horrible, où les deux champions se heurtaient sans se chercher, se fuyaient sans se voir, tuaient ou mouraient dans les ténèbres d'une mort d'autant plus épouvantable qu'elle ne leur attirait, de tous les gradins de l'amphithéâtre, qu'injures et malédictions.

Le peuple romain, ce peuple blasé, insensible aux souffrances humaines, raisonnait, raffinait sur tous les plaisirs, même sur ceux qu'il cherchait dans l'assouvissement de sa cruauté.

Dans les combats de gladiateurs, il fallait, pour le satisfaire, qu'on tuât gaîment un homme à la fin du spectacle.

Les pirates accueillirent par des cris de joie les paroles de leur chef.

On apporta deux épées.

Le sénateur et Cruscellus avaient fait jusque-là bonne contenance. Mais ils pâlirent à la vue des armes acérées, brillantes qu'on leur destinait. Ils eurent froid l'un et l'autre et échangèrent un regard désespéré.

— Aie pitié de moi ! aie pitié de nous, Sapala ! s'écria Cruscellus en se jetant aux pieds du bandit.

Ce dernier se prit à rire.

— Il faut que tu sois bien prodigue des instans qui te res-

tent à vivre, répondit-il, pour implorer la pitié de Sapala.

— Songe à l'instabilité des choses humaines, ajouta Curius.

— Ah ! par les Furies ! la phrase est jolie, répliqua le jeune chef. Pour moi, l'instabilité des choses humaines a deux termes bien connus, je te l'assure. Quand il me tombe sous la main des coquins de ton espèce, je les tue ; et si jamais on m'attrape, on m'étranglera sans forme de procès : imite mes pareils, qui, dans ce dernier cas, ne songent point à réclamer.

— Errer dans les ténèbres, murmura Cruscellus en frissonnant, sans voir le glaive qui vous menace, recevoir le coup fatal, tomber, se rouler sanglant sur le sol, au milieu d'hommes que vos souffrances réjouissent, dont pas un n'a de commisération pour votre malheur, de larmes pour votre agonie.... ah ! c'est un affreux supplice que je ne puis affronter !

— La nuit s'avance, reprit Sapala. Apportez des broussailles ; flambez moi ces deux coquins, et partons.

A ces mots, Cruscellus s'étant résigné, prit d'une main tremblante l'épée qu'on lui présentait. On mit un autre glaive dans celle de Curius.

Mais quand il sentit le froid de l'acier, le sénateur tressaillit, jeta l'épée loin de lui, et, se plaçant devant Sapala, les poings serrés, l'œil en feu, et les lèvres crispées de terreur,

— Non, non ! je ne me battrai point ! s'écria-t-il ; le petit-fils de Curius Dentatus ne mourra pas comme un gladiateur.

— Que de façons, que de façons ! dieux immortels ! dit le chef des pirates avec dépit. Songes-y bien, misérable, il ne tient qu'à moi de te livrer à la dent et aux griffes de mes loups, et si jamais ils les plongent dans ta chair maudite, chacun d'eux voudra en avoir son morceau.

— Grâce ! grâce ! répétait Curius en sanglotant.

Il pencha le front sur sa main. Les traits contractés par l'effort de son intelligence, le regard fixe et dirigé vers la terre, il cherchait un moyen suprême d'éviter la mort. Puis, se redressant,

— Sapala, dit-il, un grand danger te menace. Accorde-moi la vie, et je te fournirai les moyens de l'éviter.

— Et que dois-je craindre ?

— Tu vois cet homme ?

Et il montrait le tondeur.

— Après ?

— Ce matin il t'a dénoncé.

— Lâche ! interrompit Cruscellus en agitant son glaive.

— Et maintenant, ajouta le sénateur, il attend les soldats qui s'avancent pour vous exterminer.

— Encore de la trahison, de la calomnie, infâme ! s'écria Cruscellus, quand la dernière heure approche, quand tu vas paraître devant la justice des dieux immortels !

Il courut l'épée haute sur l'amant de Fulvie.

— Tue-le ! tue-le ! disait Sapala.

N'écoutant que sa frayeur, Curius alla se perdre dans la foule des brigands en demandant un glaive à grands cris.

On le ramena au milieu du nymphée. On lui appliqua sur les yeux, ainsi qu'au tondeur, une épaisse bande de laine qui, serrée autour de la tête, pressait fortement les paupières, grâce à l'élasticité du tissu ; on les désorienta l'un et l'autre en les faisant pirouetter diverses fois sur eux-mêmes. Curius reçut l'arme qu'il demandait, et les bandits se hâtèrent de prendre place autour des combattans.

Il y eut d'abord dans le nymphée un grand tumulte d'hommes qui se heurtent, se querellent, se hissent, en s'aidant de leurs jambes et de leurs bras robustes, le long de chaque colonne, de chaque pilastre, jusqu'aux corniches de la voûte. Quand ce bruit se fut calmé, une triple rangée de pirates, disposés par rang de taille, s'arrondissait aux extrémités de l'édifice. Partout d'ignobles profils, des tuniques en haillons, se montraient à côté de statues aux traits délicats, aux nudités gracieuses, à demi voilées sous de fines draperies. Un groupe de bandits pyramidait au-dessus du monument de la nymphe Egérie. Au sommet de l'entablement, des hommes à demi couchés représentaient des simulacres de fleuves par la majesté de leur attitude. Des talons sans souliers battaient les moulures de la frise; çà et là, une figure enluminée de satyre s'ajoutait aux ornemens d'un chapiteau. L'aspect général du nymphée présentait un bizarre assemblage de tout ce que l'imagination peut concevoir de plus riche, de plus élégant, de plus grandiose, à côté des plus dégradantes images de la débauche et de la pauvreté. C'était un sabbat de démons en guenilles au milieu d'un temple grec, une orgie d'Holbein ou de Téniers dont Paul Véronèse aurait dessiné le fond.

Il n'y avait de convenable dans ce pandémonium que la lumière fumeuse, vacillante, qui l'éclairait par soubresauts. Les premiers plans du tableau s'enlevaient sur les autres avec vigueur. Rembrandt seul eût été capable d'en trouver les tons sur sa palette féconde en effets saisissans.

Le nez au vent, les mains s'agitant dans le vide, Curius et son adversaire cherchaient à saisir autour d'eux un objet qui pût guider leurs pas.

Des avertissemens, pour la plupart trompeurs : — en avant, — en arrière, — surveille la droite, — frappe à gauche; des lazzis grossiers, des éclats de rire discords, assourdissaient les oreilles des combattans. Ils excitaient, dès qu'ils approchaient d'un groupe, une effroyable tempête d'injures, et se rejetaient alors en arrière, semblables à des bêtes fauves que des chasseurs ont cernées et qu'ils épouvantent par leurs cris.

— C'est Plutus et l'Amour qui se poursuivent, disait l'un.

— Voilà deux divinités bien déchues, répondait un autre.

— Où suis-je? murmura Cruscellus, las de tourner sans cesse dans un espace qui lui semblait sans limites.

— Est-il curieux, ce tondeur! fit Pimbetta.

— Poussons-les à l'encontre l'un de l'autre.

— Non, non! il vaut mieux qu'ils se frappent à l'improviste, ce sera plus gai.

— Quel joyeux combat!

— Quelle bonne saturnale!

— Silence à l'orchestre! s'écria un bandit caché dans les frises.

Tous les autres éclatèrent de rire.

— Enfans! dit Sapala, nos gladiateurs sont en présence; les paris sont ouverts.

— Un as pour Cruscellus.

— Deux as pour son adversaire.

— Un quinaire au premier sang.

— Tenu. On se paiera sur la prochaine prise.

— Oui, oui! c'est entendu.

— Les enfans jouent gros jeu, dit Sapala en se penchant à l'oreille de son lieutenant; ils vont se ruiner, ventre de Silène! pour ces deux coquins.

Les enfans jouaient cinq sous.

— Compagnons... dit Curius en réclamant le silence de la main.

— Ah! ah! notre sénateur médite une harangue. Ecoutons!

— Compagnons, reprit Curius, je ne connais pas l'art de se battre les yeux bandés; mes parens ne me l'ont point appris.

— Cela se devine.

— Voici donc l'arrangement que je propose.

Il tira des dés de sa poche.

— En supposant que ma proposition vous agrée, Cruscellus et moi jouerons à qui des deux tuera l'autre au plus fort numéro.

La fureur du jeu, même en cet instant fatal, tourmentait encore l'incorrigible amant de la courtisane Fulvie.

— On t'appliquera vingt coups de bâton à la première réflexion de ce genre que tu te permettras, interrompit le chef des bandits.

Guidé par la voix de son adversaire, Cruscellus se rapprochait de lui. Mais, bien qu'il marchât avec les précautions les plus grandes, il ne pouvait dissimuler complètement le bruit de ses pas. Penché en avant, retenant son haleine, Curius l'écoutait venir. Le sénateur fond tout à coup sur son adversaire; celui-ci se détourne, et Curius va heurter du front le genou de l'une des statues qui décoraient les murailles du nymphée.

Il recula, étourdi par la violence du choc.

Des cris de joie : — Evohé! Evohé! Io Saturnalia! ébranlèrent la voûte de l'édifice.

— Imbécile! qui prend Cruscellus pour un dieu marin! dit Sapala.

— Et la peau du tondeur pour du marbre de Paros! ajouta un autre interlocuteur.

— Qu'a-t-il fait? demandaient les spectateurs du dernier rang; nous ne voyons rien ici. A genoux, à genoux! dans les stalles des chevaliers.

En ce moment Eudamon rentra. Sempronia n'avait pas voulu quitter sa maison, mais elle recommandait vivement Curius aux bons soins de Sapala.

— Nous ferons nos efforts pour justifier la confiance de cette noble matrone, répondit le chef des pirates à son lieutenant quand il eut appris les volontés de Sempronia.

Cependant les combattans étaient parvenus, malgré leurs bandeaux, à entr'ouvrir quelque peu les paupières. D'étroites zones de lumière, qu'ils apercevaient devant eux, suffisaient pour les guider. Connaissant leur situation au milieu du champ de bataille, ils semblaient moins timides. Comme deux animaux féroces qui vont s'attaquer, ils tournaient autour l'un de l'autre. Un demi-silence régnait dans le nymphée. Le dénoûment du drame qui se jouait devant les pirates approchait.

Cruscellus s'accroupit contre une muraille, vis-à-vis de la torche qui éclairait cette horrible scène, et attendit que l'ombre de son adversaire passât devant lui.

Celui-ci, revenu de son trouble, tourmenté par un immense désir de vivre, irrité par les insultes dont on l'avait abreuvé, parcourait, haletant, l'espace que le tondeur lui abandonnait. Sa poitrine se gonflait de colère; une sueur froide inondait son front. De la pointe de son épée, il sondait, pour ainsi dire, les ténèbres où se cachait la victime qu'il voulait frapper.

— Bon! dit Sapala. La querelle s'échauffe; elle ne tardera pas à se terminer.

— Avance, avance, brave Curius! fit Eudamon en pouffant de rire.

— Inspecteur des jeux, interrompit un des brigands dont le pari s'élevait à la somme de cinq as (25 centimes), imposez silence aux patriciens du podium (1).

— Quel est l'insolent qui ose nous apostropher? interrompit Eudamon.

— Nous avons exposé notre argent et nous ne voulons pas que l'on influence par des conseils l'un ou l'autre des combattans.

— Drôles!

— A la porte les patriciens du podium!

— Je vous ferai châtier!

Cette parole du lieutenant de Sapala ne fit qu'augmenter la colère des spectateurs. Les cris : A la porte les patriciens! retentirent de toutes parts.

— Tais-toi, Eudamon, dit le jeune chef à ce dernier. Tu as tort d'influencer le combat. Les enfans jouent gros jeu.

Curius n'était plus qu'à deux pas du tondeur.

— Alerte! Cruscellus, murmurèrent à l'oreille du barbier quelques jeunes bandits ses voisins.

(1) Podium, soubassement d'un théâtre ou d'un cirque, où se trouvaient les loges des sénateurs et des patriciens les plus distingués.

— Allons ! interrompit un des parieurs, voici que les vestales se mêlent à la conversation.

Le tondeur s'élança brusquement sur Curius et lui fit à la joue une large blessure d'où le sang jaillit à grands flots.

Le visage du sénateur, ses habits et ses mains en furent inondés.

Un tonnerre d'applaudissemens éclata dans le nymphée.

— Maudit Curius ! s'écrièrent plusieurs voix, je perds la moitié de mon en jeu au coup que tu viens de recevoir.

— Maladroit ! il se bat contre un barbier et ne songe pas à garantir son menton !

— Cruscellus y voit, objecta un des brigands.

— Et l'autre, n'y voit-il pas aussi ?

Le blessé était fou de honte, de rage et de douleur. La lutte qu'il soutenait avait réveillé dans son âme une énergie désespérée. Il n'eût pas craint en ce moment de voir face à face un ennemi quel qu'il fût, de lui rendre coup pour coup, blessure pour blessure. Ce qui l'irritait, ce qui excitait en lui une fureur insensée, c'était d'être exposé sans défense aux coups d'un adversaire qu'il n'apercevait pas, et qui s'enfuyait dès qu'il avait frappé.

Il courait éperdu au milieu de la salle en criant :

— Cruscellus !... lâche ! montre-toi ! délions nos bandeaux et combattons à armes égales, avec chacun notre part de lumière et d'espace !

Et il se heurtait aux colonnes, aux murailles, et il sentait à chaque instant pénétrer dans ses chairs brûlantes la pointe des glaives que lui présentaient les pirates, quand il s'approchait d'eux.

Enfin, n'en pouvant plus, il s'arrêta et fit entendre un blasphème horrible, qui traduisait toutes les passions furibondes dont il était agité.

Cruscellus s'était accroupi de nouveau dans l'ombre, semblable à une hyène qui guette sa proie.

Un silence solennel régnait dans le nymphée. L'eau murmurante que versaient les mascarons semblait gémir en tombant dans sa vasque de jaspe-onyx.

Le tondeur aperçut de nouveau l'ombre de Curius s'allonger vers lui. Il bondit une seconde fois, saisit le sénateur au manteau et le poursuivit dans sa fuite en le frappant à coups redoublés. Trois fois l'épée de Cruscellus se leva sur le blessé, et trois fois elle s'abattit dans le vide. Curius se retourna brusquement et poussa devant lui son arme au hasard. Un cri d'angoisse et un cri de victoire résonnèrent en même temps sous les voûtes de l'édifice Curius avait senti, à la résistance qu'éprouvait son glaive, qu'il n'avait pas inutilement frappé. Percé de part en part, le tondeur roula sur la mosaïque du pavé.

Curius s'acharna sur le cadavre presque inanimé de sa victime et le perça de mille coups.

Au même instant les sons du buccin réveillèrent les échos du bois sacré. La porte s'ouvrit et une cohorte de soldats s'avança au pas de charge dans le vestibule du nymphée.

Sapala abattit d'un coup d'épée la torche suspendue à la muraille. Soldats et pirates disparurent dans les ténèbres.

— Curius avait raison, le tondeur nous a trahis, murmura Pimbetta à l'oreille de son chef.

— Pris, pris comme des renards dans leur terrier ! s'écria le bandit. La porte qui conduit du nymphée aux bains de Sempronia est-elle fermée ? ajouta-t-il.

— Si nous pouvions pénétrer dans ces salles ténébreuses, auxquelles on n'arrive que par d'étroits couloirs, dit Eudamon, nous opposerions encore une longue résistance aux troupes du consul.

Un lourd panneau de chêne, encadré dans un massif énorme de maçonnerie, séparait les bains de Sempronia de la salle où gisait le cadavre de Cruscellus. Les pirates essayèrent en vain de le briser. Leur chef les arrêta après quelques efforts infructueux.

— Nous n'avons point de grâce à espérer : ne songeons qu'à nous bien défendre, reprit-il.

En effet, les pirates de la Méditerranée et les brigands des marais Pontins étaient abhorrés de la population de Rome. Les premiers avaient mis, quelques années auparavant, la république même en péril ; on racontait sur les autres cent histoires épouvantables de meurtres et de vols. Sapala et ses gens avaient deux titres pour un à n'être pas épargnés.

Le jeune chef termina rapidement ses préparatifs de défense.

Il disposa la moitié de ses hommes par groupes de cinquante personnes au fond de l'édifice, et jeta le reste dans les vestiaires. Tous devaient attaquer ensemble les soldats romains, en tête et sur les flancs.

Un tribun militaire à cheval parut à la porte du nymphée. Deux centurions portaient des torches derrière lui.

L'officier supérieur examina attentivement l'attitude des pirates. On n'apercevait sous la voûte aux riches ornemens que des masses confuses au milieu desquelles brillaient quelques épées.

Sur le premier plan gisait un cadavre dont la tunique blanche, à la lueur des torches, se détachait avec vigueur du pavé brun sur lequel il reposait.

Alors un homme haletant, éperdu, souillé de sang, dont une large balafre partageait en deux le visage, s'élança vers les Romains.

— A mon secours, soldats ! criait-il.

Les rangs de ces derniers s'ouvrirent pour le recevoir. Il courut au tribun, et tendant vers lui des mains suppliantes.

— Ayez pitié de moi ! dit-il ; j'ai été blessé dans une lutte affreuse, mes yeux se voilent, les forces m'abandonnent, une soif horrible me dévore, je me sens défaillir !

Le malheureux s'affaissa sur lui-même et tomba par terre évanoui.

— Surveillez cet homme et donnez-lui des soins, dit le tribun en s'adressant à ses centurions.

On transporta le blessé dans le bois sacré d'Égérie.

C'était encore Rutuba que Cicéron avait opposé aux pirates. A peine le consul avait-il appris de Tertia et du jeune tribun que cinq cents voleurs des marais Pontins, mandés à Rome par Catilina, occupaient les tavernes du mont Aventin, qu'il avait résolu de les détruire. Par fortune, Sextius, questeur de Marc-Antoine, était revenu de Capoue avec trois cohortes, après avoir pacifié cette ville. Cicéron avait opposé ces troupes à Métellus Népos et à Bestéa, qui suscitaient contre lui une violente cabale. Rassuré par la contenance ferme que prenait Caton vis-à-vis de ces tribuns séditieux, le consul pensait à envoyer Sextius en Etrurie pour hâter la perte de Catilina. Il détacha de la petite armée du questeur sa meilleure cohorte pour donner la chasse aux pirates, et chargea Rutuba de conduire l'expédition.

Le valeureux officier n'avait plus trouvé au mont Aventin les brigands qu'il poursuivait ; mais il avait suivi leurs traces, et venait de les rejoindre dans le nymphée du val d'Egérie.

L'homme auquel Sapala avait affaire était d'autant plus redoutable, qu'il connaissait parfaitement leur champ de bataille et les ressources qu'offrait ce lieu, soit pour se défendre, soit pour attaquer.

Il sauta à bas de son cheval après avoir étudié la position de l'ennemi, et tirant à l'écart un de ses centurions les plus intelligens,

— Tu vas prendre la tête de la colonne, lui dit-il. Tu en disposeras les deux premiers rangs en triangle ; tu avanceras jusqu'à ce que le sommet de ce triangle occupe le centre du nymphée. Dès que tu seras attaqué, change, par un léger mouvement de conversion sur la droite et sur la gauche, ton ordre de bataille en un carré. Réponds-tu de n'être pas entamé durant cette manœuvre ?

— Oui, mon tribun.

— Va donc ! Je me charge du reste.

Le centurion s'éloigna, et Rutuba donna le signal du combat.

On n'entendit d'abord dans le nymphée du bois sacré d'É-
gérie que les pas mesurés de la pesante infanterie qui s'a-
vançait pour accomplir son œuvre de destruction. Mais à
peine eut-elle atteint le centre de l'édifice, qu'une nuée d'hommes se précipitèrent sur elle en jetant de grands cris. Ils se
brisèrent contre cette muraille vivante de boucliers, recu-
lèrent, blessés, repoussés, mais non encore vaincus. Ils tentèrent une seconde, une troisième attaque, laissant à chaque
charge nouvelle une foule des leurs sur le carreau. On s'escrimait en tumulte du côté des pirates ; les commandemens
s'y donnaient à haute voix avec accompagnement de blasphèmes ; l'infanterie romaine se battait au contraire avec
sang-froid, sans mot dire, attentive à ne pas rompre son ordonnance, et à ne porter que des coups bien assurés. Elle
présenta bientôt l'aspect d'un carré formidable, appuyé par
ses angles aux quatre colonnes de marbre qui s'élevaient au
milieu du nymphée.

Alors, à un signal donné, cent hommes de troupes légères
tombent sur les pirates. Le combat dégénère en massacre.
Les gens de Sapala se dispersent. On les poursuit, on les
cloue aux murailles, on les égorge sur les statues des dieux.
Leur sang coule à flots sur la mosaïque du pavé et va rougir l'onde pure qui gazouille dans ses aqueducs de porphyre.
La caverne paisible, destinée aux doux plaisirs du
bain ; l'édicule consacré par les chastes amours de la nymphe Egérie et du sage de Cures, est plein de tumulte, de cris
déchirans, de gémissantes et lugubres agonies.

On se battait encore avec acharnement à l'extrémité de l'é-
difice. C'était là qu'Eudamon, Pimbetta et leur chef s'étaient
réfugiés. Mieux armés que leurs soldats, ils vendaient chèrement leur vie. Un flot d'hommes se précipita vers eux. Ils s'a-
gitèrent un moment encore au milieu de cette vague homicide ; puis elle bondit sur eux et les engloutit.

Ainsi se termina la première journée des Saturnales, pendant laquelle Lentulus avait voulu réaliser ses projets de
massacre et d'incendie.

Le tribun et sa petite armée avaient repris le chemin de
Rome. Rutuba marchait à quelque distance de sa troupe. Son
cheval blanc, magnifique présent du consul Cicéron, qu'il en
avait reçu au retour du pont Milvius, s'avançait lentement le
long du sentier jonché de feuilles sèches. Des souvenirs à la
fois doux et tristes obsédaient l'âme du fier tribun. Il parcourait cette même route que Sempronia lui avait indiquée à la
suite de leur première entrevue au bois sacré d'Egérie. Il recueillait malgré lui, sur les arbres séculaires qui la bordaient, les doux pensers d'amour qu'il leur avait jadis confiés.
Qu'il était jeune encore, il n'y avait trois mois à peine ! Qu'il
comprenait bien le bonheur d'aimer, de vivre à deux unis par
une communauté sainte des mêmes sentimens, des mêmes
peines et des mêmes plaisirs ! Hélas ! ces illusions d'une jeunesse tardive, qu'il avait sauvées des premières séductions
de l'adolescence, qu'il avait rapportées toutes naïves, toutes
parfumées de poésie de ses lointaines campagnes, le sourire
menteur d'une femme les avait à jamais détruites ! Qu'ils sont
heureux, pensait-il, ceux qui trouvent pour l'aimer une jeune
fille au cœur simple, au doux regard, dans l'œil pur de laquelle chacune de leurs pensées vient se réfléchir ! Mais lui,
de quelle horrible femme il s'était épris ! Sempronia devait
être quelque furie jalouse, qui avait revêtu une forme gracieuse pour le séduire et pour le perdre. Il évoquait un à un
tous les affreux souvenirs qu'elle avait laissés dans sa mémoire, quand il entendit les broussailles s'agiter autour de
lui. Il se retourna, arrêta son cheval : une femme vint s'appuyer, les mains jointes, sur le garrot de sa monture, le
suppliant des lèvres, l'enveloppant tout entier de son regard.

— C'est moi, lui dit-elle.

— Oh ! je vous reconnais, Sempronia, répondit le tribun.
Votre image est de celles que ni le temps, ni les distractions
du monde ne peuvent effacer, car elle réveille le plus poi-
gnant, le plus affreux des remords.

— Vous partez demain pour l'Etrurie avec les troupes de
Sextius ? reprit la matrone.

— Oui.

— Vous voilà comblé d'honneurs et de biens...

Rutuba se dispensa de répondre.

— Et moi je suis tombée dans un abîme de misère et d'i-
gnominie.

La voix de Sempronia se perdit dans un sanglot.

— Je suis pauvre, ajouta-t-elle ; Brutus Pénus m'a chassée
de sa maison... Et pourtant, ces maux, je les supporterais
sans me plaindre... Oh ! si tu m'aimais encore, Rutuba. Je
bénirais les dieux qui m'en accablent, car je serais libre
maintenant de me donner à toi.

Le tribun détourna son cheval et s'éloigna.

Le lendemain, vers la troisième heure du jour (neuf heures
du matin), la matrone accourait champ de Mars, où Sextius
rassemblait ses troupes. Mais, sous la porte Triomphale,
une rencontre odieuse l'arrêta. Portée dans une litière magnifique par huit esclaves cappadociens, Fulvie s'avançait vers
elle. La courtisane abaissa une des glaces en écaille qui la
préservaient des intempéries de l'air, et jeta en passant à sa
rivale cette parole insultante :

— Sempronia, je t'ai vaincue ! je suis vengée !

XVI.

LA BATAILLE DE PISTOIE.

Sur les limites du grand-duché de Toscane et de la léga-
tion de Bologne, à deux milles environ au nord de Pistoie,
est une plaine étroite, légèrement inclinée en amphithéâtre
du nord-est au sud-ouest, que les habitans du pays appellent
Tizzoro. De hautes montagnes la surplombent et s'élèvent
par des pentes abruptes des champs fortunés de l'antique
Etrurie jusqu'aux cimes des Apennins. De ce plateau, qui domine à la fois les bassins de deux grands fleuves, l'Arno et
le Pô, coulent trois rivières secondaires, le Reno, qui fuit
au nord, l'Ombrone et le Bisentino, lesquels prennent la direction du midi. Aucune région des Apennins n'offre à l'œil
curieux du voyageur des sites plus pittoresques que la source
du Reno. Les rochers volcaniques d'où le torrent jaillit s'ouvrent pour lui donner passage ; il suit le revers du Tizzoro
et serpente à travers un sombre ravin, creusé par quelque
terrible convulsion de la nature au centre de l'immense muraille de rochers et de forêts étnennes, qui séparait jadis les
belliqueux Cisalpins des peuples de la basse Italie. Dans
cette région paisible des Apennins se préparait, au commencement de l'année 692, une épouvantable scène de carnage
et de désolation.

Deux mois s'étaient écoulés depuis que Sergius, après
avoir révolté sur son passage la plupart des villes de l'Etrurie, était arrivé au camp de Mallius avec vingt mille hommes,
orné des insignes du consulat. Le consul Marc-Antoine n'a-
vait pas tardé à se mettre à la poursuite du conspirateur.
Cantonné dans les Apennins, Catilina avait bravement tenu
tête d'un côté à Métellus Céler, qui gardait son gouvernement de Cisalpine, de l'autre à Marc-Antoine, dont l'armée,
de beaucoup supérieure à la sienne, couvrait Rome et l'Italie,
car les troupes régulières des conjurés formaient à peine
deux légions, dont huit cohortes seulement étaient complétement armées.

Dans cette position, Sergius évitait une bataille et fatiguait l'ennemi en menaçant, tantôt l'armée d'Antoine et tantôt celle de Métellus. La saison devenait rigoureuse ; la neige
encombrait les Apennins, la disette des vivres et des four-
rages commençait à se faire sentir dans le camp du conspirateur. Mais il supportait courageusement et les rigueurs du
climat et les privations de tout genre auxquelles il se trouvait en butte. Il espérait du côté de Rome une puissante diversion.

Fidèle à ses principes, il refusa toute alliance avec les esclaves qui, dès les premiers jours de sa révolte, étaient venus le joindre en grand nombre. Il comptait sur les force-

de son parti, et il lui semblait indigne de partager avec des esclaves fugitifs la défense de ses concitoyens opprimés.

Tout à coup une nouvelle désespérante parvint au camp de Sergius On y apprit en même temps et l'arrestation et le supplice des conjurés de Rome. A peine le bruit de cette exécution se fut-il répandu parmi cette foule indisciplinée de voleurs et de paysans, que Catilina avait transformés en légionnaires, que la désertion décima leurs rangs. Tous ceux qui n'avaient suivi le conspirateur qu'entraînés par l'espérance du butin ou par l'amour de la nouveauté l'abandonnèrent. Il ne resta plus dans son camp que les criminels ou les débiteurs insolvables, auxquels leurs tristes antécédens ne permettaient plus de rentrer dans la société.

Cerné de toutes parts, désormais sans espérance du côté de Rome, mais fidèle aux malheureux qui s'étaient donnés à lui, Catilina résolut de descendre avec eux en Cisalpine et de gagner les Alpes en longeant, par des routes périlleuses, le versant septentrional des Apennins.

C'était aussi dans les contrées belliqueuses des Allobroges qu'il voulait aller recruter des soldats.

Il lève donc son camp à l'improviste durant une nuit profonde, gagne, à travers les montagnes escarpées, la source du Reno, et commence à en descendre le cours. Il s'applaudissait déjà d'avoir trompé la vigilance de Métellus Céler, lorsqu'à l'extrémité du ravin qu'il parcourait, il aperçoit l'armée du préteur rangée en bataille près du village aujourd'hui nommé Sambuca. Céler, instruit par des transfuges de la marche des conjurés, les avait suivis pas à pas.

Cette fâcheuse circonstance décida du sort de Sergius. Il ne songea point à forcer Métellus dans la position formidable qu'il avait prise. Il rebroussa chemin et remonta le Reno jusqu'à l'embouchure du petit ruisseau maintenant appelé Bardelone. Ses coureurs l'avertirent alors que l'armée de Marc-Antoine venait lui offrir le combat.

Bien que les forces dont Marc-Antoine disposait l'emportassent de beaucoup, par le nombre, sur celles de Métellus Céler, car il avait réuni trente mille hommes à peu près sous ses drapeaux, Sergius avait plus d'une raison de le choisir pour adversaire. Une seule bataille heureuse, livrée aux troupes d'Antoine, pouvait ouvrir aux conjurés la route de l'Étrurie, et par conséquent celle de Rome; Catilina, d'ailleurs, n'attendait pas de résistance bien sérieuse de la part d'un homme qui avait trempé dans la plupart de ses complots. Mais ce n'était pas précisément avec Antoine que le chef de la conjuration devait se mesurer.

L'ancien complice de Sergius n'était plus revêtu depuis cinq jours que du titre de proconsul. L'année de sa magistrature venait d'expirer. Silanus et Muréna avaient pris possession du pouvoir au commencement de janvier. Moins libre qu'autrefois de suivre ses mauvais penchans, Marc-Antoine écoutait avec déférence les conseils de Pétréius Atinas, son lieutenant. Il n'osait résister aux sollicitations de Sextius, récemment arrivé de Rome en Étrurie avec trois cohortes de vétérans dévoués à la cause du sénat. Le supplice de Lentulus avait produit en outre, sur l'esprit du proconsul, une impression salutaire. Craignant de se compromettre, soit vis-à-vis des conjurés, soit vis-à-vis du conseil des Sept, il avait en quelque sorte abdiqué son pouvoir entre les mains de Pétréius.

Or, c'était un terrible homme de guerre que le lieutenant de Marc-Antoine. La loi qui permettait de décimer tout corps de troupes rebelle aux lois de la discipline datait de son tribunat. A peine se trouva-t-il investi du commandement réel de l'armée proconsulaire, qu'il se mit en communication avec Métellus. Ces deux généraux combinèrent si habilement leurs manœuvres et leurs ruses, que, malgré les marches et les contre-marches de Sergius, ils le tinrent étroitement bloqué dans les gorges des Apennins.

Ils avaient reçu en même temps avis du départ des conjurés pendant la nuit du 4 au 5 janvier. Tandis que Métellus Céler marchait sur le flanc droit de Sergius du côté de la Cisalpine, Pétréius s'avançait parallèlement sur le flanc gauche du conspirateur, couvrant toujours les plaines de l'Étrurie. On se rencontra aux sources du Reno.

Une bataille devenait inévitable. Marc-Antoine éprouva subitement un accès de goutte et se renferma dans sa tente, laissant à Pétréius les dangers et la gloire de cette funeste journée.

Dès que Sergius eut résolu de combattre l'armée proconsulaire, il prit ses mesures de manière à soutenir dignement sa haute réputation de savoir et d'intrépidité.

Il rassembla ses troupes, et montant sur un tertre, il leur dit :

« Soldats,

» Je sais que les paroles n'ajoutent rien à la valeur, que la harangue d'un général ne donne pas aux lâches de la bravoure, à ceux qui tremblent de l'intrépidité. Chacun ne montre à la guerre que la part d'audace qu'il reçut de la nature ou de son éducation. Vainement exhorterait-on le soldat que l'amour de la gloire et la vue du péril ne peuvent animer. Il reste sourd, parce que le cœur lui manque. Aussi vous ai-je appelés auprès de moi dans l'unique but de vous donner quelques avis et de vous communiquer les motifs de ma résolution.

» Vous connaissez, compagnons, la conduite indolente et pusillanime de Lentulus, et combien elle a attiré de malheurs sur lui et sur nous. Dans l'attente des secours qu'il devait m'envoyer, j'ai perdu les moyens de passer dans la Gaule. Telle est maintenant notre situation, bien connue du reste de vous tous. Deux armées nous pressent, l'une du côté de Rome, l'autre du côté de la Cisalpine ; en vain chercherions-nous à nous maintenir ici, la disette va nous en chasser. Il faut nous ouvrir un passage : le fer seul peut nous le frayer.

» Soldats, ranimez votre courage, fortifiez-vous dans vos résolutions. Souvenez-vous, quand vous tirerez vos glaives, que richesses, dignités, gloire, liberté, patrie, vous avez tous les biens de ce monde entre les mains. Si nous l'emportons, plus de dangers ; des vivres en abondance, des municipes et des colonies qui s'empressent de nous ouvrir leurs portes ; mais si la peur nous fait reculer, pas une ville, pas un ami ne voudra défendre ceux que leurs armes n'auront pu protéger.

» D'ailleurs, soldats, les puissans motifs d'intérêt qui nous animent existent-ils chez nos ennemis? C'est pour nous conserver une patrie, la liberté, la vie que nous combattons ; eux s'exposent en vain pour raffermir le pouvoir d'un petit nombre de tyrans. Attaquez-les donc avec confiance, encore excités par le souvenir de vos triomphes d'autrefois.

» Amis, lorsque je vous contemple et que je pense à vos exploits, il me semble que la victoire nous est assurée. Vos dispositions, votre âge, votre valeur, augmentent ma confiance. Les périls de notre position donneraient du courage même à des lâches, et les étroites limites de ce champ de bataille ne permettent pas à la multitude de nos ennemis de nous envelopper. Si toutefois la fortune trahit votre audace, ne mourez pas sans vengeance. Ne vous laissez pas égorger comme de vils animaux, le cou chargé de chaînes ; mourez plutôt comme des braves, les armes à la main. Que nos ennemis paient leur victoire avec des larmes et du sang! »

Ainsi parla Sergius, et après une courte halte, il fit sonner la marche et conduisit sa troupe jusqu'à l'entrée de la plaine où Pétréius l'attendait. Là, il mit pied à terre et renvoya son cheval ainsi que ceux des autres chefs, afin que le péril fût égal pour le général comme pour les moindres soldats de son armée. Il la rangea ensuite en bataille suivant la disposition des lieux. Huit cohortes, renforcées des vétérans, officiers et volontaires qu'il put tirer des autres corps, occupèrent l'issue du défilé où il désirait attirer l'ennemi. Derrière cette ligne, presque entièrement composée d'hommes intrépides et bien armés, Sergius en forma une seconde plus serrée, plus profonde que la première, et destinée à lui servir d'appui. Mallius commandait la droite. Un roc escarpé couvrait son flanc. La gauche, protégée par une montagne, obéissait aux ordres de Furius, qui s'était échappé de Rome avant le supplice des conjurés. Catilina, entouré de ses affranchis et de ses cliens, se plaça lui-même au centre de son armée, près de l'aigle d'argent sous laquelle Marius avait exterminé les Cimbres dans les plaines de Verceil.

Quant à Pétréius, il adopta à peu près le même ordre de bataille que son adversaire. Ce vieux capitaine, qui avait rempli depuis trente ans avec honneur les fonctions de tribun, de préfet, de lieutenant et de commandant en chef, pratiquait peu le grand art de l'éloquence. On le vit un instant parcourir à cheval les rangs de ses soldats, les appelant par leur nom, car il les connaissait tous ; rappelant aux uns leurs belles actions, aux autres les campagnes qu'ils avaient faites avec lui ; les priant de se souvenir qu'ils allaient combattre, contre des brigands désarmés, pour leur patrie, leurs enfans et les dieux de leurs foyers ; après quoi il vint se mettre au centre de son armée, vis-à-vis de Catilina.

Cette journée du 5 janvier 692 était triste comme la scène de meurtre qu'elle devait éclairer. Le soleil n'avait pas percé les nuages gris qui couvraient l'horizon, et sous lesquels les cimes neigeuses des Apennins avaient disparu. L'œil n'apercevait partout que pics chenus, qu'arbres dépouillés, que forêts de sapins à la sombre verdure, que parcouraient lentement de blanches vapeurs. Ces masses d'hommes groupées sur la pente des montagnes, alignées d'un bout à l'autre de l'étroite plaine du Tizzoro ; ces bastions vivans prêts à se briser les uns contre les autres, *hastati* au casque orné de plumes noires, *princes* bardés de fer, *triaires* accoutumés depuis longtemps au tumulte des combats, c'étaient des enfans contre leur patrie, des parens, des amis accourus là pour s'entre-tuer. Tous avaient la même origine, les mêmes armes, la même valeur, le même cri de guerre ; ils ne différaient que par le chiffre de leurs boucliers, et c'était la grande raison pour laquelle ils allaient s'égorger.

Ils voulaient savoir qui dominerait à Rome, de Sergius ou des hauts patriciens, ses adversaires, qui languissaient probablement encore dans les bras du sommeil sous les fourrures soyeuses de leurs lits.

Chose extraordinaire, aussitôt que les sons belliqueux du buccin eurent donné le signal de l'action, on ne vit pas s'élancer, des intervalles qui séparaient les légions, cette multitude de vélites, armés à la légère, qui engageaient ordinairement les combats ; l'air ne fut pas obscurci par une grêle de traits et de javelots. Il tardait aux deux armées de se joindre. De part et d'autre on tira l'épée et on se chargea avec furie. Le choc fut terrible. Vétérans, conjurés, tous attaquent et résistent avec une vigueur égale. Ils se mêlent sans se confondre ; ils se pressent, ils se poussent et se repoussent sans perdre une palme de terrain. Le bouclier frappe le bouclier, le glaive répond au glaive. Le sol est jonché de morts et de blessés.

Apercevez-vous au plus fort du carnage ce guerrier couvert d'armes splendides, et dont un long panache couleur de feu ombrage le casque d'or : c'est Sergius. Suivi d'un gros de troupes légères, il porte partout des secours. Ici il remplace les blessés par des soldats frais ; là il se jette à corps perdu au milieu des ennemis, les éloigne et rétablit sa ligne de bataille ; partout il remplit ses devoirs de général et de soldat. S'il reste en possession de ce petit coin de l'Étrurie qu'il défend pied à pied, demain il sera maître de Rome, il sera dictateur.

Mais Pétréius, à la tête de sa cohorte prétorienne, forte de quinze cents vétérans déterminés, observait la face du combat. Les meilleurs soldats de ses légions avaient succombé et la victoire restait indécise. Alors il ordonne à ses prétoriens de serrer leurs rangs, se précipite avec eux au centre de l'armée de Sergius, et la coupe en deux sous l'effort de la masse d'hommes qu'il entraîne. Cette manœuvre inattendue jeta le désordre parmi les conjurés. Ils ne reculaient pas, mais ils périssaient par milliers. La cohorte de Pétréius se déploya, prit en flanc la gauche et la droite de l'ennemi, et transforma une lutte jusqu'alors égale en une boucherie horrible. En vain Furius et Mallius accourent au bruit de leurs soldats égorgés ; ils tombent percés de coups. Catilina voit sa défaite, rassemble ses amis les plus intimes, leur adresse quel-

ques mots d'adieu, et va chercher la mort au centre des bataillons de Pétréius.

Le désespoir sublime de tous ces jeunes débauchés qu'on avait vus à Rome deux mois auparavant si élégamment vêtus de tuniques peintes et de robes traînantes, si fiers de leurs chiens, de leurs chevaux et de leurs maîtresses, effraya un instant leurs vainqueurs. La tête cachée sous le bouclier, l'épée haute, ils pénétrèrent jusqu'au centre de l'armée romaine, semant l'épouvante et la mort sur leurs pas. Sergius leur frayait la route. Il fatiguait à frapper son bras infatigable. Il assouvissait la rage, la soif de vengeance qui le dévorait, comme un épicurien qui met à profit ses derniers instans pour épuiser la coupe du plaisir. Le tribun d'un corps de vétérans l'aperçut, quitta son poste et courut le défier. Catilina reconnut sans doute ce courageux adversaire, car il fit la moitié du chemin pour le joindre, et abattit d'un coup d'épée le cimier qui surmontait le casque de l'officier. Ce dernier prit Sergius à la taille, l'embrassa de ses bras nerveux, lui appuya la poitrine contre la sienne et lui plongea dans le cou un fer aigu qu'il laissa dans la plaie.

— Catilina, dit le tribun, Rutuba te rend le style dont tu fis présent à sa sœur Daphné.

Sergius tomba. Ses compagnons l'environnèrent et défendirent son cadavre jusqu'à ce que le dernier d'entre eux fût couché sans vie près du sien et près de son général.

Çà et là, quelques légionnaires poursuivirent encore sur le champ de bataille leurs victimes, qui cherchaient à s'échapper ; puis la trompette du camp d'Antoine sonna la retraite, et tout fut dit.

L'oligarchie était sauvée.

Salluste ajoute :

Ce fut après la bataille qu'on put voir tout ce que l'armée de Catilina avait montré d'audace et de courage. Chaque soldat couvrait de son corps le lieu où il avait combattu. Ceux qu'avait enfoncés la cohorte prétorienne étaient tombés à quelque distance, mais tous blessés par devant. Catilina fut retrouvé bien loin des siens, sous un monceau de cadavres. Il respirait encore, et son visage conservait cet air de fierté qui l'avait toujours animé. Enfin, de toute son armée, pas un homme libre ne fut pris, ni durant le combat ni pendant la fuite, tant chacun avait peu ménagé et sa propre vie et celle de ses adversaires. Aussi l'armée romaine remporta-t-elle une bien sanglante et bien triste victoire. Ses soldats les plus braves périrent ou reçurent des blessures dangereuses. La plupart de ceux qui vinrent du camp d'Antoine, soit pour visiter le champ de bataille, soit pour dépouiller les morts, trouvaient, en les retournant, celui-ci un ami, celui-là un hôte ou un parent. D'autres aussi reconnaissaient leur ennemi. La joie et le deuil divisaient le camp des vainqueurs.

XVII.

CONCLUSION.

La tête de Catilina fut envoyée à Rome et publiquement exposée sur la tribune aux harangues. Les rostres étaient devenus, depuis Marius, les gémonies des patriciens.

Ebranlée par la commotion qu'elle venait de recevoir, la société romaine oscilla jusqu'à ce que César, escaladant en quelques pas tous les degrés du pouvoir, vint hardiment se placer au sommet.

Le supplice de Lentulus et de ses complices servit de thème aux déclamations de tous les partis. Métellus Népos et Bestéa, tribuns du peuple, n'avaient pas attendu la mort de Catilina pour attaquer Cicéron. Immédiatement après les Saturnales, Sextius et ses cohortes ayant quitté Rome, ils avaient hautement blâmé le consul d'avoir soustrait des citoyens au jugement des centuries. César les excitait secrètement. Ils parlaient de citer Cicéron en justice au sortir de sa magistrature. Népos préluda à cette mise en accusation en faisant à l'orateur un des outrages les plus graves qu'un magistrat pût recevoir.

Les consuls avaient coutume, en quittant leur charge, de déposer solennellement entre les mains du peuple les pouvoirs qu'ils en avaient reçus. Ils lui adressaient à cette occasion une courte harangue et juraient ensuite qu'ils n'avaient cherché durant leur administration que le salut et la gloire de la patrie. Cette cérémonie avait lieu le dernier jour de décembre. Métellus Népos fit avertir Cicéron qu'il l'empêcherait de prendre la parole à cette occasion. Il n'était pas juste, disait-il, qu'après avoir enlevé à des citoyens leur droit d'appel au peuple, il vînt lui-même présenter sa justification dans l'assemblée des Romains.

Malgré les influences de toute sorte que Cicéron employa pour le fléchir, le tribun tint parole. Au jour dit, il fit placer sa chaise curule sur la tribune aux harangues, et quand l'orateur voulut exalter ses fameuses nones de décembre, Népos l'arrêta du geste.

— Prête le serment accoutumé, si tu l'oses, lui dit-il.

— Je jure, s'écria Cicéron, que j'ai sauvé pendant mon consulat Rome et la patrie!

— Il a dit vrai! répondit le peuple. Et il conduisit le consul en triomphe jusque dans sa maison.

A cette première querelle succéda une lutte acharnée de tribune, dans laquelle Cicéron et Népos se livrèrent l'un contre l'autre aux plus violentes diatribes. Népos, sénateur de la plus haute noblesse, mais dont la mère jouissait d'une assez mauvaise réputation, ayant un jour demandé au chevalier d'Arpinum quel était son père,

— Et toi? répondit spirituellement l'orateur, pourrais-tu bien me dire quel a été le tien?

Enfin, le sénat ayant pris Cicéron sous sa protection, les deux nouveaux consuls, Silanus et Muréna, s'étant déclarés pour lui, et la nouvelle des événements de Pistoie étant arrivée sur ces entrefaites, Métellus n'osa donner suite à ses provocations.

La paix semblait renaître dans la ville. Marc-Antoine avait ramené au champ de Mars ses légions victorieuses. Les faisceaux de ses licteurs étaient couronnés de lauriers, ostentation ridicule qui indisposa également contre lui, et le conseil des Sept, qu'il avait mollement servi, et les conjurés, dont il avait anéanti la faction. Rutuba, après vingt-deux jours d'absence, retrouva sa sœur dans leur petit logement des Esquilies. Mais combien cette pauvre fille, qu'il avait laissée dans la joie au moment de son départ, toute radieuse d'espérance et de bonheur, combien elle lui parut triste au retour, pensive et découragée! L'être bien-aimé qui l'avait à vivre, qui la consolait, qui lui parlait de Prosper, Tertia en un mot, était absente. Un jour elle avait annoncé à la fille de Gurgès la mort de Sergius, la défaite des conjurés et son prochain départ. Et depuis ce temps elle avait cessé de paraître aux Esquilies.

Daphné et Rutuba s'étaient assis l'un auprès de l'autre devant un brasier. Le nouveau tribun racontait à sa sœur les événemens de Pistoie, la belle défense des insurgés et l'héroïque mort de leur chef. Il ne s'attribuait pas l'honneur d'avoir frappé Sergius, car il le devinait par instinct, ce brave Rutuba, qu'une femme n'oublie jamais absolument même celui qui l'a trompée. Ils compatissaient ensemble aux infortunes de Catilina; ils déploraient le triste usage que cet homme avait fait de sa naissance, de ses talens, de sa fortune, de tous les biens que les dieux lui avaient départis. Puis, la conversation tomba sur Prosper. Une jeune fille n'a-t-elle pas toujours aux lèvres le nom de celui dont l'image ne cesse jamais d'être présente à son cœur!

Rutuba avait hasardé une opinion que sa sœur ne voulait pas admettre. Il prétendait que Tertia était allée visiter l'orfèvre dans son exil, et qu'elle ne tarderait pas à le ramener. La jeune fille combattait de toutes ses forces cette idée du tribun; la discussion s'échauffait lorsqu'on entendit résonner des pas dans le corridor voisin. La porte s'ouvrit: Prosper était à genoux devant Daphné. Il serrait dans ses mains

les mains de sa fiancée, et la regardait avec une indicible expression de bonheur et d'amour.

Ce fut un heureux jour pour la famille de Gurgès, un jour qui devait fermer bien des plaies saignantes, consoler bien des chagrins, effacer bien des remords. On ne parla cependant que des ennuis de la campagne, de la joie qu'on éprouve en retrouvant son travail, ses plaisirs, ses amis de la cité. Chacun des deux amans glissa dans la conversation quelques mots à l'adresse de l'autre. Puis, l'on se sépara. On avait tant de choses à se dire, tant de choses que l'on dit à deux, lorsqu'on est libre d'exprimer tout ce que le cœur suggère et qu'on a de longues heures devant soi!

Tertia en se retirant invita Daphné à se rendre le lendemain dans sa maison du Célius.

Elle la reçut dans un petit salon d'hiver, où personne ne pouvait ni troubler leur entretien ni en surprendre le secret; et quand la jeune fille se fut assise auprès d'elle,

— N'est-il pas vrai, lui dit la matrone, que je vous ai fait hier soir une agréable surprise? Vous avez été bien heureuse!

— Oui, bonne Tertia, bien heureuse, autant du moins que je puisse l'être après tous les malheurs qui nous ont frappés.

— Vous avez éprouvé de grands malheurs sans doute, pendant les troubles de ces derniers temps. Rutuba a traversé des momens dangereux; vous avez perdu un père excellent; mais vous avez eu et vous avez encore, ce me semble, des motifs très réels de consolation.

— Hélas! répondit la jeune fille, soyez sûre, noble matrone, qu'il est des souvenirs que rien ne peut effacer.

— Mais les vôtres ne sont pas de ce nombre. Rutuba a gagné son angusti-clave de tribun pendant la conjuration; le voilà chef de légion, dans une position que pourraient lui envier les enfans de nos patriciens les plus fiers. Quant au vieux Gurgès, il est mort d'un accès d'ivresse, m'a-t-on dit?

Daphné resta muette.

— Le pauvre homme avait là un triste défaut, qui devait tôt ou tard le conduire à une fin misérable.

— Oh! ne calomniez pas mon père, noble matrone! interrompit la jeune fille; je l'ai vu expirer devant moi, non pas d'ivresse, mais de douleur. Bonne Tertia, c'est Rutuba, c'est moi, c'est nous deux qui l'avons tué!

Et Daphné fondit en larmes.

— Je ne veux pas m'initier aux secrets intimes de votre famille, répondit Tertia.

— Laissez, laissez-moi, je vous en supplie, poursuivit Daphné n'écoutant que ses remords, vous exposer le drame lugubre qui s'est terminé par la mort de mon pauvre père. Que je trouve, au moins une fois, un être compatissant qui veuille recevoir la confidence de mes peines et m'aider à en supporter le fardeau. Bonne Tertia, mon père avait pour moi l'affection la plus tendre; j'étais l'espoir, la consolation de ses vieux jours. Il était fier de moi; il a su que sa fille...

Les sanglots de Daphné lui coupaient la voix.

— Et le pauvre vieillard est mort de douleur, ajouta-t-elle en cachant sa figure dans le sein de Tertia.

Quand Daphné releva son beau visage tout inondé de pleurs, la matrone l'embrassa tendrement et reprit:

— Il est inutile de m'en raconter davantage, chère enfant, je sais tout. Croyez-vous donc que j'aie ignoré une seule de vos fautes, un seul de vos périls, une seule de vos angoisses pendant les jours néfastes que nous venons de traverser? Non, non. J'ai surveillé toutes vos démarches; j'ai compati à toutes vos peines et j'ai pris en pitié vos erreurs. S'il est des hommes inexorables dans leurs vengeances, il est aussi des femmes courageusement fidèles dans leur amitié.

— Vous êtes une divinité propice qui vous plaisez à semer les bienfaits autour de vous. Puissiez-vous recueillir la reconnaissance et l'affection de tous ceux qui vous doivent leur bonheur!

— Je l'espère, dit la matrone; jusqu'à ce jour du moins je n'ai pas eu à maudire leur ingratitude. — J'avais donc avancé, poursuivit-elle, quand vous m'avez interrompue, que vos malheurs étaient jusqu'à un certain point réparables. Et ne pensez pas, jeune fille, que je veuille ici, abusant des termes d'une philosophie banale, invoquer le temps qui efface à la longue tous nos regrets. J'ai de meilleurs remèdes à vous offrir. Vous avez perdu votre père, un vieillard plein d'affection pour vous; eh bien, je vous trouverai une mère qui vous fasse oublier la tendresse et les soins de vos parens; qui vous donne ces sages conseils, par lesquels une femme est seule capable de former l'esprit et le cœur d'une jeune fille de quatorze ans.

— Eh ! qui voudra jamais servir de mère à une pauvre orpheline que tout le monde a maintenant le droit de mépriser?

— Qui le voudra? moi! répliqua la matrone, et malheur à qui ne vous respectera point, tant que je vivrai pour vous défendre et au besoin pour vous justifier! Vous verrez que je suis une mère bien tendre, bien dévouée, dont la fortune, le repos, la vie, sont toujours au service de ses enfans. Daphné, voulez-vous être ma fille?

— Bonne Tertia, comment pourrais-je refuser un nom si doux?

— Mais j'ai un autre enfant qui m'est aussi bien cher. Il y a si longtemps que je l'ai adopté celui-là; il m'a coûté tant d'inquiétudes, de tourmens, de larmes ; je me suis tellement habituée à craindre, à espérer, à souffrir pour lui, que le savoir heureux, content, m'est nécessaire pour vivre comme l'air que je respire, comme le pain dont je me nourris en l'arrosant bien souvent de mes larmes... Mon autre enfant, mon fils, vous l'avez vu hier soir.

— C'est Prosper.

— Et comme je ne veux pas que mes enfans vivent séparés, j'ai résolu que dans huit jours un pontife bénirait leur union.

Une pâleur mortelle se répandit sur le visage de Daphné.

— Qu'avez-vous? lui dit Tertia avec un accent de bonté et de compassion surhumaines.

— Le mariage dont vous parlez est impossible! murmura la jeune fille.

— Et pourquoi cela, chère enfant? Je suis persuadée, au contraire, qu'il aura lieu ; j'en suis sûre. Voyez combien nous différons.

Daphné baissait les yeux et ne répondait pas.

Tertia lui prit les mains, se rapprocha d'elle, et, modulant pour ainsi dire sur les notes les plus persuasives de sa voix, — Voulez-vous me faire connaître toute votre pensée, ajouta-t-elle, écouter les conseils de mon expérience, me remettre en un mot le soin de votre destinée? Parlez-moi sans détour; pourquoi refusez-vous d'épouser Prosper? Ne l'aimez-vous point?

Daphné devint aussi rouge qu'elle était pâle, sourit, et son regard errant rencontra celui de sa mère adoptive, elle se jeta dans ses bras.

La matrone comprit parfaitement la signification de cette pantomime.

— Et votre mariage avec lui vous semble impossible?

— Oui.

— Pourquoi donc, enfin?

A cette question, le visage de Daphné, cette jolie figure de Romaine brune et ronde, aux yeux de jais, aux traits mobiles, changea tout à coup d'expression; son regard s'alluma, ses lèvres tremblèrent, un spasme nerveux raidit ses bras.

— Je l'ai trahi!... murmura-t-elle. Je l'ai trahi, j'ai menti à son amour, poursuivit la jeune fille avec exaltation. L'épouser sans l'instruire serait une lâcheté, et jamais ces mots: Prosper! Prosper...

Daphné s'arrêta. A voir l'agitation de son maintien, l'égarement de ses yeux, on eût dit qu'une voix mystérieuse articulait à son oreille les paroles qu'elle hésitait à prononcer.

— Non, jamais ils ne sortiront de ma bouche ! s'écria-t-elle, car je mourrais de honte à vous parler.

Ce n'était plus de la tendresse qu'éprouvait Tertia, c'était de l'admiration.

— Calmez-vous, Daphné, reprit-elle. Vous êtes une noble

et chaste fille; Prosper vous a bien jugée. Maintenant, écoutez votre mère et suivez ses avis. L'homme qui pouvait vous être un obstacle... est mort.

— Je l'avais vu avant son départ de Rome, noble Tertia ; il m'avait témoigné des regrets, il s'était attendri sur mon malheur, et... je lui avais pardonné.

— Ainsi donc, de ce côté, tout est fini. Prosper ignore votre faute...

— Il la connaît au contraire.

— Quelle preuve en avez-vous ?

— C'était dans les premiers temps que cet étranger fréquentait notre maison. Prosper vint un jour aux Esquilies; il appela mon frère, et quand celui-ci fut allé le rejoindre savez-vous quelle affreuse injure il lui adressa ?

— Que lui dit-il?

— Rutuba, tu n'as pas voulu que ta sœur fût l'épouse d'un pauvre orfèvre; elle est devenue la maîtresse d'un patricien. Voilà ce qu'il lui dit.

— Et de là vous concluez que Prosper ne doit ignorer aucun de vos secrets?

— Ces paroles ne sont que trop claires, hélas !

— Enfant, reprit Tertia en souriant, enfant ! que tu es jeune, que tu connais peu la vie ! Ecoute l'histoire de Prosper durant votre séparation. Quand ce jeune homme osa dire à ton frère les mots insultans dont tu parles, c'est qu'il le regardait comme une exagération monstrueuse de sa colère, de sa douleur. Il ne les répéta plus quand d'affreux soupçons vinrent assiéger son âme; il n'affirma plus son malheur quand il entrevit la possibilité d'en acquérir la certitude. Un soir il te rencontra sous les arcades du grand cirque. Ta conversation avec une magicienne lui révéla un secret désespérant : il n'y crut pas encore; il rejeta l'évidence; il t'interrogea. Tes réponses évasives auraient dû confirmer ses soupçons; il opposa tes réponses à ces soupçons mêmes, aux passions jalouses qui le torturaient. Tu ne sais donc pas, jeune fille, qu'on ne raisonne point quand on aime; tu ne sais donc pas que la vérité ne luit jamais aux yeux de celui qui ne peut vivre sans une heureuse illusion? Prosper t'a revue maintenant, et plus que jamais il doute; plus que jamais il veut douter. Va! le doute volontaire est bien près de l'incrédulité.

— Mais épouser Prosper sans dissiper ses doutes, ce serait une lâcheté.

— Oh! par Junon Juga, ce serait de l'épouser en l'instruisant qui serait cruel. Enfans, soyez unis, soyez heureux. Et toi, jeune fille, oublie le passé; renferme dans ton cœur le secret que tu m'as livré; oublie-le, si tu tiens à la paix de ton ménage et à conserver longtemps l'amour de ton mari.

— Et... si Prosper m'interroge?

— Il ne t'interrogera pas, j'en réponds. Mais s'il t'interrogeait, ajouta gaîment Tertia, dont le frais visage traduisait à chaque instant les émotions les plus diverses, tu es femme... je suis sûre que tu sauras mentir... en disant toujours la vérité.

— Comment donc expierai-je le passé? Toute faute mérite une expiation.

La matrone prit son air le plus grave et répliqua :

— Daphné, vous expierez votre faute en aimant votre mari, en le rendant heureux, en observant tous vos devoirs d'épouse et de mère, en élevant vos enfans dans la vertu et dans la crainte des dieux immortels. C'est là une expiation vraiment sainte et le plus méritoire des repentirs.

Quoique absent de Rome, Prosper avait été exempté du service militaire par le consul Lucius Licinius Muréna, sous prétexte que sa qualité de citoyen romain n'était pas suffisamment justifiée.

Mais cette considération n'empêcha point l'autre consul Décimus Silanus de proposer au peuple une loi d'adoption, par laquelle le jeune orfèvre passait dans la famille de son maître Callisthènes. Le projet en avait été précédemment affiché pendant trois *nundines* ou marchés, suivant la coutume, et il avait passé inaperçu au milieu des troubles qui agitaient alors la république.

Cette adoption eut lieu le 28 janvier de l'année 692. Le 29 au soir, l'instrument dotal du mariage de Prosper, fils de Callisthènes, avec Daphné, fut rédigé par un habile jurisconsulte. Callisthènes, Rutuba et les heureux fiancés y apposèrent leurs symboles. Ce fut la première circonstance importante dans laquelle Prosper fit usage de cette topaze que Tertia lui avait offerte en présent, et sur laquelle deux étoiles étaient représentées.

Callisthènes se montra généreux. Il donna cinq cent mille sesterces (102,294 f. 66 cent.) à son fils par contrat de mariage ; Rutuba voulut être prodigue, et constitua à sa sœur une dot d'un million de sesterces. Daphné s'étonnait que son frère eût pu économiser une somme aussi forte sur ses appointemens de tribun. L'officier ouvrit gravement une armoire, en tira deux sacs d'or, et ordonna à un *libripens* ou vérificateur légal d'en examiner et d'en peser le contenu. La monnaie était de bon aloi.

Il se passa au sujet de ce mariage bien d'autres choses non moins surprenantes. Le hasard voulut qu'on le célébrât en présence des plus illustres représentans de l'aristocratie romaine. Le grand pontife Caïus Julius César et le flamine de Jupiter ne pouvant entrer sans souillure dans la maison des Libitinaires, Clodius, jeune homme d'humeur fort populaire, prêta sa maison pour la cérémonie. Sa sœur Tertia, belle matrone amie du plaisir, et Clodia, cette Lesbie dont Catulle aimait tant à célébrer les charmes, voulurent y assister; et comme les patriciens de cette époque, aussi bien que nos grands seigneurs d'aujourd'hui, avaient quelquefois d'étranges fantaisies, ils s'amusèrent à environner d'un luxe scandaleux les noces d'une pauvre fille du quartier Esquilin.

Le cortége nuptial sortit donc vers le soir, en grande pompe, de la maison de Clodius, pour se rendre au Vélabre, chez Callisthènes, où Prosper demeurait. Les divinités qui présidaient au mariage : Jugatinus, témoin céleste des vœux des mariées ; Domiducus, qui les conduisait chez leurs époux; Domitius, sous les auspices duquel elles y étaient introduites, et Manturna, dont la protection les empêchait d'en être renvoyées, ouvraient la marche. Venait ensuite un enfant en simple toilette. Il agitait une torche d'épine blanche, talisman d'une efficacité reconnue contre les maléfices. Deux autres enfans conduisaient l'épousée, tandis qu'une *esclave* et un *camille* portaient derrière elle, la première une quenouille avec son fuseau, le second une corbeille d'osier, dans laquelle étaient renfermés tous ces instrumens utiles dont se sert une femme pour raccommoder les vêtemens de son époux.

Daphné était vêtue d'une tunique blanche, unie ; une ceinture de laine de brebis serrait sa taille. Sa jolie figure n'apparaissait qu'à travers un voile couleur de flamme. Partagés en six nattes soyeuses, ses cheveux formaient au-dessus de sa tête une tour percée d'un javelot d'or et couronnée de marjolaines. Elle était chaussée d'étroits brodequins couleur de safran.

Sous ce costume élégant et sévère, qui rehaussait l'éclat de sa beauté, l'heureuse jeune fille s'avança vers le forum. On déposait pendant ce temps, parmi les *actes publics* confiés à la garde des magistrats, son acte de mariage dressé la veille, afin d'assurer la légitimité des enfans. Une foule de personnes, parens ou amis des nouveaux époux, chantaient et dansaient autour d'eux. Tous les vagabonds, tous les gamins de la place romaine accouraient au bruit, et se permettaient d'adresser à la mariée de nombreuses plaisanteries, appropriées pour la plupart à la circonstance, et qu'il est inutile de rapporter.

Le même hasard qui avait fait trouver à Rutuba un million de sesterces pour doter sa sœur, et qui avait conduit Tertia aux noces de Prosper, voulut que Cicéron se promenât sur le forum avec son cher Atticus, au moment où le cortége nuptial y arriva.

L'orateur, apercevant Rutuba, le salua du geste. Le tribun sortit des rangs et vint présenter ses hommages à l'ex-consul, auquel il devait sa fortune. Cicéron lui reprocha de ne l'avoir pas invité aux noces de sa sœur, et Callisthènes, ayant engagé l'orateur à honorer de sa présence le banquet nuptial, celui-ci ne voulut pas refuser.

D'où il advint, toujours par hasard, que la société la plus étrange se trouva réunie le soir chez l'orfévre Callisthènes. Cicéron, Atticus, Tertia, Clodia, le frère de ces deux jolies matrones, une foule de centurions qu'avait amenés Rutuba, une autre foule non moins bruyante d'artistes qu'avait rassemblée Callisthènes, de très jolies filles domiciliées aux Esquilies, y contentaient sans retenue la gaité la plus folle et l'appétit le plus réjouissant.

N'oublions pas que Daphné avait observé en entrant dans la maison tous les rites qui présagent le bonheur des époux. Elle avait entouré la porte de bandelettes de laine blanche, symbole heureux de sa fidélité; elle l'avait enduite de graisse de loup pour écarter les maléfices ; enfin, Prosper avait jeté des noix aux enfans qui avaient poursuivi sa femme de leurs plaisanteries, depuis la rue de Scaurus jusqu'au Vélabre, annonçant par là qu'il renonçait aux futilités de la jeunesse pour s'occuper uniquement de ses devoirs d'époux.

L'orfévre ne tarda pas à quitter Athènes pendant quatre ans avec Daphné. Mais il n'y étudia point la grammaire, la poésie, l'éloquence, comme Tertia l'avait voulu. Il n'y reçut pas une éducation de patricien. Mais il apprit à fondre les métaux, à couler le bronze, à transformer l'or et l'argent en anneaux, en bracelets, en colliers, en vases sculptés, en délicieuses figurines, dont nous admirons encore l'élégance et le fini. Deux mille ans n'ont pas fait vieillir les ouvrages des orfévres de cette époque, parce qu'alors l'orfévrerie était un art et non pas une industrie. Ainsi Prosper ne commanda point d'armées, il ne prononça point de discours ; mais son obscurité ne nuisit pas à son bonheur, quoi qu'en pensât la tendresse un peu vaniteuse de Tertia.

Quant au brave Rutuba, il servit utilement la république jusqu'après la bataille de Pharsale. Pompée, son général, étant mort, il se retira paisiblement auprès de sa sœur et de son beau-frère. Cicéron, qui avait toujours conservé de l'affection pour lui, le fit inscrire au nombre des chevaliers. Mais ni les sollicitations de l'orateur, ni les prières de Daphné, ni les lois contre le célibat ne purent engager le fier tribun à se marier Il avait perdu Flora ; Sempronia avait failli le perdre à son tour ; il craignait les femmes, leur jalousie, leurs caprices, et surtout la perfide de leurs caresses. Jamais il ne voulut affronter ces dangers, lui qui avait traversé en se jouant tant d'autres périls.

Cicéron devint pendant l'année 692 le premier citoyen de Rome. Le tribun Népos ayant renouvelé ses diatribes contre lui, le sénat songea à sévir, et Népos fut contraint de s'exiler. Tandis que Métellus Céler en Cisalpine, Bibulus en Pélignie, et Quintus, frère de l'orateur, dans le Bruttium, achevaient de détruire les restes des conjurés, on jugeait à Rome les principaux complices de Catilina. Bruit s'y était répandu que le délateur Vettius avait remis au sénat une liste de coupables. La ville entière tremblait. Tant de personnes de tout âge et de toute condition avaient été affiliées aux deux conjurations de Sergius ! Pour calmer ces inquiétudes, le sénat prit enfin le parti de publier les listes de Vettius. Il fallait toujours que dans cette cité maudite les troubles se terminassent par une proscription.

Cassius, Lecca, Servius Sylla, Vargunléius et Autrone furent accusés de violence aux termes de la loi Plautia, et condamnés à l'exil. Autrone se retira en Epire, et s'y rendit tellement redoutable par ses violences, que Cicéron, exilé lui-même en Grèce quelque temps après, se détourna de sa route pour ne pas tomber entre les mains de ce furieux.

La prépondérance momentanée de Cicéron dans l'Etat n'empêcha point César de poursuivre ses accusateurs avec acharnement. Il fit jeter Novius en prison, brûler les meubles de Vettius et piller sa maison. Bien qu'il eût mal réussi dans ce premier essai, Vettius ne se dégoûta point du métier de délateur. César étant parvenu au consulat deux ans après avec Calpurnius Bibulus, comme ces deux magistrats nourrissaient l'un contre l'autre l'animosité la plus grande, Vettius accourut un jour au forum un poignard à la main. Il montrait cette arme au peuple, et prétendait qu'elle lui avait été remise par un licteur de Bibulus pour assassiner César. Vettius fut conduit en prison. On espérait qu'un interrogatoire sévère ferait justice de cette intrigue. Mais le lendemain Vettius fut trouvé mort. Qui l'avait tué? On n'en sut rien.

César négligea de se venger de Curius. L'amant de Fulvie était devenu tellement odieux, tellement infâme, tellement misérable, qu'il ne valait pas la peine d'être attaqué.

Les derniers événements de la guerre catilinaire se passèrent chez les Allobroges. Mécontens de la conduite de leurs ambassadeurs, accablés de dettes, épuisés d'exactions, ces peuples belliqueux se révoltèrent.

Pontinus fut envoyé contre eux. Il les soumit, après une longue résistance, et sollicita les honneurs du triomphe. On les lui refusa longtemps. Fatigué d'attendre, il s'attribua ce qu'il ne pouvait obtenir. Ses ennemis voulurent s'opposer à cette usurpation. On se rencontra dans le champ de Mars, et le triomphe du vainqueur des Allobroges dégénéra en massacre. Mais Pontinus l'ayant emporté, poursuivit tranquillement sa route jusqu'au temple de Jupiter Capitolin.

Tout jusque là réussissait à Cicéron. Il avait répandu à profusion dans l'empire les exemplaires du procès des conjurés, tels que Messala, Cosconius, Nigidius Figulus et Appius Claudius l'avaient rédigé. Les gens de bien approuvaient sa conduite, et ses ennemis les plus acharnés étaient en exil. Ces haines qui veillaient autour de lui dans l'ombre, ces terreurs qui avaient si longtemps assiégé sa maison, tout cela s'était dissipé comme par enchantement ; il avait obtenu la récompense de son patriotisme et de sa fermeté.

Sans doute la condamnation de Lentulus et de ses complices n'avait pas été absolument légale ; mais s'agissait-il de discuter sur l'interprétation des lois quand Sergius gardait en armes les défilés des Apennins, quand la conjuration agitait encore ses poignards et ses torches incendiaires au milieu de la cité ? Les séducteurs des Allobroges n'étaient pas, comme l'avait dit Caton, des coupables qu'il fallait punir : c'étaient des ennemis contre lesquels il fallait se défendre. Cicéron avait sauvé la république au péril de sa vie ; qui eût osé, qui oserait encore le blâmer ?

Il avait bravé la fureur de Catilina, il avait désarmé l'opposition de Népos, il avait étonné un instant l'audace même de César. Une querelle de ménage le plongea dans un abime de misère et de douleur.

Térentia avait juré de le brouiller avec la famille de Clodius. Tertia inspirait trop d'ombrage à cette femme jalouse. L'orgueilleuse fille des Varrons cherchait depuis longtemps une occasion de satisfaire son dépit ; elle la trouva enfin et l'exploita avec une incroyable habileté.

Clodius se laissa surprendre dans la maison de César pendant qu'on y célébrait les mystères de la Bonne-Déesse. Une esclave le reconnut sous un déguisement de femme. César répudia aussitôt Pompéia et Clodius fut accusé de profanation.

Il allégua un alibi pour se disculper. Il prétendait qu'il dormait à Interamne (Téramo) pendant qu'on le surprenait à Rome assistant aux fêtes de Cybèle. Térentia fit courir le bruit que son mari avait rencontré le coupable dans la ville peu de temps avant la célébration des mystères. Cité comme témoin, Cicéron détruisit en effet l'alibi de Clodius.

Une étroite amitié avait longtemps uni ces deux hommes. L'accusé avait rendu à Cicéron les plus grands services pendant la conjuration. Il avait veillé sur ses jours avec une sollicitude toute fraternelle. Voyant qu'il se rangeait parmi ses adversaires dans le grave procès, il lui jura une haine implacable, qui n'eut d'autre terme que sa vie.

Il avait besoin d'être investi du tribunat pour se venger. En 694, il se fit adopter par un plébéien, sollicita la charge qu'il enviait, charge dont les pouvoirs étaient exorbitans et réussit à l'obtenir.

Ce fut une époque funeste pour les anciens adversaires de Sergius que cette année 694. Marc-Antoine revint à Rome de son gouvernement de Macédoine, où il avait commis tous les crimes que peuvent conseiller à un homme la cupidité, la sottise et la lâcheté, Célius l'accusa de concussion. Cicéron, qui avait été son collègue dans le consulat, se chargea de le dé-

fendre ; mais la mauvaise réputation d'Antoine rendit inutiles tous les talens de son avocat. Il fut condamné.

Le lendemain de ce jugement le tombeau de Catilina se trouva couvert de fleurs. Peu après Clodius proposa une rogation qui privait de l'eau et du feu, tout magistrat qui aurait mis à mort des citoyens sans qu'ils eussent été jugés par l'assemblée du peuple. Ce projet donna lieu aux discussions les plus acerbes ; le sénat et l'ordre équestre prirent le deuil, supplièrent le peuple de le rejeter : la rogation de Clodus fut convertie en plébiscite par les centuries.

Cicéron eût pu lutter encore et se défendre à main armée dans Rome ; mais il céda à la fortune, et, pleurant les erreurs de sa patrie ingrate, il s'achemina vers l'exil.

Pison, beau-père de César et cousin germain de Céthégus, et Gabinius, ami intime de Catilina, tous deux consuls de cette année 694, célébrèrent à cette occasion dans un banquet la mémoire du conspirateur mort à la bataille de Pistoie.

Tous les biens de Cicéron furent confisqués. La populace arracha Térentia et Fabia du temple de Vesta, et les accabla d'outrages. Le jeune fils du consul n'évita la mort qu'en se cachant.

Elius Lamia, qui avait occupé la forteresse du Capitole pendant le jugement et le supplice des conjurés, fut aussi puni par l'exil.

Telles étaient les réactions de cette funeste époque.

Enfin, après seize mois d'absence, l'orateur put revoir sa patrie. Il arriva à Rome le 4 septembre 696, accompagné de sa fille Tullie. Le sénat, l'ordre équestre, le peuple en masse vinrent le recevoir en dehors de la porte Capène. Le concours fut immense. L'Italie entière assistait au triomphe de l'homme éloquent, du philosophe éclairé, du magistrat intègre, auquel on n'eût jamais à reprocher d'autre faute que d'avoir sauvé sa patrie malgré les lois. On réhabilita son nom, on l'indemnisa de ses pertes, on ne négligea rien pour consoler cette âme d'élite, non moins passionnée pour la gloire que sensible à la misère et au malheur.

Hélas ! un homme grandissait dont la haine demandait du sang pour s'assouvir. Quinze ans plus tard, Cicéron tombait à Formies sous les coups des satellites d'Antoine le triumvir, beau-fils de l'infortuné Lentulus.

La tête de Cicéron fut alors exposée sur la tribune aux harangues. Le peuple frémit d'épouvante, quand il reconnut la bouche entr'ouverte, les yeux éteints, les joues livides de cet orateur chéri, dont l'éloquence l'avait si souvent ravi d'admiration.

Résumons-nous. La conjuration ne fut qu'une déplorable conséquence de la tyrannie de Sylla et de la pression écrasante qu'il avait exercée sur les populations de l'Italie.

Quand le parti oligarchique, restauré par Sylla, eut tout accaparé dans la république, richesses, magistratures et sacerdoces, quand il ne songea plus qu'à maintenir son despotisme, il voulut perdre ceux dont le glaive lui avait ouvert, à travers les flots de sang, le chemin de la tyrannie.

Il voulut les perdre parce qu'ils étaient pauvres, ambitieux, pleins d'une énergie désespérée, et parce qu'ils réclamaient une nouvelle part de dépouilles, car la première, ils l'avaient dissipée.

A la tête de ces ennemis de l'oligarchie apparaît Catilina, le plus noble, le plus habile, le plus brave et le plus scélérat d'entre eux. Il prend en main la cause de ses compagnons d'armes opprimés.

Ces vétérans du dictateur, perdus de dettes et de débauches, ces jeunes patriciens que Sergius a formés au crime dans sa maison du Palatin, trouvent bientôt des alliés. Cette multitude innombrable d'étrangers, Toscans, Cisalpins, paysans de l'Ombre, du Picénum et de la Campanie, au milieu desquels Sylla a passé et repassé quinze ans auparavant comme le génie du mal, brûlant, pillant, égorgeant, ravageant tout sur son passage, s'unissent aux anciens satellites de leur ennemi. Les uns veulent renverser l'oligarchie, les autres espèrent abolir le nom romain.

On se combat d'abord par la ruse, par la trahison, au forum, au champ de Mars et dans le palais du sénat ; puis, par la corde et par le glaive. La querelle se termina par le supplice de Lentulus et la bataille de Pistoie.

Ce champ de bataille inondé de sang, jonché de morts, que Salluste nous a dépeint à la fin de sa Guerre Catilinaire, nous représente l'image fidèle de la faction patricienne après la victoire. Des deux partis qui ont combattu, l'un est anéanti, l'autre a immolé ses amis, ses hôtes, ses parens, ses frères, ses plus intrépides défenseurs.

. Un seul homme profita de la conjuration , ce fut César.

Il attaqua bientôt l'oligarchie, affaiblie, décimée par ses querelles intestines. La république, telle que Brutus l'avait fondée et que l'avait réorganisée Sylla, n'était plus possible.

César usurpa la dictature, et ce dictateur devint plus puissant qu'un roi.

Les patriciens se vengèrent de lui en l'assassinant en plein sénat. Mais son sang ne fit pas refleurir la liberté. De son pied, le dictateur avait marqué, au sommet du monde romain, la place où l'empereur Auguste devait placer le sien.

L'humanité gémissait sous le joug de quelques hommes. La moitié du monde était opprimée, dépouillée, courbée sous un joug de fer ; l'autre gémissait dans l'esclavage. Bientôt naquit, dans la plus pauvre bourgade du pays le plus pauvre et le plus méprisé de la terre, un sage, un philosophe, un prophète, un Dieu, qui racheta de son sang les douleurs et les crimes de l'humanité.

FIN DES MYSTÈRES DE ROME.

TABLE DES CHAPITRES.

FIN DE LA TABLE.

www.ingramcontent.com/pod-product-compliance
Lightning Source LLC
Chambersburg PA
CBHW070910030726
47504CB00005B/1528